W0335782

LA PRÉSIDENTE

Du même auteur

Le Coût d'État permanent, La Table ronde, 1984.
La Guerre des images, Denoël, 1986.
Voyage au centre du pouvoir. La vie quotidienne à Matignon au temps de la cohabitation, Odile Jacob, 1989.
La Télévision par câble, Puf, 1990.
Le Caravage, peintre et assassin, Gallimard, 1995.
Le Disque de jade, t. 1 : *Les Chevaux célestes*, XO Éditions, 2002 ; Pocket, 2004.
Le Disque de jade, t. 2 : *Poisson d'or*, XO Éditions, 2002 ; Pocket, 2004.
Le Disque de jade, t. 3 : *Les Îles immortelles*, XO Éditions, 2003 ; Pocket, 2004.
L'Impératrice de la soie, t. 1 : *Le Toit du monde*, XO Éditions, 2003 ; Pocket, 2005.
L'Impératrice de la soie, t. 2 : *Les Yeux de Bouddha*, XO Éditions, 2004 ; Pocket, 2005.
L'Impératrice de la soie, t. 3 : *L'Usurpatrice*, XO Éditions, 2004 ; Pocket, 2005.
Moi, Bouddha, XO Éditions, 2004 ; Pocket, 2006.
Il était une fois la Chine. 4 500 ans d'histoire, XO Éditions, 2005.
Le Centre d'appel, Au Diable Vauvert, 2006.
L'Empire des larmes, t. 1 : *La Guerre de l'opium*, XO Éditions, 2006 ; Pocket, 2008.
L'Empire des larmes, t. 2 : *Le Sac du palais d'Été*, XO Éditions, 2006 ; Pocket, 2008.
Quand les Chinois cesseront de rire, le monde pleurera, essai, XO Éditions, 2007.
Gandhi, t. 1 : *Je suis un soldat de la paix. Biographie*, XO Éditions, 2007.
Gandhi, t. 2 : *Et l'Inde sera libre !*, XO Éditions, 2007.
Zao Wou-ki, Hazan, 2007.
Les Dix Mille Désirs de l'Empereur, XO Éditions, 2009 ; Pocket, 2011.
Le Dictionnaire amoureux de la Chine, Plon, 2013.
Moi, Confucius, XO Éditions, 2013.
Gengis Khan, t. 1 : *L'Homme qui aimait le vent*, XO Éditions, 2015 ; Pocket, 2017.
Gengis Khan, t. 2 : *Le Conquérant*, XO Éditions, 2016 ; Pocket, 2017.
Le Père David, l'Impératrice et le Panda, XO Éditions, 2017 ; Pocket, 2019.
Nous étions deux, XO Éditions, 2019.
La Petite Voleuse de la soie, XO Éditions, 2019.
La Main de Bouddha, XO Éditions, 2021.

José Frèches

LA PRÉSIDENTE

XO ÉDITIONS

© XO Éditions, 2025
ISBN : 978-2-37448-630-7

Ce qui suit n'est qu'un roman. Il mêle cependant à la fiction des faits avérés. Cela n'en fait ni un manuel d'histoire ni un livre d'enquête. Forêt, Jolie, Battante, Temple, Bouillie, Fleur, Rallié, Georges, Emma, Yvon, Igor, Jade… n'existent pas, pas davantage que Présage, même si je me suis plu à ancrer mes personnages dans la réalité.

Les scènes que je dépeins ont-elles eu lieu ? Leurs protagonistes ont-ils tenu ces propos ? Nulle part ailleurs que dans mon imagination… Encore que…

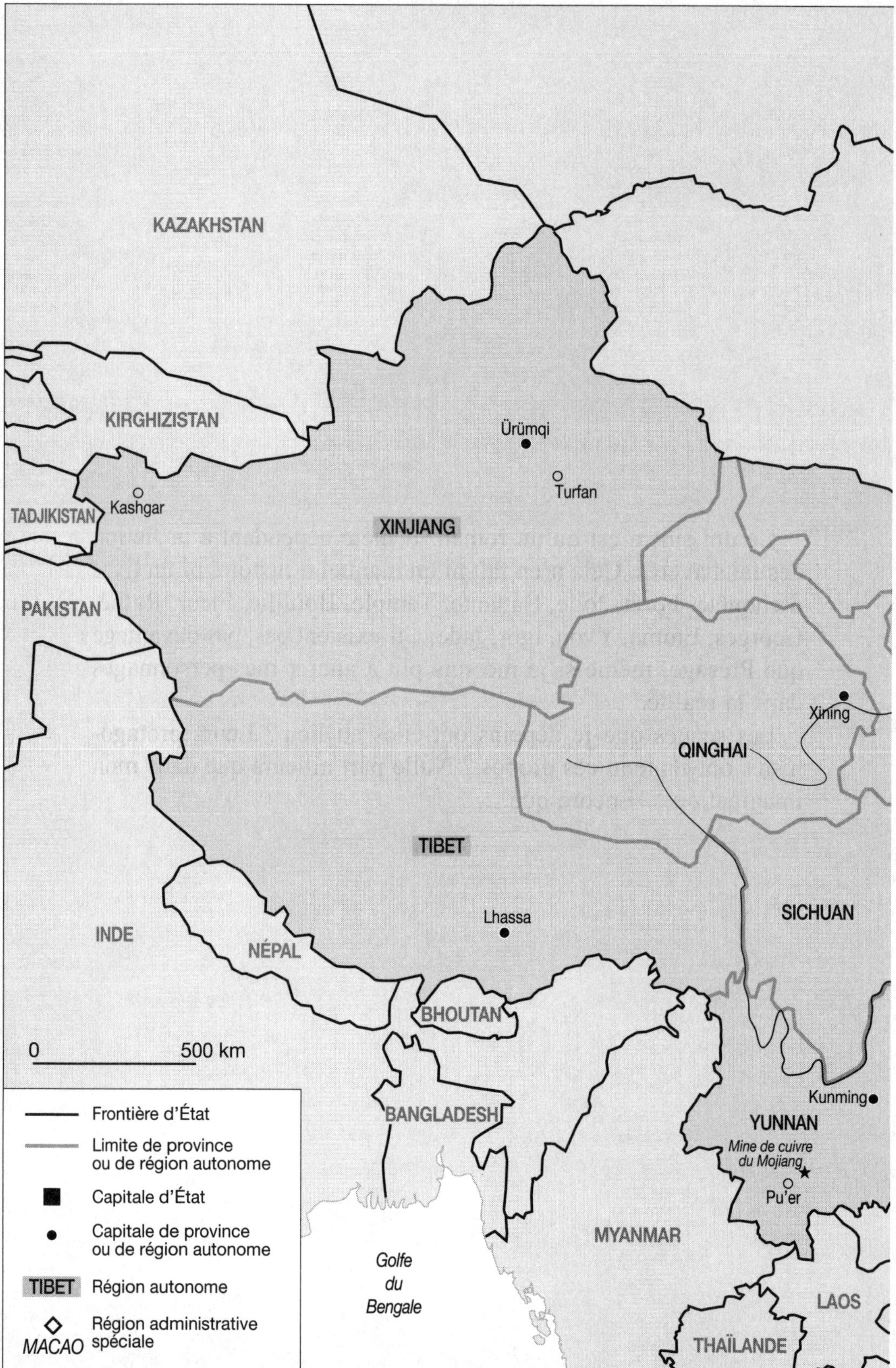

KAZAKHSTAN
KIRGHIZISTAN
TADJIKISTAN
PAKISTAN
Kashgar
Ürümqi
Turfan
XINJIANG
Xining
QINGHAI
TIBET
SICHUAN
INDE
NÉPAL
Lhassa
BHOUTAN
0 500 km
BANGLADESH
Kunming
YUNNAN
Mine de cuivre du Mojiang
Pu'er
MYANMAR
Golfe du Bengale
LAOS
THAÏLANDE
Frontière d'État
Limite de province ou de région autonome
Capitale d'État
Capitale de province ou de région autonome
TIBET Région autonome
MACAO Région administrative spéciale

Cartographie : Noël Meunier

À mes parents, dans les étoiles.

« Pour vous prouver que l'homme fait au fond partie des animaux gentils, je vous rappellerai à quel point il a longtemps été si crédule. »

Nietzsche, *Le Gai Savoir*

Avertissement au lecteur

Ce qui est devait forcément être

Quand ils se retournent, ceux qui croient que rien ne change s'aperçoivent que tout a changé. Parmi eux, certains croient en Dieu et d'autres au hasard.

Nous oscillons tous entre les tempérances de notre cortex cérébral – la partie « intelligente » de notre cerveau – et les injonctions de ses parties profondes, notamment du striatum (le centre de la boucle désir-récompense) qui, en libérant la dopamine et en nous amenant à repousser perpétuellement nos limites [1], nous a permis de traverser des millions d'années.

Nos comportements sont donc parfaitement prévisibles dans la mesure où tout a une explication, y compris nos gestes les plus banals. Ce qui est devait forcément être… depuis le big bang, cette pichenette quantique qui a lancé la boule devenue des milliards d'étoiles et de trous noirs d'où jaillissent les particules stellaires qui nous composent. Nos actes – ceux des poussières d'étoiles filantes pensantes que nous sommes – sont le résultat d'actions chimiques régulant l'interaction entre les milliards de neurones composant un cerveau humain, dont les modifications

---

1. Sébastien Bohler, *Le Bug humain*, Paris, Robert Laffont, 2019, et *Human Psycho*, Paris, Bouquins, 2022.

électriques et moléculaires découlent des événements ayant eu lieu dans notre environnement, événements eux-mêmes explicables par la chimie et la physique.

Tout s'enchaîne. Tout s'explique. Car tout est continuum.

Nos moindres gestes pourraient être mis en équations. Peut-être le seront-ils un jour, quand le cerveau humain aura suffisamment été augmenté pour comprendre ce qui échappe actuellement à ses capacités.

D'une telle évidence doit découler une grande modestie : contrairement au postulat de Jean-Paul Sartre, nous ne saurions être libres… De fait, nous nous tortillons tant bien que mal entre les mâchoires formées par l'accélération de la démographie humaine et le changement climatique qui s'ensuit. Sans oublier qu'en tant qu'amas de particules nous obéissons à la loi de la gravitation universelle, contre laquelle nous ne pouvons rien, même si, dans le minuscule espace-temps qui est le nôtre, nous demeurons responsables de nos actes vis-à-vis de nos congénères. Ce qui ne nous empêche pas d'être heureux, de nous extasier devant ce que nous trouvons beau, de jouir en copulant, de rire en poculant, d'aimer la vie et de haïr la mort.

Concomitances

La parafiction prédictive est une chaîne comportant des maillons, eux-mêmes regroupés en décennies, la première d'entre elles commençant en 1981.

Dès avant 1981 se sont produits des millions d'événements concomitants formant autant de congruences pour le récit qui va suivre. Certains d'entre eux aideront le lecteur à comprendre comment une jeune fille d'origine chinoise sera élue présidente de la République française.

Le mardi 17 septembre 1968

Cinq Gardes rouges font irruption dans l'une des résidences universitaires de la faculté de sciences de Pékin. Ils n'y sont pas venus par hasard, mais pour soumettre à la question ce rejeton d'« huile révisionniste du régime » dont ils ont appris, par les *dazibaos* punaisés dans le hall du bâtiment, qu'il loge au troisième étage, troisième chambre, côté gauche du couloir.

Un quart d'heure plus tard, leur cible sautera par la fenêtre pour échapper à ses tortionnaires. Elle sera retrouvée au pied de l'immeuble, privée de l'usage de ses jambes.

Trois heures plus tard, dans le département français de la Dordogne, Joséphine Baker, l'égérie de la « Revue nègre » des Folies-Bergère, erre dans le château des Milandes où festoyèrent, entre autres, Dalida et le roi Farouk d'Égypte. Adoptés au fil de ses prestations à travers la planète, certains en provenance de l'assistance publique, ses douze enfants – sa « tribu arc-en-ciel » – sont dans le train, direction Paris-Austerlitz, pour un placement prévu pour le soir même chez des proches. Dans quelques heures, celle que Cocteau qualifiait d'« idole de bronze et d'acier bruni » et que de Gaulle décora de la Légion d'honneur pour faits de résistance, se verra notifier son expulsion par un huissier. Deux mois plus tôt, le château a été vendu aux enchères pour le tiers de son évaluation. Joséphine n'est pas une femme d'affaires. Elle est criblée de dettes. Ses ennuis financiers commencèrent quand elle divorça de Jo Bouillon, son quatrième mari. En 1964, alors que les huissiers s'apprêtaient déjà à saisir Milandes, Joséphine avait reçu un gros chèque signé de Brigitte Bardot. Entre femmes libres et rebelles, on se comprend.

Le vendredi 8 octobre 1971

Aux États-Unis, à quelques encablures du Massachusetts Institute of Technology, Ray Tomlinson pousse un cri de victoire. Ses boîtes aux lettres électroniques fonctionnent à merveille : via le réseau Arpanet, qu'il développe pour le compte du Département américain de la Défense, ce salarié de la société Bolt, Beranek and Newman a réussi à faire parvenir un message à l'ordinateur d'un collègue, dont le bureau jouxte le sien !

Pour réaliser son exploit, Ray a eu l'idée de faire converger deux programmes informatiques et a inventé le concept d'« adresse électronique ». Pour cela, il lui a suffi d'introduire entre son nom et l'identifiant de son ordinateur le sigle « arobase », car il ne peut être confondu avec les lettres de l'alphabet. En créant le premier e-mail, Ray ne se doute pas des conséquences de sa trouvaille sur la marche du monde et le cours de nos vies.

Au fin fond de la Chine, une femme pleure son époux, assassiné par la mafia locale parce qu'il organisait dans son coin des paris clandestins.

Le dimanche 21 mai 1972, vers 11 h 30

Dans la troisième chapelle latérale gauche de la basilique Saint-Pierre de Rome, à la Vierge Marie de sa merveilleuse *Pietà* Michel-Ange a fait des paupières légèrement bombées. Le visage de la Madone pourrait être celui d'une belle princesse chinoise de la dynastie des Tang, une époque où la beauté féminine semble avoir irrigué la société, ainsi qu'en témoignent de nombreuses figurines de dames de cour parées de leurs plus beaux atours et au visage angélique… Buonarroti, connu sous son prénom, Michel-Ange, en a peut-être vu un exemplaire chez un collectionneur érudit et au goût cosmopolite, car, depuis l'expédition de Marco Polo, la péninsule italienne n'a pas cessé de commercer avec la Chine. Maman de douleur et femme sublimée : le grand sculpteur a accédé à l'universel.

C'est ce que n'a pas perçu, à moins que ce soit précisément la raison de son geste, un certain Laszlo Toth, réfugié hongrois, qui est entré dans la basilique Saint-Pierre avec les fidèles venus assister à la messe de Pentecôte célébrée par le pape Paul VI.

La cérémonie achevée, Toth sort un marteau de sa poche, grimpe sur l'autel et, beuglant qu'il est le Christ ressuscité, s'acharne sur la statue en dix endroits différents, brisant net son bras gauche et endommageant le bout de son nez, son menton, sa joue gauche et une partie de son voile.

Alertés par le bruit, des fidèles et des touristes accourent, rapidement rejoints par la police vaticane. Toth est ceinturé. Un an plus tôt, il s'était présenté au Vatican comme étant le Christ réincarné et avait exigé d'être reçu par le souverain pontife.

En ce dimanche de Pentecôte, c'est au statut de martyre qu'a accédé la statue de Michel-Ange.

Le jeudi 7 juillet 1977, 10 heures

À Washington, depuis la porte vitrée du Bureau ovale, Jimmy Carter contemple les hortensias du jardin de la Maison-Blanche, lesquels ne se sont jamais si bien portés. Le président des États-Unis vient de découvrir la note qui se trouvait dans la corbeille marquée « Urgent à lire par le Président ». L'Office pour la science et la technologie y fait état des risques que la planète courra à compter de l'an 2000 du fait du réchauffement climatique que provoqueront les émissions de gaz à effet de serre. Le mémo a été rédigé à partir des travaux de James Hansen, un jeune climatologue de l'université Columbia qui a mis en évidence que la chaleur intense régnant sur la planète Vénus est liée à l'extrême concentration en CO_2 qui y règne, et qu'il est probable que la Terre connaîtra le même destin si rien n'est fait.

Après avoir pris connaissance du mémo, Carter appuie sur le bouton de l'interphone qui le relie à son secrétariat. Rachel M. décroche.

— Monsieur le Président, vous souhaitez que je vous apporte votre thé ?

— Non, Rachel. Dites à mon homme à tout faire préféré de passer une tête.

Le chef du service intérieur de la Maison-Blanche a pointé son nez. Embauché sous Eisenhower, il en est à son cinquième président.

— Mon ami, croyez-vous aux énergies renouvelables ?

— Pas vraiment, monsieur le Président. Je suis originaire du Texas, répond cet homme qui ressemble à s'y méprendre au cow-boy de Lucky Strike, à ceci près qu'il est en costume.

— Et si je vous demandais de m'installer des panneaux solaires sur le toit ?

— Mais, monsieur le Président, c'est un bâtiment ancien… Ne craignez-vous pas de l'enlaidir ?

Carter, petit sourire narquois, fait le tour du Resolute Desk, sous lequel aimait se cacher John-John, le fils de feu le président Kennedy.

— Je suis sûr que vous trouverez la solution ! Voulez-vous une tasse de café ?

C'est ainsi que trente-deux panneaux photovoltaïques seront installés sur le toit de la Maison-Blanche.

Le mardi 4 septembre 1979, vers 21 heures

À quelques encablures de la tour Eiffel, au numéro 2 de la rue Cognacq-Jay, dans le studio d'Antenne 2 d'où sont retransmis *Les Dossiers de l'écran*, l'émission phare de cette chaîne de télévision, le vulcanologue Haroun Tazieff alerte les téléspectateurs : la Terre court à la catastrophe à cause de la pollution industrielle et de cet effet de serre provoqué par l'accumulation de CO_2... Et Tazieff de poursuivre, avec cet accent inimitable qui ne compte pas pour rien dans sa popularité, qu'un réchauffement de deux à trois degrés pourrait provoquer une élévation des océans susceptible de submerger la ville de New York.

À peine a-t-il annoncé cela que Joseph Pasteur, qui présente l'émission, lui demande pourquoi il affole ainsi les populations, sous le regard impénétrable du glaciologue Claude Lorius et celui, carrément affligé, du commandant Cousteau. Celui qui a fait de l'exploration des océans un juteux business déclare : « L'affaire du CO_2, c'est du baratin ! »

Le mercredi 12 août 1981, 10 h 45

Sur le golf de Camp David, aux États-Unis, Ronald Reagan est aussi content de son put que de sa formule : « Moins *Homo economicus* sera prisonnier des règles, et mieux *Homo sapiens* se portera », que lui a soufflée son conseiller en image et qu'il a utilisée la veille, à Austin, devant les patrons des compagnies pétrolières du Texas.

Le « cow-boy tombeur de ces dames », mais qui restera toujours fidèle à sa « petite Nancy », y a fait un tabac avec sa harangue sur les mérites de « la croissance comme seule voie vers le bien-être de l'espèce humaine », de « l'initiative privée, tellement plus efficace que le collectivisme », et « des multiples avantages du marché et de la libre entreprise ». Et quand il s'est écrié : « N'en déplaise aux prophètes de malheur, l'or noir n'a jamais aussi bien porté son nom ! », un tonnerre d'applaudissements a éclaté.

XXe SIÈCLE

1981-1991

Premier maillon
1981

En France et en Chine, un adolescent âgé de quinze ans continue de dire bonjour à un inconnu qu'il croise dans la rue.

1.1

LE VENDREDI 15 MAI 1981

Le Petit Timonier

À Pékin, vers 18 heures, assis dans un confortable fauteuil club, la main droite posée sur le bol que tient la gauche de façon à capter la chaleur du thé Oolong – que son intendant fait venir à grands frais d'une ferme du Yunnan –, Deng Xiaoping contemple les ginkgos cinq fois centenaires du Zhongnanhai (« les mers du Centre et du Sud »), un parc d'une centaine d'hectares situé à proximité de la Cité interdite, jadis réservé aux empereurs et désormais investi par les huiles du régime.

En cette fin d'après-midi, le vent du désert souffle modérément et les rayons du couchant magnifient le lac artificiel sur lequel se reflètent les silhouettes tremblotantes de ces arbres de plus de trente mètres de haut que l'empereur Kangxi (1654-1722) tint à conserver, contre l'avis de ses jardiniers.

Le Numéro Un de la république populaire de Chine (RPC) a appris à savourer l'instant, comme les survivants, les personnes qui ont échappé au pire, à une maladie grave, un AVC ou un cancer.

On le surnomme « le Petit Timonier » en raison de son mètre cinquante, mais aussi parce qu'on l'aime bien, ce petit père de la nation qui vous change des embardées et des foucades de Mao, ce « Grand Timonier » devenu fantasque et qui ne savait plus trop où diriger son navire…

Cela étant, on aurait tort de se fier à son air bonhomme, à ses membres courts, à ses yeux profondément enfoncés dans leurs orbites qui lui confèrent des allures de panda géant. Un panda qui aurait consenti à descendre de ses montagnes à bambous pour chevaucher le tigre, en l'espèce diriger un pays qui comptera bientôt un milliard d'habitants.

Le vieil homme esquisse un sourire en repensant à cet odieux patron de coopérative qui se prétendait Garde rouge auquel il a fait croire, treize ans plus tôt, alors que la Révolution culturelle battait son plein, que le tracteur qu'il lui vendait était neuf. Pourtant l'engin affichait des milliers d'heures au compteur. C'était au Jiangxi, où Deng avait été exilé par Mao après avoir été exclu du Parti et taxé de révisionnisme. Dur dur, pour quelqu'un qui s'était toujours arrangé pour être du bon côté du manche, n'hésitant pas à superviser des purges lors des Cent Fleurs[1] puis à soutenir ouvertement le « Grand Bond en avant » – cette lubie de Mao dont la conséquence aura été une famine qui coûta la vie à plusieurs dizaines de millions de Chinois. Soucieux de ne pas dévier de la ligne officielle, Deng n'a jamais raté une occasion de fustiger les méfaits du capitalisme et de l'impérialisme américain. Notre Petit Timonier est bien payé pour savoir que, sous une dictature, fierté mal placée est mauvaise conseillère, et que survie politique rime avec capacité d'avaler des boas et de ravaler son amertume. D'ailleurs, c'est toute honte bue que, dans la missive qu'il adressa au Grand Timonier et qui allait lui valoir d'être réhabilité, il battit sa coulpe en s'accusant de comportement antirévolutionnaire.

Deng a pour voisins les quatre autres membres du Comité permanent du Bureau politique, ces cadors du régime qui dirigent le pays. Chacun d'eux a droit à son pavillon particulier. L'aspect

1. En 1956, à l'initiative de Mao Zedong, la campagne « Laisser cent fleurs s'épanouir, laisser cent écoles rivaliser » invite à l'expression d'idées nouvelles, y compris politiques. Dès 1957, cependant, la répression s'abat sur « les déviationnistes de droite » qui ont osé critiquer le régime.

stalinien de celui du Petit Timonier témoigne d'une influence soviétique, contrairement à l'ancienne bibliothèque, le pavillon de lettré où Mao Zedong passait ses journées à fumer, boire du thé et calligraphier des poèmes. Ça, c'est pour la légende. La réalité, connue de Deng, est moins glorieuse : l'opium, qu'on sache, n'est pas censé nourrir la moindre énergie créatrice chez ceux qui le consomment, et encore moins chez un vieillard au seuil de la mort.

Deng repose son bol de thé sur un guéridon enjuponné d'un napperon. La nuit est tombée. Aucun bruit dans le parc, qui exhale ce mystérieux parfum des lieux de pouvoir dès lors qu'ils sont interdits au peuple.

De fait, aucun Pékinois ne s'aviserait de tenter de savoir ce qui se trame derrière le mur d'enceinte en brique rouge du Zhongnanhai. Rares sont ceux qui ont entendu parler du complexe souterrain comprenant une dizaine de logements pourvus d'une ventilation, ainsi que six abris antiatomiques, que le Grand Timonier y fit aménager, pas plus qu'ils ne savent qu'un couloir enterré d'une longueur de deux kilomètres permettrait, si nécessaire, aux maîtres de la Chine de s'en échapper incognito.

En dirigeant le pays depuis le Zhongnanhai, Mao et sa clique renouaient avec la tradition du « règne caché » pratiqué par Qin Shihuangdi, le premier empereur, lequel dormait chaque nuit dans un palais différent. Personne ne devait savoir d'où la sanction partirait et sur qui s'abattrait tel ou tel châtiment. Conformément à la doctrine selon laquelle, pour que le pouvoir s'exerce correctement, la terreur doit s'abattre sur la population, l'empereur jouait le rôle de « surveillant suprême ».

La conservation de l'ordre social étant la garantie de la survie du groupe, contrairement au chaos, cela suppose de manier le bâton plutôt que la carotte. Mis en œuvre sous l'empereur Qin, le premier code pénal au monde fut inventé par le dénommé Hanfeizi (mort vers 230 av. J.-C.), le théoricien du « légisme », le « surveiller et punir » des Han, l'ethnie de tout temps la plus nombreuse qui a très tôt pris le parti de l'ordre pyramidal, de façon à assurer un minimum de subsistance à tout le monde.

Posée sur le guéridon se trouve la photo – dans un joli cadre et maladroitement colorisée – des enfants du grand chef : Deng Pufang, son aîné, désormais dirigeant de l'Association nationale des handicapés, Deng Nan et Deng Rong, ses filles.

Deng grimace. Satané Pufang ! Le type même du fils indigne. Pourquoi diable ce garçon, au lieu de faire son autocritique, comme l'exigeaient les Gardes rouges, a-t-il bêtement sauté par la fenêtre de sa chambre, perdant ainsi, avec l'usage de ses jambes, toute chance de devenir un « prince rouge » ? Adolescent, le fils aîné du Petit Timonier était, il est vrai, davantage passionné par les flux de neutrons que par les tactiques de contrôle des réunions de camarades telles que les décrivait son père quand il revenait du boulot, le plus souvent avec un air lugubre.

Deng se console comme il peut avec ses filles. Deng Lin, l'aînée, s'adonne à la peinture ; grâce aux accointances de papa, ses œuvres font l'objet d'expositions dans les pays « amis » ; Deng Nan, elle, n'a pas eu besoin de piston pour mener une brillante carrière scientifique. Sa préférée reste Deng Rong, sa petite dernière, devenue sa confidente au fil des ans. C'est en partie pour elle que Deng Xiaoping a survécu et enduré ces réunions politiques interminables au cours desquelles il fallait manier la langue de bois, plaire à Mao, justifier les purges, les camps de travail, les confessions publiques, les condamnations pour délit d'opinion et les exécutions sommaires – tout cela en évitant de se faire poignarder dans le dos.

Au Jiangxi, pour échapper à la dépression, que de fois s'est-il remémoré Deng Rong l'attendant sur le pas de la porte, son petit chat dans les bras, alors qu'il revenait du travail !

L'animal était un magnifique siamois, avec un poil couleur caramel aux nuances marron glacé et de grands yeux azur quasi phosphorescents. Un soir qu'il avait annoncé à Deng Rong qu'il était trop fatigué pour jouer avec elle, la petite avait éclaté en sanglots. Pour la consoler et se faire pardonner, il l'avait portée sur son dos jusqu'à son lit ; une fois allongée et entre deux hoquets de rire, car il lui faisait des guili-guili, elle lui avait demandé quelle était sa couleur préférée pour les chats. Deng avait répondu : « Peu importe la couleur du chat, pourvu qu'il attrape les souris ! »

Deng se ferait couper un bras plutôt que de l'avouer, mais, avec l'âge, il trouve que la politique est décidément un monde bien trop violent pour les femmes. Il nourrit un vague espoir : que Deng Zhifang, son petit dernier, qui n'est pas sur la photo, finisse un jour par s'intéresser à la politique. Ce n'est pas gagné : Zhifang, après des études scientifiques, semble pour l'instant davantage intéressé par son confort personnel que par la réussite du Parti communiste.

Soudainement, le vieil homme se lève. Une envie pressante d'uriner. Les vieilles prostates précancéreuses n'aiment pas attendre. Lors de la dernière séance du Comité permanent, il s'en est fallu de peu que le Petit Timonier ne se fasse dessus. Pas moins de six heures de réunion ! Il est vrai qu'était inscrit à l'ordre du jour le sujet – ultra-sensible – du « mécanisme d'accession au pouvoir suprême des différentes générations de cadres supérieurs du PCC ». Le jeu en valait amplement la chandelle : désormais, tout dirigeant devra quitter le pouvoir à soixante-dix ans révolus, et les députés à l'Assemblée nationale populaire ne pourront faire plus de deux mandats de cinq ans, disposition qui s'étend au Comité central et au Bureau politique du Parti. Plus jamais le gâtisme d'un Mao ayant laissé le chaos s'installer et les rivalités s'exacerber ! « Je vous propose une symphonie dont les mouvements s'enchaîneront de façon naturelle et harmonieuse », dut lancer Deng à ces vieux briscards adeptes du « pouvoir au bout du fusil et sans limite d'âge » pour parvenir à les convaincre de l'intérêt de planifier l'accession aux responsabilités suprêmes des générations de dirigeants à venir.

De retour des toilettes, Deng s'empare de la photo.

Le plus important, pour le Petit Timonier, c'est l'avenir de ses gosses. Il s'est longtemps désintéressé de leur éducation, combats révolutionnaires obligent. À présent qu'il goûte au confort et à la tranquillité d'esprit, le Numéro Un chinois a décidé de se rattraper. Son but inavoué est de créer les conditions d'une existence heureuse pour sa progéniture. Deng rêve donc d'une Chine où, leurs besoins de base étant satisfaits, les gens pourront profiter des bons moments de la vie en dépensant, y compris en futilités, ce qu'ils ont gagné, fût-ce durement… Une Chine où ses filles ne courraient aucun risque d'être considérées comme de « mauvais éléments » ou des rebuts de la société au prétexte qu'elles ne travaillent pas dans les champs ou à la chaîne. Une Chine où ses enfants pourraient voyager à l'étranger à leur guise.

Deng a une moue. Du coup, il a l'air d'un panda triste.

« On ne fait pas d'omelette sans casser des œufs. » Le Petit Timonier pense souvent à cette excuse. Il ne méconnaît pas l'horreur de la formule, dès lors que les œufs sont des êtres humains, et quand bien même l'omelette serait le socialisme sur Terre…

Au même moment, à quelques encablures du Zhongnanhai, là où se trouve le ministère de la Défense – une méchante bâtisse qu'on n'a pas le droit de longer et devant laquelle stationne un vieux blindé léger –, Xi Jinping, vingt-sept ans, hésite à se jeter au cou de Geng Biao, son patron de ministre, dont il est devenu le secrétaire particulier grâce à des accointances paternelles.

— Tu devrais être content, lui lance l'intéressé, avant d'ajouter entre ses dents jaunies par le tabac : le Parti ne confie pas ce genre de responsabilité à n'importe quel péquenaud !

Xi admire Geng, cet homme ultra-puissant cumulant les fonctions de ministre avec celles de secrétaire de la Commission militaire du Parti et qui vient d'annoncer à son protégé sa nomination en tant que premier secrétaire de l'un des districts de la province du Hebei, soit l'équivalent d'un poste de sous-préfet.

Xi répond du bout des lèvres :

— C'est un honneur pour moi.

Puis il se fige dans une sorte de garde-à-vous.

Xi est bien payé pour savoir que, comme dit le proverbe : « Avant de charger, le buffle continue à brouter comme si de rien n'était. » En d'autres termes, il vaut mieux faire le modeste plutôt que de fanfaronner. Il a appris cela à Liangjiahe, une bourgade située au fin fond du Shanxi, en plein milieu des « terres jaunes », comme il se plaît à le souligner quand il est en confiance.

C'est là que, de 1969 à 1976, notre homme passa sept années à courber l'échine, au propre comme au figuré, entre le travail dans les champs de maïs, les humiliations et les ordres ineptes des petits chefs. Le Parti l'avait décrété « élément nuisible », à l'instar des enfants des grands compagnons de route de Mao tombés en disgrâce. Comme son père, déjà victime d'une purge à la fin des années 1960 selon la volonté du Grand Timonier, dont il avait pourtant été l'un des compagnons d'armes. La sœur aînée de Xi en mourut, suicidée aux barbituriques. Depuis, Xi a compris que la seule façon de ne pas se faire rouler dessus par la machine, c'est d'en tenir le volant…

Revenu de son exil à la campagne – avec dix kilos en moins et une denture gâtée en raison des carences alimentaires –, Xi s'était juré que, plus jamais, on ne la lui ferait. La seule façon de ne pas être broyé est de broyer soi-même ; et, mieux, de devenir le broyeur en chef. Tel est le projet qu'il mûrit dans son for intérieur. Ainsi, contrairement à ses camarades de relégation, dont la plupart continuent de vomir le Parti communiste, Xi aura fait des pieds et des mains pour y entrer ; après plusieurs tentatives infructueuses, car son père n'avait pas été totalement réhabilité, il devint membre du PC sur la recommandation du camarade Geng… auquel Xi doit également sa nomination au Hebei à la suite d'une intervention de papa.

La secrétaire du ministre, une femme au chignon sévère tranchant avec un tailleur près du corps, des talons interminables et des bas à couture, passe une tête.

— Camarade ministre, le chef d'état-major de la marine est arrivé !

Xi sort de la pièce. Il pense déjà au petit mot qu'il ne manquera pas de faire passer à son bienfaiteur.

Le serment sous la montagne

« À la vue de ces foules, Jésus monta sur la montagne. Il s'assit, et ses disciples s'approchèrent de lui. Il prit la parole pour les enseigner et dit : […] "Vous êtes le sel de la terre, mais si le sel perd sa saveur, avec quoi la lui rendra-t-on ?" »

Le Sermon sur la montagne,
Évangile selon saint Matthieu, 5,1-13

À Paris, cela fait un peu plus de deux ans que le président de la République a des soucis de prostate, un peu moins d'une semaine que la France s'est donnée à lui et que Raymond Barre a fait son premier aller-retour en Suisse, où l'ancien Premier ministre de Giscard compte bien planquer le reliquat des fonds spéciaux de Matignon, soit un peu plus de 20 millions de francs.

À Aix-en-Provence, il est un peu plus de 7 heures du soir quand Georges T., étudiant en troisième année de sciences politiques et en première année de chinois, se hisse avec difficulté sur la plate-forme sommitale de la montagne Sainte-Victoire.

Ce n'est pas là un mince exploit de la part de Georges. Notre jeune homme est sujet au vertige. Il en prit conscience dans l'église de Vesoul, la ville où son père était employé municipal. À l'époque, il était en CM1 et il collait aux basques d'un certain Alain A., un camarade de classe également fils unique, du même âge que lui à un mois près, mais qui le dépassait d'une coudée.

Les parents de Georges sont athées. Il n'est pas baptisé, contrairement à Alain, que sa maman, une vraie grenouille de bénitier, obligeait à servir la messe. Georges ne ratait jamais une occasion d'aller voir son camarade, vêtu pour la circonstance de la soutanelle rouge et du surplis brodé, présenter au prêtre les burettes et la cassolette à encens, qui embaumait la nef de l'église, alors remplie de fidèles et tout illuminée, un vrai sapin de Noël. La France de Pompidou, des Trente Glorieuses et du règne de la bagnole demeurait la « fille aînée de l'Église ».

Ce samedi-là, la mère d'Alain était grippée et elle n'avait pas pu se rendre à l'office anticipé du soir. Son rejeton en avait profité pour proposer à Georges d'aller explorer le grand orgue. Ce fut un jeu d'enfant pour Alain que de chiper au sacristain, un vieux garçon qui sentait l'aigre et dont le col de la veste élimée était constellé de pellicules, la clé de la porte – sur laquelle figurait un écriteau où était écrit « Défense d'entrer » – donnant accès à l'étroit escalier à vis qu'on doit emprunter pour accéder à cet instrument, œuvre du facteur Rabiny, qui vécut dans la seconde moitié du XVIIIe siècle. Connu pour sa sonorité et la variété de ses jeux, cet instrument n'était joué que dans les grandes occasions par une vieille demoiselle haute comme trois pommes qui ressemblait à un gnome à écouteurs avec ses cheveux teints en noir enroulés en macarons au-dessus de ses oreilles. Les samedis soir et les dimanches ordinaires, l'intéressée jouait l'harmonium, situé derrière l'autel et qui aurait mérité une révision complète. En semaine, le gramophone de l'archiprêtre faisait l'affaire.

La vieille fille aux écouteurs était souffrante ce jour-là et cet appareil n'en finissait pas de crachoter le « *Dona nobis pacem* » de la *Messe du Couronnement*, de Mozart, lorsque Georges se retrouva sous les visages déformés par l'effort et au regard mi-sévère, mi-éploré des atlantes supportant les deux tourelles médianes du buffet de l'instrument. Tout lui semblait mirifique, de l'éclat argenté des tuyaux contrastant avec le ton sombre des boiseries, jusqu'aux joues rebondies des anges musiciens soufflant dans leurs trompettes factices, et au faciès pour le coup bien plus avenant que celui des atlantes. Sans parler de la nef, scintillante comme jamais – car le sacristain prenait soin, avant le début des offices, d'éteindre les lumières des chapelles latérales –, qui s'offrait à la vue de notre garçonnet, accoudé au garde-fou baroque du balcon. De cet endroit-là, l'autel lui paraissait minuscule, l'archiprêtre ressemblait à Pierre Lapin vêtu d'une chasuble, et les enfants de chœur à des lapereaux en soutane rouge et surplis, tout cela sous les sunlights d'une improbable comédie musicale.

Tout à coup, son mauvais génie, dont la main droite tapotait le garde-fou, lui lança :

— Et toi, tu serais cap de monter là-dessus ?

Tout à son désir d'épater Alain, Georges se retrouva à califourchon sur le gros boudin d'un velours rouge usé jusqu'à la corde… La peur du vide lui avait fait fermer les yeux, lorsqu'il entendit une voix hurler : « Descendez-moi de là immédiatement ! », en même temps qu'Alain pouffait de rire.

C'était le bedeau, qui gesticulait comme un beau diable… Georges descendit de sa rambarde avec l'agilité d'un vieillard de quatre-vingt-dix ans qui se serait retrouvé sur un escabeau par inadvertance.

C'est dire si notre étudiant en sciences politiques et en chinois ne se serait jamais risqué à s'attaquer à la montagne peinte par Cézanne s'il n'y avait été invité par Yvon de N., un garçon à la carrure de rugbyman et aux cheveux coiffés en brosse.

Tout comme ce dernier, Georges apprend le chinois à la faculté des lettres d'Aix-en-Provence. Son désir de maîtriser la langue de Confucius et de Mao Zedong remonte à *Tintin et le Lotus bleu*, cadeau de ses parents pour ses huit ans. À peine le livre ouvert, lui qui ne jurait que par les volcans et les requins, dont il collectionnait les photographies, s'était senti catapulté sur une autre planète, un monde aussi étrange que fascinant. Les dragons y sont considérés comme des monstres bénéfiques. Et, à la place de l'alphabet, il y a tous ces idéogrammes qu'on dessine de haut en bas, les colonnes se lisant de droite à gauche. Un langage cabalistique dans un monde inversé !

Sans parler de ce Shanghai interlope des années 1930 si bien décrit par Hergé, avec ses rues encombrées de pousse-pousse et de porteurs à balancier, bordées de commerces multicolores assaillis par les ménagères – on croit les entendre marchander –, si différentes des ruelles tristounettes d'une petite ville de l'est de la France, où tout est fermé dès 19 heures, et dans lequel le jeune Georges se serait bien vu jouant les détectives…

Son père ayant été muté à la mairie de Venelles, une modeste commune située à une quinzaine de kilomètres au nord de la ville de Cézanne et Zola, notre étudiant fut un élève brillant du lycée Mignet, où il obtint un bac littéraire avec mention « Bien ». Malgré cet exploit, il ne souhaita pas s'inscrire en hypokhâgne au lycée Thiers de Marseille. Une trouille bleue d'échouer au concours d'entrée à l'École normale supérieure. L'origine de cette peur était le Concours général de philosophie, d'où il n'aura pas été capable de rapporter le moindre accessit. Pourtant, il collectionnait les 16 en philo, et son prof, un spécialiste de Hegel, ne tarissait pas d'éloges sur ses capacités d'analyse et de synthèse. Depuis, notre lycéen se voit comme un pauvre type qui, nonobstant ses qualités intellectuelles et un travail acharné, ne saura pas profiter de l'ascenseur républicain. Et cela pour de multiples raisons : milieu social, éducation des parents, peur de décevoir, de l'extérieur, de l'avenir, d'un peu de tout… La maladie quasi incurable de ceux qui manquent de confiance en eux-mêmes. En somme, une sorte de Petit Chose, à la Alphonse Daudet…

Persuadé de ne pouvoir accéder aux écoles normales supérieures ou à l'ENA – les « voies royales » des littéraires avides d'action –, Georges s'est donc inscrit à Sciences Po Aix, où il suit avec passion l'enseignement des divers professeurs dans des matières qui traitent de l'actualité : les sciences politiques, l'histoire contemporaine, l'économie et les relations internationales. Véritable rat de bibliothèque, il a dévoré Alexis de Tocqueville, Pierre Bourdieu, Karl Schumpeter, Raymond Aron. Il épluche *Le Monde* dès qu'il le peut.

Alors qu'il achevait sa deuxième année de sciences politiques, Alfred Sauvy, le fondateur de l'Institut national d'études démographiques, qui enseigna longtemps au Collège de France, convainquit notre étudiant que « la démographie demeure le facteur clé de la marche du monde ». C'était, au demeurant, le titre de la conférence que délivra aux élèves de Sciences Po ce petit bonhomme, l'air d'un gnome avec ses yeux globuleux – dont l'un regardait vers l'est et l'autre vers l'ouest –, à la cravate mal ajustée à un col de chemise à la propreté douteuse et dont les pointes rebiquaient, et au cartable semblant peser des blindes. À la fin de sa conférence, il lança à l'auditoire :

— À votre place, je me mettrais au chinois ! En tant que peuple le plus nombreux, les Han sont l'avenir de l'humanité !

Phrase définitive qui amena notre étudiant à s'inscrire dès le lendemain en licence de chinois.

Tout comme Sauvy, Georges pense que le pays des Han est le laboratoire du futur, sur une planète qui devrait dépasser les cinq milliards d'habitants en 1987.

À la fac de lettres, où s'est ouverte une section d'enseignement du mandarin, l'air du temps est gauchisant, fait d'aveuglement au sujet des crimes du stalinisme et d'antiaméricanisme primaire. De Gaulle n'y a pas bonne presse, contrairement au Viêt-minh et au Che. Ce n'est pas la même chanson à la fac de droit, où les profs continuent de porter la toge lors des cérémonies de remise des diplômes aux étudiants, comme au bon vieux temps, à croire que la loi se conjugue obligatoirement avec un ordre ancien.

À présent, nos deux alpinistes du dimanche sont arrivés au pied de la Croix de Provence. Le symbole du département des Bouches-du-Rhône est un monument d'une vingtaine de mètres de haut, érigé entre 1871 et 1875 au sommet de « la Sainte » – ainsi que continuent de l'appeler les Aixois de souche – pour remercier la Providence d'avoir épargné à la région le joug prussien. Gravés sur du cuivre, les noms des quelque vingt-deux mille donateurs qui financèrent sa construction sont enfermés à l'intérieur du socle, sur lequel a été scellée une croix en fonte de fer d'un peu plus de sept mètres de haut.

La semaine précédente, Yvon de N., féru de montagne, a su trouver les arguments pour convaincre Georges de venir avec lui : la Sainte-Victoire n'est pas difficile à escalader et ils n'auront à affronter aucun passage de niveau supérieur à « 7 a », déconseillé aux débutants en escalade.

Mais autant il est facile d'atteindre le sommet de la Sainte-Victoire quand on l'aborde par son versant nord, en pente douce, autant la paroi rocheuse de sa face sud offre peu de prises. Et, chez Georges, la peur du vide se conjuguant à celle de l'échec, il a plusieurs fois été à deux doigts de déclarer forfait. Pourtant, Yvon s'était placé juste derrière lui de façon à pouvoir lui pousser les fesses, ce qui s'avéra plusieurs fois nécessaire.

D'où le soulagement de notre étudiant en sciences politiques et en chinois, à présent qu'il extirpe une gourde de sa besace. Il la tend à son camarade, qui s'est signé en mettant un genou à terre. Yvon s'étant désaltéré, Georges boit à son tour et tourne le regard vers le couchant.

Depuis l'arrivée au sommet de nos deux jeunes gens, les montagnes du lointain se sont teintées de mauve et les derniers feux du soleil atténuent l'incongruité de la cheminée de la centrale à charbon de Gardanne. Au loin, les magasins en forme de boîtes à chaussures de la zone des Mille confèrent des airs de tableau de Vieira da Silva à ce paysage où les champs d'oliviers et les vignobles sont déjà grignotés par les « chalandonnettes », ces maisons destinées à la classe moyenne et dont la construction fut, lors de la décennie précédente, encouragée par Albin Chalandon, le ministre du Logement de Georges Pompidou. Malgré la distance, on peut entendre le bruit de fond de la circulation des voitures à la queue leu leu, dont les éclairages transforment la voie rapide en rubans clignotants, l'un rouge et l'autre blanc mâtiné de jaune.

Georges désigne à son compagnon une imposante bâtisse à moitié cachée par les platanes de l'allée qui y mène.

— Avec des jumelles, crois-tu qu'on verrait ta chambre ?

Yvon part dans un grand éclat de rire.

— Elle donne sur l'autre côté du bâtiment… côté jardin !

Avant d'abriter le noviciat des Jésuites de France, le « centre de La Baume » fut la maison de campagne du collège Royal-Bourbon d'Aix. La Compagnie de Jésus en exerçait la direction au XVIIe siècle.

C'est là qu'Yvon de N. achève sa deuxième année de « probation ». Notre garçon à la carrure imposante se destine à la prêtrise. Mais pas n'importe laquelle. On ne devient jésuite qu'au terme de douze années d'études, dont trois en théologie et droit canon, ponctuées de tests périodiques visant à mesurer la motivation et l'endurance de l'impétrant. Alors seulement on pourra prononcer des vœux définitifs, dont la première phrase de la formule, longue d'une dizaine de lignes, constitue en soi tout un programme : « Moi, N., je fais profession et je promets à Dieu tout-puissant, en présence de la Vierge Marie, mère de Dieu, de tous les saints, et à vous (ici est nommé le supérieur général des Jésuites) et à vos successeurs : pauvreté, chasteté et obéissance pour toujours. » Par ailleurs, tout jésuite se doit d'atteindre un niveau d'excellence dans le domaine intellectuel de son choix, à l'instar du père Teilhard de Chardin, devenu un éminent spécialiste en paléontologie humaine et animale.

Yvon aspire à tout connaître de la Chine. C'est ce qu'il a expliqué à Georges quand ils s'étaient retrouvés à la cafétéria de la fac de lettres, à l'issue de leur première leçon de mandarin – où il avait été question des quatre tons.

Ce choix d'Yvon n'a rien d'original. L'empire du Milieu a toujours été la principale terre de mission de l'ordre ignacien, depuis Matteo Ricci. Ce premier missionnaire occidental, arrivé à Canton sous la dynastie des Ming, apprit à parler et à écrire en mandarin et s'habillait à la chinoise. Grâce à leur aptitude à se fondre dans le paysage, à l'instar de Ricci, grâce également à leurs connaissances en mathématiques, en astronomie et en agriculture, les Jésuites n'avaient pas tardé à bénéficier des faveurs des empereurs dès la fin du XVIIe siècle, et cela sans faire preuve de prosélytisme. « Nous sommes là pour vous aider modestement » était leur mot d'ordre. Cela n'empêcha pas certains d'entre eux d'y laisser leur peau (et parfois leur tête) après s'être hasardés dans des coins reculés de Chine où on ne tolérait pas la présence des « nez longs » – expression péjorative par laquelle les autochtones désignaient les Occidentaux.

Le « jésuitisme », cet art – dont les Normands sont crédités – consistant à manier le « ni oui ni non », n'est pas une légende : le jour où Georges demanda à Yvon ce qu'il pensait de la Révolution culturelle, l'apprenti jésuite, après réflexion, répondit : « On ne fait pas d'omelette sans casser des œufs. Et toi, t'en penses quoi ? »

Depuis qu'il connaît Yvon, Georges s'est rencardé sur les Jésuites, dont il s'était fait une piètre opinion à la lecture de *Rome*, le deuxième opus du cycle des « Trois Villes » d'Émile Zola, le premier étant *Lourdes* et le troisième *Paris*. À en croire l'auteur des Rougon-Macquart, la « savante organisation » de l'ordre ignacien a couvert « le globe d'un réseau de fer, sous le velours des mains douces expertes au maniement de la pauvre humanité souffrante »… Aux yeux du défenseur du capitaine Dreyfus, le choix serait vite fait entre la supposée rouerie des « hommes noirs » – tenants de la « transaction avec le péché », cela expliquant leur capacité à vivre dans le siècle – et les Dominicains, certes inventeurs de l'Inquisition mais ayant la franchise de défendre le dogme *Perinde ac cadaver*[1]. Au demeurant, si les Jésuites n'avaient pas une certaine propension à se mêler de ce qui ne les regarde pas, ils n'auraient pas été expulsés du Portugal (en 1759), de France (en 1764) et d'Espagne (en 1767), avant d'être carrément interdits par le pape Clément XIV (aux termes du bref *Dominus ac Redemptor* du 21 juillet 1773), la « querelle des rites » étant alors à son comble et les autorités vaticanes accusant les bons pères de prendre trop de libertés avec les dogmes chrétiens dans le dessein de séduire les empereurs pékinois… en somme de complaire aux Han plutôt qu'au Vatican. Cela n'empêcha pas Pie VII de les rétablir en 1814. L'armée des « hommes noirs » a toujours su se rendre indispensable…

Cela étant, un jésuite a beau jurer soumission absolue au pape – et non au Christ –, il n'obéit en réalité qu'au supérieur général

1. Littéralement : « À la manière d'un cadavre ». Cette expression illustre l'idée d'obéissance totale et, dans ce cas, de soumission aveugle aux ordres du supérieur religieux.

de la Compagnie, affublé – et pour cause – du surnom de « pape noir ». En cette année 1981, le titulaire de la charge est un jésuite espagnol du nom de Pedro Arrupe.

Pour le moment, ce n'est pas à ce rescapé de Hiroshima, par ailleurs tenant d'une Église de la pauvreté, que songe notre jésuite en herbe. Il a cessé de regarder son bercail pour farfouiller dans son sac à dos, pendant que Georges l'observe en souriant intérieurement : et si Yvon était un James Bond à la sauce chinoise qui s'apprêtait à poser une bretelle d'écoute sur le téléphone d'un ennemi du maoïsme ? Aura-t-il un destin similaire à celui d'Alighiero Tondi, dont Yvon avait un jour parlé à Georges ? Ce jésuite défroqué claqua en 1952 la porte de la Compagnie avant de se rapprocher de Palmiro Togliatti, le leader communiste italien, et de s'établir en Allemagne de l'Est en compagnie de son épouse – ce qui allait valoir au couple d'être suspecté d'espionnage au profit de l'URSS –, puis de revenir au bercail jésuitique, consécutivement au trépas de sa femme.

Dix minutes plus tard, alors que la nuit va tomber, Georges blêmit devant la longue corde dont Yvon lui tend un bout après l'avoir extirpée de son sac.

— Tu veux vraiment me faire redescendre en rappel ? lance-t-il à son camarade avec une moue d'incrédulité.

— Tu as vu l'heure ? Si on prend le chemin côté nord, il nous faudra une heure et demie pour atteindre le parking… Je doute qu'on y trouve quelqu'un qui nous prendra en stop.

Georges cligne des yeux. Cela fait cinq ans que ses parents, chez qui il loge, habitent au premier étage de la mairie de Venelles, dont son père est le secrétaire. La Motobécane de Georges étant tombée en panne, les deux jeunes gens ont effectué en bus le trajet entre Aix et Le Tholonet, d'où ils sont partis pour leur ascension. Notre étudiant en chinois déglutit. Impossible de se dérober : le dernier autocar reliant Aix à Venelles part à 19 heures. Il songe à cette paroi de plusieurs mètres située juste en dessous du sommet et qu'il aurait été bien incapable de gravir sans l'aide de son coéquipier.

L'aspirant jésuite fait passer la corde autour du tronc d'un pin.

— Tu es déjà descendu en rappel ?

Puis il se positionne face à Georges, jambes écartées et dos au vide, avant de disparaître de la vue de son camarade, ce dernier ayant reculé sous l'effet de la panique.

L'envie de vomir de Georges se fait plus pressante. Il empoigne la corde et vient à son tour se placer dos au vide. Entre-temps, il aura suffi à Yvon de trois rebonds pour se retrouver au pied de la paroi. Les mains de notre étudiant en sciences politiques et en chinois ressemblent à celles d'un naufragé agrippé à la gaffe de son sauveteur. Après avoir donné du mou à sa corde, il se force à amorcer sa descente. Mais, n'ayant pas songé à plaquer ses semelles contre la pierre, il reste suspendu au-dessus du vide, avant de se mettre à tourner sur lui-même. Il ferme les yeux, tandis qu'Yvon l'exhorte à prendre appui avec ses pieds sur la falaise. Il se revoit sur la rambarde du balcon de l'orgue de Vesoul, quand le sacristain l'avait sommé de redescendre.

Mais là, Yvon est son sauveur. Il s'est placé en position de réception, à moitié accroupi et bras écartés, et, loin de l'engueuler comme le bedeau, il s'écrie :

— Sacré nom de Dieu, laisse-toi glisser ! Je te réceptionne.

Notre « Petit Chose », dont les bras sont en charpie, n'a plus le choix. Il ouvre à demi ses paumes chauffées à blanc. La chute lui semble interminable. Ses paupières sont toujours closes et il ne sait plus s'il a crié quand il se retrouve dans les bras d'Yvon et roule sur le sol avec lui.

— J'espère que tu ne t'es pas fait mal…

« Petit Chose » fait « non » de la tête. Puis il va s'asseoir contre un rocher, pendant qu'Yvon tire sur la corde, qui retombe souplement à ses pieds, tel un long serpent épuisé dont les muscles auraient lâché.

— À partir de maintenant, on n'en a plus besoin !

Yvon s'est déjà engagé sur le sentier quand Georges se relève avec difficulté, sous un ciel désormais criblé d'étoiles.

Son protecteur a déjà marché une vingtaine de mètres. Malgré la distance, Yvon lui paraît immense… Georges en a les yeux remplis de larmes. Pour une fois qu'une main secourable est venue à lui ! Il n'a jamais pu confier ses faiblesses à quiconque, pas même à ses parents. La peur de décevoir, la volonté de protéger : le carcan qui vous enserre quand votre adolescence vous a échappé.

Georges a descendu le reste de « la Sainte » comme un automate et, à présent, il entend de nouveau le bruit de la circulation. Quand il découvre son ange gardien assis sur une grosse pierre au bord de la route, il sort de son sac une petite flasque, qu'il lui tend.

— De l'alcool de prune. Le meilleur des remontants !

En disant cela, Georges ment comme un arracheur de dents : il tient très mal l'alcool, et c'est à tout hasard qu'il a jeté son dévolu sur la première bouteille du meuble-bar de son paternel. Son camarade en ayant avalé une lampée, la gnôle brûle le gosier de Georges, qui n'a pu faire autrement que de porter à son tour le goulot à sa bouche. Maintenant que la Sainte-Victoire s'évanouit dans la pénombre, il a l'impression de flotter dans l'espace. Au loin sont apparues les premières maisons du Tholonet, semblables à celles d'une de ces crèches provençales qui s'illuminent moyennant deux pièces de un franc dûment glissées à cet effet dans un tronc – il ne saurait y avoir de petits profits pour la fille aînée de l'Église, vu la largeur des trous de ses poches.

Devant le panneau signalant l'entrée du village, Georges, en posant sa main sur l'épaule de son camarade, lui déclare :

— Je ne te remercierai jamais assez, Yvon ! Tu pourras toujours compter sur moi ! J'en fais ici le serment !

Yvon, dans un grand éclat de rire, dit :

— Le serment sous la montagne…

1.2

LE MERCREDI 25 NOVEMBRE 1981

Forêt

À environ mille cinq cents kilomètres au sud de l'épicentre du pouvoir communiste se trouve la province du Shanxi, dont la capitale est Xi'an. La cité a servi à de nombreuses reprises de pôle névralgique aux empereurs. C'est également là qu'on a exhumé, une dizaine d'années plus tôt, la célèbre armée des soldats en terre cuite du tombeau du premier empereur, Qin Shihuangdi.

À trois heures et demie de route de ce site archéologique exceptionnel, Baoji est une agglomération de trois cent mille habitants. Une grosse bourgade, à l'échelle de la Chine, cernée par quelques usines, aux rues pas toutes asphaltées et aux constructions plus ou moins décrépites. L'une d'elles domine les bâtisses qui s'alignent le long des deux artères commerçantes de cette ville ouvrière. Avec ses six étages, l'immeuble de la clinique de la Clarté est le plus haut de la ville. C'est là que les futures mamans de Baoji et de ses environs sont incitées à venir accoucher. « Accoucher à la maison est un acte réactionnaire. » Cela fait quinze ans que les médias diffusent ce mot d'ordre, qu'une jeune femme s'apprête à suivre.

Forêt Grande[1] est menue, contrairement à ce que son nom laisse entendre. Elle va sur ses dix-huit ans et possède un très joli visage, rappelant celui de la *Pietà* de Saint-Pierre de Rome : un nez droit et fin, une bouche parfaitement dessinée et des paupières légèrement bombées, sous un front d'une hauteur appréciable, le tout inscrit dans un réjouissant ovale. Sa main gauche soutient

1. « Forêt Grande » se prononce « Sen Lin » en mandarin pinyin.

son ventre, tandis que sa main droite tient une petite valise. Une remontée d'acide gastrique manque de lui faire rendre ses tripes, comme ce fut le cas sur la plate-forme du triporteur du voisin compréhensif à qui elle a dû offrir une bouteille d'alcool de sorgho pour qu'il la transporte jusqu'à la clinique – les contractions se faisant de plus en plus fortes, sur le canapé défoncé de sa mère, devant les images neigeuses d'un feuilleton à la gloire de l'Armée rouge diffusé sur un poste de télévision, une rareté au Shanxi, où le prix de ce genre d'appareil équivaut à trois mois du salaire d'un ouvrier.

Il est 10 heures du soir et, dehors, il gèle à pierre fendre. Des bandes de plastique jaunies obstruent l'entrée du bâtiment pour empêcher le froid d'y pénétrer. Une fois franchi ce rideau gélatineux, Forêt n'entend presque plus les chants révolutionnaires entrecoupés de mots d'ordre relatifs au « patriotisme désintéressé » des dirigeants du Parti crachotés par les deux haut-parleurs situés de part et d'autre de l'entrée. Elle traverse le hall violemment éclairé au néon pour se rendre devant un comptoir en formica sur lequel est posé un écriteau où figure la mention « Accueil des patientes ». Derrière se tient une femme au visage ingrat, regard inquisiteur et lèvres pincées, cheveux relevés sous une coiffe blanche semblable à celle des ambulancières soviétiques.

Délaissant sa revue de tricot, la coiffe blanche dévisage Forêt, puis elle pose des yeux sévères sur le ventre arrondi de la jeune femme.

— J'imagine que tu ne viens pas pour avorter…

À la Clarté, on pratique également les avortements. « La femme doit avoir le choix » : si, depuis 1953, le Parti a décrété que les femmes avaient le droit d'interrompre leur grossesse à n'importe quel stade, c'est moins par féminisme que parce que cela va dans le sens du contrôle des naissances et que, sous l'ancien régime, les gens faisaient beaucoup trop d'enfants par rapport aux capacités alimentaires du pays.

— Tu as perdu les eaux ?

Forêt, à qui cette expression ne dit rien, est de plus en plus mal à l'aise. Le regard inquisiteur du cerbère n'est pas sans lui rappeler celui de sa mère quand elle, sa fille, se rend au cinéma municipal, où sont projetées des bluettes mâtinées d'édification politique ou des sagas martiales à la gloire de la révolution maoïste, ou encore au *Restaurant de l'Amitié* avec d'anciennes copines de classe après avoir enfilé sa « tenue habillée », une robe en cotonnade fleurie avec manches ballons – très années 1950 –, dans laquelle elle ne peut plus entrer. Une grossesse, ça fait grossir.

C'est d'ailleurs à cela que s'était empressée de faire allusion Petit Gâteau de Riz Gluant[1], la mère de Forêt, sur un ton aigre et sans cesser de se pomponner devant le miroir de la salle d'eau, quand sa fille unique lui avait annoncé qu'elle était enceinte.

Petit Gâteau de Riz Gluant collectionne les amants. Quand elle a eu Forêt, elle n'était pas encore sortie de l'adolescence et, à trente-quatre ans, elle est d'une beauté rare : visage de poupée maquillé avec soin et corps magnifiquement sculpté, à croire que les privations de toutes sortes et le vélo valent le scalpel des meilleurs chirurgiens esthétiques – employée au service comptable de l'usine de phosphates numéro 18, Petit Gâteau est obligée de pédaler une heure et demie pour se rendre jusqu'au fleuron d'un gigantesque complexe agrochimique créé par Mao à l'occasion du « Grand Bond en avant ». Situé à plus de trois kilomètres du centre de Baoji, il répand ses fumées toxiques sur les habitants de la ville. Forêt ignore qu'elles ont provoqué le cancer du poumon qui, huit ans auparavant, a emporté son père, lui aussi salarié de cette usine.

La jeune femme n'est pas allée plus loin qu'un bac pro en agronomie. Le régime communiste n'ayant pas aboli le système des concours mandarinaux, elle n'avait ni les notes ni les accointances nécessaires pour avoir la moindre chance d'être prise à l'université. Au lycée, elle excellait en gymnastique acrobatique, car elle est souple comme une liane. Comme la plupart des jeunes gens dans le même cas qu'elle, Forêt n'a qu'une frousse : qu'on l'envoie dans

1. « Petit Gâteau de Riz Gluant » se prononce « Zongzi » en mandarin pinyin.

une coopérative agricole. Si elle n'habitait pas avec sa mère, elle n'aurait pas de quoi vivre avec l'argent des gardes d'enfants ou de la promenade du chien de personnes âgées du quartier disposant de certains moyens qu'elle décroche de temps à autre.

Forêt n'a pas conscience qu'elle est aussi belle que sa génitrice. Elle enrage quand il arrive qu'on les prenne pour deux sœurs.

Elle déteste sa mère. Elle s'est toujours sentie plus proche de Battant de Porte en Bois [1], la sœur jumelle de Petit Gâteau, l'une des meilleures joueuses de ping-pong de Chine, raison pour laquelle on la surnomme « Battante ».

Battante habite à Xi'an. Forêt lui a fait part de sa grossesse dans une lettre demeurée sans réponse, ce qui chiffonne au plus haut point notre future maman.

La coiffe blanche a déposé un bulletin d'entrée sur le comptoir.

— Ton état civil. J'espère que tu connais le nom du père.

Tandis que les néons du hall se mettent à clignoter – à Baoji, en dessous d'une certaine température, les baisses de potentiel électrique sont fréquentes – et tout en s'imaginant clouant son bec à l'ignoble coiffe blanche, Forêt dit :

— Oui !

À Baoji, il y a plus de filles mères qu'on ne le croit. Des oies blanches qui se retrouvent enceintes à la première occasion parce qu'elles ignorent tout de la contraception.

Forêt a rencontré le papa à la coopérative agricole, où elle castrait le maïs pour se faire un peu d'argent. Elle ne cesse de maudire cet élève ingénieur en agronomie originaire de Chengdu, au Sichuan, au physique avenant, dont les filles de la coopérative buvaient les paroles pendant qu'il leur détaillait les méthodes d'arrosage par intermittence du maïs, une plante faite pour avoir « la tête au soleil et les pieds dans l'eau ». Forêt n'avait fait que deux fois l'amour avec lui, et toujours à la sauvette.

Depuis, le garçon s'est bien gardé de répondre aux trois lettres qu'elle lui a écrites pour lui annoncer la nouvelle… Quand

1. « Battant de Porte de Bois » se prononce « Mu Fei » en mandarin pinyin.

le test de grossesse s'est révélé positif, elle a songé à avorter. À Baoji, on trouve au moins trois « faiseuses d'anges » qui pratiquent des avortements dans des conditions d'asepsie déplorables. Certains parents n'osent pas amener leurs filles à la clinique de la Clarté, surtout lorsqu'elles sont mineures. La peur du qu'en-dira-t-on… et aussi la trouille bleue que le bébé soit de sexe féminin.

Forêt n'aurait franchi le pas pour rien au monde. Elle a immédiatement accepté l'arrivée du bébé. Pendant des semaines, elle a caché sa grossesse à sa mère et à ses copines. À partir du quatrième mois, elle a comprimé son ventre à l'aide d'une large ceinture. Jusqu'au jour où elle a décidé qu'il était temps de révéler la vérité à Petit Gâteau, qui ne s'était aperçue de rien…

Au bord de l'évanouissement, la future accouchée pose sa valise au pied du comptoir afin de remplir le bulletin d'entrée. Une fois celui-ci complété, elle demande :

— À quel étage faut-il que je me rende ?

La coiffe blanche fait se rejoindre l'auriculaire et le pouce de sa main droite – le geste signifiant « 2 ». La jeune femme reprend sa valise et se traîne comme elle peut vers l'ascenseur. Arrivée au deuxième étage, dans une odeur d'éther qui prend à la gorge, sous un panneau avertissant que le tabac et l'alcool sont les principales causes de malformations des nourrissons, elle est déjà à moitié évanouie.

Une vague silhouette blanche se dirige vers elle depuis le fond d'un couloir éclairé au néon et aux murs vert pomme. Dans cette atmosphère d'aquarium, Forêt a l'impression de flotter à l'orée d'abysses aussi dangereux qu'incertains, lorsque la silhouette, devenue une infirmière, la prend par le bras.

— La salle de travail, c'est la troisième porte à droite. Fais vite ! Tu perds les eaux !

Notre demoiselle regarde la flaque rose dans laquelle baignent ses ballerines de velours noir à lanière, puis elle s'avance, ou plutôt essaie de battre les flots tel un chiot avec ses pattes. En vain. Ses narines ont disparu sous l'eau. Elle a perdu pied. Forêt n'a jamais appris à nager. Elle a très peur de l'eau, comme plus de 99,8 % de ses compatriotes han.

Les tourments d'Yvon de N.

À Paris, vers 15 heures, dans son bureau élyséen tout dégoulinant d'or, Raminagrobis a la tête ailleurs. Il n'a pas touché à la poularde demi-deuil que le chef lui a préparée pour le déjeuner à l'issue du Conseil des ministres, ni daigné ouvrir le dossier sur les nationalisations que Pierre Bérégovoy, le secrétaire général de la présidence, a déposé sur son bureau et dont personne à l'Élysée n'imagine à quel point elles se révéleront aussi coûteuses qu'inutiles pour le contribuable français.

Cinq minutes plus tôt, il a refusé de prendre au téléphone Jack Lang, qui l'appelait pour la cinquième fois de la journée, avant de traiter son ministre de la Culture d'emmerdeur devant Paulette Decraene, sa fidèle secrétaire particulière, et André Rousselet, son directeur de cabinet.

Cet homme à la silhouette juvénile malgré ses cinquante-neuf ans a quitté le service de l'État en 1958 pour entrer chez Simca, ce qui lui permit d'acquérir la compagnie de taxis G7 aux termes d'un contrat qu'on lui avait fait signer en tant que prête-nom – au dire de certains milieux gaullistes.

Malgré sa victoire à la présidentielle, Raminagrobis broie du noir. La semaine précédente, le professeur Ady Steg, plus grand urologue de la place, lui a annoncé que son cancer de la prostate était passé du stade deux au stade trois. Depuis, le Président est convaincu qu'il ne lui reste que deux ou trois ans à vivre.

Le vieux lion soupire. S'être donné tant de mal, avec tous ces connards du PS et cet idiot de Marchais – incapable de tenir sa boutique –, pour une moitié de septennat !

Alors qu'il essuie une larme à l'idée de ne pas voir grandir sa Mazarine adorée, qui suit sa scolarité à l'école de la rue Saint-Benoît, l'huissier passe une tête.

Michel Rocard, que le Président se plaît à surnommer Nimbus, attend dans le Salon des ordonnances, l'antichambre du bureau présidentiel où Jacques Attali, « conseiller spécial », monte la garde après s'y être installé *manu militari*. Le Président sourit vaguement. Raminagrobis ne fait qu'une bouchée des souris bavardes.

Au même moment, à huit cents kilomètres au sud de l'Élysée, à Aix-en-Provence, Yvon de N. est accoudé à la fenêtre de sa chambre, une pièce exiguë meublée d'une table et d'une chaise, d'une armoire-penderie dotée d'une seule porte ainsi que d'un lit au chevet duquel se trouve un prie-Dieu. Accrochés au mur face à la fenêtre, un chromo du pape Paul VI et une photo du *padre* Arrupe prise au numéro 4 de Borgo Santo Spirito, le siège de la Compagnie de Jésus. Le « pape noir » y est représenté en clergyman, un grand sourire éclairant son visage émacié aux yeux de braise profondément enfoncés dans leurs orbites.

Tournant le dos à ces photos, notre séminariste contemple les oliviers du parc de La Baume. Repensant au jour où il fit part à sa mère de sa décision de devenir jésuite, il se touche le front à l'endroit où Madeleine de N., qui n'embrassait jamais son fils, posa ce jour-là ses lèvres, qui semblèrent d'une sécheresse stupéfiante à ce dernier, dont la peau en demeure comme marquée au fer rouge.

C'était dans le grand salon de l'hôtel particulier où Mme de N. régale de cannelés accompagnés d'Earl Grey ou de limonade ses amies de la haute société bordelaise, mélange de gens de robe et de professions libérales plus ou moins désargentés et de grands propriétaires de vignobles faisant figure de m'as-tu-vu, car n'hésitant jamais à étaler leur aisance financière. Il faisait beau et une légère brise gonflait les voilages des fenêtres, que la domestique avait largement ouvertes. Ainsi Yvon se crut-il à bord d'une sorte d'esquif sur une mer déchaînée, quand sa génitrice déclara :

— J'en étais sûre.

Pour dire cela, Madeleine de N. aura pris soin d'user d'un ton neutre, de telle sorte que son fils continue à se demander si c'était du lard ou du cochon.

Il est vrai qu'à part faire plaisir à sa maman Yvon serait bien en peine d'expliquer les raisons de sa réponse à l'« appel de Dieu » – expression utilisée par Matthieu l'évangéliste au sujet des apôtres Pierre et André lorsque ceux-ci mettent leurs pas dans ceux du Christ, qu'ils croisent alors qu'ils s'apprêtent à partir pêcher en mer de Galilée.

D'ailleurs, lors de la réunion de bienvenue au centre de La Baume, au cours de laquelle le directeur du noviciat s'emploie à passer les nouvelles recrues sur le gril, Yvon, questionné par celui-ci sur ses motivations, eut le plus grand mal à bredouiller : « Pour être utile à mon prochain ! » Cela d'une voix mourante et tout en s'efforçant de cacher son embarras.

Les drames familiaux façonnent souvent les destinées.

Celle de notre futur jésuite aura été marquée par la mort, à l'âge de dix-huit ans, de ses sœurs jumelles, Aude et Élisabeth, fauchées par un chauffard à moins de deux cents mètres de chez elles, alors qu'elles revenaient à vélo d'une soirée organisée par le rallye des Chartrons. Yvon allait sur ses neuf ans quand ce drame fit voler en éclats le semblant d'harmonie qui régnait au sein de la famille. Sa mère, qui avait été élevée chez les religieuses, s'abîma un peu plus dans la prière, contrairement à son père, maître de N., avoué près la cour d'appel, qui, entre les chasses dans les Landes ou dans les Charentes et la pêche au thon au large de Saint-Jean-de-Luz et de La Corogne, se mit à déserter un peu plus l'hôtel particulier familial, dont ses bureaux occupent une partie du rez-de-chaussée.

Comme tous les rejetons de la bonne bourgeoisie bordelaise ayant un minimum d'aptitudes scolaires, Yvon fit toute sa scolarité chez les Jésuites, à Saint-Joseph-de-Tivoli. C'est donc à Caudéran, au milieu des tilleuls du domaine de Peyreblanque, que naquit sa vocation religieuse, ou plutôt qu'il la déclara, à la façon d'une maladie contagieuse dont on ignore le plus souvent dans quelles conditions exactes on l'a contractée.

S'il garde de sa scolarité un souvenir plus que mitigé, c'est dû moins à l'enseignement qu'il y reçut – les Jésuites ayant plus d'ouverture d'esprit que les Lazaristes ou les Frères des écoles chrétiennes, et ne parlons pas des pères de Bétharram, « la boîte à claques et à remettre dans le droit chemin », située non loin de Pau, cela expliquant qu'à Tivoli les maths, la physique, l'histoire et la littérature avaient autant droit de cité que le catéchisme – qu'à l'ambiance générale – plutôt collet monté – de l'établissement. Il aura été profondément marqué par son professeur de philosophie. Ce normalien issu de la rue d'Ulm tranchait avec le reste des enseignants : la petite quarantaine et un physique de jeune premier, que rien ne désignait comme un jésuite quand on le croisait dans la rue, avec son genre rocker – cheveux mi-longs, blouson d'aviateur, jeans et santiags, sans parler d'un trou dans le lobe de l'oreille gauche datant de l'époque où elle était traversée par une boucle. Le père Christian parlait aussi bien à ses élèves de Diogène, Schopenhauer et Nietzsche que de Pascal et de Jacques Maritain, au point que, certains jours, les plus intégristes se plaignaient qu'avec le père Christian Dieu avait tendance à devenir l'« éléphant dans la pièce »… D'autres, en revanche, ne cachaient pas l'attrait, au demeurant pas toujours uniquement intellectuel, qu'exerçait sur eux leur brillant professeur.

Intimidé par le personnage, Yvon avait passé l'année à boire ses paroles sans jamais oser le solliciter en dehors des cours, jusqu'au jour des résultats de son bac philo, obtenu avec une mention « Assez bien ». Il prit alors son courage à deux mains pour l'inviter à boire un verre. Dans le troquet situé en face de l'établissement scolaire, il ne savait pas trop quelle attitude adopter devant son mentor, qu'il n'avait jamais vu de si près, et dont il pouvait sentir le parfum vanillé. Aussi, quand le père Christian lui demanda tout à trac, devant leurs verres de menthe à l'eau, ce qu'il comptait faire de sa vie, il s'entendit répondre, au milieu des rires, des roulements et des claquements des figurines du baby-foot :

— Comme vous, mon père. Je compte consacrer ma vie à Dieu.

Cela d'une façon automatique qui l'avait étonné lui-même.

Mais qui n'a pas été conditionné ?

À présent, un chien aboie dans les lointains et Yvon jette un coup d'œil à sa montre, une Seiko à quartz, cadeau de son père pour ses vingt ans : 13 h 45. Dans une demi-heure, Georges et lui ont prévu de se retrouver à la cafétéria de la fac afin d'y confronter leurs traductions respectives – qu'ils doivent rendre le lendemain – d'un article du *Quotidien du peuple* relatif à l'apport du général de Gaulle aux relations franco-chinoises.

Vingt minutes plus tard, le voici qui déboule dans ce qui tient lieu de quartier général au syndicat étudiant UNEF, un local à l'image de la faculté de lettres : crade et enfumé, aux murs recouverts d'affiches, les unes faisant état de revendications syndicales, les autres annonçant les spectacles du département « Théâtre et langage corporel » ou encore les films présentés au ciné-club de la fac. Il s'assied, dans un brouhaha assourdissant, sous un portrait au pochoir de l'ayatollah Khomeyni, qualifié, sous son visage enturbanné, de « héros de la lutte contre l'impérialisme américain », et un autre de Che Guevara, visage christique à souhait sous son béret orné de la petite étoile rouge.

Une grosse demi-heure plus tard, alors qu'il en est à se demander si son camarade, d'ordinaire à l'heure, ne lui aurait pas posé un lapin, quelle n'est pas sa surprise de voir ce dernier fendre cette assemblée, composée pour l'essentiel de gauchistes clope au bec, en compagnie d'une jolie blonde… qu'il n'a jamais vue en cours de chinois.

Et pour cause, Georges ayant fait les présentations : « Emma, une copine de Venelles », il s'avère que la demoiselle est élève en première S et se destine à la médecine, suivant en cela les brisées de son père, médecin dudit village.

Les yeux d'Yvon s'arrondissent comme des soucoupes à mesure qu'il détaille le visage d'Emma : cheveux ébouriffés coiffés à la garçonne, grands yeux couleur saphir, cette adorable frimousse de poulbot au féminin reposant sur une écharpe en mohair dont le côté vaporeux est accentué par les plumes cousues dessus. Le jésuite en a des frissons : ce petit air des jeunes personnes, essentiellement des filles, qui n'ont peur de rien, confiantes dans l'attirance qu'elles suscitent et que leur rappelle en permanence le regard d'autrui… À commencer par celui de notre « apprenti curé », ainsi que Georges croit bon, sans la moindre malice de sa part, de désigner Yvon, chez qui cela provoque une moue de désagrément tandis qu'Emma éclate d'un rire cristallin.

Mais tout cela n'empêche pas Yvon de considérer Emma comme l'empêcheuse de tourner en rond, car sa présence risque de saper la confrontation de sa copie avec celle de Georges, puisque tel était l'objet de leur rendez-vous. Sans parler du fait que, Georges étant la seule relation d'Yvon à ne pas appartenir au cercle des séminaristes de La Baume, le jésuite n'avait pas imaginé que son camarade pouvait avoir une petite copine.

La hiérarchie catholique n'a jamais été à l'aise avec l'obligation de célibat pour ses prêtres et le vœu de chasteté pour les membres de ses communautés religieuses. À Tivoli, si le père A., professeur de biologie et de sciences naturelles, croyait bon d'expliquer aux élèves de terminale que la masturbation ne rendait pas sourd, il le faisait avec l'air mi-bravache, mi-convenu de celui qui n'entend pas s'aventurer trop loin en terrain glissant. Les profs avaient pour consigne d'éviter tous les sujets ayant trait au sexe. Yvon n'avait pas attendu ce conseil pour découvrir les vertus du plaisir solitaire, qu'il pratique depuis sa puberté. Les années passant, cet exutoire l'aide à conjurer son mal-être et à calmer ses angoisses. Il n'a jamais flirté ni couché, contrairement à certains camarades de Tivoli qui avaient recours, sur les conseils de leurs pères, et parfois même sous leur houlette, aux vieilles prostituées des quais de la Garonne ou aux pensionnaires des maisons closes de Donostia ou d'Andorre-la-Vieille.

Le continent féminin demeurera-t-il une *terra incognita* pour Yvon, puisqu'il fera vœu de chasteté ? La question le taraude. Il se la repose de plus belle tandis qu'Emma s'assied en dénouant son écharpe avec une grâce infinie, avant de lui tendre la main.

La main d'Emma. Ses doigts graciles et sa paume tiède. Yvon a l'impression de tenir un oisillon et il encaisse tant bien que mal ce choc de douceur, lui qui vit dans un monde d'hommes censés ne plaire qu'à Dieu et aux préoccupations essentiellement spirituelles : chez les jésuites, on ne se serre la main qu'en de rares occasions.

Le parfum de la fille. Une pure féerie délicate aux narines : à La Baume, personne ne met de parfum ni d'après-rasage.

Georges et Emma sont installés face à lui, ce qui lui fait envisager la table comme une véritable muraille de Chine qui lui interdirait l'accès au monde du bonheur.

Y aurait-il une « histoire » entre eux ? Yvon donnerait cher pour le savoir, ce qui ne fait qu'accroître son désarroi, lui qui a opté pour une vie de célibataire endurci. Il a beau être « dans le siècle », comme on se plaît à le dire entre jésuites, il appartient au monde à part des communautés religieuses.

Il déglutit et réprime une moue. Il aimerait se trouver à dix mille kilomètres, maintenant qu'Emma est venue coller sa tête contre l'épaule de Georges et poser sa main sur celle du jeune homme. Il est l'intrus. Le chien dans le jeu de quilles. La vilaine tache de graisse sur le tissu éclatant de blancheur. Le voyeur d'un spectacle dont il ne sera jamais l'acteur.

Le bonheur terrestre a un côté obscène aux yeux de ceux qui ont tout fait pour s'y soustraire, au nom d'un futur céleste.

La main de Georges caresse lentement celle d'Emma. Les doigts du garçon plongent entre ceux de la fille. Yvon a l'impression d'être la fille moche et délaissée, faisant tapisserie devant des couples merveilleux en train de virevolter au son d'une musique géniale. Ne supportant pas de voir leurs doigts entremêlés, il regarde ostensiblement sa montre.

Emma l'interroge :

— Au fait, quelle heure est-il ?

À peine Yvon a-t-il tourné son poignet vers Emma qu'elle se redresse en tirant Georges par le bras.

— Faut qu'on y aille !

Le jésuite a l'impression que Georges et Emma le fuient comme la peste en les voyant fendre la tabagie, Emma précédant Georges, qu'elle tient fermement. Puis que ce dernier se fout de sa gueule quand, sur le seuil, il se retourne et lui jette un bref regard en faisant tourner comme un rouleau son index droit, le genre de geste destiné à signifier à un interlocuteur qu'on a planté là sans autre forme de procès qu'il aura droit à une explication, mais plus tard…

La séquence n'aura pas duré plus de cinq minutes, laissant notre séminariste totalement hébété, jusqu'à ce que, une fois rendu à son tour à l'air libre, il prenne conscience de l'évidence : pour cette fille, il comptait pour du beurre.

Le soir venu, Yvon, nu comme un ver, ne se sera jamais autant astiqué le poireau, devant le miroir de la porte intérieure de sa penderie, avant de s'abattre, en larmes, sur son lit étroit, sans un regard pour le crucifix accroché au-dessus de sa tête.

1.3

LE SAMEDI 28 NOVEMBRE 1981

Le petit singe

À Baoji, où il est 8 h 30 du matin, Forêt est allongée sur son lit. Sa main est posée sur le bord du berceau en plastique blanc dans lequel dort sa petite fille. Sur le côté de celui-ci figure une étiquette sur laquelle sont inscrits la date et l'heure de la naissance de l'enfant, ainsi que le numéro dont chaque petit Chinois se voit doté dès la naissance – des chiffres qui figureront sur le *hukou*, cette sorte de passeport institué en 1958 qui catégorise les individus selon leur lieu d'origine. Forêt habitant une ville, elle dispose du « *hukou* urbain », alors que les habitants des campagnes n'ont droit qu'au « *hukou* paysan », qui offre moins de possibilités. Il est difficile de changer de *hukou*, sauf en cas de mariage, pour faire des études, ou quand on est obligé de déménager à cause de son travail, du moins en théorie, tout cela conférant à ce document une fonction d'assignation à résidence d'où l'on ne peut s'extraire que si l'on dispose des accointances nécessaires.

Quand la sage-femme annonça à Forêt qu'une petite fille était sortie de son ventre, notre accouchée ressentit une joie intense, contrairement à la plupart des autres mères, qui dans ce cas se considèrent comme malchanceuses. Malgré les slogans proclamant que la femme est l'égale de l'homme, un garçon est une assurance retraite pour ses parents, contrairement à une fille, laquelle, une fois mariée, ira vivre dans la famille de son époux, et s'occupera de ses beaux-parents quand ils seront vieux.

L'enfant n'a pas encore de nom. Forêt attend l'avis de Battante. Mais sa tante ne s'est toujours pas manifestée auprès d'elle.

Forêt rêvasse, les yeux rivés sur la petite coque blanche à roulettes. Elle songe à l'avenir de sa fille. Elle aimerait bien que ce bébé ait une enfance plus heureuse que la sienne et des perspectives plus séduisantes. Mais, pour s'extraire de sa condition, il faut être membre du Parti. Et pour cela, il faut être pistonné, faire partie des « fils ou filles de… », comme à Baoji, où tout fils aîné de responsable d'une cellule de quartier a droit à une bourse ; il en va de même des inscriptions dans les clubs de sport. Forêt n'a jamais pu intégrer celui de gymnastique acrobatique, alors qu'elle disposait des qualités physiques nécessaires pour faire une excellente gymnaste… Rares sont ceux qui intègrent le Parti en raison de leurs mérites. Il faut, par exemple, avoir été parmi les trois premiers de sa classe tout au long de sa scolarité, comme Forêt l'a entendu dire, ou être un grand champion sportif, à l'instar de Battante…

Perdue dans ses pensées, elle n'a pas le temps de dire « Entrez » après qu'on a frappé à la porte. Son visage s'éclaire, comme celui de Bernadette Soubirous devant l'apparition de la Vierge Marie dans une grotte des bords du Gave de Pau, à Lourdes.

Battante est venue la voir ! La nièce vénère sa tante, qu'elle aurait adoré avoir pour mère. En bonnes jumelles, Battante et Petit Gâteau se ressemblent, à ceci près que la première a un regard de conquérante au milieu d'un visage sculpté par une pratique sportive intense, aux pommettes bien plus saillantes que celles de la mère de Forêt. Avec le temps, Battante s'est faite de plus en plus impérieuse. Quand elle se rend à Baoji, dans le quartier où la mère et la fille habitent, personne n'ignore le rang élevé qu'elle occupe dans la hiérarchie du Parti communiste, en tant que secrétaire de l'une des soixante-dix-huit sections réservées aux « athlètes patriotes de haut niveau » – parmi, il est vrai, les vingt-trois mille et des brouettes sections de ce genre où se réunissent les quelque vingt-cinq millions de membres de l'organisation qui sert de colonne vertébrale au pays.

Les deux sœurs ont des caractères totalement opposés. Avant d'arriver là où elle est, Battante, contrairement à sa jumelle qui ne fichait rien en classe, a porté l'insigne du « collégien aux trois mérites » – niveau des connaissances, respect de la politesse et aptitudes physiques – grâce auquel elle fut admise aux Jeunesses communistes. Huit ans plus tard, elle devenait membre du Parti communiste chinois après avoir obtenu la médaille de bronze au championnat national de tennis de table féminin et avant que les victoires ne s'enchaînent, dans des ambiances surchauffées, le ping-pong étant l'un des sports favoris des Han.

Cela fait trois ans que le ministère des Sports et de la Jeunesse l'a envoyée à Xi'an, où elle bénéficie d'un bel appartement de fonction en tant que responsable de la formation des « sportives patriotes de haut niveau » de la province du Shanxi.

Pourtant, les deux sœurs vécurent la même enfance difficile, dans le même orphelinat, leurs parents ayant fait partie des millions de victimes de la guerre civile qui opposa les nationalistes de Chiang Kai-shek aux partisans de Mao.

Lorsque la tante de Forêt exhibe sa carte plastifiée avec la faucille et le marteau entourés de deux étoiles, le tout en jaune sur fond rouge, toutes les portes s'ouvrent comme par miracle. La première fois que sa nièce prit conscience de l'efficacité de ce sésame, elle allait sur ses cinq ans et c'était à Xi'an, pour le Nouvel An. Battante l'avait emmenée acheter une boîte de pinces de crabe géant du Kamtchatka et des filets de canard séchés. Devant le magasin d'alimentation s'étirait une file de près de deux cents mètres de long. À la vue de la carte rouge, l'un des policiers en faction dans la rue les emmena directement dans le magasin, sans que personne ne moufte. Quand Battante la traînait aux championnats de tennis de table de la province du Shanxi, qu'elle gagna plusieurs fois de suite, elles avaient droit au carré VIP. Où elles étaient, la plupart du temps, les seules femmes au milieu des huiles arborant les costumes et cravates rouge sombre fournis par le Parti – contrairement à leurs montres tapageuses – et tous sans le moindre cheveu blanc que, l'âge venant, ils teignent au brou de noix. Façon pour le Parti de cacher ses côtés gérontocratiques ? D'aucuns, plus malintentionnés, prétendent qu'une crinière blanche chez ce type de personnage dénonce la perte de sa puissance sexuelle.

Aux yeux de Forêt, réussir sa vie consiste à avoir le choix de celle-ci. Elle a longtemps cru qu'il suffisait pour cela d'être une bonne élève et que, si elle l'avait compris trop tard, c'était à cause de sa mère et aussi parce qu'elle n'était pas suffisamment intelligente… Jusqu'à ce qu'elle apprenne que Rallié [1] avait beau posséder un diplôme d'ingénieur en recherche pétrolière délivré par la fac de Chongqing, l'une des plus prestigieuses, il ne trouvait pas d'emploi et demeurait chez sa mère, une ancienne

1. « Rallié » se prononce « Zhao Gan » en mandarin pinyin.

championne de gymnastique rythmique qui loge deux étages plus bas que Battante, dans l'immeuble réservé aux cadres du Parti et aux sportifs de haut niveau. Forêt a compris que ce jeune homme au visage d'adolescent dévoré par l'acné avait le béguin pour sa tante, mais que la réciproque n'était pas vraie, quand, tandis qu'elles se trouvaient dans l'ascenseur avec lui, il avait demandé à Battante, d'une petite voix étranglée d'amoureux transi, si elle avait bien trouvé des fleurs sur le pas de sa porte. Battante avait répondu par la négative, avant de préciser que quelqu'un avait dû les prendre… sans ciller le moins du monde, alors que le bouquet trônait dans le vase où la petite l'avait elle-même placé, sur la table de la salle de séjour.

Elle en avait conclu que, contrairement à sa mère, incapable de refuser la moindre avance, sa tante pouvait se permettre d'envoyer bouler d'une pichenette un soupirant, si brillant et gentil soit-il…

Toute à sa joie de voir sa visiteuse, Forêt bondit hors de son lit pour lui sauter au cou, avant même que celle-ci ait le temps d'en placer une ou de tendre à sa nièce un bouquet de roses rouges noué d'un ruban écarlate orné de l'étoile jaune du PCC et sur lequel est marqué « Honneur à la maman ».

Après s'être penchée au-dessus du bébé, Battante se tourne vers sa nièce.

— Ma chérie, je suis si heureuse pour toi ! Je n'ai pas pu venir plus tôt, à cause du boulot. Mais ta maman m'a prévenue que c'était une fille !

— Je t'attendais pour choisir son prénom !

— Longue vie à notre magnifique petit bout de chou !

Bien qu'au sein du Parti communiste il ne soit pas bien vu d'afficher que l'on croit dans les signes zodiacaux – Mao, qui pourtant se faisait tirer les cartes, les plaçait au nombre des « vieilleries du temps jadis » –, les roses sont accompagnées d'une carte dans laquelle se trouve un découpage de papier rouge représentant le Coq de Métal, dont c'est l'année. Forêt, à qui sa tante a remis le bouquet, a souri en découvrant l'oiseau, avant de gonfler les joues : la jeune maman ne pensait pas que Battante viendrait accompagnée de Petit Gâteau. Or, c'est bien sa mère qu'elle a entendu s'écrier depuis la porte de la chambre :

— Le Coq est un animal astucieux et persévérant !

Outrageusement maquillée, perchée sur des escarpins en similicuir aux talons aiguilles qui l'obligent à marcher comme une geisha, la mère de Forêt est bien plus vulgaire que sa sœur, avec sa robe aux couleurs criardes et au décolleté un peu trop pigeonnant, du moins au goût de sa fille, mais pas de ses nombreux soupirants et amants de passage lorsqu'ils l'emmènent au karaoké ou pour une promenade à scooter.

La moue de Forêt a laissé place à une grimace de dégoût : la tenue de sa mère lui évoque invariablement celle d'une « femme renarde », l'une de ces créatures mythologiques considérées par les Han comme de redoutables tentatrices, l'équivalent, pour un Occidental, d'une « croqueuse d'hommes » – ce qu'est Petit Gâteau quand elle reçoit l'un d'eux dans son appartement, situé au sixième et dernier étage, après avoir demandé à sa fille de sortir. Pauvre Forêt, qui entendit sa mère traitée de « jolie veuve sachant remplir sa caisse » par Grand Yu, alors qu'elle venait de croiser un gros ventru aux cheveux gominés et au parfum capiteux en train de monter les marches en soufflant comme un phoque et en s'épongeant un front ruisselant de sueur. Grand Yu est un ancien « jeune instruit, direction la campagne ! », ainsi que la Révolution culturelle en produisit des millions ; la journée, il végète comme mécanicien, alors qu'il aurait pu devenir un brillant professeur de philosophie. Le soir, il fume clope sur clope en faisant les cent pas devant l'immeuble. Forêt fut d'autant plus blessée par ce propos qu'à l'époque elle était très copine avec son fils, P'tit Yu, un garçon adorable et passionné par les échecs.

Quelques mois plus tard, au moment de sa puberté, Forêt commença à avoir des doutes au sujet de l'identité de son père biologique. Souvent, au cours de son adolescence, elle rêvait de messieurs très riches sonnant à la porte de l'appartement et lui annonçant qu'elle avait droit à des sommes d'argent mirobolantes, et ce malgré le dire de sa mère, qui a toujours prétendu que ce « très bel homme » rencontré au moment du « Grand Bond en avant », et qui fut emporté quelques années plus tard par un cancer du poumon, aura été son seul et unique amour. Avec la grossesse, ces rêves de « papa miracle » ont totalement cessé.

Supposons maintenant qu'une infirmière entre dans la pièce et qu'elle tombe sur Forêt, Petit Gâteau et Battante entourant le berceau. Elle n'aurait aucune peine à découvrir que la vie peut se charger de différencier des jumeaux sur le plan physique et à trouver que Battante est l'intruse de la famille, tant Forêt et sa mère se ressemblent comme deux sœurs, mis à part les cheveux, Petit Gâteau abusant des colorations, le plus souvent du roux, comme aujourd'hui, parfois du blond platine, ce qui horripile sa fille. La mère de Forêt n'a jamais fait son âge. Comme quoi on peut paraître bien plus jeune qu'on ne l'est alors qu'on mène une existence de galère et en l'absence de toute hygiène de vie.

Pareille ressemblance avec sa mère a contrarié Forêt dès qu'elle en a pris conscience, vers l'âge de quatorze ans, en traquant dans le miroir ses boutons d'acné dont des filles de sa classe prétendaient qu'ils étaient indélébiles. Depuis, elle ne s'y est toujours pas faite.

Battante a plongé ses mains dans le berceau pour en extirper le bébé avec des précautions de manieur de momie, coupant l'herbe sous les pieds de sa sœur, cela à la plus grande satisfaction de Forêt. Vexée, Petit Gâteau va regarder par la fenêtre au moment où l'enfant se met à vagir. Tandis que Battante sautille tout en maintenant de sa main la nuque de la petite fille, Forêt dit :

— Quel nom lui donnons-nous ?

— J'ai pensé à Jolie Forêt[1]. Comme ça, on reste dans le bois…

Aux anges, la maman prend son bébé des bras de sa tante afin de le reposer dans le berceau. Puis, tout en caressant le petit crâne encore en partie recouvert de talc, elle dit :

— Ma Jolie, tu es si belle !

1. « Jolie Forêt » se prononce « Mei Lin » en mandarin pinyin.

De son côté, Petit Gâteau continue à regarder la rue, où la circulation anarchique des vélos et celle, encore plus anarchique, des deux-roues à moteur – et ne parlons pas de celle des camionnettes – contribuent à créer un embouteillage perpétuel, sauf lorsque apparaît une Volkswagen : dans ce cas, tout le monde s'arrête pour regarder passer l'OVNI.

Malgré son apparence physique et ses airs de madone des sleepings, la mère de Forêt est fatiguée de la vie. Sous son maquillage outrancier, elle réussit à cacher ses déceptions et son désarroi de séductrice qui voit les années passer.

Revenue se pencher au-dessus du berceau, elle n'ose pas effleurer l'enfant. Elle l'observe longuement, puis, l'air extatique, elle dit :

— On dirait le Petit Singe !

Puis elle cherche sa fille des yeux, sans s'être aperçue que celle-ci avait échangé avec Battante un regard consterné.

Pas vue, pas prise

Vers 15 h 30, à Venelles, Emma, qui a fermé à clé la porte de sa chambre et monté le son de la radio, s'empare de l'exemplaire de *Quand la Chine s'éveillera... le monde tremblera*, le best-seller d'Alain Peyrefitte, qu'elle avait caché sous son lit.

Non pas que la jeune fille ait l'amour des livres ou éprouve la moindre curiosité pour la Chine. Elle lit très peu. Juste de quoi avoir la moyenne en français. Les sciences et les maths l'ont toujours intéressée davantage. Elle a pris le premier bouquin venu, parmi ceux, tous d'occasion, qui se trouvaient dans le bac extérieur, sur le côté gauche de l'entrée de la librairie Goulard, au numéro 37 du cours Mirabeau, une institution connue de tous. Puis, sans crier gare ni évidemment être passée à la caisse, elle a couru vers Georges, qui l'attendait, l'air effaré, sur sa Motobécane M50EV rouge, en lui intimant l'ordre de mettre les gaz, le tout sous le regard choqué d'une maman flanquée de sa petite fille et de son petit garçon.

La couverture du bouquin a beau être abîmée, les pages cornées, et, quand elle pose le nez dessus, exhaler cette odeur aigrelette du papier lorsqu'un livre a été lu par une multitude de paires d'yeux et manipulé par tant de mains, Emma contemple d'un air satisfait l'objet du défi qu'elle s'était lancé, tout en repensant à la tête de Georges, quand ils sortaient de la cafétéria et qu'elle lui détaillait le but de leur expédition, tout en le tirant par la main au milieu des herbes folles qui poussent entre les dalles du parvis – jonché de papiers gras, de mégots et de gobelets en plastique – de la fac de lettres, et à sa mine de condamné à mort montant à l'échafaud, puis au moment où il tourna à fond la poignée d'accélération de son deux-roues.

Allongée sur son lit, son trophée entre les jambes, *Quand on veut, on peut*, se dit-elle, tout en fermant les yeux, de façon à mieux écouter la musique sur Europe n°1, pas trop fort, des fois que sa mère ferait irruption dans sa chambre pour lui demander de baisser le son. Elle aimerait qu'ils passent « Supernature », de Marc Cerrone, dont elle a punaisé le poster au-dessus de son lit : rien de plus jouissif que de s'imaginer en train de se déchaîner au rythme du disco, sur un *dance floor* à Los Angeles.

Mais Europe 1 n'a toujours pas diffusé le tube favori d'Emma, quand sa mère, avec laquelle elle n'a aucun atome crochu, tambourine à la porte.

Entrée dans la chambre, Annick, que sa fille considère comme une femme soumise car, malgré un diplôme d'infirmière, elle sert de secrétaire à son mari – à l'instar de nombre d'épouses de médecins exerçant en libéral –, tombe sur le bouquin, qu'Emma a fait exprès de brandir.

— C'est quoi, ce truc ?

— Le livre de Peyrefitte. Je me cultive, ne t'en déplaise.

Annick lui prend l'ouvrage des mains.

— Le best-seller de Peyrefitte… ça ne te ressemble pas.

Emma serre les poings. Cette façon qu'a sa mère d'être désagréable avec sa fille unique !

— Georges me l'a prêté. Il apprend le chinois. Il a bien raison. Dans cinquante ans, les Chinois seront les maîtres du monde.

Alors qu'Annick a tourné les talons sans répondre, repartant en s'abstenant de fermer la porte – un procédé que sa fille a de plus en plus de mal à supporter…

… de l'autre côté du village, Georges peine à se concentrer sur le devoir qu'il doit rendre sur le « titisme », ainsi qu'on désigne la façon dont le maréchal Tito gouverne la Yougoslavie – cet assemblage de peuples que tout oppose, raison pour laquelle ils se battirent entre eux pendant des siècles – grâce à une main de fer dans un gant de velours socialiste si tempéré qu'il conduira à une brouille avec Moscou.

La veille, il crevait de trouille, en attendant Emma sur sa mobylette. Et de peur d'être poursuivi par la police, il roulait si vite sur le boulevard du Roi-René qu'il avait été à deux doigts de manquer son virage, après avoir laissé sur sa droite l'odeur de nougat et de vanille de la célèbre fabrique de calissons du confiseur suisse Léonard Parli. Depuis, il s'est tellement peu remis de leur expédition qu'il en aurait presque maudit ce jour où, alors qu'il enfourchait son engin, Emma traversa la rue pour venir lui demander s'il pouvait l'emmener faire un tour, le tout avec un sourire désarmant qui tranchait avec la façon péremptoire dont elle avait coincé entre ses jambes la roue avant de l'engin. C'était début juin et il était flatté, lui qui avait toujours considéré qu'Emma était définitivement hors de sa portée. Ils partirent sous le regard ahuri des gars présents. Pensez : le fils du secrétaire de mairie qui emmène la fille du médecin, une gamine de dix-sept ans – mais on lui en donne facilement trois de plus tant elle est délurée – reluquée par tous les jeunes du village, qui n'ont d'yeux que pour ses longs cheveux blonds, ses jeans de marque et ses bottes de cow-boy hors de prix. Et quand elle se pavane en compagnie de ses deux meilleures copines, avec à ses basques deux ou trois garçons de leur classe, et se comporte comme si elle était une princesse et eux des pages, ils la regardent avec des airs de mendiants affamés attendant leur quignon de pain.

Au bout de deux cents mètres, elle s'était collée à lui, et, dans le vent et la poussière, le menton d'Emma appuyé sur son épaule, Georges avait l'impression de la connaître depuis toujours, que ses fous rires lui étaient destinés et qu'elle s'abandonnait à lui. Le rêve absolu.

Jusqu'à la fin juin, le week-end et le mercredi après-midi – les moments où Emma ne va pas au lycée –, ces fous rires, Georges aura l'occasion de les réentendre, avec cette même sensation délicieuse : le miracle de l'oiseau réputé imprenable, et donc convoité par tous les chasseurs, venu se poser sur votre paume…

Le miracle se reproduisit tout au long d'un mois de juillet caniculaire, au cours duquel Emma lui confia qu'elle se destinait à la médecine.

— Mais pas comme mon paternel, entre les quatre murs d'un cabinet, à examiner des patients qui vous dérangent, y compris la nuit, pour un oui ou pour un non. Moi, j'opterai pour une spécialité plus cool, type dermatologie, ou radiologue, ça gagne plein de tunes !

Lors de leurs échappées dans les environs d'Aix, elle porte de simples débardeurs et pas de soutien-gorge. Georges sent ses bras nus et parfois les pointes de ses seins quand ils durcissent dans l'air brûlant et qu'elle l'enserre.

Il s'était juré de conduire au moins une fois torse nu, mais il n'osa pas, contrairement à elle qui, un jour, sur le chemin de Bibémus, ôta son débardeur avant de le faire tourner au-dessus de sa tête en hurlant de rire. Pas étonnant, dans ces conditions, que, pour lui, les trois premières semaines d'août aient pris la forme d'un long tunnel : Emma était en vacances avec ses parents sur la Costa Brava.

— Ça me gonfle mais j'y peux rien ! Vivement que j'aie dix-huit ans ! lui avait-elle lancé, avant de partir.

Puis Emma revient d'Espagne, la peau dorée ; alors Georges est l'enfant à qui l'on donne du chocolat après l'en avoir longtemps privé. Et, comble du merveilleux, voilà qu'elle le laisse faire lorsqu'il se hasarde à l'embrasser sur la bouche.

Son stylo-bille suspendu dans les airs, Georges frémit. Et si la mère des deux enfants allait raconter aux flics qu'elle l'avait vu démarrer en trombe, la petite voleuse à califourchon derrière lui ? Que répondrait-il ? Qu'il croyait dur comme fer qu'Emma avait acheté le livre ? Et que, s'ils sont repartis à toute vitesse, c'était à cause de son rendez-vous chez le dentiste ? OK, mais si les enquêteurs vérifiaient ?

Et y en a qui disent que le pire n'est jamais sûr…

1.4

LE LUNDI 30 NOVEMBRE 1981

Courge dans la mouise

Vers 21 h 30, à Baoji, il fait moins dix degrés Celsius. Dans les campagnes et les villes moyennes chinoises, on se chauffe au charbon, au moyen d'un poêle quand on loge dans une maison et, dans les immeubles, grâce à ces immenses chaufferies de quartier d'où partent des tuyaux où circule de la vapeur. Parfois, ces gigantesques boudins d'acier sillonnent les façades et forment des arcades au-dessus des rues. Ceux installés sous la houlette d'ingénieurs soviétiques ne sont pas toujours emmaillotés, au mépris de tout souci d'économie.

Dans la salle de séjour surchauffée de l'un des plus vastes appartements de la ville, Courge[1] tourne comme une toupie, avec, à la main, une bouteille de *maotai*, un brûle-gueule portant le nom de la ville du Guizhou où il est produit. Visage porcin dégoulinant de sueur et cheveux hirsutes, le chef du bureau municipal de la propagande et de la rééducation en est à son troisième comprimé d'aspirine. Une migraine carabinée le tenaille depuis qu'il a appris que Ciseaux[2], son adjoint direct, fréquentait cette traînée de Petit Gâteau de Riz Gluant. L'info lui est parvenue par la bouche d'Âtre[3], le chef de la police de Baoji, le type même du fonctionnaire zélé prêt à marcher sur la tête d'autrui dès lors que c'est utile à sa carrière.

Courge porte le goulot de la bouteille à sa bouche. Et l'air jouissif qu'avait ce fouille-merde ! Dire qu'il ne s'est jamais méfié de son adjoint, un garçon à qui l'on confierait les yeux fermés son portefeuille !

Courge pourrait anéantir Ciseaux. Il lui suffirait pour cela d'adresser un petit mémorandum à Sapin[4], le chef de la cellule du Parti communiste de la mairie, l'homme clé de la ville, à côté duquel le maire n'est qu'une pauvre marionnette tout juste bonne à inaugurer les chrysanthèmes et à faire *ganbei*, l'équivalent chinois de « tchin ! » ou « santé ! ».

Cependant, Courge n'a aucune intention de s'atteler à pareille besogne. À trop remuer la boue, on finit éclaboussé. Surtout quand on n'est pas blanc-bleu soi-même. Comme le dit un proverbe ouïgour : « On doit s'abstenir de monter à l'arbre quand on n'a pas les fesses propres. »

Loin d'empêcher la corruption, l'abolition du droit de propriété la rend encore plus inéluctable, surtout depuis le lancement, fin 1977, à l'occasion du XIe Congrès du Parti communiste, de la fameuse campagne de « purification ».

1. « Courge » se prononce « Zhong » en mandarin pinyin.
2. « Ciseaux » se prononce « Lu » en mandarin pinyin.
3. « Âtre » se prononce « Bi Lu » en mandarin pinyin.
4. « Sapin » se prononce « Han » en mandarin pinyin.

C'est ainsi qu'à Baoji seule une poignée de profiteurs du système sait que Courge, qui a pour péchés mignons les jeux d'argent et la gent féminine, possède des parts dans *Le Coin de la Bonne Fortune*, un tripot clandestin où se rend Petit Gâteau les fins de semaine. C'est le patron de l'établissement, un ancien camarade de lycée, qui les lui a filées. De ce fait, Courge a toujours sa place autour des tables de la roulette et du black-jack, et il n'a pas à avancer d'argent pour ses mises – sous réserve qu'elles n'excèdent pas la somme de 1 000 renminbi par mois, cela représentant, au demeurant, près de trois fois son salaire mensuel de rond de cuir… En contrepartie, Courge est censé protéger l'affaire. Jusqu'à présent, tout roulait. Les flics de base sont invités gratos à tour de rôle. Du coup, pas la moindre descente de police. Quant aux clients, ils savent ce qu'il leur en coûterait s'ils ne se montraient pas discrets.

Et voilà que Petit Gâteau risque de tout ficher par terre ! Outre que les femmes sont toujours trop bavardes, il est évident que celle-ci n'hésitera pas à tout balancer le jour où les sbires d'Âtre lui feront comprendre que, si elle se met à table, le juge lui infligera une peine symbolique.

À Pékin, au même moment, c'est autour d'une table d'ébène aux pieds chantournés que sont installés Xi Jinping et Xi Zhongxun, le papa de ce dernier, que Deng Xiaoping a invités à dîner. Les agapes ont lieu à quelques encablures du Zhongnanhai, au *Numéro Huit* – le chiffre de la chance. Ce restaurant occupe un palais de style mandchou miraculeusement préservé des exactions, dont Chiang Kai-shek fit sa demeure. Le lieu même où, le 10 juillet 1971, Henry Kissinger partagea un mémorable canard laqué avec le Premier ministre Zhou Enlai… On était encore en pleine guerre froide, la mission secrète menée par le conseiller à la Sécurité nationale du président Richard Nixon avait pour nom « Marco Polo », et l'idée des Américains était d'enfoncer un coin entre la Chine et l'Union soviétique, dont les relations n'étaient déjà pas au beau fixe.

Après le loup au gingembre et le crabe géant à l'étouffée, Deng Xiaoping se tourne vers Xi Zhongxun, qui coule désormais des jours paisibles au bureau de l'Assemblée nationale populaire, une planque où vous avez droit à un chauffeur et à un bel appartement de fonction.

— Ton fiston a l'art de respecter les vieilles badernes de notre espèce ! J'ai beaucoup apprécié sa lettre.

La cuisinière ayant apporté le bouillon aux ailerons de requin, le maître de la Chine ajoute, cette fois à l'adresse de l'auteur de la missive :

— Je suis sûr que tu feras merveille dans tes nouvelles fonctions. Un conseil : il te faudra juste ne pas trop te prendre au sérieux !

Estomaqués, père et fils se lancent un regard furtif. Le Petit Timonier ne serait-il pas un peu sénile sur les bords ?

Xi Zhongxun et son fils l'ignorent, mais le vieillissement accéléré du cerveau de Deng a commencé à produire des effets. Le vieil homme a de moins en moins de surmoi. Pas plus tard que la veille, il a claqué la porte du saint des saints en lançant à ses collègues médusés :

— Bande de nullards !

Juste avant, il avait développé une idée brillante : « permettre aux municipalités de vendre certains de leurs terrains à des sociétés de promotion immobilière à capitaux publics ». Et Deng de conclure son propos en disant : « de sorte que les bienfaits de la terre ruissellent sur le peuple », tandis que ses collègues arboraient des moues dubitatives.

Une heure plus tard, alors que ces agapes s'achèvent, le père de Xi regarde sa montre, une Rolex, cadeau du dalaï-lama lors de sa seule visite officielle à Pékin, en 1954. Et Xi senior, qui, à l'époque, était le chef du département de la propagande du Parti, d'élever le regard vers son vieux complice.

— Tu sais, camarade Deng, j'aimerais bien revoir ce saint homme avant de mourir !

Xi junior a feint de n'avoir pas entendu, mais il n'aura pu s'empêcher de tousser.

Quand la Chine s'éveillera…

À l'Académie française, on se méfie des anciens ministres. On ne compte pas ceux qui, titulaires d'un maroquin ou l'ayant été, et prétendant rejoindre l'illustre compagnie, se retrouvèrent Gros-Jean comme devant après un nombre suffisant de bulletins de vote marqués d'une croix.

Ce n'est pas le cas d'Alain Peyrefitte, dans son hôtel particulier de Neuilly-sur-Seine. Celui qui collectionna les ministères depuis de Gaulle met la dernière main à un essai portant sur le système judiciaire français. Il hésite sur le titre de sa diatribe. Il craint que *Les Chevaux du lac Ladoga* ne fasse tiquer Claude Durand, éditeur de Soljenitsyne et patron des éditions Fayard, qui le tanne pour qu'il sorte un nouvel opus – « Monsieur le Ministre, les temps sont durs pour le secteur de l'édition, et cela fait trois ans que nous vous avons versé l'à-valoir. » L'à-valoir en question était colossal, à la hauteur des gains obtenus par Fayard grâce aux deux best-sellers, *Quand la Chine s'éveillera… le monde tremblera* et *Le Mal français*, respectivement meilleures ventes des années 1973 et 1976, ce qui permit à leur auteur de se porter acquéreur de la belle demeure dans laquelle il se trouve, sans parler de son entrée à l'Académie française en 1977.

Lorsque Peyrefitte se lança dans l'écriture de *Quand la Chine s'éveillera…*, il ne connaissait presque rien de l'empire du Milieu, où il n'avait séjourné qu'à deux reprises, la seconde en 1971, mais d'où il était revenu fasciné par la façon dont ses quelque huit cents millions d'habitants marchaient au pas tel un seul homme. Pourquoi les dirigeants du pays devraient-ils perdre leur temps à demander leur avis à des gens dont plus de

50 % sont des illettrés et 20 % ne font encore qu'un repas par jour ? Sous-entendu : le modèle occidental, la démocratie, cela vaut pour les pays riches et peu peuplés, pas pour le reste de l'humanité souffrante et nombreuse. L'idée centrale du bouquin est que, forte de son système politique, la Chine ne tardera pas à devenir un pays conquérant, la première puissance mondiale, ainsi que le pressentit Napoléon, auteur de la phrase servant de titre à l'ouvrage dont les ventes en France frôlent à présent le million d'exemplaires. Quant à la mine d'informations et de témoignages qu'on y trouve, Peyrefitte, comme la plupart des hommes politiques qui publient des livres, est entouré d'une solide équipe de plumes toute à sa dévotion qui le suit de cabinet en cabinet.

Celui qui, en tant que ministre de l'Information du Général, fut un zélateur de la propagande officielle et d'une certaine censure fronce ses sourcils, qui rebiquent vers le ciel, à la Méphistophélès, entre des oreilles en feuilles de chou et au-dessus d'une bouche perpétuellement grimaçante. Notre académicien ne croit pas un mot des réflexions sur le système judiciaire dont il a achevé de corriger le tapuscrit. Difficile, pour un ancien garde des Sceaux, d'écrire que les magistrats sont des personnages totalement hors sol et guidés par le corporatisme, à l'exception des membres du Syndicat de la magistrature, les seuls à avoir des principes – même s'ils sont d'essence révolutionnaire – dans un espace factice réduisant la société à des coupables et à des victimes, et que moins le citoyen lambda aura affaire aux gens de robe, qu'ils soient juges, procureurs ou avocats, mieux il se portera !

Normalien passé par l'ENA, Peyrefitte, comme la plupart des intellectuels conservateurs, envisage l'avenir avec pessimisme. Il perçoit l'humanité comme courant à la catastrophe, la faute à sa démographie galopante, n'en déplaise aux adversaires de la contraception et du contrôle des naissances, qui constituent pourtant le socle de son électorat. Celui qui, cinq ans plus tôt, n'avait pas hésité à médiatiser sa foi, se targuant d'avoir fréquenté les monastères et d'y avoir accompli de nombreuses retraites, dans un article de *Paris Match* où il apparaissait à la sortie de la messe, à Provins, la ville dont il est toujours l'édile, doute désormais de l'existence de Dieu – tout cela *in petto*… car la bourgeoisie catholique n'apprécierait pas. Peyrefitte aurait aimé écrire des romans et obtenir le prix Goncourt. Comme Malraux, pourtant un doux illuminé aux yeux de l'auteur de *Quand la Chine s'éveillera…*, Peyrefitte ne comprend toujours pas qu'on ne peut écrire un chef-d'œuvre comme *La Condition humaine* qu'à la condition d'être soi-même un peu fou ou de prendre de la drogue. À cet égard, il n'est pas la seule tête bien pleine à n'avoir pas osé se lancer dans la fiction. La peur de se dévoiler, un roman étant le miroir du tréfonds de la personne qui le fabrique. Un romancier n'a aucune thèse à défendre. En revanche, il donne à voir ses tripes, quoi qu'il fasse. Non pas que celles de Peyrefitte soient inintéressantes. Mais si ses électeurs savaient…

Les diplômes et les honneurs n'empêchent pas les failles et les petitesses. Si Peyrefitte a détourné le regard du cliché en noir et blanc posée sur un guéridon, c'est que le jour où fut prise l'unique photo sur laquelle il apparaît seul aux côtés du Général, il était dans ses petits souliers. De Gaulle faisait la différence entre ceux qui s'étaient mouillés pour lui après le 18 juin 1940 et les autres, les opportunistes, ralliés de la dernière heure ou pas ralliés du tout. Or c'est peu dire que Peyrefitte n'aura pas brillé en matière de faits d'armes : il avait rejoint la Résistance au printemps 1944, alors qu'il était en khâgne à Montpellier, moins pour se battre contre les nazis que dans le dessein d'échapper au STO. En ce temps-là, son prénom était encore Roger. Ce n'est que plus tard qu'il en changera, afin de ne pas être confondu avec un sulfureux homonyme, homosexuel revendiqué et grand admirateur d'Alexandre le Grand.

1.5

LE MARDI 8 DÉCEMBRE 1981

Rallié a du bol

Rallié pédale par moins dix degrés sur la route verglacée. L'hiver, il fait nuit très tôt, et, comme il neige, il n'y voit pas grand-chose. À part, de temps à autre, des phares qui apparaissent au dernier moment et l'éblouissent. Sa veste molletonnée est trempée, tout comme son pantalon de laine. À Xi'an, il y a actuellement une pénurie de cirés dotés d'un capuchon et tombant sous les genoux, comme en portent les cyclistes.

Il a enfin trouvé du boulot : gratte-papier au département de l'« irrigation raisonnée » de l'institut agronomique provincial. Un travail sans intérêt, dans lequel il s'ennuie à mourir, et de surcroît mal payé, ce qui l'oblige à continuer de crécher chez sa mère et à se taper à vélo huit kilomètres matin et soir. Seule satisfaction, son acné a pratiquement disparu, concomitamment à son embauche. En revanche, la question de son logement va bientôt se poser. Dans six mois, sa mère, médaillée d'argent olympique en gymnastique, déménagera pour Pékin, où elle a été nommée entraîneuse de l'équipe nationale.

À Xi'an, comme ailleurs dans les capitales provinciales, trouver un appartement est une vraie galère. Du coup, Rallié risque de devoir louer une chambre d'hôtel dont le prix lui mangerait les trois quarts de son salaire. C'est à cette perspective peu engageante qu'il songe lorsqu'une grosse berline noire le dépasse en le serrant d'un peu trop près. À la suite de sa violente embardée, la voiture se retrouve projetée dix mètres plus loin, sa roue avant droite surplombant le fossé.

Construite en URSS à moins de dix mille exemplaires, la « Zil 111 », dite « la Cadillac des Soviets » – calandre coruscante entre ses doubles phares et près de quatre cents chevaux sous le capot –, est réservée aux plus grosses huiles du régime. La seule fois où Rallié eut l'occasion d'apercevoir ce monstre d'acier mesurant près de six mètres de long, c'était à Pékin, où il s'engouffrait dans le Zhongnanhai tel un squale filant vers sa proie.

Arrivé au niveau de la Zil, Rallié, qui poussait son vélo, dont il avait jugé plus prudent de descendre, voit en surgir son conducteur.

— Qu'est-ce que tu foutais en plein milieu de la route ?

— C'est toi qui as manqué de m'écraser… Y a pas idée de rouler si vite sur une route verglacée !

— Ce cycliste dit vrai !

Rallié n'avait pas vu sortir de l'arrière de la Zil l'homme, coiffé d'une chapka en poil de loutre et vêtu d'un long manteau, qui vient de lui donner raison. Puis, fusillant du regard le chauffeur, la chapka ajoute, tout en époussetant son col d'astrakan :

— Je te l'ai déjà dit. Tu roules toujours à tombeau ouvert !

Le conducteur a baissé piteusement les yeux. Il est vrai que son patron n'a pas l'air commode : ses sourcils charbonneux et ses grosses lunettes en bakélite accentuent la dureté de son regard, celui d'une personne dont on ne discute pas les ordres.

Tout penaud, le fautif joint les mains.

— Camarade Li, je vous jure que je serai très prudent à l'avenir. Et puis, cet homme n'a pas été blessé ! Faut dire, c'est pas malin de prendre son vélo quand il y a du verglas…

La chapka, faisant comme si elle n'avait pas entendu, s'installe au volant de la Zil, dont elle fait redémarrer le moteur. Voyant que le conducteur a passé la marche avant, Rallié se précipite.

— Monsieur Li, si je peux me permettre, ce serait préférable que vous reculiez !

Le chauffeur fait signe au cycliste de le rejoindre à l'avant de la voiture, et les voici à pousser comme des malades, les mains appuyées sur le capot, tandis que la chapka engage la marche arrière.

Une Zil pèse plus de deux tonnes : en Union soviétique, rien n'est trop beau pour les dirigeants et, tout comme aux États-Unis, le poids d'une voiture est corrélatif au statut social de la personne qu'elle transporte. Sans les efforts conjugués de Rallié et du chauffeur, il est certain que les quatre énormes pneus ne se seraient pas retrouvés si rapidement sur la route.

La chapka étant sortie de l'habitacle, elle propose à Rallié de prendre une cigarette dans l'étui en argent qu'elle a sorti de sa poche.

— Comment t'appelles-tu ?

— Rallié. Je suis ingénieur à l'institut agronomique…

— J'y étais en visite ! Prends-en une !

À peine notre ingénieur a-t-il commencé à tirer sur sa « Clarté », la marque de cigarettes la plus chère, que l'homme griffonne des chiffres sur une carte de visite.

— Prends ma carte. Dessus, il y a la ligne directe de ma secrétaire particulière. N'hésite pas à m'appeler si ça t'intéresse de travailler dans le pétrole. On a besoin de bras et surtout de têtes bien faites comme la tienne !

Les feux arrière de la Zil disparaissent dans les flocons. Comme ils tombent beaucoup trop dru, Rallié fourre la carte dans sa poche sans même y jeter un coup d'œil, avant de remonter sur son vélo. Dans la bise glaciale, il ne sait toujours pas que le personnage auquel il vient de donner un coup de main n'était autre que Li Peng, vice-ministre de l'Énergie et des Ressources hydrauliques, l'un des plus hauts dignitaires du régime.

Isomère

En chimie, on dit qu'un composé est l'isomère d'un autre dès lors qu'ils possèdent les mêmes molécules mais que leurs atomes sont disposés de façon différente, cela pouvant leur conférer, ou non, des propriétés physico-chimiques spécifiques.

Dans une rue de Neuilly, vers 19 h 30, c'est à l'isomère du Mediator – son antidiabétique vedette, de la famille des substances fluorées agissant sur les cellules cérébrales contrôlant l'envie de manger –, qu'ont réussi à isoler ses équipes de chercheurs payés à prix d'or, que songe avec gourmandise ce petit homme chétif en regagnant son domicile, situé à moins de un kilomètre du numéro 34 de la rue Garnier, où se trouve le siège de son petit empire pharmaceutique, qu'il dirige d'une poigne de fer et avec un incontestable brio.

Si on devait comparer Jacques Servier – bientôt soixante ans, diplômé de médecine et de pharmacie – à quelque animal, ce pourrait être au vautour fauve : cou décharné, nez aquilin, yeux perçants. À ceci près que ce roi des montagnes s'échinerait à ne pas payer de mine. Qui pourrait se douter, en croisant cet homme vêtu d'un costume passe-muraille, que son entreprise pharmaceutique pèse entre 3 et 4 milliards de francs et est déjà une multinationale ?

La trouille bleue du communisme : c'est elle qui amena Jacques Servier à développer son entreprise à l'international, au cas où son pays tomberait dans l'économie administrée ou serait envahi par des chars soviétiques. Une peur irraisonnée que ravive la présence, dans le gouvernement Mauroy, de ministres communistes, à commencer par celui de la Santé, Jack Ralite. Servier l'imaginait un couteau entre les dents avant de rendre visite à cet homme jovial et à l'esprit ouvert, le genre de gars qui vous invite à boire un coup au bar d'en face.

Le fondateur éponyme du laboratoire se laisserait brûler vif plutôt que d'avouer que son entreprise est le fils qu'il n'a pas eu et que, à son avis, aucune de ses quatre filles – que lui a données sa femme, elle-même médecin, et dont il est divorcé depuis une trentaine d'années – ne serait capable de lui succéder.

En attendant, il a déjà sa petite idée sur le nom qu'il compte donner à cette molécule que ses équipes commerciales présenteront aux médecins généralistes comme un coupe-faim redoutablement efficace : ce sera « Isoméride ».

Il sourit en introduisant la clé dans la serrure de la porte d'entrée de son hôtel particulier : contrairement au Mediator, qui est remboursé par la Sécurité sociale, sa molécule isomère ne le sera pas. Le prix pourra donc en être librement fixé par le laboratoire, auquel il devrait rapporter un pognon de dingue, en particulier à l'approche de l'été, quand les femmes commencent à songer qu'elles vont devoir entrer dans leur maillot de bain…

1.6

LE MERCREDI 16 DÉCEMBRE 1981

Cou de Cheval

À Baoji, où il est 22 heures, Petit Gâteau somnole dans son lit au moment où retentit le son aigrelet de la sonnette de l'appartement. Un coup, suivi d'un autre, lui-même d'un troisième, puis d'un quatrième, encore plus rapproché.

Dans son pyjama molletonné, un verre d'eau encore tiède entre les paumes, elle sort de sa chambre en titubant et en traînant ses savates sur le carrelage.

La mère de Forêt peine à dormir depuis que sa fille est à la maternité. Elle garde un horrible souvenir de son propre accouchement par césarienne. À l'époque, on manquait de produits anesthésiants et les femmes étaient endormies à l'éther, si bien qu'elle avait cru que le chirurgien l'écartelait quand il avait actionné le bistouri, puis qu'on lui arrachait les boyaux au moment où Forêt en avait été extirpée par les pieds.

Avant d'atteindre la porte de l'appartement, au moment où elle passe devant la statuette en plastique blanc figurant le Bienheureux Bouddha posée sur un tabouret bancal appuyé contre le mur du couloir et recouvert d'un napperon hors d'âge, la maman de Forêt se touche le front en murmurant : « *Om mani padme hum* » (« Le joyau est dans le lotus »), les paroles du mantra par lequel on emprunte le chemin vers la sagesse.

Depuis son plus jeune âge, Petit Gâteau est attirée par le surnaturel. Pour elle, le jour des Bateaux Dragons – le Double Cinq –, où l'on célèbre l'entrée dans les chaleurs de l'été, est beaucoup plus important que la fête nationale du 1er octobre, contrairement à Battante. Quand elles étaient gamines, cette dernière reprochait à sa sœur d'aller fleurir Lu Dongbin, le chef des « Huit Immortels », dont l'effigie se trouvait dans un temple abandonné situé à proximité de l'orphelinat, et qui serait saccagé par les Gardes rouges. Petit Gâteau continue de croire aux Gui, ces démons malfaisants qui viennent importuner les personnes coupables d'avoir commis des mauvaises actions. Convertie au bouddhisme depuis la mort de son mari, elle prie tous les jours, en invoquant les Nobles Vérités et l'abolition de la Souffrance, pour sortir de la dèche, pour que son prochain amant, qu'elle sera allée ferrer à la *Bonne Fortune* ou ailleurs, se montre doux et généreux avec elle, pour que le « canari de la bonne aventure » lui apporte un bon présage à l'intérieur du minuscule rouleau de papier que l'oiseau sera allé chercher avec son bec dans le vase de l'oiseleur divinatoire, et aussi pour que sa fille se marie avec un membre du Parti communiste, mais ça, c'était avant que Forêt tombe enceinte.

Elle en voudrait presque au Coq de Métal d'avoir fait en sorte que Forêt devienne une maman solo. Il est vrai que ce volatile astucieux et efficace a une préférence pour les fermiers et les propriétaires de gargotes. Dans quarante jours commencera le cycle du Chien d'Eau, un animal dévoué, fiable et diligent, mais lui, il favorise les médecins, les juges et les avocats, autant de professions inaccessibles. Heureusement que Bouddha est là pour veiller au grain !

Souvent, Petit Gâteau rêve qu'elle est ce malheureux voyageur affamé auquel le Bienheureux, alors sous la forme du fameux

Petit Singe, apporte le bol de lait salvateur, ce Petit Singe qu'elle a cru voir à la place du nourrisson dans son berceau.

La porte n'a pas d'œilleton. C'est pourquoi, alors qu'elle s'apprête à l'ouvrir, Petit Gâteau ne se doute pas que c'est un colosse d'un mètre quatre-vingt-dix et pesant cent trente kilos qui a appuyé sur le bouton de la sonnette. Il se trouve à présent à quelques centimètres d'elle.

Cou de Cheval est le chef des videurs du tripot de la *Bonne Fortune*. La mère de Forêt n'a jamais pu supporter cette armoire à glace devant laquelle personne ne moufte et qui ne rate jamais une occasion de lui faire du rentre-dedans, en paroles mais aussi en actes – comme la semaine précédente, quand il lui lança : « Toi, j'te boufferais bien la chatte », avant de lui plaquer sur les fesses son énorme paluche et qu'elle lui rétorque : « Gros porc, retourne un peu à ta bauge ! »

Aussi, découvrant Cou, elle est prise de panique, persuadée que le videur compte bien la faire passer à la casserole. C'est à cette perspective qu'elle se prépare en se forçant à lui sourire d'une façon aussi enjôleuse que possible.

Petit Gâteau n'a pas le temps de prendre conscience que Cou n'est pas venu la violer qu'il est déjà assis à califourchon sur elle et lui serre la gorge.

Elle suffoque. Les petits yeux cruels de son meurtrier s'estompent lentement. Elle supplie Bouddha de la faire se réincarner en volatile dans sa nouvelle existence. Pourquoi pas en grue cendrée, cet oiseau qu'elle a souvent envié en le regardant tracer à tire-d'aile son chemin dans l'azur ?

Deuxième maillon
1984-1986

En Chine, un adolescent de quinze ans continue de dire bonjour à un inconnu qu'il croise dans la rue ; en France, ce n'est plus le cas au-delà de quatorze ans.

2.1

LE SAMEDI 3 NOVEMBRE 1984

« On ne fait pas d'omelette sans casser des œufs ! »

À Paris, vers 17 h 45, Yvon et Georges sont attablés dans un café à l'angle du boulevard Saint-Michel et de la place de la Sorbonne.

Ces deux-là ne se sont jamais perdus de vue. Yvon, dont la grande carcasse s'est légèrement voûtée et dont le sommet du crâne commence à se dégarnir, achève ses études de théologie à Vanves, dans la banlieue parisienne, où la Compagnie de Jésus dispose d'un vaste domaine. Il suit également le cours de chinois classique aux Langues O. Georges, quant à lui, s'est laissé pousser la moustache et porte des rouflaquettes. Il a déménagé à Metz, où il travaille comme journaliste au *Républicain lorrain*. Lorsqu'ils se voient, le jésuite en profite pour prendre discrètement des nouvelles d'Emma, actuellement en deuxième année de médecine à la fac de Strasbourg.

Dehors, il fait sombre et il pleut à verse devant la façade de la chapelle de la Sorbonne, qu'Yvon peut apercevoir, car elle est éclairée, à travers la vitre embuée de la devanture du café. À l'intérieur, l'atmosphère est lugubre. À part la poignée d'étudiants qu'on entend rigoler, les consommateurs font grise mine – des commerçants du quartier, comme chaque fois qu'il pleut, et des profs, reconnaissables à leur allure de profs, venus là dans l'attente de l'accalmie avant de regagner une banlieue lointaine. Le Quartier latin, où les loyers sont trop chers, est devenu pratiquement inaccessible aux intellectuels.

Une heure plus tôt, nos deux comparses étaient dans les locaux de l'École normale supérieure de la rue d'Ulm, assis sur les bancs d'un amphithéâtre Évariste-Galois plein à craquer, où Lucien Bianco, un ancien du PSU, normalien et spécialiste de la Chine contemporaine, donnait une conférence intitulée « Les ambiguïtés du communisme à la chinoise ». Le jésuite y avait traîné son camarade, venu à Paris pour le week-end.

Bianco ayant pris assez tôt ses distances avec Mao, un grand nombre de ses camarades non repentis s'étaient donné le mot pour lui porter la contradiction, parmi lesquels Philippe Sollers, reconnaissable à sa coiffure au bol de moine cistercien et à son inénarrable porte-cigarettes, long comme un jour sans pain et qu'il tenait entre un pouce et un index jaunis par la nicotine.

On comprend mieux pourquoi la causerie se transforma rapidement en foire d'empoigne, tandis que l'ombre de Louis Althusser planait au-dessus de ceux, particulièrement nombreux dans l'assistance – à commencer par Michel Foucault, professeur au Collège de France, –, qui se souvenaient de leur « caïman » – dans le jargon normalien, le préparateur des agrégatifs en philosophie. C'est au-dessus de cet amphi, dans l'appartement de fonction, que le 16 novembre 1980, cet éminent philosophe étrangla sa femme. Depuis, ce penseur d'obédience marxiste, quoique fasciné par Spinoza, et par ailleurs grand dépressif, est interné à l'hôpital Sainte-Anne.

Parmi les nombreuses algarades auxquelles nos deux compères ont assisté, l'une aura particulièrement retenu l'attention de Georges : d'un côté, un soixante-huitard aux allures d'hidalgo, teint mat, queue-de-cheval, nombreux bracelets et chemise aux manches bouffantes, dûment revendiqué « ancien mao-spontex » et signataire de l'« Appel du 18 joint » de 1976 en faveur de la dépénalisation totale du cannabis ; de l'autre, un jeune normalien aux allures de premier communiant, l'un des seuls, avec Foucault, en costume-cravate au sein de l'amphi, et revendiqué « disciple de Raymond Aron et de Hannah Arendt ». Quand l'hidalgo, après une suite d'arguments hasardeux et un enchaînement de poncifs, croit s'en tirer avec un tonitruant « Et puis, on ne fait pas d'omelette sans casser des œufs ! », voilà que le premier communiant se met à le hacher menu sous les yeux médusés de l'assistance. Un silence de mort avait progressivement remplacé le brouhaha qui régnait quand il avait commencé son laïus en conseillant « à tous les thuriféraires de la dictature » la lecture des *Habits neufs du président Mao*... Georges buvait du petit-lait. Tout comme en ce soir du 27 mai de l'année précédente, alors qu'il regardait l'émission *Apostrophes* de Bernard Pivot, et que Simon Leys, l'auteur, d'origine belge, de cette implacable dénonciation du système maoïste, par ailleurs brillant sinologue spécialiste de la peinture chinoise ancienne, avait ratatiné, en deux coups de cuiller à pot, Maria Antonietta Macciocchi, une bas-bleu italienne, sinologue de pacotille, autrice d'un essai intitulé *De la Chine*, publié de façon imprudente par le Seuil, et dont le créneau était manifestement la défense de l'indéfendable, ce qui ne l'empêchait pas de courir les studios de radio et les plateaux de télévision.

Georges repose sa tasse de café et déclare :

— Je me demande ce que Michel Foucault allait faire là-dedans, lui qui n'a jamais mis un pied en Chine, du moins à ma connaissance... À ce propos, je ne lui ai pas trouvé une mine excellente.

— Je n'avais pas remarqué qu'il y était.

— Juste à côté de Bourdieu.

Yvon sourit vaguement. Il a la tête ailleurs. Il songe à Emma. Georges lui a appris qu'elle ne lui donnait plus de nouvelles depuis trois mois. Il l'imagine, reine d'un bar, et objet de multiples attentions masculines, à l'ombre de la flèche de la cathédrale, une nuée d'admirateurs à ses pieds.

— Décidément, que de beau linge ! Tu les connais tous, fait-il en regardant sa montre, avant de se lever. Je dois y aller. Le père de Lubac n'apprécie pas les retardataires.

À 19 heures, notre jésuite doit être présent au séminaire de ce grand aîné et célèbre théologien qui a l'oreille de Jean-Paul II, l'actuel souverain pontife.

Après avoir enfilé sa doudoune, l'air de rien et tout en posant sur la table un billet de 10 francs, il ajoute :

— Au fait, t'es pas trop inquiet qu'Emma t'ait toujours pas fait signe ?

Georges, levant les yeux au ciel, hèle le garçon, puis rend le Berlioz à son ami.

— C'est moi qui régale ! J'espère surtout qu'elle fait pas trop de conneries… avec elle, on sait jamais !

Yvon ne se pas fait prier pour reprendre son billet. Chez les Jésuites, on reçoit le gîte et le couvert, mais pas d'argent de poche, et il répugne à demander de l'aide à ses parents, d'autant que maître de N. a pris sa retraite, et surtout qu'il a fort mal vécu le choix de son fils.

Au moment où ils se serrent la main, il dit :

— Tu me diras, si tu as des nouvelles.

Sur le trottoir, est-ce à cause de l'eau qui ruisselle sur l'affiche du film de Miloš Forman *Amadeus*, sorti quatre jours plus tôt, ou bien de la nervosité des conducteurs, illustrée par ces nombreux coups de klaxon tous plus intempestifs les uns que les autres, le Boul'Mich étant toujours embouteillé les jours de pluie ? Quoi qu'il en soit, Yvon est envahi par des idées noires, lui qui, dans le café, n'a pas cessé de penser à Emma. Son camarade n'aurait-il pas eu le mot de trop en parlant de « conneries » ? Qu'y a-t-il derrière cela ? Yvon frissonne, quand il se retrouve salement éclaboussé par une grosse berline qu'il n'avait pas vue arriver, trop occupé qu'il était à imaginer les pires choses : Emma en mille morceaux à l'hôpital après un accident de la circulation ; Emma séquestrée par un violeur ou droguée par son souteneur…

Conscient qu'il était trop près de la chaussée, il a reculé d'un mètre, mais, à l'idée de son Emma faisant le tapin ou séquestrée dans une maison close en Allemagne, il ne voit pas déraper, à environ cinq mètres devant lui, cette camionnette de livraison Darty qui, après être montée sur le trottoir, vient le heurter de plein fouet dans un grand crissement de pneus.

2.2

LE VENDREDI 23 NOVEMBRE 1984

Taureau

Vers 17 heures, Rallié regarde repartir Taureau, que tous les présents, après avoir cessé de picoler et de jacasser, saluent bien bas, dans ce préfabriqué qui sert de foyer au personnel de Liaopec, l'une des filiales du géant pétrolier Sinopec chargée de l'exploitation d'un champ pétrolifère situé dans le nord de la province du Liaoning, où lui-même occupe un emploi d'ingénieur.

Le tigre demandant du piston au moucheron ! Du jamais vu pour Rallié, qui n'en revient pas.

C'est pourtant ce à quoi vient de s'employer celui que ses collaborateurs surnomment « Taureau » en raison de son management musclé, de sa corpulence trapue, de son cou de lutteur et de sa façon de rouler les épaules, comme à l'instant. Un peu plus tôt, le même, après avoir commandé deux autres bières, a entraîné Rallié dans un coin du préfabriqué, puis a fait *ganbei* avec lui et roté bruyamment. Ensuite il l'a mis au parfum, sur le ton de la confidence et comme on se parle entre vieux complices.

Taureau est issu d'une famille pauvre : un père pêcheur d'anguilles, une mère ouvrière dans une coopérative maraîchère. Vingt ans plus tôt, il est sorti à un excellent rang de l'Institut du pétrole de Pékin, ce qui lui a permis, trois ans plus tard, d'être admis au sein du Parti communiste. Depuis, il a fait son chemin en grimpant les échelons dans le secteur des hydrocarbures, d'abord chez Liaopec, qu'il dirigea à partir de 1973, puis au sein de Sinopec, le mastodonte pétrolier, dont il est l'un des hauts cadres.

Mais en Chine on n'est vraiment respecté que si l'on occupe des fonctions politiques. Taureau se verrait bien maire de Panjin, ce qui ferait également de lui le secrétaire adjoint du PC de cette ville côtière toute proche, de près de cent mille habitants, dont un bon quart vivent de l'exploitation du pétrole, et pour qui l'arrivée de Taureau serait du pain béni. Du moins en est-il persuadé.

— Mais pour ça, j'ai besoin d'un coup de pouce d'une personne qui t'a visiblement à la bonne. Le moucheron n'est rien face au tigre, car on est tous, quelque part, le moucheron d'un tigre ! a-t-il conclu, avec un clin d'œil appuyé.

Taureau ignore d'autant moins que Rallié doit son poste à Li Peng que ce dernier, qui fait désormais partie de la *short list* des dirigeants susceptibles de siéger au Comité permanent, avait lui-même décroché son téléphone pour lui recommander ce « garçon brillant qui donnera pleinement satisfaction à son employeur ».

L'ambitieux pétrolier se sera néanmoins bien gardé de confier au protégé de Li Peng qu'en devenant l'édile de Panjin il coifferait au poteau Xi Jinping, qui se morfond au Hebei, tout en faisant des pieds et des mains pour être nommé maire adjoint de Xiamen, ville côtière du Fujian. Taureau connaît bien Xi Jinping pour l'avoir croisé plusieurs fois à Pékin, lors des journées de formation politique organisées par le Parti pour ses jeunes cadres les plus prometteurs.

Taureau s'étant tu, Rallié avait jugé plus prudent – on ne sait jamais, avec ce genre de personnage ! – de plisser les yeux, au lieu – ce qu'il était à deux doigts de faire – de le flatter en lui disant que, étant donné sa position sociale, il était plus un tigre qu'un moucheron, et que, dans ces conditions, il n'avait pas besoin de *guanxi*, c'est-à-dire de « piston » – cet avatar omniprésent et omnipotent enfanté par les régimes autoritaires et bureaucratiques, qui existe en Chine depuis des temps immémoriaux, mais qui, avec l'arrivée des communistes, est devenu *la* nécessité absolue, car sans passe-droits, pas d'obligés, et sans obligés, pas de clan pour vous soutenir, et cela qu'on appartienne au Comité central du Parti ou au plus modeste atelier de réparation d'engins agricoles d'une campagne lointaine.

Taureau reparti, le brouhaha reprend ses droits et la bière recommence à couler à flots. Rallié prend conscience des effets du traitement particulier dont il a fait l'objet de la part de Taureau en découvrant, à l'autre bout du préfabriqué, la façon dont ses collègues ingénieurs le dévorent du regard. Ceux qui ne cessaient pas de le charrier et de le houspiller, avec envie ; les autres, ceux qui l'ont à la bonne, avec admiration.

Tous aimeraient savoir.

Mais Rallié ne dira rien. La vantardise est mauvaise conseillère. Et tôt ou tard, Taureau saurait qu'il a fait confiance à une planche pourrie.

Snobant ostensiblement ses collègues, il se dirige vers l'une des deux fenêtres du préfabriqué. Dehors, il souffle un vent à décorner les bœufs, et c'est à peine si on aperçoit, à travers la vitre embuée et cernée de givre, une forêt de derricks noyés dans les flocons que ce blizzard fait tournoyer et qui bouchent totalement la vue sur les collines de sable qu'on découvre d'ordinaire à l'arrière-plan, moutonnant à perte de vue.

Devant tout ce blanc incertain, quasiment fantasmagorique, sur lequel ses yeux sont rivés, Rallié essaie d'imaginer ce mystérieux royaume dont Taureau lui aurait confié une clé, à lui, simple ingénieur habitué à recevoir des ordres et à appliquer les consignes. Un royaume où lui, qui a toujours été redevable à autrui, aurait pour débiteur un homme aussi puissant que Taureau ; un royaume, surtout, où Battante, pour qui il a toujours le béguin, lui prêterait attention ; où la championne de tennis de table daignerait enfin répondre à la carte de vœux qu'il lui fait parvenir à chaque Nouvel An lunaire. L'an dernier, c'était avec une bouteille de *maotai.*

« Le bocal »

À Metz, vers 18 heures, sur le quai de la gare, Georges attend de pied ferme le train de Strasbourg dans lequel se trouve Emma, venue passer le week-end avec lui, après avoir repris contact.

Il s'est juré que, ce coup-ci, il la mettrait dans son lit. Il en a marre des tergiversations de l'étudiante en médecine, d'autant qu'elle continue d'avoir tous les garçons du monde à ses pieds, tel un pot de miel cerné par les guêpes. Sans parler de ce qu'on raconte sur ce qui se passe dans les soirées entre carabins…

Car Georges est toujours l'amoureux transi auquel sa dulcinée impose ses quatre volontés. Comme lorsqu'ils étaient encore à Aix : en sus de l'épisode de la librairie Goulard, griller plusieurs feux rouges à la file, circuler à contresens sur les boulevards ceinturant le centre de la ville, taguer à la bombe fluo un cœur percé d'une flèche sur la porte de la sous-préfecture et un cercle sur une croix [1] sur celle du rectorat, tout cela en plein cours Mirabeau… avec pour tout remerciement une bise furtive sur la joue, alors que les lèvres de Georges cherchaient désespérément sa bouche.

Et à Strasbourg, rebelote. La première fois qu'il s'y rendit, il était plein d'espoir. Son plan était simple : la résidence étudiante où Emma loge étant située en périphérie, il lui suffirait de laisser passer l'heure du dernier bus, et ils finiraient la nuit ensemble… Manque de bol, sur le coup de 23 heures, voilà qu'on toque à la porte de la chambre, c'est le voisin de piaule, une bouteille de tequila à la main… Dans la foulée, deux autres gars et une fille rappliquent à leur tour avec de la bière et des chips. Et tout le monde s'entendant comme larrons en foire, ça passe la nuit à boire et grignoter, au nez et à la barbe de Georges, qui décide de

1. La « croix celtique » est alors l'emblème du mouvement ultranationaliste L'Œuvre française.

s'éclipser afin de prendre le premier bus pour la gare, pendant que tous dorment comme des loirs, affalés les uns sur les autres. S'ensuivent plusieurs mois de silence, Emma ne se manifestant pas et lui-même mettant son point d'honneur à ne pas la solliciter, car il lui en veut terriblement. Du coup, il se noie dans le travail, avec, pour seuls exutoires, deux week-ends à Paris et trois incursions au bordel, deux fois en Allemagne et la troisième au Luxembourg… Jusqu'à ce petit mot, reçu dix jours plus tôt, et relu une bonne dizaine de fois, dans lequel Emma lui annonce sa venue à Metz.

La gare est à moitié déserte. Ce n'était pas le cas le samedi précédent. Georges allait à Paris, rendre visite à Yvon, revenu à Vanves. Son camarade ne se déplace qu'avec des béquilles, le bras gauche emprisonné dans une gouttière en plâtre, dans l'attente d'une greffe osseuse. Lors de l'accident, Georges était aux premières loges. C'est lui qui a appelé Police-secours. La camionnette avait occasionné à Yvon une fracture ouverte du tibia gauche et un écrasement du coude gauche. Transporté d'urgence à l'hôpital Cochin, le jésuite a subi trois opérations.

Cela fera bientôt deux ans que Georges a atterri à Metz, au *Républicain lorrain*, d'abord comme simple stagiaire, sur la recommandation de l'un de ses profs de Sciences Po à Aix, dont le beau-frère est le rédacteur en chef de ce grand quotidien régional. Le « *RL* », comme on l'appelle dans sa zone de diffusion, où il fait la pluie et le beau temps, à l'instar de ses grands homologues de cette exception française qu'est la presse quotidienne régionale (PQR). Cette « météo » particulière consiste à mettre en valeur certaines personnalités et à en faire passer d'autres à la trappe, à miser sur tel homme ou telle femme politique qu'on aidera à endosser un destin national, à privilégier tel annonceur par rapport à tel autre, et à traquer les décès, la rubrique nécrologique étant de loin la plus rentable, les annonces mortuaires étant vendues à la ligne et non à la surface, comme c'est le cas des publicités.

Le contenu du *RL* est concocté dans « le bocal », le surnom de la salle de réunion vitrée où se tiennent les conférences de rédaction, au milieu du gigantesque open space où travaillent les rédacteurs et les secrétaires de rédaction, les chefs de rubrique étant les seuls à avoir droit au box vitré, le tout au deuxième étage d'un bâtiment très années 1970 construit dans la zone industrielle de Woippy, une commune jouxtant Metz, le *RL* ayant quitté son siège historique du centre-ville.

Avant son arrivée au journal, Georges croyait qu'une rédaction était indépendante et que ses membres étaient guidés par une éthique d'airain, même si tout le monde n'est pas un Albert Londres, un Joseph Kessel ou un Bob Woodward, et qu'on ne saurait demander au localier d'un journal de province d'avoir la trempe d'un reporter de guerre ou le brio intellectuel d'un éditorialiste star. Quand il a découvert l'envers du décor, l'idée qu'il se faisait de la presse a radicalement changé. Au point qu'il lui arrive de se demander s'il a eu raison d'embrasser un métier où la proportion d'alcooliques et d'accros à la nicotine dépasse de loin celle des autres professions intellectuelles, selon une étude – jamais publiée – imprudemment commandée à l'IFOP par le Centre de formation des journalistes, et de se dire que, si certains métiers n'étaient pas fantasmés, ils attireraient beaucoup moins de candidats.

Quand on est journaliste, on est spectateur-commentateur de l'actualité, on n'en est pas l'acteur… Ce qui peut engendrer une certaine frustration ayant pour conséquence un excès de critique ou de complaisance. D'où la prétention de nombre de plumitifs – surtout ceux de la presse nationale – à jouer les conseilleurs, et parfois même les entraîneurs, auprès de ceux qu'ils finissent par considérer comme leurs poulains… Il n'est pas rare qu'une liaison dangereuse vire à l'idylle, comme entre Jacques Chirac et Jacqueline Chabridon, dont les amours passionnées faisaient les délices des dîners en ville dans les premières années du septennat de Giscard. Car, côté politique, le même phénomène se produit, tel élu cherchant à se mettre dans la poche tel journaliste.

Au final, tout le monde s'imagine en terrain conquis, alors que chacun est manipulé. Et ne parlons pas du cas où un patron de la PQR est également le baron politique de la zone de diffusion du canard qu'il possède : par exemple Marseille, où le maire, Gaston Defferre, est propriétaire du *Provençal*, organe de centre gauche, et du *Méridional*, un journal de droite dont le lectorat est pour l'essentiel constitué par les rapatriés d'Algérie, ou encore Toulouse, où *La Dépêche* est possédée par la famille Baylet, dont l'héritier principal est par ailleurs le patron des radicaux de gauche et le président du conseil général du département de Tarn-et-Garonne.

À Metz, le personnage politique central est Jean-Marie Rausch, le maire de la ville, un ancien minotier, centriste au visage rubicond et au caractère sanguin qui, en 1971, succéda à la mairie à l'inusable gaulliste Raymond Mondon. Rausch n'est pas encore une figure politique nationale. Mais cela ne saurait tarder, étant donné la façon dont la direction du *RL* l'a à la bonne et vante ses qualités à longueur d'articles.

Les journalistes de la PQR ayant des salaires inférieurs à ceux de la presse nationale, la plupart des collègues de Georges se plaignent de leur situation matérielle. Contrairement à ce que notre apprenti journaliste s'était imaginé, leurs conversations concernent davantage l'exploit du gamin au foot, les changements d'humeur de l'épouse, la comparaison entre les consommations respectives de la Citroën C 15 et de la Renault 5 ou encore les dernières promotions du Mammouth situé de l'autre côté du parking du siège, plutôt que les sujets charriés par la « grande actualité », laquelle, au demeurant, n'occupe que les deux pages centrales du *RL*, où, en dehors des annonces d'adjudication des collectivités locales et des faire-part mortuaires – le tout en occupant quatre –, les « chiens écrasés » font l'objet de toutes les attentions. Car plus un fait divers local est croustillant ou sordide, plus le journal vendra du papier… Témoin ses tirages à chaque nouveau rebondissement de l'affaire du « meurtre du petit Grégory ». La Vologne coule dans le département des Vosges, où le *RL* est diffusé. Au *RL* comme dans les autres journaux de province, les informations locales sont remontées à la rédaction en chef par des « correspondants », généralement des instituteurs à la retraite ou d'anciens gendarmes payés à la pige pour des montants dérisoires et qui couvrent l'actualité de la localité où ils habitent. Tous ne sont pas forcément des as de la plume. L'une des tâches assignées à Georges consiste à réécrire et à corriger leurs articles.

Au sein de cette rédaction, il est des « dinosaures », qui en sont toujours à la machine à écrire, sur laquelle ils tapent avec deux doigts jaunis, car la plupart travaillent la clope au bec. Parmi eux, Michel Dutournier fait figure d'exception. Non fumeur, ce végétarien ne boit jamais une goutte d'alcool, cela lui conférant le statut de doux hurluberlu auprès de la quasi-totalité de ses collègues. Cheveux grisonnants mi-longs, traits anguleux, menton en galoche, moustache à la Cavanna, vêtu de son sempiternel pull à col rond couleur taupe, renforcé aux coudes avec du faux cuir, au-dessus d'un Levi's 501 élimé jusqu'à la corde, l'homme se proclame écologiste. Comme il le raconta, un soir et devant une camomille, à Georges, qu'il a pris sous son aile, l'« illumination écologique », semblable, selon lui, à celle du Bouddha s'agissant des Nobles Vérités, lui vint le 4 septembre 1979, alors qu'il regardait *Les Dossiers de l'écran*. Il entendit le vulcanologue Haroun Tazieff alerter les téléspectateurs sur les conséquences du réchauffement de la planète face à un commandant Cousteau aussi méprisant qu'à l'ordinaire, pour qui le « pessimisme » de Tazieff résultait d'une « peur infantile et totalement hors sujet ». Au *RL*, où – comme dans les autres titres de la presse régionale – on se soucie d'autant moins d'écologie qu'un grand nombre de lecteurs sont des agriculteurs, rares sont les collègues de Dutournier à savoir qu'il suivit les cours du climatologue Robert Watson à l'université d'East Anglia avant d'obtenir un poste d'ingénieur contractuel au CNRS, et que *La Technique ou l'Enjeu du siècle*, de Jacques Ellul, est son livre de chevet.

Avant de faire la connaissance de Dutournier, Georges ignorait jusqu'au nom d'Ellul, ce professeur de droit à l'université de Bordeaux, à la pensée inclassable car pénétrée à la fois de protestantisme et de marxisme, par ailleurs grand admirateur du théoricien canadien de la communication Marshall McLuhan. Ses nombreux ouvrages, à commencer par *Le Système technicien*, ont pour thème les conséquences de l'omniprésence de la technique dans les sociétés modernes. Georges s'est plongé avec délices dans cette œuvre foisonnante et d'un abord bien plus facile que celle, par exemple, de Martin Heidegger, aux yeux duquel notre époque, « du fait de la technique », est « la phase ultime de l'histoire de l'être », comme l'écrit dans *Être et Temps*, son maître livre, cet immense philosophe allemand, célébré par Levinas et Arendt malgré ses accointances hitlériennes. Depuis que Georges s'est plongé dans Ellul, il a une meilleure perception des enjeux du climat, des dangers de la technique quand elle n'est pas maîtrisée, et de la nécessité d'un meilleur partage des richesses entre Nord et Sud.

« L'argent a ses raisons qui sont immenses. » Ce leitmotiv, fort éloigné des réflexions d'Ellul, il l'a déjà entendu plusieurs fois dans la bouche de Claude Puhl, dont l'épouse, Marguerite Demange, possède *Le Républicain lorrain*, fondé par son papa en 1919. Quand Claude Puhl dit cela, l'air résigné, il fait allusion à Robert Hersant, un homme de presse au passé trouble sous l'Occupation, élu député de l'Oise depuis 1956. Surnommé « le papivore », il est devenu la bête noire des patrons de la PQR depuis qu'il a pris le contrôle du *Dauphiné libéré*, de *Presse Océan*, du *Progrès de Lyon*, de *La Voix du Nord*, mais également de *France-Soir* et du *Figaro*, dont il fit l'acquisition en 1975 avec la bénédiction de Giscard et, selon les mauvaises langues, grâce aux « fonds spéciaux » gouvernementaux, dont l'utilisation échappe au contrôle de la Cour des comptes.

Pas étonnant que Georges se soit juré de ne pas faire de vieux os au *RL*, où ses collègues le surnomment « l'écolo junior ». De fait, son embauche fut consécutive à l'écho rencontré chez les lecteurs – mis en évidence par l'abondance de leur courrier – par son article intitulé « La fonte des glaciers, conséquence du réchauffement du climat », publié en lieu et place du sempiternel « marronnier » relatif aux « bonnes affaires » du marché immobilier que le journal publie à l'occasion du week-end de Pâques, et dont l'auteur habituel était alors en congé pour maladie.

Mais voilà que notre journaliste sent ses jambes se dérober. Elle est là ! Il l'aperçoit qui descend de l'un des wagons à l'arrière du train, ses longs cheveux blonds dénoués, vêtue d'un long manteau noir. Il court à sa rencontre, fendant la foule des passagers et manquant de heurter la poussette d'une mère de famille qui lui crie de faire attention.

Emma est sexy en diable dans un pull angora moulant sa poitrine entre les pans de son manteau entrouvert.

Devant tant de beauté écrasante, Georges a les jambes en coton. Sa voix tremble lorsqu'il dit :

— Je suis heureux de te voir ! Comment vas-tu ?

Emma, sourire éclatant aux lèvres, dit :

— Moi, ça va super, à part que j'ai mes règles !

2.3

LE SAMEDI 15 DÉCEMBRE 1984

La nouvelle vie

— Maman, viens voir Tatie Battante ! On dirait une vraie princesse !

À Xi'an, sous le néon du salon de l'appartement de Battante, Jolie a dit cela d'un air émerveillé, avant de tirer par la manche sa maman jusqu'à la salle de bains, où l'ancienne championne de tennis de table se pomponne devant la glace.

Forêt et sa fille sont venues habiter chez elle peu après l'assassinat de Petit Gâteau. À Baoji, l'appartement était au nom de sa jumelle, et pour rien au monde Battante n'aurait voulu que sa nièce soit regardée de travers et qu'elle fasse l'objet de quolibets du genre : « Salope de Petit Gâteau de Riz Gluant, elle l'avait bien cherché ! »

Forêt ne le saura jamais : Cou de Cheval, après avoir été condamné à mort, des témoins l'ayant surpris en train de transporter le cadavre jusqu'à la déchetterie, fut exécuté d'une balle dans la nuque, un projectile payé par sa famille, comme il est stipulé dans le code pénal ; pas plus qu'elle ne peut se douter que, peu de temps après, Courge fut retrouvé pendu à un espalier du gymnase municipal… Si elle l'avait appris, ça n'aurait rien changé : elle ignorait les tenants et les aboutissants du crime et n'avait jamais croisé son auteur et son commanditaire.

Sur le seuil de la salle de bains, Forêt est estomaquée de voir sa tante se contorsionner tout près de la glace, elle qui se maquille d'ordinaire en trente secondes : un soupçon de poudre de riz, jamais de rouge à lèvres mais un peu de baume gras incolore, un coup de peigne et, hop !, terminé. Et encore, pas tous les jours, mis à part le coup de peigne.

Jolie, qui, à trois ans, parle déjà comme un livre, est beaucoup moins étonnée que sa maman. Effleurant la robe de sa grand-tante, elle dit :

— Tu es trop belle, Tatie Battante. C'est pour aller au parc ?

Tandis que Battante étire les lèvres pour faire en sorte que le rouge ne déborde pas, les yeux de l'enfant vont de la bouche écarlate de sa grand-tante, qu'elle n'a jamais vue si magnifique, à la trousse en velours noir dans laquelle celle-ci range ses accessoires de maquillage. Une vraie caverne d'Ali Baba qu'elle ne voit que très rarement ouverte. Forêt fronce les sourcils.

— Tatie fait ce qu'elle veut… On va la laisser se faire toute belle, comme pour un amoureux.

La maman ne se doute pas que ce n'est pas par hasard que Jolie a mis dans le mille.

Ce jour-là, comme souvent, Battante l'avait emmenée au parc de l'Amitié, dont l'une des entrées donne sur l'avenue Yan'an[1], juste en face de leur immeuble. Sous le kiosque à musique, un accordéoniste jouait pour faire danser des vieilles personnes. Un très gentil monsieur, qui avait même donné un bonbon à Jolie. Et malgré son jeune âge, celle-ci avait subodoré qu'il s'était passé quelque chose entre lui et sa grand-tante : elle n'avait jamais vu cette dernière si volubile ni dévorer si fort des yeux une personne. Il est vrai que Battante, d'ordinaire dans le contrôle absolu, était soudain tout feu tout flamme.

Sa tante ayant quitté en trombe l'appartement, pomponnée comme une princesse, dans sa tenue des grandes occasions – un tailleur simili-Chanel –, Forêt a installé sa fille devant ses coloriages, dans la chambre qu'elles occupent, puis elle est allée coller son nez à la fenêtre de la salle de séjour, d'où l'on peut apercevoir, en tournant la tête vers la gauche, et à condition de se pencher, la gigantesque statue en bronze éclairée dès la nuit tombée de Mao levant le poing et bravant le vent, qui s'élève devant le bâtiment de la mairie, de style stalinien, comme il se doit.

Forêt apprécie sa nouvelle vie d'habitante d'une grande ville. Quand elle n'a rien d'autre à faire, elle regarde passer les voitures. À Xi'an, question trafic, c'est autre chose qu'à Baoji. Les cyclistes n'y sont pas à la fête et on y voit circuler des cylindrées rutilantes, des berlines de marque Citroën et même Mercedes, dont les triporteurs et les vélos s'écartent avec respect. Les gens qui se sont enrichis, après avoir ouvert un commerce ou spéculé sur l'immobilier, ont à cœur d'afficher leur réussite au grand jour. Les autres, les pauvres, loin de reprocher cette opulence à ceux qui en bénéficient, rêvent pour leurs enfants d'une vie dans laquelle ceux-ci pourraient arborer une montre de prix, posséder

1. Nom de la petite ville du Shanxi où Mao établit son quartier général à l'issue de la « Longue Marche ».

un appartement et – pourquoi pas ? –, luxe suprême, rouler dans une grosse berline. Sans le savoir, ils favorisent ainsi l'installation de cette société voulue par Deng, celle de la consommation mâtinée de soumission au Parti, la première devant servir de gage à la seconde. Les contraires se conditionnant l'un l'autre. Une fois de plus, Yin et Yang.

Pour mieux goûter au spectacle, la maman de Jolie a éteint la lumière. Quand les feux tricolores situés à l'aplomb de sa fenêtre passent au vert et que les deux-roues démarrent, Forêt aime bien observer, s'étirant sur le bitume, la masse compacte qu'ils forment devant les automobiles, le tout dans le concert assourdissant des klaxons, façon de reprocher de ne pas dégager assez vite à ceux qui pédalent dur, sur leur selle comme dans la vie. La plupart des automobilistes sont des novices dont les parents ne conduisaient pas, et cela engendre un grand nombre d'accidents de la route. À Xi'an, on en compte pas moins d'une dizaine par jour, dont la moitié sur ses grandes artères. La veille, devant le spectacle d'un gros camion chargé de briques gentiment embouti par l'arrière par une minuscule Trabant, la marque de voitures produite en Allemagne de l'Est – alors qu'ils circulaient tous les deux en direction de l'immense place de la mairie –, elle a ri à l'idée que son chauffeur était soit inexpérimenté, soit rond comme une queue de pelle.

La possession d'une voiture est si loin des préoccupations de Forêt qu'elle n'y pense même pas. Seul l'intéresse l'avenir de sa fille, comme si elle n'attendait plus rien du sien et que sa propre existence fût terminée. Depuis qu'elle vit sous l'aile protectrice de sa tante, dans ce coquet soixante-quinze mètres carrés, avec deux chambres, cuisine séparée et vraie salle de bains – le luxe absolu comparé à la plupart des logements –, elle goûte au confort et comprend mieux le sens de l'expression « douceur de vivre ». L'année prochaine, Jolie ira à la petite école et Forêt compte bien se remettre à la gymnastique acrobatique. Battante l'y encourage vivement, car, comme elle dit : « Le sport, ça mène à tout. J'en sais quelque chose ! »

En attendant, alors qu'elle observait un vieil homme vêtu d'un costume Mao en train de ramasser les crottes de son chien, du genre spitz nain, qu'il glisse dans un petit sac en plastique, à côté de l'entrée du parc, elle aperçoit, estomaquée, Battante qui traverse l'avenue Yan'an en coupant la route à un camion débâché plein de militaires.

Une vraie gamine.

Les vœux de chasteté

Trois heures plus tôt, dans le parc du centre de Vanves, Yvon, pull élimé sur son pantalon de clergyman, prenait le soleil assis sur le banc vers lequel il s'était traîné en sautillant sur ses béquilles. Mentalement, il suppliait le *padre* Arrupe – trépassé l'année précédente des suites d'un accident vasculaire cérébral qui l'avait laissé très affaibli – de l'aider à prendre la bonne décision.

Quand Yvon n'a pas le moral, ce qui lui arrive souvent depuis son accident, il sort de son portefeuille, où il la conserve précieusement, la photo, prise au début des années 1950, de l'ancien survivant du bombardement de Hiroshima. Arrupe y apparaît en kimono, assis en lotus sur un tatami, ses yeux de braise tournés vers l'objectif. Un regard débordant d'humanité. Le *padre* était épris de justice sociale, tout comme dom Hélder Câmara, l'évêque brésilien théoricien de la théologie de la libération, ou le frère Roger Schutz, fondateur de la communauté œcuménique de Taizé. Des figures de gauche, des cryptomarxistes aux yeux de l'immense majorité des cardinaux de la Curie, mais également du pape Jean-Paul II. Ce dernier vient de profiter de la dégradation de l'état de santé du « pape noir » pour écarter le père O'Keefe, son bras droit officiel, au profit du père Dezza, un jésuite italien connu pour son conservatisme et devenu le confesseur du Polonais à l'anticommunisme viscéral, qui exhorta à ne pas avoir peur ceux qui vivent sous l'emprise soviétique.

Comme la plupart de ses camarades, Yvon a l'impression d'être assis entre deux chaises, celle du « pape noir » – à laquelle tout jésuite prête une allégeance absolue, contrairement aux Dominicains, sur lesquels leur supérieur général a peu d'emprise, cela expliquant le nombre d'entre eux qui ont rejoint les mouvements de guérilla en Amérique latine – et celle du pape en soutane blanche, le chef de l'Église catholique romaine, dont tous les prêtres reconnaissent en principe l'autorité... À Vanves, la plupart des jeunes collègues d'Yvon se proclament catholiques de gauche et considèrent comme étant de droite ceux qui prétendent qu'un chrétien n'est ni de gauche ni de droite.

Cette fois-ci, c'est pour l'aider à prendre une décision cruciale qu'il a plaqué sa précieuse photo contre son front et récité une dizaine de *Je vous salue Marie*. Il voudrait tellement que le *padre* éclaire son choix, à présent que se profilent à l'horizon ses « Grands Vœux », c'est-à-dire le serment comprenant l'engagement de chasteté et d'obéissance qui fait de vous un jésuite *in partibus*, comprenez un « serviteur de Dieu à part entière » !

Avant l'accident, quand Yvon se livrait à ce petit rituel, la douce voix du *padre* l'incitait à persévérer. Tout comme le père R., son « accompagnateur » en « exercices spirituels », ces retraites d'une durée de trente jours au cours desquelles un jésuite plus âgé vous dicte vos thèmes de méditation et vous dispense de précieux conseils de vie.

Or plus ce moment décisif approche, plus Yvon l'appréhende. Il en a une trouille bleue. On oserait dire une sainte trouille.

Mais comment pourrait-il en être autrement, alors que le diable a repris possession de son corps depuis cette lettre d'Emma reçue la veille et dans laquelle elle lui souhaite un prompt rétablissement, avant de conclure qu'elle serait heureuse de le revoir ?

Yvon n'en dort plus ! Que doit-il répondre à Emma ? Et la masturbation est-elle compatible avec le vœu de chasteté ? La question n'a jamais été évoquée par le père R. De son côté, Yvon n'aurait jamais osé aborder le sujet.

Et pour cause. Chez les Jésuites, comme dans les autres ordres religieux du catholicisme romain, le sexe est tabou. Au sein de la province de France, personne n'a jamais fait le moindre commentaire au sujet de la fameuse épectase du père Jean Daniélou, célèbre théologien jésuite fait cardinal par le pape Paul VI et mort le 20 mai 1974 dans les bras d'une jeune prostituée, sur le plancher de la chambre de bonne qu'elle occupait.

2.4

LE SAMEDI 22 DÉCEMBRE 1984

Présage

Il s'appelle Présage, et Battante n'a d'yeux que pour lui.

Ils sont sur le trottoir de l'avenue Ya'an, qu'ils s'apprêtent à traverser.

Présage est beau comme un astre. Une tête de jeune premier à la Yang Zirong, héros du célèbre opéra révolutionnaire *La Montagne du tigre prise d'assaut*, où sont relatés les exploits d'un jeune paysan qui infiltre un gang de bandits, permettant ainsi aux autorités de le démanteler. On voit le jeune acteur sur les affiches, partout où est donné ce spectacle auquel Battante a assisté, à l'opéra municipal de Xi'an, l'année de son arrivée dans la ville.

Celui qui joue de l'accordéon à merveille a également une tête bien faite. Présage parle l'anglais, se débrouille en français, est maître assistant en histoire des idées politiques à l'université

Fudan de Shanghai. Ses locaux étant envahis par les rongeurs et la dératisation ayant amené le rectorat à ordonner leur fermeture pendant un mois, Présage en a profité pour venir se mettre au vert chez ses parents, des profs du secondaire à la retraite, originaires de Xi'an. De religion catholique, crut-il bon de préciser, tandis que Battante s'efforçait de ne pas ciller. Il a voyagé hors de Chine, aux États-Unis, où son oncle est professeur de physique fondamentale à l'université de Princeton – « là où enseigna Einstein » –, et à Paris, « la ville la plus romantique du monde ». Battante rêva un instant qu'elle se faisait photographier devant la tour Eiffel en compagnie de Présage.

La championne de tennis de table n'en revient toujours pas, elle d'ordinaire si timide, d'être parvenue à aborder Présage, puis à le faire parler ; quant à elle, elle s'est contentée de lui raconter qu'elle était une ancienne sportive, s'abstenant de mentionner qu'elle-même avait voyagé : en Grande-Bretagne en 1977, à l'occasion des championnats du monde de tennis de table, en Hongrie, en Allemagne de l'Est, plus tard à Cuba, pour des compétitions entre « pays frères », et à Los Angeles, à l'occasion des Jeux olympiques, mais comme membre du staff de l'équipe féminine des pongistes, car elle avait passé l'âge d'être sélectionnée.

Un coup de foudre prend toujours par surprise. On ne choisit pas le moment. Pour Battante, tout commença ce fameux jour où elle emmena Jolie au parc de l'Amitié, quand elle aperçut Présage en train de faire danser tous ces papis et ces mamies au son de son accordéon. Soudain, autour d'elle, plus rien ne comptait : ni les arbres majestueux du parc, certains aux branches contraintes de pousser à l'horizontale de façon qu'on puisse y suspendre plus facilement les cages à oiseaux, ni les buis taillés au cordeau façon Versailles, ni les bancs en fonte désertés, à cette heure-là, par leurs tricoteuses habituelles, ni ces balustrades de pierre sur lesquelles les garnements s'amusent à courir en mimant un avion en train de décoller, au désespoir des grand-mères qui s'occupent d'eux pendant que les parents sont au boulot, ni ces vasques vides, l'adduction d'eau du parc de l'Amitié étant hors d'usage, ni ces tables d'échecs en pierre, ou encore ces aires pavées de marbre rose sur lesquelles on peut s'adonner à la calligraphie éphémère avec un pinceau et de l'eau. En revanche, il ne lui échappa pas qu'un couple d'amoureux marchait main dans la main devant Jolie, qui s'était mise à courir en direction de ce kiosque de style Art nouveau au toit à quatre pans séparés par des boudins se terminant en queue d'hirondelle, au pied duquel dansaient ces couples du troisième âge.

À Xi'an, comme un peu partout en Chine, les gens, surtout les retraités, se plaisent à danser sur les places et dans les parcs. On s'y expose, on y chaloupe. Les plus hardis tournoient ou se lancent dans des figures de rock'n'roll acrobatique au son d'un *pick-up* branché à la première prise venue grâce à des rallonges parfois longues de plusieurs centaines de mètres, cela au mépris de toute sécurité.

Passé un certain âge, la danse est une activité consolatrice ; elle rend la séduction possible. On s'endimanche pour l'occasion ; on se montre sous un jour favorable ; on peut s'enhardir sans paraître ridicule. Quand on est en couple, on fait la nique aux esseulés en étalant l'harmonie qu'on forme avec son ou sa partenaire. Enfin, quoi de mieux que la danse pour revivre les bons souvenirs d'antan ? Dans ces moments-là, même votre lumbago et votre arthrose ont le chic pour se faire oublier.

Ce jour-là, comme indiqué sur un écriteau disposé sur un chevalet, les membres du cercle « Les danseurs aux cheveux grisonnants » avaient fait appel aux talents d'un virtuose de l'accordéon. Battante était éblouie par la vitesse avec laquelle les doigts de Présage pianotaient sur les deux claviers de l'instrument et la précision avec laquelle ses mains faisaient s'ouvrir et se fermer son soufflet ! Elle était si absorbée dans sa contemplation qu'elle ne s'était pas rendu compte qu'il avait fini de jouer *Le Vol du bourdon* de Rimski-Korsakov, et avait reposé délicatement son instrument sur le sol, tandis que les danseurs applaudissaient à tout rompre.

Jolie s'était immédiatement mêlée à eux, et elle continuait à se dandiner au pied du kiosque, sous le regard extatique et les compliments de plusieurs grand-mères, quand l'accordéoniste virtuose vint s'accouder à la rambarde.

— Tu danses bien ! Comment t'appelles-tu ?

La petite se tortillait, tantôt sur un pied, tantôt sur l'autre, tout en contemplant Présage par en dessous, quand Battante la poussa légèrement dans le dos.

— Jolie, dis merci au musicien !

La petite restant coite, sa grand-tante éleva vers le virtuose un regard éperdu de reconnaissance.

— Jolie Forêt est un peu timide. Forcément, elle a à peine trois ans.

Elle s'apprêtait à morigéner l'enfant en raison de la voracité avec laquelle celle-ci avait pris le bonbon que l'accordéoniste avait sorti de sa poche, quand ce dernier s'empara de l'accordéon et se pencha vers Jolie.

— Ça te dirait de l'essayer ?

Jolie n'attendit pas l'autorisation de sa grand-tante pour grimper quatre à quatre les marches de l'escalier du kiosque. Battante ne put faire autrement que d'y monter à son tour. Sa petite-nièce appuyait très doucement son index droit sur les touches de l'instrument, face à l'accordéoniste accroupi, quand celui-ci, après avoir renfilé ses bretelles, leva les yeux vers Battante, dont le cœur avait déjà flanché.

— Vous êtes la maman ?

Il me croit plus jeune que je ne suis ! songea-t-elle avec ravissement, avant de lui expliquer ce qu'il en était, ce qu'auparavant elle n'aurait jamais osé faire s'agissant d'un inconnu… Elle ne parvenait pas à accepter l'idée qu'elle ne reverrait plus Présage – lequel s'était mis à jouer les premières notes de l'ouverture de *Carmen* de Bizet, sous le regard émerveillé de Jolie –, et que cette parenthèse enchantée allait définitivement se refermer, toutes les bonnes choses ayant une fin.

C'est cet adage que Battante avait décidé de faire mentir – mais pour certains pêcheurs d'expérience, ferrer le poisson est avant tout affaire d'instinct – en demandant à Présage, l'air de rien, alors qu'il rangeait son instrument dans son étui, s'il venait régulièrement faire danser les gens. Ce qui lui permit d'apprendre qu'il se rendait au parc de l'Amitié tous les samedis entre 14 h 30 et 16 h 30, avant de revenir chez elle en chantonnant la *Marche de Radetzky* et *Le Beau Danube bleu*.

Forte de cette information, elle n'aurait raté pour rien au monde cette occasion d'aller le retrouver, avec la chair de poule, et le bas-ventre ainsi que l'intérieur des cuisses en proie à d'improbables fourmillements.

Vaincre sa timidité. S'abandonner ! Laisser faire les choses de façon à ne pas donner à ce garçon l'impression d'être une forteresse inexpugnable ou un porc-épic, accepter de perdre le contrôle… tout cela est loin d'être évident pour cette ancienne championne arc-boutée sur le contrôle de ses émotions. Substituer le cœur d'artichaut à celui de pierre, c'est ce à quoi Battante compte bien s'adonner et qui fait qu'il y a moins de dix minutes, alors qu'ils étaient sous le kiosque à musique, elle a invité Présage à monter chez elle. Pour se donner une contenance, elle a cru bon de lui préciser d'une voix mal assurée que depuis le neuvième étage on avait « une très jolie vue sur les arbres du parc de l'Amitié », un endroit « qui porte si bien son nom », avait-elle ajouté en piquant un fard.

— Avec plaisir ! Mais je ne voudrais pas que ça vous dérange !

Avant d'entendre cette phrase, Battante ignorait ce que peut signifier « rencontrer l'âme sœur ». Focalisée sur une carrière menée tambour battant, elle ne s'était jamais autorisé le moindre flirt – sport de haut niveau (l'incidence des « mauvaises fréquentations » sur le tonus nerveux, préconisation venue d'Allemagne de l'Est) et, surtout, exemple de sa sœur obligent. Aussi, lorsque Présage la prononça, elle était si contente qu'elle avait été à deux doigts de lui sauter au cou.

À présent qu'ils traversent l'avenue, elle n'a jamais eu autant envie de coucher avec un garçon.

Arrivée au pied de l'immeuble, elle calcule. Elle tire des plans sur la comète. Une fois arrivée, elle proposera un thé vert à Présage, qu'elle aura présenté à Forêt comme un ami du travail.

Dans l'ascenseur, notre championne de ping-pong panique. Et s'il ne lui restait plus de thé vert ? Pas sûr que cette écervelée de Forêt – telle mère, telle fille ! – ait eu l'idée d'en acheter.

La perspective de l'absence de boisson digne de ce nom à offrir chamboule tout. Quelle idée lui a donc pris de convier Présage à monter chez elle ? Battante est affolée et à deux doigts, tel le cheval renâclant *in extremis* devant l'obstacle, de prétexter un empêchement de dernière minute.

Trop tard.

La porte coulissante s'est ouverte sur Forêt, qui a entendu l'ascenseur s'arrêter.

Présage découvre la jeune femme, derrière laquelle se trouve Jolie, sucette à la bouche, pyjama rose et baigneur en celluloïd sous le bras.

La petite éclate de rire, tout en contournant sa mère. Elle se plante devant Présage, ses petits bras dressés vers lui, dans l'espoir que l'accordéoniste la prenne dans les siens, et dit :

— Chic ! On va jouer tous les deux de l'accordéon !

« Good guy »

— Là, t'as vraiment exagéré ! Tu vas aller rendre ces papiers à qui de droit, et fissa !

Georges l'a saumâtre, le nez collé à la porte de la salle de bains où Emma est en train de se doucher. Du coup, il en aurait presque oublié le fiasco intégral de sa première nuit avec elle et son euphorie quand Emma lui avait annoncé qu'elle reviendrait à Metz pour le week-end. Trop d'excitation et de fébrilité, ajoutées à la peur de mal faire, et patatras, ce qui devait être un triomphe des sens aura viré à la catastrophe, en l'espèce des préliminaires destinés à le rester – *because* un soudain mal de crâne –, tragiquement patauds, suivis d'une malencontreuse éjaculation à l'air libre. Et Emma faisant comme si de rien n'était. Pas la moindre réaction de sa part, alors que, la connaissant, il s'attendait à une moquerie, voire à une remarque acide.

Encore plus furax, car il l'entend siffloter, il jette un regard noir à la sacoche en cuir aux coins cornés et aux soufflets usés traînant au pied du lit, à moitié ouverte, dans laquelle il a replacé ces deux cent cinquante-trois feuillets reliés entre eux, dûment numérotés, qui avaient glissé sur la moquette. Le texte comportant des annotations de son auteur, en l'espèce le professeur Jean-Marie Pelt, une sommité en physiologie végétale, Georges en a déduit qu'il s'agissait du manuscrit de son prochain livre.

Alors qu'il est assis sur le lit, l'air boudeur, Emma apparaît en frottant sa chevelure ébouriffée. Resplendissante, les jambes et la poitrine ruisselantes, elle vient se placer devant lui, jambes écartées, les pointes de ses seins semblables à des groseilles enrobées dans du sirop de sucre à la hauteur du visage de notre journaliste, qui détourne le regard…

Comme on console un enfant, elle lui passe en riant une main dans les cheveux.

— La sacoche, elle te chiffonne. Le type était parti aux toilettes. Le genre professeur Nimbus. Pendant qu'il y était, il m'a suffi de changer de wagon…

Notre petite voleuse aura mis dans le mille.

Professeur de physiologie végétale à l'université de Metz, où il a fondé l'Institut européen d'écologie, Jean-Marie Pelt est devenu la « star de l'étape » depuis le succès de ses livres, *L'homme re-naturé* et *La Prodigieuse Aventure des plantes*, par lesquels il a popularisé la défense de l'environnement. Grâce à la série documentaire télévisuelle *L'Aventure des plantes*, son visage est désormais connu. Comme tous les universitaires « vus à la télévision », Pelt fait l'objet de sarcasmes de la part de ses collègues ; certains raillent son anthroposophie et quelques-unes de ses théories, celle des bienfaits de la musique sur les végétaux, par exemple, ou encore sa critique frontale du darwinisme. On croise souvent celui que d'aucuns surnomment « l'homme qui murmure aux oreilles des rhododendrons » dans les rues de Metz, où il habite, à la périphérie du centre, un pavillon coquet de style années 1930.

C'est à la porte de celui-ci que, sur le coup de midi, Georges, la sacoche à la main, se présente, avec Emma et Michel Dutournier. Ce dernier connaissant bien Pelt, il a volontiers accepté d'accompagner Georges, qui lui a expliqué qu'Emma avait trouvé le cartable du professeur dans le train, où celui-ci devait l'avoir oublié.

Trois coups de sonnette plus tard, Pelt apparaît, vêtu d'une robe de chambre à l'épaulement constellé de pellicules, l'air soucieux derrière des lunettes aux verres grossissants qui font ressortir son léger strabisme, dans son entrée transformée en capharnaüm chlorophyllien par l'amoncellement formé par les feuilles trouées des *Monstera deliciosa* et du feuillage zébré des calathéas.

Le professeur de physiologie végétale ayant avisé sa sacoche, son visage s'illumine quand Georges la lui tend en annonçant :

— On s'est permis de l'ouvrir. C'est comme ça qu'on a découvert qu'elle vous appartenait. Votre manuscrit est toujours à l'intérieur.

Pelt, aux anges, exécute un « chapeau bas » imaginaire.

— Entrez donc, je vous dois bien un café…

Pour accomplir une métamorphose intellectuelle, dès lors qu'on est curieux et qu'on a l'esprit ouvert, il suffit généralement de peu de chose : une lecture ou la rencontre avec une personne admirée et ayant l'art de transmettre. Changer moralement, en revanche, est une autre paire de manches, à moins que le rôle d'affreux jojo qu'on se donne n'ait été là que pour protéger un cœur d'or et cacher une sensibilité maladive. Dans ce cas, il suffit d'un simple déclic, d'une simple pichenette.

C'est ce qui est en train d'arriver à Emma dans le salon du professeur Pelt – une pièce meublée de façon vieillotte, aux murs tapissés d'une toile de Jouy qui a perdu ses couleurs à force d'être exposée au soleil – depuis qu'elle a découvert l'air mi-abattu, mi-soulagé de Georges.

Visiblement épuisé par l'épreuve, il s'est affalé dans un fauteuil faux Louis XV, tandis que l'hôte des lieux et Dutournier, assis côte à côte sur le canapé, s'extasient devant les prouesses du manchot empereur, capable de nager sous l'eau près de vingt minutes et de résister au climat polaire du sud de l'Antarctique, où la température de l'air peut descendre à moins quarante et les vents dépasser les cent cinquante kilomètres-heure, et – cerise sur le gâteau et comme quoi la nature peut lancer des clins d'œil et se montrer espiègle ! – dont le mâle couve l'œuf de la femelle.

Les yeux mouillés d'Emma se sont posés sur lui. Georges, ce garçon toujours à ses pieds, capable de réaliser, pour elle, l'impossible. Georges, ce bon petit gars qu'elle ne traite pas bien, en le menant par le bout du nez.

S'ils étaient de nouveau seuls, elle sauterait au cou du *good guy*. Et, après s'être laissé embrasser par lui, elle lui dirait qu'elle n'a plus mal à la tête et elle l'entraînerait vers le lit.

2.5

LE LUNDI 21 JANVIER 1985

La carpe farcie aux cinq trésors

La veille, au Hebei, un coup de grisou a décimé les ouvriers d'une mine de charbon. On dénombre déjà plus de cent morts et le double de disparus. Personne n'en entendra parler, les autorités y ont veillé auprès des médias. Pour éviter que la rumeur se répande, les familles des victimes recevront chacune l'équivalent de trois mois de salaire.

Dans la « province du charbon », les quelque deux millions d'habitants de la cité minière de Baoding, le chef-lieu du district de Zhengding, voient rarement le ciel bleu. Ils respirent les fumées toxiques crachées vingt-quatre heures sur vingt-quatre par les immenses cheminées des dizaines d'aciéries et de cimenteries, dont la moitié emploie plus de dix mille ouvriers chacune. Même si le nombre des cancers du poumon a explosé au sein de la population, on vit mieux dans cette ville que dans les provinces « arriérées » – celles où la paysannerie domine encore, comme le Yunnan – et même au Guangdong, malgré sa proximité avec Hong Kong. Preuve de l'élévation du niveau de vie des habitants, on y trouve de nombreux restaurants : rien de tel que de se taper la cloche, surtout en famille, pour se prouver qu'on ne se tue pas pour rien à respirer du poison par quarante-cinq degrés Celsius.

Ce qui n'est pas le cas de Xi, devenu le premier secrétaire du Parti du district. Il adore néanmoins manger, le souvenir de ses années de disette y étant pour beaucoup – celles-ci expliquant par ailleurs la relation singulière entretenue par les Han avec la bonne chère, quand les plats défilent et qu'ils demeurent à moitié pleins une fois le repas terminé, alors que tout le monde a fait bombance.

Le péché mignon du camarade Xi est la carpe farcie aux cinq trésors, qu'une serveuse de l'*Auberge des Grands Voyageurs* a déposée sur la table, nageant dans une soupe épicée et remplissant presque à ras bord un grand plat en porcelaine « bleu et blanc ».

À l'aide de sa baguette, Xi désigne son verre de *maotai* au convive installé face à lui, et qui vient de lui confier qu'il s'apprêtait à visiter Hong Kong.

— Allez ! bois-moi ça. « Un pays deux systèmes »… j'y crois pas trop ! Une carpe comme celle-ci ne sera jamais un lapin, et un hybride de la carpe et du lapin, ça n'existe pas, du moins à ma connaissance.

Face au « fils de », Bouillie de Céréales Jaune[1] n'en revient pas : il est ahurissant que le premier secrétaire du Parti d'un comté du Hebei – la province en comptant quatre-vingt-treize autres – parle de la sorte de la déclaration conjointe de la Chine et de la Grande-Bretagne visant à garantir que Hong Kong bénéficiera de cinquante années de régime dérogatoire à compter du 1er juillet 1997, date à laquelle le gouvernement britannique s'est engagé à rétrocéder sa colonie à la mère patrie… Et si Xi cherchait à le piéger ? Du coup, ce joli garçon aux traits fins – si l'on fait abstraction de l'énorme grain de beauté qui orne le bout de son nez –, les cheveux coupés en brosse, à l'ancienne, se demande s'il a bien fait d'accepter l'invitation de Xi. Ce dernier l'avait hélé depuis la fenêtre arrière de sa voiture au moment où Bouillie sortait de la gare et s'apprêtait à prendre un bus pour rendre visite à ses parents, dans un village situé à une cinquantaine de kilomètres de Zhengding.

— T'as pas fini ton verre !

Les deux hommes se sont croisés à Pékin, à l'université Qinghua, la fabrique des élites, où l'on ne peut entrer que si on a obtenu 19 de moyenne au lycée et réussi le redoutable examen d'entrée à l'université. Sauf si on est un « fils de », à l'instar de Xi, qui s'y perfectionnait en droit marxiste pendant que Bouillie, qui s'apprête à rejoindre l'ambassade de Chine à Paris, suivait les cours accélérés de français dispensés au sein du département des langues étrangères.

Xi s'esclaffe, tout en faisant signe à la serveuse de remplir le verre de son invité.

— Heureusement que les promesses n'engagent que ceux qui les reçoivent ! Bois ça !

Tandis que le grand patron de la ville minière pioche dans le poisson avec ses baguettes, le diplomate en herbe rit de façon mécanique. Il ne tient pas l'alcool. S'il s'est forcé à boire une

1. « Bouillie de Céréales Jaune » se prononce « Huang Zhong » en mandarin pinyin.

nouvelle fois, c'est qu'il sait qu'il sera bloqué dans sa carrière tant qu'il ne deviendra pas membre du Parti. Or, pour un agent du ministère des Affaires étrangères, il est pratiquement impossible de devenir l'un de ses membres tant qu'on n'a pas atteint le grade de « conseiller d'ambassade ».

À moins d'avoir été recommandé. Et un « fils de », ça a forcément les moyens de vous donner ce coup de pouce…

Bouillie a toujours eu pour habitude de la fermer. Mais, le *maotai* aidant, il n'a plus les yeux en face des trous, au point de considérer Xi comme la personnification de la bienveillance… Aussi décide-t-il, pour une fois, de l'ouvrir, alors que le canard laqué à la pékinoise a succédé à la carpe aux cinq trésors et que le « fils de » roule sa petite crêpe de riz, dans laquelle il a mis des brins de ciboule, autour d'un morceau de peau caramélisée. D'une voix pâteuse, il demande à son interlocuteur s'il pourrait l'aider à entrer au Parti.

Estomaqué par l'outrecuidance de Bouillie, Xi fronce les sourcils, sa crêpe suspendue, entre ses baguettes, au-dessus de la coupelle remplie d'un mélange de caramel et de sauce au soja.

— Pour ce qui me concerne, j'ai dû m'y prendre à trois fois avant d'y être admis…

Ce que le « fils de » a oublié de dire, c'est qu'à l'époque son père n'était pas complètement réhabilité et que Deng Xiaoping se morfondait dans un placard.

Mais, sachant qu'on n'a jamais trop intérêt à dévoiler à autrui le fond de sa pensée, il change de conversation :

— Moi aussi, je dois voyager. L'été prochain, aux États-Unis. Dans l'Iowa. Là-bas, il semble qu'ils développent des techniques innovantes pour l'agriculture.

Depuis quatre ans, le Parti envoie chez les Yankees ses jeunes cadres promis à des responsabilités importantes. Il s'agit de « prendre au capitalisme ce qu'il a de bon, de façon à mieux en rejeter ce qu'il a de mauvais », selon les termes utilisés par le Petit Timonier pour expliquer au Comité central, graphiques à l'appui, que l'accumulation du capital va de pair avec l'élévation du niveau de vie des travailleurs occidentaux, contrairement à celui des ouvriers d'Union soviétique, dont les revenus stagnent et les conditions de vie demeurent déplorables... Ce jour-là, pour conclure son discours, Deng avait servi à ses pairs la formule : « Peu importe la couleur du chat, pourvu qu'il attrape les souris. »

Bouillie a des étoiles dans les yeux. Son second rêve est d'aller aux États-Unis.

Trois heures plus tard, à X'ian, Battante est arrivée tout essoufflée devant la porte de son appartement, après s'être tapé tous les étages à pied, l'ascenseur était de nouveau en panne.

Notre ex-championne de ping-pong est d'humeur morose. Au boulot, l'ambiance n'est pas terrible. D'ailleurs, elle a quitté le bureau plus tôt qu'à l'ordinaire. La faute à ces nouvelles recrues aux dents longues, du genre à considérer comme de vieilles badernes les sportifs de la génération précédente, qui regrettent le temps où la pratique sportive était désintéressée. Dans deux jours, elle aura quarante ans ! Elle avait prévu de fêter cela en tête à tête avec Présage, pourquoi pas dans un restaurant chic, lumière tamisée et musique d'ambiance. Mais le bel accordéoniste n'a toujours pas répondu au petit mot qu'elle lui a envoyé il y a plus de deux semaines, après avoir pris son courage à deux mains et en se gardant bien d'évoquer la raison de cette invitation.

Elle soupire à l'idée que ce dîner en amoureux a toutes les chances de tomber à l'eau. Elle n'a pas le temps d'introduire sa clé dans la serrure que Jolie ouvre la porte, cheveux mouillés, dans un pyjama en pilou aux motifs de petites voitures et son habituel baigneur en celluloïd dans sa main gauche.

— Maman n'est pas là ?

— Elle est partie faire des courses... Je me suis douchée toute seule et je joue dans ma chambre !

Jolie seule à la maison ? Battante a l'esprit tellement ailleurs qu'elle ne relève même pas et file vers la cuisine.

Quand elle revient dans le séjour, un verre d'eau chaude entre les mains, Jolie lui tend, toute fière, une lettre qu'elle avait posée sur la table basse.

— Le facteur, il a dit qu'il y avait ton nom marqué dessus !

Battante, le cœur près d'exploser, comme à la fin d'une de ces parties de ping-pong où elle donnait tout, retourne l'enveloppe, l'expéditeur d'une lettre devant obligatoirement faire figurer son nom au dos, dans un cadre prévu à cet effet. Son visage se ferme. C'est une lettre de Rallié.

Elle s'assied pour la lire. Il travaille énormément, mais bénéficie d'excellentes conditions matérielles. Seul petit hic, à Liaohe, il fait très froid ; il prévoit de revenir à Xi'an pour la nouvelle année, il l'invite à dîner dans le restaurant de son choix, pourquoi pas au *Drapeau d'Or* ? Tout cela sans aucun style ni fioriture et pas le moindre sentiment. Du pur Rallié. Tout le contraire de Présage.

Battante, la mine défaite, fait une boule de la lettre avant de la lancer dans un coin du séjour et d'allumer la télé. C'est l'heure des dessins animés du soir.

Le *Casino Rouge* était, comme son nom l'indique, un temple du jeu avant que ce pompeux édifice de style années 1930, situé de l'autre côté de la place de la mairie, soit transformé en cinéma.

C'est là qu'au même moment Présage et Forêt assistent, assis au dernier rang et sans y prêter une réelle attention, aux gesticulations martiales de Jackie Chan dans *Le Maître chinois*. Ce navet hongkongais, dont le héros est un certain Wong Fei-hung, acupuncteur et maître en arts martiaux connu pour avoir activement participé à l'instauration de la république de Sun Yat-sen, va bientôt finir, et Présage, qui comptait sur l'obscurité pour l'aider à vaincre sa timidité, ne s'est toujours pas résolu à prendre la main de Forêt… Laquelle, de son côté, continue à guetter ce moment où il entamera un tel rapprochement physique. Avant cela, alors qu'ils se rendaient au cinéma, elle était à deux doigts de glisser son bras sous celui de Présage. Mais elle n'avait pas osé.

Entre les amoureux transis, le coup de foudre aura été immédiat. Pendant que Battante s'activait à la cuisine – car il restait du thé vert –, ils s'étaient regardés comme s'ils étaient, l'un et l'autre, des plantes privées de lumière pendant des semaines et auxquelles le soleil apparaît soudainement. Cela s'était poursuivi à coups d'œillades émerveillées alors que la sportive de haut niveau revenait avec deux mugs, car, sous le coup de l'émotion, la tante en avait oublié la nièce.

Depuis ce jour, les tourtereaux ne perdent pas une occasion de se voir en cachette.

Il n'y a plus personne dans la salle. Forêt a rapproché son visage de celui de Présage. Leurs lèvres sont à moins d'un centimètre les unes des autres. Puis leurs langues s'entremêlent et ils s'agrippent mutuellement par le cou.

Pour eux, plus rien ne compte. Le temps est suspendu et les minutes paraissent des secondes.

La transverbération de sainte Thérèse, et le trou noir céleste

Emma est le seul élément féminin dans ce compartiment, qui empeste la gauloise et le patchouli bon marché depuis qu'à la gare de Châlons-sur-Marne sont montés à bord du train Strasbourg-Paris ces six trouffions, béret rouge et treillis, qui la reluquent à qui mieux mieux, et ne cessent de faire les beaux et de lui décocher des sourires en coin.

Il y a peu, cela l'aurait amusée de les aguicher, de les mettre en compétition et d'observer l'embarras de ceux que cela aurait gênés de bander devant les copains, contrairement aux gros bras, au cerveau pas plus grand qu'un pois chiche, que cela aurait enhardis avant qu'elle ne les stoppe net dans leurs élans maladroits d'une simple pichenette – un jeu d'enfant pour une jolie fille n'ayant pas froid aux yeux. Elle aurait fait de même avec Yvon, après l'avoir relancé par lettre, puis – pourquoi pas ? – avoir couché avec lui. Et une fois qu'elle l'aurait accroché à son tableau de chasse, elle se serait vantée auprès de ses copains carabins : « Je me suis tapé un jésuite ! »

Emma a changé. Elle ne serait pas venue à Paris sans cette lettre d'Yvon en forme de supplique, et ce dernier ne l'attendrait pas à l'arrivée du train – sachant qu'elle en profite pour aller voir les collections de cadavres du musée de la Faculté de médecine, sur lesquelles elle doit faire un exposé.

Après son fameux week-end à Metz, elle avait déjà mis pas mal d'eau dans son vin. Mais depuis ce matin de Noël, elle n'est plus du tout la même.

C'était donc il y a moins d'un mois, à Rome, avec ses parents.

On ne compte pas les écrivains, les philosophes, les plasticiens et les musiciens, sans parler des simples quidams, qui, dès lors qu'ils sont capables de traduire leurs émotions en mots, en formes ou en notes, racontent comment ils ont été transformés ou, pour certains, ont vu leur vie bouleversée par la lecture d'un livre, par la contemplation d'un paysage, d'une sculpture ou d'un tableau, ou à l'écoute d'un morceau de musique. Soudain, c'est comme s'il était tombé du ciel une clé leur donnant l'accès à un territoire merveilleux dont ils ne soupçonnaient pas l'existence.

Pour Emma, ce fut la *Transverbération de sainte Thérèse d'Avila*, le chef-d'œuvre de Bernin, qu'on peut admirer dans l'église Santa Maria della Vittoria, où elle était entrée par hasard. Thérèse y est représentée en pleine extase à côté de l'ange qui a transpercé son cœur et au sujet duquel elle écrit : « J'ai vu dans sa main une longue lance d'or, au bout de laquelle il m'a semblé qu'il y avait un petit feu… Quand il transperça mon cœur, la douceur était si grande que je gémissais… », acte qu'elle qualifie, trois lignes plus loin, de « douce caresse de l'amour »[1].

Devant ces formes blanches, ces courbures, ces plissés inimitables, la posture d'abandon de Thérèse, ses yeux mi-clos,

1. À ce sujet, le psychanalyste Jacques Lacan qualifia de sexuelle l'extase de Thérèse telle que Bernin la représenta.

comme si elle jouissait, ceux de l'ange, comme des pointes de flèche, tout ce marbre palpitant sous le regard et auquel Bernin, alors la coqueluche des grandes familles romaines, a conféré une incroyable vie intérieure, Emma était demeurée une bonne vingtaine de minutes en extase elle-même, avant d'être prise d'étourdissements à force de regarder fixement la fantastique prouesse que constitue ce duo.

À la sortie de l'église, elle manque de tomber. Est-ce le soleil qui réchauffe l'air vif ? Elle voit du blanc. Un blanc immaculé et comme délicatement éclairé de l'intérieur.

Le Blanc Profond, se dit-elle.

Depuis, son regard a changé sur le sacré, et elle qui ne croyait que dans le visible, tel l'apôtre Thomas, éprouve désormais une forte attirance pour le surnaturel.

Alors que le train en a encore pour une bonne vingtaine de minutes, que les hideuses boîtes à chaussures – ces barres d'immeubles signalant l'entrée dans la banlieue parisienne – ont à peine commencé à défiler, et que les trouffions continuent à la reluquer tout en essayant d'attirer son attention, cela fait plus d'une demi-heure qu'Yvon, qui n'a désormais plus besoin que d'une seule canne, s'est posté au début du quai. Légèrement appuyé sur celle-ci, il s'est fait aussi beau que possible. À la grande surprise de ses camarades de vocation spirituelle, il s'est rasé de près, parfumé, une fois n'est pas coutume, à l'après-rasage Mennen, avant de frictionner ses cheveux au Pétrole Hahn, et il arbore sa tenue « chic des grands jours » : un pantalon de velours moutarde et un blouson McGregor sur un polo Lacoste blanc.

De plus en plus nerveux après le jingle fatidique suivi de la voix robotisée de « Madame SNCF » annonçant l'arrivée du train, notre jésuite, tout en se lissant mécaniquement les cheveux du plat de la main droite, a l'impression qu'un siècle s'est écoulé entre le moment où les tampons de la locomotive ont touché ceux de la butée d'arrêt du quai numéro 7 et celui où il aperçoit enfin Emma.

Il l'aurait reconnue entre dix mille, resplendissante et lumineuse, comme si elle était éclairée par le faisceau d'un projecteur, tenant un sac polochon de couleur rouge, au milieu du flot des voyageurs qu'on pourrait croire de retour du front en raison de la présence des nombreux militaires en permission.

Yvon est sens dessus dessous : c'est la première fois qu'Emma lui claque une bise. Dans ce geste tout ce qu'il y a de plus chaste, il voit de l'effusion, lui qui n'aurait jamais osé tendre sa joue à la jeune femme. Du coup, dans les minutes qui suivent, alors qu'ils se dirigent vers l'hôtel – situé à deux pas – où elle a réservé une chambre, il ose, tout en claudiquant, prendre l'une des poignées de son sac, au prétexte de l'aider à le porter.

Rue du Terrage, Yvon est un morceau de fer attiré par l'aimant que serait devenue Emma ; à la réception de l'hôtel, elle, l'accélérateur surpuissant, et lui, la particule accélérée par ce champ électromagnétique intense ; dans l'escalier tristounet, dont les marches craquent sous ses chaussures, son nez pratiquement collé à la croupe de notre étudiante en médecine, il a l'impression d'être absorbé par un trou noir céleste.

Ils entrent dans la chambre minuscule, où flotte une odeur de moisi et de tabac froid, avec ce lit dont le milieu forme un creux à force d'avoir servi, et ce lavabo en faïence blanche dépourvu de son éclat d'origine – l'eau du robinet est très calcaire à Paris, et il y a belle lurette que le ménage du galetas n'a pas été fait.

Il voit Emma assise sur le lit et il l'entend dire qu'on pourrait y faire du trampoline. Il la bascule doucement.

Cinq minutes plus tard, alors qu'il reboucle sa ceinture, il ne sait plus trop où il en est. Sauf que ses mains demeurent imprégnées de la douceur ferme des seins d'Emma, semblables à ceux de Gabrielle d'Estrées et de sa sœur dans le célèbre tableau du Louvre peint par un artiste demeuré anonyme de l'école de Fontainebleau, que tout était allé beaucoup trop vite et qu'Emma avait les yeux mis clos.

Pour elle, pas de Blanc Profond, mais le sexe turgescent d'Yvon.

Pour lui, nul instinct de possession, mais la fébrilité du puceau doublée du souci de ne surtout pas saccager le champ de roses. La douceur d'une femme et l'idée qu'il a enfin croqué dans la pomme délicieuse.

Sans la moindre rancune, Emma regarde Yvon qui regarde par la fenêtre. Même si c'était du bout des lèvres, elle consentait à cet homme…

2.6

LE LUNDI 21 OCTOBRE 1985

Le « toi et moi » en porcelaine « mille fleurs »

Un peu avant 4 heures de l'après-midi, à Liaohe, deux des cabines téléphoniques mises à la disposition du personnel du champ pétrolifère sont en panne, et cela fait dix bonnes minutes que Rallié poireaute devant la troisième, occupée par l'un de ses collègues, clope au bec et racontant des choses drôles à on ne sait qui, à en juger par ses éclats de rire compulsifs.

Notre ingénieur est d'autant plus impatient qu'il a prévenu Mme Tang qu'il l'appellerait à 4 heures. Ce n'est pas son premier rendez-vous téléphonique avec la toute-puissante secrétaire particulière de Li Peng. Il est dans ses petits papiers depuis qu'il lui offre un petit cadeau à l'occasion du Nouvel An. La dernière fois, c'était un « toi et moi » en porcelaine « mille fleurs », au sujet duquel elle lui chante des merveilles à chacune de leurs conversations téléphoniques. Bien qu'il ne la connaisse que par la voix, il commence à bien cerner cette femme de pouvoir, qui, à l'instar des collaboratrices indispensables, est capable, l'air de rien, de faire passer des messages au grand patron. C'est du moins ce que souhaitait Rallié quand il lui disait le plus grand bien de Taureau en espérant qu'elle répercuterait ces louanges à son supérieur, Li Peng – mais d'une façon si malhabile, si appuyée, que l'intéressée ne pouvait que le prendre pour un gros lourdingue. Heureusement, cela, c'était avant le « toi et moi ». Désormais, notre ingénieur et Mme Tang sont à tu et à toi.

La cabine s'étant libérée, Mme Tang décroche à la troisième sonnerie.

Le pouvoir rend irascible. Celui qui l'exerce se croit indispensable ; il reproche à ses collaborateurs de ne pas en faire assez – ce qui est, au demeurant, bon pour son *ego* de chef, car il se sent encore plus indispensable et légitime.

Li Peng a d'autant moins échappé à cette dérive que ce n'est pas un cynique – ce qui est une vraie rareté dans les hautes sphères communistes. Ambitieux et du genre méticuleux, comme son but est d'intégrer le Comité permanent, il a à cœur de prendre à la lettre ses objectifs, y compris ceux écrits sur un coin de table, parce que « ça fera bien dans le tableau ». Désireux de briller à l'occasion de son rapport devant le Comité central, il épuise depuis quinze jours sa fidèle secrétaire, qui ne parvient pas à quitter le travail avant 10 heures du soir, ce qui ne l'empêche pas d'apprécier cet homme qu'elle admire.

— Rallié, on va devoir faire vite.

— Je vous prie de m'excuser, mais la ligne était prise…

Mme Tang se radoucit.

— Au fait, ça va t'amuser : pas plus tard qu'hier, Taureau a chanté tes louanges auprès du patron… Je ne serais pas étonnée qu'il te propose un de ces quatre de rejoindre le cabinet. Le chef adjoint est sur le départ. Un garçon de valeur, comme toi. Il a obtenu une belle mutation !

Rallié a raccroché. Si Taureau avait été là, il lui aurait volontiers sauté au cou pour un tel échange de bons procédés. La conversation aura duré moins d'une minute, mais elle a suffi à faire de Rallié un homme heureux.

Tandis qu'il se dirige vers le foyer, où il compte payer une tournée aux collègues présents, lui vient à l'esprit cette belle écharpe en soie verte, la couleur préférée de Mme Tang, devant laquelle les passantes s'extasiaient, certaines en déplorant son prix exorbitant. Il espère qu'elle sera toujours là, dans la vitrine du plus grand magasin de vêtements de Liaohe.

La partie de golf

À Saint-Cloud, sur le green impeccable du golf de cette ville cossue de la banlieue parisienne, qu'une brume rend encore plus irréel, Raminagrobis affiche sa mine des mauvais jours devant André Rousselet, son partenaire habituel, propulsé à la présidence de l'agence Havas, l'un des rares leviers dont dispose le gouvernement sur la presse quotidienne régionale, Havas assurant la régie publicitaire des grands journaux de province. Sont-ce les effets de l'alfuzosine combinée aux hormones féminines qui font gonfler la poitrine du président ? La peau de son visage ressemble à du parchemin.

Le golf de Saint-Cloud fermant ce jour-là, les deux compères sont toujours les seuls, le lundi matin, à emprunter un parcours dont ils connaissent chaque trou comme leurs poches.

Au bout d'une petite heure, Raminagrobis enlève ses gants. Il n'a plus envie de jouer et il a du mal à marcher.

Il toussote.

— Hier soir, Charles avait le nez qui remuait un peu trop à mon goût…

Rousselet n'a pas sa langue dans sa poche et n'aime rien tant que tailler des costards, d'où le grand nombre de ses ennemis… Mais, connaissant bien son Raminagrobis, il se demande si ce n'est pas là une façon de faire comprendre à quelqu'un susceptible de répéter ce propos que le président de la République n'a pas donné l'ordre de saboter le *Rainbow Warrior*...

— Président, vous semblez dire que votre ministre des Armées vous cache des choses ?

Le coulage, le 10 juillet précédent, organisé par le SDECE (les services secrets français) en Nouvelle-Zélande du bateau de Greenpeace a causé la mort du photographe néerlandais Fernando Pereira. L'affaire empoisonne le pouvoir depuis que *Le Monde* daté du 18 septembre a fait état de l'intervention d'une « troisième équipe », composée de nageurs de combat, aux côtés de l'équipage de l'*Ouvéa*, le voilier affrété par les services spéciaux français et à bord duquel les faux époux Turenge avaient gagné Auckland... « Les Pieds nickelés », ainsi qu'on les surnomme méchamment dans les couloirs du ministère de la Défense et du Quai d'Orsay, sont actuellement en prison en Nouvelle-Zélande. Bref, le fiasco intégral et la France ridiculisée.

Raminagrobis fait signe à son officier de sécurité de prendre son club.

— Qu'Hernu ne m'ait pas tenu au courant, comme tout subordonné voulant protéger son chef, passe encore, mais mentir après coup, ça n'a vraiment aucun sens...

Rousselet sourit *in petto* : tout s'éclaire. Le président connaissait parfaitement le projet de sabotage – tout remonte à l'Élysée –, ce qui ne veut pas dire qu'il l'ait approuvé et encore moins ordonné explicitement à Charles Hernu, ministre de la Défense... En bon avocat qu'il fut, il connaît trop la différence entre « acte positif » et « laisser faire », qui peut équivaloir à « action par défaut ».

Si Rousselet savait que, courant mai, le Président avait reçu en tête à tête l'amiral Lacoste, le boss des services spéciaux...

Le patron d'Havas soupire.

— Hier soir, Laurent n'était pas au mieux de sa forme...

Il a préféré changer de conversation, tout en raccompagnant Raminagrobis jusqu'à sa voiture, une pluie glacée ayant succédé à la bruine.

La veille en fin d'après-midi, sur TF1, Laurent Fabius, que Raminagrobis a nommé Premier ministre quinze mois plus tôt, a perdu son sang-froid face à un Chirac pétant le feu. Ce dernier avait poussé à bout ce brillant sujet, par ailleurs excellent cavalier, qui n'avait pas hésité à dire, au sujet de Raminagrobis : « Lui, c'est lui, et moi, c'est moi » – ce que ce dernier avait modérément apprécié –, sans parler de sa déclaration de la fin de l'été, dans laquelle il avait juré ses grands dieux ne pas être au courant de l'opération du SDECE, « domaine réservé » oblige... Que ce « premier de la classe », de surcroît vainqueur en son temps de *La Tête et les Jambes*, ait reçu une bonne correction n'est pas pour déplaire à son mentor.

— Le roquet, ce serait plutôt Edwy Plenel ! tacle néanmoins Raminagrobis, faisant allusion à l'auteur du papier du *Monde*, avant de monter difficilement dans la voiture, à la place du mort, comme toujours...

En début d'après-midi, Raminagrobis a rendez-vous avec Bérégovoy, qu'il s'est résolu, en 1982, à exfiltrer du secrétariat général de l'Élysée – un job à contre-emploi pour cet ancien ouvrier tourneur – en le nommant ministre, d'abord aux Affaires sociales et à la Solidarité nationale, puis aux Finances. Béré n'était pas assez florentin. À l'Élysée, Raminagrobis, qui le connaissait mal, lui trouvait des manières de « Petit Chose à l'*ego* sursurdimensionné ».

Rue de Rivoli, Béré, contre toute attente mais poussé par Jean-Charles Naouri, un brillant inspecteur des finances, a entrepris de déréguler les marchés financiers [1], à la grande satisfaction du secteur bancaire. Raminagrobis n'a jamais été passionné par les questions économiques. Question de génération. Il se contre-fiche de savoir qu'après le tournant de la rigueur c'est champagne au Crédit lyonnais, à la BNP, à la Société générale et encore plus à Paribas et chez Lazard, et que cette loi ouvre la porte au primat de la finance sur l'économie réelle.

1. Loi du 11 juillet 1985.

Deux heures plus tard, à Neuilly, au cercle Hippocrate – le club créé par Servier pour se mettre dans la poche les futurs pontes de la médecine –, les vingt premiers reçus au concours de l'internat de Paris trinquent au champagne en comparant les mérites des diverses spécialités auxquelles ils se destinent. Le pince-fesses se déroule sous la houlette de Georges Elgozy, un inspecteur général de l'économie nationale à la retraite, embauché en raison de son épais carnet d'adresses, et qui compte bien en profiter pour confier discrètement, entre la poire et le fromage, son numéro de téléphone personnel à ceux qu'il verrait bien, le jour venu, entrer à la Grande Loge nationale française.

2.7

LE MERCREDI 15 JANVIER 1986

Le feu et l'eau

Le Brésil et la Chine : le feu et l'eau, mis à part – et encore ! – la bonne chère et le sens de la fête. Au Brésil la loufoquerie, les excès, les gangs, le candomblé, la samba, le carnaval et ses saturnales, sous l'égide d'un État fédéral réduit à sa plus simple expression. En Chine l'ordre confucéen, la peur de perdre la face qui corsète les rapports avec autrui, eux-mêmes sous la férule de l'organisation d'airain qui chapeaute l'État, aux lieu et place des empereurs et de leurs mandarins.

Les deux pays n'ont pas grand-chose en commun. Aucune route de la soie ne les a jamais reliés, pas plus que des comptoirs commerciaux hérités du passé colonial. Ni la Chine ni le Brésil ne se sont aventurés au-delà des mers. Ces deux mondes s'ignorent. D'ailleurs, ce n'est qu'en 1974 que Brasília a établi des relations diplomatiques avec Pékin, sachant que Paris l'avait fait dix ans plus tôt avec la Chine communiste. Pas étonnant que leurs relations commerciales demeurent quasi inexistantes.

Sauf qu'à Pékin un homme d'affaires brésilien est sur le point de faire évoluer cette situation.

Bernardo Paz exulte après son entretien avec le vice-ministre des Approvisionnements mondiaux au ministère des Ressources géologiques et minières. Il s'est rendu dans la capitale de la Chine en désespoir de cause et presque à tout hasard, tel le naufragé jetant une bouteille à la mer. Au Brésil, plus aucune banque n'acceptant de mettre un réal de plus dans Itaminas, ce petit groupe minier et sidérurgique fondé par le père de sa première femme est au bord de la faillite.

Paz, pas encore quarante ans, beau visage à la Clint Eastwood sous une tignasse épaisse, dont le blouson de ski empêche de voir la chemise à fleurs et le collier amérindien, risque de tout perdre, car il est devenu l'un des actionnaires d'Itaminas en y apportant plusieurs entreprises sidérurgiques et minières brésiliennes qu'il avait rachetées à bas prix.

Cet aventurier des affaires a déjà exercé quantité de métiers avec plus ou moins de bonheur. Il a eu le nez creux en venant à Pékin. La Chine a trop misé sur le seul charbon. Elle manque cruellement de minerai de fer, pourtant indispensable à la fabrication de l'acier. D'où l'obligation d'en importer… ce qui tombe à pic pour Paz.

La veille, il faisait partie des heureux élus repérés par le régime et reçus par Deng Xiaoping en personne. Le Parti cherchant à s'attirer les bonnes grâces des élites des pays du Sud, le Brésilien a été invité tous frais payés, et il en a profité pour demander à rencontrer le vice-ministre en question… avant de manquer de choir de sa chaise au bout de dix minutes devant la proposition d'une avance de 10 millions de dollars tombée du ciel, à charge pour Itaminas de fournir à la Chine une première tranche de six mille tonnes de fonte brésilienne. Autant dire : le Pérou pour Bernardo, qui n'en attendait pas tant de la Providence.

2.8

LE DIMANCHE 20 JUILLET 1986

Le Matin de Paris

Vers 18 heures, à Neuilly, comme chaque dimanche en fin d'après-midi, dans le salon au décor surchargé digne de celui d'une cocotte – tentures en cretonne, guéridons juponnés et bergères Napoléon III – de son hôtel particulier, Servier griffonne sur l'un de ces petits cahiers à couverture de moleskine qu'il a toujours à portée de main. Il note tout : ses stratégies, ses remarques, qu'il fera – sur un ton doucereux mais qui ne trompe personne – à sa garde rapprochée, laquelle se chargera de répercuter les ukases du « docteur »... et cela, à la lueur d'un abat-jour en faux parchemin monté sur un impressionnant pied en bois sculpté de style espagnol. Le fabricant du Mediator sourit : les ventes de son cher Isoméride explosent.

À Paris, au contraire, Raminagrobis vitupère contre Jacques Chirac, désormais Premier ministre, ses manières cavalières et cet acharnement à le contrarier ; de son côté, Chirac a d'autant plus de raisons de se plaindre de Raminagrobis que ce dernier a refusé de signer les dernières ordonnances, ce qui retardera sensiblement l'application du programme de la droite ; or plus le temps passe et plus un gouvernement devient impopulaire.

Pour une fois d'accord, Charles Pasqua et Bernard Pons ne cessent de le répéter à Chirac : « Cohabitation, piège à c... »

Tel est l'angle, conformément au souhait du rédacteur en chef, sous lequel Georges, désormais journaliste politique au *Matin de Paris*, va devoir écrire son papier.

Fondé en 1977 par le propriétaire de l'hebdomadaire *Le Nouvel Observateur*, *Le Matin de Paris*, également de gauche, a perdu le tiers de ses lecteurs depuis que Raminagrobis est à l'Élysée. Georges doit son entrée au *Matin* à Max Gallo, son directeur de la rédaction, un historien issu d'un milieu modeste et originaire de Nice, auteur de romans à succès, devenu l'éphémère porte-parole du gouvernement Mauroy. L'auteur de la saga *La Baie des Anges* voulait rajeunir ses équipes et il trouvait aussi pertinents qu'originaux les articles de Georges dans *Le Républicain lorrain*, de même appréciait-il sa façon de prendre en compte la dimension psychologique des motivations des grands fauves de la politique : la soif de vengeance, le furieux désir de plaire parce que soi-même on ne s'aime pas, le narcissisme exacerbé, les rivalités personnelles qui transcendent les querelles idéologiques, les haines recuites, le désir de montrer à qui de droit de quoi on est capable, la prétention à faire beaucoup mieux que n'importe quel rival, en somme tous ces « misérables petits tas de secrets » dont parle André Malraux et qui demeurent les ressorts essentiels de la « grande histoire ».

La proposition de Gallo tombait à pic. Georges commençait à s'ennuyer ferme à Metz, où l'atmosphère était de plus en plus étouffante au sein du « bocal ». Ce qu'il ignorait, au moment de son embauche, c'est que le propriétaire du *Matin*, lassé de renflouer ce puits sans fond, était en train d'appeler à la rescousse un sulfureux financier italien du nom de Giancarlo Parretti.

Un magnat de l'industrie ou de la finance finit toujours par se lasser de sa danseuse de papier.

À présent, Georges et les deux autres journalistes de permanence en sont à croiser les doigts et à surveiller comme le lait sur le feu le fil de l'AFP : il suffirait qu'après 19 heures – le moment où la une du lendemain doit impérativement partir à la composition – l'actualité soit bouleversée par un tremblement de terre, un attentat terroriste, le décès d'un personnage important ou – pis encore ! – la disparition d'une vedette de la chanson, du cinéma ou de la télévision particulièrement chère aux Français… pour que *Le Matin* ait l'air d'un c… et qu'à la radio les confrères le raillent afin de démontrer aux auditeurs la supériorité d'un « média chaud » par rapport à un « média froid ».

Pour se détendre, il relit l'une des cartes postales d'Emma, qu'il a prise dans la bannette où elles se trouvent, entourées d'un élastique, à portée de sa main, à côté de la machine à écrire.

Il y en a douze. Les cathédrales de Strasbourg, le Haut-Koenigsbourg, la route des vins, des maisons à colombages de Colmar et même un nid de cigognes sur un joli clocher. La dernière date d'il y a près de quatre mois. Emma a espacé ses envois. Georges ne lui a jamais répondu. Il ne souhaite qu'une chose : la perdre de vue, et si possible l'oublier.

Quand on veut se guérir de son addiction à la cigarette, il vaut mieux éviter d'entrer dans un bureau de tabac.

2.9

LE MARDI 23 DÉCEMBRE 1986

Temple Jaune

À Pékin, devant le dortoir numéro 8 de l'université Qinghua, une vingtaine d'étudiants assis en tailleur forment un arc de cercle sur la pelouse, de part et d'autre d'un individu dont ils boivent les paroles.

Temple Jaune[1] est le frère aîné de Bouillie de Céréales Jaune, désormais en poste à Paris. Ce scientifique de haut vol, maigre comme un échalas, avec une sacrée tignasse au-dessus d'un visage aux traits fins, est doctorant au département de physique théorique de la faculté de sciences, où il achève une thèse sur les « mises à jour des raies spectrales ». C'est l'un des meilleurs espoirs du pays en physique quantique, un domaine qu'une poignée de chercheurs de Qinghua ont abordé depuis une dizaine d'années, à la faveur de l'intensification des échanges scientifiques entre cette université et celle de Princeton, aux États-Unis.

C'est la raison pour laquelle les autorités de Qinghua n'ont toujours pas réagi au tract vilipendant la dictature communiste, écrit et distribué, la semaine précédente, par Temple, militant acharné des droits de l'homme et dont le modèle est le physicien soviétique Andreï Sakharov. La nouvelle de ce fait d'armes s'est répandue comme une traînée de poudre sur le campus, d'où les yeux remplis d'admiration de cette petite assistance.

Sa harangue achevée, sur un ton nettement plus calme, à la façon de l'acteur redevenant lui-même une fois sorti de scène, Temple demande :

— Vous ai-je convaincus ?

1. « Temple Jaune » se prononce « Huang Pin » en mandarin pinyin.

L'un des étudiants, un spécialiste de Lénine, de plus en plus révulsé par l'instigateur de la révolution bolchevique au fur et à mesure qu'il avance dans l'étude de sa vie et de ses discours, lève le doigt.

— Nous devons nous battre pour la démocratie ! Mais gare aux chars. Deng n'hésitera pas une seconde. Ce gars a beau être de petite taille, c'est un grand salopard.

Une fille – qui fait partie du même laboratoire que notre doctorant en physique quantique – acquiesce.

— Chariot de Bronze[1] a raison. Temple, tu dois te protéger. Tu as un grand avenir dans la science. Tout le monde le dit !

Après un petit moment de réflexion, Temple déclare :

— La prudence n'est pas toujours la meilleure des conseillères. Cela étant, que diriez-vous d'une structure *ad hoc*, un groupe où on réfléchirait à la démocratie, avec des réunions et des exposés ? Avant d'agir, il faut réfléchir. Confucius l'a dit avant moi.

— Une association ? La Constitution ne prévoit pas le droit d'association…

Celle qui a parlé se destine à une carrière de juge ; en attendant, elle est sortie première de la licence de droit.

Levant les yeux au ciel et avec une pointe d'agacement dans la voix, Temple rétorque :

— Notre Constitution est antidémocratique. Je mets ma proposition aux voix.

Dix-huit « pour » sur les dix-neuf présents au départ, la future magistrate s'étant éclipsée entre-temps.

Temple et ses dix-sept disciples viennent de jeter les fondements du « Forum permanent de la démocratie ».

Blond peroxydé

Depuis qu'Yvon a dix-huit ans, chaque année à la même époque il se rend en Bretagne, à l'extrémité du Finistère, où

1. « Chariot de Bronze » se prononce « Dou Che Qing Tong » en mandarin pinyin.

l'une de ses tantes maternelles possède une maison sur la pointe de la Jument, un promontoire intrépide, car s'aventurant assez loin dans la mer d'Iroise, où les tempêtes peuvent être redoutables. Le ciel n'est pas couvert et il n'y a presque pas de vent. L'océan est une ardoise crayeuse. Assis sur un rocher, notre séminariste attend le moment où le soleil sombrera dans les flots, telle une pièce de monnaie sortie du creuset de l'alchimiste avant qu'il la plonge dans un bain de mercure.

Il attend Thomas G., l'un de ses camarades de Tivoli, qui se destine également à la prêtrise, au séminaire Saint-Yves de Rennes.

À Bordeaux, on appelait Thomas « Mister Tivoli ». Certains avec moquerie, d'autres, dont Yvon faisait partie, avec envie. À raison : si un concours de beauté avait été organisé à Tivoli, nul doute qu'avec son physique d'Apollon et son mètre quatre-vingt-deux pour soixante-douze kilos de muscles parfaitement sculptés grâce à sa pratique assidue des haltères, Thomas aurait remporté haut la main cette compétition.

L'astre a été englouti par l'océan et Yvon se demande si Thomas n'a pas oublié ce rendez-vous qu'ils s'étaient fixé un an plus tôt au même endroit et dont il a rappelé l'existence à Apollon par une carte postale demeurée, il est vrai, sans réponse.

Alors que, déçu, il s'apprête à se lever, il entend crier :

— Désolé de t'avoir fait attendre !

— Je me disais que tu m'avais fait faux bond !

Ils se font la bise, et Yvon n'en revient pas : alors qu'Apollon était brun, ses cheveux sont maintenant blonds, et son oreille gauche est transpercée par une grosse boucle d'oreille en argent, à la corsaire.

Thomas est amaigri. Ses traits sont plus anguleux et ses yeux en amandes davantage enfoncés dans leurs orbites. Un visage de statue d'éphèbe grec de l'époque archaïque et non plus de l'époque classique. Il dit :

— Comment ça va, depuis l'année dernière ?

— C'est à toi qu'il faut le demander.

— Moi ? Très bien depuis que j'ai tout plaqué !

Et face à un Yvon stupéfait, Apollon, riant de toutes ses dents – cela lui conférant le sourire « Ultra-Brite » de la célèbre publicité de ce dentifrice –, de préciser qu'il travaille désormais comme disque-jockey au *Macumba* du Mans, cette boîte de nuit appartenant à un copain…

La brise marine s'est levée, un ange est passé, la mer d'Iroise s'est mise à moutonner, les yeux verts d'Apollon se sont plantés dans ceux d'Yvon.

— Tu n'as pas répondu à ma question.

Yvon s'est mis à marcher devant Thomas. Il dit :

— Très bien ! Demain matin, je repars pour Vanves, pour assister à la messe de minuit.

2.10

LE JEUDI 25 DÉCEMBRE 1986

Pris sur le fait

À Xi'an, Présage et Forêt sont allongés sur le lit de la chambre qu'elle partage avec sa fille. La pièce est plongée dans une semi-obscurité, bien que les rideaux soient tirés. Ils ne sont pas assez larges pour empêcher les lumières de la ville de former un halo lumineux autour de leurs bordures.

Les deux amants sont nus. Présage, tel un animal repu, s'est assoupi, jambes écartées, contrairement à Forêt, qui rêvasse, recroquevillée contre lui.

Au départ, il était réticent. C'est elle qui a insisté. Sa tante ne devrait pas rentrer avant 19 heures, une énième remise de coupes à des champions. Et ce serait tellement mieux que ces chambres d'hôtel louées à l'heure. En revanche, Battante ne fumant pas et ayant un odorat de chien de chasse, Présage devra s'abstenir de cloper après la fusion du Yin et du Yang, a précisé Forêt dans un grand éclat de rire.

Présage ne regrette pas : Forêt n'a jamais joui autant.

Maintenant, elle s'est assise en lotus, adossée à l'oreiller, de sorte que, si Présage avait l'idée de s'accroupir à l'extrémité du lit pour la regarder, il pourrait voir l'adorable Vallée des Roses, soigneusement épilée par Forêt pour la circonstance.

Chaque mois, ils se retrouvent en cachette, depuis que Présage a dû revenir habiter chez son père et sa mère après avoir perdu son poste à l'université Fudan… Officiellement pour des raisons budgétaires, en réalité, la religion de ses parents aura d'autant plus fait tiquer les autorités académiques shanghaïennes que Présage, contrairement à la totalité de ses collègues, n'a toujours pas émis le vœu d'intégrer le Parti. Désormais, il survit en dispensant des cours de littérature chinoise, de mathématiques et d'anglais aux rejetons de familles prêtes à tout pour faire en sorte que leur progéniture entre à l'université.

Forêt jette un coup d'œil au réveil posé sur le guéridon. Il est à peine 18 heures. Tout le temps de prendre une bonne douche – après les galipettes, rien de tel que l'eau chaude pour éviter les courbatures et se sentir fraîche comme une rose –, avant d'aller chercher Jolie, qui passe l'après-midi avec une copine de classe dont les parents habitent à deux pâtés d'immeubles.

Forêt est donc tranquille comme Baptiste, tout en se rinçant abondamment les cheveux sous l'eau brûlante, quand elle entend claquer la porte d'entrée… Dans la chambre, Présage, toujours sur le lit, ne s'est aperçu de rien. Il est persuadé que Forêt lui apparaîtra dans le plus simple appareil, telle une naïade sortie de l'onde, avec, dans sa main, la serviette en boule, qu'elle lui jettera à la figure… Et après quoi, rebelote en vue.

Cinq secondes plus tard, Battante, après avoir refermé la porte d'un coup de jambe, se dirige vers la cuisine, les bras chargés de victuailles. La remise des coupes s'est achevée plus tôt que prévu et elle imagine déjà la joie de sa petite-nièce, à laquelle elle compte faire la surprise d'aller la chercher. Depuis qu'elle n'a plus de nouvelles de Présage, qui ne vient plus au parc de l'Amitié, elle s'est rabattue sur Jolie.

Forêt s'est plaquée contre un mur de la salle de bains, tandis que Présage, ne s'attendant pas à voir débarquer Battante, croit que les pas dans le couloir sont ceux de Forêt.

Dans moins de trente secondes, la foudre va s'abattre sur les amants pris sur le fait.

Pour eux, ce ne sera pas exactement Noël, contrairement à ceux qui s'apprêtent à déguster de la dinde aux marrons à côté du sapin.

Troisième maillon
1989

Cette année-là, en Chine, un adolescent de quinze ans continuera de dire bonjour à un inconnu qu'il croise dans la rue ; en France, seuls les moins de treize ans le feront.

3.1

LE MARDI 3 JANVIER 1989

L'accident

À Strasbourg, où il est 9 h 53 et où il fait moins cinq sous un ciel d'azur, Emma, en huitième année de médecine et qui se destine à la psychiatrie, gît à terre, inconsciente. Avec ses cheveux défaits étalés sur le goudron et formant une auréole blonde autour de son visage, on dirait l'« ange musicien jouant du luth » peint par Melozzo da Forlì dans l'*Ascension du Christ*, fresque qui décorait l'abside de l'église romaine des Saints-Apôtres avant d'être découpée en fragments actuellement conservés à la pinacothèque du Vatican. Le filet de sang qui coule entre ses lèvres évoque celui qui sert de signature au Caravage dans *La Décollation de saint Jean-Baptiste*, son chef-d'œuvre qu'on peut admirer dans une chapelle latérale de la cathédrale Saint-Jean de La Valette, à Malte.

Le Blanc Profond. Emma l'a vu trois minutes plus tôt, juste avant de perdre connaissance, après avoir été violemment percutée par une Citroën alors qu'elle se rendait à vélo à l'hôpital de jour, où elle fait son internat. Seul témoin de l'accident, une petite dame en violet de pied en cap, béret compris, adossée au rideau de fer d'un commerce alimentaire tenu, il y a peu, par un épicier turc.

Le crâne a heurté le trottoir. Emma a été victime d'une grave commotion cérébrale. L'homme accroupi à son côté, après être descendu de son vélo, est bien placé pour établir ce diagnostic. Il est professeur de chirurgie neurologique au CHU. Le visage de la jeune femme ne lui est pas inconnu. Après avoir pris son pouls, il s'est tourné, toujours accroupi, vers le béret violet.

— Savez-vous où je pourrais trouver un téléphone ? Cette jeune fille doit être transférée d'urgence à l'hôpital. À partir de maintenant, chaque minute compte. Je suis médecin.

La petite dame s'est détachée de la vitrine de l'épicerie.

— Chez moi. J'habite à vingt mètres.

N'y aurait-il pas un Bon Dieu, y compris pour les âmes auxquelles le Blanc Profond s'est révélé ?

3.2

LE LUNDI 6 FÉVRIER 1989

L'année du Serpent

« Au revoir le Dragon ! Bonjour son fils ! » vient de s'écrier Mme Prune[1], une célèbre astrologue, en ce premier jour de l'année du Serpent de Terre, tandis qu'une infirmière – en cornette et tablier blancs sur une robe bleu ciel – finit de lui bander l'ulcère variqueux dont souffre sa jambe gauche.

Pour ne pas regarder la plaie, la vieille dame a tourné les yeux vers les gigantesques cuves de la brasserie créée par les Allemands à l'époque où ils occupaient Qingdao, le grand port

1. « Prune » se prononce « Li Zi » en mandarin pinyin.

de la péninsule du Shandong, sur lesquelles donne sa chambre, dans la maison de retraite *Au Clair de Lune*. Cet établissement pour personnes âgées parmi les plus sélects de Chine, au départ réservé aux « héros » de la guerre de Libération nationale, est désormais aux trois quarts occupé par d'anciens membres du Comité central et leurs conjoints. Mme Prune, qui n'est pas une « épouse de… », n'aurait jamais pu y entrer sans la recommandation du Petit Timonier. Car Deng continue de consulter cette petite dame au visage ridé comme la peau d'un éléphant, en pantalon de satin noir et veste matelassée lie-de-vin ornée de broderies dorées représentant des dragons.

Une fois l'infirmière repartie, une aide-soignante fait son entrée dans la chambre avec le plateau du petit déjeuner : du riz accompagné de légumes sautés et de lamelles d'omelette. Mme Prune tend une main parcheminée en direction d'un vivarium reposant sur un petit meuble à tiroirs, à gauche de la fenêtre.

— Lui as-tu donné son mulot à manger ?

— Oui, hier soir. Vous dormiez déjà à poings fermés !

Mme Prune parle de la couleuvre à collier, un beau serpent de plus d'un mètre de long, lovée dans sa cage en verre, qu'elle s'est fait livrer en l'honneur du nouveau cycle lunaire, dont c'est le premier jour. D'après la tradition, le serpent est « intuitif et mystérieux, toujours là où on ne l'attend pas », par ailleurs, c'est un « faiseur de surprises ». Une surprise que compte faire Mme Prune à Deng Xiaoping, qui, la veille, l'a prévenue qu'il viendrait déjeuner avec elle pour fêter l'entrée dans la nouvelle année.

Au Clair de Lune, ils ne sont qu'une poignée à connaître l'identité du « très haut dirigeant qui viendra déjeuner avec l'une de nos pensionnaires ». Depuis hier, c'est le branle-bas de combat ! Le directeur était dans ses petits souliers quand, tôt ce matin, la police secrète est venue inspecter la chambre de Mme Prune, comme si une bombe pouvait être cachée sous son lit médicalisé.

Si Mme Prune a survécu à tout, c'est qu'elle a toujours fait en sorte de dire à ses clients, surtout aux cadors du Parti, ce qu'ils souhaitaient entendre sur leur avenir.

Cela fait quatre ans qu'ils ne se sont pas vus, elle et le Petit Timonier. Elle connaît déjà la question qu'il lui posera. Toujours la même : « Comment corriger les erreurs commises au cours de l'année écoulée ? »

Elle lui dira :

— Camarade Deng, tu sais mieux que personne qu'on ne doit pas jeter le bébé avec l'eau du bain. Pendant l'année du Serpent, grâce à ta main gauche, tout le monde aura le droit d'ouvrir son restaurant et de s'enrichir, mais, grâce à ta main droite, le pays restera communiste.

Une heure plus tard environ, à Pékin, sur le campus de Qinghua, au deuxième étage de l'un des immeubles où sont logés les professeurs, on se fiche pas mal de l'année du Serpent. Dans son studio, Temple, devenu maître assistant au département de physique théorique, peaufine son analyse nommée « éléments de mobilisation » qu'il compte délivrer dans l'après-midi à la centaine de membres du Forum permanent de la démocratie, en compagnie du responsable de la Copé – la coopérative universitaire – et de Fleur de Pêcher[1], une collègue du département de chimie organique. Le genre de fille n'ayant peur de rien, un côté Garde rouge avec ses airs de garçon manqué, en dépit d'un visage aux traits d'une extrême finesse, et son débit d'une rapidité tranchante, comme beaucoup de jeunes personnes hyperintelligentes à qui la vie n'a pas encore enseigné que tout le monde n'est pas un génie. Avec ça, un physique de mannequin sous des pantalons trop longs et des pulls informes. D'ailleurs, Bouillie ne s'y était pas trompé : le soir du jour où Temple lui avait présenté Fleur, il n'avait pas caché à son aîné qu'il trouvait cette chimiste « canon ».

La jeune femme fait partie des premières recrues de Temple, lorsqu'il porta son Forum sur les fonts baptismaux, le mois de décembre précédent. Depuis, cette association informelle a vu croître le nombre de ses sympathisants, qui s'élève maintenant à

1. « Fleur de Pêcher » se prononce « Tao Hua » en mandarin pinyin.

cent douze. Parmi eux, on ne compte pas seulement des étudiants de Qinghua, puisque près d'un quart d'entre eux sont issus de l'université de Pékin, sa grande rivale.

Le studio peine à contenir un lit à une place, deux chaises, sur lesquelles ont pris place Fleur et le responsable de la Copé, une armoire métallique, ainsi que le bureau de Temple, sur lequel il a posé une bouilloire et un sucrier, après avoir écarté les livres et les cahiers qui l'encombraient.

Fleur, la moue dubitative, rend à Temple les feuillets dans lesquels il est question de « nécessité démocratique » et d'« éclosion de l'économie du bien-être », autant de « ferments » de l'« inéluctable déclin du Parti communiste ».

— Pour tout dire, je trouve tes arguments un peu trop gnangnans ! Une minorité agissante se construit avec les tripes davantage qu'avec le cerveau. Et n'oublions pas que « le poisson pourrit par la tête », comme le disait Mao-le-Grand-Voyou !

Temple a baissé les yeux. S'il avait osé, il aurait ciblé le Petit Timonier. Il dénoncerait ses reniements et son opportunisme. Par exemple en rappelant son exposé sur les « trois mondes », prononcé en 1974 devant l'Assemblée générale de l'ONU, dans lequel Deng annonçait que, bientôt, la Chine ne serait plus un pays du tiers-monde, car elle allait rapidement accéder au « deuxième monde », celui des pays développés – le « premier monde » étant celui des deux puissances belliqueuses que sont les États-Unis et l'Union soviétique. Il évoquerait également son louvoiement idéologique, témoin son slogan sur les « Quatre Modernisations [1] », c'est-à-dire l'ouverture au marché de la quasi-totalité des secteurs d'activité, tout en se gardant bien d'aborder la question de la démocratie.

Depuis toujours, ou plus précisément depuis leur première année en chimie, le responsable de la Copé a le béguin pour Fleur.

1. Discours de Deng prononcé en décembre 1978 devant le Comité central, où il est question de moderniser l'agriculture, l'industrie, la science et la technologie, et le secteur de la défense, dans le dessein d'« accroître les forces productives » pour rendre le pays prospère et améliorer les conditions de vie de la population, sans quoi « notre Révolution restera un vain mot ».

Alors qu'il la contemple avec admiration, tandis que Temple, l'air d'un cancre pris en faute, continue à regarder ses chaussures, la jeune femme assène :

— L'avènement de la démocratie comme conséquence de l'économie de marché : je n'y crois pas une seule seconde. Ou alors ça adviendra quand on sera tous morts… et encore ! La minorité agissante devra abattre la forteresse totalitaire et libérer le peuple de ses chaînes. La politique devra toujours passer avant l'économie.

Temple lève les yeux vers la chimiste passionnée.

— Pour organiser une manif, il faut un minimum de gens.

— À nous d'agir ! À nous d'organiser une manifestation monstre…

Temple affiche une moue apitoyée.

— Place Tian'anmen, tant que tu y es, n'est-ce pas, petite Fleur ?

La jeune femme éclate de rire. Quand elle rit, Fleur est encore plus belle.

— Excellente idée ! Ce jour-là, j'aimerais voir la tête du père Mao sur son chromo[1] !

Puis elle se tourne vers le responsable de la Copé.

— Avec tes deux ronéos, tu peux imprimer combien de tracts sans te faire repérer ?

— Environ dix mille ! Je m'arrangerai pour le faire pendant la nuit.

Plantée devant Temple, Fleur, tout en le défiant gentiment du regard, lui heurte légèrement la poitrine de son poing droit.

— Et si chaque tract est lu par au moins trois personnes… on en aura déjà touché plus de trente mille.

Pas très loin de l'université Qinghua, c'est une autre ambiance qui règne au *Cygne Rouge*, un karaoké[2] pékinois situé dans

1. Allusion au portrait de Mao Zedong accroché au-dessus de la porte sud de la Cité interdite, sur laquelle donne la place Tian'anmen.
2. Derrière ce terme anodin se cache une maison close.

une rue perpendiculaire à l'artère commerciale piétonnisée du Puits-des-Résidences-d'Aristocrates [1], qu'on surnomme « les Champs-Élysées ». Aucune enseigne ne signale cet établissement réservé à l'élite du régime.

L'atmosphère est carrément brûlante, dans ce petit salon surchauffé aux murs tendus de velours noir, imprégnés d'une odeur de patchouli bon marché et de cigare, sur lesquels tournoient les petits cercles multicolores produits par un projecteur stroboscopique accroché dans un angle. Trois hôtesses, robe fendue et seins à moitié à l'air, maquillées comme des camions volés, se dandinent au son d'« Only You », dont les paroles en pinyin phonétique défilent sur un écran de télévision, devant Taureau, affalé sur un canapé en skaï, jambes écartées et cigare Montecristo aux lèvres.

Notre homme a toutes les raisons d'être satisfait. Désormais, il cumule la direction générale du mastodonte chinois des hydrocarbures et le poste de secrétaire du Parti au sein de la boîte. Du coup, il n'est plus dans la position du patron devant rendre des comptes à un apparatchik au grand pouvoir de nuisance et qui se fiche des intérêts de ladite entreprise. Nombre de grands patrons ont ainsi vu leur carrière défaite par le secrétaire du Parti au sein de leur établissement, alors même qu'il était florissant.

Côté politique, la mairie de Panjin se sera révélée un excellent tremplin, conformément aux calculs de Taureau, lequel a désormais rang de vice-ministre auprès de Li Peng, dont il fait partie de la garde rapprochée.

Ne reste plus que le Comité central. Les places y sont chères, mais l'homme clé des énergies fossiles estime pouvoir y entrer grâce aux atouts dont il dispose, à commencer par l'importance économique du secteur où il exerce ses talents.

Taureau en est à son sixième verre de *maotai* et commence à voir double, quand une tunique fendue sur des talons d'une hauteur vertigineuse apparaît dans l'encadrement de la porte de

1. « Puits des Résidences d'Aristocrates » se prononce « Wang Fujing » en mandarin pinyin.

velours rouge, suivie d'un homme, la petite quarantaine, costume noir et chemise blanche à col largement ouvert, une dégaine de crooner, visage aux traits fins et cheveux gominés.

Bo Xilai, « Gueule d'Ange » pour les intimes, est le numéro deux du Parti au Liaoning. Un poste que n'aurait jamais obtenu ce garçon aux airs de gendre idéal s'il n'était pas le fils de Bo Yibo, en son temps l'un des « Huit Immortels » du Parti. Longtemps le désespoir de son père, Gueule d'Ange, bagarreur dans sa jeunesse – cela lui ayant coûté trois courts séjours en prison –, faisait les quatre cents coups avant de devenir un Garde rouge zélé alors que son père était banni par les maoïstes. La Révolution culturelle achevée, Gueule d'Ange entama des études d'histoire de l'art et termina une maîtrise de journalisme, avant d'être propulsé, grâce à son paternel, au département « Histoire et approfondissement idéologique » du Comité central.

Cela fait deux ans que Taureau et Bo Xilai, après avoir fait connaissance dans un karaoké de Dalian, s'entendent comme larrons en foire.

Taureau, sachant que Gueule d'Ange est venu à Pékin pour fêter le Nouvel An en famille, se lève, hilare, et, après une énorme tape dans le dos du nouvel arrivant, il dit :

— Salut, mon vieil ami ! Tu t'es pas trop emmerdé au déjeuner chez tes vieux ?

Gueule d'Ange sourit, dévoilant sa denture d'une blancheur immaculée et parfaitement régulière, digne de celle d'un acteur de Hollywood.

— Le champagne n'était pas mauvais ! Mais j'ai dû en abuser. J'ai très mal au crâne !

Taureau désigne la bouteille de *maotai* millésimé, tandis que les trois danseuses n'ont d'yeux que pour Gueule d'Ange comme si c'était Alain Delon en personne.

— Bois un coup, ça t'aidera à dessouler !

Bo Xilai déteste l'alcool fort de sorgho. Il ne s'est pas encore exécuté qu'une autre hôtesse introduit le troisième et dernier invité de Taureau.

Rallié a beau être devenu le chef de cabinet de Li Peng, soit l'un des personnages clés de l'entourage de celui qui est devenu Premier ministre, on dirait un puceau qui entrerait pour la première fois dans un bordel, la perplexité en plus : il ne connaît toujours pas la raison pour laquelle Taureau lui a enjoint de venir le retrouver au *Cygne Rouge* un soir de Nouvel An.

Dans ce huis clos tourbillonnant de lumière, l'on se croirait dans un tripot de trafiquants de drogue dont Taureau aurait été le grand chef. Il n'a pas échappé à Rallié que le vice-ministre des Hydrocarbures porte une énorme gourmette en or qu'il ne lui connaissait pas, puis il remarque ses boutons de manchettes, d'imposants fagots de jade incrustés d'or à leurs deux bouts. Ses yeux remontant vers le visage de Taureau, il découvre sa moue de tigre repu, puis ses cheveux teints en noir, cela le vieillissant, contrairement à ce qu'il pense, comme c'est le cas pour Li Peng.

Alors que leur dernière rencontre remonte à peine à six mois, Rallié a l'impression, au son de la musique de « Can't Help Falling in Love » – le maxitube d'Elvis, dont les paroles défilent à présent sur l'écran, mais que personne n'aurait l'idée de chanter –, qu'ils ne se sont pas vus depuis longtemps tant Taureau semble un autre homme… Non pas qu'il ait particulièrement vieilli, grossi ou maigri, mais ses jambes écartées se balançant de droite à gauche, ses mains puissantes, des battoirs avec bagouse à chaque auriculaire, posées tranquillement sur ses cuisses… témoignent de ce je-ne-sais-quoi de satisfaction jouissive de l'homme puissant, sûr d'obtenir plus encore que ce qu'il a déjà engrangé. De fait, Rallié a l'impression que Taureau est entré dans une autre dimension.

— Connais-tu mon ami Bo Xilai, le gouverneur adjoint du Liaoning ?

Le chef de cabinet tressaille. Ce nom ne lui dit rien. Mais quand on prétend appartenir aux hautes sphères, le fait de révéler qu'on ne connaît pas quelqu'un qui compte n'est jamais très bon.

Gueule d'Ange, qui n'a pas pris la peine de se lever, tire Rallié d'embarras en lui tendant la main tout en disant :

— Qui ne connaît pas, au moins de nom, le chef de cabinet du Premier ministre…

L'alcool, les cigares, la musique, les filles, l'une d'elles à califourchon sur la cuisse de Taureau, une autre à cheval sur celle du numéro deux du Liaoning, la troisième se trémoussant devant Rallié, qui sue à grosses gouttes… Seul avantage de la situation pour ce dernier : nul besoin d'échanger des banalités avec le garçon aux cheveux gominés, qui aurait fini par découvrir qu'il ne connaît même pas son nom.

Rallié a dû s'assoupir. Sinon, il n'aurait pas découvert, en ouvrant les yeux, cette carte postale que Taureau, après lui avoir secoué l'épaule, lui brandit sous le nez comme si c'était le ticket gagnant d'un jeu de hasard.

— La même carte te sera adressée en temps utile pour t'indiquer le moment et l'adresse auxquels tu seras attendu par Mister John…

Rallié, confus, fourre la carte postale dans sa poche. Il a dû dormir longtemps. Plus de musique ni de danseuses. Disparu, le gars du Liaoning. Il est seul face à Taureau, qui noue son écharpe autour de son cou en lui souhaitant une bonne année du Serpent, puis s'en va.

Mister John ! Que faut-il en attendre ? Est-ce un citoyen britannique renvoyant l'ascenseur à Taureau ? Un banquier ? De l'argent planqué dans un compte *off-shore*, comme le font les riches, au nez et à la barbe des autorités ?

Dans la rue, où déambulent quantité de « Nez longs » – des « expats » esseulés – chassés de leurs bars favoris en train de fermer les uns après les autres, Rallié peine à trouver ses marques, puis un taxi.

Assis à l'arrière d'une de ces Volkswagen fabriquées à Shanghai et dont ont commencé à s'équiper de nombreuses compagnies de taxis dans les grandes villes, il rumine, partagé entre un fol espoir et une trouille bleue, les yeux fixés sur la carte postale, ou plutôt sur « Puxian[1] sur les Éléphants », dont la monumentale statue dorée se dresse devant le Temple d'Or, au sommet du mont Emei, à plus de trois mille mètres d'altitude.

France-Soir

— « L'Europe en voie de reagano-thatchérisation », tu y vas fort !

Le personnage qui a lancé cela à Georges ressemble à une caricature de journaleux : petites lunettes sur le bout du nez, clope au bec, nœud papillon défraîchi et bretelles encadrant une bedaine sur le point de faire craquer les boutons d'une chemise blanche à grosses rayures carmin.

L'avant-veille, la reine Elisabeth II a anobli Leon Brittan, le grand pourfendeur des droits de douane et des entraves à la concurrence, le partisan acharné du recul de l'État dans tous les domaines, devenu commissaire européen à la concurrence au mois de janvier par la grâce de Maggie Thatcher, dont il fut le secrétaire d'État au Commerce ; Georges s'est vu confier la relation de cet événement.

Le rédac chef lui ayant rendu ses trois feuillets, Georges s'est raidi. Il était plutôt satisfait de son papier, qu'il aurait sobrement intitulé, s'il avait eu le choix de son titre : « Sir Leon Brittan, le nouveau guide de l'Europe ».

Mais Georges n'est plus dans un journal de gauche, où, à longueur de page, on se délecte de dénoncer le « *No choice* » cher à Margaret Thatcher, selon qui l'économie de marché et le moins d'État possible sont l'alpha et l'oméga du bien-être de la population.

Depuis que *Le Matin de Paris* a été placé en liquidation judiciaire et après un dernier article dans lequel il raillait les propos

1. Nom chinois du bodhisattva Samantabhadra. Dans le bouddhisme, les bodhisattvas servent d'intermédiaires entre les fidèles et les Bouddhas, qui sont, par définition, bien plus inaccessibles.

de ce nucléocrate patenté venu à la télé pour rassurer les Français et selon lequel le nuage radioactif de Tchernobyl n'avait pas franchi les Alpes, il travaille à *France-Soir*. Le « plus grand quotidien de France » est tombé dans l'escarcelle du papivore Hersant après avoir vu son lectorat chuter de façon irrémédiable, la faute à la télévision et aux news magazines, après être monté à plus d'un million d'exemplaires du temps de Pierre Lazareff – grâce à la photo, en dernière page, d'une pin-up à moitié dévêtue, c'est du moins ce que d'aucuns prétendent du côté de Saint-Germain-des-Prés.

Le rédac chef en question vient du *Figaro*, où il dirigeait le service société avant que le papivore ne l'envoie, moyennant une petite augmentation, mettre au pas la rédaction de *France-Soir*, cette « bande de fainéants », comme on l'appelle dans l'entourage d'Hersant. Alors que Georges est toujours devant lui, après avoir écrasé sa clope dans un cendrier qui déborde, il en allume une autre, sortie d'un paquet martyrisé à force d'avoir été tripoté.

— En tout cas, trouve-moi quelque chose de mieux que l'économie de marché et je te paie un voyage sur la Lune.

Georges n'a pas envie de discuter. Il connaît déjà les arguments que lui servirait son interlocuteur : Cuba et l'URSS, les cent mille pantalons sortis de l'usine sans fermeture éclair, la nomenklatura qui se gave pendant que les citoyens font la queue devant des étals vides, etc.

Le tout ou rien et l'absence de nuances. La maladie de l'époque : à force de simplifier, on passe à côté de la complexité du monde.

Georges n'est pas à son aise dans ce canard où l'on oblige les journalistes à écrire des articles correspondant à l'idée – peu reluisante – que ses dirigeants se font des lecteurs : « Surtout, le moins d'international possible, et l'économie, il faut qu'elle concerne directement le portefeuille, sinon, ça vaut pas tripette. » Il préférerait de loin être au *Monde*, voire à *Télérama*.

Mais, comme tout un chacun, il a besoin de payer son loyer et de s'alimenter. Or, dans la presse écrite nationale, l'heure est plutôt au dégraissage des rédactions… sans parler du fait qu'un « ex-*Matin de Paris* » est forcément catalogué comme un militant de gauche patenté. D'autant plus que, quelques mois avant son dépôt de bilan, le dénommé Parretti n'avait rien trouvé de mieux que de propulser à la tête du journal un militant socialiste pur et dur – un polytechnicien au regard bleu acier –, ce qui n'aura fait que précipiter sa banqueroute.

Sur le chemin du petit bureau qu'il occupe avec trois autres plumitifs, Georges imagine l'article qu'il aurait écrit sur le même sujet si *Le Matin* n'avait pas disparu. Il y aurait pourfendu l'économisme ambiant, cette propension qu'ont la plupart des observateurs à analyser ce qui les entoure sous l'angle des seuls faits économiques ; il aurait dénoncé la prépondérance de l'économie sur le politique, la primauté des banquiers, des magnats du grand commerce et des grands capitaines d'industrie sur les élus et les ministres, et fustigé la conversion des sociaux-démocrates à ce nouveau dogme ; il aurait volontiers pointé le rôle de Raymond Barre, lui-même ancien commissaire européen avant d'accéder à Matignon, dont le manuel d'économie politique sert de bible aux élèves de Sciences Po Paris, ce creuset des élites par lequel passent la plupart des énarques, eux-mêmes devenant des diffuseurs de la pensée libérale au sein du bastion étatique… Il n'aurait pas oublié Rocard et sa passion pour les chiffres, comme tout bon inspecteur des finances, le même qui, dans les années 1970, la nuit, militait au PSU, ce qui ne l'empêchait pas de participer, pendant la journée, à la diffusion de l'économisme au sein de la direction de la prévision du ministère des Finances, où il travaillait.

Arrivé devant son ordinateur, Georges n'aura pas le temps de convoquer les théoriciens des « *reaganomics* », ces idéologues de la supériorité du marché : il avise l'enveloppe timbrée à son nom posée contre l'écran, puis prend connaissance du petit mot, signé de la mère d'Emma, au dos de sa carte de visite, et dont voici le contenu :

Cher Georges,

Je vous lis dans *France-Soir*, aussi est-ce là que je vous écris pour vous demander s'il vous serait possible de m'appeler au numéro figurant sur cette carte, s'il vous plaît ?

C'est important pour Emma.

Comptant sur vous et avec mon meilleur souvenir,

Annick B.

3.3

LE LUNDI 8 MAI 1989

La vie sans hukou

À Kunming, la capitale du Yunnan, il a fait très chaud dans la journée. Forêt, un cabas à la main, et Jolie, accompagnées de leur pékinois, que la petite tient en laisse, sont venues prendre l'air sur les bords du lac d'Émeraude, un plan d'eau dont le nom, jadis, correspondait à sa couleur, niché à l'intérieur d'un écrin de saules pleureurs dont les branches, véritables cascades végétales, plongent dans ses reflets jaunâtres.

Le long de ces eaux polluées, sur l'allée sablonneuse reliant deux kiosques – l'un à musique, l'autre, bien plus ancien, réservé aux calligraphes et aux peintres –, un vieux monsieur aux cheveux noirs d'ébène ultra-gominés, à la Fred Astaire, et vêtu, à l'ancienne, d'une tunique de soie blanche au-dessus d'un pantalon flottant noir, portant chaussettes blanches et chaussons noirs en tissu, s'arrête devant Jolie, qui se trouve alors à une dizaine de mètres de Forêt.

— Comment s'appelle ton petit chien ?

— Sac à Malices !

— Pas mal ! Si l'empereur de Chine voyait ton joli toutou, je te fiche mon billet qu'il te le chiperait.

Méfiante, Forêt a hâté le pas vers sa fille.

L'enfant, malgré ses huit ans, est troublée, ce dont s'aperçoit le vieux monsieur, qui ajoute, l'air mi-gêné, mi-entendu, tout en regardant Forêt :

— Ta maman t'a-t-elle raconté comment cette race de chiens est le résultat des amours entre un lion et une guenon ?

— Non ! répond la petite, incrédule, tout en questionnant sa mère du regard.

Entre-temps, Sac à Malices a commencé à faire le beau devant le vieux monsieur, comme s'il avait compris que celui-ci l'avait complimenté. Il n'empêche, Forêt n'a aucune envie d'engager la conversation avec un inconnu. Non pas qu'elle lui ait trouvé des airs de vieux pervers, mais parce que, lorsqu'on n'est pas en règle, il vaut mieux éviter d'éveiller la moindre curiosité, surtout à proximité de la rue Wenlin, surnommée « la rue de la Soif » en raison des quelque trente bars et restaurants ouverts à partir de 17 heures – et étroitement surveillés par la police.

Au regard des autorités du Yunnan, et étant donné le système de la version chinoise du *propiska* soviétique mis en place par Staline pour contrôler la population soviétique, Forêt, sa fille et Présage sont des clandestins. Depuis qu'il est arrivé au Yunnan, le couple n'en dort pas.

Sans *hukou*, impossible pour un paysan de quitter sa campagne, du moins en théorie, le but des autorités consistant à réduire au maximum l'exode rural, officiellement de crainte que la subsistance d'un peu plus d'un milliard de personnes ne soit plus assurée, en réalité parce qu'une population est d'autant plus facile à contrôler qu'elle n'a pas le droit d'aller et de venir à sa guise. Les *hukou* de Présage et de Forêt leur ayant été respectivement délivrés à Xi'an et à Baoji, ce sont des clandestins à Kunming. C'est le cas de bon nombre de leurs compatriotes, notamment les travailleurs migrants venus de leurs campagnes reculées pour œuvrer dans la construction ou les travaux publics, sans lesquels il n'y aurait pas tous ces immeubles, toutes ces autoroutes, tous ces échangeurs et autres ouvrages d'art qu'on voit pousser un peu partout depuis qu'ils ont été semés par le Petit Timonier.

Parmi les multiples inconvénients engendrés par la situation administrative de Présage et de Forêt, il y a l'impossibilité pour cette dernière d'inscrire sa fille à l'école. Mais il est des circonstances qui vous dictent vos choix… Quand on se retrouve à la rue, et à trois, qu'un seul salaire ne suffit pas pour se nourrir et payer la chambre de l'hôtel où on a échoué… et que, s'agissant de Présage, la fierté vous empêche de solliciter vos parents, il n'y a pas d'autre issue que partir sous d'autres cieux.

Si ce ciel se trouve au-dessus de Kunming, c'est à cause de Présage, qui a toujours eu des envies de Sud, de soleil et de riz, de fruits mûrs gorgés de sucre, de nature luxuriante, de douceur de vivre, en quelque sorte d'un bonheur lié au climat, mais également à un degré de liberté découlant de l'éloignement du pouvoir central…

Pour autant, notre accordéoniste n'est pas tranquille. Faute de papiers, il serait bien trop risqué de donner des cours à des lycéens ou à des collégiens, au cas où les parents auraient voulu en savoir plus sur son statut – d'autant qu'au Yunnan on parle davantage le cantonais que le mandarin. Présage a dû se rabattre sur un emploi de portier de nuit dans un hôtel, payé au noir ; Forêt, quant à elle, œuvre trois jours par semaine chez une couturière compatissante.

À présent, Forêt panique. Elle regrette d'avoir cédé à la demande de Jolie au lieu d'aller directement à l'épicerie… Il se pourrait que ce monsieur soit un policier habillé à l'ancienne !

— Viens ! c'est l'heure de rentrer ! lance-t-elle à sa fille en lui prenant la main d'autorité.

C'est alors que surgit un vrai policier.

— Hé, m'dame, vous devriez vérifier si votre porte-monnaie se trouve toujours dans votre cabas...

Le temps que Forêt ait constaté qu'il n'y était plus, le vieux est empoigné par deux autres flics, dont l'un commence à lui tordre le bras.

— Lâche-moi ça !

Ahurie, Forêt voit son porte-monnaie tomber de la main du pickpocket, qu'on entend gémir de douleur. Le policier le ramasse, puis il le tend à Forêt.

— Voulez-vous porter plainte tout de suite ? Ça vous prendra pas plus d'un quart d'heure, et le commissariat est à moins de cinq minutes.

Pâle comme la mort, Forêt répond :

— Pas nécessaire ! Et puis, là, maintenant, ce n'est pas possible... Avec ma fille nous devons nous rendre au dispensaire... ses dents... L'important, c'est que je l'aie récupéré...

— Madame, le dépôt de plainte est obligatoire. Vous voudrez bien venir demain à 9 heures au commissariat !

Au même moment, à Pékin, cela fait un bon quart d'heure que Battante se sèche les cheveux dans la salle de bains de son appartement de fonction donnant sur le stade de la Classe-Ouvrière, dans le district de Chao Yang.

Elle hésite. Doit-elle se maquiller ? La dernière fois qu'elle a mis un soupçon de khôl sur ses cils et un peu de rouge pâle sur ses lèvres, c'était il y a trois mois, pour le dîner de gala du Comité olympique chinois, dont elle est désormais la secrétaire générale adjointe, un poste prestigieux, le bâton de maréchal pour un sportif de haut niveau. Y sont attachés de nombreux avantages, à commencer par ce quatre-pièces avec balcon, et également quatre heures d'*ai-yi* par semaine. Alors que la plupart des femmes de ménage venues de la campagne sont traitées comme des esclaves, ce n'est pas le cas de celle de Battante, qui n'avait jamais bénéficié d'un tel privilège avant que Clarté – une fille au physique imposant, elle aurait pu devenir championne de lutte – vienne faire son ménage et laver et repasser son linge. Comme cette robe sombre que Battante s'apprête à enfiler.

Non pas qu'elle ait la moindre envie de se mettre en frais pour Rallié, mais il se trouve qu'il l'a invitée au *Canard Impérial*, l'un des restaurants les plus chics de la capitale, où tous les clients sont sur leur trente et un. Elle grimace à l'idée d'elle-même en baskets et survêtement en compagnie du chef de cabinet du Premier ministre.

Si Battante a fini par accepter cette invitation de Rallié, c'est qu'elle n'a aucune nouvelle de sa nièce, et qu'elle compte sur Rallié à ce sujet.

La colère est mauvaise conseillère, surtout quand elle se traduit par une réaction à chaud et qu'on ne se contrôle plus. Il n'y a pas de jour où Battante ne regrette la brutalité avec laquelle elle a intimé à Forêt l'ordre de faire ses valises, après avoir poussé Présage dehors, sans même lui laisser la possibilité de s'expliquer, tout cela sous les hurlements déchirants de Jolie.

Le premier mois, elle espérait que sa nièce et sa petite-nièce iraient à Canossa. Elle était prête à passer l'éponge. Battante, qui est une gentille et dont Forêt pourrait être la fille, avait fini par se dire que l'amour a ses raisons, et que tout cela était un peu sa faute, car, si elle n'avait pas invité Présage à monter chez elle, cette idylle n'aurait pas existé.

Sans aucun signe de la part de Forêt, elle est de plus en plus inquiète.

Une heure plus tard, dans une ambiance feutrée, au son d'une musique traditionnelle à peine audible, c'est un autre genre de demande que Rallié compte faire à Battante, qu'il attend de pied ferme, assis à la meilleure table du *Canard Impérial*, dûment réservée par lui près de trois semaines plus tôt. Pour une fois que Battante a accepté une invitation de sa part, le chef de cabinet du Premier ministre a bien l'intention de l'épater en mettant les petits plats dans les grands…

Pour la circonstance, Rallié s'est fait beau : costume façon Smalto, ceinture à boucle siglée Pierre Cardin et cravate type Hermès. Il s'est aspergé d'une eau de toilette vedette de Shiseido, le géant de la cosmétique japonaise, dont la Chine est le premier marché à l'international. Depuis qu'il navigue dans les hautes sphères, il a ce port légèrement altier et à la bouche ce délicieux petit goût de revanche des gens devenus plus sûrs d'eux-mêmes à la suite d'une réussite professionnelle ayant mené à l'aisance matérielle. Du coup, il fait très attention à sa ligne et n'a jamais abusé de l'alcool ni de la cigarette ; ses anciennes connaissances ne reconnaîtraient plus celui qui, quelques années auparavant, trimait comme un âne autour des puits de pétrole du Liaoning et tournait, les pieds en dedans et l'air terriblement gauche, autour de Battante, qu'il inondait de petits cadeaux et bombardait de lettres auxquelles elle ne répondait jamais.

La semaine précédente, Rallié est entré au Parti communiste. À sa grande surprise, la cérémonie fut expédiée en moins d'un quart d'heure. Il s'attendait à être interrogé sur les valeurs révolutionnaires et sur la façon dont, désormais, il envisageait de servir l'État, or le secrétaire de la cellule du Premier ministère s'est contenté de lui faire jurer de respecter l'absolue confidentialité des débats et des délibérations. Ce qui se passe au sein du Parti n'a pas à être divulgué à la population ; un culte du secret déjà préconisé par Hanfeizi, le partisan du « très peu de carotte et beaucoup de bâton ».

Les yeux de Rallié vont de sa montre Seiko aux cuivres astiqués, aux vitres biseautées et aux bois sombres de la porte à tambour du *Canard Impérial*, d'où des clients sapés comme des princes semblent être expulsés par une force centrifuge tant elle tourne vite, grâce à l'impulsion donnée par un groom en livrée bleu roi aux boutons dorés. Soudain, son visage s'illumine : Battante vient d'apparaître.

Elle s'avance vers lui, précédée par un maître d'hôtel en smoking et nœud papillon bleu. Rallié savoure son triomphe. La secrétaire générale adjointe du Comité olympique chinois et le chef de cabinet du Premier ministre : l'alliance du sport de haut niveau et de la politique. C'est un duo puissant qu'ils vont former, au nez et à la barbe des autres convives, songe Rallié en se levant devant Battante, qui n'a jamais répondu à la carte qu'il lui adressa le jour même de l'annonce par *Le Quotidien du peuple* de la nomination au Comité olympique de la femme dont il demeure profondément amoureux.

— Encore toutes mes félicitations, répète-t-il, cette fois-ci de vive voix, pour ton nouveau poste !

Le nœud papillon bleu débouche la bouteille de Mumm Cordon Rouge, la quintessence de la France romantique, comme dit Li Peng, qui se plaît à faire servir ce breuvage à ses hôtes de marque avant de leur mentir en leur confiant que c'était sa dernière bouteille.

Au moment de trinquer, Battante déclare :

— Ça tombe bien qu'on se voie, j'ai besoin d'une grande faveur de ta part.

Rallié éclate de rire.

— Et moi, si j'avais quelque chose de fantastique à te proposer ?

Lamalou-les-Bains

Dans les hauts cantons de l'Hérault, entre les bourgades de Bédarieux et de Saint-Pons-de-Thomières, Lamalou-les-Bains est une petite station thermale nichée dans un vallon creusé par les crues de l'Orb, le fleuve qui traverse Béziers avant de se jeter dans la mer entre Sérignan et Valras-Plage, et de la rivière Malou – désormais appelée Bitoulet –, d'où le nom de ce bourg de deux mille habitants comptant plusieurs édifices dignes, en plus modestes, de Vichy ou d'Évian, à commencer par son théâtre et son casino. Ouverts à l'année depuis la fin des années 1880, les établissements thermaux de Lamalou connurent leur heure de gloire entre les deux guerres mondiales. Depuis, le village a vu s'installer plusieurs centres de rééducation fonctionnelle, le plus ancien ayant été fondé en 1954 par le docteur Ster.

C'est là qu'a été transférée Emma, qui demeure plongée dans un coma profond.

Dans le car parti de Béziers, Georges se demande s'il n'est pas en train de perdre son temps. Mais Annick B., pleurant à chaudes larmes au téléphone, a tellement insisté… Au son d'une voix familière, il arrive que des victimes de traumatismes crâniens sortent du coma.

— Ce n'est pas moi qui le dis, mais le neurochirurgien qui a opéré ma fille.

Et la mère d'Emma d'ajouter, entre deux sanglots, que Georges est le seul garçon dont sa fille lui parlait autrement que par allusions – et de poursuivre, sur le ton de la confidence, qu'elle n'était pas d'accord avec la façon dont celle-ci multipliait les conquêtes.

— J'aurais préféré qu'elle se fiance avec vous, avait-elle conclu, mettant fin à la résolution de Georges de ne plus jamais reprendre contact avec Emma.

Du coup, sous les moulins au-dessus de Faugères, il en vient à se dire que ce serait mieux qu'Emma ne sorte pas de l'état de légume dans lequel elle se trouve… Tandis qu'à Lamalou, dans une chambre de l'hôtel *Belleville*, Annick B. avale son comprimé d'Isoméride, accompagné d'un grand verre d'eau, comme elle le fait tous les jours, après sa biscotte sans sel et son café noir sans sucre.

Annick B. aura cinquante ans dans trois mois. Elle allait sur ses quarante-trois ans lorsqu'elle prit en grippe ses premiers bourrelets et ses premières vergetures, et que son époux lui prescrivit ce coupe-faim, comme la plupart des médecins généralistes, le laboratoire Servier ne lésinant pas sur la dépense en matière de cadeaux divers et autres invitations dans des restaurants étoilés ou à des pseudo-congrès scientifiques, de préférence sous les cocotiers… Ses visiteuses médicales, par ailleurs, étant connues pour être des jeunes femmes canon, recrutées essentiellement sur leur physique, minijupe de rigueur, talons hauts, bas résille et décolletés pigeonnants.

Le visage d'Annick est ravagé par l'angoisse à présent qu'elle s'apprête à se rendre auprès de sa fille. Au service des soins intensifs de neurologie du CHU de Strasbourg, Emma avait subi deux opérations du cerveau, la première par trépanation, pour résorber un œdème consécutif à une double fracture du rocher, la seconde pour réparer son tympan abîmé, lorsque Annick, qui avait attendu que la fracture ouverte du tibia gauche de sa fille soit réduite, demanda qu'elle soit transférée le plus près possible d'Aix-en-Provence.

L'hôtel *Belleville* se trouvant à moins de deux cents mètres de la chambre d'Emma, Annick B. est déjà à son chevet et elle lui tamponne le front avec des rondelles démaquillantes imbibées du parfum *Jardins de Bagatelle*, de Guerlain, au moment où Georges, après avoir failli prendre ses jambes à son cou une fois descendu du car, franchit l'entrée de la clinique de réadaptation du docteur Ster, tel un condamné à mort montant à l'échafaud.

Dans la chambre inondée de soleil, Emma est inerte. Ses yeux sont fermés. Apaisé, son visage est toujours aussi beau, malgré les fins tuyaux du respirateur artificiel qui sortent de ses narines.

Pétrifié, Georges n'a pas encore fait le moindre pas vers le lit, qu'Annick, après s'être jetée dans ses bras en lui murmurant « Merci, merci », s'est déjà éclipsée.

Ils sont seuls, Emma et lui, dans le sépulcre blanc.

Au-dessus de la tête de lit, punaisées sur le mur par Annick : deux lithographies – celle de gauche de Toffoli (un mauvais peintre dont raffolent de nombreux médecins généralistes), une bergère gardant des moutons, celle de droite de Dalí, une Vénus de Milo dotée de tiroirs dans le désert.

Georges s'est approché de la bergère et de Vénus.

Autant faire vite.

Il se racle la gorge à deux reprises sans qu'Emma manifeste la moindre réaction.

Persuadé qu'elle ne se réveillera pas, il décide de faire une ultime tentative. Au moins Annick ne pourra-t-elle pas se reprocher de ne pas avoir tout essayé. C'est du moins ce qu'il compte lui dire pour la réconforter. Quant à lui, il ne court plus aucun risque.

Pressé d'en finir, il place sa bouche à moins d'une vingtaine de centimètres de l'oreille droite d'Emma. Puis, haussant le ton, sans crier pour autant, comme s'il avait peur de la heurter, il dit :

— Emma, c'est moi, Georges. Je suis venu te voir.

Relevant la tête, il n'en croit pas ses yeux : la jeune femme vient d'ouvrir les siens.

Une heure plus tard, à Paris, à l'Élysée, Raminagrobis et E.T. – le surnom dont le Président affuble désormais Rocard – se font face – autrement dit le serpent à sonnette face au cochon d'Inde – de part et d'autre du bureau signé *Pierre Paulin*, qui remplace désormais celui estampillé *Charles Cressent*. Raminagrobis n'a pas daigné se lever quand l'huissier à chaîne a introduit Rocard. Et il persiste à l'ignorer, son stylo Montblanc à la main, le nez plongé dans le texte qu'il continue à annoter.

— Monsieur le Premier ministre, moi qui pensais que vous étiez contre la proportionnelle ! Si Chirac et ses sbires n'étaient pas bêtement revenus au scrutin majoritaire à deux tours, ils auraient Matignon, et votre serviteur serait déjà parti… La cohabitation… j'ai déjà donné. Et vous, vous ne seriez pas assis devant moi !

Pendant que Raminagrobis contemple la pelouse, Rocard n'a aucun mal à faire marcher la calculette qu'il a dans le cerveau : en cas de proportionnelle intégrale, les socialistes n'auraient même pas atteint la majorité relative. Quant à une majorité absolue… Ainsi, serait-on revenu aux beaux jours de la IVe République, quand les « majorités introuvables » se succédaient à la Chambre des députés.

Le Président ajoute :

— À votre place à Matignon, il y aurait un centriste de droite. Autant dire un gars de droite, un Lecanuet ou le jeune Bayrou. Vous me direz, l'un est agrégé de philosophie et l'autre de lettres classiques.

3.4

LE VENDREDI 30 JUIN 1989

Place Tian'anmen

— Mais quel est donc l'imbécile qui a laissé la BBC et les télés américaines filmer ce bazar ?

Remonté comme une pendule, le Petit Timonier éructe devant sa télévision, allumée par sa gouvernante, une femme d'une cinquantaine d'années vêtue d'une blouse beige à boutons de nacre et à qui ce propos s'adresse.

Le Petit Timonier ne regarde presque jamais les nouvelles. Pas le temps. Sauf, parfois, celles de BBC World, dont on peut recevoir les images au Zhongnanhai, grâce à l'antenne géante qui y est installée. Et puis, quand on est soi-même un acteur de l'Histoire, on n'a pas besoin de se voir en train de la faire, à moins d'être un dictateur narcissique, ce qui n'est pas le cas du vieux leader… qui continue à fulminer devant ces images de la manifestation monstre qui se déroule sur la place Tian'anmen, à quelques encablures de la pièce où il est assis, dans un si grand fauteuil que ses pieds peinent à toucher le sol. La gouvernante en a vu d'autres : elle fut recrutée pour sa discrétion par Liu Shaoqi, l'ancien président de la République, grand ami de Deng et ennemi juré de Mao, mort, vingt-deux ans plus tôt, dans la prison où l'avait fait jeter le Grand Timonier.

Postée derrière le fauteuil de Deng, elle regarde sans broncher les étudiants en train de brandir leurs pancartes devant le mausolée du Grand Timonier. Certains hurlent des slogans hostiles au pouvoir, d'autres font le « V » de la Victoire devant les caméras étrangères. Temple faisait partie de ceux-là avant de grimper sur un escabeau et d'empoigner le porte-voix que Fleur lui a tendu.

Si les deux jeunes gens rayonnent au milieu de la multitude estudiantine, ce n'est pas uniquement en raison de cette manifestation monstre dont ils sont à l'origine, mais aussi parce que, la veille au soir, ils ont, pour la première fois, fait fusionner le Yin et le Yang.

C'était chez Fleur, et c'est elle qui avait pris l'initiative, à l'issue d'une ultime réunion à laquelle participaient les huit principaux responsables de l'organisation de cette manif, chacun d'entre eux ayant la charge d'animer un groupe de deux à trois mille étudiants.

Temple ne s'y attendait pas. À force de faire la cour à Fleur sans qu'elle y prête la moindre attention, il avait conclu qu'elle ne serait jamais pour lui, et que, somme toute, c'était mieux ainsi, amour et militantisme politique faisant deux – confère Mao Zedong et Jiang Qing, son horrible femme, ou encore Nadejda Allilouïeva, la seconde épouse de Staline, mystérieusement « suicidée ».

Les autres étaient partis et Temple s'apprêtait à faire de même, et voilà Fleur qui le plaque contre le mur avant d'écraser ses lèvres contre les siennes, tout en débouclant sa ceinture ! Et la suite est du même tonneau : elle le déshabille en un tournemain, avant de faire de même pour elle, et, moins de trente secondes plus tard, alors qu'ils sont sur le lit, elle s'occupe de lui comme si elle avait potassé toute sa vie le *Manuel de la Fille sombre*, le summum de l'« art de la chambre à coucher », un opus illustré et bourré d'expressions poétiques pour désigner les diverses pratiques sexuelles, censé avoir été dicté à un scribe par l'Empereur jaune, le souverain mythique auquel on doit l'écriture, la médecine, l'agriculture, mais également l'art du plaisir sexuel. Une heure plus tard, Temple, qui n'avait jamais été si heureux, trouvait énormément de similitudes entre la physique quantique et le Yin et le Yang.

Temple a l'impression d'être encore imprégné de la « Rosée divine » qui s'écoula de la « Vallée des Roses » de Fleur, alors que la « Hampe d'Or » avait déversé la « Liqueur de Jade » dans le « Vase d'Or », pendant que la foule peut entendre sa voix rendue nasillarde par l'amplificateur lancer, sous la lumière des lampadaires gigantesques, face aux projecteurs des forces de l'ordre braqués sur les manifestants :

— Camarades, le jour de notre gloire est enfin arrivé ! Ce pays ne fait rien pour sa jeunesse instruite ! Le droit au bonheur est imprescriptible ! Pas de provocations. Nous sommes une grande vague de la mer. On n'a pas besoin de tout casser. Le pouvoir nous reviendra de façon naturelle, de même que le fleuve finit toujours par rejoindre la mer !

Devenue multitude, la foule s'étend désormais jusqu'aux barrières métalliques devant lesquelles se trouvent des policiers, à environ deux mètres les uns des autres, l'empêchant d'accéder à l'avenue Chang'An, qu'empruntent les grands défilés militaires et patriotiques destinés à impressionner la population, et sur laquelle donne le Zhongnanhai, à moins de mille cinq cents mètres de là.

Tandis que les plus excités des manifestants scandent, sur une sorte d'air des lampions : « Notre leader a raison ! Notre leader a raison », Temple, juché sur son escabeau, a de plus en plus de difficultés à tenir debout dessus, malgré tous les efforts de Fleur, qui a enlacé ses jambes. Mais la pression de la foule étant trop forte, il ne peut faire autrement que d'en redescendre, en laissant choir son mégaphone…

… qu'un manifestant en sweat gris sombre, capuche rabattue sur le crâne, s'empresse de ramasser avant de l'emboucher.

— Tous au Zhongnanhai ! On va leur faire la peau, à ces vieux cloportes ! Ils devront rendre gorge ! hurle la capuche gris sombre, dont le slogan est repris, certes plus timidement, mais suffisamment pour qu'une caméra se braque sur le tribun, de sorte que Deng entend cette déclaration de guerre, proférée à proximité de l'endroit où il se trouve.

C'en est trop pour le Petit Timonier, qui somme sa gouvernante de lui passer « immédiatement » le Premier ministre, tandis que Temple, s'époumonant, supplie les manifestants de se méfier des provocateurs et que la police somme, par haut-parleurs, les protestataires de reculer d'au moins quatre mètres.

La conséquence est un tsunami humain, dans lequel sont engloutis de nombreux étudiants piétinés par leurs camarades, où les cris de panique se mêlent à des hurlements de douleur et aux gémissements de ceux qui étouffent jusqu'à en perdre la vie. Le tintamarre ne permet pas d'entendre le cliquetis des chenilles et le vrombissement des moteurs des chars stationnés devant la gare centrale de Pékin et auxquels Li Peng a ordonné de faire mouvement.

Temple ignore où est passée Fleur. Il la cherche en hurlant son nom dans le vacarme ambiant, tantôt en essayant de fendre la foule, tantôt en se laissant porter par elle.

Il arrive qu'on devienne une icône malgré soi. Il suffit parfois d'être au bon ou au mauvais endroit, cela au bon ou au mauvais moment.

À présent, notre physicien quantique serait bien en peine d'expliquer comment, après avoir enjambé une barrière miraculeusement tombée au sol pour éviter d'être écrasé, il se retrouve à environ trois cents mètres d'une rangée de blindés, dont l'un avance dans sa direction.

Temple est seul au monde, au milieu d'un espace libre d'environ deux cents mètres de côté. En pleine lumière, il a l'air d'un héros de tragédie grecque sur une scène dépourvue de décor et dont le chœur serait dans la coulisse, les manifestants étant contenus par la police. Au demeurant, qui prendrait le risque de rejoindre cet inconscient ?

Maintenant, sur l'aire immense, il n'y a plus que, d'un côté, la fragilité d'un homme et, de l'autre, la puissance écrasante du blindé, un de ces vieux chars soviétiques encore utilisés par l'armée chinoise, canon pointé vers le ciel. Le pot de terre minuscule contre le pot de fer gigantesque.

Les chenilles du char se sont mises à tourner, tandis qu'un jet de fumée noirâtre a jailli du tuyau d'échappement vertical situé à l'arrière de cet engin de mort.

Temple est parfaitement immobile. Reculer ne servirait à rien. En plus, il perdrait la face. Il lève les deux bras, ignorant si le conducteur l'a vu.

Si le char s'est arrêté pile devant lui, ce n'est pas parce que Temple l'a dompté, tel le toréador son taureau. Mais parce que *in extremis* ordre a été donné au conducteur de l'engin de laisser la police emmener l'importun.

La suite, les télévisions étrangères ne le diffuseront pas, leurs cameramen ayant été évacués *manu militari*. Quant à la télévision chinoise, le département de la propagande lui aura coupé le signal au bout de cinq minutes. De sorte qu'elle n'aura pu conserver que de rares images enregistrées. Quant à Fleur, elle était trop loin pour avoir vu la scène, qui va faire le tour du monde, de son amoureux face au char monstrueux, tel le chevalier défiant le dragon ou David affrontant Goliath.

À quatre kilomètres environ de là, Battante, dont la télévision est restée allumée depuis le matin, n'aura donc rien vu de ce qui est advenu à quelques encablures de l'épicentre du pouvoir communiste.

Elle s'est claquemurée chez elle, sur le conseil de Rallié, qu'elle voit périodiquement, et pour cause, mais qui n'a toujours pas réussi à localiser sa nièce. Et qui, en attendant, campe depuis trois jours au Premier ministère, où il se fait copieusement engueuler par un Li Peng d'une humeur massacrante.

Alors que la radio présente les étudiants comme des « sauvageons » et des « déchets de la société », Battante se console comme elle peut. Elle se dit que, si elle était restée habiter chez elle, sa nièce aurait été capable d'aller manifester avec tous ces tarés.

Si notre ex-championne pongiste savait !

À Kunming, dans le petit deux-pièces où elle loge avec Présage et Jolie, au rez-de-chaussée d'une résidence qui en compte quatre autres, Forêt est aux cent coups non pas en raison des manifestations étudiantes, ni parce qu'elle ne s'est évidemment pas rendue au commissariat, mais plutôt à cause de ce fichu recensement, dont les habitants de l'immeuble ont été avertis au moyen d'une simple affichette – punaisée sur le tableau en liège de la guérite du concierge – leur enjoignant, sous peine d'amende, d'être présents chez eux lors du passage des inspecteurs.

À deux mille cinq cents kilomètres au sud de Tian'anmen, dans le plus grand hôtel de l'île tropicale de Hainan, il y en a qui se fichent pas mal de ce qui se passe à Pékin. L'un d'eux vient de donner une liasse de billets de 20 dollars à la fille magnifique qui l'a fait jouir.

Cinq heures plus tard, à huit mille kilomètres de la cellule du commissariat de police où Temple est enfermé, menottes aux poignets, en France, à Levallois-Perret, dans l'immeuble sans âme où l'ambassade de Chine loge ses diplomates, Bouillie a cru défaillir devant le journal de 20 heures d'Antenne 2 quand il a reconnu son grand frère.

3.5

LE VENDREDI 14 JUILLET 1989

Le chemin de Saint-Jacques

Yvon se l'était juré.

C'est aujourd'hui qu'il entame son chemin de Saint-Jacques, à Saint-Jean-Pied-de-Port, la dernière étape française de l'itinéraire vers Compostelle et l'un des plus charmants villages du

Pays basque, avec ses maisons blanches à colombages rouges bordant des rues en pente dominées par sa partie fortifiée, que surplombe la prison des Évêques, nom donné au palais épiscopal érigé au début du XVe siècle et devenu, à partir du XVIIIe siècle, la prison où l'on enfermait les contrebandiers. L'édifice est en piteux état, ainsi qu'en témoignent ses murs rongés par le lierre et pour partie effondrés, sa porte soutenue par des étais, à côté de laquelle se trouve le banc de pierre sur lequel Yvon est assis, ses pieds sur le gros sac à dos dont ses parents lui ont fait cadeau pour fêter son entrée chez les scouts, alors qu'il allait sur ses dix ans.

Il se l'était promis : après avoir renoncé à consacrer sa vie à Dieu, il ferait le chemin de Saint-Jacques, comme si constater qu'on s'est trompé de voie était un grand péché qu'il convient d'expier, comme s'il était coupable de trahison envers la Compagnie de Jésus.

Yvon était persuadé que telle serait la réaction du provincial de France quand il lui ferait part de sa décision. Ce qu'il fit d'une voix blanche et la mine défaite, avant que son patron lui réponde que, certes, celle-ci ne lui faisait pas plaisir, mais qu'il la respectait pleinement.

— Il ne faut jamais faire semblant, ajouta ce jésuite, avant de souhaiter à Yvon « tout le meilleur » dans sa « nouvelle vie » avec un sourire désarmant.

Yvon, pour le coup, le trouva particulièrement compréhensif et confraternel – contrairement à l'idée qu'il se faisait des hommes d'Église occupant des fonctions importantes et qui, à l'opposé du Christ, sont pétris de certitudes et corsetés par le dogme.

Cette « nouvelle vie » a beau avoir commencé deux mois auparavant, ce n'est que sur cette pierre inondée de soleil, face à la magie de ces sommets encore crénelés de neige sous un ciel presque bleu roi, qu'Yvon pressent que son existence va prendre un tour différent. En même temps, il éprouve le besoin de savoir pourquoi il s'est si longtemps menti à lui-même… Par orgueil mal placé ? De peur de contrarier sa mère ? Il ne lui a d'ailleurs toujours rien dit, au point d'affirmer à Thomas G., lors de leur ultime incursion jusqu'à la mer d'Iroise, que lui-même avait toujours la vocation, osant même ajouter : « *Perinde ac cadaver !* »

En l'espèce, le cadavre, c'est plutôt celui de Thomas, mort du sida au mois de septembre, alors qu'il ne pesait plus que trente-huit kilos.

Yvon a les larmes qui lui montent aux yeux. Il revoit la lettre de son ami, au mois de juillet 1987, dans laquelle Mister Tivoli lui expliquait qu'étant hospitalisé il ne pourrait se rendre à la pointe de la Jument, comme ils se l'étaient promis lors de leur rendez-vous de l'année précédente. Thomas, dans une chambre du service des maladies infectieuses du CHU de Nantes qu'il partageait avec un autre patient, un Dravidien de la Réunion, tout aussi affaibli et cadavérique. Thomas, le visage encore plus beau, comme un bouddha gréco-bouddhique. Thomas qui ne lui dit rien du mal qui le ronge, et lui-même n'y voyant que du feu. Ce n'est qu'à la fin de l'hiver suivant que Thomas lui a écrit qu'il avait le sida et que, selon le pronostic des médecins, il lui restait tout au plus un an à vivre.

Un an de calvaire, comme celui du Christ, pour Thomas : le malade connaît l'issue. La maladie a été prise beaucoup trop tard, les antiviraux retardent l'échéance, mais ils n'empêchent pas l'organisme de perdre ses défenses immunitaires. Thomas développe le sarcome de Kaposi, un cancer du gland, ensuite un herpès géant qui couvre tout son torse, puis des affections respiratoires à répétition, et pour finir un zona oculaire qui le laisse pratiquement aveugle et en proie à des douleurs immensurables.

En août, Thomas au seuil de la mort dans cette clinique de Saint-Nazaire où Yvon est venu le voir. Les yeux immenses de Thomas, semblables à ceux des rescapés des camps de concentration. La denture de Thomas que ses lèvres parcheminées laissent deviner sans qu'il ait besoin de les ouvrir. Le visage de Thomas, d'une beauté ensorcelante, à mi-chemin entre l'ex-voto et la momie. La peau de Thomas tendue sur les os.

Thomas, tel un martyr dont le cœur, quelques jours plus tard, cessera définitivement de battre…

Yvon fixe le regard sur du lichen doré.

Que n'a-t-il largué les amarres plus tôt, comme Thomas ? Thomas qui le soutient, de là où il est, Yvon, qui croit encore un peu au Ciel, en est sûr et certain.

Avant de se décider à larguer les amarres et à trancher le nœud gordien, Yvon aura beaucoup biaisé et pas mal tourné autour du pot. Il a erré dans les monothéismes. Il s'est penché sur l'islam, le plus récent des monothéismes, le plus facile à embrasser, il fut même à deux doigts de se convertir à la religion alaouite, celle du clan Assad, un étrange syncrétisme reconnu en 1936 par le grand mufti de Jérusalem comme une religion musulmane et considéré depuis lors comme une branche hétérodoxe du chiisme où les entorses au Coran sont possibles, les alaouites ne s'interdisant pas de boire de l'alcool, pas plus qu'ils n'ont l'obligation de faire le pèlerinage de La Mecque, le tout non sans un certain degré de parenté avec le christianisme étant donné qu'ils célèbrent une sorte d'eucharistie à l'aide de pain et de vin…

Il se serait bien vu marchant sur les brisées de Louis Massignon, professeur d'islamologie au Collège de France, intime de Paul Claudel, de Jacques Maritain et de Charles de Foucauld, agnostique, puis converti au christianisme au mois d'octobre 1908, alors qu'il était prisonnier à bord d'un boutre remontant le Tigre en direction de Bagdad, car les autorités ottomanes l'accusaient d'espionnage. Marié et père de trois enfants, il fut ordonné prêtre selon le rite melkite, où le célibat des prêtres n'est pas exigé, non sans avoir obtenu l'autorisation du pape Pie XII. Avec ça, une œuvre féconde dans laquelle Yvon se plongea avec délectation, après avoir écouté la conférence que le successeur de Massignon au Collège de France était venu donner au centre de Vanves. Et que dire d'Al-Hallâj, le fondateur du soufisme – auquel Massignon consacra sa thèse d'État –, mort en 922 à Bagdad, sur la croix, comme Jésus, et, coïncidence encore plus étrange, en raison de propos jugés hérétiques ?

Balivernes que tout cela ! a-t-il fini par se persuader, à l'instar de Nietzsche, par un bel après-midi d'été, devant le grand bassin du jardin du Luxembourg. Il faut avoir le courage d'affronter la réalité. Après, on devient libre, un homme qui n'agit pas pour plaire à Dieu ou par crainte de son châtiment. Du moins l'espère-t-on.

En fin d'après-midi, derrière Yvon, les toits de Saint-Jean-Pied-de-Port ont disparu les uns après les autres derrière les pointes des mélèzes.

Tandis qu'il avance vers les sommets, à l'ombre desquels il compte passer la nuit, à Venelles, où il a également fait grand soleil, Emma réapprend doucement à marcher, au bras d'un kiné.

Au même moment, à Paris, au 228, rue de Rivoli, dans la luxueuse suite « Salvador Dalí » de l'hôtel *Meurice*, Jessye Norman achève de faire coiffer ses cheveux fins et crépus par Christophe Carita, le neveu de Rosy et Maria, les fondatrices du mythique salon de la rue du Faubourg-Saint-Honoré. Depuis ses débuts triomphaux en 1969, au Deutsche Oper Berlin, dans *Tannhäuser*, où elle tenait le rôle d'Elisabeth, la diva n'a jamais trop su comment dompter sa chevelure… et la mettre au goût du public, les chanteuses noires d'opéra se comptant sur les doigts d'une main.

Malgré son expérience de la scène et ses tournées aux quatre coins du monde, Jessye meurt de trac. Dans moins de trois heures, elle défilera sur les Champs-Élysées, enveloppée dans la tunique tricolore recouvrant le bustier que sa costumière a installé à la gauche de la coiffeuse de style Louis XVI devant laquelle elle est assise, sous une copie à l'huile *des Montres molles* de

Dalí, puis elle chantera la *Marseillaise* devant l'obélisque de la place de la Concorde… et ce sous l'œil des télévisions du monde entier.

C'est Jean-Paul Goude, le Pygmalion du mannequin Grace Jones, avec laquelle il a formé un couple hors du commun plastiquement parlant, et dont la fascination pour les femmes noires est bien connue, qui souffla à Jack Lang, chargé des festivités du bicentenaire de la Révolution française, le nom de celle qui a triomphé à Vienne, la ville où est mort Gustav Mahler, pour son interprétation des « Cinq Derniers Lieder » du grand maître.

Jessye ne s'est jamais prêtée aux complaisances de certains ténors, qui n'hésitent pas à remplir leur caisse en poussant la chansonnette devant des micros et des foules en délire, dans des ambiances à la U2 ou à la Pink Floyd. Tout comme Grace Bumbry, Jessye a toujours chanté sans sonorisation, y compris dans des lieux improbables où l'acoustique était déplorable. D'ailleurs, elle commença par refuser l'invitation que Lang lui avait transmise par l'intermédiaire de son agent. C'est ce dernier qui la fit se raviser :

— Jessye, ils te paient juste le voyage et le séjour, OK ! Mais question visibilité, y a pas mieux, t'auras un milliard de téléspectateurs !

Alors que Christophe demande, en se tordant les mains et entre deux mimiques grotesques, si « Madame est satisfaite de son chignon ? » – en l'espèce une volute en acier gainée de velours noir parsemé de petites orchidées naturelles tirant si fort sur son crâne que la diva a l'impression d'être devenue une acrobate s'apprêtant à accomplir un numéro durant lequel elle devra évoluer dans l'espace, accrochée à un filin par les cheveux –, on entend frapper à la porte de la chambre.

C'est le directeur du *Meurice*.

— Madame Jessye, vous avez de la visite ! proclame ce Suisse d'un mètre quatre-vingt-dix au bas mot et à la carrure de lutteur, avec la théâtralité nécessaire, étant donné son interlocutrice, mais aussi la componction qui sied à ce palace, qu'il gère d'une main de fer.

Jessye et Christophe – surtout lui – n'en reviennent pas : Raminagrobis, visage cireux, lèvres esquissant un petit sourire qui pourrait sembler sarcastique à ceux qui ne l'ont jamais approché, et Jack Lang, en costume Mugler, le teint hâlé et les cheveux ébouriffés avec recherche, font leur entrée dans la suite Dalí, avec, à leurs basques, l'un des officiers de sécurité du président de la République. C'est Lang qui a convaincu le chef de l'État de faire cette visite impromptue à la principale héroïne de la soirée.

Alors que Jessye Norman saisit à deux mains celle que Raminagrobis lui tend, le sempiternel et irremplaçable ministre de la Culture lance à la cantatrice :

— Jessye, vous avez devant vous un grand fan d'opéra !

— Il est vrai que j'ai toujours beaucoup aimé ça… Croyez bien, madame, que, si mon emploi du temps me le permettait, j'y serais tout le temps fourré ! En attendant, je tenais à vous remercier d'être là.

Tandis que la diva et le chef de l'État – ce dernier assis dans un canapé Louis XV en velours bleu nuit sous une copie en réduction du *Grand Masturbateur* – continuent à faire assaut de politesse, à moins de deux kilomètres de là en remontant la rue de Rivoli, puis en tournant à droite, à l'Hôtel de Ville, Chirac s'occupe comme il peut dans son immense bureau d'angle, dont une partie donne sur la Seine. Il annote au feutre rouge la centaine de notes, parmi lesquelles moins d'une dizaine valent la peine d'être lues, émanant de la mairie de Paris, du RPR, mais également du conseil général de la Corrèze, puis la trentaine de lettres en provenance de Corrèze, la plupart lui demandant un passe-droit que Chirac se fera un plaisir et une obligation d'accorder.

Il en est à son quatrième punch et, lui qui a cessé de fumer, il a de plus en plus envie de tirer sur une clope.

Malheur au vaincu !

Rien ne va plus, pour le maire de Paris, qui peine à se relever de son deuxième échec à la présidentielle.

Au RPR, les appétits s'aiguisent. Michel Noir, le maire de Lyon, mijote quelque chose dans son coin, tandis que Charles Pasqua ne passe presque plus à l'Hôtel de Ville pour discuter de tout et de rien et raconter à Chirac les derniers potins du Sénat… Quant à Philippe Séguin, ce grand boudeur cyclothymique, qui refusait de prendre Chirac au téléphone lorsqu'il était son ministre des Affaires sociales, il se murmure qu'il se rapproche de Pasqua.

Côté sphère familiale, ce n'est guère mieux : ses relations avec Bernadette, son épouse, sont de plus en plus orageuses, Chirac continuant de lui reprocher son propos aussi malheureux qu'ambigu, quand, le soir de la défaite à la présidentielle, Bernadette se laissa aller à dire, devant une caméra de télévision :

— Les Français n'aiment pas mon mari.

Propos qui, deux jours plus tard, dans les appartements privés du maire de Paris, où le couple Chirac petit-déjeunait dans une atmosphère lugubre, en compagnie de Claude, leur fille cadette, allait amener Chirac à lancer, les yeux remplis d'une colère sourde, à son épouse :

— Ma chère, tant que vous y étiez, vous auriez pu ajouter que c'était dommage pour eux !

Au même moment, dans le terminal 1 de l'aéroport Roissy-Charles-de-Gaulle, Bouillie s'apprête à embarquer sur le vol AC 43 d'Air China à destination de Pékin, où il a été nommé à l'administration centrale des Affaires étrangères.

Le cadet de Temple semble avoir pris dix ans : il n'a toujours aucune nouvelle de son frère aîné, pas plus que de leurs parents, fonctionnaires à la retraite qui habitent un petit village de la province du Henan.

3.6

LE MARDI 22 AOÛT 1989

Les Jardins d'Or et la banque HSBC

À Tianjin, il est 7 h 45. La petite brise rafraîchissante venue de la mer de Chine a cessé de souffler et, dans moins d'une demi-heure, le soleil et l'humidité de l'air aidant, l'atmosphère sera de nouveau étouffante au-dessus de l'immense baie.

À l'extrémité nord de celle-ci, au départ d'un promontoire s'avançant au milieu des flots, telle la proue d'un navire, s'étendent les Jardins d'Or, nom d'un mystérieux complexe touristique doté de deux piscines chauffées et d'un minigolf, et gardé de jour comme de nuit par des soldats armés jusqu'aux dents. Rares sont les habitants de la ville à savoir que derrière ces luxueux petits immeubles nichés au milieu des pins et des bougainvilliers géants se cache le lieu de villégiature réservé aux membres du Bureau politique, et qu'ils s'y réunissent pendant la première quinzaine d'août afin de définir la ligne politique du Parti pour les mois à venir – l'occasion de faire et de défaire les carrières des plus hauts dirigeants du pays. Il s'agit en particulier de programmer, avec, si possible, quinze ans d'avance, la composition du futur Comité permanent, condition essentielle de la stabilité du régime. Le Parti a horreur de l'imprévisibilité, de même que la nature a horreur du vide.

C'est donc dans le secret de cette luxueuse oasis peuplée de plantes rares et de somptueux massifs de fleurs que s'affrontent les tenants de telle ou telle ligne. Le plus souvent à fleurets mouchetés, mais parfois de façon violente, certains protagonistes allant jusqu'à en venir aux mains.

Il se pourrait bien que ce soit le cas dans la salle numéro 1, où trône un superbe billard américain et où se tiendra, à

8 heures tapantes, une réunion importante, la deuxième de l'après-Tian'anmen.

« Ces enfants gâtés d'étudiants sont des casseurs. La police a juste fait son travail. Depuis, tout est rentré dans l'ordre. » En gros, « Tout va très bien, madame la marquise » : voilà ce à quoi a eu droit la population pendant huit petits jours. Depuis, les médias ont été fermement incités à passer à autre chose, même si on aura eu très chaud aux fesses au sein des hautes sphères.

L'âge moyen des participants est de soixante-trois ans, et le Petit Timonier continue de faire figure de commandeur. Officiellement, Deng Xiaoping n'est plus rien. Dans la coulisse, c'est l'inverse : il tient toujours la barre, même si la révolte étudiante lui complique singulièrement la tâche.

Il n'a pas encore fini de boutonner sa vareuse qu'il entend frapper à la porte de sa luxueuse suite.

— Tu peux entrer, Yao !

Le vice-Premier ministre Yao Yilin est l'un des hommes liges du Petit Timonier, raison pour laquelle il a soutenu mordicus la décision de Deng de faire intervenir l'armée contre les étudiants.

— Tu as bien dormi ?

— Moi, pas trop. Et toi ?

Dix minutes plus tard, sous un chromo représentant Mao pendant la Longue Marche comme s'il avançait sur les flots, autour de la longue table en bois verni protégée par une vitre, sont assis les maîtres de la Chine, parmi lesquels Li Peng et Zhao Ziyang, le premier secrétaire du Parti récemment qualifié par le *New York Times* de « réformateur élégant ». Mais le Numéro Un, du moins sur le papier, du pays le plus peuplé du monde est désormais dans le collimateur de Deng. Non pas en raison de son penchant pour le dialogue avec la jeunesse, mais parce que la situation nécessite un bouc émissaire.

Deng garde en effet un très mauvais souvenir de l'atmosphère houleuse qui régnait au Zhongnanhai le jour d'après la manif monstre. Pour ne pas être accusé d'avoir ouvert les vannes de la protestation avec sa politique économique moins corsetée, il s'était empressé de distribuer les mauvais points : à cet « imbécile » de la télévision d'État, pour avoir laissé ses cameramen filmer cet étudiant essayant de stopper un char – « J'espère bien que ces bobines resteront enfouies dix mille ans dans une cave ! » ; à la police et à l'armée, qui s'étaient laissé déborder par la « meute étudiante », alors que cela faisait quinze jours que la jeunesse estudiantine pékinoise défilait pour réclamer plus de démocratie et « une meilleure vie » ; et au service de la propagande, « peuplé d'imbéciles » qui ne s'étaient pas aperçus que le type de BBC World et ceux des autres télés étrangères continuaient à filmer ! Et le Petit Timonier de conclure sa diatribe en déclarant aux présents, dont la plupart regardaient leurs chaussures : « Comme le dit le bon sens paysan, il convient d'arracher le premier brin de mauvaise herbe avant qu'il ne fasse des petits. »

À l'intérieur de cette salle digne de celle du conseil d'administration d'une multinationale florissante – avec sa moquette épaisse, son mobilier en bois de rose de style Ming et ses immenses baies vitrées donnant sur ces arbres somptueux, sur ces haies sculptées au millimètre près par les ciseaux des jardiniers, sur ces massifs de fleurs brillantes comme des gemmes sous le soleil –, on se serait cru dans un film à suspense en entendant ce policier, débarqué inopinément en compagnie d'un collègue en civil, demander au Numéro Un de le suivre, cela d'un ton ferme et tout en lui posant une main sur l'épaule, sous les regards impavides de Deng et de Yao.

Quand on vient de Pékin, on ne peut qu'être séduit par l'énergie débordante de Shanghai, l'animation de ses grandes artères commerçantes et le charme désuet des rues bordées de platanes et de maisons de style occidental de son ancienne concession française.

Ce n'est pas le cas de Rallié, qui essaie de tuer le temps depuis une bonne demi-heure en faisant les cent pas sur le Bund, indifférent à ce contraste frappant entre les terrains vagues marécageux côté Pudong, sur l'autre rive du fleuve Huangpu, d'où n'émerge que la structure métallique de la Pearl Tower, et ce qui se trouve derrière lui, côté Puxi : cette enfilade d'édifices de la fin du XIXe siècle et du début du XXe au milieu desquels se distingue le coruscant bâtiment de la succursale shanghaïenne de la Hongkong and Shanghai Banking Corporation (HSBC), le mastodonte britannique de la finance fondé au mois de mars 1865 à Hong Kong, dont la succursale shanghaïenne, créée la même année, a des airs de Congrès des États-Unis, avec sa coupole au soubassement orné d'un petit temple grec et cette colonnade qui s'inscrit au milieu de sa façade.

La vénérable HSBC n'aura jamais cessé de servir de pont aux échanges commerciaux et financiers entre l'Occident et la Chine, y compris après l'arrivée au pouvoir des communistes. Il est vrai que ce géant de la finance a réussi à se rendre indispensable en assurant la plus totale confidentialité aux détenteurs de ses comptes numérotés ainsi qu'à leurs donneurs d'ordres, certains étant des huiles du régime, y compris lorsqu'il s'agit de transactions prohibées par la loi chinoise. Telles les « compensations », qui évitent de faire traverser les frontières aux capitaux, à charge pour la HSBC d'en assurer la bonne fin grâce à ses nombreuses filiales couvrant tous les lieux de la planète, à l'exception de l'Afrique et de la Corée du Nord.

C'est là, à 10 heures tapantes, que Rallié a rendez-vous avec le fameux Mister John, ce qu'il devra préciser à l'accueil sans décliner son identité, comme il est écrit sur une autre carte postale du mont Emei, où étaient représentés une dizaine de singes en train de batifoler sur un chemin de montagne, qui l'attendait sur son bureau, huit jours auparavant. Son sang n'avait fait qu'un tour, car, ployant sous le travail, il en avait presque oublié l'existence de ce signal – qu'il avait précipitamment fourré dans la poche intérieure de sa veste.

Pour justifier une absence de deux jours au bureau, Rallié a donné comme prétexte qu'il devait aller voir un vieil oncle au fin fond du Shanxi, ce qui n'a posé aucun problème, vu la quantité de jours de vacances qu'il lui reste à prendre. À Battante, il s'est bien gardé de révéler ce qu'il allait faire à Shanghai, si ce n'est qu'il en profiterait pour parler de la disparition de Forêt aux autorités policières de la mégalopole. Notre ex-championne pongiste n'a pas cherché à en savoir plus : quand on cohabite avec quelqu'un censé détenir des secrets d'État, moins on en sait sur ce qu'il fait de ses journées, mieux on se porte.

Cela fera bientôt un mois que le chef de cabinet du Premier ministre a pris ses quartiers chez Battante. L'immeuble vétuste réservé aux très hauts fonctionnaires où il habitait venait d'être frappé d'un arrêté de péril, et Rallié en avait profité pour lui demander si elle accepterait qu'il dorme pendant quelques jours sur son canapé. Une demande à laquelle la tante de Forêt acquiesça avec d'autant plus d'empressement qu'elle était toujours sans nouvelles de sa nièce.

Rallié, ignorant ce qui l'attend, est de plus en plus anxieux à mesure que l'heure de son rendez-vous approche.

À dix heures moins trois minutes, quand il se présente à la réception de la plus grande banque britannique, ses mains sont moites et son cou ruisselle. Une minute plus tard, ses poumons sont terriblement comprimés lorsque l'hôtesse d'accueil, après lui avoir susurré : « Veuillez-me suivre, monsieur Rallié, vous êtes attendu ! », le conduit au sous-sol du bâtiment par le gigantesque escalier de marbre qui dessert également les étages. Ses jambes sont comme en coton et il a l'impression d'être un prisonnier conduit dans sa cellule en passant devant une flèche dorée surmontée de l'indication « Salle des coffres », où il sait, pour l'avoir lu dans la presse, que la succursale de Shanghai en abrite plus d'un millier, du plus petit, d'un litre et demi de contenance, aux plus grands, de véritables cagibis aux parois blindées.

Il se mord les doigts d'être entré dans la combine de Taureau et il a l'impression d'avoir franchi la ligne jaune quand, l'hôtesse ayant ouvert une porte capitonnée de l'intérieur, il découvre Gueule d'Ange, blouson de cuir gris sombre et chemise blanche à col ouvert, assis dans cette pièce aveugle, derrière une table autour de laquelle sont installées trois chaises.

— Salut, Rallié ! T'en fais une tête ! C'est de me voir ici ?

Rallié n'a pas le choix. Montrer qu'il est surpris équivaudrait à perdre la face. Il maudit Taureau de lui en avoir si peu dit. Mais pourquoi diable irait-on expliquer à la souris que le morceau de fromage fait partie du piège ?

Avec un sourire forcé, il répond :

— Pas du tout, Bo. Ravi de te voir !

— Assieds-toi ! Faut pas rester debout ! Tu ne vas pas être mangé par Mister John !

Celui-ci, arrivé en trombe dans la pièce, est un rouquin aux oreilles décollées, carrure de lutteur, costume trois-pièces gris sombre à fines rayures claires, pin's de la HSBC au revers gauche de la veste – seule minuscule exception à la grisaille du banquier –, une chemise en carton écarlate coincée entre son bras gauche et son torse.

Preuve qu'on reste conditionné par ses origines sociales, alors que Rallié s'est redressé comme un ressort, tel un élève à l'entrée du maître dans la classe, Gueule d'Ange est resté assis sur sa chaise.

— Mon nom est John ! Fondé de pouvoir dans cet établissement et heureux de faire votre connaissance, messieurs. Soyez rassurés, il n'y en a que pour quelques minutes, le temps de recueillir vos signatures et de vous indiquer la procédure à suivre !

Le fondé de pouvoir s'exprime dans un mandarin déformé par son accent anglais, mais, comme il a respecté les quatre tons, et parlé en détachant les phonèmes, il s'est parfaitement fait comprendre de Rallié, dont il a broyé la main de son énorme paluche tavelée de taches de rousseur et parsemée de poils couleur carotte, après avoir serré la cuiller à Gueule d'Ange.

— Thé vert ou thé noir ?

L'hôtesse repartie sur les chapeaux de roues, une fois prises les commandes – du vert pour Gueule d'Ange, du noir pour Rallié –, ce dernier n'a aucun mal à déchiffrer, bien qu'elle soit à l'envers par rapport à lui, l'inscription « Phénix d'Or et d'Argent » affichée, en idéogrammes dorés, sur le gaufrage floral du carton de la chemise écarlate.

Tout en observant les doigts boudinés du fondé de pouvoir étaler sur la table les sept feuillets qui se trouvaient à l'intérieur, tel le prestidigitateur son jeu de cartes, Rallié se demande à quelle sauce il va être mangé.

Deux minutes ont passé et il est complètement perdu. Lui qui exige de ses collaborateurs qu'ils sachent tout d'un document avant de le signer, il n'a strictement rien compris au laïus du fondé de pouvoir. « Fiducie », « ayants droit », « mandataire », « *back to back* », et autres « levée d'option » : autant de mots de banque et d'argent que le chef de cabinet n'avait jamais entendus prononcer auparavant. Et maintenant, voilà que le géant rouquin le prie, ainsi que Bo, d'apposer sa signature dans l'un des deux petits carrés au bas de chaque page !

Tandis que Rallié hésite, Gueule d'Ange n'a pas ce genre de préventions : il s'exécute sans barguigner, au moyen du stylo Montblanc qu'il a sorti de la poche intérieure de son blouson, à la façon de certains ministres et autres potentats locaux à qui l'on présente chaque jour des montagnes de parapheurs eux-mêmes remplis à ras bord de documents sur lesquels ils apposent leur griffe sans se donner la peine de les lire, habitués qu'ils sont à ce qu'on leur mâche le travail et sachant pertinemment qu'ils ne seront jamais jugés pour les conséquences de leurs actes.

Notre chef de cabinet s'étant résolu à signer à son tour, il se rend compte que, Bo et lui-même étant désormais liés par un contrat écrit, il est piégé des deux côtés : à la merci de Taureau et de Gueule d'Ange.

Rallié est accablé, tandis que le banquier, après avoir rangé les feuillets à l'intérieur du dossier rouge, désigne du doigt les idéogrammes dorés figurant sur sa couverture.

— Messieurs, je vous demande de bien retenir ces caractères. Ils constituent le mot de passe qu'exigera la personne qui vous communiquera le numéro de téléphone qu'il vous faudra appeler pour connaître la date et l'heure auxquelles vous devrez revenir dans cette pièce, afin d'apposer une signature au verso du dernier feuillet. Alors, la fiducie dont vous êtes devenus les mandataires sera close.

Et, après avoir dit cela, non sans une certaine componction, le rouquin d'ajouter avec un grand sourire :

— Et vous deviendrez des hommes riches.

Bo, hilare, revisse le capuchon de son stylo.

— À moins qu'on ne se retrouve en prison !

À moins de cent mètres du bâtiment de la HSBC, le *Peace Hotel* est l'un des lieux mythiques de Shanghai. L'établissement ouvrit au mitan des années 1920, quand une grande partie de la ville échappait au contrôle des autorités chinoises, en vertu des dispositions des Traités inégaux qui obligeaient la Chine à concéder à la France, à la Grande-Bretagne et aux États-Unis d'Amérique ses principales zones portuaires. Considéré comme le symbole de la dépravation et du colonialisme, le *Peace* fut fermé en 1949. Il a rouvert ses portes depuis quelques années. Avec son bar aux boiseries Art déco, c'est devenu l'un des endroits de prédilection des étrangers mais également des Shanghaïens « branchés », qui s'y rendent pour siroter un side-car ou un martini-gin au son d'un orchestre de jazz, à partir de 18 heures et dans une semi-pénombre très étudiée, comme cela se fait en Amérique.

C'est là que Gueule d'Ange a traîné Rallié sans lui laisser trop le choix.

La salle est remplie de monde, des hommes d'affaires, des cadres dynamiques, des jolies femmes, davantage fatales que d'affaires, sans parler des sempiternels pique-assiettes, aventuriers et autres importuns qui s'agrègent au beau linge dans l'espoir d'en tirer bénéfice. Le quintet qui s'y produit est venu s'entraîner en prévision d'une soirée anniversaire. Ses musiciens jouent « Blue in Green », de Miles Davis, sur une petite estrade bordée par une rampe lumineuse et située à gauche du bar. Ces vieux Han en costume-cravate dont la moyenne d'âge est proche de soixante-dix ans sont les mêmes qui animaient les soirées du *Peace* au moment de sa fermeture par les communistes.

Si Rallié connaissait le tableau de Degas *Les Musiciens à l'orchestre*, il se serait cru à l'opéra de Paris il y a cent ans devant ces vénérables messieurs éclairés par en dessous et jouant leurs instruments de façon mécanique, avec l'air indifférent du musicien d'ambiance conscient du fait qu'il n'est écouté par les clients au mieux que d'une oreille distraite.

Bo et lui se sont assis sur des tabourets du bar, derrière lequel officie un serveur en smoking au visage et à la coiffure à la Spock, ce personnage de *Star Trek*, passé maître dans l'art de secouer son shaker, puis de le lancer dans les airs, avant de le rattraper dans son dos, comme si de rien n'était… Cette jonglerie ayant pris fin, Gueule d'Ange claque des doigts avec impatience.

— Deux Glenfiddich dix ans d'âge ! Et que ça saute !

Le barman a l'air d'avoir prix un scud en pleine tronche. Tandis qu'il s'exécute avec fébrilité, Bo se tourne vers la petite piste de danse située au milieu du bar, sur laquelle Rallié a vu chalouper, sur des escarpins en strass d'une hauteur vertigineuse, une jeune femme vêtue d'une robe de satin rouge à bretelles et affublée d'une incroyable perruque violette.

Bo, les yeux rivés sur l'extraterrestre, dit :

— T'inquiète, Rallié, ici, c'est moi qui régale !

— Je suis capable de payer !

— Quand Mister John nous aura viré le pognon, c'est toi qui paieras l'addition…

Gueule d'Ange a lâché cela en rigolant, avant de descendre de son tabouret et de se diriger vers la piste de danse.

Le pognon ! Rallié n'en a cure, lui qui ne sait même pas combien il touchera. Ses yeux sont fixés sur Gueule d'Ange en train d'entreprendre l'extraterrestre.

Le quintet a entamé « Rock Around the Clock ».

Pour un peu, en observant la fille en train de virevolter dans les bras de Bo, Rallié se serait bien vu à la place de ce dernier. Peut-être en oublierait-il le pétrin dans lequel il se trouve ?

Au même moment, à Xiamen, dans la province du Fujian, par 75 % d'humidité, Xi Jinping ruisselle comme une cascade. Si le vieux ventilateur devant lequel il est assis, sur le canapé du salon de sa villa de fonction, ne parvient pas à rafraîchir le vice-roitelet, ou, si l'on veut, le numéro deux de cette ville de plus de deux millions d'habitants, c'est qu'il bout également intérieurement. Non pas en raison de problèmes professionnels ou financiers – les politiques étant peu rémunérés – ou que son couple batte de l'aile – il file le parfait amour avec Peng Liyuan, une célèbre chanteuse patriotique, colonelle dans l'armée, avec laquelle il s'est remarié deux ans plus tôt. De fait, le protégé de Deng est de plus en plus scandalisé par la politique mise en œuvre par le Comité permanent et que pourrait résumer l'équation : « Faites du fric, accumulez du capital, mais pas touche au Parti communiste. »

Ce donnant donnant, Xi le considère comme totalement immoral, et de surcroît contraire au marxisme, auquel il croit dur comme fer, lui qui a étudié Marx et Engels en profondeur. Mais l'inspirateur de cette politique étant le Petit Timonier, Xi n'a pas d'autre choix que se taire et ronger son frein. En attendant, c'est avec rage qu'il assiste au grignotage de l'espace urbain par le commerce, à l'occidentalisation des villes, et à la furia consommatrice à laquelle de plus en plus de Han succombent – il suffit pour cela de se promener dans Xiamen, où de plus en plus de jeunes portent des jeans au pied d'immeubles recouverts de publicités éclairées de jour comme de nuit, le commerce se fichant comme d'une guigne de gaspiller l'énergie, où les gens font la queue devant les magasins de vêtements et bientôt devant un McDonald's.

Xi soupire.

Le capitalisme est décidément un cancer.

Puis lui qui dévora *Que faire ? Les hommes nouveaux,* le roman de Nikolaï Tchernychevski, dont le personnage central dort sur une planche à clous pour forger son caractère, s'essuie le visage en maugréant. Difficile, quand on n'est même pas le maire de sa ville, de lutter contre ces métastases, cet effacement progressif du mélange entre traditions immémoriales et communisme, une alchimie délicate et précieuse, le vrai Bien du peuple, une harmonie parfaite dans laquelle Confucius et Engels se rejoignent… En somme, ce vers quoi tendait le pays avant que le camarade Deng, croyant bien faire, ne fiche tout par terre !

3.7

LE SAMEDI 11 NOVEMBRE 1989

Un violoncelle au pied du mur

En ce jour de commémoration de l'armistice de 1918, Mstislav Rostropovitch, son Stradivarius Duport calé entre ses jambes, entame, assis sur une chaise pliable, la *Suite n° 1 pour violoncelle seul*, de Jean-Sébastien Bach, au pied du mur de Berlin tombé, à la surprise générale, deux jours plus tôt.

Aucun dirigeant occidental n'aura vu venir le coup. L'Allemagne coupée en deux : normal et bien mérité. Comme disait Mauriac : mieux vaut deux Allemagne qu'une seule ! Un point de vue partagé par les dirigeants du bloc de l'Est, même si, au mois d'août, les autorités tchécoslovaques et hongroises n'avaient pu empêcher un début d'exode de leurs populations vers l'Autriche et la Bavière. Les Berlinois de l'Est n'en pouvaient plus. Surveillés vingt-quatre heures sur vingt-quatre par la Stasi, ils menaient une existence triste, faite de privations en tous genres et de soumission au Parti communiste – sauf à être des sportifs de haut niveau, mais, dans ce cas, ils étaient bourrés d'hormones et de bêta-bloquants.

Lorsqu'un premier habitant de Berlin-Est, assis à califourchon sur le mur, commença à taper dessus à grands coups de marteau devant les télévisions du monde entier, il n'essuya aucun tir. Pourtant, les vopos (les policiers de l'Allemagne communiste) avaient ordre d'abattre tous ceux qui essayaient de passer à l'ouest. On ignore si la consigne avait changé ou s'ils avaient compris que c'était cuit.

De même que les dictatures, se croyant immortelles, sont incapables d'anticiper leur chute, les couleurs en disent souvent plus long que les paroles. En témoigne le camaïeu de Berlin-Est, une ville beigeasse et grisâtre dont on sent bien qu'elle ne s'est pas remise des bombardements de 1945. Au contraire, la partie occidentale de la capitale du Reich est colorée à souhait, commerce et confort d'existence obligent. Même chose pour le mur : côté est il est dépourvu de la moindre inscription, tel un mur de prison, alors que côté ouest il est recouvert de tags bariolés et de déclarations d'amour.

C'est le cas de la portion de mur devant laquelle est assis le grand violoncelliste russe, qui a tenu à exécuter sa prestation à quelques mètres de « Checkpoint Charlie », le célèbre point de passage entre l'Est et l'Ouest popularisé par *L'Espion qui venait du froid*, le célèbre roman de John Le Carré.

Devant le plus célèbre violoncelliste du monde, certains déposent un billet ou une piécette, croyant qu'il s'agit d'un musicien des rues. Dans la foule qui grossit à vue d'œil, Antoine Riboud, le patron de Danone, essuie une larme. Ce grand amateur de musique a mis son avion privé à la disposition du Russe, dont il est le principal mécène.

À quelques encablures de ce concert improvisé, à l'ambassade de Chine en RDA, l'adjoint au chef de poste est bien embêté. L'ambassadeur est à Pékin pour une réunion de travail, c'est donc à lui qu'incombe la rédaction de la synthèse des événements de la semaine en RDA, que l'ambassade fait parvenir à Pékin chaque dimanche, de façon qu'elle soit le lundi matin sur le bureau du directeur de cabinet du ministre des Affaires étrangères.

Ce diplomate ne veut pas imaginer une seconde qu'on n'en est qu'au début. Sûr et certain qu'Erich Honecker, le dirigeant du pays, se ressaisira. En tout cas, ce serait hautement souhaitable. Pour autant, il ne s'agirait pas que ce qu'il s'apprête à écrire soit trop rapidement démenti par les faits, au risque de passer pour un imbécile.

Mais c'est là un exercice de haute voltige, pour lequel il ne se sent pas prêt, que de dépeindre la déconfiture d'une dictature aux dirigeants d'une autre sans passer pour un dissident, ou, pire, sans encourir la peine réservée jadis aux porteurs de mauvaises nouvelles.

Quatrième maillon
1990-1999

En France, seuls les enfants de moins de douze ans continuent de dire bonjour à un inconnu qu'ils croisent dans la rue. En Chine, un adolescent de treize ans continuera de le faire.

4.1

LE SAMEDI 27 JANVIER 1990

Le chaudron bouillant

« Chaudron bouillant » est le surnom donné par les Han à Turfan, ville-oasis du Xinjiang, en raison de la chaleur qui règne huit mois de l'année dans cet important carrefour commercial où, jadis, les caravaniers de la route de la soie échangeaient leurs marchandises – thé, jade, porcelaine, soie, pour ceux venant de l'est ; épices, tapis de laine et armes tranchantes dont les lames provenaient de Damas, où elles étaient forgées, pour ceux venant de l'ouest. Comme dans le reste de la province du Xinjiang, la ville est aux trois quarts peuplée de musulmans, les hommes reconnaissables à leur barbe et à leur petite calotte blanche en dentelle de coton, les femmes à leur calot en velours brodé au fil d'or ou d'argent et à leurs longues robes plissées. Bien que l'apprentissage du mandarin soit obligatoire, dans la rue on n'entend parler que l'ouïgour, une langue de la famille turco-altaïque.

Au Xinjiang, on ne se sent pas vraiment en Chine.

Telle est l'impression de Présage et de Forêt, même si chacun la garde pour soi, dans le parc des Raisins d'Or où ils sont venus assister, avec Jolie, au feu d'artifice de l'entrée dans l'année du Cheval de Métal. Autour d'eux, malgré le froid glacial, la foule est immense. Un peu plus loin, la silhouette en forme de carotte du minaret d'Emin, le plus haut de Chine, se détache sur un ciel criblé de gerbes scintillantes, dont l'explosion puis la retombée sous la forme de fumerolles déclenchent des tonnerres d'applaudissements et des cris de joie.

Cela fait un peu plus de huit mois que Présage, Forêt et sa fille sont arrivés à Turfan, à bord d'un vieil autocar dont le porte-bagages sur le toit était rempli de cages avec poules et lapins calées entre elles par des sacs pleins de denrées alimentaires diverses.

Nécessité fait loi. Présage n'aura eu aucun mal à convaincre Forêt de rejoindre avec lui son oncle américain, via le Pakistan, pays « allié » des États-Unis, du moins pour ce qui concerne la coopération entre la CIA et les services pakistanais – la contre-partie étant l'achat d'armes aux Américains par cet ennemi juré de l'Inde, cela ayant pour conséquence mécanique de faire du Pakistan un « ami » du « grand frère chinois », lui-même grand rival du sous-continent. La « voie de l'Amitié » est d'ailleurs le nom donné à la fameuse route du Karakorum qui relie Kashgar – « Caverne de Jade [1] », la dernière grande ville côté chinois – au col de Khunjerab, par où passe la frontière. Achevée en 1978, elle est ouverte depuis 1986 à la circulation des véhicules civils, et certains de ses tronçons culminent à plus de cinq mille mètres.

À Kunming, le patron de Présage lui avait pourtant proposé de passer en cuisine, avec à la clé une belle augmentation de salaire. Malheureusement, les agents du recensement allaient à coup sûr les dénoncer aux flics.

Le feu d'artifice terminé, il faut rentrer en prenant soin de ne pas s'écarter du flot des passants : il ne s'agirait pas d'éveiller la curiosité des policiers qu'on trouve au moindre coin de rue, le pouvoir central se méfiant des Ouïgours, dont l'immense majorité continue de pratiquer un islam sunnite, en dépit des efforts de la propagande officielle.

1. « Kaxi » en mandarin pinyin.

Présage et les siens dorment dans un galetas insalubre donnant sur une arrière-cour encombrée de pièces détachées d'automobiles, de pneus et de bidons, de l'autre côté de laquelle se trouve le garage où le patron a accepté de les loger à prix d'or. C'est là qu'après avoir essuyé de nombreux refus il a fini par dégoter le chauffeur, du nom d'Ayan Chour, qui a accepté, moyennant finances, de les convoyer à bord de son camion jusqu'au Pakistan, où Ayan a prévu de partir dans deux jours.

À bientôt neuf ans, Jolie est à l'âge où un enfant peut se transformer quasiment à vue d'œil. Plus encore lorsqu'un changement de cadre est venu favoriser sa découverte du vaste monde. La fille de Forêt, même si elle ignore le mécanisme du *hukou*, a bien compris que sa maman et Petit Papa Accordéon, ainsi qu'elle surnomme désormais Présage, ne jouissaient pas des mêmes droits que les habitants de Kunming, et qu'il en va de même avec ceux de Turfan, quand bien même ce ne sont pas des Han.

Plus un enfant est aimé et se montre curieux, plus il sera intelligent. Ouverture au monde et ouverture d'esprit se confondent, la bienveillance et la protection des parents faisant le reste.

À peine ont-ils regagné leur taudis, heureusement sans encombre, au grand soulagement de Présage, que Jolie lui barre le passage en se plantant devant lui.

— Dis, Petit Papa Accordéon, c'est quoi, les qualités du Cheval de Métal ?

— C'est un animal actif, tempéré, alerte et amical avec autrui.

La petite éclate de rire.

— Trop bien ! Il va nous porter jusqu'au Pakistan !

Au même moment, à la gare centrale de Pékin, Bouillie s'apprête à monter dans un train de nuit pour se rendre à Yanshi, la ville du Henan à proximité de laquelle se trouve le village où habitent ses parents. S'il avait pu, il les aurait rejoints la veille de façon à entrer avec eux dans la nouvelle année. Mais le chef du bureau Afrique de l'Ouest du ministère des Affaires étrangères, où il travaille comme rédacteur, avait besoin de lui, le président du Ghana étant attendu à Pékin dans trois jours pour une visite d'État.

La dernière fois qu'il a rendu visite à ses parents, un mois après les événements de Tian'anmen, il rasait les murs, hanté par l'image de son aîné défiant le char militaire. Heureusement pour lui, la révolte étudiante était déjà un sujet tabou. Au ministère, lors de sa prise de poste, personne n'avait fait la moindre allusion à Temple. Et pour cause, personne n'avait rien pu voir, mis à part les photos des agences Gamma et Magnum qui circulaient sous le manteau dans les sphères plus ou moins éclairées – à leurs risques et périls. Alors qu'il n'aurait pas été surpris d'apprendre par ses parents qu'ils étaient surveillés par la police, ce n'était pas le cas, du moins selon leurs dires.

Ils avaient énormément vieilli. La tristesse et l'angoisse avaient fait blanchir leurs cheveux et ils avaient semblé à leur fils encore plus repliés sur eux-mêmes, n'osant parler à personne, pas même à leurs voisins proches, de la disparition de leur aîné. Ce n'est qu'une fois s'être assurés qu'il n'y avait aucun berger ni intrus à l'horizon, sur ce petit sentier des monts Song qu'ils avaient emprunté sous un soleil de plomb, que le père et la mère de Bouillie s'étaient autorisés à faire part à leur fils cadet de leur désespoir.

— Il ne manquerait plus que l'inconséquence de Temple nuise à ta carrière.

Ces mots de son père, alors que sa mère était en pleurs, Bouillie les a encore en travers de la gorge.

Pour autant, notre diplomate n'est pas complètement serein à présent qu'il s'installe dans la couchette où il passera la nuit. Frère d'un délinquant – au dire de la loi, qui interdit les manifestations publiques de plus de quatre personnes –, ce n'est pas ce qu'il y a de mieux quand on est soi-même haut fonctionnaire.

Il n'empêche, Bouillie donnerait cher pour avoir des nouvelles de Temple. Mais, connaissant la façon dont le régime traite ses opposants, il ne se fait guère d'illusions.

4.2

LE LUNDI 29 JANVIER 1990

L'aveu, et l'âne Noisette

On ne peut pas faire plus « village basque de carte postale » que Cambo-les-Bains : la plupart des maisons de cette discrète station thermale située à une vingtaine de kilomètres de Bayonne, à commencer par l'impressionnante Villa Arnaga, qui appartint à Edmond Rostand, se signalent par cette blancheur impeccable qu'égayent leurs colombages rouges. Construit à flanc de montagne, au-dessus de la verdoyante vallée de la Nive, un affluent de l'Adour, Cambo était fréquenté par de nombreux curistes. On venait pour soigner ses poumons ou s'y reposer.

C'est le cas de Madeleine de N., à qui Yvon s'apprête à rendre visite. Elle séjourne depuis trois semaines aux *Terrasses*, un ancien sanatorium construit dans un parc de cinq hectares. Elle s'y remet difficilement d'une ablation de l'utérus. Un cancer découvert par hasard – et, ce qu'elle ne sait pas, bien trop tardivement –, comme elle s'est résolue à l'écrire à son fils. Cette annonce fit l'effet d'un véritable rappel à l'ordre pour Yvon, qui avait rompu tout contact avec sa mère. Il lui répondit dans la foulée qu'il viendrait la voir et qu'à cette occasion il lui annoncerait « quelque chose d'important ».

Dans cette chambre au dépouillement monacal, il découvre une vieille dame, toute ratatinée dans son fauteuil-coque, qu'il peine à reconnaître. Madeleine, qui était toujours pimpante, a les cheveux blancs, le teint cireux, et affiche une maigreur cadavérique. Yvon est encore plus frappé par ses mains, sur lesquelles sont rivés les yeux de sa mère. Les doigts arachnéens et quasi translucides semblent désespérément agrippés à la tablette sur laquelle on lui sert à manger et à boire, des doigts semblables à ceux d'un alpiniste accroché au-dessus du vide, la peur au ventre, à un infime rebord de roche.

Sa mère lui ayant tendu son front, Yvon se revoit faisant le même geste quand Madeleine lui disait bonsoir après la prière. Quand les parents vieillissent, les rôles s'inversent.

— Papa n'est pas là ?

Yvon aurait aimé trouver autre chose en guise d'entrée en matière... Madeleine lève les yeux au ciel. Son fils l'a toujours vue faire ainsi quand elle évoquait, devant ses copines, son mari, ses activités, ses loisirs et ses fréquentations, avec cette pointe d'accablement qui ressortait de ses propos : « Mon époux est un être impossible ! », et d'agacement quand elle ajoutait : « J'ignore ce qu'il a en tête. Il ne me dit jamais rien, j'ai toujours compté pour du beurre. »

— Ton père est à la pêche au gros, au large de La Corogne, avec ses copains habituels, tu sais, le pharmacien et le radiologue.

Yvon ayant toujours protégé sa mère et fait en sorte qu'elle soit fière de lui, il n'ignore pas qu'à trop prolonger les échanges de banalités avec elle, il lui sera de plus en plus difficile de lui dire la vérité. En plus, il n'aura pas à soutenir le regard de Madeleine, étant donné qu'elle regarde de nouveau ses mains. Après avoir respiré profondément, il déclare :

— Maman, j'ai quitté la Compagnie !

Madeleine esquisse un pâle sourire.

— C'est donc ça, la « chose importante » que tu devais m'annoncer ?

Yvon ne s'attendait pas à un ton si calme, lui qui craignait de déclencher un drame. Sa mère aurait-elle deviné ce qu'il voulait lui dire ? À moins que la décision de son fils ne lui soit indifférente, ou qu'elle n'ait perdu la foi ?

Au comble de la perplexité, il la voit lui désigner le gobelet antirenversement posé devant elle.

— Fais-moi boire, s'il te plaît.

Tandis qu'Yvon aurait volontiers sauté au cou de Madeleine, tout en peinant à insérer le bec verseur du gobelet entre ses lèvres desséchées, à moins de cent vingt kilomètres de Cambo, dans la forêt landaise des alentours de Soustons, Raminagrobis tend une carotte à l'âne Noisette. Mais l'animal n'a pas l'air d'en avoir envie. Du moins si l'on en juge par la façon dont il secoue ses oreilles, ce qui les fait effleurer la biaude qu'a l'habitude de porter le président quand il vient passer quelques jours au milieu des pins de son airial de Latche. À quelques pas derrière Raminagrobis, lui-même à côté de Danielle, son épouse à la ville, Roger Hanin, un colosse au teint halé et au sourire Colgate, mime, à l'intention de sa belle-sœur et de sa conjointe, Christine Gouze-Rénal, productrice de films, le scénario de l'épisode de *Navarro* qu'il doit bientôt tourner.

Le président déteste qu'on lui résiste, même un âne. Il ne s'agirait pas que Noisette ne croque pas dans sa carotte : mais il a beau lui tapoter l'encolure, passer et repasser le légume devant ses naseaux, puis tenter de le glisser entre ses babines, rien n'y fait.

De sa longue expérience du pouvoir et des hommes, Raminagrobis sait mieux que quiconque que, si l'on veut régner, il faut diviser, et qu'on divisera d'autant mieux qu'on mettra les uns et les autres en compétition.

Il hèle Marron, son autre âne, en agitant la carotte… Quelques instants plus tard, Noisette finit par obtempérer.

Alors qu'à Latche Hanin et sa femme applaudissent Raminagrobis – Danielle réservant ses timides battements de mains à l'âne Noisette –, à Venelles, Annick B. se repose sur un transat, au bord de la piscine familiale. En temps normal, elle s'y serait plongée. L'eau est à vingt-neuf degrés, la piscine étant chauffée. Cette douleur lancinante qui irradie le haut de son poumon gauche l'empêche de dormir sur le dos depuis plusieurs semaines. On a d'abord cru à un pneumothorax, mais l'hypothèse n'a pas été confirmée par les résultats de l'examen radiologique qu'elle a subi deux jours auparavant.

4.3

LE MERCREDI 31 JANVIER 1990

Fentanyl

Les collines caillouteuses s'étendent jusqu'à des falaises accidentées qu'on aperçoit au loin, malgré la poussière soulevée par la noria des camions circulant dans les deux sens sur le double ruban asphalté de la route.

Ayan Chour ferait un très bel homme sans ses dents pourries par une consommation excessive de jujubes. Il a un visage grec : cheveux ondulés et yeux d'un bleu étincelant, très peu bridés, contrairement à ceux des Ouïgours. Le père d'Ayan, chauffeur de camion entre la Chine et le Pakistan comme l'est son fils, avait épousé une Pachtoune. Ayan, pour élever ses quatre enfants, doit trimer dur. Chaque semaine, il emprunte dans les deux sens la « voie de l'Amitié » à bord de ce camion acheté de l'autre côté de la frontière, témoin sa carrosserie multicolore, sa calandre et ses chromes étincelants, ses multiples klaxons en forme de trompette et les fanfreluches autour du pare-brise à l'intérieur de la cabine… C'est à travers la vitre du côté passager que Présage regarde défiler le paysage. Forêt occupe le siège du milieu, à la gauche duquel Jolie s'est endormie contre l'épaule de sa maman.

Présage, depuis qu'il sait, est de moins en moins tranquille à l'approche de la frontière. Déjà, il était circonspect quand il avait vu Ayan charger dans le camion ces huit cartons désormais cachés au milieu des sacs d'engrais phosphaté et de maïs. C'était à Kashgar, devant un entrepôt situé au fin fond d'une zone d'activité. Il était 2 heures du matin et Présage ne dormait pas, contrairement à Jolie et Forêt.

Tout était allé très vite. À peine deux légers coups de klaxon, et le rideau de fer de l'entrepôt s'était levé devant un homme en bleu de travail, visage en partie caché par un masque chirurgical, et qui poussait un chariot surmonté des cartons qu'Ayan avait chargés aussitôt, le tout en moins d'une minute et sans que les deux hommes aient échangé le moindre mot.

Quand Ayan était remonté dans la cabine, Présage lui avait trouvé des airs de trafiquant de drogue.

À juste titre.

Bien qu'obsédé par ces cartons, il n'avait pas osé interroger l'Ouïgour sur leur contenu, jusqu'à cette aire de repos où leur camion s'était arrêté deux heures plus tôt, car Jolie voulait faire pipi. Ayan Chour lui ayant enjoint de ne pas quitter des yeux le véhicule, le temps qu'il aille uriner derrière un cyprès, quand il revint en reboutonnant la braguette de son pantalon bouffant, notre accordéoniste se décida enfin à l'interpeller :

— T'as peur des voleurs à ce point ?

— Exact. On ne sait jamais…

— Pourtant, du maïs et de l'engrais, ça n'intéresse pas grand monde.

— Mais ce qu'il y a dans les cartons, si…

— Qu'y a-t-il donc de si précieux ?

Sourire narquois aux lèvres, Ayan Chour dévisageait Présage. Quand on s'apprête à quitter clandestinement la Chine, on a d'autres chats à fouetter que d'aller voir la police.

— Du fentanyl, ça te dit quelque chose ?

Alors que Présage, rempli d'angoisse, envisage désormais le pire, au Zhongnanhai, le Petit Timonier est sur le trône. Depuis que son transit intestinal donne des signes de faiblesse, il passe de plus en plus de temps aux toilettes. Le vieux dirigeant s'apprête à déguster des praslines Mazet, une spécialité à base d'amandes et de caramel, cadeau de la Ville de Montargis, où il travailla comme ouvrier à l'usine Hutchinson, dans l'atelier des chaussures – un « travail de femme », au dire du directeur –, payé un franc la journée, à une époque où les communistes chinois étaient plus nombreux en France qu'en Chine. Quelques mois plus tôt, à Colombes, dans la banlieue parisienne, Deng avait créé la Ligue de la jeunesse communiste chinoise. C'est par hasard qu'il avait atterri dans le Loiret, alors qu'il était recherché par la police pour avoir tenté de prendre d'assaut l'institut franco-chinois de Lyon, auquel les étudiants chinois reprochaient d'avoir réduit le nombre des bourses destinées à leurs camarades dans le besoin. Ce jour-là, ils étaient près d'une centaine autour de Deng, arrivés, comme lui, en France en 1920, dans le cadre d'un alléchant accord universitaire franco-chinois. Mais le gouvernement français s'étant révélé incapable de tenir ses engagements, Deng et ses camarades n'avaient pu faire autrement que d'aller travailler en usine. C'est dire si la face du monde aurait été changée si Deng était devenu un avocat ou un homme d'affaires installé dans la société après avoir poursuivi en France le cursus universitaire promis.

L'année dernière, la même municipalité lui avait fait parvenir une boîte de Mirabos, une nougatine de délicieuses noisettes torréfiées enrobée de chocolat, dont le Petit Timonier s'était régalé.

Le granité de citron

À Carry-le-Rouet, où il est aux alentours de 15 heures et où le mistral s'est levé, Emma et Georges sont installés devant un granité de citron, face à une mer hérissée d'écailles blanches.

Elle porte encore une minerve et elle le dévore des yeux. Lui est là par devoir, car Annick a l'art de trouver les mots : « Ma fille ne parle que de vous », « Sans vous, elle serait toujours dans le coma, ou morte », « Ici, on a besoin de vous, Georges », « Quand vous êtes là, Emma fait des pas de géant ». Et une fois qu'on vous a paré de toutes les vertus, à commencer par celle de guérisseur, difficile de se dérober, à moins que le malade ne vous soit indifférent ou que vous ne soyez d'un cynisme absolu.

C'est la troisième fois qu'il vient voir Emma. La veille, elle en a profité pour remonter sur son vélo. La fois précédente, ils étaient allés se promener sur le plateau de Bibémus, où Cézanne allait peindre la Sainte-Victoire.

En fin d'après-midi, il reprendra, à la gare Saint-Charles, un train pour Paris. Elle dit :

— Ça serait bien, si on pouvait faire un bout de chemin ensemble…

Comme il a feint de ne pas entendre, elle ajoute en riant :

— Je ne parle pas de mariage.

Il ne dit rien. Elle dit :

— Tu ne dis rien…

Il dit :

— Il faut qu'on y aille. Mon train est à 18 h 15.

4.4

LE VENDREDI 2 FÉVRIER 1990

La douane

Sans doute Paul Janssen, le chimiste belge qui synthétisa, au mitan des années 1950, le fentanyl, était-il loin d'imaginer les ravages qu'allait produire cet opioïde dont le potentiel analgésique est cent fois supérieur à celui de la morphine.

Il en est un chez qui cette drogue produit des effets sans qu'il en ait consommé. Présage, la tête comme prise dans un étau, a l'impression que son cœur va exploser, alors que le col de

Khunjerab n'est plus qu'à une grosse demi-heure. Cela se devine à l'inclinaison de la route, dont les virages en épingles à cheveux sont de plus en plus serrés. Heureusement, il ne pleut plus. L'asphalte est constellé d'éclats azuréens, froid intense oblige. Tandis qu'Ayan, pour qui l'itinéraire n'a plus de secrets, se joue avec maestria des plaques de verglas, l'accordéoniste a le front couvert de sueur.

Le contraste est saisissant avec Forêt, qu'il s'est bien gardé de mettre au courant, et qui est restée d'humeur égale depuis qu'ils voyagent à bord du camion d'Ayan. Cette attitude cache pourtant un profond désarroi.

Quand on fuit la misère ou l'oppression, ce n'est pas parce qu'on ne quitte rien, n'ayant jamais eu de chez-soi ou de famille, qu'on n'éprouve pas un sentiment d'arrachement. À l'inverse du globe-trotteur, qui sait qu'il pourra à tout moment revenir au bercail, où il sera accueilli à bras ouverts. À quoi s'ajoute, chez la mère de Jolie, que les États-Unis n'ont jamais fait particulièrement rêver, la crainte de l'avenir, surtout pour sa fille. Plus la frontière approche et plus Forêt culpabilise quand elle regarde Jolie et que celle-ci lui sourit.

Les enfants, dès lors qu'ils sont couvés, n'ont pas conscience du danger.

Le Pèlerinage vers l'ouest est le plus célèbre des contes bouddhiques. Il relate le périple d'un moine bouddhiste originaire de Chine, parti en Inde sur les traces du Bouddha, et à qui sert de guide le fameux « Singe Pèlerin », un primate facétieux. Ses exploits font de lui, en Chine, le héros d'un grand nombre de bandes dessinées à l'usage des enfants. À commencer par Jolie, dont de nombreux couchers ont été bercés par ce récit, quand Présage lui en faisait la lecture.

C'est pourquoi elle a l'impression de voyager avec le Singe Pèlerin, en particulier depuis qu'elle a découvert la magie du désert, ses paysages infinis, sa lumière irréelle, ses ciels d'azur, les bergers et les troupeaux lilliputiens, ces falaises où les moines bouddhistes ont creusé des grottes qu'ils ont peintes, comme Petit

Papa Accordéon le lui a expliqué. Par deux fois elle a même rêvé qu'elle était rejointe par les deux autres accompagnateurs de l'intrépide religieux : « Pourceau », le petit cochon qui a une queue en tire-bouchon, et « Cheval-Dragon Blanc », qui sert de monture au primate.

Quand on aborde un col de très haute montagne, on a souvent l'impression qu'il débouche sur du vide. Juste en dessous de celui de Khunjerab, les camions avancent désormais à touche-touche sous l'un de ces ciels bleu pétrole qu'on ne trouve qu'aux alentours de cinq mille mètres d'altitude, au milieu d'époustouflants cirques neigeux perdus dans les lointains, où ils sont ravivés par l'azur sombre du ciel.

À une cinquantaine de mètres du poste de douane, Présage est partagé entre fol espoir et peur panique. Pourtant, ce n'est qu'une méchante guérite devant laquelle la barrière rouge et blanc est levée. Vers la gauche, des camionneurs font la queue devant des baraquements de fortune.

L'Ouïgour, qui n'a pas ouvert la bouche depuis le début de la montée vers le col frontière, se tourne vers Forêt.

— Tu peux acheter de la nourriture, des fois que la petite aurait faim.

Forêt lui désigne du menton Jolie, fascinée par l'indifférence dont semblent faire preuve une vingtaine de bovidés formant un drôle d'arc de cercle à droite du camion, devant la noria des véhicules et les vrombissements de leurs moteurs poussés à fond au démarrage. Au col de Khunjerab, personne n'a envie de faire de vieux os.

La maman dit :

— J'ai pas l'impression que ce soit le cas.

L'air narquois, Ayan se tourne vers Présage.

— Ils vendent également des souvenirs… si du moins ça te chante !

En d'autres circonstances, le fugitif aurait volontiers mis son poing dans la figure du trafiquant de drogue. Alors qu'il continue à le maudire du regard, il entend toquer.

C'est un gros douanier, dont les petits yeux sont dévorés par un visage aussi bouffi que cuit par le froid. Il fait signe à Présage de baisser sa vitre, le temps pour Ayan de souffler à l'oreille de Jolie de faire semblant de dormir.

Tandis que Présage étouffe, malgré l'air glacial qui pénètre dans la cabine, le chauffeur signale au douanier la présence de Jolie.

— L'enfant a besoin de soins. Son oncle est médecin au dispensaire de Dih.

À une cinquantaine de kilomètres en contrebas du col, Dih est la première bourgade côté pakistanais, et la fille de Forêt n'aura mis que quelques secondes à tout comprendre. La tête penchée sur le côté et les yeux révulsés, elle donne l'impression d'être au plus mal.

Face de Porc, ne sachant pas trop si le propos d'Ayan était du lard ou du cochon, continue à scruter le chauffeur. Celui-ci, avec des airs de cul-de-jatte implorant l'aumône dans une rue de Calcutta, et alors que Présage affiche un visage ravagé, précise :

— Leucémie… La petite a besoin d'un remède qu'on ne trouve pas de ce côté-ci.

À peine les deux tubes d'échappement verticaux encadrant la cabine du camion arrêté devant le leur ont-ils commencé à expulser leurs jets de fumée noirâtre que le gros douanier fait signe à Ayan de passer, sous les yeux abasourdis de Présage, qui s'attendait au pire.

Le camion a amorcé sa descente. Jolie rit aux éclats en alternant les phases où ses yeux sont révulsés et celles où elle les a ouverts. Deux minutes plus tard, son manège terminé, elle regarde le paysage et, comme si de rien n'était, elle dit :

— Petit Papa Accordéon, comment ça se fait que les montagnes soient pareilles en Chine et au Pakistan ?

4.5

LE MARDI 1er MAI 1990

La première fois

À Pékin, Xi Jinping et Bo Xilai n'ont pas cessé de se jauger depuis le début du défilé, lequel a commencé un peu plus de deux heures auparavant devant la place Tian'anmen. Ils n'ont eu accès qu'à une tribune latérale, où ils sont installés au deuxième rang, séparés par trois sièges. N'ont droit à la tribune principale – sur laquelle le grand portrait de Mao semble veiller – que ceux qui font partie du Comité central depuis au moins deux ans. C'est là qu'est assis, au milieu du premier rang, le Petit Timonier, en vareuse et col Mao, que deux soldats ont discrètement porté jusqu'à sa place. On ne peut qu'être frappé par l'âge de ceux qui siègent de part et d'autre de Deng. Contrairement au reste de la tribune. Au fur et à mesure que le temps passe et que meurent les uns après les autres les compagnons de la première heure de Mao ayant survécu à ses purges, le Parti se rajeunit à vue d'œil. Malgré cela, au sommet, il continue à n'y avoir de place que pour un seul.

Une vérité que Xi et Bo ont en tête l'un et l'autre.

À présent que les mille filles et garçons des Jeunesses communistes, qui closent traditionnellement le défilé, passent devant le Petit Timonier en marchant au pas cadencé et en lui faisant un « bonjour » de la main, bien malin qui saurait dire si ce dernier, qui leur répond avec le même geste, ne leur adresse pas un dernier adieu.

À environ huit kilomètres de la place Tian'anmen, Battante s'épile pour la première fois le pubis. Le prospectus recommande de ne pas laisser agir la crème dépilatoire plus de cinq minutes, sinon la peau risque d'être irritée.

Elle fera la surprise à Rallié à son retour du défilé.

En médecine chinoise, la sécheresse de la peau va de pair avec celle du foie, des poumons et des reins, et les ingrédients les plus utilisés par la pharmacopée pour pallier ce phénomène sont le champignon « Oreille noire[1] », très utilisé dans la cuisine, le bulbe de Lys[2], ainsi que *Centella asiatica*, une herbacée annuelle également appelée « herbe du tigre ».

Ces trois éléments constituent la base de l'onguent censé rendre la peau « douce comme la porcelaine » que Battante s'est procuré chez le pharmacien du coin, et qu'elle passe maintenant avec application sur sa « Porte de la Caverne de Jade », selon la terminologie utilisée dans le *Manuel de la Fille sombre*. Cela fait quinze jours qu'elle ajoute du gruau de lotus – également préconisé pour avoir une peau de bébé – dans la soupe au riz du petit déjeuner qu'elle se prépare avant de se rendre à la salle de gym du Comité olympique. Elle y est déjà allée huit fois – comme si elle se préparait à un championnat –, musclant son périnée et ses abdominaux, selon les préconisations de *L'Harmonie dans le couple*, un livre de sexologie qu'elle s'est fait envoyer par une librairie de Taïwan, car il n'est pas autorisé sur le continent.

Difficile, dans une société confucéenne, de ne pas succomber au conformisme. Au sein du Comité olympique, à part elle, tout le monde est marié, divorcé ou en couple.

Et surtout, Battante a l'espoir que coucher avec Rallié l'aidera à guérir de Présage. Elle sourit en imaginant la tête de l'homme qu'elle héberge quand elle lui ouvrira la porte en petite tenue. Une fois au lit, elle n'aura même pas besoin de lui avouer qu'elle n'a jamais eu d'amant : son hymen s'est rompu, un phénomène assez courant chez les sportives de haut niveau, au dire de son gynécologue.

---

1. « Hei mu er » en mandarin pinyin.
2. « Bai he » en mandarin pinyin.

Épilée et crémée à souhait, Battante est fin prête à accomplir « Nuage et Pluie[1] ».

Au même moment, à quelques encablures de la salle de bains de Battante, Fleur de Pêcher court à petites foulées le long de l'un des multiples canaux attenant au Grand Canal, l'extraordinaire ouvrage d'art imaginé dès le ve siècle de notre ère et qui permet encore la navigation fluviale entre Pékin et Hangzhou.

Elle avait besoin de prendre l'air après l'interrogatoire de police auquel elle a été soumise, la veille, au commissariat de son quartier, et dont elle est ressortie avec une impression bizarre. Alors qu'elle pensait qu'on allait la cuisiner au sujet de Temple, elle a eu droit à des questions toutes plus anodines les unes que les autres : « Quels sont vos moyens de subsistance ? », « À quel métier vous destinez-vous quand vous aurez obtenu votre doctorat en chimie ? », « Avez-vous des projets de voyages à l'étranger dans le cadre de vos recherches ? », « Où comptez-vous passer vos prochaines vacances ? »

Le mois précédent, Fleur s'est plongée dans *Le Procès*, de Kafka, l'un des livres fétiches de Temple, qui lui en avait souvent conseillé la lecture. Elle est restée fascinée par cette intrication de l'absurde et du désespoir. Arrivée à la hauteur d'une mamie en train de promener son yorkshire, elle repense au propos de ce malheureux Joseph K., auquel elle n'a aucun mal à s'identifier : « Vous ne savez pas, au juste, ce qu'on vous reproche, alors qu'on sait tout de vous… »

Chez Ruc, et Lothar devant l'autel de Zeus à Pergame

Il fut un temps où, après une soirée à la Comédie-Française, on allait manger une gratinée à l'oignon chez *Ruc*, la célèbre brasserie située à l'angle de la rue Saint-Honoré. Désormais, sitôt le rideau tombé, ils sont de moins en moins nombreux à s'y rendre,

1. Expression jadis utilisée par les Han pour désigner l'acte sexuel.

car on peut difficilement s'accorder le temps de souper après un spectacle dès lors qu'on est un banlieusard.

C'est là, à deux pas du Louvre, que Georges attend Yvon depuis un quart d'heure. Alors qu'il se réjouissait à l'idée de prendre un café avec lui, il se demande ce qu'ils vont bien pouvoir se dire. Aussi, à présent qu'il l'aperçoit au milieu de la circulation, il en serait à presque regretter de lui avoir fait signe.

Les désillusions engendrent deux comportements types quand on retrouve une personne qu'on n'a pas vue depuis longtemps. Outre le degré d'intimité qu'on a avec elle, tout dépend des caractères. Certains raconteront leurs petits malheurs sans la moindre retenue. D'autres, en revanche, se garderont de s'épancher, soit pour ne pas accabler leur interlocuteur, soit parce que verbaliser ce qui leur est arrivé est un exercice trop difficile.

La lettre que Georges a adressée à Yvon pour lui proposer de reprendre contact est parvenue à l'*Hôtel des Arènes*, rue Monge, où Yvon travaille désormais comme réceptionniste.

Quand Yvon s'assoit, Georges se force à sourire. Il dit :

— Heureux de te voir ! Alors, comment ça va, depuis tout ce temps ?

Yvon scrute le visage de Georges.

— Les Jésuites font suivre le courrier…

— Tu as quitté la Compagnie ?

Une vingtaine de minutes plus tard, alors que Georges retourne à *France-Soir* et Yvon dans sa chambre de bonne sans eau courante, au dernier étage d'un immeuble de la rue Raymond-Losserand, dans le 14e arrondissement, ils sont aussi soulagés l'un que l'autre d'avoir pu parler de tout et de rien sans qu'il y ait eu entre eux la moindre question embarrassante.

Yvon n'aura pas osé demander à Georges s'il avait des nouvelles d'Emma. Et Georges, après avoir hésité, ne s'est pas senti de lui parler de l'accident dont la jeune femme a été victime.

Au même moment, à Neuilly, Jacques Servier sait exactement ce qu'il va demander aux deux personnes – un jeune et sémillant avocat et un vieil énarque spécialisé dans le social – qu'il a invitées à partager avec lui du saumon fumé sur des blinis et un clafoutis aux cerises.

Servier parle toujours avec componction et en chuchotant. Ses petits yeux bleus allant de l'un à l'autre de ses interlocuteurs, il dit :

— Messieurs, je suis certain que, l'un comme l'autre, vous avez entendu parler du régime des fondations aux Pays-Bas…

Le vieil énarque, qui a un sens aigu de la famille, ouvre des yeux ronds.

Au même moment, à Berlin, où le soleil a brillé toute la journée, l'avocat huguenot Lothar de Maizière a la désagréable impression de s'être fait refiler une patate chaude, à présent qu'il se trouve devant l'autel de Zeus, à Pergame, la pièce maîtresse du Pergamonmuseum, le musée le plus visité de Berlin. Un petit rituel auquel il s'adonne depuis l'adolescence quand il éprouve le besoin de se ressourcer ou qu'il a d'importantes décisions à prendre… Elles sont si nombreuses qu'avant cela Lothar, préoccupé, a manqué de trébucher sur le pont Monbijou, l'ouvrage de style pseudo-rococo permettant de franchir les eaux grisâtres de la Spree qu'on emprunte pour rejoindre le Bode-Museum, à la pointe de l'île aux Musées.

Cela ne fait pas encore trois semaines que ce démocrate-chrétien a été élu chef du gouvernement de la République démocratique allemande par la Volkskammer, la Chambre du peuple, que, déjà, chausse-trappes et difficultés en tous genres s'accumulent : adoption du mark, privatisations des entreprises zombies, apprentissage de la liberté par une population apeurée à force d'avoir été surveillée jour et nuit par la Stasi… pour laquelle tout le monde était plus ou moins obligé de travailler, de telle sorte qu'on ne plaisantait pas quand on disait qu'une moitié de la population de la RDA était occupée à surveiller l'autre.

Au pied des sublimes statues hellénistiques, fruits du pillage des archéologues prussiens, Lothar a l'impression de se heurter à un mur cent mille fois plus haut que celui qui séparait sa ville en deux : comment faire en sorte que ses concitoyens de l'Est, après les deux humiliations successives de la défaite des régimes nazi et communiste, se sentent des citoyens à part entière dans un ensemble où ils seront forcément dominés par ceux de l'Ouest ? Ce n'est pas demain la veille que le capitalisme s'effondrera, contrairement à ce roseau peint en fer qu'était devenu le communisme soviétique.

4.6

LE MERCREDI 3 OCTOBRE 1990

Le Siècle et ses futilités

Tandis qu'à Islamabad Présage et sa petite famille ont enfin obtenu, grâce à l'oncle d'Amérique, une autorisation d'entrée sur le territoire américain, à Paris, place de la Concorde, sur le seuil de l'Automobile-Club de France, Marceau Long, le vice-président du Conseil d'État, regarde, de son habituel air las, la file des participants au dîner de l'association Le Siècle, le cercle dont « tout ce qui compte en France paierait cher pour faire partie », comme cela se dit dans les dîners parisiens…

Cette assertion est d'autant plus fausse qu'on entre au Siècle uniquement par cooptation. Même si les mauvaises langues prétendent que l'appartenance à la franc-maçonnerie ou au Conseil d'État est un atout indéniable, il faut avoir été « repéré » comme « valeur prometteuse » par l'un des membres de son conseil d'administration… lequel est présidé par Long pour la deuxième fois.

Long n'était pas très chaud. Mais il était hors de question pour Georges Bérard-Quélin, le fondateur de l'association, de laisser s'affronter cet inspecteur général des finances, ayant pantouflé dans le privé, classé à droite et à qui la présidence de l'association devait normalement échoir, et ce trublion de haut magistrat à la Cour de cassation, classé très à gauche, qui, ô sacrilège ! allait se présenter contre ce dernier.

Le plus haut fonctionnaire de France est la pure incarnation de la « statue du Commandeur ». Énarque, sorti au Conseil d'État, directeur d'administration centrale à trente-cinq ans, président-directeur général de l'ORTF après l'éviction d'Arthur Conte par Georges Pompidou, secrétaire général du gouvernement – le plus haut poste opérationnel de l'administration française, où Long guida les premiers pas du gouvernement socialiste de Pierre Mauroy –, président d'Air Inter puis de la compagnie Air France, l'un des plus beaux fromages de la République, et enfin vice-président du Conseil d'État, le Graal de la noblesse d'État… Grand officier de la Légion d'honneur, Long fait partie de ces personnes auxquelles on ne connaît pas d'ennemis, du fait d'une extrême habileté – ou duplicité –, qui fait qu'elles semblent avoir été promues d'une façon naturelle, ce qui leur permet de dire qu'on est toujours venu les chercher… À croire qu'elles seraient dépourvues d'ambition ou qu'elles n'auraient jamais joué des coudes, à l'instar de tout un chacun de leur monde. Seule petite ombre au tableau de ce parcours mirobolant : Long n'aura pas réussi à se faire accueillir au sein de l'Académie des sciences morales et politiques.

Avant de devenir membre à part entière du Siècle, on commence par être « invité » à ses dîners, qui ont lieu chaque premier mercredi du mois. À l'issue de cette période probatoire, certains « invités » le demeurent, d'autres sont refusés. Le règlement de l'association prévoyant que tout membre non excusé à un dîner pour lequel il s'était inscrit peut être radié, l'assiduité est de rigueur… cela expliquant la longueur de la file d'attente où Long poireaute et qui n'avance que très lentement en raison de l'exiguïté de l'unique ascenseur permettant d'accéder aux étages, où sont répartis les participants au dîner. Avant cela, ceux-ci seront priés de se rendre à la table derrière laquelle les permanents de l'association leur communiqueront, moyennant la remise du chèque du repas – à moins que la somme n'ait été déjà réglée –, leur numéro de table et les noms de leurs sept commensaux, ainsi que la liste des invités et les informations les concernant, ces dernières se trouvant dans l'annuaire de l'association, remis à jour chaque année et dont la diffusion est protégée comme s'il était estampillé « secret-défense ».

Chaque table est dotée d'un président, lui-même appartenant ou ayant appartenu au conseil d'administration de l'association. Celui-ci est chargé de proposer un sujet de conversation, puis de donner la parole aux convives en faisant en sorte que tous les points de vue s'expriment avec la retenue qui sied, et enfin de jauger la façon dont les « invités » se comportent…

Les yeux globuleux de Long ayant découvert que les deux rivaux qu'il est censé avoir mis d'accord ont été placés à sa table, il se demande si Bérard-Quélin a cru bien faire ou s'il s'agit de pur cynisme de la part de ce franc-maçon revendiqué et ayant eu l'idée du Siècle, alors que la IVe République jetait ses derniers feux. Du coup, comme notre homme déteste les altercations, il se contente de décocher un grand sourire à tous ceux qui viennent le saluer, leur verre de whisky ou de porto à la main, car le dîner est toujours précédé d'un apéritif – assurément le moment le plus stratégique, parce que propice aux contacts et autres manœuvres entre membres.

Le vice-président du Conseil d'État craint donc le pire quand il s'assoit devant le petit carton à son nom, face à l'obélisque éclairé. En effet, la table du président se trouve dans la grande salle donnant sur la place de la Concorde, les trois quarts des participants au dîner n'ayant droit qu'au théâtre de l'Automobile-Club, un espace aveugle où on a l'impression d'être le passager d'un paquebot de croisière qui ne tanguerait pas ou d'attendre le lever de rideau d'un spectacle qui n'aura jamais lieu…

Long affiche une légère moue de contrariété. Car à peine le serveur a-t-il enlevé les assiettes, où une méchante tranche de saumon, mal fumé et agrémenté de deux ou trois baies d'un poivre rose immangeable, nageait dans l'huile, que les hostilités commencent entre l'inspecteur des finances et le haut magistrat au sujet des « noyaux durs », nom du dispositif mis en œuvre par Édouard Balladur – chargé des privatisations lors de la première cohabitation – et qui consista à remplacer l'État par des actionnaires privés – qualifiés de « stables » par la majorité d'alors et de « copains-coquins » par l'opposition socialo-communiste – dans le capital de certaines entreprises, dispositif ayant permis à leurs mandataires sociaux d'acquérir eux-mêmes des actions à des conditions particulièrement avantageuses.

On en est à des tranches de rosbif pratiquement crues, accompagnées d'une sauce madère n'en ayant que le nom, autour desquelles trois minuscules patates se battent en duel, et Long se mord les doigts de ne pas avoir mis un terme à l'affrontement entre les deux candidats, dont la passe d'armes continue de plus belle. Elle concerne à présent la récente transformation de France Télécom, jusque-là une simple administration, en établissement public à but lucratif[1], ce qui, aux yeux du gars de gauche, est le « début de la fin du service public à la française », et cela au grand dam des autres convives présents autour de la table, et en contradiction avec le règlement du Siècle, dont les membres sont invités à faire preuve de la plus « grande courtoisie ».

Assis à la droite du président du Siècle, Jean-Charles Naouri, devenu associé-gérant de la banque Rothschild, se garde bien de prendre parti. Il estime avoir mieux à faire. Forcément, quand

1. Par la loi du 2 juillet 1990.

on travaille pour des gens riches, dont certains ont fait fortune en quelques années, ça donne des idées. Le normalien-énarque-inspecteur des finances le sait déjà : il ne fera pas de vieux os dans la banque d'affaires, même si les salaires y sont plus que confortables, et malgré les ennuis judiciaires que lui vaut son rôle dans le raid sur la Société générale, qui lui rapporta un peu moins de 60 000 francs – une peccadille comparée aux sommes empochées par Georges Pébereau, l'initiateur de cette opération financière, et ceux qui l'accompagnaient : l'Américain George Soros et le Libanais Samir Traboulsi [1]. Depuis, Naouri s'est juré qu'on ne l'y reprendrait plus. Il fera fortune tout seul. Et pour cela, rien de tel que de mettre la main sur une « belle endormie » suffisamment endettée pour que ses actionnaires ne tordent pas le nez quand ils verront débarquer un sauveur potentiel. Naouri, à défaut d'avoir les poches profondes, connaît tout de l'effet de levier, ce mécanisme permettant de prendre le contrôle d'une grosse cible en investissant un minimum de cash grâce à une cascade de holdings – le système des « poulies bretonnes », comme l'a joliment baptisé Vincent Bolloré, lui-même étant devenu un as du système grâce à Antoine Bernheim, le puissant associé-gérant de la banque Lazard, grand faiseur de rois des affaires sur la place parisienne, ce qui lui vaut des relations orageuses avec Michel David-Weill, le grand patron de la mythique banque d'affaires franco-américaine. Ces « poulies bretonnes » ne fonctionnent que si on a le soutien des banques et, de ce côté-là, l'ancien dircab de Béré n'a aucun souci à se faire… Entre inspecteurs des finances…

Assis à la gauche du magistrat de gauche, un certain Jérôme Cahuzac écoute sagement la conversation. C'est le premier dîner du Siècle auquel participe ce jeune et brillant médecin chargé des industries de santé et du médicament au cabinet du ministre rocardien de la Santé, Claude Évin.

1. Jean-Charles Naouri bénéficiera à cet égard d'un non-lieu au mois de décembre 2002.

Aucun des deux jouteurs n'ayant cédé devant l'autre, Long cesse de fixer l'obélisque. Il déclare :

— Messieurs, je propose que nous changions de conversation. Y en a-t-il parmi vous qui ont vu l'exposition consacrée à James Ensor au Petit Palais ?

Au même moment, Georges achève de dîner en tête à tête avec Emma au *Mirabeau*, l'un des restaurants du cours du même nom, à Aix-en-Provence. Avant cela, ils ont passé une fois de plus l'après-midi à contempler la montagne Sainte-Victoire depuis le plateau de Bibémus. Emma a décidé d'abandonner ses études de médecine pour devenir avocate et se consacrer à la défense des victimes de la société. En attendant, elle n'a toujours pas remarqué que sa mère avait de plus en plus mauvaise mine.

4.7

LE LUNDI 15 OCTOBRE 1990

McDo en terre chinoise, et les Étoiles

À Shenzhen, la ville qui fait face à Hong Kong et aimerait bien rivaliser avec la colonie britannique, Radis Noir [1] a de quoi être satisfait, dans le canapé en skaï où il est affalé devant une imposante télé en couleurs, bière à la main et jambes écartées.

1. « Hei Laifu » en mandarin pinyin.

Avec un salaire bientôt multiplié par cinq, ce professeur de mathématiques de classe terminale, au physique plutôt avantageux sous des cheveux en brosse lui donnant des airs de policier ou de militaire en civil, pourra s'acheter un bel appartement… Autre chose que ce logement défraîchi dont il est locataire et qu'il partage avec sa femme – qui dirige le bureau de l'état civil de la mairie –, leur garçon de deux ans, surnommé Tim, et ses parents, venus de la campagne pour s'occuper de leur petit-fils.

Le matin même, Radis a reçu la lettre qu'il attendait sur des charbons ardents. En provenance du siège de McDonald's, à Oak Brook, dans l'Illinois, elle lui annonce que le géant du fast-food le charge de s'occuper de son implantation en Chine. Ce que notre homme ignore, c'est qu'il doit son nouveau job autant au processus de sélection – à coups de « QCM » et de jeux de rôles – auquel participaient une cinquantaine de candidats, tous anglophones, qu'à son épouse, l'état-major de la multinationale du hamburger ayant estimé que, du fait de la position de celle-ci, Radis serait bien placé pour l'aider à « traiter » avec les bureaucrates municipaux, dont beaucoup commencent à monnayer chèrement leurs coups de tampon.

La femme de Radis rentrant du travail, les bras chargés des courses pour le dîner, il lève son verre en direction de cette petite brune en tailleur bordeaux mal ajusté, coupe de cheveux au carré, l'air de savoir ce qu'elle veut.

— J'ai reçu la réponse de McDo ! Aux prochaines vacances du Nouvel An, on part tous à Macao !

L'épouse étant membre du Parti communiste, elle prend un air mi-figue, mi-raisin.

— Pour dépenser ce que tu auras gagné au casino…

— Une partie du salaire est payée en dollars !

Quand il prononce le nom de la monnaie américaine, on croirait que Radis parle du Messie. Posséder des dollars : c'est le rêve de nombreux Han. Tout est bon pour s'enrichir. À Shenzhen, ils sont près de dix mille à acheter et à vendre des actions, alors que cela fait à peine un mois que l'unique Bourse chinoise y a ouvert ses portes… Les Chinois ont toujours aimé jouer. Boursicoter est devenu le dernier hobby à la mode.

Au même moment, à Pékin, au bar de l'hôtel *Xi Mingji*, un luxueux établissement de style chinois traditionnel où descendent de nombreuses huiles du Parti quand elles viennent à la capitale, Rallié trouve que Taureau ressemble décidément à cet animal quand il va charger. Sous la lueur tamisée d'un lampadaire, ils sont assis dans des fauteuils en cuir, autour d'une table basse sur laquelle une serveuse de type caucasien, anneaux d'oreilles aussi grands que des bracelets d'enfant, aux longues jambes bronzées, celle de gauche surgissant de la fente de sa robe au gré de ses mouvements, a déposé une bouteille de Glenmorangie vingt ans d'âge et deux verres en cristal de Baccarat.

Taureau, qui s'est abstenu de la moindre allusion à la fameuse fiducie, tire nerveusement sur son cigare.

— Tu devrais dire à ton Premier ministre qu'avec ses lubies de planification économique il fait totalement fausse route… Si la population va mieux, c'est grâce au marché !

Gêné et anxieux à la fois, Rallié n'a pas cessé de regarder autour de lui, au cas où des oreilles indiscrètes traîneraient dans les parages. Il n'ignore pas que Deng joue de toute son influence pour bâillonner les partisans d'un retour au communisme pur et dur. Les ennemis de Li Peng prétendent que ce dernier serait sous leur influence, ce qui, au demeurant, est inexact. Rallié est bien placé pour le savoir, sa fonction lui permettant d'observer de près les louvoiements de son patron, qualifiés – uniquement en petit comité – par celui-ci de « nécessaire navigation en haute mer ».

À moins de deux kilomètres de là, dans un *hutong*, un de ces anciens quartiers de Pékin avec maisonnettes et ruelles considérés par les promoteurs comme insalubres – mais qui veut noyer son chien… –, l'adage « Qui se ressemble s'assemble » s'applique à merveille à Fleur et à Dune[1], une jeune femme au regard de braise, au visage émacié encadré par de longs cheveux teints en blond, professeure d'arts plastiques dans le secondaire et amie de longue date de Temple, grâce à qui Fleur a fait sa connaissance. Quand Fleur a dit au téléphone à cette militante de cœur du mouvement prodémocratie qu'elle n'avait aucune nouvelle de Temple, Dune l'a invitée à venir prendre un thé vert chez elle. Depuis, elles se voient régulièrement.

Fleur trouve un charme fou à cette maisonnette ouvrant sur une courette fleurie, remplie de bacs en bois où Dune fait pousser des tomates et de l'ail.

Cela fait une bonne heure que Dune raconte à Fleur comment sa grande sœur, Parfum de Renaissance[2], une artiste peintre qui avait appris le français et dont elle occupe désormais la maison qui lui servait d'atelier, a passé deux ans en prison au prétexte qu'elle fréquentait d'un peu trop près un diplomate français en poste à Pékin. Heureusement pour elle, sept ans plus tôt, elle a été autorisée à quitter la Chine pour la France, le Petit Timonier ayant « voulu faire plaisir au président Mitterrand », qui lui avait parlé du cas de Parfum.

Fleur ne connaissait pas cette histoire. Émue aux larmes, elle demande à Dune ce qui était exactement reproché à sa sœur.

— Parfum faisait partie du mouvement des « Étoiles » lancé par une poignée d'étudiants aux Beaux-Arts de Pékin à l'automne de 1979. Comme on leur avait interdit d'exposer leurs œuvres dans les locaux de l'école, ils l'ont fait devant ses grilles.

— Pourquoi les Étoiles ?

Dune sourit.

— Parce que, comme l'a écrit l'un des organisateurs : « Pendant la révolution culturelle, on n'avait pas le droit de parler d'étoiles, les étoiles, ça n'existait pas, il n'y avait que le soleil, la pensée du président Mao. »

1. « Shaqiu » en mandarin pinyin.
2. « Li Shuang » en mandarin pinyin.

Son regard tourné vers la courette, elle poursuit :

— Les Étoiles ont organisé deux autres expositions, cette fois à l'intérieur de l'école. Deng voulait faire plaisir à sa fille artiste. Puis elles se sont dispersées au moment de la campagne « Halte à la pollution des esprits[1] ». Certaines sont en France, d'autres à New York. Une étoile finit toujours par trouver le firmament où briller.

Dune montre à Fleur les lettres, nouées par un ruban rose, que sa sœur lui envoie plusieurs fois par an, et où elle lui parle de la diaspora des Étoiles… Celles qui brillent à Paris, comme Wang Keping, suivant en cela Huang Yong Ping, qui y demanda l'asile politique au cours de l'été 1989, à l'occasion de la mythique exposition « Les Magiciens de la Terre », à laquelle il avait été invité à participer. Celles qui illuminent les États-Unis, où a déjà pris la tangente un certain Ai Weiwei, dont le nom émerge déjà dans le milieu de l'art contemporain. D'autres membres du collectif, comme Ma Desheng, se sont installés en Suisse. Tandis que Huang Rui, son fondateur, s'est réfugié au Japon.

— Et toi, t'aurais pas envie de rejoindre ta sœur ?

Dune, les yeux brillants, désigne à la chimiste sa courette et ses pots de fleurs, entre lesquels son chat angora déambule nonchalamment, sa queue en forme de point d'interrogation, comme tous les chats qui se respectent lorsqu'ils arpentent leur territoire.

— Je suis trop bien dans ce havre de paix, à l'écart du fracas du monde. Et toi, tu partirais d'ici ?

Fleur se raidit. Puis, défiant l'animal du regard, elle dit :

— Si je dois un jour quitter ce pays, ce sera avec Temple !

1. Lancée par Deng Xiaoping au début de 1982.

4.8

LE VENDREDI 15 FÉVRIER 1991

La joie des Sackler, et la satisfaction chez McDo

Dans une maison de style victorien dotée d'une vue imprenable sur l'océan Atlantique, au nord de Long Island, Raymond et Mortimer David Sackler ont débouché une bouteille de Dom Pérignon 1961, l'un des meilleurs millésimes de ce champagne mythique. Si l'on en croit les bruits de couloir de la Food and Drug Administration (FDA) – le tout-puissant gendarme américain du médicament –, où les deux frères ont des « taupes », l'oxycodone, puissant opioïde antidouleur issu de leur recherche, est sûr d'obtenir son autorisation de mise sur le marché. Pour assurer à ce médicament le plus grand succès commercial possible, les Sackler ont pris le parti de « repeindre » la façade du vieux laboratoire pharmaceutique Purdue Frederick, acquis par eux en 1952 et à la réputation vieillotte, en « Purdue Pharma L.P. », censée être « la firme pionnière dans le développement des médicaments destinés à réduire la douleur, l'une des principales causes de la souffrance humaine ».

Les deux hommes sont immensément riches, mais pas encore couverts d'honneurs. Sur les conseils de leur frère aîné Arthur, décédé en 1987 – surnommé « le Médicis moderne » en raison de ses nombreux dons aux universités Harvard, Cornell, Tufts, Oxford, ainsi qu'à divers musées, parmi lesquels la Tate, à Londres, le Louvre et la National Gallery of Art de Washington –, ils comptent eux aussi devenir de grands mécènes grâce aux profits de leur opioïde miracle, façon pour eux, comme l'expliquait benoîtement leur aîné, de « recycler de l'argent pas toujours bien gagné en actions de bienfaisance »... Et surtout d'avoir leur nom à jamais gravé dans le marbre d'institutions prestigieuses.

Mortimer, le plus âgé des deux frères, après avoir apposé sa griffe sur chacune des trente pages des nouveaux statuts et de la nouvelle dénomination de Purdue, signe la dernière d'un geste de matador portant l'estocade.

— Bientôt, c'est à nous que les gens de chez Roche viendront lécher la main en courant !

Dans le petit milieu de la pharma mondiale, on reste marqué par les 3 milliards de dollars que le géant de la pharmacie bâlois accepta de verser, au mois de décembre précédent, pour acquérir un peu moins de 60 % des actions de Genentech, une firme américaine pionnière dans les biotechnologies. La financiarisation du médicament est en marche.

Alors que Raymond signe à son tour, à mille sept cents kilomètres à l'est des Hamptons, au siège de la multinationale McDonald's, le vice-président international du géant du hamburger brandit, l'air triomphant, devant les autres membres du comité de direction, un fax de Radis Noir. La veille, avec deux mille deux cent trois burgers servis, dont neuf cent soixante-cinq consommés sur place, le compteur du restaurant de Shenzhen a explosé.

Ce gros rouquin – visage couperosé entre des rouflaquettes, chemise blanche avec bretelles et nœud papillon – déclare à ses troupes :

— Notre expansion est le signe de la supériorité des démocraties occidentales sur les dictatures. Je ne donne pas dix ans à la Chine pour virer au capitalisme, et aux Chinois pour f… en l'air leurs dirigeants pathétiques !

Malgré ses airs de général vainqueur, cet homme sait déjà ce que lui dira le grand patron de la multinationale du fast-food quand il sera allé lui montrer le fax, dans son immense bureau tout au bout du couloir. Ce sera à coup sûr du style : « John, ici, on se fiche pas mal de savoir ce que deviendra le régime chinois. En revanche, j'attacherai le plus grand prix à recevoir ton business plan du développement de notre marque en Chine que tu m'avais promis pour hier ! »

Pure coïncidence, au même moment, à mille cinq cents kilomètres au sud-est de Chicago, à Princeton, dans le quartier Montgomery, c'est précisément dans un McDo que l'oncle de Présage et Nancy, sa femme, ont emmené déjeuner leur neveu, ainsi que Forêt et Jolie, la petite ayant tenu à prendre place entre les deux hommes.

Le professeur de physique des hautes énergies et son neveu se ressemblent. Mêmes traits et même gabarit, en revanche des cheveux blancs pour oncle Jimmy.

Jolie a tout de suite adoré cet homme, qu'elle a baptisé « Tonton des Étoiles » depuis le jour où il lui expliqua que son travail consistait à avoir « la tête dans les étoiles ». Jolie s'entend également très bien avec Nancy, professeure de piano et originaire de Phoenix, où son frère dirige une école privée fondée par leur père. Oncle Jimmy et sa femme n'ont pas eu d'enfants et ils sont aux petits soins pour Jolie.

Mais ce n'est évidemment pas la seule raison pour laquelle la fille de Forêt se plaît tant dans la célèbre ville universitaire du New Jersey, après tous ces mois passés dans cet immeuble de Karachi, voisin du consulat américain, où sont parqués, dans l'attente de leurs papiers, les ressortissants chinois demandeurs de l'asile politique aux États-Unis.

Quand on découvre au mois de septembre, en plein été indien, le centre-ville de Princeton, demeuré immuable depuis sa construction par des immigrés irlandais au début du XIXe siècle, on ne peut qu'être émerveillé par la symphonie des feuilles des érables, qui vont du jaune paille au rouge sang, combinées à celles, demeurées vertes, des chênes et des micocouliers, qui sert de décor à ses adorables demeures à colombages de style victorien, certaines de style alsacien.

Ce jour-là, Jolie était la plante qui retrouve enfin le soleil devant ces pelouses impeccablement tondues, ces maisons colorées, des vraies maisons de poupée quand on les voit de loin, ces trottoirs où on mangerait par terre, ces voitures fuselées, ces immenses pick-up aux chromes aussi rutilants que ceux du camion d'Ayan Chour, et de temps à autre ces véhicules de collection avec leurs capots longs comme un jour de pluie et leurs pneus à bande blanche.

L'enfant aime aussi les intérieurs kitsch de la *middle class*, avec leurs postes de télé immenses allumés toute la journée, leurs canapés à chiens, ces derniers toilettés comme des princesses, leurs réfrigérateurs aussi grands qu'une petite bagnole et où il y a à manger pour dix-huit, comme chez Nancy et Tonton des Étoiles. Et cette dinde, partagée avec les voisins lors de Thanksgiving, Jolie n'en croyait pas ses yeux tellement elle était énorme ! Et pas plus tard que la veille, alors que la télé montrait les images du concours de Mini Miss Texas, elle se serait bien vue à la place de ces petites filles, cheveux blond platine bouclés au fer et habillées comme des actrices de Hollywood, défilant tels des mannequins devant un public applaudissant à tout rompre.

Du train où vont les choses, nul doute qu'il suffira de quelques mois à Jolie, qui arrive déjà à se faire comprendre de Nancy, pour parler couramment l'américain.

— Dis, Tonton des Étoiles, je peux avoir la même chose que la dernière fois ?

Oncle Jimmy prend le menu.

— Ma chérie, la dernière fois, tu as pris le « menu classique ». Il me semble que tu l'avais demandé sans oignons !

— Cette fois, je voudrais plein d'oignons.

Après avoir dit cela, Jolie colle sa tête contre le bras d'oncle Jimmy, lequel se tourne alors vers son neveu.

— Qu'as-tu choisi, Présage ?

La main sur l'estomac, celui-ci ne peut s'empêcher de grimacer d'écœurement.

— Oncle Jimmy, si tu permets, je préfère m'abstenir…

Il n'y a pas qu'avec le fast-food que Présage a du mal. Depuis son arrivée, il supporte mal le gigantisme des portions de pizza, ou celles de *chili con carne* ou de *spare ribs*, que l'épouse de son oncle confectionne à merveille. Tout est « *too much* », trop gras et trop sucré, à croire qu'un Américain, contrairement à un Han, ne considère pas la nourriture comme un précurseur de médicament, voire un médicament à part entière. Il y a aussi l'écart entre les riches et les pauvres et celui entre WASP [1] et gens de couleur, mais également le montant des frais d'assurance pour la santé, celui des loyers – son oncle laisse pour celui de leur maison plus du tiers de son confortable salaire –, sans compter les frais de scolarité des étudiants, à commencer par ceux de l'université de Princeton, qui s'élèvent à plus de 50 000 dollars par an. Mais aussi les voitures, bien trop grandes pour l'usage qu'en font ceux qui les utilisent, les centres commerciaux, où l'offre de biens est si abondante que ça donne le tournis, à peine y est-on entré… Aux États-Unis, il vaut mieux faire partie de la classe aisée… mais en Chine, ne vaut-il pas mieux appartenir au Parti communiste ?

Mis à part cette similitude, Présage a l'impression d'être assis sur un strapontin, car il n'a, pour seuls papiers, qu'une carte provisoire délivrée par les services de l'immigration. Elle atteste qu'ils sont arrivés sur le sol américain après avoir quitté la Chine pour des raisons politiques, mais ne leur donne pas la possibilité d'avoir un travail déclaré. Pour cela, il faut la *green card*, ce permis de travail dont rêvent tous les immigrants, le sésame nécessaire pour obtenir la nationalité américaine.

Et puis, cela fait si longtemps que Présage n'a pas joué d'accordéon et fait danser les autres… Mais comme il a les nerfs à fleur de peau, il aura suffi qu'oncle Jimmy lui propose de lui en acheter un pour qu'il se cabre – « Je ne suis plus un enfant, mon oncle ! » –, sans toutefois aller jusqu'à avouer que cela lui pèse d'être à sa charge.

1. White Anglo-Saxon Protestant : littéralement, les Blancs d'origine anglo-saxonne et protestants. La minorité dominante du pays.

On ne refait jamais sa vie ; quand on émigre, on la poursuit de façon différente et dans des conditions le plus souvent extrêmement difficiles, ce qui suppose énormément de courage… Et mieux vaut pour cela être accompagné que seul.

Or certains jours Présage se demande si Forêt et lui-même continuent de former un couple. Depuis qu'ils sont exilés, la maman de Jolie se montre de plus en plus taciturne. Présage n'arrive plus à communiquer avec elle et, au lit, Forêt lui tourne systématiquement le dos quand il essaie de l'enlacer. Ils n'ont pas fait l'amour depuis Kunming.

Et il n'y a pas qu'avec Présage que Forêt se montre fermée. Elle peine de plus en plus à donner le change à Jolie.

D'ailleurs, cela fait un petit moment qu'elle paraît à celle-ci totalement absente. D'où les petits signes d'agacement montrés par la fillette, dont la mère vient de répondre, le regard dans le vague, à Tonton des Étoiles, qu'elle n'avait pas faim.

Jolie fixe les yeux sur sa mère.

— Maman, pourquoi t'es jamais contente ?

4.9

LE LUNDI 18 NOVEMBRE 1991

Vladimir Vladimirovitch

Dans un jour, cela fera trois mois que Mikhaïl Gorbatchev, alors en vacances en Crimée, manqua d'être renversé par les tenants de la ligne dure et que Boris Eltsine, alors président de la Russie, mit fin à ce putsch en haranguant les mutins du haut d'un char militaire devant le Parlement de Russie.

Depuis, l'ancien Numéro Un soviétique a dû faire ses valises et Eltsine occupe désormais le bureau présidentiel, une pièce « plus kitsch tu meurs ! », avec ses boiseries sans aucun charme – semblables à de vulgaires portes de placard d'appartement bourgeois –, ses rideaux à festons et ses meubles de grand-mère.

Assis derrière la petite table perpendiculaire à son bureau, le président de la fédération de Russie est toujours aussi bouffi et ses yeux sont profondément enfoncés dans l'édredon formé par son visage. Face à lui, le ministre des Privatisations, Anatoli Tchoubaïs, est dans ses petits souliers. Les caisses de l'État étant vides, Tchoubaïs, qui travailla comme conseiller économique auprès d'Anatoli Sobtchak – le maire de Saint-Pétersbourg –, est chargé de privatiser des pans entiers d'une économie gangrenée par la corruption et l'absence de responsabilité de ses opérateurs. Cela pourrait faire de lui une cible à abattre pour ceux qui estimeraient ne pas avoir la part de gâteau à laquelle ils ont droit, et dont un grand nombre ont accès à Eltsine. Ce dernier a d'ailleurs déjà fait valser plusieurs de ses ministres, y compris lorsqu'il les avait nommés peu de temps auparavant. Ce qui est le cas de Tchoubaïs, en poste depuis à peine dix jours et dont il se murmure qu'il est sur la sellette.

Eltsine se lève, puis il se rend devant une photo du tsar Nicolas II entouré de sa femme et de ses enfants, prise quelques mois avant la révolution d'Octobre.

— Anatoli Borissovitch, tu es confirmé ! Je compte sur toi pour éviter tous les passe-droits. On ne joue pas avec les biens et l'argent du peuple russe.

Tchoubaïs sorti, Eltsine ouvre l'un des tiroirs de son bureau. Il en extrait une flasque de vodka, dont il plaque le goulot contre ses lèvres. Ce manège, qu'il doit exécuter toutes les deux heures sans quoi il s'effondrerait, est un secret de Polichinelle pour ses secrétaires, qui ont pour consigne d'éviter de faire à ce moment-là irruption chez le patron, comme celle qui continue à attendre sagement derrière la porte de son bureau.

Le temps pour Eltsine de s'essuyer la bouche, Tchoubaïs s'est déjà précipité, aux anges, dans le « bureau de passage des ministres », une pièce de dimensions modestes située tout au bout de l'interminable couloir menant au bureau présidentiel – au Kremlin, il fallait beaucoup marcher avant d'accéder au tsar – et dont les seuls meubles sont une table et trois chaises. L'endroit est également pourvu d'une photocopieuse ultramoderne de la marque américaine Xerox, ainsi que d'une batterie de fax et de téléphones.

Tchoubaïs compose un numéro et dit :

— Bonjour, c'est Tchoubaïs. Vous pourriez me passer Vladimir Vladimirovitch ?

Quelques secondes après, il poursuit, cette fois en s'esclaffant :

— Je suis confirmé.

Puis il dit :

— Oui, toujours aussi bourré. Et le tien, il continue d'accepter des enveloppes, même quand elles sont peu épaisses ?

À l'autre bout du fil, dans son bureau de la mairie de Saint-Pétersbourg, Vladimir Poutine n'est pas aussi rigolard que le ministre des Privatisations.

De petite taille et le regard bleu acéré, Poutine est devenu l'homme à tout faire du maire de la deuxième ville de Russie. Ancien officier traitant du KGB dans l'ex-Allemagne de l'Est, il est bien placé pour savoir que le téléphone d'où parle Tchoubaïs est sur écoutes. Même s'il est peu probable que, étant donné le bordel ambiant, leur conversation puisse être exploitée, on n'est jamais assez prudent. À Dresde, ce spécialiste du *kompromat* avait l'art de détourner les conversations et d'éluder les questions gênantes. Après la chute du mur, il n'hésita pas à brûler les archives du bureau du KGB en RDA – dont le patron, un certain Werner Grossmann, s'était mis aux abonnés absents – de peur que tous ces documents compromettants tombent entre les mains de la CIA.

Sur un ton badin, il demande :

— Quel temps as-tu à Moscou ?

— Soleil ! Mais maintenant que je suis confirmé, je vais m'attaquer aux choses sérieuses. Je vais commencer par les mines de gaz et le médicament. Le pétrole attendra. Même si j'en connais qui trépignent.

Vladimir Vladimirovitch grimace. Ce système des « emprunts contre coupons », dont tout le monde se gargarise, ne lui dit rien qui vaille. Sur le papier, le mécanisme semble vertueux : une banque prête de l'argent à une entreprise, et, dans le cas où celle-ci n'a pas les moyens de la rembourser, la banque échange sa créance contre une participation au capital de ladite boîte… Poutine, même s'il ne connaît pas grand-chose à la finance, ne peut s'empêcher d'y voir le début d'une grande braderie des bijoux de famille de l'État russe, surtout quand ces banques ont pour nom Goldman Sachs et autres Lehman Brothers, celles-là mêmes qui ont présenté aux équipes d'Eltsine les « emprunts contre coupons » comme une martingale infaillible.

Tchoubaïs, inutile de le préciser, n'a pas les préventions de Poutine. Le premier ayant demandé de passer le bonjour de sa part à Sobtchak, le second raccroche en soupirant.

Dix-huit mois plut tôt, Vladimir Vladimirovitch faisait partie des « radioactifs » – ces espions du KGB rapatriés dare-dare à Moscou pour éviter qu'ils deviennent des cibles pour la CIA – avant d'être recasé comme « conseiller aux relations internationales » auprès du recteur de l'université de Leningrad, le juriste Anatoli Sobtchak, dont il avait été l'élève une quinzaine d'années plus tôt. Une fois élu maire de Saint-Pétersbourg, c'est tout naturellement que Sobtchak avait emmené avec lui dans ses bagages ce bourreau de travail, premier arrivé le matin et dernier parti le soir, d'une discrétion absolue et sachant demeurer muet comme une tombe si nécessaire, avec ça le père de deux petites filles, l'époux modèle, qu'on n'a jamais vu boire la moindre goutte d'alcool, ni, *a fortiori*, entretenir une maîtresse.

C'est ainsi que ce collaborateur idéal est vite devenu l'éminence grise du maire de Saint-Pétersbourg…

… le même qui fait irruption dans le modeste bureau occupé par Poutine, situé à l'étage au-dessus du sien, gigantesque et pompeux à souhait, avec quantité de fresques célébrant la condition ouvrière et la résistance de la population de Leningrad lors du siège de la ville par l'armée de Hitler.

Sobtchak a beau être un fin juriste, il a une conception du respect de la loi pour le moins élastique.

À présent, il s'assoit sur un coin du bureau de Vladimir Poutine.

— Vladimir Vladimirovitch, as-tu regardé le dossier que je t'ai fait passer hier soir ?

— Bien sûr, monsieur le maire. Cette entreprise de nettoyage n'a pas bonne réputation. Je me suis renseigné, elle ne dispose pas des machines adéquates pour nettoyer les ponts.

Poutine a l'habitude. Avec Sobtchak, il faut couper court de la façon la plus anodine possible. Quelques phrases de son conseiller vont d'ailleurs suffire au maire pour comprendre que ce n'est pas avec ce genre de contrat que Lioudmila Naroussova, sa seconde épouse, une blonde éclatante de quinze ans plus jeune que lui, aura la *datcha* sur les bords de la mer Noire dont elle rêve.

Sobtchak reparti, d'un pas lourd et les épaules un peu plus voûtées, Poutine commence à ranger ses dossiers. Il a promis qu'il rentrerait tôt, à sa Lioudmila à lui, dont c'est l'anniversaire.

Il sourit en refermant à clé ses tiroirs et ses armoires blindées.

Servir de rempart : pas toujours évident avec Sobtchak, encore que… Mais avec Eltsine, c'est sûrement une autre paire de manches !

4.10

LE DIMANCHE 12 AVRIL 1992

Mickey des deux côtés de l'Atlantique

À Marne-la-Vallée, le couple Pierrick et Florence F., précédé de Raoul, leur petit dernier, cinq ans, et de Christian, leur aîné, onze ans, contemple le château de la Belle au bois dormant du parc Euro Disneyland depuis le rond-point, décoré de fleurs en plastique piquées dans des granulés peints en vert, qu'il suffit de contourner pour arriver devant le pont qui permet de franchir les douves. Leur cadet s'est amusé comme un fou. Grand amateur de dessins animés, il a couru en écartant les bras et en suivant une sinusoïde imaginaire comme s'il planait, riant à gorge déployée, dans l'allée centrale bordée de maisons semblables à celles qu'on voit dans les westerns. Pierrick est poseur de lignes à EDF. Florence est visiteuse médicale chez Servier, où elle couvre l'ouest de la région parisienne. Elle ne passe pas inaperçue, avec sa minijupe en cuir noir sous un cardigan rose très ajusté et ses cuissardes à la Francis Lalanne. C'est à elle que son mari et ses deux fils doivent leur présence dans le parc d'attractions. Le laboratoire Servier a invité à Euro Disney cinquante médecins généralistes triés sur le volet, ainsi que leurs conjoints ou conjointes. Les provinciaux sont logés depuis la veille à l'hôtel *Hilton* de Paris. Le soir, tout ce beau monde dînera au restaurant *Taillevent*, dans le 8e arrondissement, que le laboratoire a privatisé pour l'occasion. Florence est chargée de les attendre à la sortie du parc, puis de les faire monter à 18 h 30 précises, soit dans moins d'une heure et demie, dans l'autocar spécialement affrété par le laboratoire.

Tandis que l'aîné des F. répugne à saisir la main que lui tend une Minnie et que son cadet s'est jeté dans les bras ouverts d'un Dingo, dans le sud-ouest de la Floride il est 10 heures du matin. Jolie, à qui il manque trois incisives, dont celles du milieu, caresse timidement le béret pelucheux d'un Donald qui tend aux visiteurs une corbeille remplie de badges à son effigie tout en tortillant du croupion.

C'est Nancy Wu qui a eu l'idée d'emmener la fillette au « Magic Kingdom » d'Orlando, persuadée que la petite adorerait l'univers Disney. Et elle ne s'est pas trompée : Jolie ne sait plus où donner de la tête, dans ce parc d'attractions qui a reçu près de cent millions de visiteurs depuis son ouverture au mois de novembre 1971.

Vingt ans après est venu le tour d'Euro Disney, dont nul ne sait, au sein de l'état-major de la multinationale du dessin animé, s'il rencontrera le même succès.

La veille, trois mille VIP ont parcouru ses allées fraîchement bétonnées à l'invitation de la BNP, chef de file du pool bancaire qui finança la construction du plus vaste parc d'attractions d'Europe.

Tandis que Raoul entraîne sa mère vers le château fort aux murs roses, au toit violet en forme de chapeau de magicien, aux meurtrières violettes et aux tuiles vernissées bleu argenté, devant la porte donnant accès aux hangars où sont garés les chars de la parade nocturne, Michael Eisner, le *big boss* de Disney, assiste aux premiers pas du public en compagnie de Robert Fitzpatrick, venu du monde des musées et qu'Eisner est bizarrement allé chercher pour diriger le parc d'attractions. Marié à une Française, Bob parle, il est vrai, couramment la langue de Molière.

Eisner est contrarié. Cela se voit à sa moue, qui accentue ses traits de catcheur. La parade de la veille ne s'est pas déroulée comme le souhaitait ce patron tyrannique, réputé pour ses coups de sang : le premier char, celui de Peter Pan, est tombé en panne au bout de dix minutes, bloquant le reste de la parade, tandis qu'une partie des danseurs se trompaient dans leur chorégraphie. À l'issue du spectacle, Eisner a pris Bob entre quat'z-yeux.

« Disney, c'est pas un musée ! » qu'il lui a assené. Chez Donald et Dingo, ça ne plaisante pas, même si on est là pour enchanter et faire rire son prochain.

Invité par Eisner, Chirac s'est fait porter pâle. « Pas de temps à perdre », a-t-il dit à Bernadette. C'est pourtant lui qui, à Matignon, signa avec Disney la fameuse convention du 24 mars 1987 relative à la création du parc. Préparé par le gouvernement Fabius, le document prévoyait les nombreuses exonérations fiscales et autres dérogations au code de l'urbanisme et du travail que l'État français dut consentir à la multinationale du divertissement pour qu'elle n'aille pas s'installer ailleurs. *Panem et circenses* [1] : avec Euro Disneyland, reste à fournir le pain aux Européens.

Vers 18 h 15, Eisner n'a pas fini de parcourir incognito les allées du parc tandis que les parents d'Emma se dirigent vers la sortie. Annick B. est à bout de forces. Elle serait volontiers restée au *Hilton*. Mais son époux a insisté pour qu'elle l'accompagne. Le père d'Emma n'a aucune idée de ce qui se trame à l'intérieur de la cage thoracique de sa femme.

Dans le car qui traverse Paris, les passagers ont trouvé sur leur siège un tee-shirt à l'effigie de Mickey Mouse, un mug décoré du château de la Belle au bois dormant, ainsi qu'une trousse de produits de beauté, homme ou femme. Annick B., qui a ouvert la sienne, a découvert le prospectus, glissé par Florence F., au milieu de produits de marque, vantant les propriétés amaigrissantes de l'Isoméride.

Elle se tourne vers son époux.

— Je me demande si je fais bien de prendre ce truc…

— Pourquoi dis-tu ça ?

— J'en sais trop rien !

Une heure et demie plus tard, tandis que le couple B. rejoint la file indienne des invités de Servier qui s'étire sur le trottoir

1. « Du pain et des jeux ».

de la rue Lamennais, devant l'entrée de *Taillevent* où se tient le patron de ce restaurant trois étoiles au *Michelin*, à Orlando, Jolie désigne du doigt à la serveuse d'un Wendy's le « combo », un hamburger accompagné d'une ration de frites et d'une boisson gazeuse, figurant sur le menu plastifié du restaurant.

Tout le monde a commandé, sauf Forêt, à qui Jimmy fait la remarque. La mère de Jolie n'est pas plus en forme à Orlando qu'à Princeton.

Ce n'est pas que Forêt déteste les États-Unis. Si elle ne cherche pas à comprendre les Américains, c'est qu'elle n'en a pas la force. Elle n'a plus goût à grand-chose, comme si les petits bonheurs de la vie glissaient désormais sur elle telle l'eau sur les plumes d'un canard.

Mais elle ne veut pas faire de peine à oncle Jimmy, cet homme si conforme à l'image qu'elle s'en faisait, et si gentil avec sa fille. Alors, elle se force à sourire et dit :

— Un milk-shake à la framboise sera très bien…

4.11

LE SAMEDI 23 JANVIER 1993

Une belle allemande

À Pékin, où il gèle à pierre fendre en ce premier jour de l'année du Coq d'Eau – un volatile réputé pour son ardeur au travail et son aisance à l'oral –, Battante guette à la fenêtre l'arrivée de son chéri, car elle ne veut surtout pas être en retard au dîner du

Nouvel An du Comité olympique que doit présider le ministre des Sports. Elle n'en revient pas : c'est bien Rallié qui sort de ce coupé 300 Mercedes venu se garer avec lenteur sur l'un des emplacements du parking de la résidence ! Ce genre de véhicule demeure une rareté à Pékin, les autorités contingentant strictement l'importation des voitures étrangères de luxe ; et le chef de cabinet de Li Peng utilise comme tout le monde les transports en commun.

Notre ex-championne continue à ouvrir des yeux grands comme des soucoupes quand elle voit Rallié actionner un bip pour verrouiller les portes de la Mercedes, dont les feux de position se mettent à clignoter…

Une minute après, au moment où il sort de l'ascenseur, c'est une Battante au regard inquisiteur qui l'attend de pied ferme sur le pas de la porte de l'appartement, dans la belle robe en velours bleu roi qu'elle s'est achetée pour l'occasion.

— Comment t'as pu te payer ça ?

Le chef de cabinet affiche un sourire de façade, alors que sa compagne semble vouloir l'empêcher d'entrer.

— T'inquiète ! D'abord, elle est pas à moi…

— Ne me dis pas que tu as accepté de bénéficier d'un traitement de faveur !

Agacé, Rallié s'engouffre dans l'appartement, ce qui a contraint l'ex-championne à s'écarter.

— Devenir riche est une gloire… Ce n'est pas moi qui le dis, mais le camarade Deng[1] !

L'épicier, le Premier ministre, et monsieur le curé

À Paris, aux alentours de midi, à quelques encablures de l'Assemblée nationale, dans une supérette du très chic 7ᵉ arrondissement, deux mondes se font face devant les boîtes de petits pois, les paquets de lessive et de café lyophilisé.

1. Allusion au discours de Deng, prononcé à Shenzhen, au cours duquel il avait dit : « Il est glorieux de devenir riche. »

D'un côté, le Premier ministre Pierre Bérégovoy, de l'autre, Antoine Guichard, le patron du groupe Casino, auquel appartient la supérette et dont la famille demeure le principal actionnaire, mais que son endettement a amené à s'allier avec le distributeur Rallye, dont l'actionnaire de contrôle n'est autre que Jean-Charles Naouri, entré au capital de ce distributeur au bord de la faillite avec l'appui du Crédit agricole et du Crédit lyonnais.

Naouri est à l'origine de cette rencontre improbable entre le grand capitaine du commerce et l'ancien ajusteur fraiseur – l'héritier comblé et le Petit Chose. Il s'agit pour l'ancien inspecteur des finances de prouver son entregent à Guichard, lui-même peu familier du personnel politique, à l'exception de celui de la Loire et de Saint-Étienne, berceau de ce géant de la distribution. Béré, de son côté, n'est pas mécontent de rencontrer un patron à la réputation moins sulfureuse que celle de Bernard Tapie, avec qui il n'a aucun atome crochu, et qui, à son grand dam, a fait son retour un mois auparavant au gouvernement, car il demeure dans les petits papiers de Raminagrobis.

Béré doit prendre congé.

— Le devoir m'appelle, dit-il, en le pensant réellement.

De son côté, Guichard est pleinement satisfait. Très Onassis derrière ses grosses lunettes en écaille, il a profité de cette rencontre pour se plaindre des lourdeurs administratives engendrées par la loi Royer, « une loi à l'origine de l'inflation » et empêchant les distributeurs de s'implanter « au plus près de leurs clients ». Quant à Naouri, demeuré légèrement en retrait, tel l'entomologiste observant la rencontre entre deux insectes en provenance de deux biotopes différents, il est aux anges.

Au même moment, en Provence, Emma et Georges sortent de l'église de Venelles sous une pluie de grains de riz. Ils ne sont pas destinés à eux, mais au premier adjoint du village et à sa jeune épouse, dont le mariage vient d'être célébré par monsieur le curé. La cérémonie est filmée au caméscope par le père d'Emma, membre du conseil municipal depuis les dernières élections municipales et désormais à la retraite.

Tout le monde est sorti, sauf Annick B., demeurée assise sur son banc après avoir senti ses jambes se dérober sous elle quand elle avait tenté de se lever.

Sort alors de la sacristie monsieur le curé, vêtu de son sempiternel costume élimé et constellé de taches, la soixantaine bien tassée, de ce fait trop jeune pour avoir connu l'Église d'avant le concile Vatican II, avec ça dévoué corps et âme à son apostolat et déplorant l'érosion des fidèles, sans pour autant, et pour cause, être capable de se l'expliquer. Découvrant Annick B. prostrée sur son banc, il vient lui tapoter l'épaule.

— Ma fille, on dirait que ça ne va pas…

— En effet, monsieur l'abbé !

Le curé a toujours pensé qu'Annick B. ferait une excellente dame catéchiste. Il dit :

— Sachez que le Seigneur guérit toutes les âmes de bonne volonté ! Il suffit pour cela de prier.

— Il ne s'agit pas de mon âme, monsieur l'abbé, mais bien de mes malheureux poumons.

Puis Annick B., qui avait le souffle rauque, s'écroule du côté gauche, celui du cœur.

Vajra Phurba

Trois quarts d'heure plus tard, alors qu'un médecin du SAMU d'Aix-en-Provence perfuse Annick B., à Princeton, où il fait grand beau, Présage regarde passer les voitures depuis le perron de la maison d'oncle Jimmy, sur lequel il est assis.

Il n'a pas grand-chose à faire de ses journées, à part, façon d'améliorer son anglais et dans l'espoir d'obtenir la fameuse *green card*, lire en diagonale le *New York Times*, qu'un livreur dépose tous les matins sur ce perron, tondre la pelouse, arroser les massifs d'hortensias de Nancy ou encore verser le riz dans l'autocuiseur.

Depuis deux jours, il apprend à Jolie à jongler avec trois balles quand celle-ci revient de l'école, où elle fait l'admiration de l'institutrice. Cette inaction et le sentiment d'inutilité qu'elle engendre, ajoutés au calme du quartier pendant la journée, pèsent de plus en plus sur le moral de notre accordéoniste, même si Jimmy et Nancy ont largement de quoi loger trois personnes de plus et qu'ils font tout pour le mettre à l'aise. C'en est au point qu'il se demande s'il a bien fait de s'exiler aux États-Unis, sachant qu'oncle Jimmy a attendu huit ans avant d'obtenir sa *green card*, alors qu'il enseigne dans l'une des plus prestigieuses universités du pays.

C'est tout cela que Présage ressasse, quand un bruit de moteur vient capter son attention, puis son regard.

Il croit rêver en découvrant un vieux pick-up vert olive de la marque Chevrolet, très années 1960, garé sur le trottoir d'en face. Cette impression de décalage avec la réalité s'exacerbe à présent que sort de ce véhicule tout droit venu d'un film d'Alfred Hitchcock un individu vêtu d'une toge rouge foncé, une écharpe jaune autour du cou.

Les Han constituant plus de 95 % de la population de la Chine, ils ont tendance à considérer comme quantité négligeable les autres ethnies du pays. Présage ne s'était jamais préoccupé du sort des Tibétains, que la propagande officielle présente comme les victimes d'un système moyenâgeux contre lequel le régime communiste ne cesse de lutter, jusqu'au moment où il prit conscience de l'oppression subie par ce peuple après une conversation avec deux lamas qui faisaient partie du public de l'un de ses concerts au parc de l'Amitié.

C'est alors que Jolie arrive en courant.

Il est un âge où les enfants semblent grandir plus qu'à un autre. C'est le cas de la fille de Forêt, qui a pris une dizaine de centimètres en un an. Cela lui confère cet aspect gracile et ce charme étrange, qui n'est plus celui d'une enfant mais pas encore celui d'une adulte, qu'ont les filles dont le corps s'est un peu trop allongé et auquel il ne reste plus qu'à s'étoffer pour devenir celui d'une superbe adolescente.

Après avoir tout vu de la scène, alors qu'elle jouait un peu plus loin à la marelle sur le trottoir, elle a hâte d'en savoir plus sur ce drôle d'individu.

— Petit Papa Accordéon, c'est qui ce monsieur ?

— Sans doute un moine du Pays des Neiges[1]. Mais on va le savoir très vite.

De fait, c'est vers eux que se dirige le lama. Après avoir traversé la route, il joint les mains contre son front en se tournant d'abord vers Présage, puis vers Jolie.

— Bonjour ! Mon nom est Tensing Drpa, je collecte des vieux vêtements, des vieux journaux ou toute chose dont les gens n'ont plus besoin.

Tensing parle le mandarin sans accent, et son crâne rasé, son visage androgyne et son regard d'une douceur incroyable le font ressembler au Bouddha, tel qu'il a été idéalisé par les artistes, à ceci près que le Bienheureux ne portait pas des petites lunettes rondes cerclées de métal.

— C'est que… les propriétaires ne sont pas là…

— Jimmy et Nancy Wu ! Je les connais bien. Votre oncle m'a plusieurs fois parlé de vous !

Puis Tensing se tourne vers Jolie, dont les yeux n'ont pas cessé de regarder le lama comme s'il s'agissait d'un extraterrestre, ou plutôt du Magicien d'Oz, dont Nancy lui fait regarder chaque soir quelques pages de la bande dessinée – les planches racontent le périple de la petite Dorothée et de son chien Toto au pays d'Oz, où vit, dans la Cité d'Émeraude, un célèbre magicien dont Jolie ne sait pas encore qu'il n'est qu'un vulgaire imposteur, car Nancy et elle n'en sont qu'à la moitié de l'album.

— De toi aussi, Jolie, et aussi de ta maman !

Curieux de connaître l'itinéraire du lama, Présage décide d'engager la conversation, tandis que Forêt, alertée par le bruit, est sortie sur le perron.

— Depuis quand êtes-vous à Princeton ?

1. Le nom donné par les Han au Tibet.

— Cinq ans. J'ai dû quitter Lhassa après les grandes émeutes de 1987. Deux mille de mes compatriotes sont morts. La moitié étaient des lamas. Je suis parti pour Dharamsala, en Inde. C'est là, dans cette ville que nous appelons la « petite Lhassa », que le dalaï-lama a trouvé refuge, et c'est là que j'ai fait ma demande de visa.

Il n'en faut pas plus pour que les yeux de Jolie se remplissent de larmes. Elle dit :

— Des soldats ont tué des gens comme vous ?

— Malheureusement. Quand tu seras plus grande, tu comprendras mieux.

— Mais je veux comprendre !

En guise de réponse, Tensing sort de sous sa toge un objet en bronze épousant la forme d'une lame triangulaire, qu'il tend à la petite.

— Pour toi ! C'est un Vajra Phurba. Il te suffira de le tenir dans ta main gauche pour éloigner les démons et les miasmes. Le Phurba transforme les énergies négatives en énergies positives, ou, si tu veux, le mal en bien. Mais viens me voir à la pagode et je t'expliquerai tout ça plus en détail.

Depuis la mort de Petit Gâteau, Forêt a beaucoup réfléchi au réconfort que sa mère trouvait dans le bouddhisme. Tandis que le lama lui adresse le salut bouddhique, elle lui demande où se trouve sa pagode.

— À l'opposé d'ici. Dans ce qui fut un atelier de fabrication de pâtes destinées à l'alimentation, rénové avec l'argent de la diaspora tibétaine aux États-Unis.

Jolie regarde le pick-up redémarrer. Alors qu'elle serre le plus fort possible son talisman dans sa paume, elle n'a jamais entendu un rire aussi joyeux que celui de Tensing quand il leur a lancé « À la prochaine ! ».

4.12

LE JEUDI 22 AVRIL 1993

Clocheton, et au Novotel Beijing Peace

À Pékin, où il est trois heures moins dix de l'après-midi, Fleur de Pêcher se demande ce que Temple dirait s'il la voyait se diriger vers le parking du centre de recherches de la compagnie pétrolière Sinopec, un bâtiment sans âme de cinq étages comme il en existe des centaines au-delà du futur quatrième boulevard périphérique, dont les travaux ont déjà commencé, cela engendrant des embouteillages gigantesques à tout moment de la journée.

À présent que notre chercheuse se trouve à moins de trois mètres du planton chargé d'actionner la grille roulante, devant l'aire bétonnée sur laquelle stationnent une dizaine de voitures, elle rétorquerait à l'homme de sa vie que nécessité fait loi et qu'elle n'est même pas sûre d'être embauchée, si d'aventure Temple lui avait reproché d'aller se vendre à une entreprise.

Fleur a perdu son emploi de chercheuse à l'université. Restrictions budgétaires, se contenta-t-on, ce jour-là, de lui dire en guise d'explication. Une raison qui n'en était pas une. À Qinghua, la chasse aux dissidents bat son plein : deux jours avant qu'on lui annonce qu'elle était licenciée, Fleur avait eu droit à un quatrième interrogatoire au commissariat de police.

Malgré le chagrin qu'elle éprouve depuis qu'elle est sans nouvelles de Temple, elle se prend à sourire à l'idée que devant ce planton militarisé, avec son casque blanc et le treillis bleu foncé parsemé de taches grises semblable à celui des fusiliers marins, il se serait gentiment moqué d'elle en lui rappelant ses propos antimilitaristes, quand lui-même trouvait normal que la Chine disposât d'une armée.

Arrivée dans le hall impersonnel du centre de recherches du mastodonte pétrolier, où l'attend une hôtesse maquillée à outrance et vêtue d'un tailleur bleu ciel, façon hôtesse de l'air, le revers gauche de sa veste orné du pin's de Sinopec, elle ne pense plus à Temple, mais à l'entretien d'embauche qu'elle va avoir avec l'adjointe du directeur du personnel.

Le tailleur bleu ciel sourit de façon mécanique.

— Mademoiselle Fleur de Pêcher, vous allez être reçue par M. Clocheton[1] en personne. Au troisième étage, s'il vous plaît. Vous serez attendue par sa secrétaire.

L'annonce met du baume au cœur de Fleur, qui se dirige vers l'ascenseur. Clocheton est le DRH du centre de recherches. C'est son secrétariat, quand elle a appelé pour demander un rendez-vous, qui lui avait expliqué qu'elle commencerait par être reçue par son adjointe, et qu'une fois le tri des candidats effectué ceux qui étaient susceptibles d'être embauchés seraient convoqués par le DRH. C'est donc à juste titre que notre chimiste croit dans ses chances. D'ailleurs, le ton de l'hôtesse et son air entendu auraient été les mêmes si elle avait annoncé à Fleur qu'elle avait gagné au loto !

Trois étages plus haut, dans son imposant bureau, si on devait comparer Clocheton – la petite cinquantaine corpulente, visage aux traits épais sous des cheveux teints et brillantinés – à un animal, maintenant que sa secrétaire l'a prévenu de l'arrivée de sa visiteuse, ce serait à un ours auquel son odorat infaillible aurait signalé la présence de miel et qui s'en pourlécherait d'avance les babines.

Réputé « sauter sur tout ce qui bouge », Clocheton a indiqué à son adjointe qu'il recevrait lui-même cette candidate dont il a découvert le joli minois, chaque postulant devant joindre une photo d'identité à son dossier de candidature.

Clocheton sent facilement la transpiration. C'est du moins ce que prétend sa femme, haut cadre chez Sinopec, avec un salaire

1. « Zhong Ta » en mandarin pinyin.

deux fois plus important que celui de son mari. En prévision de l'entretien, il s'est parfumé avec un flacon pulvérisateur en forme de cœur qu'il range dans le tiroir de son bureau. Pierre Cardin en tomberait de sa chaise, s'il savait que ce parfum aux senteurs capiteuses appelé *Cœur Rouge Sublime* est diffusé sous sa marque, alors qu'il n'a cédé aucune licence pour la diffusion d'une quelconque fragrance en Chine – les Chinoises n'ont pas l'habitude de se parfumer, et ne parlons pas des hommes.

D'ailleurs, l'odeur entêtante de *Cœur Rouge Sublime*, immédiatement montée aux narines de Fleur, n'a pas manqué de la surprendre lorsque, une fois dans le bureau du DRH, Clocheton lui a tendu sa paume molle et humide en lui lançant :

— Mademoiselle Fleur de Pêcher, bienvenue chez Sinopec !

Fleur est concentrée. Elle a préparé l'entretien. Il s'agit de faire d'emblée une bonne impression au futur employeur, en évitant de prendre un air supérieur, sous prétexte qu'on est diplômée de Qinghua. Elle compte faire preuve d'humilité et montrer qu'elle vise avant tout l'efficacité.

Elle ne remarque donc pas la façon dont Clocheton la détaille de la tête aux pieds, tel un maquignon, tandis qu'elle dit :

— Il y a longtemps que je souhaite travailler dans l'industrie pétrolière, et en particulier au sein de votre compagnie, monsieur Clocheton.

Clocheton lui fait signe de s'asseoir sur l'une des deux chaises disposées devant son bureau.

— C'est un secteur qui a en effet un grand avenir. Et Sinopec est déjà l'un de ses géants mondiaux.

Puis il s'assied sur l'autre chaise et la rapproche de celle de sa visiteuse, dont il se trouve désormais à moins d'un mètre.

— Parlez-moi un peu de vos motivations. Pourquoi donc une charmante jeune femme comme vous souhaite-t-elle travailler dans une industrie majoritairement peuplée d'éléments masculins ?

Fleur, quelque peu gênée, a pris sa respiration avant de répondre, ce qui lui fait inhaler l'haleine de Clocheton, dont l'odeur fétide – mélange de chou, de poisson rance et de tabac – éclipse celle de son parfum. Devant un Clocheton visiblement satisfait de son trait d'humour, notre chimiste, tout en retenant un haut-le-cœur, répond d'une voix monocorde :

— J'ai toujours été passionnée par la recherche appliquée. La théorie, ça finit par être lassant au bout d'un certain temps. Et il y a plein de dérivés du pétrole à améliorer et même à inventer, sans compter…

Si Fleur n'a pas terminé sa phrase, c'est que le Clocheton a collé ses genoux aux siens, en même temps qu'il posait sa main droite sur le bras gauche de Fleur, laquelle vient de comprendre pourquoi le DRH tenait tant à la recevoir.

Tétanisée, notre chimiste ne sait pas quelle attitude adopter, maintenant qu'elle voit le visage bouffi de Clocheton se rapprocher du sien. Se lever en signifiant au DRH qu'il va beaucoup trop loin et qu'elle ne mange pas de ce pain-là ? Appeler au secours ? Mettre son poing dans la figure de ce gros harceleur, lequel ne l'aurait pas volé ? Elle donnerait cher pour que Temple soit à côté d'elle !

Elle tente de se ressaisir. Pas question de laisser Clocheton écraser ses lèvres contre les siennes, comme il semble en avoir l'intention… Dans dix secondes, elle le repoussera du plat de la main, un geste qui peut faire mal, surtout quand l'adversaire ne s'y attend pas.

Fleur a pour cela bandé ses muscles et fait en sorte de « replier son esprit sur lui-même », comme le préconisent ceux qui pratiquent les arts martiaux, juste avant de porter une attaque fulgurante. Elle se servira de son bras comme d'une arme, et le coup sera terrible. Clocheton s'en souviendra toute sa vie.

Mais Fleur ne va pas avoir le temps de mettre son projet à exécution, car la secrétaire de Clocheton passe une tête dans le bureau…

— Vous avez la direction générale en ligne.

Tandis que Clocheton se dresse comme un ressort, et que Fleur lance à son assistante un regard éperdu de reconnaissance, toujours à Pékin, mais cette fois en plein centre-ville, plus précisément avenue Wang Fujing, sur laquelle donne le lobby du *Novotel Beijing Peace*, Rallié, qui y fait les cent pas, est de plus en plus nerveux.

Il a rendez-vous avec un certain M. Trépied en Bronze[1], un de ces hommes d'affaires multicartes qui prolifèrent depuis l'ouverture de la Chine au marché, celui qui a mis à sa disposition le fameux coupé Mercedes dans lequel il circule les week-ends et les jours fériés.

Maintenant, le chef de cabinet de Li Peng est assis face à l'entrée de l'établissement, au cas où une de ses connaissances aurait la mauvaise idée d'y pénétrer. Il n'a aucune envie d'être surpris en compagnie de cet individu originaire de Hainan, l'île tropicale du sud de la Chine, où il possède un hôtel, l'homme qui distribue sur le marché chinois les produits de la firme américaine Estée Lauder, entre autres, mais surtout à qui Schlumberger, la multinationale américaine spécialisée dans l'industrie pétrolière, a demandé une introduction chez Sinopec. C'est pourquoi Trépied – alors en costume sombre, chemise blanche, cravate Hermès, et Rolex Oyster en or au poignet – avait sollicité Rallié, lors d'un somptueux dîner – caviar, holothurie et langouste royale.

Le lendemain, comme Trépied l'avait annoncé, un employé de chez Mercedes avait annoncé à Rallié qu'il tenait à sa disposition « un véhicule d'essai », avant d'ajouter : « Vous pourrez l'essayer aussi longtemps que vous le voudrez. »

Rallié compte donner à Trépied le nom et les coordonnées d'un cadre de Sinopec auquel il a déjà rendu service.

La plupart des collaborateurs des ministres touchent des enveloppes ou bénéficient d'avantages en nature de la part de promoteurs immobiliers ou de sous-traitants d'entreprises étatiques. Pour autant, notre homme n'est pas tranquille.

Trépied devrait être là depuis une demi-heure. Que cache son retard ? Depuis qu'il est assis, Rallié n'a cessé de vérifier que

1. « Ding » en mandarin pinyin.

le poignet de la manche gauche de sa chemise recouvre bien la montre Omega plaquée or que Trépied lui a offerte, à l'issue du dîner, après avoir pris soin d'enrouler dans une serviette de table l'étui dans lequel se trouvait cette montre, certes bien moins chère qu'une Rolex mais qu'on ne trouve qu'à l'étranger…

Alors que cela fait un quart d'heure de plus qu'il poireaute, de l'autre côté de l'avenue Wang Fujing, l'épouse du Premier ministre Li Peng sort de la grosse Mercedes noire qui vient de la déposer devant le magasin de l'Amitié. Toujours tirée à quatre épingles et impeccablement coiffée, Mme Li est une personne éminemment sympathique. Le couple Li étant sans enfants, Rallié l'a plusieurs fois entendue déclarer, à l'occasion des grands raouts semestriels auxquels l'ensemble du cabinet est convié, qu'elle considérait comme ses propres enfants les collaborateurs de son époux.

C'est parce que Mme Li raffole des vestes en cachemire, surtout celles en laine de l'Himalaya qu'on ne trouve que là, qu'elle est venue dans ce grand magasin longtemps réservé aux étrangers ainsi qu'aux plus hauts dirigeants du Parti, qui venaient y acheter de la vodka et du caviar importés d'URSS, et, à partir des années 1980, des parfums et du champagne français, ainsi que quantité de vins fins européens.

Dans les plus hautes sphères, personne ne l'ignore, mais tout le monde fait comme si de rien n'était : la femme de Li Peng ne déteste pas l'alcool. Tout y passe, dès 11 heures du matin : vodka, whisky, gin, rhum blanc, cognac et autres alcools forts, de préférence en provenance de l'étranger, de sorte qu'il est des soirs où l'intéressée ne tient plus sur ses quilles et, quand elle n'est pas chez elle, elle doit parfois se faire porter par son garde du corps.

Dix minutes plus tard, ce n'est pas encore le cas, même si son pas est incertain tandis qu'elle se dirige vers le *Novotel*, suivie d'un factotum les bras chargés de paquets et en coupant la file des voitures, ce qui a commencé à générer un gros embouteillage sur les Champs-Élysées pékinois.

4.13

LE SAMEDI 1er MAI 1993

Deux suicides, une tentative, et un décès

Dans la partie sud-ouest de l'île de Hainan, cela fait environ huit heures que Trépied s'est pendu. Il lui a suffi, pour cela, de donner un coup de pied dans l'escabeau sur lequel il était monté pour attacher une corde, préalablement passée autour de son cou, à une poutre du garage de sa luxueuse maison de cinq cents mètres carrés au milieu d'un parc d'un demi-hectare avec piscine géante et court de tennis.

Étranglé par ses dettes auprès de la mafia locale, l'homme d'affaires devait comparaître devant la redoutée CCPCC (Commission de contrôle du Parti communiste chinois), l'instance chargée de punir les membres du Parti accusés de corruption, mais aussi ceux dont on veut se débarrasser. Les moins chanceux finissent avec une balle dans la tête ; les cadors sont expédiés dans des prisons lointaines sans que leurs proches puissent savoir où ils se trouvent ; quant au menu fretin, dont Trépied faisait partie, il aura droit au traitement des délinquants de droit commun qui croupissent dans des geôles infâmes : crâne rasé, pyjama rayé et une ration journalière réduite à deux bols de riz avec quelques morceaux de porc et des légumes.

Au même moment, en France, non loin de Nevers, au lieu-dit le Peuplier, Pierre Bérégovoy demande à son chauffeur de l'attendre, puis il sort de sa voiture, une Renault 25 de fonction, avec, dans sa poche, un revolver .357 Magnum. C'est l'arme de service de son officier de sécurité – les anciens Premiers ministres ont droit à une protection policière. L'arme se trouvait dans la boîte à gants du véhicule, ce qui n'est pas conforme au règlement. Pour pouvoir la subtiliser, Béré, qui vient souvent se promener sur le chemin menant au canal de la Jonction accompagné de ce brigadier, a insisté auprès de ce dernier pour qu'il l'attende au camping municipal, où l'ancien Premier ministre, son chauffeur et ce policier se sont rendus pour assister à la remise des trophées d'une compétition de kayak, après un solide et plaisant déjeuner dans un restaurant de Pougues-les-Eaux.

Il fait grand soleil et une légère brise anime les feuilles vert tendre des peupliers et des saules pleureurs, lorsque l'ex-Premier ministre s'engage sur le chemin, sous le regard rempli de commisération de son chauffeur.

Béré est en pleine dépression. Alors que la plupart des hommes politiques ne se sentent jamais responsables de rien et rejettent toujours les fautes sur l'opposition, lui s'impute la déroute de la gauche aux élections législatives du mois précédent, la faute à ce maudit prêt sans intérêts de 1 million de francs qu'il a contracté auprès de Roger-Patrice Pelat, un intime de Mitterrand, et dont *Le Canard enchaîné* révéla l'existence au mois de février. La somme a beau ne pas être énorme et le prêt dûment déclaré chez un notaire, il n'en fallut pas plus à la presse de droite pour l'accuser d'« affairisme », un qualificatif d'ordinaire accolé à la droite, et s'empresser de fustiger cette « gauche-moralisatrice-et-donneuse-de-leçons », cela ne l'empêchant pas de « mettre le doigt dans le pot de confiture ». Pourtant, l'ancien secrétaire général de l'Élysée n'y était pas allé de main morte, quand il était ministre de la Santé, en particulier vis-à-vis des industriels du médicament, avec sa fameuse loi « anti-cadeaux » qui empêche désormais les laboratoires pharmaceutiques d'arroser le corps médical à coups de séjours sous les cocotiers ou de dîners dans des restaurants classés trois étoiles au *Michelin*... Oubliée, l'Agence du médicament, portée sur les fonts baptismaux en lieu et place de la direction de la pharmacie et du médicament, et décriée par lesdits laboratoires, qui négociaient au cabinet du ministre le prix de leurs spécialités... Oubliée, la création du

Comité économique du médicament, instance composée d'experts et de fonctionnaires, désormais chargé de la négociation des prix. Béré se voit comme le principal responsable de la présence d'Édouard Balladur à Matignon, consécutive à la déroute du Parti socialiste aux élections législatives. Et pour corser le tout, il est persuadé que Raminagrobis lui en tient rigueur… la preuve étant qu'il n'arrive plus à le joindre au téléphone.

En réalité, comme c'est le cas pour les personnes dépressives, Béré est enfermé dans une grande solitude. Aucun membre de sa famille ou de son proche entourage n'a pris conscience de sa détresse, à l'exception de son avocat, auquel il confia, une semaine plus tôt, qu'il souhaitait « partir loin ».

Aussi imagine-t-on la stupeur de son chauffeur lorsque deux coups de feu interrompent brutalement le chant des merles et des rossignols.

Alors que l'ancien ajusteur fraiseur vient de se tirer une balle dans le crâne, à sept cents kilomètres au sud de Nevers, à Marseille, dans le service des soins intensifs de l'hôpital de la Timone, le cœur d'Annick B., opérée deux jours plus tôt pour une double greffe pulmonaire, a cessé de battre il y a à peine trente secondes, comme vient de le constater l'infirmière chargée de surveiller ses constantes.

Tandis qu'à Marseille l'infirmière court prévenir l'interne de garde, à dix-sept mille kilomètres à l'ouest, à Phoenix, Forêt court vers son destin… ou plutôt sur le trottoir défoncé de la 35e Avenue, en direction du croisement entre cette artère et Grand Avenue, un endroit où l'on ne compte plus les accidents mortels causés par les trains de marchandises, ceux-ci circulant parallèlement à cette grande artère sans être séparés des voitures qui l'empruntent, et cela sur plus de trois kilomètres.

Présage ayant entendu le frère de Nancy prétendre que les migrants, surtout les Asiatiques, y trouvaient facilement du travail, cela fait dix-huit mois qu'ils ont quitté Princeton pour la capitale de l'Arizona.

Depuis qu'ils habitent ce quartier où l'on trouve une forte proportion de Chinois, de Vietnamiens et de Cambodgiens, Forêt a remarqué que les trains ne ralentissent jamais pour traverser la 35e Avenue, contrairement au règlement édicté par la direction de la circulation de la municipalité.

Alors qu'elle entrevoit l'Indian School Road, elle accélère autant qu'elle le peut : plus que trois cents mètres et deux bouches d'incendie, et elle se jettera sous les roues de l'un de ces monstres d'acier pourvus d'un moteur au diesel, dont les conducteurs actionnent une sirène si tonitruante que le son pourrait réveiller un mort quand ils arrivent à proximité du carrefour fatidique.

Certains passants sont étonnés de voir cette Asiatique en survêtement Adidas couleur prune à bandes blanches courant comme une dératée, le souffle rauque, en regardant droit devant elle, sans se soucier des caddies des clients qui sortent du supermarché Walmart, pas plus que des mamans en bigoudis derrière leurs poussettes et des livreurs poussant leurs diables remplis de caisses de Coca-Cola et autres 7 Up.

Une heure plus tôt, comme tous les matins, Forêt avait eu le plus grand mal à s'extraire de son lit. Elle dort plus longtemps et d'un sommeil lourd depuis qu'elle prend du zolpidem avant d'aller au lit.

Quand elle s'est levée, Présage était déjà parti. Il travaille comme laveur de carreaux. Il va de magasin en magasin et propose ses services aux commerçants. Une fois sur trois, ça marche et il peut empocher jusqu'à 20 dollars dès lors que la vitrine dépasse une certaine surface ou que les vitres sont très sales. Au sein de leur couple, tout s'est déglingué. Elle ne supporte plus que Présage la touche et, quand elle l'interroge sur sa demande de *green card*, il passe toujours à autre chose. Au point qu'elle se demande si l'accordéoniste ne mûrit pas le projet de repartir en douce en les abandonnant chez les Yankees, elle et sa fille…

Jolie, selon son habitude, dessinait sur la table de la cuisine. Elle était si concentrée sur sa pagode au milieu des montagnes qu'elle ne leva même pas la tête quand Forêt lui annonça qu'elle s'en allait courir.

Pour en finir, Forêt a d'abord songé à la corde, puis aux barbituriques… Il suffit d'avaler huit comprimés de zolpidem pour être envoyé *ad patres*… Pour éviter que sa fille la retrouve morte dans l'appartement, elle a pensé aux roues de l'un de ces mastodontes d'acier qu'elle voit à présent passer au loin dans un nuage de poussière, car cela fera bientôt six semaines qu'il n'est pas tombé la moindre goutte d'eau sur Phoenix.

Elle est soulagée, presque guillerette, à l'idée qu'elle n'aura plus ces idées noires dans lesquelles elle se noie et ces angoisses, susceptibles de survenir à n'importe quel moment de la journée et qui la tétanisent, malgré le Temesta et les sels de lithium. Et puis, cela obligera Présage à emmener Jolie avec lui si l'idée lui prenait de rentrer au bercail.

Elle décolle. Elle est un oiseau volant à tire d'aile vers un nuage en forme de caniche. Elle plane dans l'azur. Elle ne ressent plus aucune angoisse. Au point qu'elle jubile intérieurement.

Quand elle ouvre les yeux, dans une gangue de douleur et son corps comme en morceaux, elle découvre le visage, barré d'une grosse moustache, d'un homme penché sur elle, un policier, reconnaissable à sa casquette et à son insigne. Alors qu'elle tente de se relever, le flic l'en empêche.

— M'dame, il faut attendre les secours et surtout ne pas bouger, des fois que votre colonne vertébrale serait atteinte.

Deux mètres plus loin, une femme sanglote derrière un landau double dans lequel se trouvent ses jumeaux, un garçon et une fille.

C'est la mère de famille aux pieds de laquelle Forêt s'est fracassée après avoir heurté de plein fouet la bouche d'incendie qui l'avait fait chuter lourdement sur le trottoir.

4.14

LE DIMANCHE 31 OCTOBRE 1993

Se tirer une balle dans le pied… et d'autres événements moins futiles

« En matière de lutte contre le chômage, on a tout essayé », avait cru bon de se lamenter Raminagrobis lors de la traditionnelle allocution télévisée du 14 Juillet. Une formule plus que malheureuse au sujet de laquelle le chef de l'État avait été sommé de s'expliquer à la télévision. Ses explications furent emberlificotées et il botta en touche, appelant la cohabitation à la rescousse – « Je ne suis plus comptable de la politique économique de la France » –, avant de se lancer dans un panégyrique des 35 heures et de s'apitoyer sur le sort des enfants qu'on faisait travailler au début du siècle… Comment un homme politique doté d'une longue expérience comme Raminagrobis a-t-il pu se laisser entraîner sur un terrain si glissant, quand on sait que le chômage concerne 10 % de la population active de notre pays et que le cap des trois millions de personnes sans travail a été franchi ? Pourquoi les politiciens français acceptent-ils d'être jugés sur le chômage, comme si la France était un pays communiste, alors que l'emploi privé, sur lequel l'État n'a pratiquement pas de prise, représente près de cinq fois l'emploi public ?

Pour répondre à une question aussi vertigineuse et tenter d'expliquer un comportement aussi déroutant de la part des autorités gouvernementales, on doit remonter aux chocs pétroliers de la décennie 1970 et à la destruction massive d'emplois qu'ils engendrèrent dans les pays comme la France. Lors de la présidentielle de 1974, Giscard, qui était davantage un partisan du libéralisme que du colbertisme gaullien, avait centré sa campagne sur son projet de « société libérale avancée ». Les conséquences des chocs pétroliers sur l'emploi ayant fait exploser le nombre des chômeurs, en 1981 Raminagrobis s'engagea à faire baisser leur nombre grâce aux nationalisations ainsi qu'au partage du travail, les « 35 heures » ayant fait partie de ses fameuses « 101 propositions ». À ces promesses destinées à séduire l'électorat, il faut ajouter la méconnaissance criante des mécanismes économiques de la part des partis signataires du « Programme commun ». Michel Rocard faisait figure d'exception, mais était dans une position bien trop marginale pour espérer avoir la moindre influence. Or, il ne saurait y avoir de création d'emplois sans croissance économique, laquelle est tributaire de nombreux facteurs sur lesquels un gouvernement ne peut pas grand-chose, si ce n'est rien, quelle que soit sa couleur politique : l'environnement géopolitique, les prix du pétrole et des matières premières, les aléas climatiques, pour ne citer qu'eux. Ainsi nos dirigeants politiques devraient-ils y réfléchir à deux fois avant de s'engager sur une diminution du chômage dès lors que la conjoncture économique n'est pas porteuse : faute de quoi, ils se condamnent à se tirer une balle dans le pied.

Tel est le titre du point de vue que Georges a développé dans cette tribune libre qu'il vient de relire, devant son bol de café au lait et les deux biscottes qu'il s'apprête à tartiner de confiture à la figue dans la cuisine avec vue sur les toits de ce coquet deux-pièces mansardé, au sixième et dernier étage d'un immeuble de la rue des Écoles, dans le 5e arrondissement de Paris, où Emma et lui ont emménagé trois semaines plus tôt, pour leur plus grand bonheur.

Si, malgré cela, notre journaliste affiche cet air ronchon, c'est qu'il ne supporte plus d'entendre le mantra « Il faut se mettre à la portée du lecteur » répété par le patron de la rédaction de *France-Soir* quand ses troupes lui suggèrent des papiers relatifs à des événements autres que les faits divers, les humeurs des stars ou les derniers potins du showbiz. Si bien que Georges ne compte plus les papiers qu'il a écrits pour des prunes. Or, pas plus tard que la veille, sa tribune libre envoyée au *Monde* a été refusée. L'acmé de la presse écrite, *la* référence du journalisme ! Georges rêve d'intégrer sa rédaction du boulevard des Italiens, mais Jacques Lesourne, son nouveau directeur, « ne veut pas que le journal publie des “cartes de presse” travaillant pour la concurrence », comme cela lui fut précisé par le journaliste chargé des pages « Idées », qu'il avait joint au téléphone, alors qu'il était au boulot et que cela faisait dix jours qu'il lui avait fait parvenir ses réflexions. Quand il avait reposé, furieux et désappointé, le combiné, il aurait volontiers rétorqué à son interlocuteur qu'il ne voyait pas comment un vulgaire caillou de l'espèce de *France-Soir* pouvait faire concurrence au diamant de la presse écrite. Mais déjà qu'après une telle claque il avait le plus grand mal à faire comme si de rien n'était devant ses petits camarades, dans un *open space* comme celui de la rédaction de *France-Soir*, il est rigoureusement impossible de parler discrètement au téléphone.

Cependant, cette tribune lui a semblé si pertinente qu'il compte l'adresser à *Libération*.

Alors qu'il rince son bol sous le robinet de l'évier, Emma, apparue dans l'encadrement de la porte, le visage ensommeillé et en pyjama en pilou gris souris décoré de panthères roses faisant la farandole, vient caresser la tignasse ébouriffée de celui dont elle partage désormais l'existence… et qui se retourne vers elle. Ils s'embrassent sur la bouche.

Leur nuit fut torride et la jeune femme, inscrite en droit à la faculté de Panthéon Assas, est encore tout engourdie.

— T'es levé depuis longtemps ?

— Depuis une heure.

Emma a vu, sur la table, les feuillets de la tribune refusée par *Le Monde*. Elle dit :

— Tu la relisais ? Je suis sûre que d'autres journaux seront intéressés. À ta place, j'essaierais *Le Nouvel Obs*.

Il dit :

— Je vais te préparer ton café.

Alors que, pour Emma et Georges, le reste de la journée, qu'ils auront passé à flâner dans Paris en se tenant par la main, fera de celle-ci un délicieux dimanche…

… deux heures plus tard, les membres du conseil d'administration d'EDF, exceptionnellement réuni, acteront la prise de participation du géant français de l'électricité dans Edenor, la société qui contrôle la distribution de l'électricité dans la région de Buenos Aires, en Argentine…

… six heures plus tard, à Genève, Jérôme Cahuzac ouvrira un compte à l'Union des banques suisses afin d'y déposer les gains de sa société de conseil ainsi que ceux de la clinique de la rue Clément-Marot, rachetée avec son épouse au docteur Pierre Pouteaux, le spécialiste des implants capillaires connu des stars et des gens fortunés, beaucoup en provenance de Grande-Bretagne, raison pour laquelle Pouteaux détient plusieurs comptes bancaires sur l'île de Man…

… au même moment, en Allemagne, Lothar de Maizière, qui a cessé de fumer, regrettera d'avoir complètement raté la plantation d'un carré d'asperges dans un coin du jardin de sa maison de la banlieue de Thuringe, ce qui tombe d'autant plus mal qu'il comptait offrir quelques-unes d'entre elles à Wolfgang Schäuble, le ministre chrétien-démocrate chargé, côté ouest, de négocier avec lui le traité de réunification de l'Allemagne et avec lequel il ferraille durement, cela n'empêchant pas Maizière d'avoir un immense respect pour ledit Schäuble, dont il dit que c'est « l'honnêteté personnifiée »…

… une heure après, à Ivry, dans la banlieue parisienne, le plasticien chinois Huang Yong Ping réunit une dizaine d'artistes chinois exilés en France. Parmi eux, des dissidents affichés – et fichés – qui risquent gros, d'autres, moins connus et donc moins exposés, dans tous les sens du terme, qui savent que, s'ils étaient restés au pays tout en persistant à développer leur démarche, ils seraient allés au-devant de graves ennuis. C'est donc une sorte de principe de précaution, mais bénéfique car appliqué à la liberté de créer, qui explique la présence, dans cet antre peuplé d'animaux fantastiques – tels cet éléphant piétinant une machine à laver ou ce squelette de boa constrictor affublé d'une tête poisson –, de jeunes artistes prometteurs tels que Yan Peiming ou encore Chen Zhen, arrivé en France dès 1986 à l'issue d'un séjour forcé au Tibet qui occasionne encore des cauchemars à cet homme d'une immense profondeur d'esprit, pétri de philosophie et grand admirateur de Claude Lévi-Strauss.

4.15

LE SAMEDI 22 JANVIER 1994

La montre Omega

À Pékin, dans la petite salle où les membres du cabinet tiennent leur réunion hebdomadaire, Bouillie, qui a abandonné sa coupe en brosse, prend des notes avec l'application d'un bon élève. Il n'avait jamais mis les pieds au dernier étage du Premier ministère, là où se trouve le bureau de Li Peng, et il n'est pas peu fier d'avoir été chargé de représenter son administration à cette réunion organisée par le chef de cabinet du Premier ministre en personne. Du coup, il n'a même pas été déçu par la banalité de ces lieux de pouvoir, qu'il imaginait bien plus luxueux et vastes, et dans lesquels vont et viennent des dames plutôt âgées, en tailleur-pantalon sombre et aux airs de Gardes rouges assagies, ainsi que des jeunes gens pressés en costume-cravate, comme les deux acolytes de Rallié, entre lesquels ce dernier est assis, face à Bouillie.

Le chef de cabinet s'impatiente. Il consulte toutes les trente secondes sa montre, qu'au début de la réunion il a ostensiblement détachée de son poignet afin de la déposer sur la table. Rallié a en horreur les parlotes qui s'éternisent. Or l'objet de celle-ci est à ses yeux d'une importance toute relative, puisqu'elle concerne le discours que Li Peng doit prononcer devant la Commission économique et sociale pour le développement de l'Asie et du Pacifique (CESAP), un obscur satellite du Conseil économique et social des Nations unies.

Les deux collègues de Rallié n'en mènent pas large. À en juger par le va-et-vient vertical de la jambe droite du chef de cabinet, semblable à celui de l'aiguille d'une machine à coudre, ils savent qu'à l'issue de la réunion ils seront bons pour recevoir une de ces avoinées dont l'intéressé est coutumier. À l'instar de nombreux patrons, Rallié a la fâcheuse habitude d'évacuer son stress en le déversant sur ses malheureux collaborateurs.

Cela fait plusieurs jours qu'il n'est pas à prendre avec des pincettes. Bien qu'ayant rendu la Mercedes dès le lendemain de son rendez-vous manqué avec Trépied, il n'est pas tranquille, et il dort mal depuis l'annonce par la presse du suicide de l'homme d'affaires. L'avant-veille, il a même cru que c'était terminé pour lui lorsque le Premier ministre, qui l'avait fait venir dans son bureau, le questionna, l'air de rien, au sujet du genre d'alcool que son épouse avait consommé au bar du *Novotel*. Pris de court, Rallié avait attendu plusieurs secondes avant de s'entendre dire d'une voix mourante qu'il avait effectivement croisé Mme Li au *Novotel*, mais que c'était au moment où il sortait et où elle-même y entrait. Depuis, il continue à se demander s'il n'a pas répondu un peu trop vite et de façon un peu trop lapidaire.

Il est toujours irascible quand, moins de dix minutes plus tard, Bouillie lui ayant remis son document avec les éléments de langage, il met fin à la séance et quitte la pièce en compagnie de ses deux acolytes… en oubliant sa tocante sur la table.

C'est sur l'Omega plaquée or – ce cadeau de Trépied à Rallié –, une montre qui ne saurait être à la portée de la bourse de n'importe quel fonctionnaire, que sont maintenant rivés les yeux de Bouillie. Il pense que c'est son jour de chance, à présent qu'il a devant lui ce qui pourrait être une sorte de gage vis-à-vis du chef de cabinet de Li Peng, et même, allez savoir ? une monnaie d'échange propice au sort de son aîné. Bouillie sait fort bien qu'il ne portera jamais cette Omega et qu'à tout moment il pourra la rendre à son propriétaire.

En somme, moins qu'un vol, un simple emprunt, et pour la bonne cause.

C'est ce à quoi s'emploie le diplomate, auquel moins de vingt secondes auront suffi pour faire le tour de la table et glisser dans sa poche l'objet du délit.

Sir Leon Brittan, Surya Bonaly, la pie voleuse sur l'arbre du cimetière, et un palais jaune qu'il faut éduquer au vin

À Paris, où il est aux environs de 9 heures du matin, Georges se fait servir un café crème par le patron, un Sino-Khmer baragouinant à peine le français, du bar-tabac *Le Napoléon*, sis au numéro 21 de la rue Saint-Antoine, à deux pas du cabinet dentaire où il a rendez-vous pour soigner une carie.

Cela fait un an que Leon Brittan, l'ancien secrétaire d'État chargé du Commerce et de l'Industrie de Margaret Thatcher, est commissaire européen au Commerce. Il s'agit du portefeuille le plus stratégique de l'instance, toujours présidée par le social-démocrate Jacques Delors.

Comment se fait-il que ce dernier ait accepté de laisser entrer le loup dans la bergerie, sir Leon incarnant tout ce que la social-démocratie combat sans relâche : la déréglementation, la réduction des services publics à leur plus simple expression, et, surtout, cette façon de parer l'économie de marché de toutes les vertus au moment où la future monnaie unique risque de transformer l'Europe en un gigantesque supermarché sans âme ? Dans ces conditions, cette même Europe ne risque-t-elle pas d'être inéluctablement entraînée vers un libéralisme débridé, n'en déplaise aux sociaux-démocrates, ces défenseurs d'une Europe qui risquerait de s'avérer contraire à leurs valeurs ?

Tel était l'angle du papier que Georges avait en tête quand il en avait parlé à son rédacteur en chef, avant que celui-ci balaie son idée d'un revers de main en disant :

— J'ai quelque chose de beaucoup mieux pour toi ! Tu connais Surya Bonaly, la patineuse d'origine africaine ? Bon, elle est née en France. Elle a gagné pour la quatrième fois les championnats d'Europe de patinage[1]. Tu me fais son portrait en trois feuillets. Tu vois ça avec le service photo. Pour info, elle a un très joli cul.

Deux heures plus tard, à Bordeaux, au cimetière de la Chartreuse, Yvon observe avec un certain amusement la manœuvre de cette pie venue se poser sur une branche du marronnier à proximité duquel se trouve le caveau familial dans lequel repose désormais son père. Elle tient dans son bec la pièce de 1 franc tombée par terre un peu plus loin et qu'elle avait repérée parce que le soleil la faisait briller.

La messe d'enterrement s'est achevée une heure et demie plus tôt dans l'église Saint-Seurin. L'assistance, clairsemée, se réduisait aux trois grenouilles de bénitier de la paroisse, toujours promptes à faire acte de présence quand il s'agit d'obsèques, au bâtonnier du barreau de Bordeaux, à l'associé de maître de N., avant qu'il ne prenne sa retraite, à Geneviève Labrit, sa secrétaire, ainsi qu'aux deux femmes de ménage des N. Devant cette maigre assistance, l'abbé Leischatz, autoproclamé « curé du rugby et des animaux de compagnie », n'hésita pas à dépeindre maître N. comme un « fervent chrétien » et un « époux aimant »,

1. Le 22 janvier à Dortmund.

mais également un « père attentif », tandis qu'Yvon croyait rêver depuis son banc du dernier rang. Il est vrai que rien n'est plus convenu et hypocrite qu'un hommage posthume prononcé par un prêtre qui n'a jamais rencontré le défunt dont il célèbre les funérailles. Cela étant, on imagine mal un tel exercice où le défunt se verrait peint sous son vrai jour. Seul moment poignant, celui de la traditionnelle lecture, par l'une des trois grenouilles, de la lettre de saint Paul aux habitants de Thessalonique, dans laquelle il les exhorte à ne pas se montrer abattus par la mort d'un proche, tandis qu'Yvon étouffait un sanglot.

À présent, il regarde les ouvriers municipaux procéder au scellement de la dalle sur laquelle le nom de son père ainsi que ses années de naissance et de décès n'ont pas encore été gravés à côté de l'inscription « Madeleine de N. née Chouvance 1921-1993 ». La mère d'Yvon est morte au début de l'été à l'hôpital de Bayonne. Yvon n'était pas présent aux obsèques. Par défi envers son père, avec qui il avait rompu tout contact jusqu'à ce qu'il apprenne, par un coup de fil d'un médecin du CHU de Bordeaux, que maître N. voulait que son fils sache qu'il allait subir un triple pontage. C'était il y a huit mois. Par la suite, Yvon était allé le voir deux fois à la maison de retraite de Pessac, où il séjournait.

Sous un soleil qu'on dirait printanier, les deux croque-morts des pompes funèbres générales se sont éclipsés, après avoir présenté leurs condoléances, en faisant assaut d'obséquiosité, à Yvon. Ce dernier décide, après un dernier regard pour la pie, toujours perchée sur sa branche dénudée, comme si elle attendait qu'il quitte le cimetière, d'aller flâner dans le centre-ville, son train pour Paris étant en fin d'après-midi.

Alors qu'il marche devant les beaux immeubles noirâtres des allées de Tourny, perdu dans ses pensées, songeant que désormais plus aucun membre de sa lignée familiale ne le précède sur le tapis roulant qui nous emporte plus ou moins vite vers l'inéluctable, il entend une voix :

— Yvon, mais qu'est-ce que tu fous ici ?

C'est Erik K. Cet ancien camarade de classe est le fils unique du plus gros négociant en vins de Bordeaux. À Tivoli, Erik faisait partie des « rebelles ». En terminale, il arrivait dans un coupé Morgan vert bouteille, cadeau de son père pour ses dix-huit ans. À ses yeux, leurs profs étaient tous des « refoulés du zizi » et une bonne moitié d'entre eux fonctionnaient « à la voile », et non « à la vapeur »…

— Je sors du cimetière. Je viens d'enterrer mon père…

Le visage d'Erik K. se rembrunit.

— Toutes mes condoléances, vieux. T'es libre à déjeuner ?

Une demi-heure plus tard, dans une brasserie du cours du Chapeau-Rouge, devant les deux confits de canard accompagnés de pommes de terre à la sarladaise commandés d'autorité par l'héritier de la vénérable maison K., Yvon n'a pas pu en placer une, mais cela lui convient parfaitement. Qu'aurait-il, en effet, raconté à un interlocuteur aussi intarissable qu'Erik, qui voyage dans le monde entier en tant que responsable de l'export de la maison de négoce familiale et qui projette d'ouvrir un bureau à Shanghai ?

Erik est de plus en plus volubile. L'excitation due à la perspective du marché chinois, à quoi il faut ajouter les trois verres de madiran qu'il a déjà avalés, quand Yvon n'en a pas encore bu une goutte ?

Il dit, avec un rire gras :

— Parce que, tu comprends, avec un marché si colossal, ce serait criminel de ne pas essayer. Les chinetoques y connaissent que dalle à nos grands vins, mais un palais, ça s'éduque, même quand c'est jaune !

La bombe blonde

Douze heures plus tard, à Phoenix, où il gèle à pierre fendre sous un ciel bleu pétrole, résultat d'un blizzard inhabituel, Présage croit avoir la berlue. Derrière la baie vitrée de la salle de fitness donnant sur le parking de l'école tenue par la belle-sœur de Nancy et son mari – où notre accordéoniste donne des cours de musique et sert d'homme à tout faire –, c'est bien à lui que fait signe d'entrer la bombe blonde qu'il lui est arrivé de croiser, dans des tenues fluo ne cachant pas grand-chose d'un corps parfaitement sculpté. Cinq minutes plus tôt, il s'était surpris à l'observer en train de monter et de descendre de son escabeau devant deux rangées de femmes et d'hommes en sueur, la plupart également habillés de multicolore acidulé malgré leur âge et accomplissant plus ou moins bien les mêmes mouvements, au rythme d'une musique disco dont les basses, qu'il entendait depuis le parking, avaient attiré son attention.

Le cours de fitness terminé, voilà que la bombe continue à faire signe à Présage de venir la rejoindre, cette fois avec de grands gestes.

— Mon nom est Jennifer ! Vous prendrez bien un café ! Il fait tellement froid !

Alors qu'en Chine il n'est pas d'usage de se saluer d'une poignée de main, celle dont la bombe blonde gratifie Présage lui semble parfaitement en accord avec le regard bleu acier, les épaules carrées, les biceps bien dessinés par l'exercice, et les seins fuselés comme des obus aux tétons se laissant parfaitement deviner sous le body.

Notre accordéoniste continuant à lorgner ces formes, pulpeuses à souhait, pendant que Jennifer lui tend un gobelet fumant, il a tout du loup du dessin animé de Tex Avery. Pareille attitude ressemble fort peu à Présage. Elle s'explique par la grave crise existentielle qu'il traverse, par ce mal du pays qui le ronge, à quoi il faut ajouter ses problèmes de couple, aggravés par l'accident de Forêt. La maman de Jolie porte un corset et ne se déplace qu'avec des béquilles. Elle semble indifférente à tout, et ce comportement a fini par avoir des répercussions sur sa fille, même si cela n'empêche pas l'adolescente de continuer de faire des étincelles en classe. La semaine précédente, elle a confié à Présage qu'elle avait de plus en plus de mal à supporter l'état de sa mère.

La veille, c'est notre accordéoniste qui a été à deux doigts de sécher le dîner familial.

4.16

LE MARDI 22 FÉVRIER 1994

Actions coupables

À La Jonquera, *The Paradise* est l'un des nombreux bars à filles qui se sont ouverts depuis une dizaine d'années dans cette bourgade jouxtant la frontière française, les autorités espagnoles se montrant, depuis la mort du général Franco, bien plus indulgentes et surtout beaucoup moins hypocrites que leurs homologues françaises en matière de prostitution.

C'est là, dans une chambre tendue de rose et d'argent, au grand lit rond écarlate, qu'Yvon a le nez dans le décolleté de « Miss Bombax », le nom de scène d'une jeune et plantureuse Bosniaque prénommée Asma, fuyant Sarajevo et la guerre.

8 000 francs par mois : cette stripteaseuse « capable d'aller plus loin », comme il est suggéré aux clients, n'a jamais gagné autant d'argent. Pour Asma, « aller plus loin » consiste, après avoir intimé l'ordre à celui avec qui elle a topé de s'asseoir sur le bord du lit, à ôter le foulard noir transparent orné de sequins dorés s'entrechoquant au gré de ses mouvements qu'elle a noué le plus bas possible autour de ses hanches, puis à dessiner avec son bassin des huit horizontaux ou verticaux, à imprimer des vibrations à son nombril orné d'une abeille et enfin à ses seins, le tout allant *crescendo*.

Miss Bombax en était là de sa danse du ventre, tandis qu'Yvon bandait comme un étalon devant une jument en chaleur, lorsque, sans cesser de se trémousser et après avoir lancé vers le plafond son soutien-gorge en strass à demi-balconnets, elle a empoigné ses seins et est venue se coller à Yvon, de façon qu'ils encadrent son nez.

Extatique, Yvon murmure :
— T'es belle comme Marie Madeleine.

À plus de six mille kilomètres de La Jonquera, à un peu moins de huit milles nautiques au nord-ouest de l'île d'Hispaniola, dans les Caraïbes, Roman Abramovitch et Boris Berezovsky discutent affaires à bord d'un luxueux yacht de près de soixante mètres de long, tout en contemplant trois naïades aux seins nus et en string en train de s'ébattre en poussant des petits cris stridents dans les eaux turquoise où ce navire a jeté l'ancre. Ce yacht battant pavillon panaméen appartient au plus âgé des deux hommes. Boris Berezovsky est un puissant oligarque russe, principal actionnaire de la chaîne de télévision ORT et très proche de Boris Eltsine… Berezovsky a pris sous son aile Roman, un jeune loup des affaires de moins de trente ans mais déjà à la tête d'une kyrielle d'entreprises diverses, du recyclage des pneus à la restauration, en passant par la fabrication de meubles et, depuis peu, l'export d'hydrocarbures – une activité qui rapporte énormément de dollars, cela expliquant l'attention que lui porte son aîné.

Laissant les trois filles à leurs ébats aquatiques, les deux hommes ont pris place sur le canapé en cuir blanc en forme de demi-lune du salon donnant sur la plage arrière, une vaste pièce surchargée de dorures et de meubles fabriqués au Moyen-Orient, dans le goût des « nouveaux riches ». Pourtant, d'après le magazine *Forbes*, Berezovsky est le plus ancien oligarque de Russie.

Il a sorti deux cigares d'une boîte en marqueterie décorée de masques vénitiens posée sur la table basse au plateau de marbre blanc à filets dorés installée au centre de la pièce, sous une boule à facettes pendant du plafond.

— Tu sais, Roman, tout bien réfléchi, je trouve plutôt brillante ton idée de prendre le contrôle de Noyabrsk Neftegaz et de la raffinerie d'Omsk…

Abramovitch, bien que détestant le cigare, a tiré sur le sien. Il s'agit d'éviter de laisser entrevoir à Boris à quel point son propos le soulage, depuis le temps qu'il attendait sa réponse au projet d'investissement qu'il lui avait soumis deux mois plus tôt, à Moscou. Il s'agit de créer un conglomérat gazier et pétrochimique issu de l'intégration verticale entre un producteur d'énergie et un transformateur de celle-ci. Roman, sachant qu'une telle proie est bien trop grosse pour lui – étant donné les appuis politiques et autres nécessaires –, a proposé à Berezovsky qu'ils y aillent ensemble. Mais dans la Russie d'Eltsine, comme au demeurant en Occident, les idées comptent moins que la force de frappe financière de ceux qui sont susceptibles de les mettre en œuvre. En faisant part de son projet à Berezovsky, Abramovitch prenait le risque que ce dernier le lui pique. Avec son dernier propos, le premier a dissipé les craintes du second.

Roman, parfaitement calme, dit :

— C'est la raffinerie la plus moderne de Russie, et selon les experts, le gisement de gaz de Noyabrsk est l'un des plus prometteurs de la fédération !

Après une seconde bouffée, il ajoute :

— Il ne me reste plus qu'à trouver des banquiers prêts à nous suivre… Ça ne devrait pas être trop compliqué.

Alors qu'une nuée de poissons volants jaillit des flots, Boris écrase son bâton de chaise dans un cendrier en baccarat.

— Exact ! le projet est si rentable qu'ils pourront se gaver d'intérêts… Et moi, je dois faire en sorte que, « là-haut », on se mette dans le crâne que notre futur conglomérat rapportera bien plus aux caisses de l'État russe que si les deux entités restaient gérées par des bureaucrates incapables !

Au même moment, à Phoenix, où il est 8 heures du matin, c'est avec le sentiment du devoir accompli que Jennifer sort de la douche, après s'être longuement savonnée, en insistant sur ses parties intimes, comme elle le fait toujours après un rapport sexuel.

Celui qu'elle a eu, il y a moins d'une heure, avec Présage, avant qu'il ne déguerpisse de chez elle, ne lui aura pas laissé un souvenir impérissable. Tout en passant du lait pour le corps sur sa poitrine refaite, elle sourit en songeant à la voracité fébrile du Chinois quand il s'était mis à téter ses seins tel un nourrisson affamé, avant d'éjaculer sur sa cuisse !

4.17

LE SAMEDI 24 DÉCEMBRE 1994

Ce n'est pas toujours Noël

À Paris, où il est un peu plus de 21 heures, Jacques et Bernadette Chirac sont assis dans le petit salon télé du gigantesque appartement de fonction du maire de Paris. Lui est en survêtement de la marque Adidas et chaussé de mules brodées aux armes de la principauté de Monaco. Bernadette arbore un cardigan en laine écossaise gris anthracite sur un kilt aux dominantes vertes. Chacun son plateau-repas sur les genoux, ils s'apprêtent à dîner, pour une fois en tête à tête, de coquillettes et de jambon d'York. Entre eux, l'ambiance est encore plus morose qu'à l'accoutumée. Les sondages donnent le maire de Paris largement à la traîne derrière Balladur, l'« ami de trente ans » devenu le rival honni. Le couple Chirac ne compte plus les chiraquiens qui s'en vont rejoindre Balladur, persuadés qu'il sera le futur Président. Même Alain Juppé garde le silence tout en multipliant les voyages à l'étranger, ce qui n'est pas le plus difficile quand on est le ministre des Affaires étrangères. Les seuls à afficher leur soutien à Chirac sont Jean-Louis Debré, dont les piques visant Balladur font les délices des journalistes politiques, et l'incontrôlable Philippe

Séguin, dont le caractère explosif fait d'autant plus peur à Chirac que Séguin ne lui doit rien…

Le maître d'hôtel étant ressorti de la pièce après avoir apporté à « monsieur » son ti'punch du soir, son épouse fait tourner le moulin à sel au céleri au-dessus de son verre de jus de tomate.

— Jacques, vous avez prêté le flanc… Dans ce milieu, quand le calife fait mine de fléchir, tous ceux qui veulent prendre sa place sortent la tête du trou.

— Prêté le flanc à quoi ? Je voudrais vous y voir, ma chère ! C'est tout de même pas ma faute si Édouard a été pris du démon de midi !

— Ah bon, lui aussi ?

— Je plaisantais. Vous avez regardé Édouard ?

Affalé sur le canapé de velours bleu, son verre à la main, Chirac est habitué aux propos acerbes de son épouse. Ce qui n'obère en rien le soutien qu'elle accorde à son mari. Bernadette fait partie de ces femmes bafouées qui acceptent leur condition, soit parce que les contreparties matérielles dont elles bénéficient sont à la hauteur, soit parce que leur mari le « vaut bien », qu'il s'agisse d'un grand créateur, d'un acteur connu ou d'un chanteur célèbre, ou qu'il soit promis aux plus hautes destinées politiques. Dans tous les cas, l'époux volage se doit d'offrir à son épouse des conditions de vie agréables. Ce qui est le cas tant à l'Hôtel de Ville de Paris qu'à l'Élysée, pour Danielle Mitterrand.

Bernadette, l'air accablée, dit :

— Matignon finit toujours par donner des idées. Vous auriez dû vous méfier davantage !

Chirac avale une gorgée de ti'punch.

— Dites-moi plutôt ce qu'il y a de visible à la télé. Vous avez *Télé 7 jours* à portée de main.

Chirac le garde pour lui – il ne s'en est pas même ouvert à Claude, sa fille cadette et confidente, dont il a fait sa principale conseillère, car cela équivaudrait à avouer qu'il s'est trompé sur toute la ligne –, mais il est ulcéré par la déloyauté de Balladur, lui qui, pourtant, aura pactisé avec Giscard lors de l'élection présidentielle de 1974 et trahi Chaban-Delmas, alors que le maire de Bordeaux représentait le camp gaulliste.

Chirac, dans le rôle de l'arroseur arrosé.

Alors que Bernadette a allumé la télé, il se souvient de son dialogue avec Giscard, quand il lui avait apporté sa lettre de démission. Giscard, qui n'attendait que ça, lui demandant, l'air faussement apitoyé, comment il envisageait l'avenir, et lui de répondre qu'il avait toujours rêvé d'ouvrir une galerie d'art ou un magasin d'antiquités. Deux jours plus tard, Chirac apprenait que Giscard n'en avait pas cru un mot. À tort. Chirac était sincère. Du moins sur le moment. Car, moins d'une heure plus tard, alors qu'il faisait ses cartons à Matignon, il se jurait qu'il aurait la peau du successeur de Pompidou.

Tandis que Bernadette zappe d'une chaîne à l'autre, il se demande ce qu'il fera s'il n'est pas le prochain président de la République. Connaissant Bernadette et sa conception du mariage, il sait fort bien que, malgré la déception, elle restera avec lui contre vents et marées.

Sourire de son époux.

— Jacques, pourquoi riez-vous ? J'espère bien que ce n'est pas à cause de moi !

— Je pense au pas de deux de Delors !

Treize jours plus tôt, Jacques Delors a annoncé à Anne Sinclair, devant les douze millions de téléspectateurs de l'émission *7 sur 7* retenant leur souffle, à la stupéfaction générale et en dépit de sondages flatteurs, qu'il ne serait pas candidat à l'élection présidentielle.

Delors n'en avait pas envie. Il n'était pas prêt à tout. Delors : un orgueilleux cachant son jeu. La peur de l'échec. Une épouse résolument contre. Delors se disant : *Si j'y vais, Martine ne pourra jamais y aller*. Delors, un non-affamé de pouvoir : le contraire de Chirac.

Tandis que Michel Drucker complimente ses invités, forcément tous beaux et gentils, Chirac se prend à imaginer la vie sans Bernadette. La forêt vierge en Amazonie. Des fouilles archéologiques au Guatemala. Un peuple premier qu'on sort de l'oubli en lui restituant son glorieux passé. Des populations merveilleuses. Des femmes belles, joyeuses et bronzées toute l'année… et avec ça faciles, en tout bien tout honneur. Et pourquoi pas un ouvrage de synthèse sur les bronzes archaïques chinois ?

Au même moment, à Neuilly, Nicolas Sarkozy pense à Matignon tout en ajustant sa cravate devant sa glace.

Le maire de Neuilly, par ailleurs ministre clé du gouvernement Balladur, où il cumule le Budget et la Communication, s'apprête à aller dîner chez son ami Martin Bouygues. Sarko, à qui rien n'a jamais été donné, a déjà planifié son parcours : Balladur à l'Élysée, il aura Matignon. Balladur, à qui tout a été donné – à commencer par la circonscription imperdable du 15e arrondissement qui lui valut d'être élu député – et à qui Chirac a refilé Matignon, a laissé entendre à Sarko qu'il ne ferait qu'un seul mandat ; c'est en quelque sorte à bon droit que ce dernier se voit comme le plus jeune président de la Ve République.

Tandis que Sarkozy et Cécilia arrivent à la porte de l'hôtel particulier de Martin Bouygues, à Paris, rue des Saints-Pères, Bernard Tapie trinque au pastis avec sa femme et ses deux fils dans le grand salon de l'hôtel de Cavoye. Celui qui n'a jamais eu besoin de pile Wonder pour brasser ses affaires vient d'être sauvé *in extremis* de la faillite par le président du tribunal de commerce de Paris, ce dernier ayant jugé que l'ex-ministre de la Ville pouvait surseoir au versement des 2 milliards de francs exigés par le Crédit lyonnais, la banque qui lui avait prêté les fonds nécessaires à l'achat d'Adidas. Mais le Crédit lyonnais est proche de la faillite – trop d'engagements hasardeux et l'effondrement de la valeurs de certains actifs, y compris aux États-Unis ; maudite conjoncture ! –, et Jean Peyrelevade, son nouveau patron, a été chargé par le gouvernement Balladur de mettre fin à la gestion calamiteuse de Jean-Yves Haberer, ex-directeur du Trésor, lui-même pilier du Siècle, et longtemps réputé l'inspecteur des finances le plus brillant de sa génération.

Noël sous les tropiques, et du caviar pour des cochons

À Brumadinho, un village situé à une soixantaine de kilomètres de Belo Horizonte, Bernardo Paz prend le soleil dans le fauteuil roulant qu'une infirmière a poussé sur la terrasse de la vaste maison de maître de la ferme d'un millier d'hectares dont le patron d'Itaminas s'est porté acquéreur.

Bernardo se remet lentement de l'accident vasculaire cérébral dont il a été victime lors de son dernier passage Paris, alors qu'il se rendait en Chine pour signer un nouveau partenariat entre sa boîte et Beitai Iron and Steel, le mastodonte chinois de la fonte et du minerai de fer.

On ne peut pas dormir plus de trois heures par nuit, en être à son quatrième mariage, fumer comme un pompier et boire sans retenue, tout en développant son entreprise à marche forcée, sans qu'un jour ou l'autre votre corps vous rappelle à l'ordre…

Mais Bernardo a profité de ce repos non désiré pour mûrir le projet de sa vie : faire de sa ferme un musée-jardin unique au monde, un lieu où la nature restaurée se mariera à l'art.

Il contemple l'immense étendue courant jusqu'à l'horizon sur laquelle on cultive le soja, le maïs et le colza. Il y a moins de cinquante ans, c'était encore une forêt primaire peuplée de singes, de jaguars, de paresseux et d'aras.

Bernardo n'a pas encore imaginé à quoi ressemblera précisément son Éden artistique et végétal, à part qu'il devra être ouvert sur le monde et accessible aux habitants des alentours de Brumadinho, dont la plupart sont des paysans pauvres – les instruments de la déforestation, qui en sont également les premières victimes.

À l'opposé du merveilleux jardin de cet hôtel d'Acapulco, où il avait séjourné à l'occasion d'un voyage de noces. Ce havre merveilleux mêlant œuvres d'art et plantes extraordinaires, dont il garde un souvenir inoubliable, aura servi de modèle à ce qu'il compte faire au Brésil… à ceci près qu'il n'était accessible qu'à la riche clientèle de l'établissement. En somme, du caviar pour des cochons.

4.18

LE MERCREDI 1er FÉVRIER 1995

Le Rat de Feu

À Shanghai, en ce soir de premier jour de l'année du Cochon de Bois, Yvon, arrivé fin octobre, est à une semaine de la fin de la mission exploratoire de trois mois qu'il mène pour le compte de la maison K.

Lorsque, au début de l'été, Erik K. l'appela pour la lui proposer, Yvon, malgré ses envies de lointain, s'était fait à l'idée que son pote de lycée avait changé d'avis, ou qu'il avait trouvé quelqu'un d'autre de « confiance », « le critère numéro 1 » du choix des collaborateurs par la maison K., comme l'héritier l'avait expliqué à Yvon dans cette brasserie du cours du Chapeau-Rouge où ils avaient déjeuné. Ce coup de fil tombait à pic pour notre ancien jésuite, qui a mis à profit les mois d'été pour potasser son chinois, à l'aide d'une méthode Assimil.

Dès son arrivée à Shanghai, il a été séduit par l'énergie de ses habitants et cette joyeuse fureur de vivre qui les anime, sous-tendue par leur inébranlable foi dans cet avenir radieux que Deng leur a fait miroiter à longueur de discours.

Depuis, Yvon ne compte plus les heures pendant lesquelles il a sillonné cet immense chantier à ciel ouvert, dont l'acmé est la place du Peuple, où plusieurs bâtiments emblématiques de cette ère nouvelle ont commencé à surgir de terre, tel celui de la mairie, ou cet opéra futuriste dû à l'architecte français Jean-Marie Charpentier, à quelques encablures de l'ancien musée des Beaux-Arts et du théâtre municipal, deux édifices datant de l'époque des concessions, quand la ville était qualifiée de « Paris de l'Orient ». Et, preuve que le dépaysement est bon pour son moral, son estime de soi est sensiblement remontée, au point qu'il se sent désormais un autre homme, grâce à Shanghai. Il quitte cette ville avec regret en espérant que, étant donné les résultats prometteurs de sa mission exploratoire, il pourra y revenir dans peu de temps en tant que représentant de la maison K.

En attendant, il a fêté en solo le Nouvel An chinois au *Mister Bund*, l'un des restaurants les plus sélects de la ville, d'où la vue sur le fleuve Huangpu est époustouflante.

C'est là qu'un serveur au visage androgyne et aux cheveux gominés vient de lui apporter l'addition, alors que les lumières des bateaux, noyés dans une brume épaisse, le font penser aux astres peints par Van Gogh dans sa célèbre *Nuit étoilée*.

Les Nuées Rouges, et l'Église de scientologie

À Phoenix, où il est un peu plus de 13 h 30, Forêt, emprisonnée dans son corset et appuyée sur sa canne, a débouché péniblement sur l'aire gravillonnée du *rooftop* de l'immeuble de la succursale de l'État d'Arizona de la banque californienne Wells Fargo. La mère de Jolie a joué de chance : la porte en acier par laquelle on accède au *rooftop* n'était pas fermée à clé. Et, avant cela, elle a pu, comme prévu, monter dans l'ascenseur. Il y a deux jours, elle avait remarqué que chez Wells Fargo, au moment de la pause-déjeuner, il suffit de se mêler à la foule des employés regagnant leurs bureaux pour passer sans encombre devant le comptoir où les visiteurs extérieurs doivent déposer leur carte d'identité avant de se voir remettre un badge permettant l'accès à l'entreprise.

Bien qu'éblouie par le soleil, Forêt voit un signe supplémentaire du destin dans l'absence de garde-fou sur le toit de ce gratte-ciel.

Le gravier crisse sous ses pas lorsqu'elle s'avance, indifférente à la vue pourtant époustouflante sur Downtown, ses cinq autres gratte-ciel entourés d'une profusion de petits immeubles en brique aux toits en terrasse, tous pourvus de leurs échelles d'évacuation sur les côtés, parfois en façade. Si elle n'avait pas la tête ailleurs, elle aurait deviné le quadrillage des rues, d'où elle aurait entendu monter le bruit assourdi de la circulation, ponctué de coups de klaxon et du hurlement de la sirène d'un véhicule de police au loin. Si elle se penchait, à présent que les pointes de ses chaussures affleurent le vide, elle apercevrait le dessus des têtes des employés sortant de la banque ou y pénétrant.

Alors que ses yeux se sont fixés sur un avion à l'approche de l'aéroport, elle repense à la lettre d'adieu, réécrite une dizaine de fois et signée d'un cœur percé d'une flèche accolé à « maman », que Jolie trouvera sur son oreiller quand elle rentrera de chez sa copine, également originaire de Chine, chez qui elle est allée déjeuner pour fêter l'année du Cochon. Forêt a écrit à sa fille qu'elle l'aime plus fort que tout, qu'à treize ans, c'est une grande fille qui saura affronter la vie sans sa maman, que la souffrance est devenue trop grande et qu'elle ne veut pas être la pierre qui l'entraînera au fond de la rivière, ainsi que Petit Papa Accordéon. Elle a également rédigé un mot à l'intention de Présage, embauché comme extra dans un restaurant chinois, pour lui confier Jolie, lui dire qu'elle l'aimait et s'excuser de tout.

À présent, elle se penche. Il ne manquerait plus qu'elle écrase quelqu'un après s'être jetée dans le vide.

Personne n'est sorti de l'immeuble, et les deux personnes qui se dirigent vers l'entrée se trouvent encore à une bonne vingtaine de mètres de celle-ci.

Plus qu'une poignée de secondes et Forêt aura atteint son but : être dans les Nuées Rouges, le paradis taoïste où le Yin fusionne avec le Yang et le plein avec le vide… dans lequel elle a sauté, bras étendus comme pour planer et avec une forme d'allégresse.

Deux minutes plus tard, alors que l'une des deux personnes qui avaient rendez-vous chez Wells Fargo s'est accroupie devant le cadavre, pendant que l'autre s'engouffrait dans l'immeuble pour appeler les secours, à Los Angeles Jennifer sort du 123 Hollywood Boulevard, dont l'enseigne, perpendiculaire à la rue, indique que cet immeuble de six étages n'est autre que le siège mondial de l'Église de scientologie internationale, la secte fondée en 1953, à Camden, dans le New Jersey, par L.R. Hubbard.

4.19

LE MERCREDI 15 FÉVRIER 1995

« Peu importe la couleur du chat », et au Tapis Rouge

— J'aurais tendance à plaindre les jeunes gens qui considèrent que le plus important est que le chat soit noir, blanc ou rouge, plutôt qu'il attrape les souris…

À Pékin, au Zhongnanhai, le Petit Timonier a prononcé cette phrase en souriant et avec cet air de ne pas y toucher qu'il prend quand il veut faire comprendre à ses interlocuteurs qu'il ne plaisante pas.

Il s'agit, en l'espèce, de Xi Zhongxun et de Bo Yibo, deux anciens compagnons de route qu'il a conviés à prendre le thé. Ils sont assis sur un canapé recouvert de cretonne fleurie, devant une table basse sur laquelle sont posées une théière et deux coupelles, la première contenant des *shortbreads* et la seconde deux paquets de Marlboro, l'un avec filtre et l'autre sans. Contrairement à Deng, ces deux vieux messieurs étaient des chauds lapins dans leur jeunesse et ils ont la chance d'avoir des fils promis aux plus hautes responsabilités politiques.

Le premier, le papa de Xi Jinping, dépourvu du moindre charisme et en costume Mao, comme à l'accoutumée, a eu sept enfants. Jusqu'à peu, avant que sa mobilité ne soit sévèrement obérée par une arthrose aux hanches et aux genoux, il officiait au Guangdong, où Deng l'avait envoyé surveiller la politique de libéralisation de l'économie dont le symbole reste la fameuse zone franche de Shenzhen – où les entreprises sont exonérées de taxes, cela expliquant l'intérêt que certaines multinationales étrangères ont commencé à porter au pays.

Le second, habillé avec recherche d'un pantalon de golf anthracite et d'un polo lie-de-vin à manches longues, au physique de séducteur malgré ses quatre-vingt-huit printemps, est lui aussi père de sept enfants, dont l'aîné est Bo Xilai. Beau parleur, Bo Yibo fut utilisé par Deng quand il s'agissait de mettre en difficulté ses ennemis jurés qu'étaient Hu Yaobang et Zhao Ziyang. Depuis que le géniteur de Gueule d'Ange est à la retraite, il s'ennuie à mourir entre parties de golf et calligraphie de poèmes à l'eau de rose.

C'est lui qui, piqué au vif, s'est mis à regarder fixement Deng d'un air réprobateur.

— Tu vises qui ? Ce ne serait pas mon fils, par hasard ?

Il poursuit :

— Mon aîné aura tout le temps de mettre un peu d'eau dans son vin rouge ! Je n'ai jamais vu de communiste plus sincère !

Le papa de Xi a ri jaune pendant que Bo parlait. Il dit :

— Le mien a fait une thèse d'économie marxiste. Quoi de mieux ?

Même si Deng sort de moins en moins du Zhongnanhai, la guéguerre entre Bo Xilai et Xi Jinping est remontée jusqu'à lui. Visage fermé, il déclare :

— Je compte sur vous, camarades, afin que vous demandiez à vos fils respectifs de cesser de se quereller. Ils doivent agir dans l'intérêt du Parti. Il n'y a que lui qui pourra conduire le pays sur un chemin de gloire !

Si le Petit Timonier avait pu se balader dans Pékin la veille, jour de la Fête des Lanternes, il n'aurait pas été démenti en voyant la profusion de lumières de chaque devanture de magasin, et toutes ces lanternes accrochées aux portes des immeubles et derrière la plupart des fenêtres : une vraie féerie.

Au même moment, à Shenzhen – où la queue des clients s'étire sur plus de deux cents mètres le long de la façade, illuminée comme un sapin de Noël, du cinquième McDonald's ouvert en Chine –, au *Tapis Rouge*, l'une des boîtes de nuit branchées de la ville, une jeune femme d'allure très BCBG en tailleur jaune acidulé et rangée de perles autour du cou observe la piste de danse. Xi Dong, l'une des sœurs cadettes de Xi Jinping, surnommée « Belette » dans le milieu de la promotion immobilière, en raison de son minois pointu, nourrit de grandes ambitions. Après avoir une dernière fois vérifié son maquillage dans les toilettes, elle se prépare à aborder les deux investisseurs hongkongais en train de se déhancher au son de « YMCA », le tube disco du groupe Village People. L'un de ses informateurs au sein de la police l'a prévenue qu'ils seraient présents ce soir-là au *Tapis Rouge*.

L'immobilier, c'est la poule aux œufs d'or. Belette ne cesse de le répéter à son mari, qui a de plus en plus de mal à se faire payer par son importateur en Russie, auquel il expédie des wagons remplis d'objets du quotidien, tels que des rasoirs, des casseroles ou du shampooing, achetés à bas prix à des usines en raison de défauts qui les rendent impossibles à vendre aux pays occidentaux.

Le « Jourdain », et Chirac remonte

À Paris, où il est à peu près 7 h 30, Emma, tout en trempant sa tartine beurrée dans son chocolat au lait, a ouvert son

« Jourdain », le nom donné par les étudiants en droit au pavé de plus de huit cents pages intitulé *Droit des biens* du professeur Patrice Jourdain, l'une des vedettes de la faculté d'Assas. La jeune femme, contrairement à l'écrasante majorité de ses condisciples de deuxième année qui boivent les paroles de l'intéressé quand ils assistent à son cours, serrés comme des sardines dans un amphi plein à craquer, a du mal à adhérer à la thèse, développée à longueur de pages du manuel, selon laquelle le droit de propriété, pierre angulaire du droit romain, constitue la base du contrat social. Comme si la propriété de n'importe quelle terre n'avait pas pour origine son appropriation par la force, que ce soit par la future noblesse s'agissant de l'Europe ou encore par les colons occidentaux tout au long du XIXe siècle. Aux yeux d'Emma, la propriété foncière est par conséquent à l'origine des inégalités entre les humains, et Proudhon n'avait pas tort lorsqu'il écrivait : « La propriété, c'est le vol », ce qui pourrait être résumé par la formule « La propriété, c'est le culot des uns et la connerie des autres ».

Telle est l'argumentation qu'elle a développée devant Georges, qui l'écoutait d'une oreille distraite tout en buvant son thé, assis de l'autre côté de la table, devant la pile de journaux qu'il consulte quotidiennement dans l'espoir d'y trouver une petite annonce d'emploi de journaliste, et qui n'est pas à prendre avec des pincettes depuis qu'il a quitté *France-Soir*, grâce à la clause de conscience, le journal de Pierre Lazareff ayant une nouvelle fois changé de propriétaire.

Deux heures plus tard, tandis que Georges est plongé dans les petites annonces du *Parisien* et du *Figaro*, Chirac, en survêtement, fait des étirements sous la houlette de Guy Drut, l'ancien médaillé d'or du cent mètres haies aux Jeux olympiques de Montréal, dans le minijardin situé en contrebas du grand salon des appartements du maire de Paris, qu'un mur de plus de deux mètres de haut rend invisible depuis les voitures qui circulent sur le quai de l'Hôtel-de-Ville.

Le maire de Paris a retrouvé le moral : il devance Balladur dans les sondages du premier tour et il pourrait dire merci aux *Guignols de l'Info*, l'émission fétiche de Canal+, où sa marionnette hérissée de couteaux dans le dos le présente comme une victime de la trahison de ses ex-amis doublé d'un mangeur de pommes depuis la sortie de son livre *La France pour tous*, sur la couverture duquel figure un pommier. Du coup, le président du RPR est devenu sympathique. « Facho Chirac » s'est transformé en « gentil mangeur de pommes ». Et, renouvellement des générations – sans compter mémoire de poisson rouge – oblige, les électeurs sont de moins en moins nombreux à reprocher au maire de Paris son absence de convictions et son opportunisme, quand il passait du « travaillisme à la française » au libéralisme échevelé de la première cohabitation, et qu'il qualifiait en 1978 de « parti de l'étranger » les partisans de l'Europe depuis une chambre de l'hôpital Cochin, avant d'exhorter, il est vrai quatorze ans plus tard, les électeurs à voter « oui » au référendum sur Maastricht.

Chirac sait également que Raminagrobis a désormais Balladur dans son collimateur, en vertu de l'adage « Les ennemis de mes ennemis sont mes amis ». Sinon pourquoi, pas plus tard qu'hier après-midi, l'un des proches du chef de l'État aurait-il appelé le maire de Paris pour l'informer que le Premier ministre allait se faire épingler, au sujet de plus-values issues de la vente de stock options, dans *Info Matin,* le tout nouveau quotidien gratuit lancé par André Rousselet, lui-même ayant son éviction de la présidence de Canal+ en travers de la gorge ?

Sa séance de gym terminée, Chirac, douché et en costume de ville, regagne son bureau, où l'attend la fidèle Denise Esnous.

— Monsieur, Sarkozy a appelé trois fois en demandant que vous le rappeliez.

Chirac met les pieds sur son bureau et croise les bras derrière sa tête. Il dit :

— Qu'il aille se faire foutre, ce petit merdeux !

« Les glaciers de l'Himalaya ne fondront jamais »

Douze heures plus tard, il est 6 heures du soir à Raleigh, la capitale de l'État de Caroline du Nord, et, comme à l'accoutumée à cette heure-là, on s'entend à peine parler au *Flowers*, un bar où les étudiants et les professeurs de l'université de Caroline du Nord se retrouvent pour boire un coup ou disputer une partie de billard. Celle qui a débuté il y a cinq minutes n'aurait strictement aucun intérêt si l'un des joueurs n'avait pas commencé à parler du changement climatique. Rajendra Kumar Pachauri est un ressortissant indien. Ingénieur en génie électrique et mécanique, il est l'auteur d'une thèse de doctorat intitulée « Un modèle dynamique pour la prévision de la demande en énergie électrique dans une région spécifique de Caroline du Nord ».

Une dizaine de jeunes gens se sont agglutinés autour de Pachauri pour l'écouter discourir sur la première « Conférence des parties », dite COP 1, dont la création fut décidée lors du Sommet de la Terre de Rio en 1992. Elle se tiendra à Berlin et l'Indien a été invité à y participer par Angela Merkel, la toute jeune ministre fédérale de l'Environnement du gouvernement Kohl, dont il exhibe fièrement la lettre.

Tandis que Pachauri la replie pour la ranger dans sa poche, un étudiant d'origine népalaise lui demande s'il est vrai que, dans cent ans, il n'y aura plus de glaciers dans l'Himalaya. L'Indien repose brusquement sa canne sur le rebord du billard. Il dit :

— Sur la tête de ma mère, j'affirme ici que les glaciers de l'Himalaya ne fondront jamais !

4.20

LE MARDI 2 MAI 1995

Deux axels sur la glace

— Bravo, chérie Jolie ! Super ! Continue comme ça et tu brilleras de mille feux au gala !

À Phoenix, la fille de Forêt, en tunique courte bleu pâle, visage écarlate d'avoir tout donné et les bras en anse de panier au-dessus de la tête, s'est figée tout en savourant son exploit sous les vivats de ses camarades de la classe de patinage sur glace.

C'est parce qu'elle a réussi deux axels de suite sans perdre l'équilibre à la retombée que ce compliment lui a été adressé par son moniteur, un certain John G., « Juanito » pour les intimes, père cubain et mère portoricaine, au look efféminé, qui termina second dans la catégorie « danse acrobatique » aux championnats masculins de patinage artistique des États-Unis en 1986.

La perte d'un être cher – et ne parlons pas de celle d'une maman – peut s'avérer une délivrance pour ceux qui restent. Bien que percutée de plein fouet par la mort de sa mère, Jolie, à qui le patin à glace sert désormais d'exutoire, a beaucoup pleuré, pourtant elle n'en pouvait plus de voir Forêt s'étioler comme une plante privée d'eau et de soleil.

Malgré le drame, tout continue de réussir à cette belle jeune fille parlant l'américain sans la moindre pointe d'accent : elle excelle en maths et en physique, mais également en macramé, en patchwork et en athlétisme ; dans la *public school* qu'elle fréquente et où Présage donne des cours de mandarin, elle fait l'admiration de ses professeurs et des envieux chez de nombreux parents d'élèves. Sa modestie et son sens de la camaraderie lui valent l'estime de sa classe. « Tout faire pour s'adapter afin que les autres vous adoptent » pourrait être la devise de Jolie.

Cela fait deux mois qu'elle s'entraîne dur en vue du gala de fin d'année, où elle compte bien faire des étincelles.

Les prouesses de la fille de Forêt, mais également ses jambes parfaitement galbées et ses bras graciles aux mouvements fluides, n'ont pas manqué d'attirer l'attention d'un homme vêtu d'un anorak noir, assis incognito dans les gradins au milieu des spectateurs. Un bon mètre quatre-vingt-dix de musculature, cheveux ras, Christopher F. est le directeur technique de la Fédération de patinage artistique de l'Arizona. Venu repérer d'éventuelles jeunes pousses prometteuses, il n'a pas cessé de mitrailler la prestation de notre jeune Chinoise avec son mini-Konica.

4.21

LE VENDREDI 30 JUIN 1995

Le col du fémur de Deng, et les mains baladeuses de Clocheton

À Pékin, dans une chambre de l'hôpital militaire numéro 1 – l'établissement où sont soignées les huiles du régime –, Deng, auquel sa fille Deng Rong masse doucement les pieds, se remet difficilement d'une anesthésie générale. La veille, les chirurgiens ont réduit la fracture du col de son fémur gauche en y plaçant deux broches en acier inox. Deux jours plus tôt, le Petit

Timonier, refusant de se faire aider pour sa toilette, a fait une mauvaise chute sur le carrelage de sa salle de bains alors qu'il sortait de sa baignoire. Comme la plupart des personnes âgées, il ne se voyait pas vieillir, or, passé un certain âge, une fracture du col scelle généralement le commencement d'un début de la fin…

Pour l'occasion, tout l'étage a été vidé des malades qui y séjournaient. Seuls les deux chirurgiens qui l'ont opéré, ainsi que deux infirmières triées sur le volet, ont le droit d'entrer dans la chambre. Personne ne sait que Deng a subi une opération de la hanche, mis à part ses enfants, le Premier ministre Li Peng, Jiang Zemin, l'actuel chef de l'État, ainsi que Hu Jintao, l'ancien patron du Parti dans la région autonome du Tibet, devenu le chouchou du Petit Timonier.

Au même moment, à une dizaine de kilomètres au nord-ouest de là, au centre de recherches de Sinopec, il n'a pas échappé à Fleur que la sémillante stagiaire vêtue d'un pull rose fuchsia, à qui elle expliquait le fonctionnement d'un spectromètre de masse dernier cri importé d'Allemagne, a semblé complètement déstabilisée quand Clocheton s'est pointé dans le laboratoire, au grand étonnement des ingénieurs et laborantines présents.

Le DRH reparti, non sans être passé entre les paillasses pour mieux mater le cul des laborantines, l'ancienne passionaria du mouvement étudiant se penche vers la stagiaire.

— J'espère au moins que ce gros porc ne t'a pas tripotée ?

La jeune femme se met à transpirer et ses mains tremblent. Elle dit :

— Pas là, mais quand il m'a accueillie, le premier jour de mon stage, il a essayé de m'embrasser. Je l'ai repoussé et il m'a dit que j'avais tort, et qu'il était très gentil.

Fleur ne répond pas. Elle a souvent songé à dénoncer les agissements de Clocheton, mais elle n'ose pas. La peur d'être virée, vu la misogynie ambiante. L'arrivée des communistes au pouvoir n'a rien changé au patriarcat, au système des concubines et à la croyance selon laquelle un rapport sexuel avec une jeune femme permettrait à un homme âgé de garder sa virilité, celle-ci étant le gage d'une longue vie. Les grands dirigeants du pays sont les premiers à collectionner les maîtresses juvéniles.

Impuissante, Fleur se voit tel un hamster condamné à tourner indéfiniment dans sa roue, et elle a envie de pleurer.

Le spleen du vainqueur

À Paris, où il est un peu moins de 10 heures du matin, Chirac a le spleen du vainqueur qui n'a jamais cru en lui-même et que sa victoire déstabilise dans la mesure où elle ébranle ses certitudes.

Cela étant, c'est une chose de faire campagne, de faire mentir les sondages, de mettre à Balladur la raclée du siècle, de faire miroiter un avenir radieux aux Français et de flatter leur corde sensible égalitaire en leur garantissant de réduire la fameuse « fracture sociale », c'en est une autre d'être le chef de l'État, responsable de tout – car bénéficiant désormais de l'onction du suffrage universel –, à commencer par les promesses qui ne pourront pas être tenues. Tout ça pour ça !

Alors qu'il n'a toujours pas déménagé de l'Hôtel de Ville, l'Élysée lui paraît kitsch et suranné, à part le bureau présidentiel, au-dessus duquel planent néanmoins les ombres du Général et de Pompidou, deux êtres d'exception auxquels Chirac, qui ne s'aime toujours pas, estime ne pas arriver à la cheville.

Deux mois après son accession à l'Élysée, le nouveau président en est presque à regretter d'avoir cédé aux nucléocrates et à leur chef de file, André Giraud, ancien ministre de la Défense, issu du corps des Mines et ex-patron du commissariat à l'Énergie atomique, en mettant un terme au moratoire sur les essais nucléaires. Du coup, il récolte les critiques d'une large partie de la presse sur le thème « Chirac n'avait-il pas mieux à faire que de permettre une dernière campagne d'essais à Mururoa ? », tandis que d'autres journaux font plus cruellement le parallèle entre cette décision et les mesures sociétales progressistes que Giscard avait prises dans les deux mois qui suivirent son élection.

Et en plus, voilà que le Président découvre un Juppé – qu'il a pourtant nommé à Matignon – plus technocrate que jamais, lui réclamant un gouvernement plus resserré et « avec moins de bras cassés », « et de jupes », ajouta alors Dominique de Villepin, le secrétaire général de la présidence, puis lui brossant un tableau apocalyptique des finances publiques de la France… « Si on ne redresse pas sensiblement la barre, on ne pourra jamais être qualifiés pour l'euro ! »… « Comme si la monnaie unique était un championnat de foot », faillit lui rétorquer Chirac, avant de s'abstenir. Juppé, dont l'euro est devenu le mantra, a la susceptibilité à fleur de peau. Chirac n'est ni pour ni contre l'euro.

Pas comme Philippe Séguin, pour qui l'euro est la plus grande amputation de souveraineté que subira le pays, tant il est vrai que les États sont nés en même temps qu'ils battaient monnaie, comme il est venu le dire, de sa voix caverneuse et encombrée (la nicotine !), à Chirac : « Comment on va faire, si on ne peut même plus dévaluer ? » Chirac n'avait rien dit. En 1986, dans la foulée de sa nomination à Matignon par Raminagrobis, il avait bel et bien décidé d'amputer de 3 % la valeur du franc. Pour autant, il était hors de question de laisser penser qu'il n'était pas sur la même ligne que Juppé.

À présent, le Président contemple la pelouse légèrement évasée sur laquelle s'ébat le labrador de sa fille Claude.

Il fait grand beau sur Paris et la vie continue.

N'est-ce pas déjà ça ?

4.22

LE VENDREDI 14 JUILLET 1995

« Parole, parole »

En politique, quelle que soit la nature du régime en place, le « message », surtout lorsqu'il est déclamé de façon persuasive et avec talent, vaut engagement et action de la part de celui qui le produit. C'est pourquoi, contrairement à ce qu'on raconte, la plupart des dirigeants politiques croient dur comme fer à ce qu'ils disent. Au demeurant, sans un réel talent d'acteur, on ne réussira jamais en politique.

À Pékin, Chen Xitong, l'ancien homme fort de la capitale, un protégé de Deng Xiaoping, fait face aux quatre flics en civil venus le cueillir au petit matin à son domicile. Pourtant, il faisait partie des partisans de la répression du mouvement estudiantin. La voix tremblante, il leur déclare :

— Pourquoi êtes-vous là ? Ma parole de communiste : je n'ai jamais détourné un seul centime…

Le flic le plus gradé hausse les épaules.

— Ça, t'es le seul à le dire !

Plus tard, à Paris, où il est un peu moins de 17 heures, Jacques Chirac relit, Stabilo à l'encre rose à la main et en compagnie de sa « plume », Christine Albanel, une séduisante agrégée de lettres modernes, le discours qu'il lui a demandé d'écrire pour le cinquante-troisième anniversaire de la rafle du Vél' d'Hiv'.

Arrivé au milieu du texte, le président se rend compte que sa collaboratrice a rompu avec la posture de ses prédécesseurs, pour qui la République n'est pas tenue de s'excuser pour les actes commis par le régime du maréchal Pétain, celui-ci étant le produit d'un coup d'État antirépublicain. De ce fait, Vichy ne peut être assimilé à la France – même si la Chambre d'alors était le produit d'élections parfaitement démocratiques lorsqu'elle conféra les pleins pouvoirs au Maréchal. L'œil de Chirac brille d'un éclat pratiquement similaire à celui qu'il a quand il aperçoit une jolie femme perdue au milieu de la foule, que ce soit en Corrèze, à Paris, ou au Salon de l'agriculture. Il sourit à sa « plume », tout en recapuchonnant son Stabilo.

— Tu crois qu'on peut dire ça ? T'y vas pas de main morte… J'entends déjà les hurlements des Messmer et autres Séguin… Pas très gaulliste, ton laïus !

— Monsieur, si vous le souhaitez, on peut faire sauter la phrase. Quand j'ai vu les Klarsfeld, ils ont beaucoup insisté… Et Pétain a fait l'objet d'un vote favorable d'une Chambre des députés régulièrement élue.

Le regard de Chirac s'embue.

— Pas le moins du monde, Christine. Non seulement tu gardes ta phrase, mais tu me développes ça. Je veux que ce discours marque une rupture. Si ces députés régulièrement élus ne l'avaient pas décidé, Vichy n'aurait pas existé aussi facilement. Et puis, dans la vie, des excuses, ça n'a jamais fait de mal à personne !

Le gala, et la plantureuse stagiaire

À Phoenix, où il sera bientôt 17 heures, Jolie, en maillot bleu roi à fines bretelles ceinturé de franges formant une jupette de la même couleur, aurait bien aimé que son Petit Papa Accordéon fût présent à la patinoire, où elle se rend désormais quatre fois par semaine, pour assister à ce gala de fin d'année et constater qu'elle vient de retomber comme une fleur sur la glace, après un double axel qui en précédait un autre, tout aussi réussi…

Mais depuis qu'il fréquente Jennifer, Présage se désintéresse des exploits de Jolie, ce qui ne fait qu'amplifier la détestation que l'adolescente a de cette femme.

Si celui qu'elle continue à appeler Petit Papa Accordéon brille une fois de plus par son absence, ce ne sont pas les admirateurs qui manquent à la fille de Forêt. Pas moins de six garçons de sa classe sont venus suivre l'entraînement de celle dont la plastique laisse augurer le meilleur pour la suite.

Parmi ces fans, un certain Igor V., fils d'immigrés russes, ne lui est pas indifférent. Œillet rouge à la boutonnière, cette asperge aux longs cheveux encadrant un visage hâve évoquant le portrait de Chopin par Delacroix lui a adressé, il y a trois jours, un poème intitulé « Ma belle étoile de Chine ».

Tandis qu'Igor applaudit à tout rompre celle qu'il admire, Présage a rejoint Jennifer et lutine son corps parfait, musclé, souple, parfumé à souhait et épilé dans ses moindres recoins, si beau et à la peau si douce qu'il lui semble irréel quand il le touche.

À présent que sa Liqueur de Jade s'est répandue dans le Vase d'Or de sa partenaire et qu'il a l'impression d'avoir plongé dans un bain de jouvence merveilleux, Jennifer vient se lover contre lui sur l'immense lit de la suite parentale de la villa ultramoderne que loue pour son compte l'Église de scientologie. Elle dit :

— Le nom de Ron Hubbard, ça te dit quelque chose ?

Présage baise le sein gauche de Jennifer.

— Pas vraiment.

Il faut être entré dans une église de scientologie pour savoir ce que sont la dianétique et son inventeur, par ailleurs le fondateur de cette secte, dont les membres sont recrutés lors de « séminaires de purification ». Ces stages d'une durée de deux jours sont animés par un *teacher*, toujours une jeune créature « canon », car on n'attire pas les mouches avec du vinaigre. À l'issue de ce qui pourrait se résumer à un bourrage de crâne, les participants sont incités à faire l'acquisition d'un « électromètre », une machine développée par l'Église dont le prix s'élève à 1 200 dollars. On leur demande également d'acheter les livres écrits par Hubbard, ainsi que les enregistrements de ses prêches. Parmi ces pigeons, 80 % n'y trouvent rien à redire.

Mais Présage n'a cure de ce que lui raconte Jennifer, pour une fois exaltée. Le génie de Ron Hubbard et les bienfaits miraculeux de sa dianétique : *bullshit.* À ses yeux, le seul miracle a pour nom Jennifer, la source miraculeuse sur laquelle tombe *in extremis* le voyageur assoiffé. Jennifer, sans laquelle il ne se serait pas remis à l'accordéon, lui qui avait été incapable de rejouer de cet instrument avant de la rencontrer.

Cinq minutes plus tard, alors que Présage n'a toujours pas mordu à l'hameçon, à Washington, dans le Bureau ovale de la Maison-Blanche, Bill Clinton attend cette plantureuse stagiaire, qu'il croise dans les couloirs depuis quelques jours.

La Maison-Blanche est quasiment déserte. Ça ne pouvait pas tomber mieux pour Bill. La faute au « *shut down* budgétaire » affectant tous les agents fédéraux. Un vrai petit miracle.

4.23

LE LUNDI 23 OCTOBRE 1995

L'OMC, et le rêve américain de Bouillie

À Pékin, au Zhongnanhai, où il est aux environs de 17 heures, le Petit Timonier reçoit celui dont il se murmure qu'il sera le plus brillant économiste de sa génération. Âgé de vingt-six ans à peine, Aidu Qiang se fait appeler Art Qiang depuis qu'il est revenu de Harvard avec, en poche, un Master of Business Administration (MBA), doublé d'un diplôme de niveau équivalent, délivré cette fois par la « John F. Kennedy School of Government » de la même université.

Deng, voulant à tout prix éviter que la rumeur se répande qu'il ne se déplace plus qu'en chaise roulante, a demandé aux deux infirmières qui veillent sur lui de jour comme de nuit de l'installer sur le canapé du salon.

Est-ce parce que le maître de la Chine regarde ce garçon en se disant qu'il aurait bien aimé avoir un petit-fils de sa trempe ? Quoi qu'il en soit, le jeune homme n'est pas intimidé pour deux sous. « Rien ne vaut l'économie de marché, ce qui suppose le développement du commerce international ; en devenant "l'usine du monde" la Chine sortira forcément gagnante ; pour cela, il convient qu'elle entre dans l'OMC. » Le petit génie de Harvard ayant achevé sa démonstration, Deng, dont les yeux continuent de pétiller, élève son index droit vers le ciel.

— De quelle organisation s'agit-il exactement, dans notre langue, Aidu Qiang ?

C'est la tournure choisie par Deng, qui n'a jamais entendu parler de l'OMC mais ne saurait faire état de la moindre ignorance, surtout devant une jeune personne si brillante.

— De l'Organisation mondiale du commerce, dont le siège est à Genève ! Si la Chine veut devenir l'usine du monde, elle doit impérativement faire partie de l'OMC, camarade Deng !

Son visiteur reparti, c'est un Petit Timonier extatique qui repense à cette expression magnifique d'« usine du monde ».

Une usine étant faite d'ouvriers, les Chinois deviendraient « les ouvriers du monde », or un ouvrier ayant forcément dans le sang la lutte pour l'égalité, c'est la planète tout entière qui finirait par ressembler à la Chine communiste ! Les yeux de Deng se sont un peu plus plissés à l'idée de la fusion entre le capitalisme et le communisme ; la fusion des contraires… comme celle du vide et du plein…

Et du Yin et du Yang.

Environ cinq heures plus tard, cela fait plus d'une heure que Bouillie longe les murs de son quartier dans l'espoir de ne pas se faire repérer, à la façon de ces combattants du Viêt-minh quand ils regagnaient leurs trous dans la jungle. Tous les soirs, il déambule dans les rues désertes, tout en n'ignorant pas qu'il risque d'attirer l'attention de la police, mais en espérant qu'il tombera comme une masse quand il s'allongera sur son lit. Expliquer à un flic qui vous prend pour un cambrioleur que vous êtes dehors parce que vous souffrez d'insomnie, ça vous conduit *illico* au poste pour outrage, ou aux urgences psychiatriques.

À force de faire semblant d'être un fonctionnaire loyal et surtout pas le frère du disparu Temple, Bouillie a développé une véritable phobie envers les symboles coercitifs de la puissance publique ; à la simple vue d'un flic, d'un îlotier ou d'un militaire, Bouillie est persuadé qu'il a été démasqué et qu'on va l'arrêter !

Arrivé à une centaine de mètres de chez lui, il aperçoit, garée devant la barrière de son pâté d'immeubles, une voiture de police… qui repart au bout de quelques secondes, sirène hurlante.

La police était sur les traces de cambrioleurs. C'est ce qu'a expliqué à Bouillie le gardien, un homme rondouillard sorti de sa guérite et dont le travail consiste à noter scrupuleusement les allées et venues des habitants sur un petit carnet.

Notre diplomate supporte mal cette surveillance perpétuelle à laquelle les gens sont soumis.

Il aimerait tant être le plus loin possible de Pékin… à une distance qui ne serait pas uniquement mesurable en milliers de kilomètres.

Bouillie rêve toujours d'un poste aux États-Unis.

Le pays qui, à ses yeux, serait le Yin si la Chine était le Yang.

Les arts premiers, un fou rire malvenu, et Jolie sauvée par ses copines

À Paris, où il est un peu plus de 11 heures, au palais de l'Élysée, Chirac et le marchand d'art africain Jacques Kerchache sont en grande conversation au sujet de la place des arts primitifs, que cet homme fluet, visage maigrichon dévoré par une barbe de cinq jours et débit de mitraillette, qualifie d'« arts premiers » :

— Vous comprenez, monsieur le président, cette expression n'a pas cette connotation péjorative qu'a l'« art nègre ».

Kerchache a dans le collimateur le nouveau patron à l'écharpe rouge du musée du Louvre, « un homme certes brillant, mais qui ne jure que par Poussin », et il a ressorti son idée de musée des « Arts premiers » à Chirac, dont il a fait la connaissance cinq ans auparavant, sur une plage de l'île Maurice.

Une demi-heure plus tard, celui-ci, dont le visiteur suivant poireaute dans l'antichambre depuis vingt bonnes minutes, déclare à Kerchache, qu'il a raccompagné jusqu'à l'escalier :

— Promis, Jacques, j'en parle à Juppé ! Alain nous trouvera bien les sous nécessaires pour votre étude de préfiguration.

Le système présidentiel français présente au moins cet avantage de permettre au Président de donner corps à son dada, comme Pompidou avec Beaubourg, ou Raminagrobis avec le Grand Louvre.

Huit heures plus tard, à New York, au siège de l'Organisation des Nations unies, dont on fête le cinquantième anniversaire, Bill Clinton se tord de rire à côté de Boris Eltsine, qui vient de qualifier de « désastre » les journalistes présents à la conférence de presse donnée par les deux chefs d'État à l'issue de leur déjeuner, au cours duquel il a été question des accords de Dayton sur l'ex-Yougoslavie et de l'intervention de l'OTAN pour contrer les velléités de la Serbie à l'encontre de la Bosnie – autant de sujets qui fâchent et ayant motivé les protestations du Russe dans un discours d'une véhémence rare, prononcé la veille à la tribune des Nations unies.

Contrairement à une opinion souvent répandue, les grands alcooliques tiennent très mal l'alcool. Le président de la fédération de Russie a beau avoir très peu bu au cours du déjeuner, il est rond comme une queue de pelle, d'où son air mi-ahuri, mi-agacé, alors que, dans la salle, le « désastre » rigole à l'unisson de Clinton.

À la fin de la conférence de presse, dont la durée n'aura pas dépassé quinze minutes, le correspondant de la chaîne ABC déclare à l'antenne, reprenant les propos du président Lyndon Johnson : « Mieux vaut avoir son ennemi à l'intérieur de sa tente, de façon qu'il pisse vers l'extérieur, plutôt qu'il soit dehors et qu'il vous pisse dessus. »

Cinq heures plus tard, à Austin, Texas, où il est 21 heures, dans la chambre à 15 dollars la nuit du *Blue Velvet*, l'un des motels des environs de la ville, Jolie sort de sa douche, sa serviette nouée au-dessus de sa poitrine. Elle a entendu qu'on frappait à la porte et elle s'apprête à aller ouvrir, persuadée qu'il s'agit de ses copines de l'équipe de patinage. Elles sont cinq à avoir gagné le championnat junior par équipes du Texas et de l'Arizona réunis, Jolie ayant obtenu la coupe du meilleur espoir grâce à un double axel impeccable et la torche en tourbillon qui a conclu sa prestation. La compétition s'est achevée en fin d'après-midi et les participants doivent se retrouver pour un dîner de gala dans la *ballroom* d'un hôtel du centre-ville. Jolie portera le fourreau pailleté bronze et à fines bretelles qu'elle a étalé sur le lit. Dans le milieu du patinage, tout comme dans celui des Mini Miss, les fillettes s'habillent comme des femmes et elles se maquillent comme des camions volés. Une atmosphère de strass et de paillettes à laquelle Jolie, depuis qu'elle fréquente les compétitions, a pris goût, en toute innocence.

D'où sa surprise devant cette visite inopinée de Christopher F., auquel elle vient d'ouvrir la porte. Le sélectionneur arbore un tee-shirt de Superman censé sublimer sa musculature sculptée à coups d'anabolisants.

— J'espère que je te dérange pas. Je voulais juste te féliciter. Tu as été formidable.

Elle rajuste machinalement sa serviette, sans trop se rendre compte du regard avec lequel l'entraîneur la détaille de la tête aux pieds.

Jolie pourrait jouer les pimbêches, étant donné le nombre de ses admirateurs, tant au collège qu'au patinage. Mais ce n'est pas dans sa nature de les faire marcher, de se faire désirer, d'humilier les uns et de flatter les autres. Parmi eux, le seul à trouver tant soit peu grâce à ses yeux demeure Igor, dont elle apprécie la douceur et la délicatesse…

Le contraire de Christopher, qui n'a pas hésité à forcer le passage pour pénétrer dans la chambre, au grand dam de la jeune fille, que cela ne manque pas de contrarier. Jusque-là, Jolie considérait le sélectionneur comme une personne parfaitement maîtresse d'elle-même, étant donné son âge, et elle n'aurait jamais imaginé un professeur se comportant de la sorte vis-à-vis de son élève.

Bien qu'ayant instinctivement reculé contre la fenêtre devant Christopher qui s'avançait vers elle, les yeux brillants, le sourire carnassier, le souffle rauque et ses mains, larges comme des battoirs, prêtes à l'empoigner, elle n'a toujours pas imaginé ce à quoi elle a échappé quand trois copines de l'équipe de patinage font irruption à la queue leu leu dans la chambre, en agitant des pompons et en criant :

— On a gagné, on a gagné, on a gagné !

4.24

LE VENDREDI 15 DÉCEMBRE 1995

La proie et le chasseur, Servier fulmine, et les 35 heures

— Le ministre aime les jolies filles. J'espère que tu sauras en profiter !

À Pékin, au centre de recherches de Sinopec, Fleur a laissé dire Pivoine[1], une ingénieure senior spécialisée dans le durcissement des polymères, le prototype de la salariée perpétuellement en train de râler, tantôt contre les défaillances de la clim ou du chauffage, tantôt parce que les chercheurs sont payés des clopinettes – « pourtant le pétrole, ça génère un pognon de dingue ».

Cinq minutes plus tôt, quand l'une des secrétaires du grand directeur du centre est venue dire à Fleur, alors devant un spectromètre, que le ministre de l'Énergie souhaitait la voir dans la semaine, on aurait cru qu'elle annonçait à notre chimiste qu'elle avait tiré le gros lot. Malgré tout, Fleur a continué son expérience comme si de rien n'était, tandis que Pivoine ajoutait qu'à sa place elle en profiterait pour se plaindre du faible montant de la rémunération des chercheurs chez Sinopec.

Fleur, qui ne compte pas répondre, demeure songeuse. Son Temple chéri ne disait-il pas : « Proie ou chasseur, c'est toi qui choisis, contrairement à ce qu'on dit » ?

Douze heures plus tard, à Paris, où il est 18 h 30, au siège de Roussel-Uclaf, boulevard des Invalides, se tient une réunion du groupe des grands labos français, une instance visant à faire vibrer la corde patriotique des autorités de santé. Jacques Servier, dont

1. « Pivoine » se prononce « Baishao » en mandarin pinyin.

le ton est d'ordinaire très modéré, jamais un mot plus haut que l'autre, surprend ses collègues avec sa diatribe à l'encontre d'un lobbyiste – un certain Daniel V. – bien connu pour ses entrées au sein du ministère de la Santé, qu'il vient de traiter de gars « sans foi ni loi ». Autour de la table, personne ne moufte : il n'y a guère que Servier qui n'ait toujours pas cru bon de s'attacher les services de PR International, la boîte créée par cet homme de l'ombre au savoir-faire indéniable…

Un peu plus tard, dans la soirée, Lionel Jospin, Martine Aubry et Dominique Strauss-Kahn refont le monde, en compagnie de quelques seconds couteaux socialistes, lors d'un dîner aux *Fins Gourmets*, un restaurant du boulevard Saint-Germain situé à quelques encablures de l'Assemblée nationale.

Au menu de ces agapes : l'élaboration d'un programme pour les prochaines législatives, qui auront lieu dans quatre ans et demi.

En attendant, la France est aux prises avec des grèves qui la paralysent en raison du projet d'allongement des cotisations retraite et des coupes claires dans les dépenses de l'assurance maladie prévues par le « plan Juppé », que Chirac aurait volontiers empêché, « mais, vous comprenez, c'est quand même Alain qui décide… ».

Jospin, l'« austère qui se marre », ainsi qu'il se qualifie lui-même, est d'humeur badine. L'oxymore incarné : nez écrasé de boxeur et immenses carreaux d'intello recouvrant ses yeux d'hyperthyroïdique, il a parfaitement négocié son retour en politique. Il est redevenu premier secrétaire du PS après son score des plus honorables à la présidentielle. Pourtant, après sa défaite aux législatives du printemps 1993, il aurait pu redevenir le diplomate qu'il était à sa sortie de l'ENA si Juppé – par sectarisme, mais surtout absence de pif – n'avait pas commis la lourde erreur de lui refuser le poste d'ambassadeur de France au Nicaragua… Depuis, un journaliste amoureux des bons mots a pu écrire que la « traversée du désert » de Jospin s'était réduite à celle d'un « bac à sable ».

Consultant le menu, il dit, l'air narquois :

— Camarades, c'est le moment de se lâcher !

Dominique Strauss-Kahn et Martine Aubry sont les deux figures montantes du PS. Ils ont été ministres lors de la législature précédente : Martine au Travail et à l'Emploi, Dominique à l'Industrie et au Commerce extérieur. Ils se détestent cordialement : même ambition mais caractères opposés.

On en est au soufflé au Grand Marnier, dans lequel il n'a pas été assez incorporé de cette liqueur pour qu'il mérite ce nom, lorsque DSK déchire le coin de nappe en papier sur lequel il n'a pas cessé de griffonner depuis le début des agapes.

— Sept cent mille emplois !

Face au gars, l'air d'un Einstein après sa découverte de la relativité, Jospin essuie ses lunettes avec sa serviette.

— De quoi parles-tu ?

DSK lui tend sa feuille.

— Des emplois créés si on adopte les 35 heures.

Tous les convives piquent du nez. Mais quelle idée saugrenue lui a donc pris, au titulaire de la chaire d'économie à Sciences Po, de ressortir cette vieille lune qui faisait partie des « 101 propositions » du candidat Mitterrand – et que l'intéressé s'empressa d'oublier une fois le temps de travail hebdomadaire passé de quarante à trente-neuf heures ?

Jospin, qui connaît bien son DSK, le soupçonne de ne pas croire un mot du résultat des deux règles de trois griffonnées sur le papier, mais, en bon tacticien qu'il est, de vouloir faire plaisir à Edmond Maire et à la CFDT, dont les 35 heures sont le cheval de bataille, ainsi que celui de la Confédération européenne des syndicats. En somme, une habile façon de se placer pour incarner, le moment venu, la gauche réformiste. Une petite lueur d'amusement naît dans le regard convexe du revenant en politique.

— Tu crois vraiment aux 35 heures ?

— Lionel, même les évêques de France s'y sont mis, avec leur note !

— Ah bon ?

L'un des seconds couteaux présents se pousse du col.

— Oui, cette déclaration où ils exhortent chaque couple à se demander si l'un d'entre eux ne devrait pas renoncer à son poste au profit d'un chômeur… Si ça s'appelle pas de la réduction du temps de travail, moi je veux bien être archevêque !

Jospin opine mollement. Après tout, songe-t-il, réduire le temps de travail, ça a tout pour plaire aux gens… Et puis, d'ici aux prochaines législatives, beaucoup d'eau de la Seine aura coulé sous les ponts de Paris.

Autour de lui, la seule à ne pas rire du tout, c'est bien Martine Aubry… Elle garde un souvenir cuisant des sifflets qu'elle avait essuyés, le 12 septembre 1991, de la part des cinq mille militants de la CFDT réunis au Zénith à l'occasion d'une convention sur l'emploi, où elle avait été invitée en tant que ministre du Travail, après qu'elle leur avait assené, avec son franc-parler légendaire, et, surtout, forte de son expérience à la direction des ressources humaines de l'entreprise Pechiney, alors l'un des géants mondiaux de l'aluminium : « Si j'ai bien compris, ici, pour se faire applaudir, il faut parler réduction du temps de travail. Eh bien, vous allez être déçus : je ne crois pas à la fable selon laquelle une mesure généralisée de réduction du temps de travail créerait des emplois. »

4.25

LE LUNDI 8 JANVIER 1996

Chacun de son côté

À Pékin, où souffle un blizzard neigeux, Battante sort de chez le gynécologue, et elle n'a pas trop le moral, elle qui ne s'était pas posé véritablement la question de savoir si une femme âgée de cinquante et un ans était toujours susceptible de procréer de façon médicalement assistée.

Cela fait un mois que Rallié et Battante n'habitent plus ensemble. Un couple que rien n'oblige à le rester n'en est pas un, surtout quand ses seuls fondements sont constitués d'intérêts réciproques. Il a emménagé dans un deux-pièces acheté à un promoteur qui ne parvenait pas à le vendre. Elle l'a laissé partir, des fois que Présage pointerait de nouveau son nez…

En attendant, Battante a fort peu apprécié le petit air de commisération avec lequel le docteur Cheval[1], par ailleurs l'un des médecins de la Fédération de tennis de table, lui a déclaré que « sa ménopause allait arriver incessamment », et qu'elle « pouvait faire une croix sur son idée de fécondation artificielle. » Alors qu'elle s'apprêtait à lui rétorquer qu'elle ne se sentait pas si vieille que ça, elle avait préféré s'abstenir, s'étant aperçue qu'elle ne s'était jamais renseignée au sujet de l'âge à partir duquel un utérus ne produit plus aucun ovule.

À présent, elle espère trouver un taxi. À Pékin, quand il neige, c'est un exploit que de réussir à héler l'un d'eux. Comme à New York, à Londres, ou à Paris.

Les habits neufs du président Chirac

À Paris, où il est un peu plus de 19 heures, Jacques Chirac, sur le chemin de son bureau, se demande s'il n'a pas un peu trop forcé le trait dans son allocution qui sera diffusée ce soir à la télévision, et destinée à rendre hommage à Raminagrobis, trépassé dans la nuit. Il y a évoqué ce lien particulier qui s'est tissé entre le président défunt et lui-même, passés du statut d'adversaires à celui de « cohabitants », l'un comme président de la République, l'autre comme Premier ministre, avant de témoigner son respect pour l'homme d'État et son admiration pour l'homme privé et sa lutte courageuse contre la maladie.

1. « Cheval » se prononce « Ma » en mandarin pinyin.

Dans le salon d'attente, il tombe sur le publicitaire Jacques Pilhan, venu débriefer la prestation présidentielle. Yeux pétillants de vivacité sous la calvitie qui le fait paraître plus âgé qu'il n'est tout en faisant ressortir son immense occiput, Pilhan semble flotter dans un manteau en cachemire bien trop grand pour son mètre soixante-quatre.

Cela fait un peu plus d'un an que Chirac a fait officiellement appel aux talents de l'inventeur du slogan « La force tranquille », dont Jacques Séguéla, devenu par la suite le principal communiquant de Raminagrobis, s'appropria un peu vite la paternité.

Passer d'un président à un autre : cela vaut à Pilhan, qui conseillait déjà Chirac pendant sa campagne, la réputation d'un opportuniste, ce dont l'intéressé se contrefiche. Il n'a d'ailleurs eu aucun mal à convertir Chirac à la « rareté médiatique », comme il l'avait fait pour Raminagrobis, l'un et l'autre se méfiant des médias comme de la peste.

À peine le *spin doctor* du défunt et de Chirac voit-il débouler celui-ci à grandes enjambées qu'il se dresse comme un ressort.

— Président, vous étiez vraiment le chef de l'État !

Le Président tique. Pilhan était-il sincère en disant cela ? Il y a forcément un courtisan derrière chaque communiquant. Chirac en sait quelque chose. Et puis, il ne s'aime pas assez pour apprécier les hommages, quels qu'ils soient… D'ailleurs, il est bien trop méfiant envers autrui.

Il répond :

— Vous trouvez ?

4.26

LE LUNDI 19 FÉVRIER 1996

Sous les cocotiers

En ce premier jour de l'année du Rat de Feu, un animal sociable, rusé et aimant l'argent, Georges et Emma se prélassent à l'ombre des cocotiers et des palmiers borasses de la plage de Seminyak, sur laquelle donne le petit hôtel où ils ont pris une chambre à 5 dollars la nuit. Les leurs sont torrides depuis que, huit jours auparavant, grâce au père d'Emma qui leur a offert les billets d'avion, ils sont arrivés à Bali, cette île indonésienne peuplée de 80 % d'hindouistes.

Georges avait besoin de se changer les idées, loin de la crise de la presse écrite et des fracas de l'actualité. L'hôtel ne captant pas la télévision, la nouvelle de la mort de Raminagrobis ne lui est pas encore parvenue.

En attendant, il pétrit de sa main gauche un sable blanc comme neige, tout en observant avec fascination la façon dont le coucher du soleil fait changer les couleurs de la mer. Les eaux turquoise ont viré au violet, puis au lapis-lazuli, et, sous la lumière rasante de l'astre en fin de course, les barques des pêcheurs ressemblent à des gerris, ces insectes auxquels les poils hydrophobes de leurs pattes permettent de se déplacer sur l'eau comme le Christ.

Allongée à côté de lui, Emma est indifférente à la beauté du paysage. Elle compulse l'épais dossier où elle a consigné quantité de données relatives à l'industrie du médicament, son « dada », selon l'expression de Georges, ou plutôt son obsession depuis le décès de sa mère.

Par exemple, les photocopies d'articles de la revue *Prescrire*, la bête noire des laboratoires, où les innovations thérapeutiques sont classées selon leur « amélioration du service médical rendu » (ASMR), et qui met en évidence l'essoufflement de l'innovation avec l'arrivée sur le marché de remèdes à l'intérêt thérapeutique discutable. Faute de molécules miracle et logique financière oblige, les grands labos n'ont d'autre choix que fusionner. En 1989, c'était déjà le cas de l'américain Smithkline et de l'anglais Beecham, dont le Tagamet, l'antiulcéreux longtemps le médicament le plus vendu au monde, voyait ses brevets tomber dans le domaine public les uns après les autres. L'année dernière, la firme Wellcome – un fleuron pharmaceutique détenu par une fondation créée en 1936 par le magnat anglais du médicament Henry Wellcome – s'est mariée avec Glaxo, dont la profitabilité était dopée par la faiblesse de la livre, en dépit du déclin du Zantac – un antiulcéreux à base de ranitidine, l'antagoniste du récepteur H2 –, désormais supplanté par l'oméprazole – l'inhibiteur de pompe à protons développé par le laboratoire suédois Astra – et des difficultés du sumatriptan, le seul antimigraineux véritablement efficace, mais dont le prix élevé handicape le succès commercial ailleurs qu'aux États-Unis.

Outre ce nouveau capitalisme pharmaceutique, *Prescrire* a dans le collimateur les laboratoires français (encore) indépendants dont les actionnaires ont fait fortune avec les veinotoniques, ces médicaments à base de plantes censés améliorer la circulation veineuse – surtout celle des jambes des femmes ! –, qualifiés de « poudre de perlimpinpin » par la revue, et dont les autorités sanitaires nationales ont à cœur de prolonger la survie au nom de l'emploi.

À Bali, Emma n'étant pas du genre à décrocher, les eaux turquoise et le sable blanc n'ont pas entamé sa combativité. Toujours aussi révoltée par les logiques strictement financières de ces fusions entre mastodontes de la pharma, c'est en pensant à eux qu'elle lâche :

— Quels enfoirés !

Juste avant que Georges, accroupi devant elle, avec, dans les mains, deux verres de jus d'ananas, lui demande de qui elle parle.

4.27

LE MARDI 23 JUILLET 1996

Élections, piège à c...

À Saint-Pétersbourg, dans l'un des salons particuliers de l'*Hôtel de l'Europe*, Anatoli Sobtchak ne cesse depuis le début du repas de vitupérer contre son ancien adjoint – inconnu au bataillon – Vladimir Iakovlev, qui l'a battu de peu aux élections municipales du mois précédent. Face à lui, Vladimir Poutine, visage hâve et regard de fouine, est accompagné de son épouse. Lioudmila Poutina a la mine renfrognée. Contrairement à Vladimir, qui se contente d'écouter tout en mangeant son bœuf Stroganoff. S'il ne compatit pas à l'échec de Sobtchak, pour lequel il a d'autant moins d'estime, c'est que, deux jours plus tôt – et malheur aux vaincus –, l'entourage d'Eltsine a fait fuiter que le président de la Russie considérait comme « strictement local » le résultat des municipales de Saint-Pétersbourg, et que son ancien maire, pourtant l'un de ses protégés, avait payé pour son statut de « représentant de l'ancien pouvoir ».

Le moment du dessert étant arrivé, le mutisme de son plus proche collaborateur finit par agacer Sobtchak. Il dit :

— Tu es bien muet, Vladimir Vladimirovitch ! On dirait que tu te fiches pas mal de ce qui m'arrive !

Poutine plonge sa cuiller dans la chantilly nappant les fraises des bois accompagnées de glace à la vanille.

— Mais l'important n'est-il pas que Boris Eltsine ait été réélu président de la fédération de Russie ?

L'édile déchu, après avoir bu cul sec son miniverre de vodka, s'essuie la bouche.

— Ce gros tas ne me prend toujours pas au téléphone. Comme sens de l'amitié, on repassera ! Et ces élections, c'est vraiment des pièges à cons… En ce sens, Lénine n'avait pas tort !

Et l'ancien édile d'évoquer les épisodes où les flics américains ont surpris Eltsine totalement bourré, une première fois dans le tunnel qui relie la Maison-Blanche à Blair House, le lieu de résidence des chefs d'État étrangers, et une seconde fois quand le président de la Russie tentait de héler un taxi sur le trottoir au motif qu'il avait envie de manger une pizza.

Poutine, visage renfrogné, repousse la coupelle à demi entamée de son dessert.

— Pour ma part, j'ai modérément apprécié la façon dont Clinton se bidonnait à l'ONU. Qu'on le veuille ou non, un chef d'État représente son pays. Le président américain insultait la Russie.

— Tu vas loin !

Les agapes terminées, Poutine et Lioudmila, elle serrant sous son bras sa pochette en skaï comme si c'était un sac Hermès, repartent en direction du métro sur Nevski Prospekt. Alors qu'ils passent devant l'épicerie Elisseeff, depuis 1902 le paradis des gourmets pétersbourgeois et ayant survécu à la période soviétique – pendant laquelle on l'appelait « Gourmet Numéro Un » –, elle s'arrête pour regarder la pyramide de boîtes de caviar d'un demi-kilo devant laquelle certains badauds s'extasient, tandis que d'autres crient au scandale étant donné leur prix.

— Qu'est-ce qu'on va devenir, si Anatoli n'est plus rien ?

— T'inquiète !

Sous son air impavide, Poutine a très peur de l'avenir. Le bateau Sobtchak ayant coulé, il lui faut absolument monter à bord d'un autre, si possible insubmersible. Dont le sort ne soit pas dépendant d'une élection. Sur ce point, Sobtchak a entièrement raison.

Mais la vie lui a appris qu'on ne doit jamais faire part de ses doutes, y compris à ses proches. On ne sait jamais…

« Sic transit » (gloria mundi), et le deuxième rapport du GIEC

À Paris, dans l'un des salons du premier étage de l'hôtel de La Vaupalière, siège du groupe Hersant, les enfants du « papivore », décédé le 21 avril précédent, sont réunis autour d'Yves de Chaisemartin, un avocat d'affaires devenu l'homme de confiance du défunt. « Chaise », comme on l'appelle dans les salons parisiens, a la mine grave et la cravate dénouée. Il dit :

— J'ai fait le point avec les impôts. Il y a au moins un avantage : vous n'aurez pas à payer grand-chose, étant donné l'ampleur du passif successoral de feu votre père.

Au même moment, Georges, la tête comme prise dans un étau, déclenche la bouilloire électrique pour se faire une tisane à la camomille. Il ne sait plus trop si ce mal au crâne est dû à cette mauvaise grippe qui l'a empêché d'accompagner Emma, descendue à Venelles pour rendre visite à son père, victime d'un accident vasculaire cérébral, ou à la lettre recommandée dans laquelle leur propriétaire leur signifie leur congé, ou bien encore au contenu du deuxième rapport du GIEC, dans lequel il est plongé depuis deux jours. En effet, la section française du WWF (World Wild Fund), pour laquelle il travaille comme documentaliste à temps partiel, lui a demandé un résumé de quatre pages maximum du document produit par les experts du climat, ainsi que des réactions hostiles qu'il continue de susciter chez les climato-sceptiques.

Selon les auteurs du *Changement climatique 1995*, à en juger par l'évolution sur cent ans de la température moyenne mondiale, l'impact des activités humaines sur le réchauffement du climat est indéniable. Et, preuve de la pertinence de cette étude du GIEC, elle déclenche déjà un tir du lobby pétrolier américain et de ses affidés, à commencer par la Global Climate Coalition ou encore l'institut George C. Marshall, des *think tanks* à la solde du Parti républicain et financés par Exxon, le géant pétrolier s'étant par ailleurs attaché les services du célèbre physicien américain de la matière condensée Frederick Seitz, grand pourfendeur de la notion de « tabagisme passif » ainsi que de l'origine humaine du trou dans la couche d'ozone.

4.28

LE VENDREDI 1er NOVEMBRE 1996

Poutine sauvé des eaux, et Sibneft

À moins d'avoir l'étoffe d'un héros, on est d'autant plus courageux qu'on n'a plus grand-chose à perdre.

À Moscou, Poutine est devenu l'adjoint de Pavel Borodine, un ancien apparatchik communiste bombardé par Eltsine directeur des propriétés présidentielles, sans qu'on comprenne trop la raison pour laquelle un tel poste a été confié à ce député de la région de Yakoutie davantage réputé pour sa désinvolture et son appétit pour les nourritures terrestres que pour son acharnement au travail.

Cet emploi, Vladimir Vladimirovitch le doit au FSB, les services secrets russes, qui ont saisi l'occasion de placer l'un des leurs au sein de l'administration présidentielle, à l'instar de ce que faisait le KGB à l'époque soviétique. C'est dire si Poutine était soulagé lorsqu'il entendit Nokolaï Kovaliov, son supérieur, lui annoncer :

— Vladimir Vladimirovitch, avec ce nouveau poste, on t'a sauvé des eaux en te tenant par le col de la chemise ! Tu ne devras pas oublier à qui tu le dois !

Dans son bureau tristounet, le nouveau venu au Kremlin met un point d'honneur à travailler porte ouverte, contrairement aux autres fonctionnaires de la présidence. Personne ne doit ignorer que ce bourreau de travail passe ses journées à éplucher des documents sur lesquels Borodine se contente de jeter un vague coup d'œil.

Il sera bientôt 17 heures et Vladimir Vladimirovitch, les bras chargés de dossiers, est sorti dans le couloir, d'une longueur de près de cent mètres. C'est le moment où le président de la fédération de Russie a l'habitude de se diriger en titubant vers sa cave particulière, parce qu'il n'a plus de vodka à portée de main.

Avant d'arriver au Kremlin, Poutine n'avait rencontré Eltsine qu'à trois reprises, et toujours en compagnie de Sobtchak. Maintenant, le président a à la bonne ce collaborateur constamment affairé, contrairement à la plupart de ses collègues, davantage occupés à cirer les pompes du grand chef plutôt qu'à faire avancer les dossiers. Deux jours auparavant, Eltsine est venu voir Poutine avec une bouteille et deux verres pour lui annoncer qu'il comptait lui présenter sa fille, en précisant qu'elle était bien plus au fait que lui des « matières économiques ». Inutile de spécifier que Vladimir Vladimirovitch attend ce moment avec impatience.

À moins de cinq cents mètres du Kremlin, sur l'une des banquettes du bar de l'hôtel *Kempinski*, Boris Berezovsky et Vladimir Potanine discutent business devant une bouteille de whisky de vingt ans d'âge.

Les deux compères sont sûrs de toucher le jackpot, le premier grâce aux fastueuses commissions que percevra Onexim, la banque dont Potanine est l'actionnaire principal, le second en « achetant une mine d'or au prix d'une mine de sel », comme il vient de le déclarer à « Vlado ». Potanine fait partie des banquiers chargés par le gouvernement de « mobiliser les actifs d'État », une appellation plutôt flatteuse derrière laquelle se dissimule la vente à l'encan des conglomérats publics, ces entreprises gérées comme des administrations par des fonctionnaires peu familiers des normes comptables internationales, cela expliquant la faible valorisation des « bijoux de famille » d'une Russie prise à la gorge et à deux doigts de la faillite.

Parmi les entreprises qui seront mises aux enchères figure Sibneft. Abramovitch et Berezovsky ont désormais de bonnes chances de concrétiser leur rêve de créer un conglomérat constitué de champs pétrolifères et gaziers sibériens, ainsi que de la plus importante raffinerie du pays, située à Omsk, et dont le directeur, hostile à une telle fusion, est mort deux mois plus tôt, emporté par le courant d'une rivière à la suite d'un infarctus. Du moins officiellement.

Alors que Potanine ne court pas grand risque dans l'affaire, Berezovsky est au pied du mur. Comme il s'y est engagé, il va devoir trouver des investisseurs qui acceptent de le suivre dans l'aventure Sibneft, ce dont il vient de faire part à son copain Vlado, qui dit :

— Veux-tu que je contacte George Soros ?

— Tu le connais ?

— Très bien… Tu veux son numéro de portable ?

— Pourquoi pas.

— J'ai également ouï dire que, chez Mercedes, ils ne seraient pas contre le fait d'investir dans le pétrole.

Berezovsky lève son verre.

— Merci beaucoup, mon cher ami !

Potanine, qui a déjà mis la main sur le nickel russe grâce à sa banque, grimace.

— Il s'agirait que, le jour de la vente, il y ait pas trop d'enchérisseurs dans la salle. Monter au cocotier, c'est jamais bon en affaires !

L'oligarque le plus riche de Russie ne ressemble plus à sa propre caricature : il sourit de toutes ses dents. Il dit :

— Je m'en suis déjà occupé.

4.29

LE LUNDI 13 JANVIER 1997

« Il est glorieux de devenir riche », et la théorie économique selon Marx

À Dalian, la capitale provinciale du Liaoning, dans le bureau stalinien de son maire, Bo Xilai est curieux de savoir ce que lui veut ce ressortissant anglais du nom de Neil Heywood, auquel il a accordé audience. D'après le dossier de police de l'Anglais – que s'est fait communiquer, cela fait trois ans, celui que plus personne n'oserait appeler Gueule d'Ange –, ce père de deux enfants, Olivia et Peter, s'est installé à Dalian, d'où son épouse est originaire, pour y cornaquer des entreprises étrangères désireuses de s'implanter au Liaoning. Et cela sans que le contre-espionnage chinois ait trouvé le moindre indice de nature à laisser supposer que Heywood serait un agent du MI6, les services spéciaux de Sa Majesté la reine Elisabeth II, auquel cette activité de consultant servirait alors de couverture.

Gu Kailai, la femme de Bo, une brillante avocate désireuse de nouer des contacts avec les étrangers présents à Dalian, a beaucoup insisté pour qu'il reçoive Heywood.

— On ne sait jamais, ça peut toujours servir. En Occident, personne ne touchera à ton compte en banque, et la police ne viendra pas te cueillir chez toi au petit matin pour t'emmener vers le néant.

Ces propos, Gu les tient souvent à Bo, lui-même très admiratif de l'intelligence et de l'audace de sa deuxième épouse, pour laquelle il divorça de Li Danyu, une fille de la campagne avec qui il s'était marié parce qu'il lui avait fait un gosse. Gu n'a aucune confiance dans le régime communiste. Elle rêve d'investissements immobiliers sur la Côte d'Azur française. C'est ce que lui a fait miroiter un jeune architecte français du nom de Patrick Devillers avec qui elle est en relations d'affaires.

Devillers prétend être en contact avec la fine fleur de l'architecture mondiale et il a proposé à Gu de servir d'intermédiaire aux cabinets internationaux souhaitant travailler au Liaoning. Pour calmer les ardeurs de Gu, Bo n'a de cesse de lui expliquer qu'elle doit se montrer prudente.

— Si je veux devenir le secrétaire du PC du Liaoning, je dois me tenir à carreau. Quand je serai le numéro un de la province, tu auras davantage les coudées franches !

Ou encore :

— Avec tous ces connards du PC, on n'a pas intérêt à étaler un train de vie à la capitaliste !

Ce à quoi Gu répond invariablement :

— Qui a dit : « Il est glorieux de devenir riche » ?

Le couple éclate de rire, Gu à gorge déployée, Bo en se forçant un peu.

Non pas que le maire de Dalian soit étouffé par les scrupules. Parfois, il se demande s'il n'aurait pas mieux fait de s'orienter vers les affaires plutôt que vers la politique. Mais Bo se méfie des étrangers. Il préfère parrainer un certain Xu Ming, un jeune entrepreneur qu'il a aidé à monter sa société d'import-export, dont les entrepôts se trouvent à l'intérieur du port de Dalian, ce qui a nécessité une autorisation de son maire.

Au même moment, à Pékin, dans une chambre de la résidence étudiante du département de théorie marxiste de Qinghua, Xi Jinping, crayon-feutre à la main, met la dernière touche à sa dissertation sur « la théorie économique selon Marx ». Ce n'est pas une mince affaire que de rédiger dix pages quand on a l'habitude de tout dicter à une secrétaire. Xi a l'intention de soutenir une thèse sur l'application de la théorie marxiste dans les lois relatives à l'économie.

Quand il annonça à ses petits camarades de même rang que lui au sein du Parti qu'il avait décidé de revenir sur les bancs de l'université, tous ces maires de villes d'au moins trois millions d'habitants ricanèrent, à commencer par Bo Xilai. Xi ne l'a pas oublié. En attendant, il espère que cet approfondissement des théories de Marx, Lénine et Engels lui permettra de devenir le numéro un de la province du Fujian. Prêt à soulever des montagnes pour parvenir à ce poste, il compte bien y lutter contre le poison lent de l'économie de marché.

C'est comme ça

Au même moment, à Paris, Georges, qui porte désormais des lunettes, a délaissé *Le Figaro* et *De particulier à particulier*, dont il était censé éplucher les petites annonces immobilières, au profit du *Monde*, où il est fait état de la décision de la Cour de cassation belge de retirer à Jean-Marc Connerotte, procureur du roi, l'enquête sur les crimes de Marc Dutroux, au motif qu'il aurait témoigné de partialité en participant à une réunion organisée par les parents des victimes du pédophile… Ou comment le juridisme poussé à l'extrême favorise la défiance des citoyens envers la justice. Mais n'en va-t-il pas de même de l'annulation pour vice de forme d'une procédure relative à des délits et des crimes dont l'existence ne fait aucun doute, et de la propension qu'ont les systèmes judiciaires à privilégier la forme et la procédure au détriment du fond ? À croire que lorsque le peuple réclame justice, les juges s'emploient à la délivrer avec parcimonie.

C'est tout cela que Georges rumine, les yeux fixés sur le dôme du Panthéon à travers la fenêtre du séjour, d'où la vue sur celui-ci est imprenable, quand Emma entre dans l'appartement, l'air contrariée. Elle a pris en main la recherche d'un nouveau logement, malgré les horaires infernaux du grand cabinet d'avocats d'affaires dans lequel elle fait un stage.

Elle balance son sac sur le canapé.

— On risque de devoir aller habiter hors de Paris !

— Pourquoi dis-tu ça ?

— La femme de l'agence a refusé de me montrer les deux appartements que j'avais prévu de visiter dans le 15e.

— Ah bon ?

Emma se sert un verre d'eau.

— Pas assez de tunes. Il faudrait qu'à nous deux on gagne au moins 6 000 balles. Trois fois le montant du loyer. C'est comme ça !

Jolie comprend

Au Texas, dans les environs d'Austin, alors que la nuit est tombée et que les phares de la voiture éclairent des arbres fantasmagoriques, de part et d'autre d'un chemin mal goudronné, Jolie comprend.

Elle comprend pourquoi Christopher F. a tellement insisté pour la raccompagner à l'hôtel, après l'avoir entreprise sur des sujets de technique de patinage quand ils étaient dans le vestiaire, ce qui lui avait fait rater le départ du car.

Elle comprend pourquoi la voiture s'est garée à l'entrée d'un chemin forestier fermé aux véhicules par une barrière, puis pourquoi Christopher l'a tirée hors de la voiture avant de la plaquer en haletant contre un arbre.

Elle comprend pourquoi il ploie les jambes, après avoir soulevé sa jupe, alors qu'elle lui laboure le visage de ses ongles.

Jolie comprend ce que signifie, dans sa propre chair, être à la merci d'un prédateur et de quoi peut être fait ce bas monde.

4.30

LE VENDREDI 21 FÉVRIER 1997

La chute sur le trottoir

À Shanghai, où le thermomètre est descendu au-dessous de zéro, Yvon sort du taxi qui l'a déposé devant l'hôtel *Holiday Inn*, Nanjing Road, où se déroule une soirée organisée par Grand Metropolitan et Guinness qui, dans quelques mois, fusionneront pour devenir Diageo.

Il fait partie des quelque trois cents *happy few* – parmi lesquels une majorité de quinquagénaires aux cheveux teints en noir, la plupart accompagnés de leur concubine – que Nestor L., le représentant en Chine du géant anglais des alcools, a invités à célébrer les « gloires sportives ». Il s'agit pour la future multinationale Diageo de tenter de convertir les Han au scotch Johnnie Walker et à la vodka Smirnoff en associant à ces marques de grandes figures sportives nationales, ce qui est loin d'être évident au pays de la bière Tsingtao et du *baijiu* – l'eau-de-vie de sorgho fermenté, pouvant titrer jusqu'à cinquante-trois degrés et dont la plus recherchée est le fameux *maotai*.

Trois photographes et deux cameramen mitraillent et filment les invités, de façon à capter l'image d'un champion de gymnastique, d'athlétisme ou de judo buvant un whisky ou un Baileys sur glace, ou encore un screwdriver, mélange de jus d'orange et de vodka, des breuvages proposés par des serveurs circulant au milieu des invités ou présentés sur les tables des différents buffets, autour de fontaines à cacahuètes et de montagnes de biscuits d'apéritif, tout cela dans un tintamarre assourdissant.

Si Diageo et Pernod Ricard sont partis à l'assaut de l'empire du Milieu sabre au clair et avec des budgets substantiels, les vins français, espagnols ou italiens y sont encore fort peu consommés. Yvon sait que ce n'est pas gagné pour les bouteilles de la maison K., dont les moyens demeurent limités. Cela ne l'empêche cependant pas d'avoir une pêche d'enfer depuis qu'il habite un vaste appartement situé au septième étage d'un des plus beaux immeubles de Xintiandi. Dans ce quartier, situé à la lisière de l'ancienne concession française, se trouve également la maison où fut fondé, le 21 juillet 1921, le Parti communiste chinois. Depuis qu'il habite à Shanghai, sont-ce les huit mille kilomètres qui le séparent de la France ?, quoi qu'il en soit, il a envoyé dans les limbes son passé jésuitique. Il a l'impression d'être devenu un autre homme : le gars à qui tout réussira car il n'a pas peur de l'échec.

Son manteau sur l'épaule, Yvon, qui n'a pas trop l'habitude de boire, se sent encore plus invincible, maintenant qu'il a un autre verre de Johnnie Walker dans le nez, tandis que Nestor, lui-même passablement éméché, commence à l'entreprendre au sujet du succès de la crème irlandaise Baileys, sur laquelle tout le monde se rue, avant de faire état, un rictus de dégoût à la bouche, de la déception que cela ne manquera pas de provoquer au siège londonien de sa boîte :

— Tu comprends, Baileys est la boisson qui a le taux de marge le plus faible.

— Tu sais, Nestor, mon pinard, ça va être une autre paire de manches !

Nestor, qui parle très bien le français, s'esclaffe.

— « Pinard » ! Si tes patrons t'entendaient, tu serais viré sur-le-champ.

Trois quarts d'heure plus tard, Yvon, qui a ingurgité deux autres Johnnie Walker, a très mal au crâne et il tient difficilement sur ses jambes lorsque, après s'être joint au flot des invités qui ont commencé à quitter le pince-fesses, il se retrouve à grelotter dans l'air glacial, sur le trottoir le long duquel stationnent des taxis en double file. Le confucianisme et son respect des autres n'empêchent pas les foires d'empoigne dès lors qu'on se les gèle et que les taxis ne sont pas assez nombreux à la sortie d'une réception où l'alcool a coulé à flots.

Désireux d'échapper à la cohue, Yvon, après avoir enfilé son manteau, décide de faire un bout de chemin à pied, espérant ainsi pouvoir héler l'un des taxis se dirigeant vers l'hôtel. Mais il a oublié qu'un trottoir est plus haut que la chaussée… et, sa jambe gauche rencontrant le vide entre deux véhicules, il pressent qu'il va au mieux se fouler la cheville, au pire se la briser, quand il est retenu *in extremis* par le col de son manteau.

Alors qu'il est persuadé de devoir son salut à l'un des hommes de la sécurité, quelle n'est pas sa surprise de s'apercevoir que la main gantée qui l'aide à se redresser, après l'avoir empoigné, est celle d'une femme, qu'il entend, malgré le vacarme ambiant, demander en mandarin s'il ne s'est pas fait mal.

Yvon, tout en se massant la cheville, lève le regard vers son ange gardien : une Han à l'allure sportive et au visage régulier, au front empreint d'une certaine sévérité malgré les grandes boucles d'oreilles de Gitane qui l'encadrent, l'un des rares cadeaux de Rallié.

— Si je n'ai rien, c'est grâce à vous !

Pour cette soirée, Battante s'est faite belle. Elle est passée chez le coiffeur et elle arbore un tailleur en tweed légèrement effiloché, avec ganse sur le pourtour de la veste, la signature, copiée par une marque locale, de Mademoiselle Chanel, que n'a pas reniée Karl Lagerfeld.

Alors que l'ex-championne pongiste tend la main à Yvon, une berline noire avec chauffeur vient se garer à leur niveau, et en troisième file.

— Mon nom est Battant de Porte, je représente le Comité national olympique. Je suis en voiture. Où habitez-vous ?

La dissolution comme remède

Quatre heures plus tard, à Paris, où il est très exactement 9 h 17 du matin, le fougueux secrétaire général de l'Élysée, Dominique de Villepin, fait irruption, crinière au vent, dans le bureau du Président, *Le Figaro* du jour à la main.

— Ça continue ! Encore un balladurien anonyme qui nous crache au visage !

En page 8, un « député de la majorité » fustige la méthode Juppé, reprochant à ce dernier sa formule malheureuse au sujet de Thomson Multimédia – l'ancien fleuron électronique national – censé ne même pas valoir « un franc » selon le Premier ministre, avant de se moquer de la souris dont la montagne a accouché, allusion à la timidité des réformes menées à bien par un gouvernement Juppé « cadenassé par les grévistes ».

Le Président, en mocassins Gucci et veste d'intérieur en cachemire, prend un air faussement navré.

— Mais qu'y pouvons-nous, mon pauvre Dominique !

Chirac en a vu d'autres… et les commentaires anonymes de députés frustrés de ne pas faire partie du gouvernement, il en a tellement lu dans la presse et on en lui a tellement rapporté que, comme il a l'habitude de le dire, « ça m'en touche une sans faire bouger l'autre ».

Cela fait plusieurs semaines que Villepin se répand dans les rédactions parisiennes en prétendant servir de cerveau au président de la République. Il s'écrie, véhément :

— Président, je vous le répète ! Si nous ne dissolvons pas, Alain finira comme un rossignol posé sur de la glu !

4.31

LE MARDI 25 FÉVRIER 1997

Adieu, le Petit Timonier

Mort la semaine précédente, Deng a fait don de son corps à la science. Le Petit Timonier paraît encore plus minuscule sur le catafalque où il repose. La cérémonie funèbre se déroule au Palais du peuple, sans faste et devant peu de personnes, ainsi que l'a souhaité le défunt dans une lettre communiquée par sa famille à Jiang Zemin, le Numéro Un chinois, qui préside la cérémonie.

Les régimes athées ont beaucoup de mal avec les cérémonies mortuaires. Les fleurs, les pleurs, l'exposition d'un corps embaumé sur un catafalque devant lequel la foule vient s'incliner… comment faire en sorte que tout ça n'ait pas des relents religieux et d'espoir d'un au-delà, autant de fumets de cet opium dont il convient de préserver le peuple ?

Pas plus tard qu'il y a dix mois, le 4 avril 1996, dans le village de Mingdan, province du Henan, la police dispersa plusieurs familles qui entendaient brûler quelques billets de banque sur la tombe d'un aïeul – comme c'est l'usage lors de la fête des Morts –, tuant au passage une vieille dame dont la tête heurta l'une des stèles du cimetière. Le lendemain matin, les habitants du village découvrirent sous leurs portes des tracts vantant l'incinération des cadavres et les exhortant à garder leur argent pour acheter de la nourriture ou des vêtements pour leurs enfants.

Au temps de la Chine impériale, quand un individu mourait, après avoir vérifié qu'il ne respirait plus en mettant un fil de soie sous ses narines, on le plaçait dans un cercueil avec, si c'était une personne issue d'un milieu aisé, un morceau de jade, si c'était un noble, ses bijoux ou ses armes, et, pour un pauvre, quelques grains de sorgho ou de millet si on était du Nord, quelques grains de riz si on était du Sud. Dans la mesure du possible, la mise en bière s'effectuait en présence d'un prêtre, bouddhiste ou taoïste, qui priait pour l'âme du défunt lors de ce moment crucial au cours duquel elle était censée rejoindre le dieu du Sol. Quarante-neuf jours plus tard, on installait une plaquette funéraire au nom du défunt sur l'autel des ancêtres, et ce n'est qu'une fois ce rituel accompli que la famille pouvait commencer son deuil.

Si la mort de Louis XIV fut annoncée au balcon de la Cour de marbre, à Versailles, par le duc de Bouillon, grand chambellan, quelques minutes après que le grand roi de France eut rendu l'âme, cela fait deux jours que le décès du Petit Timonier a été proclamé sans que sa date exacte ait été divulguée : les autorités communistes auront fait en sorte que la disparition de Deng ne donne lieu à aucun début de remise en cause du régime.

Le décès n'aura surpris personne, au sein des hautes sphères. Lors de sa dernière apparition publique, le 9 février 1994, Deng était apparu le teint cadavérique, le regard vide et la bouche déformée au bras de sa cadette, laquelle avait déclaré, début janvier, que son père ne pourrait pas se rendre à Hong Kong le 1er juillet suivant pour la rétrocession de la colonie britannique à la Chine.

La cérémonie d'hommage est retransmise en différé à la télévision – depuis Tian'anmen, on n'est jamais assez prudent. Le pouvoir ayant décrété un deuil national de deux jours et les administrations ayant donné congé à leurs agents, on peut estimer à près d'un milliard le nombre de Chinois postés devant un petit écran.

Beaucoup d'entre eux pleurent à chaudes larmes la disparition de celui que la plupart considéraient comme « le petit père de la nation », ce grand modernisateur de la Chine à qui ils doivent ce bien-être auquel ils goûtent chaque jour après des décennies de privations parfois terribles. À commencer par les paysans, même s'ils n'ont pas l'eau courante dans leur immense majorité, qui tirent désormais profit du minuscule lopin de terre dont, à défaut d'en être propriétaires, ils ont la jouissance exclusive, et qui peuvent vendre les légumes de leur potager, les œufs de leurs poules et la viande de leurs troupeaux.

Assise, un verre d'eau chaude entre les paumes et les jambes serrées, sur le bord de son canapé, Battante n'aurait raté la retransmission pour rien au monde. Des larmes coulent le long de ses joues. Pourtant, notre ancienne championne n'a qu'une vague idée de l'apport des réformes de Deng à l'amélioration de la condition paysanne, pas plus qu'elle n'a besoin d'un lopin de terre pour adoucir son existence. À ses yeux, Deng était un grand-père affectueux et doux, et, comme le pensent la plupart des habitants des grandes villes, un dirigeant soucieux du bien-être de la population, l'« anti-Mao Zedong » par excellence… Une comparaison dont Battante se garderait bien de faire part à quiconque. Sauf, pourquoi pas ? songe-t-elle, à ce sympathique Français de Shanghai, ses yeux étant tombés, alors qu'elle éteignait le poste, sur la bouteille de château-latour trônant sur la table basse du salon qu'Yvon lui a fait parvenir, accompagnée d'une lettre de remerciements dans laquelle il se propose de l'inviter à dîner lors de son prochain passage à Pékin.

Au même moment, tandis que Rallié, également devant sa télé, constate que Li Peng, filmé en gros plan, n'a pas pris le temps de se rendre chez le coiffeur, à en juger par les racines blanches de ses cheveux, à Macao Bo Xilai reproche à sa femme de lui avoir fait rater la cérémonie d'hommage à la mémoire du Petit Timonier organisée par le gouverneur du Liaoning. Car, pour faire plaisir à Gu Kailai, alors que la rumeur se répandait que Deng était au plus mal, Bo a accepté de prendre trois jours de vacances. Leur voyage et leur séjour ont été financés par Xu Ming.

Sur le practice de golf, Gu Kailai est concentrée sur sa petite balle et elle ne répond pas aux reproches de son époux. Elle sait que Bo va se calmer. En outre, elle est désormais moins prête à se sacrifier pour son époux, dont elle découvre un peu plus chaque jour les frasques amoureuses. Heureusement qu'il y a Guagua, leur fils, pour qui elle se ferait arracher un œil.

C'est la deuxième fois qu'elle s'essaie au golf et elle a laissé le moniteur, passé derrière elle, prendre délicatement ses mains gantées dans les siennes, de façon à l'aider à accomplir le bon geste.

Vingt minutes plus tard, alors que la retransmission s'est achevée par un vibrant hommage au défunt de la part du Numéro Un du pays, à Xiamen, Xi a éteint la télévision d'un geste rageur. Décidément, la position de Numéro Un est la seule où l'on ne saurait être contrarié par un imbécile. Ce qu'est le gouverneur du Fujian, son patron direct, qu'il n'a jamais tenu en haute estime et qui n'a pas souhaité qu'il se rende avec lui à Pékin pour regarder la cérémonie sur l'écran géant installé dans l'immense salle du congrès du Palais du peuple, au prétexte que, quand le chef s'absente, son bras droit doit « garder la maison ».

Changer de vie

À Phoenix, où il est presque 22 heures, Jolie et Igor V., qui dépasse la jeune Chinoise d'une bonne quinzaine de centimètres, viennent de monter dans un car en partance pour Las Vegas, une destination qu'ils n'ont pas choisie, mais de tous les bus stationnés à la gare routière, c'était celui dont le départ était le plus imminent.

Jolie a payé les deux billets avec ses économies et elle serre son Vajra Phurba dans sa paume droite, comme un naufragé la gaffe salvatrice. Quant au jeune Russe, il tranche, par la blancheur de sa peau et ses yeux verts, avec les émigrés mexicains et sud-américains regroupés autour de ces sacs de déménagement en tissé plastifié dont se servent les pauvres du monde entier pour transporter ce qu'ils possèdent.

La fille de Forêt a les nerfs à vif. Chaque nuit, elle revit le calvaire dont elle demeure incapable de parler : la peur de ne pas être crue, de déclencher un scandale, voire d'encourir des réflexions comme : « Elle l'a bien cherché ! » C'est pour échapper à la malédiction des jeunes filles victimes de viol ou d'une agression sexuelle et qui sont condamnées au silence que Jolie a décidé de s'enfuir. Le jour où elle fit part à Igor de ce projet, alors qu'ils partageaient un milk-shake dans un Wendy's, elle lui expliqua qu'elle ne supportait plus la méchanceté de la femme que son père adoptif fréquentait… Et tomba des nues quand Igor, sur la pelouse devant le restaurant, lui déclara, genou à terre et main sur le cœur, qu'il était prêt à la suivre jusqu'au bout du monde. L'âme russe…

À présent que le car démarre dans un vrombissement et un nuage de fumée noirâtre, Igor s'enhardit. Il prend la main de la jeune Chinoise, à laquelle il fait également un petit bisou dans le cou, s'imaginant la protéger des maléfices de Baba Yaga, la vieille sorcière mangeuse d'enfants des contes russes de son enfance.

La tête contre l'épaule du garçon, Jolie sourit aux anges. Elle n'a pas peur de l'avenir. Elle l'imagine comme celui du Bouvier et de la Tisserande – les figures du conte chinois que Forêt lui narrait pour l'endormir –, dont les amours sont contrariées par l'Empereur Céleste, mais qui obtiennent de se retrouver dans le ciel, une fois par an, le septième jour du septième mois lunaire, sous la forme de deux étoiles magnifiques.

À Washington, Bill Clinton n'en mène pas large face à Hillary, dans la salle à manger des appartements privés de la Maison-Blanche. Il sait que son épouse sait. En revanche, il ne sait pas si, à présent qu'il est devenu le président des États-Unis, l'argument qu'il lui servait « avant » marchera une nouvelle fois : « Oui j'ai déconné, mais sans toi je ne suis rien, et c'est tous les deux que nous empruntons le chemin escarpé du pouvoir ! » Le dîner s'annonce chaud.

Tandis qu'à Long Island le champagne coule à flots dans la maison des Sackler, car l'OxyContin (le nom commercial de l'oxycodone) a enfin obtenu le feu vert de la FDA.

4.32

LE LUNDI 21 AVRIL 1997

La montre Omega resurgit, et Evergrande

À Pékin, cela fait six ans que l'état-major de Sinopec a emménagé dans une tour de vingt étages, dans le quartier futuriste où les autorités ont confié à l'architecte néerlandais Rem Koolhaas la réalisation du futur bâtiment principal de la télévision nationale.

C'est dans un bureau panoramique situé au dix-septième étage – où il vient de négocier avec le patron du plus gros fournisseur de tubes en acier sans soudure du pays – que Rallié fait les cent pas.

Il continue à se demander ce que lui veut le dénommé Bouillie de Céréales Jaune, un diplomate présent à l'une des innombrables réunions organisées au cabinet qu'il s'apprête à recevoir entre deux portes, et non sans mauvaise grâce, ledit Bouillie ayant précisé à sa secrétaire qu'il s'agissait d'une affaire « très personnelle ».

Le diplomate à peine entré, Rallié l'a immédiatement resitué ; et il subodore le motif de la visite de celui qui participait à cette réunion maudite. Il va s'asseoir derrière son bureau et dit :

— Je parie que tu me rapportes une montre Omega.

— On ne peut rien te cacher. Je l'ai en effet sur moi.

— Tu sais que je pourrais porter plainte contre toi…

Avec l'audace des timides jouant leur va-tout, Bouillie, resté debout, sort alors avec une certaine lenteur, de la poche intérieure de son veston, la fameuse Omega, et il la pose sur le bureau, à la façon du policier mettant sous le nez de l'assassin la preuve de son crime. Puis, plantant ses yeux dans ceux de son interlocuteur, il dit :

— Dans ce cas, ce sera à toi d'expliquer au juge comment cette montre est devenue la tienne.

Avec le temps, Rallié pensait de moins en moins souvent à l'Omega. C'est dire si ce propos en forme de rappel à l'ordre l'aura mis sens dessus dessous.

Il fait pivoter son fauteuil. Devant lui, par-delà la grande baie vitrée, la forêt des grues n'est plus qu'une jungle hostile.

— Que puis-je faire pour toi, Bouillie ?

— Juste un petit service. Je souhaite être nommé dans l'un de nos consulats aux États-Unis. Si ça pouvait être à Los Angeles, tu ferais de moi le plus heureux des hommes.

Tandis que Rallié a fait pivoter son fauteuil vers Bouillie, à Canton, où des nuages de pollution obstruent depuis deux jours le bleu du ciel, c'est le plus beau jour de la vie de Soleil Levant Brillant[1]. Par ailleurs intime de Bo Xilai, cet ancien ingénieur métallo a fondé la compagnie Evergrande[2]. Flanqué du maire du district, il coupe le ruban rouge qui barrait symboliquement l'entrée du premier immeuble livré par ses ouvriers, à l'emplacement de ce qui devrait devenir un sacré quartier d'affaires, des affaires appelées à devenir des plus juteuses.

Soleil, réputé fonceur, a eu le nez creux. Lui-même membre du Parti communiste, il s'est arrangé pour être cul et chemise avec les petits frères de Wen Jiabao et de Zeng Qinghong, deux membres du Comité central du Parti dont son petit doigt lui a soufflé qu'ils étaient promis à de hautes destinées. De fait, en 2003, Wen deviendra Premier ministre et Zeng Vice-président.

Il désigne le bâtiment de verre et d'acier, d'une modernité incongrue, qui s'élève au-dessus des carcasses d'usines et des terrains vagues sur lesquels jouent des enfants et gambadent des chiens.

— Nous allons bientôt toucher le ciel !

— Je n'en doute pas !

L'édile a dit cela d'un air extatique en joignant les mains. Non pas que ce soit un fonctionnaire désintéressé : Soleil lui a promis

1. « Xu Yaxin » en mandarin pinyin.
2. « Hengda » en mandarin pinyin.

une belle maison dans le village de ses parents. Il fait partie des « empereurs de la boue[1] », comme on commence à surnommer ces potentats locaux qui s'enrichissent en vendant sous le manteau à des promoteurs immobiliers le droit de construire des immeubles sur des terrains municipaux achetés à vil prix car *a priori* inconstructibles. À Canton, l'équipe municipale est déjà l'objet de critiques virulentes de la part d'une poignée de lanceurs d'alerte. L'un d'eux, bravant tous les dangers, n'a pas hésité à placarder une dénonciation sur le mur d'une annexe de la mairie centrale. Que l'adjoint visé s'empressa de faire décoller par les agents du nettoiement.

Dissolution

À Paris, où il est vingt heures moins deux, Chirac s'apprête à annoncer aux Français, qui ne s'y attendent pas et ont d'autres chats à fouetter, qu'il va dissoudre l'Assemblée nationale en vertu de l'article 12 de la Constitution de la Ve République. Même si les sondages laissent augurer, aux législatives qui s'ensuivront, une nette victoire de la droite, le président de la République est pris de vertige. Cela fait dix jours que Bernadette le met en garde :

— Jacques, pensez-vous vraiment que la purge des balladuriens soit nécessaire au point de risquer de perdre votre majorité au Parlement ?

Chirac, dont le seul objectif est de conserver Juppé à Matignon, serait incapable de trouver une rationalité quelconque à cette décision, soufflée par des « conseilleurs qui ne sont pas des payeurs ». Le capitaine du navire n'aura pas su dire non à son équipage.

Dix secondes plus tard, c'est avec l'impression de sauter dans le vide que le président commence à lire à haute voix le texte du prompteur :

— Mes chers compatriotes, après consultation du Premier ministre, du président du Sénat et du président de l'Assemblée

1. « Tu Huangdi » en mandarin pinyin.

nationale, j'ai décidé de dissoudre l'Assemblée nationale. Le décret de dissolution et le décret fixant les dates des élections au 25 mai et au 1er juin seront publiés demain au *Journal officiel*.

Devant sa télévision, Georges manque de tomber de sa chaise, dans l'appartement qu'Emma a fini par dénicher rue Ernest-Renan, à Issy-les-Moulineaux.

4.33

LE LUNDI 14 JUILLET 1997

L'argent va à l'argent, et les tracas aux tracas

Preuve – s'il en était besoin ! – que le capitalisme se joue des frontières, les grandes banques d'affaires de la planète disposent toutes de salles à manger privatives, dotées de portes capitonnées derrière lesquelles leurs dirigeants traitent leurs plus importants clients et prospects à coup de vins d'exception et de mets raffinés.

C'est le cas à Pékin, au dernier étage de la tour de la China Construction Bank (CCB), où Wang Qishan, le patron de la deuxième banque commerciale du pays, a invité à dîner Henry Paulson, l'associé chargé de la Chine de la banque Goldman Sachs, ainsi que Xi Jinping, de passage dans la capitale.

Xi et Wang se sont connus à la fin des années 1960 au Shanxi, où ils avaient été envoyés travailler à la campagne, dans le cadre de la Révolution culturelle, à l'instar de dix-sept millions de « jeunes instruits originaires des villes », dont Mao se méfiait comme de la peste. Contrairement à Xi, Wang n'est pas un prince rouge, un de ces « fils de » destinés à devenir les plus hauts dirigeants du pays. À cet égard, il n'est pas absurde d'imaginer que, le 14 juin 1814, feu le Petit Timonier aurait sûrement voté en faveur de la Charte constitutionnelle restaurant la monarchie. Paulson, qui parle le mandarin à la perfection, a réussi le tour de force de se mettre dans la poche Wang Qishan, malgré la méfiance extrême du personnage. Mais, comme tout bon banquier, Wang a appris à connaître le prix de l'argent et il est reconnaissant à l'Américain de l'avoir aidé à faire bondir les résultats de la CCB : dans quelques jours, celle-ci devrait toucher plus de 25 millions de dollars de commission à la suite de l'introduction à la Bourse de New York de China Telecom, l'entreprise de téléphonie nationale. Une opération menée avec succès, dont le chef de file était précisément Goldman Sachs, ses associés ayant juré de détrôner le quasi-monopole de la HSBC en matière d'opérations financières avec les grandes entreprises de feu l'empire du Milieu.

De tout le repas, Xi, visage arrondi du fait d'un léger embonpoint, n'a pratiquement pas ouvert la bouche. Paulson reparti, après un dernier cognac millésimé, auquel le banquier américain n'a pratiquement pas touché, Xi continue à faire la moue. Puis il se lève et se dirige à son tour vers la porte.

Wang le rattrape et dit :

— Tu m'as eu l'air de t'ennuyer…

— Ces Américains, y a que le fric qui les intéresse !

Wang, un peu gêné, esquisse un sourire.

— C'est un banquier, Xi, comme moi.

Notre ci-devant prince rouge, qui a retrouvé le sourire, administre à son hôte une claque sur l'épaule.

— Toi aussi, tu fais en sorte que l'argent aille à l'argent !

Le banquier raccompagne son ami dans le couloir. Il dit :

— Si la CCB ne faisait pas des bénéfices, elle ne pourrait pas prêter de l'argent à des familles pour qu'elles s'achètent un appartement.

— Wang, as-tu entendu parler de Hongbing Song ?

— Le gars du Sichuan qui critique le dollar ?

— Exact !

— Dommage qu'il soit parti aux États-Unis !

— Comment tu sais tout ça ?

Sous la lumière crue des néons du couloir menant aux ascenseurs, Xi, avec ses yeux noyés dans l'épaisseur de son visage souriant, a pris des airs de poussah, cette représentation chinoise du Bodhisattva Maitreya, dont le bedon et le visage mangé de graisse constituent un pied de nez à la privation et à l'ascétisme du Bienheureux ; comme quoi, l'introduction en Chine du bouddhisme n'aura pas empêché les Han de continuer d'aimer la bonne chère.

— J'ai mes antennes. Lors de sa dernière conférence, à Qinghua, il n'y avait pas une place de libre dans l'amphi, et les Rothschild et consorts en ont pris plein la poire !

L'aubaine loupée

Au New Jersey, où il est environ 10 heures du matin, dans sa somptueuse propriété peuplée de hêtres pourpres et de sycomores, George Soros ne décolère pas devant son exemplaire du *Financial Times* du jour. Ce Juif d'origine hongroise, au physique avenant d'acteur de série B jouant au père de famille, est devenu une star absolue dans le petit monde de la finance depuis qu'il empocha, cinq ans auparavant, 1 milliard de dollars en jouant contre la monnaie britannique, dont il accéléra la chute lors de la crise de la livre sterling commencée au mois de septembre 1992.

Si Soros l'a saumâtre, c'est qu'il regrette de ne pas avoir donné suite à la proposition de Boris Berezovsky. Il vient en effet d'apprendre, à la lecture du journal, comment l'oligarque russe et Roman Abramovitch n'eurent à débourser que 110 millions de dollars pour prendre le contrôle de l'entreprise gazière Sibneft, soit le dixième de sa valeur réelle : ils étaient les seuls enchérisseurs, et les enchères avaient démarré à 98 millions de dollars.

Garden-party, et les insatisfaits magnifiques

Trois heures plus tard, à Paris, Chirac, avec sa dissolution ratée, a eu le nez encore moins creux que Soros, et il observe, depuis la fenêtre de son bureau de l'Élysée, plusieurs ministres du gouvernement de Lionel Jospin en train de se pavaner sur la pelouse au milieu des invités à la traditionnelle garden-partie, parmi lesquels Dominique Voynet, laquelle a fait, une fois de plus, sensation en déboulant à vélo dans la cour du palais, comme pour son premier Conseil des ministres.

Parmi les heureux élus conviés à la régalade présidentielle, un couple fait plaisir à voir. Jérôme Cahuzac est le nouveau député de la 3e circonscription de Lot-et-Garonne, et son épouse, Patricia, elle-même médecin, est fière de la réussite de son mari. Les affaires des Cahuzac sont prospères depuis leur reprise de la clientèle du docteur Pierre Pouteaux, le chirurgien star des implants capillaires, suivie de l'ouverture, avenue de Breteuil, dans le très chic 7e arrondissement de Paris, d'une clinique spécialisée dans la microgreffe de cheveux. L'argent et le pouvoir… Jérôme rêvait d'avoir les deux. Il est désormais persuadé de toucher au but.

Jospin, qui méprise l'argent, a atteint le sien en devenant Premier ministre. Sous le bureau présidentiel, au rez-de-chaussée du palais, dans le Salon des ambassadeurs, il vient de rétorquer à Martine Aubry, qui lui avait fait part de ses craintes quant aux conséquences néfastes des 35 heures sur l'économie, que l'abandon de cette mesure le mettrait dans la même contradiction que Chirac avec sa fameuse « fracture sociale ».

Demeuré seul, le Premier ministre socialiste se souvient du tournant de la rigueur de 1983. Il observe d'un œil noir tous ces gens en train de se gaver aux frais de la République, et dont les plus hardis viendront lui cirer les pompes, y compris ceux qui n'ont jamais voté et ne voteront jamais socialiste. Surtout les dirigeants des banques et des entreprises du CAC 40. « L'austère qui se marre » ne les a jamais trop portés dans son cœur, mais il devra leur faire des risettes… à moins de passer pour un sectaire.

Au même moment, à moins de deux kilomètres de l'Élysée, Georges n'a pas pris la peine de regarder le défilé à la télévision. Il est bien trop obnubilé par ce qu'il a découvert, alors qu'il potassait l'incroyable vie de Leonard Bernstein – mort à New York le 14 octobre 1990 –, après avoir appris qu'une « star » de la radio France Musique cherchait une plume pour l'aider à rédiger une biographie de ce génial chef d'orchestre compositeur. L'affaire ne s'est pas conclue, notre journaliste s'étant fait doubler par un confrère. En revanche, cela lui a permis de découvrir ce touche-à-tout génial, de la veine d'un Mozart ou d'un Hugo, des individualités excellant en tout et qui auraient sûrement obtenu le prix Nobel si elles s'étaient adonnées à des activités scientifiques. Des cerveaux supérieurs, mais pas forcément aptes au bonheur, car bien trop lucides. Des êtres mettant la barre toujours plus haut, et qui la franchissent avec allégresse ; jusqu'à l'excès.

Des insatisfaits magnifiques.

Snoopy, et la fée Clochette

Huit heures plus tard, à Las Vegas, au *Snoopy*, un établissement de nuit plutôt miteux, Igor enfile un string couleur chair. Auparavant, dans la loge qu'il occupe avec trois autres garçons, il a enduit son corps d'un fond de teint couleur cuivre et s'est collé des faux cils. Même s'il n'est pas mécontent d'avoir troqué son emploi d'homme de ménage à l'hôtel *Luxor* pour celui de *go-go dancer*, notre jeune Russe a le trac en enfilant son pantalon de cow-boy et son gilet à franges, les deux en lamé bleu et argent. Cela fait trois jours qu'il s'entraîne, avec cinq autres jeunes strip-teaseurs, sous la houlette d'une grande folle prénommée Dan, le chorégraphe de *Dream Boys*, spectacle prenant la forme d'un concours de séduction dont le jury est le public – celui du *Snoopy* est aux trois quarts féminin, le quart restant étant composé de gays. D'ici une dizaine de minutes, Igor commencera à danser sur des rythmes disco, puis de plus en plus lascivement, avant de se dévêtir jusqu'à finir en cache-sexe couleur chair.

Au même moment, c'est également dans une loge, mais au Las Vegas Ice Center, sur Flamingo Road, que Jolie se fait attacher les ailes de son costume de fée Clochette. Depuis six semaines qu'elle a intégré la troupe de Holiday on Ice-Vegas, à l'issue d'une audition d'à peine cinq minutes et en trichant sur son âge, elle déchaîne les applaudissements du public.

Les deux jeunes gens n'imaginaient pas qu'ils se retrouveraient sous le feu des sunlights quand ils arrivèrent dans la capitale du jeu. Alors qu'ils n'avaient pas de quoi se payer un hôtel et qu'ils déambulaient sur le Strip, éblouis par les enseignes, tels des lapereaux sortis de leur terrier par grand soleil, ils entendirent l'annonce de l'Evangelical Church of Christ. Crachotée par le haut-parleur fixé sur le toit d'une camionnette venue se garer à leur niveau, elle signalait que des sandwichs allaient être distribués, au nom de « Dieu le Tout-Puissant », aux *homeless*. Ils furent surpris par le nombre de pauvres que la cité du jeu attire comme du miel les mouches, à en juger par la vitesse avec laquelle une file d'attente se formait à l'arrière du véhicule. Le chauffeur, un pasteur originaire du Canada, leur demanda s'ils avaient un endroit où dormir, avant de leur proposer de les héberger dans le foyer de son église, un ancien gymnase situé au numéro 1121 de Spring Mountain Road, où ils séjournèrent un peu plus de deux semaines. À présent, ayant trouvé du travail, ils louent – fort cher – un mobile home dans un camping situé à trois quarts d'heure de bus et à environ six kilomètres du centre-ville.

Maintenant qu'Igor est sur scène, il ne voit pas les centaines de paires d'yeux qui le scrutent : la vue du public lui est barrée par les rampes des projecteurs, ce qui lui facilite un peu la tâche, pendant qu'il se déhanche… tandis que Jolie s'élance sur la glace, portée par les ovations des spectateurs, certains venus admirer la « patineuse phénoménale », comme l'a qualifiée le *Las Vegas Review Journal* dans son numéro du lundi précédent.

Au même moment, à Phoenix, Présage fait revenir des tranches de bacon dans une poêle pour un dîner sur le pouce qu'il avalera avec difficulté. Il a perdu l'appétit depuis le jour où, revenant du travail, il découvrit sur la table de la cuisine une lettre de Jolie, écrite en mandarin sans la moindre faute : « Je pars vers une nouvelle vie. J'ai besoin de changement. Tu n'es absolument pas en cause. Prends bien soin de toi, mon Petit Papa Accordéon. Je te donnerai de mes nouvelles le moment venu. Ta petite Jolie. »

Manifestement, le moment n'est toujours pas arrivé, et Présage se fait d'autant plus un sang d'encre que Jolie n'a pas non plus contacté oncle Jimmy.

4.34

LE JEUDI 11 DÉCEMBRE 1997

Un protocole et d'étranges coïncidences

À Kyoto, au Centre international de congrès – un immense bâtiment de béton et d'acier conçu par l'architecte star des années 1970, Sachio Ōtani –, M. Sato porte beau malgré ses soixante-treize printemps, derrière son chariot de ménage, dans une salopette d'agent d'entretien qu'il aurait eu le plus grand mal à enfiler s'il avait eu du ventre. Cet ancien professeur de collège en sciences naturelles fait partie des millions de retraités japonais arrondissant leurs fins de mois grâce à des petits boulots à temps partiel dont leurs compatriotes plus jeunes ne voudraient pour rien au monde. En tant que lecteur assidu de l'*Asahi Shinbun*, le plus grand quotidien de l'archipel nippon, M. Sato n'est pas sans savoir qu'il s'apprête à traquer la poussière de la salle où la COP 3 s'est achevée sur un protocole par lequel les États signataires se sont engagés à réduire leurs émissions de gaz à effet de serre, plus précisément d'au moins 5 % entre 2008 et 2012 par rapport aux émissions, en 1990, de dioxyde de carbone, de méthane et de protoxyde d'azote. « Une révolution allant dans le sens du bien-être des peuples », selon la formule, ampoulée comme à l'ordinaire, de l'auteur – toujours anonyme – des éditoriaux publiés par l'*Asahi Shinbun* à l'occasion d'événements notables, tels que la guerre du Kippour, l'élection de Bill Clinton à la présidence des États-Unis, ou encore l'évacuation de l'Afghanistan par les troupes soviétiques.

Le vieil homme, qui « élève » six bonzaïs dans son trois-pièces de trente-cinq mètres carrés – une passoire thermique qu'il loue depuis vingt-cinq ans –, a beau être un passionné d'arbres et de nature, son « bilan carbone » est catastrophique, l'entreprise qui l'emploie le faisant intervenir dans des locaux très éloignés du quartier où il réside. De ce fait, il n'est pas rare que M. Sato passe trois heures dans les transports pour se rendre au travail et en revenir.

Chez Maxim's

À Pékin, où le nombre des propriétaires de téléphones portables double tous les mois, le hasard a voulu que Taureau et Yvon soient attablés chez *Maxim's* à moins de deux mètres l'un de l'autre. Le premier dîne en compagnie de Fleur, sous le charme de laquelle il est tombé lors de l'inauguration de la nouvelle aile du centre de recherches de Sinopec abritant le département d'analyses spectrales, dont la jeune femme a pris la direction. Le second attend Battante, à qui le nom de ce restaurant est immédiatement venu à l'esprit quand le Français lui téléphona pour l'inviter à dîner.

Alors qu'un quart d'heure plus tard Yvon se demande si la tante de Jolie ne lui a pas posé un lapin, elle finit par apparaître, toute pimpante dans un tailleur-pantalon en laine noire à la veste gansée de rose et aux gros boutons dorés.

Si Battante a la mine réjouie, ce n'est pas le cas de Fleur.

La jeune femme a longuement hésité avant d'accepter l'invitation de Taureau, qui lui avait téléphoné plusieurs fois sur son portable, dont il avait facilement obtenu, et pour cause, le numéro… Difficile d'envoyer balader le grand patron de Sinopec, qui a le rang de vice-ministre, sous peine de voir sa carrière entravée et de passer pour une pimbêche prétentieuse aux yeux de ses collègues féminines.

Une heure et demie plus tard, alors que ces messieurs ont demandé l'addition, ces dames s'éclipsent aux toilettes, Battante pour retoucher son maquillage et Fleur au prétexte d'assouvir un besoin pressant, en réalité parce qu'elle n'en pouvait plus.

Elles sont toutes les deux face au miroir, quand Fleur, dont les mains dégoulinent de savon, se tourne vers Battante.

— J'aimerais vous demander un autographe…

— Tu es pongiste ?

— J'en ai fait au collège et un peu au lycée, puis j'ai abandonné. Je n'aurais sans doute pas dû.

— Pourtant, Sinopec est une belle entreprise.

— Comment avez-vous deviné que j'y travaille ?

— Je connais de vue son patron. Mon ex travaille là-bas. J'espère qu'il n'a pas été trop lourd avec toi !

Fleur se force à sourire. Elle a eu le plus grand mal à supporter la drague de Taureau. Elle dit en soupirant :

— Il est vrai qu'un ours ne saurait être un singe !

Battante s'essuie les mains à une serviette en rouleau. Bizarrement, elle se sent proche de cette jeune femme, dont elle se doute qu'elle n'apprécie pas cet homme, que Rallié lui dépeignait sous un jour peu favorable.

— Ton proverbe dit vrai. Au fait, quel est ton numéro de portable ?

Maudite concurrence, et le « patron des patrons » en colère

À Paris, où il pleut, Lionel Jospin n'a pas trop le moral au moment où il pénètre dans le bureau présidentiel.

On ne badine pas avec la concurrence à la sauce européenne. Au menu du Conseil des ministres qui doit se tenir dans un quart d'heure, le chef du gouvernement n'a pu faire autrement que d'inscrire la privatisation de ces piliers de l'action étatique que sont France Télécom et EDF.

Dès lors qu'on se proclame européen, il est devenu strictement impossible d'aller à l'encontre de la logique ultralibérale – dont sir Leon Brittan demeure le parangon et qui est devenue l'alpha et l'oméga de ce fameux « marché unique » voulu par Jacques Delors. C'est ainsi que Jospin, issu de l'extrême gauche et plus précisément du trotskisme lambertiste, a l'impression de devoir manger son chapeau, maintenant qu'il est le chef d'un gouvernement social-démocrate pro-européen. Il peut au moins soupirer à sa guise et se racler la gorge : Chirac s'est absenté de son bureau..

Il a beau tenter de se libérer de son sentiment de culpabilité en pensant aux 35 heures, une mesure de gauche – la preuve étant la fracassante démission de Jean Gandois de la présidence du CNPF –, rien n'y fait… Chirac, qui était aux toilettes, déboule alors dans le bureau.

— Comment va le Premier ministre ?

— On ne peut mieux, monsieur le président.

— Et votre *dream team*, que je vais avoir le plaisir de réunir ?

Devant le petit air goguenard de Chirac quand il emprunte l'expression utilisée par une certaine presse de gauche pour qualifier son gouvernement, Jospin ressent une rage sourde qu'il s'efforce de contenir en se disant que, dans cinq ans, il lui sera possible de prendre sa revanche sur ce gaulliste prétendu, Chirac n'ayant pas cru devoir démissionner après sa dissolution ratée.

S'il en est un certain de tenir sa revanche, à quelques encablures de l'Élysée, au numéro 23 de la rue Saint-Lazare, derrière le majestueux portail orné d'une horloge du siège de la SNCF, c'est Guillaume Pépy, nommé directeur des grandes lignes par Louis Gallois, président de la SNCF depuis le 24 juillet 1996, à la suite du départ du sulfureux Loïk Le Floch-Prigent.

Pépy connaît bien la SNCF, d'où il a été écarté à deux reprises : fin 1988 par son président Jacques Fournier, dont il était le chef de cabinet, puis en 1995 par Jean Bergougnoux, auprès de qui il occupait le poste de directeur de la stratégie et des investissements, et qui lui reprochait son omniprésence dans les médias et sa propension à prétendre incarner à lui seul le transport ferroviaire.

Tandis que Pépy s'entretient avec Gallois de son salaire et de la nécessité pour lui de disposer d'un chauffeur…

… Jean Gandois est assis dans la voiture qui le conduit de Boulogne-Nord, où il habite, au siège du CNPF, et il ne décolère pas. Le « patron des patrons » n'a toujours pas digéré ce qu'il considère comme une trahison de la part de Martine Aubry, lui qui pensait pouvoir faire confiance à son ancienne DRH et qui avait rassuré ses pairs en leur jurant ses grands dieux que, la ministre du Travail étant résolument hostile aux 35 heures, celles-ci demeureraient aux oubliettes de l'histoire. Gandois a perdu la face auprès de ses mandants, qui l'avaient entendu claironner :

— Chez Pechiney, les plus gauchistes virent leur cuti grâce à une recette infaillible : pour un énarque, un salaire multiplié par trois par rapport à celui d'un préfet !

Sacré FMI !, et Ronald Dominique

Trois heures plus tard, à Washington, au siège du Fonds monétaire international, Michel Camdessus, comme toujours tiré à quatre épingles et l'air d'un premier communiant, a réuni le conseil d'administration de la principale institution financière internationale, dont le directeur est par tradition un Français, de préférence ancien directeur du Trésor, ce que fut Camdessus.

L'atmosphère est fébrile. La plupart des monnaies asiatiques sont dans la tourmente. Tout est parti, deux mois plus tôt, de Thaïlande, où un afflux massif de capitaux étrangers a débouché sur une bulle immobilière dont l'éclatement a entraîné une chute près de 80 % de la Bourse et de la valeur du baht, la monnaie du pays, par rapport au dollar. À présent, l'Indonésie est touchée, ainsi que les Philippines et la Malaisie. Si on ne fait rien, le yen japonais risque de sombrer à son tour, et si tel était le cas, le dollar en pâtirait assurément…

— Messieurs, il nous faut agir, nous n'avons pas le choix.

Camdessus a l'accent chantant des gens du Sud-Ouest, mais cela n'empêche pas son ton d'être solennel. « Agir », dans le « jargon FMI », c'est accorder des prêts aux pays dont la monnaie est mise en « difficulté », tout en leur imposant des cures d'austérité drastiques, afin qu'ils retrouvent des « marges de manœuvre budgétaires ». Un peu comme ces Diafoirus qui, du temps de Molière, faisaient subir des saignées à leurs malades, y compris aux plus faibles, au risque de les faire mourir.

Fervent chrétien, Camdessus va à la messe tous les dimanches. Pourtant, il se prépare à plonger dans la misère plusieurs centaines de millions d'individus, et le Christ ne serait pas d'accord.

Quatre heures plus tard, à Las Vegas, un homme âgé de trente-trois ans et du nom de Ronald Dominique s'est installé au bar du *Snoopy*. Comme il faisait partie des premiers arrivés, il a pu préempter le tabouret situé à l'extrémité gauche du comptoir, celui d'où on a la meilleure vue sur la scène. Originaire de Louisiane, visage hâve dont le bas est mangé par une barbe de quatre jours et yeux légèrement exorbités, cet ancien étudiant en informatique vit de petits boulots. Le 25 août dernier, il a été arrêté pour viol sur un jeune homme par suite d'une dénonciation des voisins de sa sœur. Mais la victime supposée ne s'étant pas fait connaître auprès du bureau du procureur, celui-ci a clos le dossier, et Dominique en a profité pour aller se changer les idées à Las Vegas. Il y est venu avec un flacon de Viagra, qu'il s'est procuré sous le manteau, la « petite pilule bleue qui fait bander » n'ayant pas encore été agréée par la Food and Drug Administration. Mais comme plus personne ne doute que cela ne saurait tarder, des dizaines de millions d'Américains – alertés par la presse et un bouche-à-oreille orchestré par le laboratoire Pfizer – attendent comme le Messie la commercialisation du sildénafil, un inhibiteur de la phosphodiestérase de type 5 (DPE5), initialement destiné au traitement de l'angine de poitrine et dont on s'aperçut, lors de son expérimentation clinique, que son action sur l'angine de poitrine était insuffisante, mais que, ô miracle ! sa prise déclenchait une érection, d'où le nom commercial de Viagra, le « tigre » en sanskrit.

4.35

LE DIMANCHE 14 DÉCEMBRE 1997

Avocate

À Issy-les-Moulineaux, où il est un peu plus de 15 heures, dans la minuscule cuisine d'Emma et Georges, c'est le branle-bas de combat. La jeune femme a revêtu une robe d'avocat achetée aux puces, et elle a commencé à plaider face à Georges en prévision de sa participation au concours de la conférence des avocats du barreau de Paris, la célèbre compétition créée il y a près de deux siècles afin de juger de l'éloquence des futurs ténors de la profession, une épreuve qu'elle appréhende, car elle n'aime pas sa voix quand elle s'écoute. Sa plaidoirie concerne le cas – purement fictif – d'un ancien militaire accusé d'espionnage, pour lequel elle sollicite un non-lieu. Pour les besoins de la cause, elle a lu *Un pur espion*, de John Le Carré, et s'est documentée au sujet de l'ambassadeur Maurice Dejean, contraint à une retraite prématurée à la fin de l'été 1964 après avoir été victime, alors qu'il était en poste à Moscou, d'un « piège à miel » tendu par le KGB, qui avait mis l'une de ses espionnes les plus affriolantes dans les pattes de cet imprudent diplomate.

Bien qu'ayant réussi haut la main le certificat d'aptitude à la profession d'avocat (CAPA) avec les félicitations du jury, Emma a le trac. Elle dit :

— Je te lis le début de ma plaidoirie, tu vas me dire ce que tu en penses : « L'espionnage est un délit à géométrie variable, quand on sait qu'en 1940 de Gaulle était accusé par le régime de Vichy d'être un espion à la solde de je ne sais quelle puissance étrangère. » Alors ?

— T'as pas peur que le jury t'accuse de faire de la provocation ?

Piquée, Emma dit :

— Je ne savais pas que tu cultivais le relativisme. Et moi qui croyais que j'étais la seule de nous deux !

Meurtre à Metairie

Une heure plus tard, en Louisiane, où il est un peu moins de 3 heures du matin, à Metairie, une petite ville de la banlieue de La Nouvelle-Orléans, Ronald Dominique a commencé à étrangler un escort boy, un superbe Noir, cheveux blonds peroxydés, boucles d'oreilles et piercing à la lèvre ainsi qu'au nombril, au moyen de la cordelette qu'il vient de lui passer par surprise autour du cou.

L'assassin essuie les coulées blanches apparues aux commissures de ses lèvres. Il sait déjà que sa prochaine victime sera ce jeune Russe en string rose qu'il n'avait pas cessé de reluquer et dont le souvenir lui met instantanément l'eau à la bouche.

4.36

LE MARDI 13 JANVIER 1998

Les « Deux Excellents »

Cela fait cinq ans que Jiang Zemin est à la tête de la Chine. Il cumule les fonctions de chef du Parti, de président de la Commission militaire centrale et de président de la République. De caractère madré, l'ancien maire de Shanghai a gardé de nombreux affidés dans la capitale économique du pays, au point que d'aucuns le surnomment « chef de la clique des Shanghaïens ». Il doit son ascension à Deng Xiaoping, à qui il fallait un troisième homme, incarnant une voie médiane entre celle du réformateur Zhao Ziyang – qui avait fait montre d'un peu trop de sympathie à l'égard du mouvement étudiant – et celle de Li Peng – bien plus dure et méfiante envers l'impact de l'économie de marché sur la société –, qui continue de siéger au Comité permanent. Les relations entre Zhao Ziyang et Li Peng sont exécrables.

Li Peng fait donc la gueule, comme à l'accoutumée, au sein de l'instance suprême, ce qui ne manque pas de réjouir Jiang, qui pénètre dans la petite salle sans âme où les maîtres de la

Chine se réunissent tous les mardis. La pièce donne sur la cour intérieure du bâtiment 1 du Zhongnanhai, des fois que des petits malins voudraient s'amuser à lire sur les lèvres des dirigeants du pays à l'aide d'un téléobjectif…

Assis en bout de table, le Premier Chinois a rechaussé ses grosses lunettes démodées qu'il vient d'essuyer à l'aide de la petite peau de chamois qu'il a toujours sur lui. Puis, alors qu'on entendrait une mouche voler, il déclare :

— Chers camarades, avant d'aborder l'ordre du jour de notre dernière réunion de l'année du Buffle de Feu, j'ai décidé de vous entretenir des « Deux Excellents » !

À part Hu Jintao, mis dans la confidence, ainsi que Li Peng, qui lève vers le plafond des yeux affligés, les quatre autres ont du mal à cacher leur perplexité. Pourtant, ils sont habitués aux formules associées à des chiffres pratiquées en Chine depuis des millénaires : ainsi parle-t-on des « Quatre Livres » (*La Grande Étude*, *L'Invariable Milieu*, *Les Entretiens de Confucius*, *Le Mencius*) et des « Cinq Classiques » (*Livre des Odes*, *Livre des Mutations*, *Annales des Printemps et Automnes*, *Livre des Rites*, *Livre des Documents*), qui constituent la base de la pensée chinoise, ou encore des « Huit Trésors » (parmi lesquels le riz gluant, deux sortes de noix, le jambon fumé, les crevettes et le porc maigre mariné), qui sont les ingrédients avec lesquels on farcit la carpe servie à l'occasion du Nouvel An ; Mao lui-même avait mis en avant les « Deux Contradictions » (entre le peuple et ses ennemis, et au sein même du peuple) dans son discours du 15 octobre 1957, où il proposait une adaptation de la dialectique marxiste à la situation du pays.

— Peux-tu préciser ta pensée, camarade Jiang ? demande Li Ruihan.

Ce dernier est président de la Conférence consultative politique du peuple chinois, un ersatz d'Assemblée nationale où d'autres voix que celles émanant du Parti sont censées pouvoir s'exprimer, et sa ressemblance physique avec Jiang est telle qu'il arrive à d'aucuns de confondre les deux hommes.

— Les Deux Excellents, ce sont à mes yeux les Jeux olympiques et l'Exposition universelle ! Chirac sera notre allié. Il me l'a assuré.

— Mais si nous les obtenons, pourrons-nous continuer de prétendre que nous faisons partie des pays en voie de développement ? poursuit le camarade Li.

« Surjouer les pauvres, pour mieux amadouer les riches et leur soutirer le maximum » : cela fait une bonne décennie que le régime applique ce précepte du Petit Timonier au sein des instances internationales.

Le Numéro Un est agacé. Il dit :

— T'inquiète ! C'est pas demain la veille que notre monnaie nationale deviendra convertible ou qu'on ralliera le protocole de Kyoto, si c'est ce à quoi tu penses !

4.37

LE JEUDI 18 JUIN 1998

Deux caractères

Xi Jinping et Bo Xilai ont de bonnes raisons d'être satisfaits : sauf imprévu de dernier moment – ce qui est extrêmement rare dans un système qui veut tout planifier des années à l'avance –, dans seize mois le premier deviendra le numéro un du Fujian et l'autre celui du Liaoning, deux régions de « deuxième rang », mais le prélude à la direction d'une région de « premier rang » – ce qui ouvre les portes du Bureau politique. Pour autant, leur contentement se traduit de façon différente : Gueule d'Ange et son épouse sont euphoriques devant leurs copains en affaires, qu'ils ont conviés à partager un repas pantagruélique, caviar osciètre à la louche et champagne Dom Pérignon de rigueur ; quant à Xi, il dîne en tête à tête avec sa femme d'une soupe pimentée accompagnée de raviolis farcis au porc dans la salle à manger tristounette de leur villa de fonction.

Charbonnel, Bon et Cordier

Deux heures plus tard, à Paris, Jean Charbonnel est loin d'être satisfait, en ce jour où cela fait cinquante-huit ans que le général de Gaulle lança son fameux appel de Londres et où Chirac s'apprête à se rendre à la grande chancellerie de l'ordre de la Libération, dans l'aile est des Invalides, afin d'y déposer une gerbe.

Dans un petit bureau du quatrième étage du bâtiment de la Cour des comptes, situé au 13 de la rue Cambon, cette ancienne gloire du gaullisme corrige le rapport sur le régime social des gaziers et électriciens qu'il doit présenter à la cinquième chambre, où il siège en tant que conseiller maître. Tant au Conseil d'État qu'à la Cour des comptes, les présidents de section ou de chambre traitent volontiers leurs conseillers comme s'ils étaient des cancres et eux-mêmes des instituteurs – mais ne dit-on pas que c'est pareil à l'Académie française entre le secrétaire perpétuel de cette prestigieuse compagnie et les autres Immortels ? De fait, Charbonnel a beau être un ancien ministre de De Gaulle et de Pompidou et avoir fait partie des meilleurs espoirs de la droite au début des années 1970, le président de sa chambre lui a fait savoir que son rapport contenait de nombreuses inexactitudes qu'il convenait de corriger avant de le présenter en séance… Il est vrai qu'on ne peut pas dire que notre homme se soit foulé à la tâche. Député-maire de Brive jusqu'en 1993, il s'ennuie à mourir dans son corps d'origine depuis son échec aux législatives puis aux municipales. Étiqueté gaulliste de gauche, Charbonnel commença par être le rival de Chirac. Deux anciens de l'ENA, sortis également à la Cour des comptes, députés de la Corrèze l'un comme l'autre… Charbonnel étant de surcroît normalien et agrégé d'histoire, ce qui, aux yeux d'un Pompidou, était un avantage par rapport à Chirac, lequel aura tout fait pour abattre ce dangereux rival… Une tâche pour laquelle il fut aidé par Charbonnel en personne, un esprit brillant au caractère atrabilaire, marginalisé au sein de sa famille politique à la suite de son refus de voter pour le maire de Paris aux élections présidentielles de 1981 et 1988, ce qui lui valut d'être exclu du RPR en 1990. Comme quoi, en politique, ce ne sont pas forcément les plus capés qui l'emportent : il faut savoir chasser en bande, ce qui ne s'apprend pas sur les bancs d'une grande école telle que l'ENA, l'ENS ou Polytechnique.

En revanche, de plus en plus d'énarques et de polytechniciens migrent vers l'entreprise, témoin l'imminente nomination à la présidence d'EDF de François Roussely[1], énarque, conseiller à la Cour des comptes et – surtout ! – longtemps bras droit de Pierre Joxe. Témoin également la composition du comité de direction de France Télécom – devenue une société anonyme à capitaux publics le 1er janvier –, qui se tient présentement au siège de l'entreprise, place d'Alleray, dans le 15e arrondissement : y siègent cinq polytechniciens et deux énarques, dont l'inspecteur des finances Michel Bon, nommé patron de l'entreprise par son camarade de promo de l'ENA Alain Juppé, lui-même membre de l'inspection des finances.

Tandis que Bon fait part à ses adjoints d'un projet d'achat de l'opérateur britannique Orange, une opération qui « ferait sens et créerait de la valeur pour l'actionnaire », selon le banquier de chez Goldman Sachs venu lui vendre cette idée saugrenue, étant donné le nombre de milliards qu'il va falloir allonger, alors que France Télécom dispose d'une trésorerie riquiqui…

1. Cette nomination sera officielle le 26 juin.

… à Saint-Ouen, Daniel Cordier commémore l'appel du 18 Juin à *La Chope des Puces*. Veste de chez Arnys en velours mauve et souliers Berluti, celui qui fut le secrétaire de Jean Moulin ressemble à un OVNI, tout en battant la mesure avec son pied gauche au rythme de « Minor Swing », la mélodie créée en novembre 1937 par Django à partir des notes qu'il égrenait pour accorder sa guitare au violon de son complice Stéphane Grappelli, jouée par un trio composé d'un violon et de deux guitares. Habité par la musique, Cordier est comme en transe, comme s'il dansait sur un volcan qui cracherait des feux de Saint-Elme.

Jolie et Tensing Drpa

Six heures plus tard, aux États-Unis, Jolie a bien du mal à retenir ses larmes en versant du beurre fondu dans les trois lampes en cuivre épousant la forme d'une fleur de lotus disposées devant une statue de Bouddha en marbre blanc et aux yeux cernés de rouge. Cette effigie d'origine birmane, Tensing Drpa l'a achetée aux enchères à New York. Depuis, elle trône sur un petit autel installé dans un recoin de la pagode.

Il n'est pas de jour où Jolie ne pense à Igor, à ce mystérieux lien qui les reliait et qu'elle n'arrive toujours pas à qualifier, malgré le manque qu'elle ressent, à présent qu'il n'est plus là. Même si leur relation demeurait platonique, du type de celle de Paul et Virginie, les héros du roman de Bernardin de Saint-Pierre, Igor était bien plus qu'un frère ou un ami. Parfois, Jolie se prend à regretter de ne pas avoir osé plaquer ses lèvres sur celles du jeune Russe. Elle se demande pourquoi l'audace lui a manqué. Pourtant, Igor était si beau ! Il était si romantique et généreux ! Et elle pleure à chaudes larmes en songeant que, si elle lui avait fait comprendre qu'elle était amoureuse, peut-être ne serait-il pas parti sans laisser d'adresse… Ne disposant d'aucun moyen de le contacter, alors qu'ils projetaient de s'offrir mutuellement des téléphones portables en guise de cadeaux de Noël, elle paierait cher pour savoir ce qu'il a pu advenir du jeune Russe.

Le surlendemain de la disparition d'Igor, la fille de Forêt s'est résolue à quitter Las Vegas. Elle avait peur d'être convoquée par la police. C'est sur le chemin de l'aéroport, alors qu'elle se demandait vers quelle destination elle devait prendre son billet, que la figure du lama tibétain s'imposa. Outre l'aura du personnage, elle était sûre qu'elle pourrait compter sur sa générosité et sur sa discrétion.

Dès son arrivée à Princeton, Jolie a fait promettre à Tensing de ne pas faire état de sa présence au cas où il croiserait Jimmy ou Nancy Wu.

À présent que les flammes des trois lumignons projettent des ombres dansantes quasiment imperceptibles sur les murs et au plafond de la salle de prière, ils sont tous les deux assis au pied de l'autel, Jolie ses jambes sur le côté, de façon que ses pieds n'offensent pas le Bouddha, Tensing Drpa dans la position du lotus.

Comme souvent chez les ascètes, que leur mode de vie spartiate préserve de la prolifération des radicaux libres dans l'organisme – liée pour partie à une alimentation trop carnée –, les années semblent n'avoir aucune prise sur le lama. D'ailleurs, lorsque Jolie débarqua chez lui, il n'avait pas changé. Tensing continue de collecter les vêtements et les journaux. Il a toutefois vendu son vieux pick-up pour s'acheter un Dodge *space van*, ce qui lui permet de transporter des objets plus encombrants, comme les meubles dont les habitants de Princeton ne veulent plus et qu'ils abandonnent sur les trottoirs.

Tensing prie, le regard vide mais le cœur empli de compassion. Il prie pour l'arrêt de la souffrance dans le monde, pour une miséricorde universelle, et aussi pour ses coreligionnaires du Tibet, persécutés par Pékin sous couvert de « modernisation et de progrès » ; alors que son regard se concentre sur la statue, il pense très fort à la communauté du monastère Labrang, dans l'extrême est de la province du Gansu, l'un des six centres de l'école Gelugpa du bouddhisme tibétain, où il était entré à l'âge de neuf ans et qu'il déserta vingt-cinq ans plus tard, avant de fuir aux États-Unis, où il avait été invité à donner une série de conférences à Princeton, étant le seul « maître en théologie » du monastère à parler couramment anglais, une langue apprise seul, à la force de ses neurones et grâce à un vieux manuel.

Au même moment, à Washington, au deuxième étage de la Maison-Blanche, dans la chambre à coucher du couple présidentiel, Bill Clinton, genou à terre, demande pour la huitième fois pardon pour ses frasques à une Hillary plus altière que jamais.

4.38

LE DIMANCHE 13 SEPTEMBRE 1998

Poutine au FSB

À Moscou, où de nombreuses familles sont venues pique-niquer dans les parcs pour profiter du grand soleil, Vladimir Poutine a préféré rester au bureau. Il a bien trop à faire pour s'accorder la moindre pause depuis sa nomination, deux mois auparavant, à la tête du Service fédéral de la sécurité de la fédération de Russie (FSB) – qui succéda au FSK, lui-même ayant succédé au KGB. Une armée des ombres forte de plus de cinquante mille agents, chargés notamment du contre-espionnage et de la lutte contre le terrorisme. Ce poste, qui fait de son titulaire l'un des cinq personnages les plus importants du pouvoir russe, Vladimir Vladimirovitch l'a toujours convoité. Comme souvent, dans les hautes sphères d'une Russie qui ne s'est toujours pas relevée de l'effondrement du système soviétique, tout est allé très vite, et Poutine n'a pas eu besoin de faire campagne. Pour que le rêve secret de Vladimir Vladimirovitch se réalise, il aura suffi que la tectonique des plaques des ambitions entourant Eltsine fasse en sorte que Kovalev, le chef du FSB, un général pourtant d'une prudence de Sioux, n'apparaisse plus comme l'homme de la situation. Poutine étant devenu le vice-directeur de l'administration présidentielle depuis le mois de mai et ayant un accès quasi permanent au président de la Russie, ses rivaux avaient tout intérêt à l'« exfiltrer » du Kremlin.

Quand les circonstances vous apportent sur un plateau dix fois plus que ce à quoi vous n'osiez pas prétendre, vous commencez par croire en votre bonne étoile, puis vous considérez que vous avez amplement mérité ce qui vous arrive. Alors, vous êtes devenu un homme de pouvoir… Une personne prête à tout pour ne pas le lâcher et en voulant toujours plus.

Vladimir Vladimirovitch n'en est pas encore là. Tout en manipulant la boule à neige contenant l'église Saint-Basile, un cadeau de Noël de sa fille Maria Vladimirovna, il songe à ce coup de fil reçu deux jours après le dîner à l'*Hôtel de l'Europe* au cours duquel Sobtchak avait vomi sa bile.

— Vladimir Vladimirovitch, le président de la Russie a besoin d'avoir auprès de lui une personne de ta trempe qui fasse un peu le ménage… Y a un peu trop de mains qui ont tendance à plonger dans le pot de confiture.

Cette voix du chef de cabinet d'Eltsine, disparu depuis aux oubliettes, qui grésillait dans le combiné, c'était celle de la chance qui frappait enfin à la porte.

Bien-être animal et affaires pharmaceutiques

Dans les monts du Lyonnais, Brigitte Gothière, une sorte de Harry Potter au féminin – même coiffure à la garçonne et mêmes lunettes rondes –, et Sébastien Arsac, visage enfantin, sont plutôt contents d'eux. Avec dix-huit personnes accueillies, leur premier campement antispéciste n'a pas fait un flop, contrairement à ce que lui craignait. Ces deux anciens copains de lycée de Clermont-Ferrand sont tombés dans la marmite de la lutte contre la maltraitance animale, Brigitte par amour des bêtes et Sébastien après avoir vu les abattages d'animaux dans la ferme de son grand-père, en Haute-Loire. Les deux activistes puisent leur inspiration dans *Les Cahiers antispécistes*, fondés en 1991 par Yves Bonnardel et David Olivier, ce dernier normalien et physicien quantique à l'origine de la traduction française, parue chez Grasset en 1993, de *La Libération animale*, du philosophe australien Peter Singer, la bible des partisans du bien-être animal.

Ils boivent de la chicorée brûlante assis sur les marches de leur *mobile home*. Elle dit :

— À dix-huit, on forme un noyau. Si on trouve la bonne terre où le planter, il donnera un bel arbre…

… à environ deux cents kilomètres au sud, à Bonnieux, un charmant village du Lubéron, dans un prieuré qui appartint à Roger Vadim, Daniel V., le propriétaire de ces lieux millénaires, et Chris Viehbacher, le patron de la filiale française de GlaxoWellcome, troisième laboratoire pharmaceutique mondial, discutent des avantages d'une Fondation au nom du labo. Rien de tel pour se faire pardonner ses immenses bénéfices que de distribuer ici et là quelques cacahuètes. Et quel ancien ministre de la Santé refuserait de faire partie d'un tel conseil d'administration ?

Autour d'une magnifique piscine creusée dans le rocher et séparée par une pelouse de l'immense baie du salon dans lequel les deux hommes continuent à discuter, on retrouve tout ce qui compte en matière de médicament : le président de son comité économique, la personne qui détermine le prix des spécialités, ainsi que plusieurs membres des commissions de la transparence et de l'AMM (autorisation de mise sur le marché). On rit, on bavarde et on ripaille grâce au somptueux buffet perpétuellement approvisionné par de jolis garçons en livrée. Tout ce beau monde est là parce que, pour la deuxième année, Daniel V. organise au château de Lourmarin les universités d'été de *Pharmaceutiques*, la revue qu'il a créée et qui bénéficie du soutien actif du SNIP, le Syndicat national de l'industrie pharmaceutique. Ces rencontres mêlant l'utile à l'agréable et présentées par l'intéressé comme un « mini-Davos français du médicament » n'eurent aucun mal à s'installer dans le paysage… Au grand dam de Jacques Servier.

4.39

LE VENDREDI 11 DÉCEMBRE 1998

Mieux vaut tard que jamais, et le Dolder

En Allemagne, à Essen, une ville industrielle du bassin de la Ruhr, où il est six heures et quart, Lothar de Maizière se dit, non sans un certain amusement tempéré de satisfaction : *Mieux vaut tard que jamais* en relisant la carte, très gentille, apportée par le facteur en fin de matinée, alors qu'il ne l'attendait plus. Elle est signée *Gerhard Schröder*, le chancelier de l'Allemagne depuis le 27 octobre, à qui Lothar avait envoyé, dès le lendemain de son élection, un petit mot pour le féliciter chaleureusement et lui souhaiter le meilleur dans ses nouvelles fonctions. Avec un social-démocrate à sa tête, l'Allemagne ne court pas grand risque de voir remis en cause son système de protection sociale, songe-t-il en se préparant une tasse de café.

Cinq heures plus tard, aux États-Unis, à Aspen, la très chic station de ski du Colorado, si ce n'était ce ballet inusité de limousines noires s'arrêtant puis repartant devant l'*Hotel Jerome*, personne ne saurait que ce vénérable palace – son ouverture remonte à 1889 – accueille la réunion annuelle du Dolder Club. Ce dernier porte ce nom car sa première réunion se tint, en 1971, au *Dolder Grand*, le mythique hôtel bâti sur les hauteurs de Zurich à la toute fin du XIXᵉ siècle. Le Dolder Club est l'équivalent du Bilderberg pour la pharmacie mondiale : on y définit ce qui doit absolument être « vendu », en termes de liberté du marché et de limitation du principe de précaution, aux dirigeants des grands pays riches, de façon que les profits de « Big Pharma » soient au plus haut, en retournant au bénéfice de l'actionnaire le fameux adage : « La santé n'a pas de prix. »

Parmi les présents au pied des pistes de ski de la Red Mountain, le patron de Merck & Co est assurément l'un des personnages les plus influents de la planète si l'on songe aux sommes allouées par le géant américain du médicament aux partis républicain et démocrate. En comparaison, les deux patrons français présents à Aspen font figure de nains, qu'il s'agisse de celui de Sanofi ou de celui de Rhône-Poulenc. Sanofi, le laboratoire français construit avec les pétrodollars d'Elf Aquitaine – conglomérat pétrochimique national créé sous de Gaulle –, finalise son absorption de Synthélabo, la filiale de L'Oréal vouée à la pharmacie ; quant à Rhône-Poulenc, l'ancien fleuron de la pharmacie française victime des nationalisations opérées par la gauche après 1981, il espère bien fusionner ses « sciences de la vie » avec celles de l'allemand Hoechst, ce qui, au dire de la presse économique hexagonale, devrait en faire le numéro deux mondial de la pharma, juste derrière Merck.

Au Dolder, on aime définitivement ce qui est gros et qui crache le maximum de profit.

4.40

LE VENDREDI 19 MARS 1999

Luxe, fureur et volupté

— J'aimerais qu'on se voie régulièrement. Tu sais, je peux faire de toi une dirigeante. Tu aurais une villa avec piscine. Un passeport. Tu pourras voyager où bon te semble. Faire des emplettes à Paris. Visiter New York. Aller jouer ta paie à Macao chez mon copain Stan Ho !

À Hainan, Fleur repense à ces paroles de Taureau, désormais au Comité central du Parti en tant que ministre ayant la haute main sur l'énergie, les mines et la politique maritime non militaire. Il les a prononcées six mois plus tôt, quand elle avait accepté de monter dans sa suite au dernier étage de l'hôtel *Shangri-La* de la capitale. Cela faisait plusieurs semaines que, après son fameux dîner avec le grand patron, elle avait droit à des cadeaux : parfums, crèmes de beauté, lingerie fine, et même un sac Hermès, que le chauffeur déposait au centre de recherches, sous les regards envieux des salariées présentes.

Il arrive que les circonstances amènent à faire des choix qu'on excluait définitivement. S'agissant de Fleur, elle aura succombé à Taureau sous l'effet d'un mélange de découragement et d'espoir. Difficile – et risqué – de résister aux avances insistantes de son patron, par ailleurs l'un des hommes les plus puissants du pays. En outre, elle ne se voyait pas continuer de travailler dans son laboratoire – où elle ne supportait pas la façon dont ses collègues, surtout les femmes, la regardaient désormais en coin. Et puis, que peuvent une poignée d'intellectuels protestataires face au léviathan communiste ? Les Han n'ont jamais connu que des régimes autoritaires, et un grand nombre d'entre eux, trente ans plus tôt, mangeaient difficilement à leur faim. Pas étonnant, dans ces conditions, que les gens soient bien plus intéressés par la hausse de leur niveau de vie que par l'avènement de la démocratie et l'accroissement de leurs libertés. Se battre contre des moulins avec l'être aimé, passe encore, mais seule…

À quoi on doit ajouter le fol espoir de la jeune femme de retrouver la trace de Temple, qui lui sert désormais d'alibi. Sans négliger la découverte du faste et du luxe, auxquels on ne saurait être insensible quand on a toujours vécu d'une façon spartiate.

Et même si elle se demande ce qu'elle fait dans cette suite de l'un des hôtels les plus luxueux de l'île, elle ne peut s'empêcher d'apprécier les oreillers très doux, les draps de soie gris perle, le lit de six mètres sur six… d'où elle aperçoit la silhouette fumante de Taureau en train de se savonner sous l'eau brûlante à travers la vitre embuée du coin douche – où l'on pourrait manger à quatre – de la salle de bains, séparée de la chambre par un muret de marbre noir.

Ses ablutions terminées, Taureau sifflote en enfilant un peignoir épais siglé aux armes de Hilton, la chaîne hôtelière à laquelle appartient l'établissement.

L'homme est du genre à aller droit au but et à ne pas s'embarrasser de formules. D'ailleurs, depuis qu'il a les moyens de couvrir de cadeaux ses conquêtes, il n'a jamais essuyé la moindre rebuffade, tant de la part de ses passades d'un soir que de ses concubines, lesquelles sont au nombre de trois, dont Fleur, qu'il trouve attachante car moins intéressée que les deux autres, malgré sa beauté.

Fleur a ôté sa liquette. Nue sur son nuage de soie froissée, elle ne saura pas qu'à l'abri du muret Taureau a extirpé de sa trousse de toilette le blister à l'intérieur duquel il reste huit petites pilules bleues, sur les douze que leur emballage renfermait à l'origine. Elle a un frisson de dégoût, ses yeux étant tombés sur le seau à glace de la marque Christofle, posé sur la table de nuit et dans lequel Taureau a plongé, goulot vers le bas, la bouteille de champagne presque entièrement sifflée par lui.

Fleur n'est pas à l'aise avec les vins pétillants. Pas plus qu'elle n'apprécie le dos épais et blanchâtre de Taureau, et encore moins la façon dont ses grosses paluches farfouillent dans sa Caverne de Grain ou pétrissent ses seins lorsqu'ils font Nuage et Pluie.

Ce soir, elle a sa dose.

Elle lui dit, quand il apparaît :

— Là, je suis fatiguée.

Le World Wild Fund

À Paris, cinq heures après que Fleur a entendu Taureau se plaindre au téléphone auprès de son interlocuteur d'un « petit con faisant chier tout le monde », à Paris, les temps sont durs pour Georges et Emma, qui marchent en se tenant la main le long du canal Saint-Martin. Entre le loyer, les courses et les autres dépenses contraintes, leurs finances sont à sec, malgré les heures de cours d'histoire et de français que Georges donne à Ipesup, une boîte de préparation aux concours des grandes écoles scientifiques et commerciales où des familles riches envoient bachoter leurs rejetons, dont il surveille également les colles du samedi matin. Cela complète la maigre indemnité que lui octroie le WWF, sachant qu'Emma répugne à demander de l'argent à son père depuis qu'il a pris sa retraite. Comme souvent au sein des couples, cette situation occasionne des disputes. Avant que Georges ne rattrape Emma au pied de ce pont des Soupirs en fer qu'est la passerelle de la Grange-aux-Belles, elle avait enfilé son anorak et était partie de leur appartement en claquant la porte, après avoir déclaré :

— Je ne travaillerai jamais pour une bande de pourris !

Georges venait de lui reprocher à demi-mot d'avoir décliné une proposition de poste de juriste junior au sein de la direction juridique de la Commission européenne – dont le président Jacques Santer a démissionné quatre jours plus tôt suite aux conclusions accablantes d'un rapport du Parlement européen faisant état de fraudes et de népotisme au sein de l'instance chargée de diriger l'Europe.

Parmi ceux que l'ancien Premier ministre du Luxembourg a entraînés dans sa chute figurent l'ancienne Première ministre française et commissaire à la Recherche, aux Sciences et Technologies Édith Cresson, ainsi que Leon Brittan, qui aura disposé d'un peu plus de dix ans pour semer parmi l'exécutif européen les graines de l'idéologie de la primauté du libre-échange et de la concurrence.

4.41

LE DIMANCHE 24 OCTOBRE 1999

Danser au son de l'accordéon

À Tulle, le chef-lieu du département de la Corrèze, il est un peu moins de 15 heures. Bernadette Chirac apprécierait de pouvoir se boucher le nez, mais elle n'a pas les mains libres, pas plus qu'elle ne peut détourner le visage : cela vexerait Jiang Zemin, avec lequel elle valse au son de « Ah ! Le petit vin blanc », joué sur un accordéon fabriqué par la manufacture Maugein, vénérable entreprise installée ici depuis 1919. L'épouse du Président souffre le martyre. Non seulement elle n'a jamais aimé danser, mais le Premier Chinois pue atrocement du bec, une odeur de tabac et de vieil estomac, contre laquelle le parfum *Habit Rouge*, de la maison Guerlain, ne peut rien. Bernadette aimerait bien savoir quel sombre individu – qu'elle n'a pas pu identifier dans la cohue ambiante et parce qu'il se trouvait derrière elle – a cru malin de la pousser dans les bras de Jiang, tandis que l'accordéoniste se déchaînait.

Les caméras tournent et les flashs crépitent. La scène n'était pas prévue. Du lourd pour les journaux télévisés du soir, mais aussi pour CNN et BBC World. Jiang, qui a toujours adoré danser, sourit de toutes ses dents jaunies. Chirac est tout aussi hilare. La délégation chinoise est aux anges : deux heures plus tôt, à Ussel, devant la tête de veau – le plat fétiche du chef du restaurant de l'*Hôtel des Gravades*, dont le patron est un intime de Chirac –, le président français a promis le soutien de la France à la Chine pour que Shanghai accueille l'Exposition universelle de 2010. Et, lors du minipoint presse improvisé à l'issue de ce déjeuner, avant que le convoi officiel ne parte pour Tulle, sirènes hurlantes, au journaliste de la BBC qui l'interrogeait sur la question des droits de l'homme en Chine, Chirac déclara, avant de s'engouffrer dans sa voiture où Jiang était déjà assis :

— J'ai toujours prôné le dialogue plutôt que l'affrontement avec les pays amis de la France.

En réalité, il avait été à deux doigts de répondre à cet horripilant rouquin que la Chine n'avait pas encore atteint le degré de développement nécessaire pour s'embarrasser d'une telle question. Face aux gros yeux de sa fille Claude, il avait préféré s'abstenir.

Un président ne doit jamais dire tout haut ce qu'il pense en son for intérieur.

Les chiens du Liberia

Les animaux errants – chiens, chats, mais également poules et ovidés, voire équidés – sont un excellent thermomètre du malheur des gens. Il n'y a pas de spectacle plus poignant que celui d'animaux de compagnie ou d'élevage cherchant désespérément leurs maîtres, mais également de quoi manger, dans les ruines du quartier ou de la ferme où ces derniers vivaient avant qu'ils soient bombardés, visés par des tirs d'artillerie ou détruits par un tremblement de terre.

Tel est le triste spectacle auquel Georges et Emma sont confrontés, tandis qu'ils marchent dans la poussière et les gaz d'échappement de Monrovia, la capitale du Liberia, où ils sont arrivés une semaine auparavant, elle pour le compte du Comité des Nations unies pour les droits de l'homme, lui dans l'idée de proposer au magazine *GEO* un reportage sur ce petit pays d'Afrique coincé entre la Sierra Leone, la Guinée et la Côte d'Ivoire, dont le nom témoigne du destin d'une utopie, l'American Colonisation Society, grâce à laquelle il acquit son indépendance dès 1847, prétendant devenir une sorte de « Terre promise » au profit des Noirs américains libérés de l'esclavage. Sauf que l'arrivée des Noirs américains se fit sans consultation des autochtones. Beaucoup de ces derniers furent contraints au travail forcé par leurs congénères venus des États-Unis. Ce paradoxe dramatique d'anciens esclaves réduisant les descendants de leurs ancêtres en esclavage explique la raison pour laquelle le Liberia fit l'objet, en 1931, d'une condamnation de la part de la Société des Nations. En 1945, les Libériens de souche se virent accorder le droit le vote, ce qui n'empêchera pas le régime autoritaire des présidents Tubman puis Tolbert de virer à la dictature à la suite du coup d'État fomenté le 12 avril 1980 par Samuel Doe. Par la suite, l'un de ses soutiens, du nom de Prince Johnson, fit sécession, entraînant le pays dans une terrible guerre civile qui allait coûter la vie à plus de cent cinquante mille personnes et provoquer un effondrement de l'État. C'est en promettant de mettre fin à ce chaos qu'en 1997 Charles Ghankay Taylor fut élu, avec 75 % des voix et pour slogan la formule hallucinante : « Il a tué mon père, il a tué ma mère, je vais voter pour lui. » Quinze ans plus tôt, Taylor, proche collaborateur de Doe, avait fui aux États-Unis après avoir été accusé de détournement d'argent. Formé en Libye aux techniques de guérilla urbaine, il s'était engagé dans une lutte sans merci contre Doe, à la tête du National Patriotic Front of Liberia (NPFL). Les Libériens auront remplacé un tueur corrompu par un autre.

Face aux deux Français qui se dirigent vers le cap Mesurado – un promontoire surplombant l'embouchure du fleuve Saint-Paul, d'où ils ont prévu d'assister au coucher du soleil – surgit une meute d'une vingtaine de chiens efflanqués et galeux menés par deux « chefs de bande », l'un au pelage jaune, l'autre plus foncé et auquel il manque une patte, ce qui n'a pas l'air de le gêner pour deux sous. Emma, affligée par le spectacle, tend la main vers l'estropié. Elle dit :

— Le pauvre !

Georges éclate de rire.

— Tu ne vas pas m'annoncer que tu lances l'ONG « Chiens sans frontières » !

Alors qu'Emma court derrière Georges, qu'elle a fait mine de talocher, dans son immense bureau du palais présidentiel construit sur les hauts de Monrovia Charles Taylor fulmine contre son aide de camp, auquel il reproche de lui avoir apporté un thé qui n'était pas assez sucré. Tout en vociférant, il manipule son pistolet Beretta 92 FS, plaqué à l'or fin 24 carats, cadeau pour son dernier anniversaire de son ami le dictateur libyen Kadhafi.

Chinatown des anges

Se retrouver ensemble entre compatriotes déracinés : même si demeurent vagues les souvenirs du pays qu'on a quitté depuis longtemps, on est pris par les ondes mystérieuses de ce quelque part d'où l'on vient… C'est ce que ressent Jolie, à Los Angeles, où le soleil décline sur les entrelacs d'autoroutes et où la Chine dispose d'un consulat général. Volonté de se démarquer de l'image véhiculée par l'immigration chinoise aux États-Unis, telle que dépeinte par Roman Polanski dans son film *Chinatown*, où le quartier chinois de la ville au Golden Gate apparaît comme l'épicentre des mafias asiatiques opérant sur le sol américain ? Toujours est-il qu'au lieu de l'installer dans le « Chinatown des anges », Pékin a choisi un quartier plus « neutre ». Cela étant, il suffit de parcourir trois cents mètres en quittant le bâtiment des services consulaires chinois, d'un style néo-années 1930 plutôt élégant, pour se retrouver à « Koreatown » ou à « Little Bangladesh », où la plupart des hommes et des femmes qu'on croise sont respectivement coiffés d'un turban ou vêtues d'un sari. C'est là, et plus précisément dans la salle paroissiale de l'église de la Résurrection, que le consulat général a choisi d'organiser une réception destinée – selon le carton d'invitation – à « créer du lien » entre « les compatriotes de l'autre côté de la mer ». L'expression désigne les Chinois d'outre-mer, une population longtemps négligée par Pékin mais qui fait désormais l'objet de toute son attention, étant donné les milliards de dollars que ces gens ayant fui la misère envoient chaque année à leurs familles demeurées au pays.

Sous des drapeaux chinois, des Lanternes du Bonheur, des slogans vantant la « Grande Chine » et des pandas gonflés à l'hélium, ils sont un bon millier de Han, soit plus qu'attendu par le consulat, à être venus de plusieurs grandes villes de l'ouest des États-Unis pour faire ripaille et trinquer. Le brouhaha rend difficile la perception des discours officiels puis les témoignages de quatre hommes et de trois femmes – dûment sélectionnés par le consulat, puis briefés par Bouillie – relatant la manière dont, après s'être enrichis aux États-Unis dans la restauration, la finance, l'immobilier, la chirurgie esthétique ou encore l'import-export, ils ou elles ont choisi d'investir en Chine, et combien ce choix s'avère excellent – ainsi que le montrent les graphiques illustrant la rentabilité de ces capitaux qui apparaissent sur les écrans géants disposés aux quatre coins de la salle.

La plupart de ces Chinois ont la nationalité américaine. Parmi ceux qui ne l'ont pas, certains possèdent la *green card*, d'autres demeurent des clandestins, à l'instar de Présage et de Jolie, venus assister à la manifestation. Quatre mois plus tôt, la fille de Forêt est retournée vivre chez son Petit Papa Accordéon, qui la retrouva chez Tensing, après avoir été prévenu par Nancy : Princeton demeure un village.

Jolie ne voulait pas retourner à Phoenix. Elle n'accepta d'y revenir que lorsque Présage lui confia qu'il ne fréquentait plus Jennifer, la belle gymnaste l'ayant largué après avoir constaté qu'elle ne parviendrait pas à le faire adhérer à la scientologie. Tant l'une que l'autre sont apaisés par ces retrouvailles et font plaisir à voir, à proximité d'un buffet sur lequel il ne reste plus un seul ravioli alors qu'il s'en élevait des montagnes au début du pince-fesses. Jolie, radieuse, est photographiée par Présage à côté d'un panda en peluche, un culbuto revenant à la verticale quelle que soit la force avec laquelle on le pousse, ce qui en fait l'attraction préférée des enfants et des adolescents. La fille de Forêt l'enlace en riant aux éclats.

Depuis l'estrade dressée au fond de la salle, Bouillie s'assure du bon déroulement des festivités. Si les choses devaient mal tourner ou un incident se produire, ce serait pour sa pomme, le consul général ayant confié l'organisation de cet événement à son adjoint, dont c'est en quelque sorte le baptême du feu.

Arrivé à Los Angeles neuf mois plus tôt, le frère du leader de la révolte étudiante de 1989 n'est pas près d'oublier l'air furibard de la DRH adjointe du ministère lorsqu'elle lui annonça qu'il était nommé à Los Angeles au poste ultra-convoité de numéro trois du consulat. Il avait pourtant perdu tout espoir puisque pas moins de six mois s'étaient écoulés – lourdeurs bureaucratiques et méandres administratifs obligent ! – depuis qu'il avait rendu sa montre à Rallié.

Une heure plus tard, Bouillie n'est plus dans ses petits souliers : aucun incident particulier à signaler, tout se déroule comme prévu. Le consul général semble satisfait, à en juger par le pouce que vient de lever vers son adjoint cet homme d'une cinquantaine d'années, boudiné dans un costume à rayures et flanqué de son épouse, moitié moins âgée que lui et vêtue d'une robe longue en lamé, rêvant d'être actrice et semblant tout droit sortie de *Sissi impératrice*.

À présent, le micro est monopolisé par une jeune Han créatrice d'une ligne de maquillage. Grâce à ses gains, elle a déjà pu s'acheter un appartement sur plan à Guilin, d'où sa famille est originaire et où elle compte prendre sa retraite… Les applaudissements crépitent. La jeune femme est vraiment très belle. Visage de poupée, cils à la Bambi, robe fendue au décolleté pigeonnant… La beauté et l'argent pour une fois réconciliés. Une Barbie asiatique au portefeuille bien garni, au pays des Yankees. Le rêve absolu pour beaucoup…

Porté par l'énergie ambiante, Bouillie ne se sent plus. Son grain de beauté semble luire au milieu de sa figure. En reprenant le micro à la créatrice, car il doit adresser un ultime message aux participants, il s'arrange pour la frôler quand elle redescend de l'estrade. Après quoi, tout chamboulé, il tapote nerveusement sur le micro et déclare, comme prévu, à l'assistance :

— Chers amis, chers compatriotes d'au-delà des mers, tout d'abord, j'espère que vous vous êtes régalés !

— Oui ! hurlent en chœur les plus jeunes.

Jolie n'est pas la dernière à crier et à battre des mains.

— Avant de nous séparer, j'ai un dernier message : tous ceux qui, parmi vous, ont un talent à faire valoir ne doivent pas hésiter à venir s'inscrire au spectacle du Nouvel An du Dragon de

Métal, qui aura lieu dans cette salle, le samedi 5 février. Ce talent peut être une discipline sportive, la pratique d'un instrument de musique, par exemple le piano ou l'accordéon. Vous qui êtes intéressés, inscrivez-vous ! Je me tiens à votre disposition dans le hall d'entrée.

Bouillie est à peine installé derrière une petite table juponnée de feutre rouge sombre que Jolie se présente, traînant Présage par la main.

La beauté des êtres est une alchimie où se mêlent l'inné et l'acquis. Alors que les uns sont enlaidis par les épreuves, les autres en ressortent plus beaux, la vie et ses vicissitudes agissant sur eux comme un sculpteur dont le ciseau fait d'un bloc de pierre une œuvre d'art.

À dix-huit ans, Jolie a ce genre de beauté où celle de l'âme se superpose à celle du corps. Ce qui n'a pas échappé pas à notre vice-consul, subjugué, depuis que la jeune fille s'est plantée devant lui.

— Quels sont vos talents, mademoiselle ?

Jolie sourit et dit :

— Patinage et gymnastique acrobatique.

4.42

LE SAMEDI 25 DÉCEMBRE 1999

Noël dans le monde

À Taipei, Yvon est allé fêter Noël chez un copain jésuite installé là-bas depuis deux ans.

En France, Jacques Servier n'est pas à la fête. Une semaine plus tôt, sa fille Isabelle a tué à coups de hache son mari, Henri Grange, dans leur maison de Meudon. Isabelle a indiqué aux enquêteurs qu'il arrivait à son époux, diagnostiqué maniaco-dépressif, de se prendre pour le Christ.

À Paris, c'est un peu plus Noël pour Chirac, dont le moral a remonté depuis que le gouvernement Jospin rencontre ses premiers déboires : le 8 juin, Schröder et Blair ont signé un texte dans lequel ils exhortent la social-démocratie à s'adapter aux exigences du libéralisme ; le 2 novembre, DSK a dû quitter le ministère des Finances après sa mise en cause dans plusieurs affaires.

À la Maison-Blanche, ce n'est pas Noël pour Chelsea Clinton, que son père n'arrive pas à consoler, après l'avoir trouvée en larmes sous sa couette, alors qu'il venait lui dire bonsoir. Dans la journée, la fille du président des États-Unis a appris, de la bouche de sa gouvernante Gladys, que la dinde qu'avait graciée son père pour Thanksgiving avait été envoyée par erreur à l'abattoir.

À Phoenix, on ne peut pas dire que ce soit Noël pour Présage, dont les doigts parcourent les touches de son accordéon d'occasion… Comment pourrait-il en être autrement, alors que, la veille, il a appris la mort de son père par une lettre de sa mère en réponse à celle qu'il s'était enfin décidé à envoyer deux mois plus tôt pour donner de ses nouvelles, et qu'une furieuse envie de retourner au pays le tenaille ?

Ce dont est loin de se douter Jolie, assise en tailleur aux pieds de son Petit Papa Accordéon, qu'elle écoute avec nostalgie interpréter *Le Vol du bourdon*.

À Bruxelles, Pierre Richard, le polytechnicien au visage hâve, semblable à celui d'un spectre, et mangé par la barbe, devenu le patron de Dexia – la banque issue de la fusion entre le Crédit local de France, une émanation de la Caisse des dépôts et consignations française qu'il dirigeait, et le Crédit communal de Belgique, son équivalent d'outre-Quiévrain –, rêve de devancer City Bank et Lehman Brothers depuis l'entrée en Bourse de sa boîte à Paris et à Bruxelles. Sur les conseils de Goldman Sachs, il lorgne Financial Security Assurance, une compagnie dont les gens de chez Goldman lui ont assuré qu'elle fait à peu près le même métier que Dexia aux États-Unis, même si le système de financement des municipalités d'outre-Atlantique n'a pas grand-chose à voir avec celui de la vieille Europe, ce qui ne trouble pas le patron de Dexia.

4.43

LE VENDREDI 31 DÉCEMBRE 1999

L'intérimaire

À Moscou, au Kremlin, cela fait une demi-heure que Boris Eltsine a quitté ses fonctions, à la stupéfaction générale. De fait, rares étaient ceux, à commencer par Poutine, à imaginer Boris Nikolaïevitch démissionnant volontairement, contrairement à ce qu'il proclamait – ce que tout le monde prenait pour une fanfaronnade du style : « Retenez-moi ou je fais un malheur. »

Dans le bureau présidentiel, où règne encore l'odeur de l'insecticide diffusé dans les jardins de la présidence envahis par les pucerons, Vladimir Vladimirovitch éprouve un immense soulagement en lisant la lettre de démission de son prédécesseur, remise par sa fille, Tatiana Borissovna Eltsina, moyennant la signature par le président intérimaire de la fédération de Russie d'un décret garantissant à Eltsine et à sa famille une immunité totale au cas où un de ces nouveaux petits procureurs, « des shérifs se croyant tout permis », comme les surnomment certains oligarques, aurait l'idée de fourrer son nez dans leurs affaires.

Avant que Tatiana n'arrive dans le bureau pour échanger les documents, Poutine n'était pas tranquille et suait à grosses gouttes, sous le regard mi-inquisiteur mi-goguenard de la secrétaire d'Eltsine. Avec ce dernier, rien n'est jamais jamais sûr. Une décision chasse l'autre et il aurait pu changer d'avis au dernier moment.

Poutine sourit au portrait de Lénine, accroché désormais dans un coin de la pièce où il ornait, jadis, le mur du fond, de sorte qu'on avait l'impression que le Numéro Un soviétique travaillait sous la surveillance du leader bolchevique.

Mais Eltsine a toujours eu très peur de la mort et c'est sur les conseils du médecin homéopathe qui le suit en secret depuis des années qu'il a pris sa décision, dont seuls sa fille et son gendre avaient connaissance, avant qu'il n'en fasse part à une poignée de proches, parmi lesquels, et pour cause, Vladimir Vladimirovitch.

XXIe SIÈCLE

2000-2025

Cinquième maillon
2000-2009

En Chine, un enfant continue de dire bonjour à quelqu'un qu'il ne connaît pas jusqu'à ses douze ans, alors qu'en France c'est jusqu'à ses dix ans. Aux États-Unis, le basculement a lieu à onze ans pour les enfants des classes favorisées, et à treize ans pour ceux habitant des ghettos ou des quartiers pauvres.

5.1

LE SAMEDI 5 FÉVRIER 2000

Madame Butterfly, et Fleur se sent inutile

À Shanghai, où il est 20 h 25, Yvon assiste à une représentation de l'opéra *Madame Butterfly*, de Puccini, en compagnie d'un promoteur immobilier de Chongqing, la ville géante du Sichuan, lui-même candidat à la distribution des grands crus représentés par la maison K. dans cette province. Autour des deux hommes il n'y a pas un siège de libre, dans la grande salle de ce bâtiment longeant l'immense place du Peuple. Fait symptomatique de l'occidentalisation des élites économiques, c'est avec *Le Lac des cygnes*, de Tchaïkovski, que fut inauguré, le 27 août 1998, à l'issue de plus de quatre ans de travaux, ce bâtiment légèrement « m'as-tu vu » – bien que conçu par un Français –, avec son immense toit concave transpercé par des soutènements contenant les escaliers desservant les étages, et dont le poids de l'acier utilisé dans sa construction dépasserait, d'après les journaux, celui de la tour Eiffel. La programmation privilégie Mozart, Wagner, Verdi et Puccini, au détriment du « Xiqu », l'opéra chinois, un genre pourtant affectionné par le public chinois depuis des lustres. Parmi les spectateurs, beaucoup seraient plus à l'aise devant *L'Histoire du pavillon d'Occident*, l'une des plus célèbres pièces du théâtre chanté chinois, ou devant *La Légende de la Lanterne Rouge*, malgré le mauvais souvenir véhiculé par cet opéra révolutionnaire auquel des centaines de millions de Chinois étaient obligés d'assister pendant la Révolution culturelle, Jiang Qing, l'épouse de Mao, ayant décrété que c'était là un instrument idéal pour « éveiller les masses à l'art non bourgeois ». Mais dans ce temple de l'art lyrique, l'important est d'être vu, et tant pis si ce qui se déroule sur la scène vous passe largement au-dessus de la tête.

C'est le cas de l'invité d'Yvon, qui a du mal à demeurer éveillé, malgré les somptueuses vocalises de la soprano jouant Cio-Cio-San, la geisha japonaise qui finira abandonnée par le cynique lieutenant américain Pinkerton, avec lequel elle est mariée selon la loi japonaise et qui lui a fait un enfant.

Une demi-heure plus tard, tandis que le rideau tombe sur le premier acte, après le somptueux duo d'amour entre Cio-Cio-San et Pinkerton…

… à deux mille kilomètres de Shanghai, à Chengdu, cela fait deux heures que Fleur se morfond, indifférente aux feux d'artifice scintillants comme des diamants qu'on peut découvrir à travers les baies vitrées de l'immense séjour du somptueux appartement que Taureau a mis à sa disposition, au dernier étage de l'un des immeubles les plus luxueux de la capitale du Sichuan. Le nouvel homme fort de la province lui avait pourtant promis qu'il viendrait partager une coupe de champagne avec elle avant le dîner officiel où il a invité le gratin politique et économique. Parée comme une princesse, Fleur se sent inutile, et elle enrage dans sa somptueuse tunique en lamé, un vêtement qui lui colle à la peau comme s'il était mouillé… au point qu'elle en regretterait presque d'avoir abandonné son travail à Pékin, même si Taureau continue à lui faire miroiter un poste de direction dans l'une des innombrables entités régionales qu'il supervise – « Tu n'auras que l'embarras du choix, ma chérie. »

Il arrive, les circonstances et la faiblesse vous ayant poussé à succomber à la tentation, qu'on se demande comment on a pu se retrouver dans de si beaux draps, au propre comme au figuré, alors qu'on aurait pu le prévoir. C'est le moment où l'on en vient à se maudire.

C'est le cas de Fleur, en train d'interpeller son double dans le miroir qui tapisse le mur gauche de l'entrée de l'appartement. Elle lui dit : « Tu es tombée bien bas et tu n'as que ce que tu mérites : le sort des concubines impériales, ces prostituées de luxe qui passaient leur vie à attendre que l'empereur les convoque. Taureau a une épouse légitime et deux enfants, et il t'avait dûment avertie : "Je vis avec ma femme, c'est la politique qui veut ça, le camarade Jiang ne badine pas avec le mariage. Mais avec mon épouse, on n'a plus rien en commun. T'inquiète, tu es la femme de ma vie. Si je t'avais rencontrée plus tôt, j'aurais divorcé." » Elle croit réentendre ces mots de Taureau et elle foudroie son double du regard. « Et tu as cru ce gros tas de m… ! Mais quelle gourde ! Demain, promis juré, je pars. Tu ne me reverras plus, et tant pis si Sinopec ne me reprend pas. »

On a sonné à la porte. La jeune femme se précipite vers l'œilleton. Elle découvre, déformé par sa loupe grand angle, le monstrueux faciès de son amant, à mi-chemin entre le poulpe qu'on aurait fait entrer de force dans un bocal et le ballon dans lequel on donnerait volontiers un coup de pied, s'il était moins visqueux. Elle recule. Et si elle faisait la morte ?

L'homme puissant ayant sonné plusieurs fois d'affilée, elle se résout à ouvrir, prise de court et en désespoir de cause, appréhendant le moment où elle sentira sa mauvaise haleine, quand, après l'avoir attirée à lui comme on prend un paquet, il lui murmurera des mots doux à l'oreille.

Le défilé en l'honneur du Dragon de Métal

À Paris, où il est 15 heures, on se croirait en Chine : le défilé de l'année du Dragon s'est élancé depuis la place d'Italie, dans le 13e arrondissement, un quartier dont les tours sont investies depuis une dizaine d'années par une majorité d'habitants d'origine asiatique – boat people vietnamiens, Sino-Khmers ayant fui la dictature de Pol Pot, et Chinois, les uns en provenance de l'outre-mer, d'autres de Wenzhou, la ville du Zhejiang dont les habitants commencèrent à émigrer en France dès les années 1930. Parmi la foule venue assister au spectacle, on trouve aussi quelques artistes, ainsi que des membres de l'intelligentsia contraints à l'exil après les événements de Tian'anmen. La plupart des habitants du quartier, mais également de Belleville, ont répondu présent pour fêter l'entrée dans l'année de cet animal fabuleux censé symboliser l'ardeur au travail.

C'est également le cas de Georges et d'Emma, venus là en voisins et au nom d'une certaine curiosité « ethnologique » tempérée d'altruisme (« on ne doit pas se contenter d'habiter son quartier sans jamais se mêler à ses habitants »). Ils regardent défiler ces garçons et ces filles au rythme des tambours et des cymbales, selon une chorégraphie répétée cent fois au sein de leurs associations, derrière un immense dragon gonflé à l'hélium dont la gueule vomit des flammes en tissu, sous les regards émerveillés de leurs parents, postés le long de l'avenue de Choisy, au milieu de badauds qui seraient tout aussi bien allés à la foire du Trône ou à un spectacle de cirque.

Ils habitent tout près de là, dans un deux-pièces où ils ont emménagé depuis trois mois, au douzième étage de la tour Sapporo, l'un des six immeubles du quartier des Olympiades, les premiers de Paris à avoir été construits sur une dalle, ce concept architectural particulièrement en vogue dans les années 1970 et censé protéger les habitants de la circulation des voitures, tout en facilitant leur stationnement – cela encourageant leur utilisation.

Non seulement les clichés ont la vie dure, mais ils sont le lot commun de toute pensée dans la mesure où tout raisonnement s'appuie sur des représentations qu'on maîtrise plus ou moins. Il arrive que cela vous saute à la figure dès lors qu'un cliché devient condamnable, comme la prétendue infériorité, tant matérielle que spirituelle, des peuples colonisés, longtemps le principal alibi du colonisateur. Puis, le temps passant, d'autres clichés remplacent les anciens.

C'est ce qui arrive à Emma. Après avoir vu, au milieu des pétards et des feux de Bengale, deux lévriers afghans presque aussi grands que le jeune couple qu'ils tiraient, elle s'est mise à associer la Chine à des chiens engraissés dans des cages à des fins culinaires, comme si tous les Chinois se délectaient de la viande de canidé… Georges, quant à lui, demeure éberlué par cet optimisme, cette joie de vivre et cette insouciance, une capacité à jouir de l'instant, qui se dégagent du défilé, à mille lieues des prévisions apocalyptiques des oiseaux de mauvais augure qui avaient annoncé qu'un bug informatique anéantirait la plupart des ordinateurs à compter du 31 décembre à minuit.

« Notre amour »

À Los Angeles, quatre heures plus tard, c'est sous les sunlights de la même salle paroissiale où s'affichent les mêmes textes à la gloire du régime que trois mois auparavant, mais où des dragons suspendus au plafond ont remplacé les pandas, que Présage et Jolie continuent de régaler des spectateurs épatés par l'harmonie qu'ils dégagent – obtenue, il est vrai, au prix d'heures de répétition –, la virtuosité de notre accordéoniste s'accordant à merveille avec celle de la fille de Forêt, digne d'une gymnaste olympique ou d'une acrobate qui aurait suivi une formation en danse classique et en hip-hop. La prestation laisse pantois Bouillie, lui-même sur son trente et un en costume sombre, chemise blanche et cravate gris perle à pois roses. Ayant dû s'improviser « régie lumière » du spectacle en raison de l'absence de dernière minute de celui qui devait l'assurer, il est posté devant une console lumière du côté droit de la scène, dissimulé par un paravent.

Il est subjugué par Jolie, par tant de grâce et d'énergie réunies, tandis que celle-ci et son Petit Papa Accordéon reçoivent l'ovation du public, qu'ils ont littéralement fait chavirer avec leur finale. Pour introduire leur prestation, la jeune fille, accompagnée par Présage, avait enchanté l'auditoire avec « Notre amour », la célèbre bluette tirée de *Ma jolie princesse*, la comédie musicale créée à la fin des années 1950 dont les Chinois raffolent.

Pour cette célébration du Nouvel An, l'église propriétaire de la salle a plus que doublé le prix de la location. Le consulat n'a donc pas été en mesure de donner à ses invités autre chose à boire et à manger que des sodas et des cacahuètes. Pour compenser ce manque, notre diplomate a fortement insisté auprès des restaurateurs chinois du coin afin qu'ils proposent aux participants un menu « Dragon de Métal » à un prix attractif.

C'est chez l'un d'eux, le *Palais de Jade*, un établissement coincé entre un barbecue coréen et un salon de coiffure afro, que Bouillie a absolument tenu à prolonger la soirée en compagnie de nos duettistes.

Tandis que ceux-ci s'empiffrent, le frère du leader de Tian'anmen touche à peine aux plats, tous succulents. Dévorant des yeux la jeune fille, il redoute le moment où, une fois ce dîner achevé, Jolie repartira vers d'autres horizons.

La Droite et la Courbe, le Vide et le Plein, le Yin et le Yang, ou encore le Géomètre et le Saltimbanque… ces derniers étant des qualificatifs inventés par des sociologues des médias[1] pour traduire de façon élégante l'irréductible opposition entre ceux qui, à la télévision comme au cinéma, dépensent les sous : les créateurs et les artistes, nommés les « saltimbanques », et ceux qui les comptent : les gestionnaires, baptisés les « géomètres ». En d'autres termes, ceux qui régalent et les empêcheurs de tourner

1. En l'espèce, Paul Beaud, Monique Sauvage et Patrice Flichy, « Géomètre contre saltimbanque : la prédominance de la programmation dans la TV française », in *Réseaux*, Paris, 1993.

en rond. Dans l'esprit de Bouillie, lui-même est le petit homme gris, et Jolie l'étoile au firmament.

Au demeurant, pour un Han, une telle distinction n'est pas opératoire : les contraires se repoussent et s'attirent en même temps, de sorte que notre diplomate, qui paierait cher pour garder Jolie près de lui le plus longtemps possible, se met à échafauder des plans. Les suivre à Phoenix ? Impossible, à moins de demander l'asile politique… Devenir une sorte d'imprésario de la jeune fille ainsi que de son père, de façon à les faire jouer dans des théâtres, et pourquoi pas à Broadway, le géomètre se mettant au service de la saltimbanque ? Cela lui semble plus réaliste… d'autant qu'il a entendu parler de la possibilité d'un congé sabbatique de six mois. Mais, pour cela, il faut être en poste à l'administration centrale. C'est à cela qu'il songe en les regardant se régaler de la carpe farcie aux « Huit Trésors », un plat dont lui-même raffole, mais auquel il n'a pas touché.

Alors qu'il continue de tirer des plans sur la comète, face à lui, Présage, qui a très envie de retourner au pays pour embrasser sa vieille mère, se demande si un consul adjoint de la république populaire de Chine aussi sympathique et débrouillard que ce Bouillie de Céréales Jaune n'aurait pas les moyens de régulariser sa situation auprès des autorités chinoises… Jusqu'à ce qu'il entende le vice-consul déclarer, la bouche en cœur, qu'il échangerait volontiers sa place contre la leur.

— Pas sûr que le sort de clandestins sur le territoire américain soit des plus enviables…

Ce propos a échappé à Présage, qui se demande s'il ne s'est pas montré imprudent, tandis que Bouillie manque de s'étouffer, même s'il n'a plus qu'une miette de poisson dans la bouche, à l'idée que le destin de ces deux êtres, dont il enviait le sort à peine deux secondes plus tôt, pourrait basculer au premier contrôle de police.

— Clandestins, vraiment ?

Présage décide qu'il vaut mieux faire machine arrière. Sous le regard mi-circonspect, mi-affligé de Jolie, il dit :

— En réalité, nous nous sommes fait voler nos papiers… lors d'un déménagement.

— Donc, vous n'êtes en aucun cas des clandestins !

Le consul adjoint connaît sur le bout des doigts la procédure de délivrance des passeports, en ayant été chargé par le consul en remplacement de l'autre consul-adjoint, rentré en Chine pour ses congés. Il se sent pousser des ailes et affiche un large sourire. En cas de perte ou de vol de leur passeport, les ressortissants chinois présents aux États-Unis s'en voient délivrer un nouveau par le consulat, les autorités américaines se faisant fort d'accorder à leurs détenteurs un visa de séjour d'une durée de six mois renouvelables.

Ces précisions débitées par Bouillie à la façon d'un bon élève devant son examinateur, Présage s'entend répondre, d'une toute petite voix :

— Ça tombe bien !

Sur un ton nettement plus enjoué, notre diplomate ajoute :

— La prochaine fois que vous viendrez me voir, n'oubliez surtout pas de vous munir de la déclaration de vol qu'a dû vous délivrer le commissariat de police de votre quartier à Phoenix.

« Venus Williams bis » a les oreilles qui traînent

À douze mille kilomètres à l'ouest de la Cité des anges, la lune va se coucher au-dessus de l'archipel des Bahamas, dans les eaux duquel Bo Xilai et son épouse Gu Kailai fêtent l'année du Dragon en compagnie du Britannique Neil Heywood, à bord du *Blue Bird*, un luxueux yacht affrété par leur grand copain Xu Ming. Autour d'eux, trois superbes créatures noires en bikini, dont la plus sculpturale – un parfait sosie de Venus Williams –, recrutée par Gu comme coach le temps de la croisière, vient d'annoncer, en battant des mains, que c'était l'heure du bain de minuit.

Bo, une coupe de Cristal de chez Roederer à la main, contemple avec effroi les eaux noires qui se confondent avec le ciel. Comme la plupart des Han de sa génération, Gueule d'Ange nage comme un fer à repasser, et il n'a aucunement l'intention de se laisser glisser dans la mer des Caraïbes par le biais de l'échelle amovible en alu installée à l'arrière du yacht par Venus Williams bis. Étant originaire de Nassau, la capitale des Bahamas, elles-mêmes faisant partie du Commonwealth, et Gu parlant en anglais avec l'étranger, « Venus bis » a compris – même si elle s'en fiche royalement et qu'un employé sur un yacht est payé pour être aveugle et sourd – que Bo et surtout Gu ont une dette envers le dénommé Heywood, celui-ci ayant fait en sorte que leur fils soit inscrit à Harrow, l'un des deux fameux collèges anglais, avec celui d'Eton, où se retrouvent les rejetons de l'aristocratie britannique. La maman espère que son « cher Neil » l'aidera également à faire entrer son fils chéri à l'université Harvard. Le regard perdu dans le ciel où des étoiles ont commencé à scintiller, elle pense à cette somptueuse villa située à Cannes, sur la Côte d'Azur française, un bien d'exception dont Patrick Devillers lui a fait passer les photos. Une fois loué, à un oligarque russe par exemple, rien que le loyer permettrait à Gu de mettre son cher petit Bo Bagua définitivement à l'abri du besoin.

Une heure plus tard, alors que tout le monde a regagné sa cabine, Venus William bis rejoint ses deux collègues sur le pont arrière. Elle allume une clope et dit :

— Décidément, ces Chinois, ils sont impayables ! Leur ami anglais a l'air très sympathique.

5.2

LE SAMEDI 2 DÉCEMBRE 2000

« Un Phénix d'Or et d'Argent qui fera de vous un homme riche »

Le secret bancaire est au monde des affaires l'équivalent du secret de la confession chez les catholiques, qui exige du confesseur qu'il la boucle, y compris lorsqu'il a recueilli les aveux d'un criminel.

À Shanghai, dans les sous-sols de l'immeuble de la HSBC, ce culte du secret, Rallié a l'impression d'en renifler les effluves et d'être revenu onze ans en arrière. En effet, rien n'a bougé dans le bureau 6 : même mobilier spartiate, mêmes murs nus et même éclairage au néon… Et toujours cette odeur de tabac froid, qui l'avait pris à la gorge quand il y avait été introduit par cette hôtesse d'accueil, ne sachant trop où il mettait les pieds, avant de découvrir que Bo Xilai faisait également partie de la combine.

Et dire que, dix minutes plus tôt, il était épaté par la transformation de Pudong, où les gratte-ciel poussent comme des champignons !

Cette impression d'avoir remonté le temps se dissipe soudainement, Mister John étant venu s'asseoir de l'autre côté de la table.

On ne se voit pas vieillir. On ne subodore qu'on a également pu changer soi-même que lorsqu'on découvre chez autrui les inexorables ravages du temps.

C'est ce qui arrive à Rallié, qui, sans les oreilles décollées de Mister John, mais surtout la chemise écarlate en carton gaufré qu'il a de nouveau sous le bras, aurait peiné à le reconnaître dans ce grand échalas au dos voûté, le visage labouré par les rides, les cheveux comme de la filasse, et flottant dans un costume manifestement trop large.

Trois jours avant ce rappel à la réalité du vieillissement de tout organisme vivant, Rallié avait renoué avec les vicissitudes de la fonction d'homme de paille… chose qui lui était complètement sortie de la tête. Pensez, après onze années ! Et aussi parce que les conséquences potentielles de sa signature lui semblaient si terrifiantes que sa mémoire avait fini par les oublier – certains psys qualifient cela d'« amnésie traumatique » –, d'où sa stupeur, le mardi précédent, quand, conformément à la procédure que le fondé de pouvoir lui avait détaillée, ainsi qu'à Bo Xilai, il entendit les mots « Phénix d'Or et d'Argent » prononcés par un mystérieux interlocuteur, qui l'avait appelé sur son portable à partir d'un numéro caché pour lui communiquer celui d'une femme, qui lui indiqua qu'il avait rendez-vous ce samedi à 11 heures au sous-sol de la banque.

Le fondé de pouvoir dépose le dossier fiduciaire sur la table. Face à lui, Rallié est mal à l'aise. Il dit :

— Bo n'est pas venu ?

Mister John défait le nœud des cordons du dossier rouge.

— Il y a deux semaines, il était là, assis à votre place, et il faisait plaisir à voir !

— Tant mieux !

— Il aurait plus manqué que ce soit le contraire… Vous auriez tort de vous plaindre, quand 108 000 dollars vous tombent dans le bec, sans que vous ayez eu à bouger le petit doigt… à part une simple signature au bas d'une page.

— Une signature qui aurait pu me conduire en prison !

Le propos a échappé à Rallié, sous le coup d'une soudaine euphorie : plus de 100 000 dollars, ce n'est pas rien, quand soi-même on plafonne à 4 000 dollars par mois, dont un quart partent aux impôts… Ceux qui ont fait fortune, dans la promotion immobilière ou dans la finance, disent la même chose : ce sont les premiers 20 000 dollars qui sont les plus durs à gagner.

Mikhaïl Khodorkovski tranquille comme Baptiste

Au même moment, au Kremlin, un homme longiligne et d'allure juvénile patiente sagement dans le salon d'attente du bureau présidentiel, un espace réservé aux personnages importants – les autres, y compris les ministres, devant se contenter d'attendre sur les banquettes disposées environ tous les cinq mètres le long du couloir de l'administration présidentielle. Si le secrétariat présidentiel a gratifié l'oligarque Mikhaïl Khodorkovski de ce traitement de faveur, c'est que l'intéressé est la deuxième fortune de Russie, selon le classement de *Forbes*, et qu'il était dans les petits papiers de Boris Eltsine, pour lequel il a créé la fondation « Russie ouverte ». C'est grâce à l'appui de l'entourage de l'ancien président que Khodorkovski a bénéficié des soutiens bancaires nécessaires et a fait fortune en mettant la main, via sa holding Menatep, sur un peu plus de 30 % de l'entreprise pétrolière Ioukos. Par l'entremise de la banque américaine Goldman Sachs, décidément incontournable en Russie, il a noué des contacts avec l'américain ExxonMobil, qui lui a proposé la création d'une *joint-venture* qui exploiterait des champs gaziers et pétrolifères du nord de la Sibérie. L'associé de Goldman Sachs a également fait savoir qu'il était en mesure de pousser à un échange d'actions entre Ioukos et Exxon… Autant de perspectives qui auraient l'immense avantage de sanctuariser la fortune du jeune oligarque… ce qui lui épargnerait de faire le poireau, comme c'est le cas maintenant, devant le bureau du nouveau maître de la Russie. Khodorkovski avait la ligne directe avec la fille d'Eltsine, ce qui n'est pas le cas avec Poutine, qu'il n'a pas encore eu l'occasion de rencontrer depuis son élection. Cela ne l'empêche pas d'être tranquille comme Baptiste. Il compte faire allégeance à l'ancien agent du KGB en lui annonçant qu'il met à sa disposition Russie ouverte. Quant au reste, ses copains oligarques, qui connaissent bien l'ancien agent du

KGB, prétendent qu'il n'a jamais su lire un bilan et qu'entre le monde des affaires et lui, ça fait quinze…

Un compte en Suisse

Quatre heures plus tard, dans le sud-ouest de la France, dans son bureau de maire de Villeneuve-sur-Lot, Jérôme Cahuzac a composé le numéro du téléphone fixe d'un interlocuteur en qui il a totalement confiance et auquel il déclare :

— Ça me fait chier d'avoir un compte ouvert là-bas. L'UBS, c'est pas forcément la plus planquée des banques.

Puis le député étiqueté Parti socialiste raccroche, sans s'être rendu compte qu'il avait oublié de rabattre le clapet de son portable, posé sur son bureau.

Cahuzac ne dort pas sur ses deux oreilles. Que diraient ses collègues socialistes au Parlement s'ils savaient ? Par ailleurs, cinq mois plus tôt est survenue la condamnation à quatre ans de prison pour abus de confiance et recel d'abus de biens sociaux de Jacques Crozemarie, le charismatique président de l'Association pour la recherche contre le cancer (ARC), dont les nombreuses apparitions à la télévision étaient destinées à encourager les dons. Depuis la découverte de ses frasques financières, il est traité comme un pestiféré.

5.3

LE LUNDI 26 FÉVRIER 2001

Richie

Il est des signes qui ne trompent pas.

À Paris, sur France Inter, Richard Descoings, « Richie » pour les intimes, est hilare, lui qui rit si peu. Ce fringant conseiller d'État, regard de clown triste et barbe de trois jours, davantage la dégaine d'un rocker, malgré les costumes, que celle d'un haut fonctionnaire, directeur de Sciences Po Paris – le temple des élites bourgeoises pas assez fortes en maths pour intégrer une grande école d'ingénieurs ou en latin, et *a fortiori* en grec, pour être reçues à Normale Sup –, a réussi à convaincre son conseil d'administration d'instaurer une filière pour une soixantaine de lycéens issus de deux zones d'éducation prioritaire. Les intéressés seront formés pour cela dès la classe de seconde, afin de pouvoir intégrer Sciences Po à la rentrée de septembre 2003, à l'issue d'un examen spécial dont les épreuves d'admissibilité se dérouleront dans leur lycée, celles d'admission, mitonnées exprès pour les heureux élus, rue Saint-Guillaume.

Richie vient d'affirmer avec enthousiasme au micro qu'il ne s'agit en aucun cas, pour « notre maison », « de se fabriquer un alibi, ou de permettre de jouer les idiots utiles à une poignée de jeunes gens et de jeunes filles issus de quartiers défavorisés ».

— Mais alors, de quoi s'agit-il ? se demande, à haute voix, Georges, qui écoute Richie en faisant la moue.

Au même moment, avenue Kléber, à quelques encablures de l'avenue du Président-Kennedy, dans son immense bureau avec vue sur l'Arc de Triomphe au dernier étage du siège de Vivendi,

Jean-Marie Messier, après avoir parcouru la note de deux pages que son directeur financier, assis face à lui, vient de lui mettre sous le nez, sue à grosses gouttes – alors que d'ordinaire rien ne semble l'atteindre, lui qui rêve de réconcilier « les tuyaux et les images », ou, si l'on veut, les réseaux de communication et leurs contenus.

Celui que ses proches collaborateurs appellent « J2M » se met à marcher de long en large.

— « Pertes comptables », dans mon esprit, ça veut rien dire… Ces survaleurs qui plombent le résultat, c'est pas elles qui m'empêcheront d'avancer. D'ailleurs, elles n'affectent nullement notre trésorerie. Cela dit, ces montants sont-ils absolument gravés dans le marbre ?

— Jean-Marie, on est cotés en Bourse. Et nos auditeurs sont bien obligés d'appliquer les normes comptables en vigueur.

— Quelle connerie, la Bourse !

— Sans la Bourse, tu n'aurais jamais eu le pognon pour procéder à toutes ces acquisitions qui génèrent ces survaleurs figurant au bilan…

Au même moment, à Neuilly, Jacques Servier, qui vient de fêter ses soixante-dix-neuf ans, fait le tour de son bureau monacal à cloche-pied, lui qui « ne bouge jamais une oreille » sur son « lieu de travail », comme il lui arrive de le dire devant sa garde rapprochée, les rares jours où il est d'humeur à plaisanter.

Le promoteur du Mediator et de l'Isoméride a de quoi exulter. À peine 100 000 petits euros hors taxes, autant dire une peccadille : tel est le montant annuel du contrat de consultant qu'il s'apprête à signer, via une société écran, avec le professeur Jean-Michel Alexandre. Cet ex-grand manitou du médicament en France, désormais à la retraite, était le digne successeur d'Henri Schmitt, camarade de fac de Servier, grâce à qui celui-ci avait obtenu sa première AMM (autorisation de mise sur le marché) pour le Daflon. Depuis, cette décoction à base d'agrumes censée soulager l'insuffisance veineuse est devenue l'une des vaches à lait de l'entreprise, même si elle est considérée, on l'a vu, comme de la poudre de perlimpinpin par la revue *Prescrire* !

5.4

LE VENDREDI 13 JUILLET 2001

Des lettres et des évidences

Il arrive que le tourbillon de la vie ne soit pas suffisant pour nous empêcher de revenir à ce que nous sommes et à notre nature profonde, comme si notre boussole intérieure, après s'être longuement affolée, se mettait à marquer de nouveau le nord.

Qu'est devenu Temple ? Est-il en prison ? Dans un camp de travail ? Mort ? Même ses parents ne savent pas ce qu'il est advenu de leur fils aîné !

À Chengdu, Fleur replie la lettre qu'elle vient de recevoir de la part du père du disparu, en réponse à celle qu'elle s'est résolue à lui envoyer, après moult tergiversations, des fois que cette missive tomberait entre de mauvaises mains.

Pleurant comme une Madeleine, elle ne s'est jamais sentie si abandonnée. Non pas qu'elle ait oublié Temple. Il n'y a pas de jour où elle ne pense à lui. Mais, avant la lettre de son père, son amour estudiantin s'était réduit à une image désincarnée, comme ces souvenirs qui s'estompent au fur et à mesure que le temps passe et qui ne reviennent à la mémoire que quand on en éprouve le besoin.

Des souvenirs sur lesquels on a encore prise, avant que le temps les efface, ou qu'il les déforme.

Or voici que le visage de Temple, son énergie et son altruisme, ses mains, ses lèvres, son souffle et son regard de braise quand ils faisaient l'amour s'imposent à Fleur comme une évidence : le leader estudiantin est demeuré l'amour de sa vie et, en comparaison, Taureau est une belle ordure dont il ne tient qu'à elle de ne plus être la prisonnière…

Tandis que, à Pékin, le Comité permanent s'est félicité, dans un communiqué triomphant, du choix de la capitale pour l'accueil et l'organisation des Jeux olympiques d'été de 2008, au Fujian Xi Jinping a jeté dans sa corbeille la lettre qu'il comptait envoyer à Jiang Zemin avant que son épouse ne l'en dissuade, au motif que c'eût été de sa part un « acte suicidaire », politiquement parlant.

Le gouverneur de la province du Fujian, qui a désormais en ligne de mire celle, bien plus importante, du Zhejiang, gardera donc pour lui le fait qu'il a trouvé inepte et choquant le discours du Premier Chinois sur les « Trois Représentations », celle des forces productives, celle des avancées culturelles et celle des intérêts fondamentaux de la grande majorité du peuple de Chine, un salmigondis pseudo-philosophique dans lequel Jiang invite la bourgeoisie entrepreneuriale à rejoindre le PCC.

— Quelle scandaleuse amnistie des capitalistes ! Le Grand Timonier – paix à son âme ! – ne s'y serait résolu pour rien au monde ! a grommelé Xi devant son téléviseur, où il regardait Jiang, dont la parole était diffusée avec l'habituel léger décalage.

Puis, après avoir éteint le poste, il s'écrie :

— Je n'aurais jamais imaginé que Jiang se comporterait comme l'idiot utile de la survie du capitalisme !

Tandis que Peng Liyuan, son épouse, le regarde d'un petit air amusé.

Bouillie désappointé

Six heures plus tard, à Los Angeles, le poisson n'a pas mordu à l'appât, du coup c'est un Bouillie passablement désappointé qui prend connaissance de la lettre que lui a envoyée Jolie en réponse à la sienne, dans laquelle, après lui avoir demandé de ses nouvelles, il lui laissait entendre qu'il se faisait fort de la faire bénéficier d'un billet d'avion aller-retour Los Angeles-Pékin ou Los Angeles-Shanghai dans le cadre du programme « Invitation de nos jeunes méritants de l'autre côté des mers » récemment mis en place par le gouvernement chinois, étant donné que les consulats de Chine sont chargés de sélectionner les futurs bénéficiaires dudit avantage.

Notre diplomate ne s'attendait pas que la jeune fille lui réponde, dans un mot d'à peine huit lignes – une telle brièveté lui ayant fait l'effet d'un véritable coup de poignard –, que c'était très gentil de sa part d'avoir pensé à elle, ce dont elle le remerciait infiniment, mais que, ayant été recrutée par l'université de Phoenix comme prof de chinois, elle n'avait aucunement l'intention de se rendre en Chine, du moins pour le moment.

5.5

LE MARDI 11 SEPTEMBRE 2001

Apocalypse now

D'après ses instruments de navigation, le Boeing 767-223ER assurant le vol numéro 11 de la compagnie American Airlines se trouve désormais à moins trois miles des tours jumelles du World Trade Center de New York.

À l'intérieur du cockpit, l'Égyptien Mohammed Atta a poussé les gaz au maximum. Dans la cabine, où le cadavre d'un steward, égorgé au cutter par deux autres terroristes, gît au milieu du couloir central, on crie, on hurle, les yeux écarquillés ou strictement fermés. Certains prient, d'autres, la peur au ventre, ont appelé des proches pour leur raconter qu'ils ont été détournés.

Atta parle tout doucement en arabe, la bouche collée au micro de son casque à écouteurs, à un comparse qui a pris les commandes du Boeing 757-200 assurant le vol numéro 77 de la même compagnie :

— À ta place, je mettrais le cap sur le Pentagone plutôt que sur la Maison-Blanche. Avec leurs missiles antiaériens, tu risques d'être abattu avant d'avoir atteint ta cible.

— Mais le Pentagone est un bunker !

— Fais comme si tu allais atterrir dedans ! *Inch Allah !* Va…

Atta n'a pas le temps d'achever sa phrase que les quarante-cinq mille cinq cent soixante-quatorze litres de carburant de l'avion explosent, l'appareil étant entré dans une des Twin Towers, provoquant un gigantesque effet de souffle qui projette contre les parois de ses vingt-trois derniers étages les employés venus ce matin-là y travailler.

Quatre minutes et trente secondes plus tard, le président des États-Unis, en visite dans une école élémentaire de Sarasota, en Floride, écoute ce que lui murmure à l'oreille Andrew Card, son chef adjoint du cabinet : les deux tours du World Trade Center ont été percutées par deux avions de ligne. Livide, George Bush fait le maximum pour ne rien laisser paraître de sa stupeur face aux enfants, tout en se demandant s'il n'aurait pas mieux fait d'écouter son père, quand ce dernier, pour le dissuader de devenir le dirigeant le plus puissant de la planète, disait que c'était le « job où tu ramasses tous les jours une collection d'emm… dont personne n'a idée ».

Quatre heures plus tard, Chirac, qui a passé l'après-midi devant sa télévision, demande à son secrétariat de prendre contact avec celui de George Bush, puis de prévenir Jean-Marc de La Sablière, le chef de la cellule diplomatique de l'Élysée, qu'il est attendu dans le bureau présidentiel pour y prendre des notes pendant que les deux chefs d'État se parleront au téléphone – « Avec ces Américains, on ne sait jamais ! » Chirac le sent : rien de tel qu'un petit survol de Manhattan en hélicoptère pour se donner de l'air.

Au même instant, à Doha, au Qatar, la déception peut se lire sur le visage du rédacteur en chef de la chaîne satellitaire d'information Al Jazeera, laquelle émet en continu depuis décembre 1998. C'est la quatrième fois qu'il essaie de joindre, dans ses montagnes de Tora Bora, à la frontière afghano-pakistanaise, le cheikh Oussama Ben Laden, ainsi qu'on l'appelle à Doha. Mais, manque de chance, le téléphone satellitaire du chef d'Al-Qaïda sonne toujours occupé.

5.6

LE MARDI 11 DÉCEMBRE 2001

La gifle

Le pouvoir, l'« hubris », ce sentiment de toute-puissance qu'il génère, cette estime de soi qu'il décuple, finit par vous corrompre le caractère.

À Chengdu, au *Sémaphore* – un club pour hommes d'affaires dont les membres doivent s'acquitter d'une cotisation annuelle de 15 000 dollars –, Taureau ne se sent plus depuis que Jiang Zemin lui a promis de le faire entrer au Bureau politique, et, dans la foulée, de le nommer ministre de la Sécurité publique. Premier flic de Chine ! Cela devrait faire de notre homme l'un des plus craints, et donc l'un des plus puissants du pays.

Cigare aux lèvres, il sirote un Glenfiddich douze ans d'âge en compagnie du promoteur immobilier qui a mis à sa disposition l'appartement dans lequel habite Fleur.

C'est là que la jeune femme a passé sa journée en pyjama, sans avoir mis le nez dehors, son moral étant au plus bas depuis que, la veille, elle a entendu, de la bouche de l'une des shampouineuses du salon de coiffure où elle a l'habitude de se rendre incognito – laquelle pouffait de rire –, que « le gouverneur » sortait avec une fille beaucoup plus jeune que lui, une journaliste de télévision, par ailleurs la nièce du Numéro Un.

Déjà qu'elle ne supportait plus de voir son amant débarquer sans crier gare, à intervalles de plus en plus espacés, la ravalant au rang de belle potiche que son propriétaire sortirait du placard quand bon lui semblerait. Recroquevillée sur le canapé, Fleur sanglote, le nez dans un coussin.

Et voilà, alors qu'elle a dû s'endormir, car il fait déjà nuit noire, qu'un bruit en provenance de la serrure de la porte d'entrée lui fait ouvrir un œil. Ce ne peut être que Taureau, qui doit s'être procuré un jeu de clés. Il ne manquait plus que ça ! Furax, elle se rue vers l'entrée de l'appartement, prête à demander des comptes à cet homme, auquel elle bloque le passage, plantée devant lui.

— Comme ça, on entre chez moi sans sonner ?

Taureau exhibe la clé, accrochée à un étui siglé des deux « C », comme la marque Cartier.

— Je ne voulais pas te déranger ! Excuse-moi.

Sourire aux lèvres, il s'approche tout près de Fleur… qui n'empêche pas sa main de partir et de frapper à toute volée.

Incrédule, elle regarde Taureau frotter sa joue tuméfiée. Puis elle s'entend hurler :

— Maintenant, je m'en vais !

Le loup dans la bergerie

On ne sait qu'après coup qu'on a laissé entrer le loup dans la bergerie.

Tandis qu'à Chengdu Taureau n'a pas réussi à saisir le poignet de Fleur, à Doha, Youssef Kamal, le ministre de l'Économie, des Finances et du Commerce du Qatar, vient d'officialiser – en frappant sur son pupitre avec un petit marteau de commissaire-priseur – l'entrée de la Chine dans la mondialisation via son adhésion à l'Organisation mondiale du commerce. Face à lui se tient Shi Guansheng, le ministre chinois du Commerce extérieur et de la Coopération économique, par ailleurs un brillant économiste. Cet homme d'allure élégante n'aura pas eu besoin d'avoir paraphé le document que Kamal lui présentait pour être sûr qu'à partir de ce jour son pays ne mettra pas vingt ans pour devenir la seconde économie mondiale, juste derrière celle des États-Unis. Un ouvrier chinois travaille au minimum cinquante-huit heures par semaine, pour un huitième du salaire moyen d'un travailleur américain, selon les dernières statistiques de l'OCDE. Tout repose sur la capacité sacrificielle des travailleurs d'un pays, et nul doute que, sur ce plan-là, la Chine battra toujours à plate couture les États-Unis, et également les pays européens.

Shi et la Chine pourraient dire « merci » aux terroristes de Ben Laden. Sans les attentats du 11 Septembre, il n'est pas certain que Washington aurait souhaité envoyer un signal positif au reste du monde en donnant son accord à la participation de la Chine à l'OMC, à laquelle l'administration américaine s'opposait depuis quinze ans.

Un souffle d'optimisme balaie la salle, où, à l'exception des délégations chinoise et indienne, sans oublier les quatre huissiers, tous cinghalais, on est encore traumatisé par ce qui s'est passé le 11 Septembre. Aux yeux des Occidentaux présents, tous des adeptes de la « mondialisation heureuse », s'annoncent, au bas mot, trois, voire quatre décennies de prospérité pour la planète, et donc de recul de la violence. Bienvenue dans le commerce à tout crin et la noria des conteneurs.

Une heure plus tard, non loin de Paris, à la Défense – le plus grand quartier d'affaires d'Europe –, sur la commune de Courbevoie, Francis Mer, profil d'aigle, raie impeccable et regard d'acier – la dégaine d'un colonel de cavalerie –, charismatique, une vraie âme de chef, et avec ça polytechnicien sorti dans le corps des Mines (« Mon petit, moi, je t'apprendrai à mettre la réalité en équations ! »), ne se doute pas de ce que va perdre son groupe sidérurgique, dont il a pourtant fait passer le nombre des employés de cent seize mille à un peu moins de quarante-six mille et qu'il envisage de fusionner avec le luxembourgeois Arbed et l'espagnol Aceralia. Un mastodonte européen de l'acier appelé à devenir invulnérable. C'est du moins ce qu'il croit.

5.7

LE DIMANCHE 10 FÉVRIER 2002

Banqueroute en Argentine, et interrogatoires aux États-Unis

En Argentine, dans la banlieue de Buenos Aires, Miguel Irratia a eu chaud aux fesses. S'il s'était rendu un peu plus tard dans la journée au distributeur de billets de son agence bancaire, il ne lui aurait pas été possible de retirer 30 000 pesos, sur les 37 600 qui restaient sur son compte. Derrière lui, la queue ne cesse de s'allonger. Ce père de trois enfants, dont le bisaïeul débarqua en Argentine depuis son Pays basque natal, n'est pas tiré d'affaire pour autant. Poseur de lignes chez Edenor, l'électricien argentin, il ne sait pas que sa boîte, dont le capital est désormais entièrement détenu par EDF, est au bord de la cessation de paiements, faute d'avoir été en mesure de répercuter sur ses clients la hausse de ses coûts, fortement affectés par la faiblesse du peso et l'hyperinflation… et que le mois prochain, lui-même mais également les autres employés de cette compagnie risquent de ne pas toucher leur paie.

Miguel Irratia, tout comme des dizaines de millions d'Argentins, n'est pas le seul à ignorer ce qui les attend…

… au même moment, à Phoenix, c'est le cas de Présage, qui se trouve avec Jolie dans l'antenne du commissariat de police de leur quartier.

Derrière leur comptoir, les cent vingt kilos et quelques du major Nelson, un flic blanc originaire de Louisiane, la petite cinquantaine, affecté à des tâches administratives en raison de son surpoids, voient arriver d'un mauvais œil ces deux Asiatiques… Une hostilité qui n'a pas échappé à Présage, dont la voix est quelque peu étranglée lorsqu'il explique au policier qu'ils ont perdu leurs passeports, à moins qu'on ne les leur ait volés.

La montagne de graisse fronce les sourcils.

— Il vous faut un récépissé de perte pour vous et votre fille ?

— Exact.

— Vos noms ?

Présage s'étant exécuté, le flic trimbale son énorme postérieur jusqu'à l'ordinateur, disposé sur une console à trois mètres derrière lui. Deux longues minutes s'écoulent avant qu'il annonce :

— Ce ne sont pas des passeports que vous avez perdus, mais des cartes d'identité spéciales, qui vous ont été délivrées à Princeton, si je ne m'abuse.

Présage déglutit.

— Exact. J'ai fait une erreur de dénomination quand j'ai parlé de passeports.

Tandis que, trois minutes et deux coups de tampon plus tard, sur le trottoir de Phoenix, Présage ne sait pas trop quoi répondre à Jolie, qui vient de lui reprocher d'avoir menti à Bouillie, c'est toujours dans un commissariat, cette fois à Terrebonne, en Louisiane, que Ronald Dominique est interrogé, menotté, sous le néon qui éclaire comme un aquarium la pièce dotée d'une glace sans tain où il est cuisiné par deux poulets. La femme qui a porté plainte contre lui pour agression lors du mardi gras, une certaine Janet V., observe la scène derrière la vitre, en compagnie d'un policier.

Ronald Dominique est interrogé depuis une vingtaine de minutes et il continue à défier les deux flics du regard.

— Je récuse le terme d'agression. Cette dame vous a-t-elle dit pourquoi je lui ai donné une petite tape sur la joue ?

— Non, pas vraiment ! répond l'un d'eux en levant les yeux au ciel.

Toujours aussi peu démonté, le suspect poursuit :

— Eh bien, elle venait de percuter une poussette d'enfant en se garant sur le parking du centre commercial. Quand je lui ai fait remarquer qu'elle avait de la chance que la poussette soit vide, elle a vrillé son index droit contre sa tempe, comme si j'étais zinzin.

Dans le couloir, le policier effleure le bras de Janet.

— Vous admettez sa version des faits, m'dame ?

Janet fait non de la tête.

— Dans ce cas, il faudra faire une déposition complémentaire, faute de quoi, on pourra pas faire grand-chose.

— C'est possible que je fasse ça dans la foulée ?

Le flic fronce les sourcils.

— Aujourd'hui, ça ne sera pas possible. Le bureau des dépositions a déjà fermé… Manque d'effectifs. Mais demain, sans problème dans l'après-midi, de préférence. Soyez-là à 14 heures, et on expédiera tout ça en moins en dix minutes.

Janet hoche la tête. Le lendemain, à cette heure-là, elle est convoquée à un entretien d'embauche avec le patron d'une laverie. Or, cela fait deux mois qu'elle n'a plus droit au chômage et que sa petite fille lui réclame une poupée Barbie pour son anniversaire.

— Je préfère qu'on arrête là ! Même si ce type me débecte et que je maintiens qu'il a failli me défoncer le crâne.

La victime repartie, le policier qui se tenait à côté d'elle passe une tête dans l'aquarium.

— Monsieur Dominique, vous avez de la chance. La plaignante a décidé d'en rester là.

— Donc, je suis libre ?

Le flic grimace.

— À votre avis ?

5.8

LE DIMANCHE 21 AVRIL 2002

Jospin éliminé

À Paris, où il est un peu plus de 19 h 30, Chirac, dans son bureau du *Tapis Rouge*, son siège de campagne, aux numéros 67-69 de la rue du Faubourg-Saint-Martin, sait déjà qu'il sera réélu les doigts dans le nez, étant donné qu'il affrontera au second tour Jean-Marie Le Pen. Et dire qu'il se demandait s'il avait eu raison de répondre, au mois de février, à Marie-Josée Roig, la maire d'Avignon, qu'il comptait bien être candidat à l'élection présidentielle ! Il est vrai qu'à ce moment-là les sondages n'étaient pas des plus fameux pour le président sortant.

De l'autre côté de la Seine, cela fait une heure que Jospin est arrivé à son QG de la rue du Cherche-Midi. Le chef du gouvernement n'est pas inquiet. Une semaine plus tôt, il avait pris à la rigolade la question d'un journaliste qui lui avait demandé pour qui il voterait s'il n'était pas présent au second tour…

Sa campagne, à l'image du personnage, aura été tristounette et émaillée de lapsus et de faux pas. Trois semaines plus tôt, dans l'avion qui le ramenait de La Réunion, il s'était tiré une balle dans le pied en disant ce qu'il pensait devant une poignée de journalistes : que Chirac était un « vieux président usé »… Ce qui l'avait obligé, le jour suivant, à s'excuser. Sans parler des divisions à gauche – Christiane Taubira, poussée par Bernard Tapie, et Jean Pierre Chevènement, encouragé en sous-main par Dominique de Villepin, auront fait ce qu'il fallait –, qu'il n'aura pas été capable d'empêcher ; par aveuglement, peut-être par orgueil, ainsi que certains socialistes le prétendent.

Quelle tête fera ce pauvre Lionel quand on lui annoncera la catastrophe ?

Dans le bureau attenant à celui du candidat, Gérard Le Gall, son conseiller sondages, n'a aucune envie de s'y coller, lui qui n'est pas du tout surpris… et que tout le monde chambrait, à Matignon et rue de Solférino, au siège du PS, quand il osait émettre l'hypothèse qui vient de se réaliser : un deuxième tour Chirac-Le Pen.

Quarante minutes plus tard, dans le 13e arrondissement de la capitale, Georges et Emma sont assis devant leur poste de télévision, comme plusieurs millions de Français. Vers 20 h 10, Jospin, visage cadavérique et ton mécanique, annonce aux Français qu'il quitte la vie politique.

L'orgueil, toujours.

— Mais quel con ! s'écrie Georges.

— Pourquoi dis-tu ça ? Je trouve que c'est plutôt courageux de sa part !

— À sa place, j'aurais tendu la main à Chevènement et à Taubira, puis exhorté la gauche à se rassembler derrière moi de façon à rattraper le coup aux législatives ! Et tous les électeurs de gauche auraient voté comme un seul homme !

Emma rétorque à Georges, que cela vexe quelque peu, qu'il n'est pas Jospin.

Un Pachauri providentiel

À Washington, dans le Bureau ovale de la Maison-Blanche, George Bush junior tend une feuille de format A4 à un collaborateur. Après avoir jeté un coup d'œil dessus, ce dernier la lui rend.

— Monsieur le président, je pense que ce serait une grave erreur !

— Je plaisantais ! C'est sûr que le patron d'Exxon devenant le président du GIEC, ça ferait un peu désordre. En plus, le gars me bat à plate couture au golf !

Et après avoir éclaté de rire, le président d'ajouter dans un soupir :

— Mais, en tout état de cause, Watson serait encore plus casse-couilles que ce mec.

Ledit collaborateur, qui soutenait le scientifique Robert Watson, fait la moue. Cela fait plusieurs mois que la Maison-Blanche cherche un président pour le GIEC. Le lobby pétrolier, dont la famille Bush est très proche, a soufflé à George junior le nom de l'Indien Rajendra Kumar Pachauri, qui commence à avoir une notoriété certaine dans le domaine du changement climatique.

— J'ai peut-être d'autres noms en tête, monsieur le président. Des scientifiques irréprochables, capables de calculer le changement climatique.

Le président des États-Unis étire les bras.

— J'ai fait mon choix ! Ce sera ce type. Pachauri. Vous direz juste au *chief of staff* de veiller à ce que la CIA et le FBI donnent leur feu vert.

Au même moment, à Phoenix, Jolie, qui rentrait d'une soirée chez sa copine Cynthia, a manqué de défaillir, et elle se retient de vomir ses tripes, à l'abri de la palissade de chantier derrière laquelle elle a couru se cacher, et d'où elle a pu observer la scène, des plus épouvantables, du meurtre de ce jeune Noir tué quasiment à bout portant par un policier blanc, pendant qu'il était à terre. Alors que le garçon marchait tranquillement sur le trottoir, il s'était mis à courir, visiblement paniqué, au moment où deux policiers, des Blancs, avaient jailli de leur voiture, arrivée très lentement, gyrophare éteint, avant de piler à son niveau. Préalablement à ce coup de feu fatal, Jolie a clairement entendu le malheureux, couvert de sang de la tête aux pieds, supplier les deux flics d'arrêter, car il n'avait rien fait de mal, pendant que ces derniers s'acharnaient sur lui avec leurs matraques télescopiques. En revanche, la jeune Chinoise n'aura pas pu entendre ce que l'autre flic marmonnait dans son talkie pendant que son collègue replaçait son revolver dans son étui.

Impuissante et tétanisée, Jolie sanglote en regardant le cadavre éclairé par la lueur blafarde d'un réverbère. Autour d'elle, il n'y a personne. La rue est déserte. À Phoenix, le dimanche, passé 18 heures, plus grand monde ne met le nez hors de chez soi, mis à part quelques consommateurs de stupéfiants en manque d'accès aux paradis artificiels.

5.9

LE JEUDI 12 SEPTEMBRE 2002

Les parents de Temple

— Je suis la maman…

Fleur n'aura pas eu besoin de cette précision pour deviner qui était cette petite dame aux cheveux gris retenus par un chignon, au visage à peine ridé, flottant dans un pantalon et une veste trop larges, apparue derrière la porte au troisième coup de sonnette de notre chimiste. La mère a le même regard que le fils, celui d'un enfant découvrant le désordre du monde et désireux d'y porter remède.

— Entrez. Je sais qui vous êtes… Mon fils parlait souvent de vous…

Fleur a du mal à retenir ses larmes, elle qui s'était dit que la première chose qu'elle ferait, une fois sortie des griffes de Taureau, serait d'aller rendre visite aux parents de Temple, au risque de remuer le couteau dans la plaie. Elle dit :

— Je suis là comme prévu ? Je ne veux pas vous déranger…

La vieille dame sourit.

— On a bien reçu votre lettre. Entrez donc ! Ne restez pas sous la pluie !

Comme dans la plupart des maisons paysannes, la cuisine est la seule pièce où l'hygrométrie demeure correcte quand il pleut des cordes. Celle des parents de Temple a conservé la banquette en briques réfractaires, qu'on chauffait par en dessous et sur laquelle, jadis, on dormait en famille. La seule concession à la modernité est une cuisinière alimentée par des boulets de charbon stockés dans une lessiveuse, à côté de ce qui devait être l'emplacement du brasero sur lequel on cuisait autrefois les aliments. On le devine à la noirceur des parois de cette cavité d'une cinquantaine de centimètres de profondeur creusée à même le sol de terre battue.

La maman a reculé l'une des quatre chaises, disposées autour d'une table recouverte d'une toile cirée hors d'âge, sur laquelle trône une théière, trois verres et une assiette de biscuits.

— Asseyez-vous, je vais prévenir mon mari.

La maman repartie à pas minuscules – semblables à ceux des femmes dont les pieds étaient bandés à la naissance –, Fleur de Pêcher se croirait revenue plusieurs décennies en arrière, dans une Chine pauvre et dont plus de 90 % de la population vivait à la campagne, alors que cette proportion n'est plus que de 60 %.

Le fils ressemble moins au papa, se dit-elle devant ce petit monsieur aux cheveux blancs coiffés en brosse et tiré à quatre épingles en costume-cravate, dont elle subodore qu'il s'est mis sur son trente et un pour la circonstance.

Comme tous les fonctionnaires à la retraite, les parents de Temple ne roulent pas sur l'or. Obligés de revenir dans leur village, ils n'ont pas eu la possibilité de s'extraire de leur condition, l'ouverture du pays au marché n'ayant pas profité aux plus de soixante-cinq ans. Et ils sont si menus que, maintenant que la jeune femme les voit côte à côte, elle a l'impression d'être face à deux figurines représentant un gentil couple de personnes âgées.

Après le thé, le papa a disposé des bols et des baguettes sur la toile cirée. La maman a préparé des nouilles sautées aux légumes, avec du porc sucré-salé.

À voir la tristesse résignée de ces vieilles personnes, Fleur comprend qu'ils ne se font guère d'illusion quant à l'éventualité de revoir un jour leur fils. Ce que confirme le papa, jusque-là demeuré silencieux, entre deux bouchées, en disant d'une voix lasse :

— Nous n'avons aucune nouvelle de Temple Jaune… Comme vous, j'imagine ?

Une demi-heure plus tard, alors que Fleur, une dernière gorgée d'eau chaude avalée, prend congé, la maman lui tend un bout de papier.

— Voici le numéro de téléphone portable chinois de Bouillie de Céréales Jaune, notre autre fils. Temple nous a dit vous l'avoir présenté. Il doit rentrer d'ici peu de Los Angeles, où il était consul adjoint. On ne sait jamais.

« Notre maison brûle... »

En un an, une bonne partie des habitants de Bhola, l'île la plus peuplée du Bangladesh, auront quitté définitivement leurs maisons en raison de la montée des eaux de l'océan Indien.

Pourtant, l'écologie ne fait pas recette : pas grand monde n'a été ému par le propos de Chirac, lorsque, dûment briefé par Nicolas Hulot, il a lancé, à la tribune du Sommet de la Terre de Johannesburg : « Notre maison brûle et nous regardons ailleurs. »

C'était une semaine auparavant, et le Président, à présent en pantoufles et veste d'intérieur, savoure le nouveau casting gouvernemental. Il sourit. Raffarin à Matignon : la nique à tous ceux qui lorgnaient le job… à commencer par Sarko, sachant qu'un ancien giscardien n'osera jamais lui faire de l'ombre.

Au même moment, dans le 15e arrondissement de la capitale, Michel Bon vient de remettre sa démission de président de France Télécom. L'inspecteur des finances, propulsé par Juppé à ce poste, laisse déboussolés les deux cent six mille salariés d'une entreprise lestée de 70 milliards d'euros de dettes et affichant 20 milliards de pertes. Son action vaut à présent moins de 10 euros en Bourse, en dessous de son cours d'introduction qui était de 28 euros, et alors qu'en mars 2000 elle était montée jusqu'à 219 euros – mais c'était avant l'éclatement de la bulle Internet… Suivant les conseils de son directeur financier, un ancien de chez Rothschild du nom de Jean-Louis Vinciguerra, Bon aura dépensé sans compter, surpayant, entre autres, l'opérateur allemand Mobilcom – la goutte d'eau qui aura fait déborder le vase –, et fait, au passage, la fortune de nombre de banquiers d'affaires de la place, qui avaient flairé le bon coup.

SpaceX

À Los Angeles, Elon Musk exulte : il a réussi à obtenir de la NASA, elle-même sous pression de l'administration Bush pour des raisons budgétaires – le président étant somme toute peu intéressé par la conquête spatiale –, qu'elle délègue son activité « lanceurs spatiaux » à SpaceX, sa société créée il y a à peine six mois. Musk s'est fait fort de révolutionner l'industrie spatiale. « Moi, je réduis vos coûts d'un facteur 10, tout en multipliant par 10 la fiabilité de vos putains de lanceurs », asséna-t-il crânement aux grands pontes de l'agence, lesquels n'en croyaient pas leurs oreilles.

Ce petit génie de l'informatique né à Pretoria savait coder dès l'âge de douze ans. Avant de s'intéresser aux fusées, il avait participé à la création de PayPal – une plate-forme spécialisée dans les transferts monétaires. Pour disposer de la force de frappe financière nécessaire, Musk s'est déjà arrangé avec eBay, le mastodonte du marché en ligne, qui a accepté de lui verser 184 millions de dollars pour les 12 % du capital de PayPal qu'il détient encore.

Musk, un joueur opportuniste, totalement dépourvu d'affects, adepte du management par la terreur, et surtout n'ayant peur de rien.

5.10

LE LUNDI 2 DÉCEMBRE 2002

Elle en Chine, et « Shanghai 2010 »

À Pékin, lorsque, le 15 juin 1988, parut le premier numéro, sous une forme mensuelle, de l'édition chinoise du magazine français *Elle*, la mode et l'élégance occidentales n'étaient connues que d'une poignée de jeunes femmes, épouses, filles ou concubines de hauts dirigeants, qui pouvaient se permettre de voyager en Europe ou aux États-Unis. Le *Elle* chinois tire désormais à cinq cent mille exemplaires (soit le double du tirage de l'hebdomadaire en France), et sa rubrique « *people* », apparue avec le nouveau millénaire, est l'une des plus suivies par ses lectrices.

Cela explique la tête de Fleur, qui s'est assise sur un banc du parc Beihai pour prendre connaissance des pages de potins du dernier numéro de l'année, qu'elle a acheté cinq minutes plus tôt au kiosque à journaux, son regard ayant été attiré par l'affichette publicitaire annonçant en titres gras la « romance » entre le ministre de la Sécurité publique et la nièce de Jiang, sa « future épouse », le tout sous une photo tout ce qu'il y a de plus glamour des intéressés se regardant en se tenant les mains, devant le célèbre vaisseau de marbre du palais d'Été.

Alors que Fleur trouve affreuse la robe de la jeune femme et un sempiternel air suffisant à Taureau, au Zhongnanhai, c'est un Jiang Zemin rayonnant qui a été invité par son successeur, Hu Jintao, à s'exprimer devant le nouveau Comité permanent : Shanghai a été choisie comme ville organisatrice de l'Exposition universelle de 2010 par l'assemblée générale du Bureau international des Expositions réunie à Paris, au palais d'Iéna. Il dit :

— On doit remercier le président Chirac : je propose que le pavillon de la France occupe la meilleure place !

Quatre heures après que Jiang a fait *ganbei* tout en lançant aux dirigeants du pays : « Nous ferons de Shanghai la vitrine du monde ! », à Washington, c'est une tout autre ambiance qui règne au sein de la Situation Room, la pièce sécurisée installée au sous-sol de la Maison-Blanche et depuis laquelle le président des États-Unis a la possibilité de déclencher le feu nucléaire aux quatre coins de la planète.

Autour de la table se trouvent Colin Powell, secrétaire d'État, Donald Rumsfeld, le secrétaire à la Défense, Condoleezza Rice, la conseillère à la Sécurité nationale, en tailleur et parfaitement coiffée, comme toujours – la seule femme présente, mais qui s'en fiche, à croire qu'elle se considère comme un homme –, et, enfin, Dick Cheney, le vice-président, ancien secrétaire à la Défense de Bush père et ayant, à ce titre, supervisé l'opération « Tempête du désert » au Koweït en 1991, avant de devenir, jusqu'à son entrée dans ses nouvelles fonctions, le patron de la société d'ingénierie Halliburton, spécialisée dans la recherche et l'exploitation pétrolières. Quand on a mis un pied dans le pétrole, on l'y laisse.

Cela fait une dizaine de minutes que cet homme « du goudron et de la poisse », ainsi qu'il a l'honnêteté et le cynisme de se qualifier lui-même, monopolise la parole pour démontrer que l'élimination physique de son ennemi juré, Saddam Hussein, constitue la réponse adéquate aux attentats du 11 Septembre.

Cheney s'est à peine tu que son grand copain Rumsfeld prend à son tour la parole :

— Monsieur le président, Dick a raison sur toute la ligne. Je n'ai rien à ajouter à son propos, qui fait entièrement sens. Nous devons cogner. Cogner : y a que ça de vrai, avec ces gens-là.

Colin Powell, dont les yeux sont restés fixés sur le dossier posé devant lui tout au long de la diatribe du vice-président, demande la parole en levant le doigt.

— Monsieur le président, il me semble que les terroristes venaient plutôt d'Arabie saoudite que d'Irak.

Bush tourne son léger strabisme vers celui qui fut le premier chef d'état-major d'origine afro-caribéenne des armées américaines.

— Colin, nous ne sommes pas dans *Alice au pays des merveilles*. Vous me voyez bombarder le principal allié des États-Unis au Moyen-Orient, à part Israël ? Et cette ordure de Saddam est forcément derrière tout ça, d'une façon ou d'une autre. Il nous hait ! Comme cet abruti de Kadhafi. Et y aurait qu'à se baisser pour ramasser une bonne raison de taper sur le gars et de finir le travail commencé par George Bush senior.

Tandis qu'à la Maison-Blanche les participants à la réunion de la Situation Room quittent celle-ci en file indienne, derrière le président qui a pris Condoleezza par le bras – façon de leur faire la nique –, à Los Angeles, dans les locaux du consulat de la république populaire de Chine, Jolie et Présage sont assis face à Bouillie, dont le retour à l'administration centrale du ministère des Affaires étrangères est prévu pour fin janvier. Notre diplomate a du mal à cacher sa satisfaction. Il avait perdu tout espoir de revoir la fille de Forêt, avant que notre accordéoniste lui précise qu'elle serait également présente au rendez-vous, étant donné qu'ils comptaient rentrer ensemble en Chine.

Ce projet de retour au bercail, Jolie aura fini par s'y résoudre, au grand étonnement de Présage, mais également à son grand soulagement. Il n'en espérait pas tant.

Il suffit parfois d'un seul événement pour que change votre regard sur la société. Pour Jolie, le déclic aura été la façon dont les médias rendirent compte du meurtre du jeune Noir en corroborant la version de la police, selon laquelle ce crime était un acte de légitime défense, les policiers ayant été visés par l'arme de poing tenue par ce jeune homme.

Depuis, Jolie a pris conscience de la violence de la société américaine, du deux poids deux mesures selon la couleur de peau, de l'énorme fossé entre les riches et les autres, de l'appauvrissement de la classe moyenne, sans compter le coût exorbitant des soins, que lui rappellent les ennuis dentaires de Présage, à qui il manque désormais deux canines et une prémolaire, faute d'avoir pu se faire placer des couronnes chez un dentiste, ces prothèses étant inaccessibles aux personnes ne disposant pas d'une bonne couverture santé. À cela s'ajoute ce syndrome de l'enfant d'exilés, qu'elle découvre : cette nostalgie d'un pays qu'on a quitté en raison de la décision des adultes, alors qu'on était soi-même bien trop jeune pour comprendre ce à quoi on est censé avoir échappé ; de ce pays le plus peuplé du monde, auquel les Han demeurent attachés de manière viscérale, y compris les artistes en exil.

À présent, notre accordéoniste se tortille sur sa chaise. Il redoute la réaction de Bouillie, dont les yeux demeurent rivés sur Jolie, lorsque ce dernier découvrira la réalité de leur situation administrative. C'est donc en ayant le plus grand mal à cacher son angoisse qu'il fait glisser vers lui, avec des précautions dignes d'un artificier maniant de la nitroglycérine, les attestations de perte de leurs cartes d'identité spéciales. Devant les documents, le visage de notre diplomate se fige.

— Si je comprends bien, vous êtes entrés clandestinement aux États-Unis…

— Et partis de Chine tout aussi clandestinement !

La vérité nue plutôt que de tourner autour du pot : le comportement du joueur face à un adversaire dont il est sûr de ne faire qu'une bouchée.

Jolie, guidée par son instinct et encouragée par le comportement de Bouillie à son égard, n'a pas laissé le temps à Présage de répondre. Et sous l'œil mi-inquiet, mi-éberlué de ce dernier, elle narre leur parcours : la vie intenable en Chine sans *hukou*, l'impossibilité pour elle d'aller à l'école, l'exode par l'ouest, le détour par le Pakistan, l'arrivée à New York, Princeton, oncle Jimmy et tante Nancy, leur déménagement à Phoenix et le suicide de sa mère… Tout cela en prenant soin de ne pas laisser deviner qu'elle-même et Présage n'ont aucun lien de parenté.

Dans une société confucéenne, il n'y a que les malfrats, les héros ou les inconscients pour prendre le risque d'envoyer valser les règles en vigueur. Notre diplomate n'entrant dans aucune de ces catégories, il ne lui serait jamais venu à l'esprit de s'exonérer tant soit peu de la procédure relative au renouvellement d'un passeport. Mais, quel que soit le contexte, quand on est amoureux, le cœur a ses raisons… Aussi, maintenant que Jolie a achevé son récit, c'est un soupirant prêt à tout pour retrouver sa dulcinée à Pékin qui se tourne vers Présage et lui dit :

— Votre fille vous a-t-elle parlé du programme gouvernemental « Retour au pays des talents de l'autre côté de la mer » ? Le gouvernement lui offre le billet d'avion sur China Airlines. Vos passeports seront prêts demain.

5.11

LE SAMEDI 22 NOVEMBRE 2003

Des virus et des hommes, et Fleur chauffeure de taxi

À Wuhan, la capitale du Hubei, Mme Shi Zhengli aurait été Euclide qu'elle n'aurait pour rien au monde crié « *Eurêka !* » devant son microscope électronique. Bien trop modeste et taiseuse pour cela. Cette directrice de recherches à l'Institut de virologie vient pourtant d'isoler le virus porté par une chauve-souris capturée dans la grotte de Shitou, à une cinquantaine de kilomètres à l'ouest de Kunming, la capitale du Yunnan. Elle est à peu près sûre qu'il est à l'origine d'infections pulmonaires ayant coûté la vie à plusieurs dizaines d'ouvriers d'une mine connue pour le grand nombre de ses cavités naturelles.

Mme Shi a accompli cette prouesse grâce au procédé dit « du contraste négatif ». Il permet de mieux visualiser les protéines grâce à leur réaction à un sel de métal lourd, en l'espèce de l'acétate d'uranyle, qui, en ralentissant les électrons, donne une image de densité différente de la matière observée. Une technique que cette scientifique a apprise à l'université Montpellier 2, où elle était « chercheuse invitée », raison pour laquelle elle parle parfaitement le français.

Si, outre son caractère, cette petite femme au regard énergique, surnommée « Mme chauve-souris » par ses collègues, s'est abstenue de crier victoire, c'est qu'elle craint que ce virus respiratoire ne se propage, à l'instar de celui présent chez la civette – un charmant viverridé dont la viande, à l'odeur forte très typée, est servie dans certains restaurants du sud du pays – et qui semble être à l'origine de l'épidémie du « syndrome respiratoire aigu sévère » (SRAS) apparue un an auparavant au Guangdong. Épidémie que les autorités peinaient à contenir, avant que le nombre des contaminés finisse par se stabiliser puis diminue dans les dernières semaines du printemps. Sans doute le résultat d'une immunisation collective permise par un virus moins virulent qu'il n'y paraissait au premier abord.

Cette épidémie virale a eu pour effet de focaliser l'attention des grands médias sur l'aptitude qu'ont certains de ces agents infectieux à franchir la barrière des espèces. Cependant, il n'y a guère qu'une poignée de virologues de haut vol, dont Mme chauve-souris fait assurément partie, à avoir pris conscience qu'un tel passage de l'animal à l'homme constituait un réel danger pour la survie de l'humanité.

Sous les yeux amusés de deux laborantines, elle brandit l'index droit au-dessus de son microscope. Elle avertit :

— Toi, j'espère que tu ne t'aviseras pas de sortir de ton pré carré ! Sinon, gare à toi ! On n'a jamais intérêt à abandonner sa zone de confort.

Quatre heures plus tard, à Pékin, où il fait nuit noire, ce n'est pas l'épidémie de SRAS qui préoccupe Fleur, cernée par les embouteillages. Elle conduit pour la première fois la Toyota Corolla mise à sa disposition par la compagnie de taxis où elle s'est fait embaucher comme chauffeure salariée.

Rouler dans la capitale, notamment en début de soirée, quand les Pékinois rentrent de leurs courses, ne va pas de soi, surtout quand on a son permis depuis un peu moins de deux mois… Fleur n'avait pas trop le choix. Il n'était pas question pour elle de revenir chez Sinopec, et son compte en banque allait bientôt être à sec. Une ancienne copine de fac faisant le taxi à temps partiel lui avait refilé le tuyau. Pour avoir le permis, Fleur a dû casser sa tirelire, moins pour payer l'auto-école – l'inscription à l'examen ne nécessitant que quatre heures de conduite – que pour soudoyer l'inspecteur. À Pékin, pour l'avoir du premier coup, il faut compter 10 000 yuans, soit plus de trois fois le salaire mensuel d'un manœuvre.

Fleur n'ayant pas l'habitude de conduire, elle n'est pas à l'aise au milieu du flot des véhicules, dans les vapeurs des pots d'échappement et le tumulte des avertisseurs, personne ne respectant leur interdiction dans la capitale. Seule lueur minuscule au milieu de cette grisaille ambiante : elle a appelé Bouillie et ils se sont longuement parlé au téléphone. Le jeune diplomate s'est plaint d'avoir été mis au placard par sa hiérarchie, puis il a promis à Fleur qu'il l'inviterait à déjeuner. Mais c'était il y a trois semaines, et elle n'a toujours pas reçu le moindre de coup de fil de sa part.

Le hasard ? Disons plutôt un clin d'œil du destin.

Fleur roule sur l'avenue Jian Mei en direction de la gare centrale, où elle doit amener son client, lorsqu'elle se voit obligée de donner un coup de frein brutal : un petit groupe de piétons s'est engagé un peu vite, alors que le feu pour les voitures était passé au vert.

Par quel extraordinaire concours de circonstances Jolie et Présage se sont-ils retrouvés parmi ces imprudents, sous les yeux de notre conductrice ?

Tout simplement la peur de rater leur train pour Jining, la ville-préfecture du Shandong, jadis appelée « capitale du Grand Canal », où ils ont prévu de passer deux jours. N'ayant pas eu l'occasion de sortir de Pékin depuis leur arrivée, cela fera bientôt neuf mois, ils avaient besoin de changer d'air.

C'est un poncif que de dire que l'histoire s'accélère, sauf quand on est en Chine, où chaque année semble compter pour dix depuis l'ouverture du pays à l'économie de marché et où une chienne qui y aurait vécu dix ans plus tôt ne retrouverait pas ses petits si elle y revenait…

C'est le cas de Présage, qui peine à reconnaître le pays qu'il a quitté : les immeubles de grande hauteur et les centres commerciaux poussent comme des champignons ; en ville, la nuit n'est plus synonyme d'obscurité et de calme, du fait de l'omniprésence des enseignes lumineuses, comme si le désir de consommation ne pouvait souffrir le moindre répit, au point que la contemplation d'un ciel étoilé est devenue impossible pour un citadin. Mais ce qui afflige le plus notre accordéoniste, au-delà de l'évolution du décor, c'est celle des mentalités.

La Chine est-elle condamnée à devenir une société de consommation, où seul l'argent compte, où l'individualisme règne en maître, où l'on fait fi des valeurs confucéennes et de ses traditions millénaires, où « avoir » a tendance à primer sur « être » ? La question hante notre accordéoniste. En même temps, il se garde bien de jeter la pierre à ses congénères : comment reprocher à des parents de croire dur comme fer qu'il leur suffira de travailler comme des forcenés pour assurer une vie meilleure à leur progéniture ? D'autant que rares sont ceux, au sein de la classe moyenne, à avoir conscience du fait qu'ils travaillent avant tout pour les banques, dont la prospérité repose sur l'endettement des gens. Moyennant quoi, il tente de se faire une raison en se disant que, l'homme étant un être de chair et de sang, le bonheur a beau se situer dans la tête, il a une composante matérielle.

Jolie, c'est différent. Ayant quitté la Chine très jeune, elle ne peut apprécier à sa juste mesure l'ampleur de ses transformations sociales et économiques. Contrairement à Présage, elle est moins frappée par l'américanisation ambiante que par les différences entre la Chine et les États-Unis. Et son choix est vite fait entre ce qu'elle trouve ici : la joie de vivre, l'optimisme, la croyance en un avenir meilleur, une certaine insouciance, le plaisir de consommer après la pénurie, la fête de la boustifaille, et ce qu'elle a laissé de l'autre côté du Pacifique : une morosité ambiante, liée à l'incertitude quant à l'avenir et à la crainte qu'il soit moins favorable aux générations futures, un sentiment d'épuisement général, l'affadissement de toute faculté d'étonnement, l'ennui du spectateur blasé et la frustration du consommateur insatisfait, les addictions aux drogues et au sucre… sans oublier la malbouffe.

Au même moment, à Shenzhen, Courge, dont les quatorze McDonald's qu'il dirige explosent les compteurs, regarde avec fierté son fils Tim taper dans ses balles de golf, au practice du club où la famille a un abonnement. Grâce à l'intéressement que lui sert chaque année le géant américain du fast-food, il a l'impression de vivre dans un conte de fées et a pu s'acheter un appartement à Hainan.

Premier flic de France, et ça se gâte entre Emma et Georges

Trois heures plus tard, à Paris, place Beauvau, dans son bureau de ministre de l'Intérieur, Nicolas Sarkozy, cigare et sourire de contentement aux lèvres, pose les pieds sur le bureau qui fut celui de Cambacérès.

Tout semble réussir à l'ex-maire de Neuilly depuis sa nomination comme ministre de l'Intérieur. Un beau tremplin que ce portefeuille régalien. En outre, Cécilia, dont il a fait sa cheffe de cabinet, a l'air de se plaire à Beauvau, elle qui reprochait à son époux de tout sacrifier à la politique. Et quoi de plus jouissif que d'être le « premier flic de France » ? Tiens, parlons-en, des flics – ceux qui vous escortent et vous protègent jour et nuit, qui vous servent de cuisiniers et jouent pour vous les maîtres d'hôtel… main-d'œuvre inépuisable à disposition de son patron de ministre… de quoi traiter dignement tous les gens qui comptent et que vous recevez dans un spacieux appartement de fonction, au premier étage de l'hôtel du ministère. Nicolas sourit à son labrador, qui agite la queue derrière la vitre de la porte-fenêtre donnant sur le jardin. Il n'y a guère qu'à la Défense que le ministre bénéficie d'un tel niveau de service.

Le chef-cuisinier est entré dans le bureau de Cécilia, séparé de celui de Nicolas par le secrétariat particulier.

— Madame, je voulais m'assurer que vous n'avez rien contre le foie gras des Landes et l'agneau de Sisteron pour le dîner de ce soir.

— Rien du tout, chef. Mon mari et moi vous faisons entièrement confiance !

Un tel échange aurait fait se dresser les cheveux sur la tête de Brigitte Gothière, dont le collectif Stop Gavage a commencé à faire parler de lui depuis que, munis de leurs caméscopes, Sébastien Arsac et Dominic Hofbauer, photographe à ses heures et militant de la cause animale, ont filmé l'intérieur d'un élevage d'oies gavées pour le foie gras.

Au même moment, rue de la Glacière, dans le 13e arrondissement, où les agences bancaires prolifèrent au détriment des autres commerces, Georges marche tel un automate. Il en est à présent réduit à piger pour des journaux municipaux et départementaux à la gloire de leurs édiles respectifs et, poings serrés, il rumine son inutilité sociale. Contrairement à Emma, dont la carrière décolle depuis qu'elle a été cooptée, six mois auparavant, par un cabinet parisien spécialisé dans la délinquance financière et les droits humains en Afrique.

Ces trajectoires divergentes créent des tensions au sein du couple. Et quand le feu couve sous la cendre, la moindre étincelle suffit à le fairc renaître.

Au cours de la demi-heure précédente, notre journaliste n'a pas supporté de s'entendre rétorquer par Emma, auprès de laquelle il se plaignait pour la énième fois de ne pas trouver de job à sa mesure, que ce n'était pas en se complaisant dans une attitude « victimaire » qu'il trouverait chaussure à son pied. Leur engueulade a duré dix bonnes minutes, et Georges y a mis un terme en claquant la porte.

Regrettant son propos, Emma est sortie sur le balcon pour allumer une cigarette. Afin de lutter contre le stress, elle s'est remise à la clope. Tout en inspirant longuement la fumée, elle songe qu'elle a tout fait pour aider Georges, mais qu'on ne change pas les gens. Puis elle écrase nerveusement sa cigarette sur le garde-corps auquel elle s'est accoudée.

Quand Georges reviendra, elle tâchera de le réconforter.

5.12

LE JEUDI 22 JANVIER 2004

Le Singe de Bois, Nuage et Pluie, Jolie chez Battante

À Pékin, en ce premier jour de l'année du Singe de Bois, dans le petit studio de Bouillie – avec vue sur le troisième périphérique –, Fleur se croirait revenue sur ce lit à moitié défoncé où elle avait fait Nuage et Pluie avec Temple, cela fera bientôt quinze ans. Même grain de peau, même odeur, même texture de cheveux, bien plus soyeux et doux que les poils d'un chat persan… Entre frères, il y a forcément un peu d'ADN en commun.

De son côté, Bouillie enserre de ses jambes la taille de Fleur, elle-même empalée sur la Divine Lance de son partenaire. Leur désir est à l'apogée et elle sent monter l'orgasme, tandis que lui n'en peut plus de se retenir : plus que quelques secondes, et ce sera le tsunami. La fusion du Yin et du Yang.

Fleur a l'impression de connaître son partenaire depuis des siècles. Pourtant, trois heures plus tôt, quand elle était entrée dans le *steakhouse* – déjà plein de jeunes Han, la plupart en jeans-bomber et chaussés de Doc Martens – où notre diplomate lui avait donné rendez-vous, un rendez-vous qu'elle avait, au demeurant, failli annuler, elle n'imaginait pas se retrouver si rapidement dans son lit, après avoir accepté sa proposition de venir terminer la soirée chez lui, et cela à peine avalés leurs hamburgers-frites !

Mais une âme meurtrie a besoin de consolation, à quoi il faut ajouter le souvenir de Temple, miraculeusement ressuscité, bien au-delà de leur ressemblance physique, par son frère.

Celui-ci, moralement parlant, n'avait pas plus d'allant que Fleur, avant de tomber immédiatement sous le charme de celle dont son frère aîné était follement amoureux. Tenaillé par la peur qu'au consulat de Los Angeles on se soit aperçu de sa supercherie, il s'était replié sur lui-même et il ne sortait de chez lui que pour aller au bureau. D'ailleurs, malgré l'envie, il n'a toujours pas osé reprendre contact avec Jolie, et, après le coup de fil de Fleur, il n'aurait jamais songé à inviter cette dernière à dîner si sa mère n'avait pas insisté pour qu'il le fasse.

Le petit frère de Temple, à présent qu'il a joui, aura vécu un rêve éveillé : le dîner à peine commencé, sa plus grande crainte était que Fleur disparaisse à l'issue de celui-ci. Or, non seulement elle ne se fit pas prier pour venir chez lui, mais, alors qu'il brûlait de l'embrasser, c'est elle qui, à peine entrée, lui tendit ses lèvres, avant de guider sa main pour qu'il dégrafe son chemisier.

Tandis que nos deux amants ont achevé Nuage et Pluie, trois kilomètres plus loin, Jolie, venue habiter chez Battante, sort du four, en faisant très attention de ne pas se brûler, les *cupcakes* qu'elle a confectionnés sous le regard émerveillé de sa grand-tante.

Notre ancienne championne s'attendait à tout sauf à ce coup de fil de Jolie lui demandant si elle était d'accord pour l'héberger pendant quelques jours.

C'était il y a un mois, et Jolie se sent désormais comme chez elle. Quant à Battante, elle est heureuse d'avoir retrouvé sa petite-nièce, qu'elle n'a pas voulu bombarder de questions, y compris au sujet des circonstances du décès de Forêt, ce dont Jolie lui est reconnaissante. Battante s'est également abstenue de demander des nouvelles de Présage à Jolie, de peur de la gêner.

À présent, elles ont fini de dresser la table. Battante a invité un de ses amis français à dîner, un certain Yvon de N., « un monsieur très gentil, tu verras, venu spécialement de Shanghai pour fêter avec nous l'entrée dans l'année du Singe ».

C'est la quatrième fois qu'Yvon rejoint Battante à Pékin. La dernière fois, c'était pour quatre jours, et il avait dormi chez elle.

Human Rights Watch

À Paris, où il est 9 heures du soir, Georges est seul dans sa cuisine, devant une boîte de thon qu'il a ouverte pour son dîner. Il se sent de plus en plus délaissé par Emma, partie, pour le compte de l'ONG Human Rights Watch, au Ghana, où va avoir lieu l'élection présidentielle.

L'euphorie des Sackler et de Jeff Bezos

À Manhattan, dans l'Upper East Side, chez les Sackler, où on fête la vente de la dix millionième boîte d'OxyContin, un exploit réalisé grâce au puissant réseau commercial de Purdue, on nage en pleine euphorie.

C'est également le cas à Seattle, chez Jeff Bezos, désormais assuré de voir Amazon dégager des bénéfices, ce dont finissaient par douter ses investisseurs, échaudés par le parcours boursier de l'ex-Cadabra, la librairie en ligne fondée en 1994, rebaptisée par Jeff du nom d'Amazon deux ans plus tard, avant d'être introduite au NASDAQ le 15 mai 1997 – puis, en 2001, de subir de plein fouet l'éclatement de la bulle Internet, les pertes d'Amazon avoisinant alors la moitié de son chiffre d'affaires. Du livre au lave-vaisselle, en passant par les armes à feu et l'outillage : Bezos est en passe de se tailler un empire que personne, à part lui-même, n'avait imaginé, et cela grâce à la magie du commerce en ligne, à la capacité de la toile à faire de chacun d'entre nous un consommateur n'ayant pas besoin de quitter son canapé pour assouvir ses besoins.

Et surtout ses pulsions.

5.13

LE MARDI 2 NOVEMBRE 2004

Le respect dû aux anciens

Le respect dû aux anciens fait partie des fondements du confucianisme. S'occuper de ses vieux parents peut également avoir une vertu consolatrice. C'est le cas pour Présage, qui, après avoir pris par le bras sa maman, entrée dans sa soixante-dix-neuvième année, la fait asseoir dans l'un des deux fauteuils défoncés du salon. Puis il allume la télé.

— C'est l'heure du *Grand Show des Étoiles* !

Ensuite, il file à la cuisine, y enfile des gants en caoutchouc et se met à faire la vaisselle, pendant que la vieille dame regarde deux ours du Tibet coiffés d'un chapeau pointu en train de faire du vélo.

Cela fait deux mois que notre accordéoniste habite chez sa mère, dont il voulait se rapprocher, façon pour lui d'expier la faute qu'il s'attribue d'avoir délaissé ses vieux parents, mais également par nécessité, car il n'avait plus de quoi payer le petit hôtel où Jolie et lui logeaient.

Bush vers sa réélection

Douze heures plus tard, à la Maison-Blanche, George Bush, en bras de chemise et les pieds sur son bureau, est assuré, malgré l'incertitude des résultats en Illinois, de remporter l'élection présidentielle face au démocrate John Kerry, étant donné les deux cent quatre-vingt-six grands électeurs dont il dispose.

Sa femme, Laura, entre dans la pièce, souriante, avec une tasse de thé pour son époux. Elle dit :

— On a de la chance. Sans les attentats du 11 Septembre, pas sûr que les résultats auraient été les mêmes.

5.14

LE JEUDI 2 DÉCEMBRE 2004

Le Kaiser fait descendre la mode dans la rue

À Paris, en ce jour d'anniversaire du coup d'État du futur Napoléon III, il est 6 heures du matin et, rue de Rivoli, le magasin H & M a été contraint de fermer ses portes : il ne reste plus rien des trente modèles hommes-femmes dessinés par Karl Lagerfeld, identifiables à leur étiquette sur laquelle figure la silhouette – reconnaissable entre toutes – à la queue-de-cheval et aux lunettes noires du « Kaiser de la mode ». La veille, les clientes faisaient déjà la queue pour acheter ces manteaux longs, ces jupes courtes, ces chemises blanches à plastron, ces blazers cintrés à paillettes noires, le parfum *Karl*, et surtout ces bagouses « gothique chic », semblables – en moins sophistiqué – à celles que porte à chaque doigt le couturier iconique de Chanel, tandis qu'à New York le décompte des entrées dans le magasin voisin de Times Square s'affichait sur l'un de ses écrans digitaux.

Le bulldozer, Séguin Premier président, et les lettres d'Einstein

Chirac l'a saumâtre, devant son ti'punch auquel il n'a pas touché. Rien n'y a fait, ni Clearstream, ni Villepin et ses manœuvres dans la coulisse, ni Raffarin et son « trois petits tours et puis s'en va » : Nicolas Sarkozy trône désormais à la présidence de l'UMP, le parti créé exprès pour Juppé… et il entend déjà les petites phrases assassines que Sarko va se charger de distiller auprès de ses copains journalistes. Tandis que le président enrage, Philippe Séguin, silhouette massive dans un manteau lui battant les mollets, comme ceux des dirigeants soviétiques au temps de Khrouchtchev, la tête nimbée dans un nuage de fumée de cigarette, se balade le long de l'hippodrome d'Auteuil, à côté duquel il habite. Cela fait quatre mois que cet ancien auditeur auprès de la Cour des comptes est devenu son premier président. Séguin s'était mis en retrait de la vie politique après son retentissant échec aux élections municipales parisiennes. Il doit sa nomination à Nicolas Sarkozy, alors ministre de l'Économie et des Finances, avec qui Séguin aura formé un duo complice, tels Don Quichotte et Sancho Pança, à ceci près que le chevalier à la triste figure serait un gros, et son valet un maigre, comme faillit l'écrire l'éditorialiste politique Alain Duhamel, avant de se raviser *in extremis*.

Avant d'apprendre la nouvelle, Séguin, ne voyant rien venir, avait fini par se dire que Chirac s'y opposait. Avec cette nomination, l'ancien gaulliste social partisan du « non » à Maastricht se retrouve à la tête d'un organisme dont le mantra est la rigueur budgétaire à la sauce européenne, une idéologie qualifiée de « mortifère » par les souverainistes, dont Séguin s'est longtemps prévalu.

Le service de l'État n'est pas exempt d'aspects douloureux.

Au même moment, dans le 6e arrondissement, au 8, rue de Nesle, dans son bureau du musée des Lettres et Manuscrits, Gérard Lhéritier s'apprête à proposer à ses investisseurs, au nombre de douze mille sept cent soixante-cinq, l'achat en commun pour 15 millions d'euros des cinquante-quatre pages des échanges épistolaires, au demeurant sans grand intérêt scientifique, entre Albert Einstein et Michele Besso au sujet de la formule mathématique permettant de calculer l'orbite exacte de la planète Mercure, acquises par lui-même chez Christie's New York, deux ans plus tôt, pour un peu plus de 600 000 dollars, frais compris.

Tesla

En Californie, à San Carlos, une ville du comté de San Mateo, Elon Musk va mettre la pression sur Martin Eberhard et Marc Tarpenning. Les fondateurs de Tesla Motors ont donné le nom de Nikola Tesla, l'ingénieur américain d'origine serbe inventeur du courant alternatif, à leur entreprise de voitures électriques, renflouée il y a peu par le créateur de SpaceX, alors qu'elle était au bord de la cessation de paiements.

Musk a déjà en tête ce qu'il dira aux deux ingénieurs : « Martin et Marc, écoutez-moi bien : développer une boîte, c'est comme si on était à vélo et qu'on ne puisse pas arrêter de pédaler. Votre plan de développement est beaucoup trop conservateur. Surtout, totalement stupide : l'argent n'est pas un problème. L'essentiel est de donner envie, d'abord aux investisseurs, puis aux consommateurs. À bon entendeur, salut ! »

5.15

LE DIMANCHE 13 FÉVRIER 2005

Le débridage des yeux, et Pachauri les doigts dans le pétrole indien

À l'origine de la prolifération du capitalisme, l'économie carbonée a transformé de fond en comble la planète. Les États singent les entreprises, l'action publique se résume de plus en plus à des chiffres. Le règne des nombres a pour corollaire la bétonisation, l'artificialisation des sols et la consommation comme objectif principal d'une existence.

Et si la consommation jouait le rôle d'extincteur de feu de l'idéologie marxiste ?

À Shanghai, c'est bien la crainte de Xi, assis à l'arrière de la puissante Mercedes aux vitres teintées qui le mène au domaine où vit Chen Liangyu, le patron du poumon économique de la Chine, avec lequel il doit dîner.

Que le numéro un du Zhejiang, l'une des régions les plus dynamiques et les plus riches du pays, ait été convié par celui de Shanghai en dit long sur la trajectoire de Xi. Celui-ci fait désormais partie de la poignée de dirigeants qui, sauf accident majeur ou chausse-trappe tendue par un clan adverse, devraient accéder au Comité permanent à l'issue du prochain Congrès.

Depuis l'avènement de Hu Jintao à la tête du Parti, la « clique de Shanghai » a perdu son influence, ce qui n'est pas pour déplaire à Xi, qui a toujours vu d'un mauvais œil ses liens avec les promoteurs immobiliers ainsi qu'avec la plus importante agence de voyages de la ville.

Ce qui explique que le gouverneur du Zhejiang soit sur ses gardes. Des fois que son hôte, réputé pour ne pas avoir froid aux yeux – le genre Taureau en plus madré –, lui proposerait d'entrer dans ses combines. À moins que Chen n'ait décidé de le jauger, tels les grands fauves qui se reniflent avant de se battre ou de temporiser.

En attendant, Xi, qui abhorre le luxe à l'occidentale, fait la moue en regardant défiler les enseignes lumineuses des boutiques des grandes marques européennes de la rue de Nankin, la principale artère commerciale de Shanghai que son chauffeur a empruntée, persuadé que cela ferait plaisir à son patron.

Devant ce temple du luxe qu'est le centre commercial Plaza 66, notre homme est écœuré en découvrant la publicité lumineuse d'une clinique de chirurgie esthétique où une jeune Han au visage « occidentalisé » vante l'excellence du rapport qualité-prix du débridage des yeux tel qu'il est pratiqué dans cet établissement.

Tandis qu'à New Delhi, au dernier étage de l'immeuble de la National Thermal Power Corporation, le conseil d'administration du premier producteur-distributeur de gaz et d'électricité indien s'apprête à accueillir un nouvel administrateur en la personne de Rajendra Pachauri, devenu le président du GIEC, qui siégeait depuis le 12 janvier 1999 au conseil d'administration de l'Indian Oil Corporation, la plus importante entreprise indienne en termes de chiffre d'affaires.

À croire que le pétrole et le gaz seraient aux gratte-ciel ce que les engrais sont aux végétaux.

La montée des eaux

À New York, où il est très exactement 17 h 49, le grand auditorium de l'université Columbia est plein à craquer. Le climatologue James Hansen vient d'y achever sa conférence sur le changement climatique et ses conséquences devant plusieurs centaines d'étudiants, dont un grand nombre sont assis à même le sol. Hansen est en train de ranger ses papiers dans sa serviette quand une étudiante du département des sciences de la Terre, Jude Glowry, lève la main.

— Professeur Hansen, qu'est-ce qu'une simple citoyenne comme moi peut faire pour éviter la tragédie à venir que vous venez de nous décrire ?

Hansen s'esclaffe.

— Partir sur une île déserte… jusqu'à ce que la montée des eaux de la mer vous oblige à revenir chez vous et à devenir une militante de la cause climatique avant qu'il ne soit trop tard !

5.16

LE SAMEDI 2 AVRIL 2005

La maison du Père

Au Vatican, où il est 21 h 15, sur son lit de douleur médicalisé, Karol W. entrevoit, émergeant d'un brouillard rougeoyant, la merveilleuse porte de la maison du Père, grande ouverte sur un scintillement extraordinaire. Et voilà que, tout à coup, celui qui a dit « N'ayez pas peur » aux populations de l'autre côté du rideau de fer se met à péter de trouille.

5.17

LE DIMANCHE 10 AVRIL 2005

« Les promesses n'engagent que ceux qui les reçoivent » (Charles Pasqua)

À Pékin, Rallié attend d'être reçu par Taureau, un rendez-vous qu'il a mis trois mois à obtenir, n'ayant toujours pas vu le moindre dollar atterrir sur son compte en banque, alors qu'il comptait dessus pour se renflouer, après avoir perdu pas mal d'argent à la Bourse... Autant de raisons justifiant cet état de tension dans lequel il se trouve quand apparaît, dans l'antichambre du ministre de la Sécurité publique, une femme, la petite cinquantaine, vêtue d'une robe à fleurs et arborant la mimique de la-secrétaire-du-patron-spécialiste-du-barrage.

— On va devoir faire vite ! Le ministre a un rendez-vous urgent à l'extérieur. On va essayer de le coincer dans l'ascenseur.

Taureau ne s'y serait pas pris autrement s'il n'avait eu aucune envie de revoir Rallié. Ce dernier a reconnu la robe à fleurs à sa voix pour l'avoir entendue le questionner à cinq reprises sur le motif pour lequel il souhaitait voir Taureau, ce à quoi il répondait que c'était « pour une affaire personnelle ». Jusqu'à ce que la robe à fleurs le rappelle : lors de leur dernier échange, il avait articulé le nom de la banque HSBC… D'où le soulagement de notre ingénieur au moment où, une fois dans l'ascenseur, dans lequel le premier flic de Chine s'est engouffré comme un ouragan, il entend ce dernier donner l'ordre à son garde du corps de prendre l'escalier.

L'exercice du pouvoir modifie le corps autant que l'âge. Rallié se trouve à moins d'un mètre de Taureau et il a l'impression d'être face à un sumotori en costume-cravate ou encore à un *lokapāla*, un de ces Gardiens des Quatre Directions entre lesquels il est passé un peu plus tôt en entrant dans cette pagode où il a fait brûler un bâtonnet d'encens afin que l'avenir soit faste – on ne sait jamais, des fois que Bouddha aurait vraiment le bras aussi long qu'on le prétend !

Taureau affiche une moue plus proche de la grimace que du sourire.

— Alors, comment ça va ? Mon petit doigt me dit que tu te débrouilles comme un chef !

Les chiffres des étages dégringolant l'un après l'autre sur le tableau lumineux de la cabine, Rallié prend son courage à deux mains.

— Je viens aux nouvelles. Au sujet d'une certaine fiducie qui devait me rapporter 100 000 dollars.

Le visage de Taureau se rembrunit.

— Je ne vois vraiment pas de quoi tu parles !

Rallié n'a pas le temps de rétorquer : la porte de l'ascenseur s'est déjà ouverte sur le garde du corps.

5.18

LE DIMANCHE 29 MAI 2005

Une bouteille à la mer

À Pékin, où il sera bientôt 18 heures, Rallié, dont le cœur bat à cent à l'heure, n'en revient pas du temps qu'il lui a fallu pour se décider à agir, même s'il n'y a pas grand risque d'être reconnu, la boîte aux lettres dans laquelle il compte glisser son pli comme si de rien n'était se trouvant dans une rue très fréquentée. Il a attendu le dernier moment pour rédiger cette dénonciation des turpitudes du ministre de l'Intérieur, au bas de laquelle il s'est bien gardé d'apposer la moindre signature, puis pour écrire sur l'enveloppe le nom du chef de cabinet de Hu Jintao, au-dessus de l'adresse du Zhongnanhai.

Comme à l'accoutumée, la rue est noire de monde et les seuls flics visibles à l'horizon sont occupés à régler la circulation d'un embouteillage monstrueux.

Rallié, pour se donner du courage, se met à siffloter. Il se dirige, sans se retourner ni trop regarder alentour, vers la boîte aux lettres installée à quelques mètres d'un grand magasin d'où sortent et où entrent une centaine de personnes, au bas mot, toutes les trois minutes, comme il a pu les compter la veille, alors qu'il était venu là en reconnaissance.

Y aller comme à la pêche, puis glisser le supposé pain de dynamite dans la boîte aux lettres, comme on jetterait une bouteille à la mer.

Un clavier-à-souris

En France, où il est un peu moins de 22 heures, Étienne Chouard n'en espérait pas tant : au grand dam de Jacques Chirac et du gouvernement exsangue de Jean-Pierre Raffarin, le « non » au référendum sur le traité instituant une Constitution européenne l'a emporté avec presque 55 % des suffrages, parmi lesquels celui de beaucoup de jeunes.

Ce professeur d'informatique en BTS dans un lycée de Marseille, par ailleurs passionné de montagne et de parapente, ainsi qu'en témoignent les photos de son site personnel, n'imaginait pas le catalyseur des partisans d'un rejet du texte référendaire que deviendrait son exégèse minutieuse – et d'une lecture plutôt fastidieuse – du traité constitutionnel européen mise en ligne le 25 mars précédent sous l'intitulé : « Une mauvaise Constitution qui révèle un secret cancer de notre démocratie », et consultée par des dizaines de milliers d'internautes. Un bouche-à-oreille, ou plutôt un « clavier-à-souris », qui aura payé.

5.19

LE VENDREDI 2 SEPTEMBRE 2005

Les pandas du zoo de Pékin, et « Mme chauve-souris »

La « diplomatie du panda » serait née sous la dynastie des Tang (618-907), dont l'impératrice Wu Zetian, qui régna de

690 à 705, aurait, au dire de certaines sources, offert en signe d'amitié deux pandas vivants à l'empereur du Japon. Longtemps chassé pour sa fourrure, l'animal qui sert de logo au World Wild Fund est devenu l'emblème de la Chine communiste. C'est ainsi qu'en 1972 deux pandas furent offerts par le régime maoïste au zoo de Washington, dans la foulée de l'établissement des relations diplomatiques entre la Chine et les États-Unis. Depuis 1984, ces animaux ne sont plus donnés mais « prêtés moyennant finances ». Parallèlement, Pékin a lancé un ambitieux programme de préservation de l'espèce visant à empêcher son extinction, la population des pandas vivants étant de huit cent soixante-quinze individus, alors qu'ils étaient moins de cinq cents quinze ans plus tôt.

Au demeurant, la diplomatie de ce plantigrade n'a strictement rien à voir avec le fait que Xi Jinping ait convoqué à 15 heures, devant l'enclos aux pandas du zoo de Pékin, le rédacteur en chef du *China Youth Daily*, le journal de la Ligue de la jeunesse communiste, organe tout ce qu'il y a de plus officiel, et celui du *China Business Journal*, revue économique ciblant les investisseurs étrangers et totalement contrôlé par la toute-puissante Commission du développement et de la réforme, elle-même émanation du Comité central du Parti.

Le numéro un du Zhejiang a parfaitement réussi son coup, si l'on en juge à la façon dont les intéressés sont arrivés devant lui, les pieds en dedans et le regard inquiet, se demandant ce que leur réservait celui qui fait désormais partie des vingt-cinq plus hauts dirigeants du Parti.

Xi leur tend la main avec un grand sourire tout en les remerciant d'être venus. Et sans leur laisser le temps d'en placer une, il leur déclare :

— Entre patriotes sincères, on se comprend. Je voudrais que vous m'aidiez à installer dans le paysage l'expression « *Mishu Bang*[1] ».

1. « Gang des secrétaires » en mandarin pinyin.

Devant l'air interloqué des deux journalistes, il ajoute, en détachant les syllabes et en fronçant les sourcils :

— Oui, je veux parler du « gang des secrétaires », de tous ces petits magouilleurs qui profitent de la position de leur patron pour s'en mettre plein les poches, quand ce n'est pas pour le compte dudit patron qu'ils agissent…

Au même moment, à Wuhan, la boîte mail de « Mme chauve-souris » déborde de messages d'encouragements – plus ou moins sincères – venus du monde entier. Nombreux sont les virologues à envier leur collègue chinoise. Ils aimeraient bien, comme elle, se balader à leur guise dans les grottes du Yunnan, ces cavernes d'Ali Baba à virus, et y prélever des milliers d'échantillons du sang des millions de chiroptères qui y ont élu domicile, puis séquencer les virus qu'ils renferment pour savoir si certains d'entre eux sont à même d'infecter une cellule humaine – comme cela semble être arrivé avec le SRAS, pour lequel la civette aurait servi d'intermédiaire. Aux États-Unis comme en Chine, on espère réussir à modifier la structure ADN d'un virus, avant de le mettre en contact avec des cellules humaines, de façon à mieux comprendre le mécanisme du franchissement de la barrière des espèces. Seul bémol dans les succès scientifiques de la chercheuse : son labo n'est pas de première jeunesse, et les espaces où les virus sont manipulés ne sont pas complètement étanches, contrairement aux laboratoires dits P4, qui bénéficient des standards les plus élevés en matière de sécurité. Mais cela devrait être bientôt changer, grâce à Alain Mérieux et à sa fondation du côté français[1] et, du côté chinois, grâce à Chenzhou, le ministre de la Santé, un éminent médecin biologiste francophile et francophone, et frère de l'artiste Chenzhen.

1. La famille Mérieux a largement contribué au financement du laboratoire P4 Jean Mérieux-Inserm à Lyon.

Les papillons argentés

Deux heures plus tard, à l'Élysée, Jacques Chirac n'arrive pas à détacher son regard de ces papillons argentés qu'il voit voleter devant le canapé Louis XVI sur lequel il s'assoit quand il reçoit un visiteur de marque. Une minute plus tard, ces papillons ont envahi tout son champ de vision, en même temps qu'il a des fourmis dans le bras gauche. Sa vue s'est comme rétrécie, quand il appelle sa secrétaire au téléphone.

— Marianne, pourriez-vous demander à ma femme de venir, s'il vous plaît ?

5.20

LE VENDREDI 27 JANVIER 2006

Rallié dans le pétrin, et Cendrillon

À Pékin, où il est 5 h 30 du matin et où il fait moins dix degrés Celsius, Rallié dort profondément lorsqu'il est réveillé en sursaut : on sonne à la porte.

Plusieurs coups de sonnette plus tard, il comprend, vu l'heure et après s'être extirpé tant bien que mal de sous ses couvertures, qu'il va être cueilli par les deux flics en uniforme qu'il a entraperçus à travers l'œilleton de la porte d'entrée de l'appartement.

Il panique. Il ne manquerait plus qu'il soit accusé de faire partie du « gang des secrétaires », ces « profiteurs » qui s'abritent derrière leurs chefs pour magouiller et s'enrichir ! Les journaux dénoncent leurs agissements depuis des semaines, précisément depuis la parution de cet article au vitriol – non signé – en une du *China Youth Daily*. Hu Jintao ayant, en son temps, dirigé les Jeunesses communistes, la rumeur a couru que le Numéro Un du régime était indirectement visé par l'article.

À peine Rallié, toujours en pyjama, a-t-il ouvert la porte, que l'un des flics lui met sous le nez une feuille de papier.

— Ceci est un mandat d'amener. Avant qu'on t'embarque, va t'habiller !

Quatorze heures plus tard, dans un Palais des sports de Pékin plein à craquer, Bouillie ne pense plus du tout à Fleur, pas plus qu'il n'a en tête les éventuelles conséquences de sa manip au sujet des passeports de Présage et de Jolie… Jolie, sur laquelle ses yeux sont braqués depuis le début de *Cendrillon*, le spectacle dont elle incarne l'héroïne et qui se joue à guichets fermés. Alors que ce *Holiday on Ice made in China* tire à sa fin, notre diplomate n'a pas cessé de trembler tout au long du spectacle, de peur que la jeune femme, qui a enchaîné les figures les plus difficiles, laissant littéralement sur place ses partenaires, se réceptionne mal.

Alors que la fille de Forêt entamait un deuxième triple axel, après en avoir exécuté impeccablement un premier, Bouillie n'avait pu s'empêcher de pousser un cri d'effroi, ce qui lui avait valu le regard courroucé du père d'un bambin assis devant lui. Au dernier tableau, quand Cendrillon est rejointe par le « riche chevalier », le frère de Temple paierait cher pour être à la place du titulaire de ce rôle, en train d'enlacer Jolie tout en faisant mine de l'embrasser dans le cou… De sorte que, à présent que la musique s'est tue, tandis que l'héroïne de la soirée envoie des baisers aux spectateurs sous un tonnerre d'applaudissements tout en évoluant avec grâce autour de la piste, Bouillie en est à se demander ce qui lui a pris d'avoir failli laisser passer la chance de sa vie en jugeant bon de ne pas reprendre contact avec elle.

Et dire que deux heures plus tôt, grelottant dans le froid et la file d'attente des spectateurs, il regrettait d'avoir succombé à la tentation en venant assister à la prestation de cette « jeune patineuse au talent exceptionnel, formée à l'école américaine et qui devrait faire des étincelles aux prochains Jeux olympiques d'été », et dont l'image est omniprésente dans Pékin, la fille de Forêt apparaissant depuis plusieurs semaines, dans son époustouflant costume de scène, à l'arrière des bus et sur ces grands panneaux publicitaires qui poussent comme des champignons aux principaux carrefours de la capitale.

Rattraper le coup et renouer avec Jolie : tel est l'objectif de notre diplomate, posté sur le parking du Palais des sports, à quelques mètres de l'agent de sécurité surveillant l'entrée des artistes.

Juteuses concessions autoroutières, et Séguin broie du noir

À Paris La Défense, au dernier étage de la tour de Vinci – le géant des travaux publics et des concessions autoroutières et aéroportuaires –, on trinque au champagne. Avec la concession de l'exploitation de plusieurs réseaux d'autoroutes, c'est un véritable jackpot qui s'annonce. Le gouvernement Villepin aura ainsi mené à bien la délégation par l'État au privé de la gestion de ces infrastructures financées par le contribuable. Au grand dam de François Bayrou, contrairement à Hervé Mariton, ce député UMP de la Drôme, ayant alors parlé d'« excellente décision ». Il n'en reste pas moins que la pilule reste dure à avaler pour tous ceux qui déplorent la vente des bijoux de famille de la nation. Mais comme le claironnent sur les ondes Dominique de Villepin, pourtant gaulliste proclamé, et Thierry Breton, son ministre des Finances : Vous comprenez, il fallait faire entrer de l'argent dans les caisses, faute de quoi la France n'aurait pas pu présenter à Bruxelles des comptes publics acceptables, compte tenu des exigences du pacte de stabilité européen… Vinci faisait partie des dix-huit groupes qui se portèrent candidats au rachat des autoroutes françaises. L'entreprise ne court aucun risque. D'après le rapport – ultra-confidentiel – que vient de réaliser sa direction financière, cette excellente affaire devrait générer des flux de *cash flow* très sensiblement supérieurs à ceux figurant dans lesdits contrats.

Au même moment, Philippe Séguin broie du noir dans son bureau d'angle de premier président de la Cour des comptes donnant sur les rues Cambon et du Mont-Thabor, où le soleil n'entre quasiment jamais et où il ne peut même pas tirer sur sa clope, en raison de la présence d'un détecteur de fumée installé par son prédécesseur. Il vient de jeter un coup d'œil distrait au rapport sur la loi de règlement des finances publiques, un « machin » que l'institution doit rendre chaque année au Parlement et dont tout le monde se fiche… Ce qui n'est pas pour déplaire à Séguin, qui n'a pas eu besoin de dépasser les trois premières pages de ce texte pour mesurer à quel point les sages de la rue Cambon sont devenus les chiens de garde du libéralisme, étant donné la façon dont la Cour, institution par définition indépendante, s'est ralliée comme un seul homme à la règle selon laquelle les États signataires du traité de Maastricht ne doivent pas dépasser le sacro-saint 3 % de déficit budgétaire.

Le premier président soupire à l'idée qu'il ne pourra pas critiquer cette disposition, toujours considérée par lui comme scélérate. Mais la Cour est une institution collégiale dont les avis s'imposent à son premier président, lequel est par ailleurs soumis au devoir de réserve des hauts magistrats.

Petite consolation, dans cette France rétive à l'équilibre de ses finances publiques, pour les partisans de l'orthodoxie budgétaire qui pullulent forcément à Bercy : Pierre Gadonneix, l'actuel président d'EDF, s'est engagé à faire en sorte que le géant national de l'électricité sorte définitivement du bourbier argentin en cédant au fonds Dolphin, dirigé par l'homme d'affaires Marcelo Mindlin, le restant de sa participation dans Edenor.

EDF aura laissé plusieurs centaines de millions d'euros dans l'aventure, sans qu'aucun des responsables de ce désastre ait été appelé à rendre des comptes.

À immense gabegie, totale impunité.

Green Planet

À Louisville, dans l'État du Kentucky, c'est le branle-bas de combat chez les militants de Green Planet, une micro ONG fondée par un certain James Turner, professeur en sciences naturelles dans l'un des lycées de cette ville, depuis l'enquête du *New York Times* parue la veille et fustigeant la censure dont James Hansen a fait l'objet de la part de la NASA, son employeur, mais également de celle de la National Oceanic and Atmospheric Administration (NOAA). D'après le prestigieux quotidien new-yorkais, l'administration fédérale n'aurait pas supporté d'être mise en porte-à-faux par le discours particulièrement alarmiste délivré le 20 décembre 2005 par l'éminent climatologue devant l'American Geophysical Union, alors que se tenait à Montréal la Conférence des parties (COP) nº 11 de l'Organisation des Nations unies pour le climat.

George Bush junior a beau se fiche du climat, ses troupes veillent au grain.

5.21

LE SAMEDI 18 MARS 2006

Un mariage à Paris, Sarkozy dans la présidentielle, et Schröder rêve des Bahamas

Paris, où il fait grand beau, est un éblouissement. Jolie, coiffée d'un bonnet blanc en laine simili-angora et en survêtement bleu ciel sous une doudoune de la même couleur, est émerveillée par ce qu'elle voit.

Pour qui n'a connu que les mégalopoles américaines et chinoises, la capitale de la France apparaît volontiers comme un ensemble urbain miniature, le résultat d'un long et minutieux processus de sédimentation, comme un joli galet poli par l'eau et les ans. Les constructions n'y ont pas poussé comme des champignons à tort et à travers, mais dans un étonnant continuum, comme si les architectes des diverses époques avaient privilégié l'intégration de leurs bâtiments dans le contexte urbain existant, d'où cette absence d'immeubles de grande hauteur, un phénomène mis en valeur par l'accident de paysage qu'est la tour Montparnasse. Tout cela confère à la capitale française l'aspect d'une ville lilliputienne, contrairement à New York, où rien n'aura bridé l'élan des architectes en ce qui concerne la hauteur mais aussi la forme des bâtiments construits depuis le début du XXe siècle.

Et à Paris, dans deux jours, ce sera officiellement le printemps ! Cela se sent à la façon dont des bourgeons duveteux sont apparus sur les branches des tilleuls de l'avenue Junot, à Montmartre, et sur celles des sophoras et des marronniers du jardin des Tuileries, devant lequel Battante et Yvon se font photographier par Jolie, qui se débrouille en français, en prévision de ce voyage et grâce aux leçons d'Yvon.

Les cerveaux des esprits supérieurs sont des éponges.

Elle s'écrie :

— Des futurs jeunes mariés, ça doit afficher le plus grand des sourires !

— Jeunes, j'aimerais bien ! s'exclame Battante, qui, deux mois plus tôt, a fêté ses soixante et un ans, qu'elle ne fait pas.

Il n'y a pas de civilisation où le printemps n'est pas la saison des amours. En Chine, où c'est l'année du Chien de Feu, il est symbolisé par le biyi niao, cet oiseau – célébré par Guillaume Apollinaire dans *Alcools* – qui n'a qu'une aile et que cela oblige à s'accoupler pour voler, raison pour laquelle il passera sa vie à chercher sa moitié. En l'occurrence, en France, on n'est pas si loin que ça de la Chine, puisque le printemps est la saison des mariages.

C'est d'ailleurs pour y convoler en justes noces que notre championne de tennis de table et notre ambassadeur des grands vins bordelais en Chine sont venus à Paris. La cérémonie doit se tenir dans moins de deux heures à la mairie du 15e arrondissement.

Il y a mille sortes de mariages, entre ceux qui sont la conséquence d'un coup de foudre, ceux qui sont arrangés, ou ceux dont le futur mari a décidé de se ranger des voitures, ce qu'il se gardera le plus souvent de confier à sa promise. Certains couples se marient pour se divertir, comme à Las Vegas, où un mariage ne prend que quelques minutes. Quand il ne saurait y avoir d'enfant à l'horizon, le mariage peut aussi résulter d'une boutade, d'un jeu, dès lors qu'une grande complicité s'est installée entre les futurs époux. Ce fut le cas de Battante et d'Yvon. Pourtant, ils se connaissaient peu. Le grand saut eut lieu au Gansu, la région des plus belles grottes bouddhiques de Chine, où ils étaient partis une semaine et partageaient la même chambre. Un soir où ils avaient fait l'amour, d'une façon tranquille, à mille lieues de l'idée d'une quelconque prouesse pour lui, Battante s'abandonnant comme elle n'avait jamais osé le faire avec Rallié, Yvon, hilare et comblé, initia l'affaire avec l'équivalent en mandarin de « Cap ou pas cap ? ».

Pour le moment, bien décidé à profiter au maximum de son séjour dans la capitale, notre trio a commencé la matinée par le Louvre, où, après être entré sous la pyramide de Ieoh Ming Pei – un Chinois naturalisé américain, dont la construction donna lieu à des polémiques dignes de celles de la bataille d'*Hernani* –, il s'est joint au flot des touristes asiatiques marchant au pas de course de la *Vénus de Milo* à *Mona Lisa*, en passant par la *Victoire de Samothrace*, le *Sacre de Napoléon* par David et le diamant *Régent*, fleuron de la galerie d'Apollon, fermée ce jour-là – comme cela arrive souvent – par manque de gardiens… La veille, Yvon leur a fait découvrir le musée d'Orsay, où Jolie aurait préféré que le peintre Monet ait puisé son inspiration en Chine plutôt qu'au Japon, avant de trouver qu'il y avait une parenté évidente entre les *Nymphéas* du musée de l'Orangerie et certaines peintures de paysages des dynasties des Tang et des Song.

« Romantique » – *langman* en pinyin – est le qualificatif que les Chinois accolent volontiers à la France, à son art de vivre et à ses grandes marques de luxe, mais également à Versailles, qui faisait déjà l'admiration de l'empereur Kangxi – le contemporain du roi Louis XIV. La fascination était à l'époque réciproque entre les deux souverains, au point que le Roi-Soleil avait été immensément séduit par le portrait littéraire de Kangxi rédigé par Joachim Bouvet, l'un des jésuites qu'il avait envoyés explorer le Siam – l'actuelle Thaïlande – et qui, de là, avaient fait une incursion dans l'empire du Milieu, où ils avaient été reçus par l'empereur le 21 mars 1688.

Jolie a du mal avec ce mot-valise, *langman* évoquant l'amour mais aussi le kitsch, le « sirupeux », jusqu'à ce qu'elle découvre l'arc de triomphe du Carrousel. C'est vers l'ouvrage conçu par Percier et Fontaine, les architectes de Napoléon, aux proportions parfaites et aux élégantes colonnes de marbre rose, surmonté de la copie du quadrige de la basilique Saint-Marc de Venise, qu'elle entraîne à présent sa grand-tante et Yvon. Arrivée devant ce bijou architectural, elle ne peut s'empêcher de s'écrier :

— Ce serait chouette que tu me prennes en photo devant ce monument, il est si romantique…

Au même moment, dans le 13e arrondissement, Georges, qu'Yvon a invité à assister à la cérémonie, achève de nouer sa cravate – lui qui n'en met jamais ! –, puis il enfile son unique blazer. C'est la première fois qu'il s'occupe de sa tenue, depuis qu'Emma l'a quitté, deux mois auparavant.

Quand il y a rupture au sein d'un couple, le partenaire abandonné par l'autre aura rarement vu arriver le coup. Georges ne s'attendait pas à un tel largage, même si Emma et lui se disputaient au moindre prétexte depuis plusieurs mois, les absences de la jeune femme pour raisons professionnelles étant de plus en plus fréquentes. C'est de retour d'un voyage de dix jours en Guinée-Bissau que notre avocate lanceuse d'alerte lui annonça tout de go qu'elle partait habiter dans le 20e arrondissement, où elle avait déjà loué un petit appartement.

Depuis, Georges n'a pas cherché à la revoir. Mais il sait par Yvon que ce dernier l'a invitée à son mariage. Aussi appréhende-t-il ce moment où ils se retrouveront.

En attendant, il contemple d'un air las ce qui était leur pièce à vivre, désormais pratiquement vide, Emma ayant emporté tous ses meubles, et où continuent à flotter des relents d'*Opium*, d'Yves Saint Laurent. Il n'a pas eu la force de prendre un appartement plus petit. Pourtant, il aurait dû. Car ça urge, étant donné le niveau de ses finances. Pour payer son dernier loyer, il s'est séparé d'une gourmette en or dans une de ces boutiques d'achat de ce métal précieux qu'on voit fleurir un peu partout en France, corrélativement à l'augmentation de la pauvreté et à la baisse du niveau de vie.

Tout exercice physique est censé avoir un effet antidépresseur sur un individu, dans la mesure où cela favorise la sécrétion d'endorphine par le cerveau, de même que le lien semble avéré entre l'exposition au soleil et la production de vitamine D par l'organisme. D'ailleurs, Georges se sent nettement mieux maintenant qu'il marche vers la mairie du 15e, ce qui ne devrait pas lui prendre plus de quarante-cinq minutes. Il sera donc largement dans les temps.

Ce n'est pas le cas d'Emma, qui n'en a pas fini de se préparer dans son coquet trois-pièces donnant sur la place Gambetta. Notre avocate n'a pas vu passer l'heure, bien trop absorbée qu'elle était à éplucher un dossier relatif à ces molécules « innovantes » dont les effets secondaires sont largement occultés par les labos. Cela ne l'empêche pas d'être curieuse de connaître cette jeune Chinoise dont Yvon lui a vanté les qualités, d'abord par e-mail depuis Pékin, puis au téléphone, à peine débarqué de l'avion, et avec un enthousiasme qu'elle ne lui connaissait pas, à croire que notre ancien jésuite parlait de sa propre fille.

Quand, une demi-heure plus tard, Jolie et les futurs mariés sautent dans le taxi qu'Yvon a hélé sur le quai Anatole-France, Georges aborde l'extrémité sud de la rue de Vaugirard, tandis qu'Emma descend à grands pas l'avenue Gambetta, direction le boulevard de Ménilmontant, dans l'espoir d'y trouver un taxi. Mais comme on est un samedi, elle ne réussit à attraper l'un d'eux qu'au moment où Yvon, de façon à permettre aux deux Chinoises d'admirer la tour Eiffel depuis le bout de la perspective du Champ-de-Mars, a demandé à leur chauffeur d'arrêter le leur devant l'École militaire.

Cela fait un bon quart d'heure que notre trio est arrivé à la mairie lorsque Emma, à peine sa course payée, aperçoit Jolie – à laquelle elle trouve immédiatement ce je-ne-sais-quoi des personnes alliant le charme à l'intelligence – en train de tailler une bavette en anglais avec son ex. Au pied de l'imposante façade du bâtiment fortement inspiré par le château de Versailles, les futurs mariés se soumettent aux exigences du photographe professionnel qu'ils ont chargé d'immortaliser la cérémonie, en prenant des poses à la limite du ridicule.

Notre avocate ne sachant pas trop sur quel pied danser avec Georges, à présent que leurs regards se sont croisés, elle hésite à s'approcher de la jeune fille, quand celle-ci, main tendue, fait trois pas vers elle.

— Bonjour, Emma ! Ravie de faire votre connaissance. Yvon m'a souvent parlé de vous.

— Moi aussi !

Tandis que notre avocate, qui a brièvement salué Georges, est de plus en plus séduite par la personnalité de la fille de Forêt, à environ quatre kilomètres de là à vol d'oiseau, place Beauvau, Nicolas Sarkozy songe à l'élection présidentielle dans un ministère de l'Intérieur aux trois quarts déserté par ses occupants.

L'ex-maire de Neuilly y pense sans relâche, en se rasant, en se pommadant les joues d'une crème de soin Biotherm Homme, en se brossant les dents, en avalant son café sans sucre et son fromage blanc aux fruits rouges, lorsqu'il dit au revoir à Louis, son petit dernier, qu'un flic s'apprête à emmener à l'école, et quand il rejoint son bureau, où Claude Guéant, son directeur de cabinet, ne tardera pas à passer une tête, depuis le bureau voisin. Commencera alors une journée dont la moindre seconde sera occupée à rendre sa candidature incontournable et à installer dans la tête des Français l'idée que leur ministre de l'Intérieur est le seul acteur du spectacle politique capable de faire un bon président de la République.

Six heures plus tard, alors que Sarkozy s'apprête à rejoindre le Parc des Princes pour assister au match Paris-Saint-Germain contre Rennes, dans le salon d'une jolie villa de la banlieue de Hanovre – la capitale du Land de la Basse-Saxe –, Gerhard Schröder, qui n'est plus le chancelier d'Allemagne depuis le 18 octobre, déclare à sa femme, Doris, en lui montrant sa première feuille de paie de président du consortium du gazoduc Nord Stream dont le russe Gazprom est le partenaire principal :

— Chérie, avec tout ce pognon, on pourra enfin aller fêter notre lune de miel aux Bahamas !

5.22

LE SAMEDI 1er AVRIL 2006

Poissons d'avril

Emma prépare des crêpes pour son père. Elle est descendue à Venelles et est là pour quelques jours. Elle avait besoin de se changer les idées après sa rupture avec Georges. Elle se sent coupable. *Ai-je bien fait ? N'ai-je pas été un peu vite en besogne en abandonnant à son sort la personne à qui je dois d'être sortie du coma ? N'étais-je pas trop exigeante avec elle ? Vais-je trouver mieux ou suis-je faite pour vivre seule ? Dois-je mettre au monde dans ce bas monde ? Ai-je mûri ou ai-je vieilli ?* Autant de questions existentielles qu'elle continue de se poser tout en battant ses œufs, de façon qu'ils montent en neige.

Emma a fêté ses quarante-deux ans. Elle a beau faire l'unanimité chez ses collègues de travail et accumuler les succès professionnels, elle a souvent l'impression d'être sur des montagnes russes, tantôt persuadée qu'elle pourra œuvrer à l'amélioration du monde et la seconde d'après que se battre contre des moulins ne sert pas à grand-chose… Elle se console en se disant qu'elle ne doit pas être la seule à douter et en songeant au propos de Pascal : « Nier, croire et douter sont à l'homme ce que courir est au cheval. »

La veille, elle était euphorique en apprenant que Charles Taylor, après avoir été extradé du Nigeria où il s'était réfugié, comparaissait enfin devant le Tribunal spécial pour la Sierra Leone, alors que, deux heures plus tôt, elle se désespérait en pensant à la dizaine de jeunes femmes clientes du cabinet qui l'emploie : elles ont mis au monde des bébés dont certains sont atteints de spina bifida et d'autres de troubles neurologiques. Toutes ont pris de la Dépakine pendant leur grossesse. Le valproate de sodium est l'un des médicaments vedettes du géant pharmaceutique Sanofi, dont les ventes explosent depuis qu'il est indiqué pour soigner les troubles bipolaires, alors que son autorisation de mise sur le marché d'origine le cantonnait à l'épilepsie.

Depuis, Emma s'est renseignée au sujet du géant français du médicament, qui vient d'accéder au troisième rang mondial, derrière l'américain Pfizer et le britannique GlaxoSmithKline (GSK), après avoir absorbé Aventis (né de la fusion entre Rhône-Poulenc et Hoechst) pour la modique somme de 55 milliards de dollars. Quel chemin parcouru par cette entreprise créée de toutes pièces en 1973 par Elf Aquitaine et Pierre Guillaumat – alors patron de cette entreprise pétrolière nationale –, dans le dessein de consolider une industrie pharmaceutique nationale émiettée entre de nombreuses firmes familiales dont les médicaments ne présentaient pas forcément le même gage de sérieux. Mais, en l'espèce, tout l'art consiste à présenter le verre comme à moitié plein. Témoin la prouesse ayant permis à Sanofi de faire son beurre avec le clopidogrel – dont le nom commercial est « Plavix » –, un antiagrégant plaquettaire vendu dix fois plus cher que l'aspirine, dont les effets sont grosso modo identiques, grâce à des batteries d'études cliniques habilement présentées – comme quoi il est possible de faire dire ce qu'on veut aux chiffres ! – et à des articles écrits par des « leaders d'opinion » dont les recherches sont largement subventionnées par Sanofi. Tout cela régulièrement dénoncé par la revue *Prescrire*, pour qui le Plavix n'est définitivement pas plus efficace que l'aspirine.

Alors qu'Emma a mis la pâte à crêpe à reposer dans un saladier recouvert d'un linge, à Neuilly, les mains du docteur Servier se crispent : le Dolder vient d'opposer une troisième fin de non-recevoir à sa demande d'adhésion.

— Vous n'avez pas la taille suffisante, lui a glissé son interlocuteur, l'un des patrons de la Big Pharma helvétique et franc-maçon revendiqué.

Du coup, l'homme du Mediator en sort renforcé dans sa conviction – un tantinet paranoïaque, encore que… – qu'il existe un lien entre les loges du secteur pharmaceutique et le Dolder, lien dont il aimerait bien parler à l'actuel ministre de la Santé… à condition que ce dernier daigne le recevoir.

Twitlog

Neuf jours plus tôt, à Oakland, au nord de San Francisco, Jack Dorsey, un geek passionné d'informatique qui a mis au point une messagerie instantanée inspirée des SMS et baptisée du nom de « Twitlog », a écrit sur son clavier d'ordinateur : « *Just setting up my twttr.* » Deux secondes plus tard, son compère, Biz Stone, posté à une distance de deux kilomètres de là, a pu lire le message, avant de lui répondre, toujours via la toile : « *Hi Jack, just have your tweet !* »

5.23

LE LUNDI 25 SEPTEMBRE 2006

Disgrâces

À Pékin, comme à l'accoutumée en début de matinée les jours de semaine, l'autoroute menant à l'aéroport est bouchée.

Dans le tintamarre assourdissant des avertisseurs, Fleur a augmenté le son de la radio, où on a annoncé le limogeage de Chen Liangyu, l'homme fort de Shanghai… Jetant un regard dans le rétroviseur, elle aperçoit son passager, un jeune cadre dynamique au look de banquier – costume à rayures et chemise blanche à col italien – qui doit s'envoler pour Hong Kong. Il est impassible. Pourtant, ce n'est pas tous les jours que la population est avertie de la chute d'un cador du régime. La nouvelle n'a qu'à moitié surpris Fleur, car cela faisait trois semaines que les médias dénonçaient l'existence d'un prétendu « gang des Shanghaïens » coupable, selon eux, de nombreux abus et crimes contre l'État. Au dépôt, les autres chauffeurs de taxi, petit sourire entendu aux lèvres, parlent de cette grosse pierre dans le jardin de Jiang Zemin, le prédécesseur de Hu Jintao… Quoi de plus facile que de régler des comptes, sous couvert de lutte contre la corruption ?

Sous Mao, la dénonciation de l'existence d'un « gang » était le prélude à la répression de ses supposés membres. Les ennemis du Parti commençaient par être accusés d'appartenir à une « clique », puis à un « gang » quand sonnait l'heure de leur élimination physique. Tel fut le cas des « révisionnistes » au moment de la Révolution culturelle, et, si la « bande des Quatre » ne fut jamais qualifiée de « gang », c'est que ses membres n'étaient pas assez nombreux pour cela.

Dommage que Taureau n'ait pas fait partie de la clique des dirigeants en poste à Shanghai à l'époque où Jiang Zemin y régnait en maître, se prend à regretter la jeune femme, tout en slalomant tant bien que mal dans le flot des véhicules. À la radio, le speaker poursuit, avec la grandiloquence un peu forcée du gars pas forcément convaincu par ce qu'on lui a demandé de dire :

« Soucieux de l'intérêt du peuple, les hauts dirigeants du Parti ont décidé d'y faire le ménage en le purgeant de ses éléments nuisibles. C'est le cas de Chen, qui a dilapidé des fonds destinés à payer les retraites des agents municipaux de Shanghai… »

Et la même voix d'ajouter, sur un ton encore plus véhément : « Le principal bénéficiaire de la fraude du chacal Chen s'appelle Zhang Rongkun, un homme d'à peine trente-deux ans dont la fortune s'élevait à plus de 600 millions de dollars le jour de son arrestation. Zhang a fondé en 2002 Fuxi Investment, l'entreprise à laquelle Chen a confié la construction et l'exploitation de cette *cash machine* qu'est l'autoroute qui relie Shanghai à Hangzhou… »

Le taxi de Fleur ayant pénétré dans la zone de dépose-minute de l'aéroport, elle baisse le son de la radio, le temps pour son client de payer sa course et de descendre de la Toyota.

Dans l'autre sens, la circulation est fluide. Fleur, tout en écoutant la station musicale sur laquelle elle s'est branchée, peut foncer vers chez elle, un deux-pièces situé entre le troisième et le quatrième périphérique, non loin du futur stade olympique – le « Nid d'Oiseau » –, dont les structures ont déjà surgi de terre. Elle sourit. Cet après-midi, elle fera relâche. Elle prendra un grand bain brûlant. Après quoi, elle s'épilera, se passera un onguent huilé sur tout le corps, notamment sur les seins et les parties intimes. Puis, elle, qui ne se maquille jamais, se pomponnera le visage. Ce soir, elle reçoit Bouillie à dîner. Elle a commandé des raviolis au crabe et du porc au gingembre chez le traiteur d'à côté. Elle se voit, après qu'ils auront mangé, écrasant de nouveau ses lèvres contre celles du frère de Temple. Promis juré : elle fera tout ce qui est en son pouvoir pour qu'il se laisse emporter par elle dans les nuages pourpres.

Inhotim

Sept heures plus tard, alors que Fleur, repue d'amour, savoure l'instant, contrairement à Bouillie, qui ronfle comme un sonneur, au Brésil, dans l'État du Minas Gerais, à trois kilomètres de la bourgade de Brumadinho, Bernardo Paz ouvre en grand le portail de l'Instituto Inhotim, devant lequel stationnent une centaine d'invités triés sur le volet, auxquels se mêlent une cinquantaine de badauds. Tous sont curieux d'entrer dans *Penetrável Magic Square #5, De Luxe*, l'un des *Pénétrables* colorés de l'immense artiste brésilien qu'est Hélio Oiticica, de voir *Inmensa*, ou à quoi ressemble l'empilement de tables et de chaises en acier culminant à huit mètres imaginé par Cildo Meireles, ou encore de contempler *De lama lâmina*, les deux moitiés de dôme géodésique sous lesquelles se trouve le tracteur sur lequel Matthew Barney a planté un arbre en plastique… Autant d'œuvres qui ont fait dire à la presse spécialisée qu'Inhotim est le plus important musée d'art contemporain en plein air au monde.

Sous la nature luxuriante de son immense parc, Bernardo, qui croit en l'art dur comme fer, se souvient du moment où, cloué dans son fauteuil roulant, il décida de créer cette chose insensée, au carrefour de la création artistique et du conservatoire du végétal, un lieu ouvert à chacun, quelles que soient sa condition et ses origines.

Jeff et Andy

Tandis qu'à Paris le cancer de Jacques Crozemarie est entré dans sa phase terminale et que l'ARC, l'Association pour la recherche contre le cancer, continue de se battre pour sa survie, à Seattle, Jeff Bezos et Andy Jassy ont sorti de l'eau le double scull dans lequel ils ont fait une heure d'aviron sur le plan d'eau jouxtant le building du mastodonte de l'e-commerce.

— Au fait, Jeff, notre projet de Web Services avance bien ! J'ai dégoté un petit jeune super qui va m'aider à formaliser tout ça… Un dénommé Adam Selipsky. Le gars a aussi fait Harvard.

Cela fait presque deux ans que Jeff et Andy se sont dit que, les serveurs d'Amazon n'étant pas utilisés au maximum de leurs capacités, ils pourraient être partagés avec des tiers, dont ils hébergeraient les données informatiques – bien entendu moyennant finances. Le projet pose d'innombrables problèmes techniques auxquels Andy s'est attelé, avec le concours d'une centaine d'ingénieurs de haut vol.

Bezos essuie avec une serviette son visage inondé de gouttelettes.

— J'espère surtout que tu ne vas pas me refaire le coup de la pagaie !

Au printemps de 1997, Jassy, qui n'avait alors que deux mois au sein de l'entreprise, avait assené par inadvertance un coup de pagaie de kayak à la tête du fondateur d'Amazon, à l'occasion d'un « challenge » de motivation des employés de ce qui n'était encore qu'une modeste librairie en ligne sur laquelle personne n'aurait parié le moindre kopek.

5.24

LE MERCREDI 14 FÉVRIER 2007

Chez Bombance

À Pékin, dans le quartier des ministères, *Chez Bombance* est l'un de ces restaurants où l'on sert une cuisine traditionnelle à des prix modérés, mais dont le décor, fastueux au possible et visible depuis la rue grâce à d'immenses baies vitrées, a pour but de donner l'impression à la classe moyenne qu'il s'agit d'un établissement de luxe, comme il en existe désormais plusieurs centaines dans la capitale.

Fleur, qui a garé son taxi en face de cet établissement, peut donc observer ce qui se passe à l'intérieur sans grand risque d'être repérée. Bouillie étant seul à sa table, Fleur a sa petite idée sur le sexe de la personne qu'il attend. Elle soupçonne Bouillie d'avoir une maîtresse depuis qu'il a décliné par deux fois son invitation à venir dîner chez elle, sous prétexte de réunions importantes.

Moins de cinq minutes plus tard, Fleur songe qu'elle a eu du nez en voyant une superbe créature s'engouffrer dans le restaurant d'un pas conquérant malgré ses talons carmin de près de quinze centimètres. Les secondes passent, mais Bouillie est toujours seul à sa table, au grand soulagement de Fleur, qui aperçoit les talons rouges s'installer face à un individu ressemblant étrangement à Taureau – à croire que tous les potentats auraient quelque chose en commun concernant leur apparence. Moins d'une minute plus tard, elle s'en veut d'avoir suspecté Bouillie en voyant l'homme d'une cinquantaine d'années, cheveux gris, flottant dans un costume démodé – le parfait rond-de-cuir – et avec un je-ne-sais-quoi de gêne dans la démarche, que la serveuse a conduit jusqu'à la table de notre diplomate.

Un taxi désireux de se garer s'étant mis à faire des appels de phare, Fleur redémarre, un peu honteuse de jouer les espionnes. C'est la quatrième fois qu'elle se gare à proximité du ministère des Affaires étrangères un peu avant midi trente, début de la pause-déjeuner du personnel, de façon à observer les allées et venues de Bouillie. La fois précédente, le diplomate s'était rendu dans une gargote où il s'était contenté d'un bol de raviolis.

La roulette russe

Six heures plus tard, à Paris, le président de la République, comme avant chaque Conseil des ministres, reçoit Dominique de Villepin. Les deux hommes ont encore à l'esprit la diatribe antiaméricaine prononcée par Vladimir Poutine à la dernière conférence de Munich sur la sécurité, ce grand forum international qui a lieu tous les ans au mois de février dans la capitale de la Bavière et où les ennemis d'hier sont censés se dire ce qu'ils ont sur le cœur. Personne, à commencer par Angela Merkel, ne s'attendait à ce que le chef du Kremlin vide à ce point son sac au sujet de l'unilatéralisme des États-Unis, tant dans l'affaire irakienne que dans l'élargissement de l'OTAN à des pays qui appartenaient au bloc soviétique. Et Poutine de conclure son discours par la formule en forme d'avertissement suivante :

— La guerre froide a laissé derrière elle des munitions qui n'ont pas encore explosé.

Villepin a fini d'évoquer un point de l'ordre du jour du Conseil quand Chirac, l'air de rien, déclare :

— Quelle mouche a donc piqué Vladimir au raout de Munich ?

— Monsieur le président, il a raison. Les Américains passent leur temps à humilier la planète entière ! À la Maison-Blanche, ce sont des fous furieux qui continuent de voir partout des communistes.

— Le problème, c'est que, si j'essaie d'expliquer ça à Bush, il risque de me claquer le téléphone au nez. Angela m'a confié que dans le Bureau ovale elle l'avait entendu m'accuser de lui avoir donné un coup de poignard dans le dos en refusant d'aller avec lui en Irak.

Au même moment, à quelques pas de l'Élysée, au bar de l'hôtel *Le Bristol*, Charles Beigbeder, créateur de Selftrade, un courtier en ligne, et de Poweo, un opérateur alternatif d'électricité, peut être content de son coup. Une heure plus tôt, il a obtenu du vice-président international d'Alfa Bank Ukraine, l'un des principaux établissements bancaires de ce pays, un financement d'un montant maximum de 100 millions de dollars au profit d'AgroGeneration, la société qu'il a créée dans le dessein d'acquérir les droits d'exploitation d'une centaine de milliers d'hectares à blé et oléagineux en Ukraine, où, en vertu de la loi agraire, ces « terres noires », jadis propriété des kolkhozes et d'une fertilité exceptionnelle, ne peuvent pas être achetées. Certes, l'intervention de la banque ukrainienne ne sera pas gratuite. Beigbeder a été averti : avant de prendre ces terres à bail, il lui faudra verser à des intermédiaires de substantielles commissions.

L'entrepreneur au physique de jeune premier sait fort bien que l'aventure n'est pas sans risques, entre les incertitudes relatives à la parité de la monnaie ukrainienne avec le dollar et celles liées à la situation géopolitique pour le moins instable de la zone, Poutine laissant entendre que l'Ukraine est une province russe… En somme, il y a énormément d'argent à gagner, tout comme il y en a pas mal à perdre… Comme à la roulette russe.

Au même moment, à Bruxelles, dans son magnifique bureau de la rue des Lois, Pierre Richard, le patron de la banque Dexia, éprouve le sentiment du devoir accompli alors qu'il consulte la liste des compagnies acquises par ses soins depuis l'an 2000. En effet, à Financial Security Assurance, obtenue en février 2000, se sont ajoutées l'année suivante la néerlandaise Artesia Banking Corporation et la banque israélienne Otzar Hashilton Hamekoni, puis, en 2005, une *joint-venture*, la Royal Bank of Canada, et enfin, il y a six mois, la banque turque Denizbank, dont Dexia possède plus de 99 % du capital. Richard jubile : avec cette flotte de magnifiques destroyers, il ne doute pas de devenir le maître absolu du crédit aux collectivités locales d'une bonne partie de la planète, d'autant qu'il a désormais la Chine en ligne de mire.

Jouer avec de l'argent qui n'est pas le sien.

Aux États-Unis, en Louisiane, dans les locaux du commissariat de Terrebonne Parish, ce n'est pas à la roulette russe que joue Ronald Dominique, accusé au mois de novembre précédent, par Ricky Wallace, un toxicomane habitant dans le quartier de Bayou Blue, de l'avoir attiré dans son camping-car en lui faisant miroiter des jeux sexuels avec une prostituée, avant de tenter de l'y séquestrer. Le tueur en série est loin de se douter du sort que lui réserve l'inspecteur de police Garfield, auquel il fait face, à présent que son ADN a parlé. Persuadé d'être invulnérable,

Dominique a commis l'erreur d'accepter, à l'issue de sa garde à vue, qu'un échantillon de son sang soit prélevé, ce qui aura permis de l'identifier comme étant l'assassin de Manuel Reed et d'Oliver LeBanks, sur les corps desquels des traces de son sperme ont été retrouvées. Cela ne risque pas d'être le cas avec le cadavre d'Igor, qui gît au fond d'un ancien puits de pétrole au Nouveau-Mexique, où Dominique l'a balancé.

5.25

LE SAMEDI 17 FÉVRIER 2007

La cravate à pois roses

À Pékin, où il sera bientôt 19 heures, Bouillie – rasé de près, blazer bleu marine, chemise blanche et pantalon anthracite – est assez marri d'avoir été installé tout contre la porte des toilettes de la pizzéria *Don Pepe,* du surnom de son patron, un Italien qui n'avait aucune expérience de *pizzaiolo* avant de venir tenter sa chance en Chine, ce qui est le cas de nombre de jeunes Occidentaux attirés par ce nouvel eldorado du moment. Mais notre diplomate n'étant pas un client habituel de cet établissement, il n'a pas osé demander une autre table à la serveuse, une femme à la carrure de déménageur, bizarrement accoutrée d'un habit à queue de pie et affublée d'une toque blanche identique à celle des *pizzaioli* napolitains des publicités de jadis.

Guettant l'arrivée de Jolie, Bouillie n'a pas cessé de se tourner vers l'entrée, tout en tripotant la cravate gris perle à pois roses qu'il arborait pour le fameux gala du Nouvel An à Los Angeles. Ce n'aura pas été pour lui une mince affaire que d'arriver à convaincre la fille de Forêt d'accepter cette invitation. Ce n'est qu'à sa quatrième tentative que la fille de Forêt a fini par se ranger à l'argument de Battante, selon lequel c'eût été faire preuve d'ingratitude que de refuser de dîner avec celui grâce à qui on a retrouvé sa terre natale. Bien avant cela, sur le parking du Palais des sports, Bouillie avait dû supplier Cendrillon pour qu'elle consente à lui communiquer son numéro de portable.

Dix minutes plus tard, pendant que Bouillie se désespère au *Don Pepe*, Jolie se dirige sans grand entrain vers l'établissement, tout en se creusant les méninges pour savoir ce qu'elle va bien pouvoir lui raconter. On comprend pourquoi, arrivée à la hauteur du restaurant, elle ne prête pas attention à un colosse au regard halluciné marchant dans sa direction, en bousculant les piétons sur son passage avec de grands gestes désordonnés.

Ancien disque-jockey toxicomane et véritable force de la nature – cent kilos de muscles –, Jujube Verte, qu'on surnomme « Jay », est atteint de schizophrénie.

De même que l'autisme, la schizophrénie – terme inventé en 1911 par le psychiatre suisse Eugen Bleuler – peut prendre des formes différentes. Il existe autant de schizophrénies que de schizophrènes, soit d'individus présentant un symptôme dit « productif » et provoquant des hallucinations associées à un sentiment de persécution, ou encore un symptôme « dissociatif », correspondant à une désorganisation de la pensée, du langage, des émotions et du comportement d'une façon générale.

Jay a beau être traité à l'halopéridol, quand il entre en crise il voit des hyènes prêtes à le dévorer tout cru avec leurs énormes canines rouges. Après avoir séjourné deux mois dans un hôpital pour aliénés dangereux, il a échappé à la surveillance de sa mère, chez laquelle il est censé être consigné. Avant de sortir, et à toutes fins utiles, il a pris soin de cacher sous son manteau un de ces couteaux de cuisine japonais dotés d'une lame en céramique, le genre d'instrument qui ne pardonne pas. Il est prêt à s'en servir au cas où il serait attaqué par l'une des trois hyènes qu'il voit venir vers lui, babines retroussées.

Jolie entre chez *Don Pepe*, tandis que Jay voit non plus trois, mais quatre, puis cinq, puis une dizaine d'hyènes, toutes plus menaçantes les unes que les autres. Il a sorti son couteau, mais, convaincu qu'il ne fera pas le poids face à une telle meute, il s'engouffre dans la pizzéria, où ses yeux hagards jettent un regard circulaire au moment où Jolie s'installe devant Bouillie, toujours aussi médusé par sa beauté.

Ni l'un ni l'autre n'ayant eu le temps de l'ouvrir, ils n'auront donc pas été interrompus par les cris stridents et ce grand tumulte en provenance de l'entrée du restaurant, où la serveuse git sur le sol, poignardée par le colosse, alors qu'elle tentait de le repousser avec son plateau.

La cohue est générale. Paniquée, Jolie ne comprend pas pourquoi elle est poussée vers les toilettes par Bouillie, lequel, entre-temps, a vu le géant se diriger vers eux en brandissant son couteau et en faisant valser sur son passage les tables et les chaises. Quelques secondes plus tard, elle se retrouve coincée contre le diplomate à l'intérieur de toilettes minuscules, où il fait complètement noir depuis qu'il en a fermé la porte, qu'il bloque avec son pied.

Malgré ces circonstances dramatiques, le moment s'avère délicieux pour lui. Il est vrai qu'il n'a pas pu voir le meurtrier poignarder la serveuse, leur table étant trop éloignée de l'entrée pour cela. Mettre son nez dans les cheveux de Cendrillon, sentir la tiédeur de son corps et entendre les battements de son cœur : il n'aurait jamais imaginé pouvoir le faire en un laps de temps si court. De son côté, Jolie, subodorant que quelque chose de très grave est advenu, à en juger par les hurlements, les cris d'horreur et les pleurs en provenance de la salle, a conscience que Bouillie l'a protégée du pire. Du coup, elle le laisse l'entourer de ses bras… jusqu'à ce que quatre ou cinq claquements secs identiques à ceux produits par une arme de poing automatique, le tout suivi d'un grand silence ponctué de gémissements, mettent fin à cette étreinte fortuite.

En Chine, et singulièrement à Pékin, les flics ne sont jamais loin, de sorte qu'au moindre larcin, voie de fait, accident ou autre incident, on les voit débarquer dans les trois minutes. C'est ce qui vient de se passer au *Don Pepe*, où les deux flics qui y ont fait irruption, pistolet à la main, ont abattu le forcené.

Jolie, toujours aux cent coups et qui a laissé son protecteur lui prendre la main, se retrouve enfin à l'air libre. Dans la salle, qu'ils traversent la main dans la main et que les flics ont commencé à faire évacuer, ils tombent sur le cadavre de Jay, qu'ils doivent enjamber avant d'atteindre la porte. Dehors, au milieu des clients hébétés auxquels se mêlent des curieux, et alors qu'une ambulance arrive, sirène hurlante, Jolie sourit à Bouillie. Elle dit :

— Comment pourrais-je te remercier ?

Au même moment, à Hangzhou, Xi Jinping sourit également à sa femme – brushing impeccable et maquillage soigné, comme à l'accoutumée –, qui a demandé à son époux s'il est assuré d'entrer au Comité permanent.

« Les Français comprennent parfaitement »

À Paris, rue d'Enghien, dans l'ancien *show room* d'une marque de vêtements disparue que Cécilia Sarkozy a dégoté pour en faire le quartier général de campagne de son époux, ce dernier n'a jamais été aussi confiant. Les sondages du premier tour de la présidentielle, même s'ils font état d'une légère poussée de François Bayrou, le placent nettement devant Ségolène Royal.

L'air extatique, le candidat de la droite déclare à sa garde rapprochée :

— Je veux que ma campagne soit un pèlerinage en France ! Je veux parler de la France aux Français qui se lèvent tôt ! Je veux des meetings d'anthologie !

Et tout ce petit monde d'acquiescer à qui mieux mieux, quand – allez savoir pourquoi – Sarko croit bon d'ajouter, en prenant un air sentencieux et comme pour se rassurer :

— Les Français savent que nous autres, les politiques de premier plan, ne vivons pas comme eux, mais à défaut de nous le pardonner, ils le comprennent parfaitement.

5.26

LE LUNDI 4 JUIN 2007

L'oncle inconnu

Tandis qu'à Paris Nicolas Sarkozy, élu président de la République le 6 mai avec un peu plus de 53 % des suffrages exprimés, a toujours du mal à reconnaître le faux pas que constitua son équipée sur le yacht de Vincent Bolloré dès le lendemain de sa victoire – mais Cécilia y tenait tellement ! –, à Pontarlier, dans le département du Doubs, Georges poireaute sagement dans la salle d'attente de l'étude de maître Blancard, l'un des notaires de la ville. Il s'interroge sur la raison pour laquelle ce dernier lui a demandé de venir le voir par le biais d'une lettre recommandée au contenu on ne peut plus sibyllin. Il a fini par appeler l'étude, après avoir attendu plusieurs jours. Il avait d'autres préoccupations en tête depuis qu'il s'était penché sur le rôle de la franc-maçonnerie dans le secteur pharmaceutique… par pure curiosité intellectuelle, car il voyait mal un journal prendre le risque de publier un papier sur un tel sujet. Il était pourtant allé de découverte en découverte, persuadé que l'influence des « frères » était circonscrite aux secteurs du BTP et des assurances – les francs-maçons ayant notamment investi les grands cabinets de « courtage » d'assurances.

Il en est toujours à se demander ce qu'il fait là, dans la salle d'attente de l'étude, lorsqu'il voit se pointer le notaire, oreilles en feuilles de chou et véritable incarnation du bon vivant : bedon témoignant d'une fréquentation assidue des bonnes tables de la région, joues rouges aussi gonflées que celles d'un chérubin baroque jouant de la trompette. Il est de plus en plus perplexe quand maître Blancard lui demande s'il aime les cochons et les vaches tout en le conduisant vers son bureau… Après avoir fait asseoir leur visiteur, les oreilles en feuilles de chou se laissent tomber dans leur fauteuil comme si elles étaient épuisées par leur vie d'officier ministériel, puis elles ajoutent, l'air un tantinet goguenard :

— Ça vaudrait mieux pour vous, car, une fois les droits de succession payés, qui s'élèvent à 60 % en ligne indirecte, vous hériterez d'une ferme avec trente vaches laitières, autant de cochons, et environ trente-cinq hectares de prés et trois de forêt ! Feu votre oncle maternel faisait du fromage, du comté et du mont-d'or, et aussi de la saucisse de Morteau. Qu'il fumait lui-même, dois-je vous le préciser ! Pour en avoir goûté, je peux vous certifier qu'elle était délicieuse.

Georges est abasourdi. Un oncle ! Sa mère ne lui avait jamais dit qu'elle avait un frère, un paysan producteur de fromage !

Maître Blancard se rengorge. On dirait un gros élève félicité par son professeur.

— On vous a retrouvé facilement. Grâce à vos articles, vous n'êtes pas totalement inconnu au bataillon. Si l'étude avait eu besoin de faire appel à un généalogiste, ça vous aurait coûté un bras, croyez-moi.

Notre journaliste se tasse dans son fauteuil.

Devenir paysan… Quand on ne vient pas de la campagne, on ignore à quel point la terre peut être basse et le labeur difficile et prenant. Pourtant, pourquoi ne troquerait-on pas, contre de vastes horizons sublimes, des coteaux verdoyants à perte de vue et des forêts profondes, le minuscule studio dans lequel on est coincé, au dixième étage d'un immeuble sans âme du 12e arrondissement ?

Georges ferme les yeux.

Changer de vie : à moins d'avoir gagné au loto, il est très rare que l'occasion vous en soit offerte sur un plateau. Encore faut-il que le jeu en vaille la chandelle. Mais ce genre de choix est d'autant plus vite fait qu'on est soi-même dans une impasse, tant affective que professionnelle… La presse écrite se porte de plus en plus mal et le WWF a mis un terme à leur collaboration pour des raisons budgétaires. Depuis, Georges est payé au lance-pierres en tant qu'enseignant vacataire au Centre de formation des journalistes de la rue du Louvre, où il est obligé d'apprendre l'orthographe et la syntaxe à des « bac + 5 », souvent diplômés de Sciences Po.

Après avoir relevé les paupières, il dit :

— On m'aurait annoncé il y a dix minutes que j'allais devenir producteur de fromages, que je n'y aurais pas cru une seule seconde.

120 000 dollars

À Princeton, où il est 8 h 45, oncle Jimmy, désormais à la retraite, est plongé dans le dernier bulletin d'information de l'université de Princeton, qu'il a trouvé devant sa porte avant d'aller prendre son petit déjeuner à la cuisine, et il est scandalisé. Tournant son visage de vieux sage confucéen vers Nancy, il dit :

— Tu te rends compte, Nancy, à partir de la rentrée prochaine, les frais de scolarité à Princeton s'élèveront à 120 000 dollars par an ! Quand je pense au monceau de dettes que ces pauvres étudiants auront à rembourser avant même de commencer à travailler…

Nancy verse de l'eau chaude dans le mug qu'elle a sorti du placard au-dessus de l'évier. Elle sourit, cela ajoutant de fines ridules à celles dont s'ornent désormais les commissures de ses lèvres diaphanes. Elle répond :

— Tu ne vas tout de même pas prétendre que c'est mieux en Chine ?

5.27

LE VENDREDI 11 AVRIL 2008

Bo sûr de ses chances, Fleur dans les bras de Bouillie, Présage et l'« art de l'entraînement militaire », et un procès expéditif

Dans la vie, ce n'est qu'*a posteriori* qu'on découvre le moment où l'on a, comme on dit, « raté le coche » ; dans la course au pouvoir, on devrait dire « raté la marche ».

À Chongqing, où il est environ 18 h 30, ce n'est pas le cas de Bo Xilai, devenu le gouverneur de cette mégalopole d'un peu plus de trente-six millions d'habitants qui bénéficie du statut de « ville-province ». Il sirote un whisky, assis dans l'un des fauteuils de la terrasse de l'ancien palais du gouvernorat, en compagnie de Wang Lijun, un copain de *strip poker* et de parties fines, lui-même maire adjoint chargé de la police, et protégé de Taureau, qui l'avait propulsé à ce poste.

Ces deux hommes forts sont si occupés à échanger des plaisanteries graveleuses qu'ils ne prêtent pas attention à ces reflets de framboise écrasée qui recouvrent la confluence du fleuve Bleu et de la Huai, située à cinq cents mètres en contrebas, les nuages chargés de particules toxiques qui recouvrent d'ordinaire la ville tentaculaire ayant été chassés par le vent – une fois n'est pas coutume.

Une minute plus tôt, Bo a demandé à son collaborateur s'il le voyait entrer au Comité permanent lors du prochain Congrès, à quoi l'autre a répondu que cela ne faisait aucun doute.

Au même moment, à Pékin, Jolie savoure cet instant où elle a enfin l'impression d'être une femme après avoir joui par deux fois dans les bras de Bouillie, lui-même assoupi à côté d'elle. Notre star du patinage aurait pu collectionner les amants, étant donné le nombre de ses soupirants. Elle s'est pourtant contentée de quelques liaisons passagères, la dernière en date avec le chef éclairagiste de *L'Épopée de Hua Mulan*, le prochain spectacle sur glace dont, avec un peu de chance, elle devrait être la star. Jolie a toujours été fascinée par l'épopée de Hua Mulan – au destin proche de celui de Jeanne d'Arc –, dont Présage lui avait souvent narré l'histoire, et qui se déroule au ve siècle. À la suite du trépas de son père, cette jeune tisseuse, à qui rien ne fait peur, n'hésite pas à prendre les armes, sous les habits d'un homme, afin de libérer du joug barbare une province chinoise du Nord. Mulan continue à être une héroïne très populaire. Et Jolie fait partie des trois ou quatre patineuses auxquelles pense le producteur de *Cendrillon* pour sa superproduction sur glace.

Elle regarde sa montre. Bientôt 7 heures du matin. Dans deux heures doit se tenir la réunion plénière de l'*hospitality team* des J.O., où Battante l'a fait entrer. Jolie fait partie de l'équipe, composée de jeunes gens et de jeunes filles réputés pour leurs qualités sportives, chargée de cornaquer les délégations des athlètes olympiques.

À ses côtés, Bouillie s'est réveillé. Il regarde Cendrillon sortir du lit et allumer le plafonnier. Elle lui sourit et il la contemple.

Là où elle est, Jolie lui semble un ange, et le néon du plafond la couronne de cet ange.

Il attrape la main de Cendrillon.

— J'aimerais qu'on se marie et qu'on ait un enfant.

Au même moment, à environ mille deux cents kilomètres au sud de la capitale, dans le Sanctuaire d'Or des monts Wudang – une chaîne montagneuse située dans le nord de la province du Hubei –, Présage fait brûler un bâtonnet d'encens devant l'une des statues de Laozi, le Vieux Maître et saint patron des taoïstes. Cela fait une semaine qu'il est arrivé dans ce monastère pour s'initier à l'« art de l'entraînement militaire[1] », une forme de kung-fu inventée par un ermite du XIVe siècle. Derrière lui, quatre garçonnets d'une dizaine d'années, en tunique courte et pantalon bouffant serré aux chevilles, s'entraînent à esquiver des coups de sabre tout en exécutant le « pas du tigre », qui consiste à « bouger le bassin de droite à gauche comme une cloche, puis à tendre le corps comme un arc, jambe gauche vers l'avant, avant de ramener celle-ci à côté de la jambe droite ».

Tandis qu'à Tianjin, dans la salle numéro 8 du tribunal populaire numéro 1, Chen Liangyu, l'ancien patron du PC de Shanghai, fait face au procureur, un petit homme chauve qui l'accuse d'avoir détourné l'équivalent de 3,5 milliards de yuans de la caisse de retraite des employés municipaux. Dans la salle, tout le monde retient son souffle. Chen, bien qu'ayant plaidé non coupable, sera-t-il condamné à la peine capitale ?

Dans le public, un individu n'a pas cessé de prendre frénétiquement des notes. Envoyé couvrir l'audience par *Le Matin de Tianjin*, le quotidien local qui l'emploie, M. Lu, lui-même membre du Parti, aime la bonne chère et faire de la voile à bord de la coque de noix qu'il s'est achetée à crédit. Comme tous les journalistes chinois, c'est un « bon petit soldat ». Dans

1. « Wudang quan » en mandarin pinyin.

son article, et suivant en cela les directives de sa rédaction en chef, il ne manquera pas de fustiger le comportement de « ces dirigeants véreux qui ôtent au peuple le pain de la bouche ».

Dix minutes plus tard, Chen se voit condamné à dix-huit ans de prison, conformément aux réquisitions du procureur, au terme d'un procès qui aura duré un peu moins de deux heures – un laps de temps dont M. Lu n'est pas autorisé à faire état.

Tribunal spécial

En Hollande, à La Haye, c'est loin d'être un procès aussi expéditif auquel aura droit Charles Taylor. Celui-ci a été appelé à comparaître devant le Tribunal spécial pour la Sierra Leone, émanation de la Cour pénale internationale, ce qui fait de lui, avec le dirigeant serbe Milošević, le seul ex-chef d'État à être accusé de crimes contre l'humanité depuis le procès de Nuremberg, où fut condamné l'amiral Dönitz, devenu le dirigeant de l'Allemagne une semaine avant la capitulation du IIIe Reich.

Ce qui n'a pas manqué de ravir Emma, qui, la semaine précédente, a épluché dans leurs moindres détails les attendus du renvoi de Taylor devant cette juridiction internationale.

Airbnb

Six heures plus tard, à San Francisco, Nathan Blecharczyk, un jeune informaticien formé à l'université Harvard, est plutôt content, devant son écran d'ordinateur : l'architecture du site sur lequel il sue sang et eau depuis deux mois semble en effet répondre en tous points au cahier des charges du projet de ses collègues Brian Chesky et John Gebbia, deux designers californiens qui, constatant qu'il ne restait plus une seule chambre d'hôtel libre à San Francisco en raison de la tenue d'un important congrès international relatif au design, ont eu l'idée de lancer une activité parahôtelière visant à mettre en contact un

« bailleur » désireux, par exemple, de louer pour deux nuits le canapé convertible de son séjour et un « locataire-client ». Projet résumé par la devise, sympa et racoleuse à souhait : « partage un logement, économise de l'argent, rencontre des gens sympas », le tout sous la marque « Airbnb », abréviation de « *airbed and breakfast* », « matelas gonflable et petit déjeuner ».

5.28

LE VENDREDI 8 AOÛT 2008

À Lhassa, un calme précaire, à Pékin, un spectacle mirobolant, suivi d'une conception

À Lhassa, un calme précaire est revenu après les graves émeutes qui, tout au long du mois de mars, ont ensanglanté la capitale et certaines grandes villes de cette « région autonome » de la Chine. Elle est la cible depuis plusieurs décennies d'une immigration massive de Han, le pouvoir central pékinois comptant sur ce processus d'acculturation pour faire taire les velléités d'indépendance des Tibétains, dont 80 % vivent dans des conditions misérables.

À Pékin, où les émissaires du dalaï-lama et du gouvernement chinois se sont rencontrés le 30 juin et le 1er juillet, et où il est très exactement huit heures passées de huit minutes en ce huitième jour du huitième mois de l'année, une couronne de gerbes étincelantes jaillit soudainement tout autour du sommet du Nid d'Oiseau, surnom donné au stade olympique dessiné par l'agence d'architectes helvète Herzog & de Meuron. Parmi les quelque quatre-vingt-onze mille spectateurs présents, environ trente mille sont membres du Parti communiste. Ce sont tous des éléments « méritants », le qualificatif utilisé par les instances du Parti pour désigner les plus scrupuleux de ses membres. Un grand nombre d'entre eux durent néanmoins payer leur billet. Ce que n'eurent pas à faire Jolie et Bouillie, qui avaient obtenu les leurs grâce à Battante, laquelle n'eut qu'à puiser dans le contingent réservé au Comité olympique chinois.

Deux cents chefs d'État et de gouvernement ont fait le déplacement, parmi lesquels George Bush, Vladimir Poutine et le Brésilien Lula. Nicolas Sarkozy, par ailleurs président en exercice de l'Union européenne, est également venu, après avoir annoncé qu'il comptait boycotter la cérémonie si les autorités chinoises n'entamaient pas un dialogue sérieux avec le dalaï-lama. Le chef spirituel du Tibet est attendu en France dans trois jours, ce qui contraint le président français à un périlleux numéro d'équilibriste.

L'olympisme n'est plus à la portée de toutes les bourses : Courge, arrivé de Shenzhen avec sa femme, son fils – cheveux peroxydés et piercing à l'arcade sourcilière – ainsi que sa mère, a dû débourser 8 000 dollars pour cette virée olympique.

Tout le monde a hâte d'assister au spectacle de trois heures annoncé par les médias du monde entier comme mirobolant. Un millier de danseurs et d'acrobates et quinze mille figurants, le tout mis en scène par le grand réalisateur Zhang Yimou, d'abord dans « Civilisation Brillante », où seront mises en valeur les « Quatre Inventions Fondatrices » de la Chine d'hier que sont la boussole, la poudre à canon, le papier et l'imprimerie, puis dans « Ère de Gloire », où la Chine d'aujourd'hui apparaîtra comme « une nation résolument tournée vers l'avenir et recherchant l'harmonie entre tous les peuples du monde ».

En Chine, on est bon public, contrairement à la vieille Europe. Aussi, quatre heures plus tard, quand s'achève le défilé des athlètes derrière les porte-drapeaux des délégations nationales, on continue à avoir les yeux remplis d'étoiles, jusqu'à ce qu'un Hu Jintao raide comme un piquet et entouré des membres du Comité permanent, dont Xi, tous aussi monolithiques, déclare ouverts les vingt-neuvièmes Jeux d'été. À peine clos ce petit rappel à la réalité du régime, les spectateurs en ont de nouveau plein les yeux quand la flamme fait son entrée dans le Nid d'Oiseau, portée par son dernier relayeur, le gymnaste Li Ning. Grâce au câble à peine visible auquel le sextuple médaillé aux Jeux olympiques de Los Angeles est suspendu, les quelque quatre milliards de paires d'yeux des téléspectateurs alors présents devant leur téléviseur ont l'impression qu'il s'envole dans les airs, puis qu'il court sur le tapis rouge projeté sur l'écran ceinturant le toit du stade… jusqu'à ce qu'il arrive devant la vasque olympique, où il plonge sa flamme, tout cela sous une clameur grandissante.

… bien loin de ce grand silence universel auquel Présage goûte au même moment, sous une voûte céleste criblée d'étoiles, dans son monastère des monts Wudang, où il est revenu il y a un mois, après le décès de sa maman.

La cérémonie terminée, Jolie et Bouillie ont les oreilles qui bourdonnent et eux aussi les yeux remplis d'étoiles, serrés l'un contre l'autre dans le taxi qu'ils ont réussi à héler. La jeune femme ne s'est jamais sentie aussi heureuse, mais également aussi impatiente de faire l'amour avec Bouillie, alors que la voiture les dépose devant chez eux. Cendrillon en est sûre : elle est en pleine période de fécondité. Depuis qu'elle fait Nuage et Pluie avec notre diplomate, son envie d'enfant devient de plus en plus intense.

Ceux qui rient et ceux qui rient moins

Sur un yacht en Méditerranée, Bernard Tapie sable le champagne en famille. L'ancien propriétaire de l'Olympique de Marseille a enfin obtenu ce pour quoi il tarabustait Sarkozy : l'État français, en l'occurrence Christine Lagarde, ministre de l'Économie et des Finances, a avalisé la sentence rendue le 11 juillet 2008 par un tribunal arbitral – dont faisaient partie Pierre Mazeaud, ancien président du Conseil constitutionnel, l'avocat et académicien français Jean-Denis Bredin, et Pierre Estoup, un ancien premier président de la cour d'appel de Versailles, chacun d'eux ayant perçu la modique somme de 300 000 euros pour la peine (!) –, sentence arbitrale condamnant le CDR, la structure de « *defeasance* » du Crédit lyonnais, à verser à l'homme d'affaires 403 millions d'euros, dont 243 millions au titre des dommages, 115 millions d'intérêts et 45 millions pour préjudice moral…

Et tandis qu'à Morteau, où le temps est à l'orage, Georges, qui s'est lancé dans la production de mont-d'or, en profite pour potasser le *Manuel des fromageries* de Jean-Baptiste Munier, la bible des fabricants de fromages publiée en 1858, à Lons-le-Saunier, par cet avocat féru de géographie…

… à Bâle, chez Roche, on se félicite, entre membres du conseil d'administration du géant pharmaceutique, du « plus bas » atteint par le dollar, dont le corollaire est la belle appréciation du franc suisse, sans laquelle l'entreprise n'aurait pas été en mesure d'acquérir la totalité des actions de sa filiale Genentech – dont elle détenait jusque-là 56 % du capital – grâce à une offre publique d'achat d'un montant de près de 47 milliards de dollars, soit avec une prime d'environ 20 % par rapport au dernier cours en Bourse de cette pépite des biotechnologies.

Ce qui fait grincer des dents dans pas mal de chaumières américaines où l'on voyage à l'étranger est une aubaine pour les Suisses. Le principe « Rien ne se perd, rien ne se crée » du chimiste Lavoisier, dont le corollaire pourrait être l'expression « Le malheur des uns fait le bonheur des autres », s'applique à merveille au système monétaire mondial. Les véritables perdants dans l'affaire, outre un millier d'employés de Roche et de Genentech qui y laisseront leur boulot du fait des synergies annuelles évaluées à 800 millions de dollars avant impôts par Roche, seront les malades, qui devront payer, sous forme de hausse du prix des médicaments de Roche et de Genentech, l'amortissement du gigantesque écart d'acquisition, équivalant à la différence entre la valeur nette comptable de Genentech et le prix faramineux payé par le géant pharmaceutique bâlois pour acquérir la totalité des actions de l'entreprise de biotech.

Le conseil d'administration de Roche est terminé. Parmi ses membres on trouve les représentants des familles Hoffmann et Oeri, les plus gros actionnaires de l'entreprise. Dans moins d'une demi-heure, tout ce beau linge se retrouvera dans un salon privé de l'hôtel *Les Trois Rois*, avec vue imprenable sur le Rhin, dont le menu comprend invariablement le potage « écume d'artichauts et truffe du Périgord », en souvenir de Vera Hoffmann, la petite-fille de Fritz Hoffmann-La Roche, le fondateur, en 1894, de l'entreprise.

5.29

LE MERCREDI 24 SEPTEMBRE 2008

Jolie qui rit, et Fleur dans l'expectative

À Pékin, où il sera bientôt 8 heures du soir, Bouillie a hâte de pouvoir dire à Jolie, venue habiter chez lui depuis trois semaines, qu'il a trouvé à louer un appartement avec une chambre de plus. Quant à Cendrillon, elle a décidé qu'elle ne parlerait pas de son retard de règles à son partenaire… au cas où ça porterait malheur, comme elle l'a souvent entendu dire.

Au même moment, Fleur souffle un peu, au volant de son taxi : il y a moins d'embouteillages depuis que les JO sont terminés, ce qui lui a permis faire un détour entre deux courses de façon à passer devant l'immeuble de Bouillie, dont elle n'a plus aucune nouvelle. Ce qui ne l'a pas empêchée de se jurer qu'elle le reconquerrait.

Les interrogations de Daniel Cordier, Irène Frachon ausculte, Cahuzac en Suisse, et une crise financière

Huit heures plus tard, Daniel Cordier est à Cannes, où il vit désormais, dans un appartement situé à deux pas de la Croisette et avec vue sur les îles de Lérins, à condition d'aller sur le balcon et de se tordre légèrement le cou. C'est là qu'il met la dernière main à *Alias Caracalla*, sa bio dans laquelle il se dévoile sans tabou… Comme quoi on peut être homosexuel, se faire traiter de « tafiole » ou de « pédé » tout en étant compagnon de la Libération. Le seul tabou que l'ancien marchand d'art n'a pas osé briser a trait à la sexualité de Jean Moulin. Daniel en mettrait pourtant sa main au feu : entre homos, on se devine de loin. Le coordinateur de la Résistance intérieure n'était pas marié et

Cordier ne l'a jamais entendu parler d'une maîtresse ou d'une quelconque relation intime ; Moulin aimait l'art et savait en parler comme personne, ce dont peut témoigner Cordier, que Moulin emmena à Madrid visiter le musée du Prado ; d'ailleurs, tout préfet qu'ait été Moulin, c'était aussi un excellent dessinateur de presse. En somme, un Moulin des villes et un Moulin des champs, comme dans la fable… Cordier en est persuadé : si son mentor n'a jamais dévoilé son attirance pour lui, c'est en raison du contexte particulier de la Résistance ; Moulin était un homme de devoir, habité par le rôle qui lui avait été dévolu par de Gaulle, lequel faisait partie d'une génération où l'on parlait d'« invertis » ou de « pervers » pour désigner les homos.

Alors Cordier se prend une fois de plus à imaginer que, si Moulin n'avait pas été torturé à mort par la Gestapo, ils seraient tous les deux partis en voyage, pourquoi pas en Italie, par exemple à Stresa, où ils auraient partagé la même chambre au *Grand Hôtel des Îles Borromées*…

Au même moment, à Brest, dans le service de médecine interne et de pneumologie du centre hospitalier universitaire, la médecin Irène Frachon ausculte Mme T., à qui elle a diagnostiqué une valvulopathie – une altération des valves cardiaques potentiellement mortelle. Sur six de ses patients à avoir pris du Mediator, quatre ont développé un syndrome identique, alors que les deux autres souffrent d'hypertension artérielle pulmonaire, une affection pour laquelle il n'existe pas de traitement curatif, et qui, dans sa forme dite primitive, peut nécessiter une greffe des poumons…

… tandis qu'à Genève, au siège de la banque Reyl, est attendu Jérôme Cahuzac, qui y a ouvert un compte puis y a transféré les avoirs qu'il détenait à l'Union des banques suisses (UBS). Un fondé de pouvoir a sorti le dossier bancaire de l'homme politique français, à qui cet établissement a proposé de transférer ses fonds à Singapour, une place financière plus *secure* que la Suisse, devenue « un vrai gruyère », selon le dire de François

Reyl, le directeur général de la banque homonyme, lequel ne manque jamais une occasion de faire de l'humour quand il est en présence d'un client de moins de cinquante ans.

Une heure plus tard, à Metz, Sébastien Arsac filme en caméra cachée les horreurs auxquelles il assiste depuis qu'il s'est fait embaucher en tant qu'opérateur du poste d'aspiration des moelles par l'un des abattoirs de l'entreprise Charal.

Six heures plus tard, à Paris, où il est 21 heures, place de la Concorde, au siège de l'Automobile-Club, c'est panique à bord au dîner du Siècle. Nombreux sont les convives à redouter les conséquences, pour leurs activités mais aussi pour leurs portefeuilles, d'une crise financière qui a déjà causé, outre la chute de Dexia, celle de la banque Lehman Brothers, contrainte, neuf jours auparavant, au dépôt de bilan, faute de pouvoir rembourser ses créanciers… C'est également la preuve du changement sociologique du Siècle, dont les membres des grands corps de l'État, qui constituent l'essentiel du vivier, sont de plus en plus nombreux à pantoufler dans le privé, surtout les inspecteurs des finances… À l'instar d'Emmanuel Macron, entré à la banque Rothschild sur la recommandation de Serge Weinberg après s'être vu refuser l'investiture du Parti socialiste dans la circonscription du Pas-de-Calais, où il souhaitait être candidat aux législatives, et ce bien qu'ayant fait part de son désir de faire de la politique à François Hollande, alors patron du PS, auquel il avait été présenté par Jacques Attali, lors d'un petit déjeuner à trois au *Bristol*.

Un entonnoir en guise de bonnet

Quatre heures plus tard, à Washington, à la Maison-Blanche, George Bush, visage apaisé, n'est pas mécontent de voir s'achever son deuxième mandat… et de laisser à son successeur le séisme financier consécutif à la crise des subprimes et ses multiples répliques qu'affronte son pays. Si Rob Rogers, caricaturiste vedette du *Pittsburgh Post-Gazette*, et Nick Anderson, prix Pulitzer et titulaire de la même fonction au *New York Times*, avaient été présents dans le Bureau ovale, nul doute qu'après avoir observé le président des États-Unis ils l'auraient tous les deux croqué en poule coiffée d'un entonnoir en guise de bonnet et ayant trouvé sur le sol un couteau avec marqué dessus « crise des subprimes ». À celui qui ne sera plus à son poste dans quelques semaines, ils auraient fait dire, dans une bulle sortie de son bec :

— Pauvre Barack ! Il a sûrement pas idée de la fange dans laquelle il va devoir patauger !

5.30

LE VENDREDI 2 JANVIER 2009

Maris et femmes, Fleur a pris neuf kilos

À Pékin, où il est 8 heures du matin, Xi Jinping, rasé de près et cheveux frictionnés à la lotion fortifiante, entre dans la cuisine, où sa femme, sa tasse de thé vert posée devant elle, feuillette le dernier numéro de *Elle*. Cela fait plusieurs semaines que celui qui a été élu vice-président de la Chine le 15 mars dernier dort mal : trop de contrariétés dans le travail quotidien ; toujours se contenir alors qu'on voudrait laisser éclater sa colère face aux turpitudes auxquelles se livre l'entourage de Hu Jintao, sans que ce dernier – cette baudruche ! – daigne hausser un tant soit peu le ton. Xi a toujours écouté Peng. C'est elle qui lui déconseille de trop ruer dans les brancards.

— Attends ton heure, et elle viendra, c'est bien parti pour, ce serait dommage de tout gâcher, voilà ce qu'entend Xi plusieurs fois par semaine de la bouche de son épouse.

Deux minutes après, alors que Xi décide qu'il parlera du capitalisme comme du « ver dans le fruit » devant le Comité permanent, Fleur – qui a pris neuf kilos et garé son taxi à proximité de l'immeuble où Bouillie a emménagé deux jours plus tôt, entre le troisième et le quatrième périphérique – manque défaillir en voyant celui qui fut son amant sortir de chez lui en compagnie d'une jeune femme dont le visage lui rappelle quelque chose… Et dont elle subodore, horrifiée, qu'elle est enceinte, à en juger par son ventre rebondi, que ne parvient pas à cacher l'ample manteau.

Deux heures plus tard, à Moscou, dans une salle à manger au mobilier aussi pompeux que désuet, Vladimir laisse son épouse Lioudmila déposer sur la table des blinis, de la crème et des œufs de saumon.

Leur couple bat de l'aile. Néanmoins, ils continuent de se dire ce qu'ils ont sur le cœur, tels de vieux amis qui se font entièrement confiance. Aussi Vladimir, qui se méfie de tous, tient-il le plus grand compte des avis de sa femme.

Le pouvoir étant une drogue dure, il n'est pas rare que les textes constitutionnels prévoyant un nombre limité de mandats d'un chef d'État finissent à la poubelle, parfois de la main même de ceux qui en étaient les promoteurs. Ce n'est pas le cas en Russie, où, Constitution oblige, Poutine a renoncé à un troisième mandat. Pour autant, il ne s'attendait pas à être si chiffonné depuis qu'il est le Premier ministre de Dmitri Medvedev, qui lui a succédé à la présidence de la fédération de Russie.

Lioudmila fait glisser devant son époux un blini prêt à déguster.

— Tu as tort de t'en faire, Vladimir. Dmitri te sera loyal. Il sait ce qu'il te doit !

— Je sais, Lioudmila. Mais le pouvoir, ça vous change une personne. Et tu connais les exaltations de Dmitri. Quand il part dans ses délires, personne ne peut l'arrêter ! Pour l'instant, il ne se prend pas trop pour le Président, mais demain ?

Poutine arborait jusque-là une moue. À présent, il sourit en revoyant Medvedev derrière le petit bureau disposé perpendiculairement à celui du Président, dans la position de l'élève devant son instituteur.

L214, et Barack Obama encore « citoyen normal »

Il est 9 heures du matin quand, dans un hameau du fin fond de la Haute-Loire, Brigitte Gothière, sourire aux lèvres, lance à Sébastien Arsac, son compère :

— On a déjà mille vues !

Nos deux activistes du bien-être animal ont de quoi exulter. Ils ont eu le nez creux en créant, en lieu et place du collectif Stop Gavage, l'association « L214 éthique et animaux », clin d'œil à l'article L. 214 du Code rural et de la pêche maritime dans lequel les animaux sont désormais qualifiés d'« êtres sensibles ». Grâce à la mise en ligne sur YouTube des images tournées dans l'abattoir de Metz ils ont sacrément accru l'audience de leur combat. Ils comptent l'élargir à d'autres pratiques contraires au bien-être animal, telles que l'écrasement mécanique de poussins vivants, l'élevage intensif des lapins et des poules pondeuses, la façon dont sont massacrés les animaux dans certains abattoirs, ou encore l'aquaculture et l'abus des antibiotiques qu'elle génère dans l'alimentation des poissons.

SpaceX

Trois heures plus tard, aux États-Unis, au siège de la société SpaceX, à Hawthorne, une petite ville située à proximité de l'aéroport de Los Angeles, Elon Musk embrasse le télex par lequel la NASA lui notifie la commande de douze vaisseaux spatiaux et un premier versement de 1,6 milliard de dollars. Un argent sans lequel sa société de lanceurs spatiaux, dont la trésorerie est à sec, aurait été contrainte de déposer le bilan.

Au même moment, à Chicago, Barack Obama entame son dernier parcours de golf en tant que « citoyen normal » en compagnie de son ami proche et futur chef de cabinet Rahm Emanuel. Celui qui, au Capitole, à Washington, prêtera serment dans dix-huit jours sur la Bible, ce qui en fera le quarante-quatrième président des États-Unis, n'est plus tout à fait sûr d'avoir fait le bon choix en se lançant dans la course à la présidence depuis que Rahm, qui s'y connaît en économie et en finances, lui a annoncé, à peine étaient-ils installés dans leur voiturette, que la crise financière en cours risquait d'être encore plus dévastatrice que celle de 1929.

5.31

LE MERCREDI 8 AVRIL 2009

Jade

Située en plein centre de Pékin, la Clinique unitaire du sport appartient à l'Armée populaire de libération. C'est là, dans une chambre spartiate, que Jolie caresse le crâne duveteux et chaud du petit être tout fripé que la sage-femme a sorti du berceau transparent où il était recroquevillé sur lui-même, avant de le déposer sur le ventre de sa maman.

L'enfant s'appelle Jade[1], le matériau d'éternité, symbole de bonté et d'intégrité morale, mais aussi d'immortalité, la pierre philosophale confucéenne, sculptée par les Han depuis des temps immémoriaux et qui fut longtemps bien plus prisée que l'or.

Ce prénom, Jolie l'a choisi. Bouillie n'y est pas pour grand-chose. Il s'est contenté d'acquiescer.

Jade a redressé sa minuscule tête. Les yeux fermés, elle cherche du nez le sein de sa mère, tandis qu'entre dans la chambre la médecin-cheffe du service de gynécologie et obstétrique, la soixantaine, le regard dur comme des œufs cuits pendant sept minutes, des cheveux d'un noir de jais accentuant son côté « amazone n'ayant peur de rien ». Sans sa blouse blanche et son stéthoscope, la colonelle Cerise[2], à qui Battante, qui la connaît depuis toujours, a demandé de superviser l'accouchement de sa petite-nièce, eût été apte à tenir le rôle de l'héroïne du *Détachement féminin rouge*, l'un de ces opéras patriotiques en vogue sous Mao et qui célèbre la façon dont une jeune Han réussit à rejoindre l'Armée rouge, alors qu'elle est poursuivie par le Guomindang, le parti « proaméricain » dirigé par Chiang Kai-shek.

Cerise repartie au bout de deux minutes, c'est au tour de Battante de débarquer dans la chambre, un bouquet de roses rouges dans les bras. La grand-tante est émue aux larmes. La situation lui rappelle sa visite à la clinique de la Clarté, quand Forêt avait accouché de Jolie.

À peine notre ex-championne pongiste a-t-elle posé les lèvres sur le front de Jade qu'elle demande à Jolie si elle a le droit de prendre le bébé dans ses bras.

— Oui, mais fais doucement !

Comme toutes les mères dont c'est le premier-né, Jolie trouve son enfant d'une fragilité extrême, surtout avec cette peau quasi translucide, évoquant la porcelaine « coquille d'œuf », d'une

1. « Yu » en mandarin pinyin.
2. « Cerise » se prononce « Yingtao » en mandarin pinyin.

finesse laissant passer la lumière, et dont les Song du Nord[1] furent les premiers à maîtriser le procédé.

Tandis qu'à la clinique Battante promet un avenir glorieux à Jade, qu'elle berce après l'avoir sortie de son berceau avec des gestes dignes d'un restaurateur de momies égyptiennes, Fleur avale un bol de nouilles aux légumes dans une gargote de la rue des Jonquilles dont le patron fait des réductions aux chauffeurs de taxi. Ses anciens collègues ne la reconnaîtraient pas dans cette femme attifée comme un sac, le visage épaissi et les paupières gonflées par les pleurs sous une chevelure négligée. Depuis qu'elle connaît l'identité de la jeune femme que Bouillie a mise enceinte – Jolie –, dont le visage et le nom s'étalaient un peu partout sur les affiches du spectacle *Cendrillon*, elle alterne entre rage irrépressible et désespoir insondable.

Jalousie

À Tulle, le chef-lieu du département de la Corrèze, où il est un peu plus de 7 h 30 du matin, François Hollande vient à peine de se frictionner le visage après s'être rasé, dans la salle de bains du trois-pièces où il loge quand il se rend dans son fief électoral, que son téléphone portable se met à vibrer. C'est un appel de Valérie Trierweiler, une journaliste de *Paris Match* qu'il a séduite quatre ans auparavant et avec laquelle il vit, corps de danseuse, chevelure blonde, longs cils et regard sensuel, mais d'une jalousie maladive… À côté et sur ce plan-là, Ségolène est une merveille. D'où le coup de fil matinal de la journaliste, histoire de s'assurer que son François n'est pas allé conter fleurette à une sémillante Corrézienne… François Hollande ne décroche pas. Il connaît déjà la tonalité du message que sa compagne lui laissera pour lui demander qu'il la rappelle. Ce qu'il ne compte pas faire dans l'immédiat.

1. La dynastie des Song du Nord régna sur la Chine de 960 à 1127.

5.32

LE VENDREDI 5 JUIN 2009

Currency Wars

À Pékin, où il est 6 heures du soir, dans le parc du Zhongnanhai, Xi Jinping et Wang Qishan font le tour du lac de la Paix, un plan d'eau dont le nom ne correspond en rien au nombre des intrigues et des coups bas qui furent concoctés sur ses rives ou à l'ombre des ginkgos et des érables qui l'entourent.

— Finalement, tu as pu lire *Currency Wars*[1] ?

Si Xi ne s'était pas engouffré dans sa voiture sans attendre la réponse de Wang, ce dernier lui aurait redit le plus grand bien du livre de Hongbing Song, un essai aux relents d'antisémitisme selon lequel la finance mondiale est aux mains d'une poignée de banquiers juifs qui se livrent au *shorting*, action consistant à vendre massivement les devises d'un pays avant que sa monnaie ne s'effondre, à l'instar de George Soros, qui empocha 1 milliard de dollars lors de la crise de la livre sterling du mois de septembre 1992 en jouant contre la monnaie britannique – ce qui ne fit qu'accélérer sa chute.

Le vice-président chinois et l'un des deux vice-premiers ministres du Conseil des affaires de l'État ne sauraient être rivaux : Wang a près de cinq ans de plus que Xi, et il n'a jamais prétendu devenir le Numéro Un.

Chaque vendredi à la même heure, ces deux « vice », comme ils se plaisent à se qualifier pour plaisanter, se retrouvent là, où ils sont sûrs de ne pas être écoutés, les jardiniers du Zhongnanhai, tous des militaires assermentés, arrêtant leur travail à 17 h 30.

---

1. Ce livre sera traduit en France en 2013, sous le titre *La Guerre des monnaies* (éditions Le Retour aux sources).

« Mon stylo s'appelle reviens »

Au même moment, à Pikalevo, une bourgade de la grande banlieue de Saint-Pétersbourg où doit s'ouvrir, le lendemain, le Davos russe, Vladimir Poutine feint de ne pas être à prendre avec des pincettes en sortant de sa voiture, devant des caméras de la télévision disposées dans une cour où l'attendent comme le Messie une centaine d'ouvriers en bleu de chauffe, leur casquette à la main en signe de respect. Six mois auparavant, plus de quatre mille ouvriers travaillaient dans ce complexe industriel géant comprenant une usine d'alumine et deux cimenteries. Elles ont fermé. Parmi ces travailleurs, un certain Ivan B. a écrit à Poutine pour se plaindre que les indemnités de licenciement n'étaient pas versées au personnel, avant de dénoncer une situation « digne des années 1990 ». Le Premier ministre de Russie faisant de l'efficacité gouvernementale une vertu cardinale, il a pris soin de ne pas arriver les mains vides. La veille, il a fait renflouer les trois usines à hauteur d'une somme en roubles équivalente à 1,5 million de dollars. Il est, pour le coup, réellement en colère, lorsque, suivi par un des cameramen, après avoir fendu la haie d'honneur des ouvriers, il pénètre dans la petite pièce où l'attendent des oligarques assis autour d'une table en « U », l'air de cancres auxquels leur professeur s'apprêterait à rendre leurs copies. Parmi eux : Igor Pougatchev, Vladimir Potanine, ainsi qu'Oleg Deripaska, le propriétaire de l'usine d'alumine et de l'une des deux cimenteries, surnommé « le roi de l'aluminium » car actionnaire de Rusal.

Poutine, mâchoires serrées, s'assied dans un silence de mort.

— Pourquoi tout le monde était prêt à fuir comme des cafards avant que je débarque ici ?

Et il ajoute :

— À cause de votre goinfrerie, de vos ambitions mal placées et de votre manque de professionnalisme, vous avez mis des milliers de familles dans la m…

Deripaska n'est pas loin de boire du petit-lait. Il trouve un vrai talent de comédien à Vladimir et il mettrait sa main à couper que, la réunion terminée, ils plaisanteront ensemble ou parleront montres de prix, l'un des péchés mignons de Vladimir Vladimirovitch, comme lors de leur dernière rencontre dans la somptueuse villa de l'oligarque, un palais deux fois plus grand que la datcha de fonction du président de la Russie, que son Premier ministre continue d'occuper.

Mais quelle n'est pas la surprise du roi de l'aluminium, Poutine ayant achevé sa diatribe, de le voir lui mettre sous le nez, à lui, le producteur d'aluminium n'ayant que faire des engrais azotés, un document aux termes duquel Rusal s'engage à acheter mille huit cents tonnes de matières à PhosAgro, un producteur de phosphates, également en capilotade et dont l'usine se trouve à quelques kilomètres de là. Puis le président de la Russie tend son stylo à Deripaska, lequel n'a d'autre choix que d'apposer sa signature au bas du contrat. L'oligarque, troublé, ayant rangé par inadvertance le stylo dans la poche intérieure de sa veste, Poutine, l'air mi-courroucé, mi-rigolard, et toujours sous l'œil du caméraman, lui lance :

— Hé, ho, Deripaska, mon stylo s'appelle reviens !

La Firme

Au palais de l'Élysée, Nicolas Sarkozy a réuni ses collaborateurs, parmi lesquels les rescapés de « la Firme », le nom donné par les journalistes à la poignée de ses proches qui le soutinrent moralement lorsque Cécilia le quitta pour rejoindre le publicitaire Richard Attias à New York.

Comme à l'accoutumée, ce genre de réunion a lieu dans le « Salon vert », la pièce jouxtant le bureau présidentiel, jadis appelé « Salon des ordonnances », puisque c'était là que se tenaient ces militaires chargés de suivre de Gaulle comme son ombre.

À l'Élysée, on est ulcéré par des propos prêtés à l'entourage de François Fillon dans la dernière livraison du *Canard enchaîné*.

D'après ceux-ci, le président de la République serait le grand spécialiste du « tout et son contraire ».

L'air gourmand, le Président prend un morceau de chocolat noir dans une coupelle argentée de chez Christofle. Il dit :

— Ce pauvre François, il sait plus où il habite ! La malédiction de Matignon, que j'vous dis !

5.33

LE JEUDI 8 OCTOBRE 2009

Les tuiles, ça n'arrive pas qu'aux autres (1)

À Pékin, où il est 18 heures, c'est la tuile pour Yvon, qui vient de prendre connaissance de l'e-mail de la directrice des ressources humaines de la maison K. lui annonçant qu'il était mis fin à son contrat, ce à quoi il ne s'attendait pas. Objectifs commerciaux insuffisants… Il est vrai que la Chine a commencé à produire de très bons vins, à la façon bordelaise, depuis que de riches Chinois ont acheté de prestigieux châteaux du Bordelais.

Une demi-heure plus tard, tandis que Battante, récemment nommée directrice générale du sport féminin au ministère des Activités sportives avec rang de vice-ministre, en vertu d'une dérogation en raison de son âge, s'emploie à réconforter Yvon, Jolie et Bouillie nagent dans le bonheur, penchés sur le landau où dort Jade, qu'ils ont emmenée se promener avant que le soleil ne décline.

Les tuiles, ça n'arrive pas qu'aux autres (2)

À Paris, les centristes François Bayrou et Charles de Courson, mais également le socialiste Jean-Marc Ayrault font grise mine, maintenant qu'ils ont été déboutés par le tribunal administratif de Paris de leur demande d'annulation de l'arrêté validant les conclusions du tribunal arbitral relatif au litige opposant Bernard Tapie et le Crédit lyonnais, pris par Christine Lagarde, la ministre de l'Économie et des Finances.

Au même moment, on s'arrache les cheveux à la direction financière et du contrôle de gestion de l'Assistance publique des hôpitaux de Paris, où l'introduction – en 2004 par le ministre de la Santé Jean-François Mattéi – de la tarification à l'acte, dite « T2A », a créé une pagaille monstre. La situation s'est aggravée depuis la promulgation, le 21 juillet, de la loi dite HPST (hôpital, patients, santé, territoires), appelée aussi loi Bachelot, prévoyant que les hôpitaux seront désormais encadrés par des « agences régionales de santé » (ARS).

Le responsable informatique du service a passé une heure au téléphone avec l'ingénieur de Capgemini chargé de la mise à jour du logiciel comptable. En vain. Il dit :

— Ils sont tous devenus fous. Un hôpital, ça peut pas être géré comme une boîte !

Au même moment, à Washington, dans le Bureau ovale, Barack Obama, Timothy Geithner, son secrétaire au Trésor, et Emanuel Rahm sont tout aussi découragés par les propos de Steve Rattner, un banquier star au physique d'acteur de cinéma, que le président des États-Unis a chargé de superviser le secteur de l'automobile, en passe de s'effondrer.

Rattner est agacé. Ce pur produit du système bancaire a le plus grand mal à comprendre les méandres d'un « raisonnement politique », cet étrange mode de pensée qui a fait dire à Obama :

« Pour une fois, on va faire de la politique, je vais empêcher les licenciements chez General Motors, peu importe le prix à payer », en ayant l'illusion de soumettre la réalité du marché à leurs préoccupations du moment, alors même qu'ils ont été élus pour faire prévaloir l'intérêt général.

— Monsieur le président, il me semble que notre priorité est de trouver la personne idoine pour s'occuper de General Motors…

Irrité, Obama ne cille pas. Il en a suffisamment dit, et il a toujours pensé que le *self-control* ainsi qu'un certain détachement devaient être les qualités premières d'un dirigeant. En outre, ce summum du surmoi qu'il incarne ne connaît pas grand-chose à l'automobile et veut éviter de dire la moindre bêtise.

Le président des États-Unis se lève et va regarder à travers la vitre de la porte donnant sur la coursive extérieure, par laquelle il peut se rendre directement dans le jardin.

— À qui pensez-vous, Steve ?

— À Carlos Ghosn, monsieur le président. Il dirige Renault avec brio et il a déjà travaillé chez nous, pour Michelin, le spécialiste des pneus.

— Et pourquoi voudriez-vous qu'un Français accepte de venir sauver notre malheureuse industrie automobile ?

— Pour un bon salaire ! Si mon idée vous agrée, je ferai savoir à Ghosn que nous sommes prêts à doubler son salaire actuel.

Le Président se retourne vers ses interlocuteurs.

— Eh bien, allez-y, Steve ! Au fait, Tim, avez-vous appelé Musk au sujet de ce prêt qu'il nous réclame à cor et à cri pour renflouer Tesla ?

— Oui, monsieur. Je lui ai annoncé le déblocage de 400 millions de dollars. Et il n'a même pas sauté de joie ! Le genre de gars qui en veut toujours plus !

Obama sourit à son chef de cabinet. Et, dans un soupir, il dit :

— Ah, ces « perpétuels insatisfaits ». Ce sont les rois du business.

Alors qu'à Washington Obama n'est pas mécontent de son bon mot, dans les Hamptons, Mortimer et Raymond Sackler font grise mine, tout en visionnant un épisode de *Deux flics à Miami*, une idée de Mortimer : « Ça nous changera les idées. »

La tourmente n'est pas loin de s'abattre sur les propriétaires de Purdue. Outre que les journaux évaluent à près d'un million le nombre des patients désormais dépendants aux opioïdes, trois des managers de leur boîte n'ont pu faire autrement que de reconnaître, sous serment, devant un tribunal de New York, que leur firme n'avait pas été suffisamment transparente s'agissant des risques d'addiction engendrés par l'OxyContin.

Raymond, dont le cerveau a toujours été incapable de décrocher, se tourne vers Mortimer, à moitié assoupi. Il dit :

— Mais comment ces trois idiots ont-ils pu se laisser piéger par un simple petit juge ?

5.34

LE VENDREDI 18 DÉCEMBRE 2009

Écoutes

Au Zhongnanhai, où il fait aux alentours de zéro degré, une fine couche de givre recouvre le lac de la Paix, autour duquel Xi et Wang effectuent leur promenade hebdomadaire. Quand Xi parle à Wang de son idée d'utiliser Wang Lijun pour faire mettre sur écoutes Bo Xilai, Wang cesse de marcher.

— Mais n'est-ce pas l'un des hommes liges de Zhou ?

Xi plisse les yeux, sa façon de montrer qu'il se réjouit, lui à qui le sourire tient lieu de masque, sauf quand il est en présence de sa femme. Il pose sa main gauche sur l'épaule droite de son ami.

— C'est précisément la raison pour laquelle Wang me paraît être la personne idoine : il est au bon endroit, au bon moment. Et vu le nombre de choses qu'il a à se faire pardonner, ça m'étonnerait beaucoup qu'il refuse.

— Et s'il allait vendre la mèche à son maître ?

Xi éclate de rire.

— Entre-temps, Zhou aura été mis dans la confidence par mes soins… Ça calmera ses ardeurs… Le vieux tigre dominant comprend qu'il est sur le déclin lorsqu'un tigre plus jeune ose venir le défier.

Isoméride mon amour

C'est à Paris, au 19, rue des Plantes, dans le 14e arrondissement, qu'Emma, qui vole désormais de ses propres ailes, a installé son cabinet, au deuxième étage droite en sortant de l'ascenseur.

Elle se retient de pleurer devant Maria M., assise en face d'elle. Cette femme d'origine portugaise, la petite cinquantaine, haute comme trois pommes et dont le regard continue de pétiller, lui raconte comment elle a dû subir, neuf mois plus tôt, une double greffe des poumons. Par la suite, elle s'est aperçue qu'elle n'était pas la seule à avoir déclenché de l'hypertension artérielle pulmonaire après s'être vu prescrire cette amphétamine aux vertus amaigrissantes, parce que abolissant la sensation de faim, du nom d'Isoméride.

Pendant ce temps, à Neuilly, le docteur Servier rumine son amertume devant un documentaire sur le Congo dans le petit salon télévision de son hôtel particulier. Le fondateur éponyme du laboratoire ne parvient pas à faire le deuil du Mediator, désormais interdit par les autorités de Santé, lui pour qui ses molécules sont un peu les enfants qu'il aurait aimé avoir : des êtres dociles, compréhensifs, vous rendant au centuple ce qu'ils vous ont coûté… Sans parler du nombre de diabétiques qui vont pâtir de cette absence ! Tout ça à cause d'une obscure pneumologue brestoise !

Après les gorilles, le documentaire montre des sorciers et une statuette hérissée de clous ; il est aussi question de décoctions capables de rendre fous ceux qui les boivent… Les mains de Servier agrippent les accoudoirs du fauteuil Voltaire dans lequel il est assis. Voilà ce que l'enquiquineuse brestoise mériterait !

La COP 15 ou les bonnes affaires du climat

À Copenhague, c'est la fin de la COP 15, au cours de laquelle fut dévoilé le chiffre de la hausse de la température mondiale depuis 1900 : 0,7 degré, alors qu'elle était jusque-là évaluée à 0,5 degré. Mais les experts ont des capacités d'analyse de plus en plus fines et fiables.

Alors qu'au milieu de l'assistance Robert Hansen a le moral dans les chaussettes, les dirigeants non européens de la planète ont été réunis dans une petite salle par le président des États-Unis, qui a réussi à faire venir le Premier ministre chinois Wen Jiabao, son homologue indien Manmohan Singh, ainsi que Lula et Jacob Zuma, respectivement les présidents du Brésil et de l'Afrique du Sud.

Trois heures plus tard, Obama, demeuré insaisissable tout au long du conclave, a fait en sorte que les États-Unis ne se lient pas les mains, répondant ainsi aux craintes des secteurs du pétrole, de l'énergie et de la voiture. Il lui reste à rassurer les compagnies d'assurances, qui avaient réussi à faire échouer la réforme de la santé que Bill Clinton prétendait leur imposer, mais qui s'alarment désormais des coûts potentiels du réchauffement climatique sur leurs bilans… tout en gardant à l'esprit les gains faramineux que cela pourrait leur faire engranger, à condition que le montant des primes soit à la hauteur des risques assurés. Les assureurs yankees ont été rejoints dans leur énorme entreprise de lobbying par les grandes compagnies européennes.

Tout ce beau monde est tombé d'accord pour jeter en pâture aux médias et à l'opinion le chiffre de 1 000 milliards de dollars par an que pourraient coûter les indemnisations des dommages liés au dérèglement du climat.

Au fait, le climat : bonne ou mauvaise affaire ?

Sixième maillon
2010-2019

En France, au-delà de dix ans, un enfant ne salue plus n'importe qui dans la rue, il en va de même, pour un enfant de plus de douze ans, en Chine ainsi qu'aux États-Unis. Au Brésil, un gamin des rues âgé de quatorze ans continue de saluer tout le monde.

6.1

LE JEUDI 7 JANVIER 2010

Philippe Séguin rejoint les étoiles

À Paris, où il est 8 h 30 du matin, Philippe Séguin quitte son appartement du boulevard Suchet avec vue sur le bois de Boulogne et l'hippodrome d'Auteuil, et il ne décolère pas : il vient d'entendre le ministre sarko-juppéiste du Budget, Éric Woerth, vanter, au micro de RTL, les mérites de la loi organique relative aux lois de finances (LOLF) à grand renfort d'expressions telles que « gestion par objectifs », « contrôle de gestion » et autres « mesure de la performance » que n'aurait pas reniées le directeur financier d'une multinationale américaine. Le premier président de la Cour des comptes a plus que jamais l'impression d'être un exilé de l'intérieur.

Dans le hall de l'immeuble, où il a allumé sa troisième clope de la journée, il ressent une vive douleur dans la poitrine, puis s'écroule.

Alors que Séguin vient de partir pour les étoiles à l'âge de soixante-six ans, à Boulogne, au siège de Renault, dont l'État français demeure actionnaire, Carlos Ghosn se félicite d'avoir décliné la proposition de Rattner, même si elle était financièrement alléchante. De fait, depuis qu'il cumule les casquettes de patron de Renault et de Nissan, il peut compter sur la structure néerlandaise dite « alliance Renault Nissan » qui perçoit les *management fees* payés par les deux entreprises – question discrétion et opacité, une vraie pépite où ne risquent pas de mettre leur nez les gens de Bercy, ces technocrates patentés qui siègent au conseil d'administration de Renault, alors qu'ils n'ont jamais mis les pieds dans le moindre atelier ! Quant aux autres membres du conseil d'administration de Renault, ce sont des personnes très policées et disant oui à toutes les propositions de son tout-puissant PDG, dont l'aura a traversé les frontières. Ce qui fait un conseil autrement plus facile à gérer que ne l'aurait été celui de General Motors, composé de banquiers et de représentants de fonds de pension.

Carlos s'apprête à dégainer le plan « *Drive the change* », une feuille de route concoctée par le Boston Consulting Group – moyennant des honoraires de 5 millions d'euros –, censé booster les résultats de Renault, sérieusement écornés du fait de la crise financière, et orienter le constructeur automobile vers la voiture électrique… Le nouveau dada de cet ingénieur des mines libano-brésilien qui se verrait bien marcher sur les brisées d'Elon Musk, son modèle absolu, tant en termes de conduite d'une entreprise que de fortune.

Une fortune que Carlos, qui plisse alors les yeux, ne pourra jamais atteindre. *Encore que…* songe-t-il, tout en demandant, via son combiné téléphonique, à sa fidèle secrétaire de lui apporter un café « très corsé ».

6.2

LE LUNDI 22 FÉVRIER 2010

La voiture inaccessible et le fils ingrat

À Pékin, dans l'appartement dont il a fait l'acquisition grâce à un crédit sur vingt ans, Bouillie, dont les parents ont toujours méprisé l'argent et un certain confort, est plongé dans le site du constructeur automobile Dongfeng. Il rêve de s'acheter une voiture. La possession d'un véhicule est le privilège des cadres supérieurs et des artisans taxis. Mais, pour circuler dans Pékin ou Shanghai, il faut une plaque d'immatriculation, dont le prix est pratiquement équivalent à celui d'une petite voiture. En revanche, le permis de conduire n'est pas un problème. Il s'obtient en moins de quinze jours… Il suffit d'être « persuasif » avec l'examinateur.

À Chengdu, Calèche[1], le second fils de Taureau, dîne en compagnie de Tronc[2], un haut gradé de la police, ancien chef de cabinet de son père lorsque ce dernier était l'homme fort de la province du Sichuan.

Ce « raté de la famille » a toujours reproché à son géniteur de n'en avoir que pour son frère aîné, marié à une Américaine et chargé de gérer les intérêts de la famille. Il s'ennuie à mourir dans la librairie que son paternel lui a achetée l'année précédente. Cela fait des mois qu'il cherche à élucider les circonstances de la mort de sa mère, victime d'un accident de la route alors qu'elle-même et son père étaient en instance de divorce, celui-ci ayant entretemps mis enceinte cette sémillante présentatrice de télévision

1. « Calèche » se prononce « Yunshu » en mandarin pinyin.
2. « Tronc » se prononce « Shugan » en mandarin pinyin.

et nièce du Numéro Un de l'époque. Calèche est d'autant moins persuadé que ce drame est le fait du hasard qu'il a récemment appris que le chauffard, condamné à vingt ans d'emprisonnement pour homicide involontaire, allait bénéficier d'une réduction de peine.

Cela fait plusieurs années que Tronc et Calèche ne se sont pas croisés. Tronc, un gros homme au crâne rasé, plutôt le physique d'un yakusa que d'un commissaire de police, ne se doute pas de la disposition d'esprit de son interlocuteur. Il a été à deux doigts de lui faire faux bond avant de se raviser, de peur que le cadet de Taureau n'aille ensuite le débiner auprès de ce dernier.

Alors que la serveuse a déposé devant les deux hommes un plat de crevettes sautées aux champignons noirs, Calèche, l'air de rien, demande à son vis-à-vis s'il connaît la raison de cette décision judiciaire.

Tronc s'essuie la bouche.

— Comme tout policier emprisonné, mon vieux : en raison de sa bonne conduite ! Comme le chauffard qui a tué ta mère, qui a vu sa peine de quinze ans réduite à quatre ans…

Si Calèche avait porté à ce moment-là à sa bouche une crevette, elle lui serait restée en travers de la gorge, maintenant qu'il considère détenir la preuve que son père a bel et bien organisé l'assassinat de son épouse.

6.3

LE MERCREDI 24 FÉVRIER 2010

Jade au Temple du Ciel

À Pékin, où il fait moins dix sous un ciel sans nuages – ce qui a engendré un pic de pollution –, dans le parc du Temple du Ciel, Jade, en combinaison matelassée bleu roi décorée d'oursons roses, fait ses premiers pas en direction de Bouillie, accroupi trois mètres devant elle. Jolie, aussi émue qu'émerveillée, applaudit, sous le regard attendri d'Yvon, l'air d'un moine taoïste avec son crâne de plus en plus dégarni. Il va pouvoir prolonger de quelques mois son séjour en Chine, car il a décroché un contrat de chargé de l'accueil des VIP au pavillon France de l'Exposition universelle de Shanghai. Il dit :

— On dirait le jeune Siddhartha, quand il a fait ses premiers pas dans les Quatre Directions[1] !

Top Chef

À Paris, où il est 9 heures du matin, au siège de la chaîne de télévision M6, on se réjouit de l'audience de la première de *Top Chef*, une sorte de radio-crochet télévisuel mettant aux prises de jeunes cuisiniers aspirant à devenir des grands chefs, pourquoi pas étoilés par le *Guide Michelin*. C'est donc à raison que Thomas Valentin, le vice-président du directoire de « la petite chaîne qui monte » et à qui l'on doit également *Recherche appartement ou maison* – dont les audiences cartonnent depuis quatre ans –, peut nourrir de grands espoirs, en termes de recettes publicitaires.

1. Siddhartha devint le Bouddha après l'Illumination.

Huit heures plus tard, c'est aussi un grand espoir auquel peut prétendre, s'agissant de sa carrière, Jérôme Cahuzac, maintenant qu'il a été élu à la présidence de la commission des Finances de l'Assemblée nationale, en remplacement de Didier Migaud, bombardé par Nicolas Sarkozy à la tête de la Cour des comptes après le décès de Philippe Séguin. Le député-maire de Villeneuve-sur-Lot estime par ailleurs pouvoir dormir sur ses deux oreilles depuis la fermeture du compte joint que son épouse et lui-même avaient ouvert sur l'île de Man et le transfert vers la banque genevoise Gonet – un petit établissement suisse fondé en 1845 et connu pour sa discrétion – du compte ouvert par son épouse auprès de la filiale suisse de BNP Paribas, et ce sans en avoir prévenu Jérôme, que cela avait mis dans une rage folle.

6.4

LE LUNDI 12 AVRIL 2010

Danser sur le volcan, et Homo denisovensis

Jadis, quand la Terre se rappelait au bon souvenir des humains par le truchement de séismes ou de crues dévastatrices, ils y voyaient le signe d'un courroux des dieux. C'est encore plus vrai en Chine, où nombre d'empereurs furent chassés du pouvoir consécutivement à des inondations ou des tremblements de terre ravageurs, car les gens y voyaient le signe que le Ciel avait retiré à son fils son mandat. Voilà deux ans, après le gigantesque tremblement de terre de magnitude 7,9 au Sichuan, le Numéro Un s'empressa de dépêcher sur place le Numéro Deux, Wen Jiabao, diplômé de géomécanique.

De nos jours, personne, du moins en Europe, ne prendra pour un avertissement divin l'éruption du volcan islandais Eyjafjöll, dont le panache paralyse depuis ce matin le transport aérien sur une bande allant du sud de la France à l'est de la Russie.

Alors que plusieurs dizaines de milliers de voyageurs sont coincés dans les aéroports européens et qu'à Paris Yvon, qui a dû y faire un saut pour signer son contrat avec la COFRES – l'opérateur de la participation de la France à l'Exposition universelle –, craint de ne pas pouvoir repartir de sitôt en Chine, en Allemagne, à Leipzig, dans une salle de l'institut Max-Planck, l'Allemand Johannes Krause et le Suédois Svante Pääbo dansent une sarabande endiablée sous les applaudissements de leurs collègues chercheurs du département de l'évolution humaine. En séquençant l'ADN miraculeusement préservé au sein de la phalange d'un hominidé ayant vécu il y a un peu plus de quarante mille ans, et découverte par des chercheurs russes deux ans plus tôt en Sibérie, à proximité du village de Denisova dans le massif de l'Altaï, ils viennent d'établir qu'*Homo denisovensis*, ainsi qu'ils l'ont baptisé, avait un ancêtre commun avec les Néandertaliens. Cela expliquerait l'existence, chez cette espèce d'hominidés, d'un gène présent chez les populations tibétaines permettant à l'organisme de supporter le manque d'oxygène de la haute altitude.

On aurait bien aimé savoir comment deux hominidés issus de souches différentes en vinrent à avoir des rapports sexuels. Contrairement à la légende, *Homo neanderthalensis* n'était donc pas la brute épaisse qu'on a longtemps imaginée, comparé à *Homo sapiens*.

Pääbo n'a plus trop les yeux en face des trous. Cet anthropologue biologiste, déjà connu pour ses recherches sur le gène du langage, tient difficilement la bière, et ses collègues l'ont obligé à en boire deux verres. Il dit :

— Le genre « homo » est bien plus complexe qu'on ne l'imaginait !

Itaminas devient chinois

À São Paulo, où il est 18 heures, au bar de l'hôtel *Hilton*, Bernardo Paz et sa sœur Virgínia sirotent une caïpirinha, le cœur léger. Ils viennent de signer la vente d'Itaminas, dont ils sont les seuls actionnaires, pour plus de 1 milliard de dollars à East China Mineral Exploration and Development Bureau, une compagnie minière chinoise détenue par la province du Jiangsu.

Jusqu'au dernier moment, Bernardo Paz a craint que cette vente n'échoue. La législation brésilienne est particulièrement restrictive en matière d'entrée de capitaux étrangers dans une entreprise considérée comme stratégique. Ce qui est le cas d'Itaminas… C'est dire si le fondateur d'Inhotim a dû batailler ferme pour convaincre qui de droit…

Il avale son troisième cocktail. Ses yeux brillent. Il sait déjà qu'il va employer la majeure partie de cet argent à marier l'Art à la Nature. Il dit :

— Tu sais, Virgínia, dans les affaires comme dans la vie, on doit faire preuve d'imagination. Et l'argent doit toujours servir à de bonnes causes.

6.5

LE LUNDI 21 JUIN 2010

La journée de la France, Bernard Maris, et Elon Musk

À Shanghai, où il est 21 heures, Yvon, que Battante a rejoint pour trois jours, s'est coulé dans un bain chaud à l'issue de la « journée de la France », qui l'a laissé sur les rotules.

Pendant une Exposition universelle, chacun des pays participants a droit à sa « journée ». Celle de la patrie de Voltaire et de Hugo coïncide avec la fête de la Musique, d'où la présence à Shanghai de Jack Lang et de son épouse, Monique, qu'Yvon cornaque depuis deux jours.

Ce n'est pas le comportement du ministre de la Culture de Raminagrobis, toujours affable et sachant se tenir, bien que très soucieux de son confort, qui a épuisé Yvon, mais celui de la délégation française. Elle comprenait notamment une trentaine de parlementaires – la République française étant bonne fille en matière de voyages tous frais payés de ses élus, ceux-ci étaient fort nombreux, on les comprend, à se bousculer au portillon pour visiter l'Exposition universelle –, ainsi que Bernard Accoyer, le président de l'Assemblée nationale, imbu de sa personne, probablement fort contrarié de n'avoir jamais été ministre, lui-même accompagné d'un staff pléthorique, l'Assemblée nationale s'y connaissant en matière de fonctionnaires choyés.

Les autres jours, le directeur des relations publiques du pavillon français passe le plus clair de son temps à gérer les caprices des VIP français : ces ministres, dont beaucoup jouent au Sarkozy dès qu'ils sont en vadrouille, ces patrons du CAC 40, qui se considèrent, à juste titre, chez eux au Pavillon de la France, même si, à l'exception de LVMH, Lafarge et Sanofi, pas une de leurs entreprises n'a contribué à son financement, malgré les multiples sollicitations de l'État français. Et ne parlons pas de tel cinéaste, archi-connu en Chine, qui refusera de se faire photographier avec des étudiants en cinéma qui déjeunaient au restaurant du pavillon à une table voisine de la sienne, et de tous ces « moi j'ai tous les droits », ces gens habitués à ce qu'on leur tienne la porte, qui vous regardent à peine et ont oublié le mot « merci ». Yvon ne compte plus les heures passées à leur procurer des coupe-file pour visiter les pavillons du Japon, de la Grande-Bretagne, de l'Arabie saoudite et, bien sûr, de la Chine, rouge comme il se doit et dominant l'Expo de sa masse écrasante.

Sorti de son bain, il sirote un café en repensant à l'après-midi du 30 avril : le président français, alors en visite d'État en Chine, inaugurait le pavillon national. L'occasion pour son directeur des relations extérieures d'observer le bal des ministres-courtisans et autres conseillers élyséens papillonnant autour du chef de l'État, beaucoup jouant des coudes pour être sur la photo. Nicolas Sarkozy était accompagné de Carla Bruni, charmante avec Yvon, et d'Alain Delon, ravi d'être la star du jour. Le Président ayant hâte de revenir à son hôtel (un voyage officiel est toujours épuisant, surtout avec un tel décalage horaire), tout ce beau monde avait visité au pas de course le bâtiment de Jacques Ferrier, et c'est à peine si on s'était arrêté devant les chefs-d'œuvre prêtés par le musée d'Orsay, parmi lesquels *Le Balcon* d'Édouard Manet et *L'Angélus* de Millet, que le Numéro Un chinois était venu admirer la veille en catimini, accompagné de quatre membres du Comité permanent.

Tandis que Battante sert un autre café à Yvon, à Paris l'économiste iconoclaste Bernard Maris peaufine une tribune libre dans laquelle il s'interroge sur la nationalisation du système bancaire européen, qui n'aurait pas survécu sans les 450 milliards d'euros que la Banque centrale européenne y a injectés au cours des derniers mois…

… et, en Californie, Elon Musk en est déjà à son quatrième pétard de la journée. D'ici à la fin du mois, l'action Tesla sera cotée à la Bourse de New York aux alentours de 17 dollars, un prix fortement conseillé par la banque introductrice. L'heure de vérité pour le patron de Tesla, qui espère bien lever au minimum 200 millions de dollars.

6.6

LE MARDI 20 JUILLET 2010

Les nourritures terrestres

Spéculations intellectuelles et activités manuelles ne sont pas exclusives les unes des autres. Ainsi, est-ce toujours avec un petit air gourmand que le physicien français Georges Charpak explique à qui veut l'entendre qu'il lui fallut beaucoup « bidouiller des trucs » pour réaliser sa « chambre proportionnelle multifilaire », le détecteur de particules qui lui valut le prix Nobel en 1992.

Dans sa ferme du Haut-Doubs, Georges aurait volontiers employé la même expression devant la pile de lamelles en cœur d'épicéa contre laquelle il vient de coller le nez avec délectation. Elles lui serviront à fabriquer les boîtes dans lesquelles il fera couler son vacherin, qu'il produit avec le lait de ses vaches, et dont la fabrication n'a plus de secrets pour lui, de la thermisation du lait à son brassage puis à son autopressage, en passant par son ensemencement avec de la présure.

Notre ancien journaliste sourit, tout en songeant à ce à quoi il perdrait son temps s'il n'avait pas bifurqué au bon endroit. Peut-être à un article, une fois de plus refusé ; au sujet, par exemple, de la capacité qu'ont les dynasties à se perpétuer non seulement dans les affaires mais également dans le spectacle – il aurait pu donner à lire les noms des Bouygues, des Murdoch, des Depardieu, des Wilson, des Casadesus, des Jugnot et de tant d'autres… ; ou encore au sujet du système bancaire, article dans lequel il aurait, sans le savoir, défendu le même point de vue que Bernard Maris… qu'il n'a jamais croisé. Mais il arrive que les grands esprits se rencontrent.

Fermier jurassien : une fonction dont le but est de donner à manger à ses semblables, si possible en régalant leurs papilles, au point qu'il n'est pas loin de considérer l'expression « nourritures intellectuelles » comme une pure escroquerie, comparée aux nourritures terrestres.

Tandis que Georges trouve que c'est décidément plus utile – et plus jouissif ! – de fabriquer un produit du terroir qui ravira un palais inconnu que de se donner bonne conscience en écrivant une nouvelle tribune que personne ne lira, à Paris, dans son somptueux appartement avec vue sur le dôme des Invalides, Daniel V. se félicite d'avoir été banni par Servier, après avoir dévoré d'une traite le bouquin, en librairie depuis trois semaines, qu'Irène Frachon a écrit sur les ravages du Mediator.

Au même moment, à Neuilly-sur-Seine, au siège de Technip, on a des sueurs froides depuis la réception d'un avis en provenance du Département d'État américain intimant l'ordre au géant français des technologies pétrolières de payer dans les meilleurs délais au Trésor US la somme de 338 millions de dollars, au motif que des pots-de-vin versés au Nigeria par Technip et faisant l'objet d'une enquête en cours l'auraient été en dollars.

L'extraterritorialité judiciaire alliée à la suprématie du dollar : l'arme fatale des États-Unis.

6.7
LE MERCREDI 8 DÉCEMBRE 2010

La Commission militaire centrale, et Jade sourit aux anges

À Pékin, où il est 10 heures du matin, dans un amphi impersonnel du bâtiment 6 du Zhongnanhai, les cent vingt-trois présents, parmi lesquels seulement six femmes, se lèvent comme un seul homme quand Xi Jinping, vêtu d'un treillis repassé de frais, monte sur scène puis s'installe à la place centrale d'une table où sont assis le ministre des Armées, également en treillis, ainsi que les huit chefs d'état-major de l'Armée populaire de libération (APL), reconnaissables au nombre des étoiles sur leurs épaulettes et des médailles sur leurs plastrons. Il n'y a guère que ce ministre et ces huit très haut gradés qui ont été prévenus, certes au dernier moment, que Hu Jintao ne viendrait pas présider la Commission militaire centrale (CMC), mais qu'il déléguait pour cela son vice-président, Xi Jinping.

Dans cette salle surchauffée, l'ambiance est solennelle : ce n'est pas tous les jours que se réunit cette instance de contrôle de l'APL, ce qui fait d'elle un aréopage presque aussi important que le Bureau politique.

S'il est un art que les hauts dirigeants de la Chine pratiquent avec une certaine maestria – la mort de Mao ayant mis fin aux affrontements au grand jour et aux spectaculaires retournements d'alliances entre factions au sein des plus hautes instances du pays –, c'est celui de l'évaluation des chances respectives des trois ou quatre prétendants au poste de Numéro Un de coiffer sur le poteau leurs petits camarades.

Hu Jintao, sachant que Xi a toutes les chances d'être son successeur, a mis en œuvre l'adage – largement pratiqué dans les hautes sphères de tout pouvoir politique – selon lequel, à défaut de maîtriser les événements, on doit feindre d'en être l'organisateur : il a envoyé présider la CMC à sa place celui que tout le monde considérera comme le dauphin qu'il s'est choisi. Ce qui est loin d'être vrai. Avec cet acte d'allégeance envers le Numéro Deux du régime, l'actuel Numéro Un entend prendre auprès de lui une assurance pour l'avenir. Mais cela, seuls Hu et Xi l'ont compris.

De son côté, ce dernier est arrivé à ses fins en appliquant la maxime « Tigre qui somnole reste dangereux ». En d'autres termes : on commence par lancer une salve destinée à intimider l'adversaire, puis on fait comme si de rien n'était, à la façon du cow-boy qui, en même temps qu'il pénètre en sifflotant dans le saloon, écarte légèrement le pan de sa veste, de sorte que tout le monde voie son colt.

Pour Xi, le colt fut l'emploi du mot « eunuque », le surnom dont certains mauvais esprits affublent Ling Jihua, le directeur de cabinet de Hu, un petit homme couleur muraille censé se contenter de son salaire de haut fonctionnaire – auquel s'ajoutent, certes, divers avantages en nature, notamment un confortable logement de fonction. Pourtant, son fils roule en Ferrari…

Jadis, plusieurs Fils du Ciel, et non des moindres, furent trahis par leurs eunuques, ces hommes que les empereurs faisaient castrer avant de s'attacher leurs services, persuadés qu'ils disposeraient ainsi d'un entourage à la fidélité indéfectible. Il est vrai que le premier code pénal chinois plaçait la castration juste avant la mise à mort dans l'échelle des peines encourues par ceux qui enfreignaient la loi.

D'où, il y a trois mois, cet air faussement courroucé de Xi lorsque, après avoir obtenu d'être reçu en tête à tête par le Numéro Un – auquel il avait envoyé le rapport qu'on lui avait fait parvenir sur les écoutes de Bo Xilai, accompagné d'un petit mot demandant cet entretien –, il déclara :

— On avait le gang des secrétaires et celui des épouses ! Maintenant, on risque d'avoir celui des eunuques !

Les membres de la CMC ont bien compris le message de Hu. Deux généraux et trois amiraux s'essuient le front : ils savent qu'ils risquent gros, comme tous ceux qui ont trempé leurs doigts dans le pot de confiture sans trop s'être souciés de Xi, considéré comme un apparatchik sans relief et obnubilé par le marxisme.

Au même moment, à moins de dix kilomètres, dans le coquet trois-pièces où Bouillie et Jolie ont emménagé, Jade sourit aux anges et à sa maman, en train de la langer et de lui dire des mots doux, ce qui permet à celle-ci de découvrir que son bébé a fait sa première dent.

Un quart d'heure plus tard, c'est ce que la fille de Forêt annonce triomphalement à sa grand-tante et à Yvon, venus rendre visite à Jade avec une nouvelle peluche, une souris aux longues oreilles et portant un nœud papillon rouge à pois blancs.

La loi NOME, et le Qatar attributaire de la Coupe du monde de foot

À un peu plus de huit mille kilomètres de Pékin, à Paris, ce matin, la loi relative à la Nouvelle Organisation du marché de l'électricité (NOME), consacrant, à la demande de la Commission européenne, la libéralisation du prix de l'électricité et la fin du monopole d'EDF, est parue au *Journal officiel* après avoir été promulguée la veille par le président Sarkozy. Les fournisseurs alternatifs d'électricité n'attendaient que ça : désormais, ils vont pouvoir s'en mettre plein les poches en achetant à EDF, à prix cassé et pendant quinze ans, 25 % de son électricité nucléaire, qu'ils remettront au prix fort – jusqu'à un multiple de dix – sur le marché « spot » de l'électricité. Et le consommateur, là-dedans ?

Quelqu'un d'autre se frotte les mains, dans son bureau ultramoderne du dernier étage de la chancellerie avec vue sur le dôme du Reichstag. Angela Merkel n'est pas mécontente d'avoir affaibli le géant français de l'électricité.

Au même moment, en Suisse, à Zurich, au siège de la Fédération internationale de football (FIFA) Sepp Blatter, son tout-puissant président, fait grise mine, lui qui était contre l'attribution au Qatar de la Coupe du monde de football de 2022. Pourtant, ce n'est pas le choix du richissime micro-État gazier qui chiffonne le huitième patron de la FIFA, mais plutôt le fait d'avoir été désavoué : il soutenait la candidature des États-Unis. Le football est devenu non seulement un immense business, mais également un enjeu diplomatique.

Blatter, à cet égard, aurait bien aimé être une petite souris sous la table du déjeuner qui s'était tenu le 23 novembre à l'Élysée. Sarkozy y avait convié Michel Platini et le prince héritier du Qatar, Tamim Al Thani, ainsi que son Premier ministre et son ministre des Affaires étrangères.

Cortancyl

Huit heures plus tard, à Des Moines, la capitale de l'Iowa, dans une agence de la banque Wells Fargo, Ruth Epstein, une enseignante à la retraite, n'en revient pas de ce qu'elle vient d'apprendre de la bouche de ce jeune employé, dûment cravaté et aux cheveux gominés, en face duquel elle est assise. Du coup, cette femme aux mains déformées par une polyarthrite rhumatoïde s'est un peu plus tassée sur sa chaise. Alors que Ruth se plaignait du prix du Cortancyl, l'anti-inflammatoire non stéroïdien qu'elle doit prendre trois fois par jour, ce titulaire d'un MBA d'une université de seconde zone a froncé les sourcils.

— Madame Epstein, vous devriez plutôt être contente.

Ruth ouvrant de grands yeux, il ajouta :

— Votre retraite ! Si Bigphama ne faisait pas tous ces bénéfices, votre fonds de pension, qui est lourdement investi dans l'industrie pharmaceutique, se verrait obligé de la diminuer !

Le serpent se mord la queue.

6.8

LE SAMEDI 11 DÉCEMBRE 2010

Écraser le champignon

Deux samedis par mois, Bouillie et Jolie jouent au couple parfait de la classe moyenne supérieure en allant faire leurs courses dans un supermarché Carrefour, et ils ont grimpé un barreau supplémentaire sur l'échelle de la réussite depuis qu'ils s'y rendent dans leur Dongfeng Serena gris métallisé.

C'est donc un père de famille fier comme Artaban qui se trouve, avec son épouse et sa fille, dans cette voiture qui s'engage lentement dans la rue… sous les yeux de Fleur, qui a garé son taxi à une cinquantaine de mètres du portail de la résidence du couple, dont elle surveille les allées et venues.

Méconnaissable avec ses kilos en trop, son regard éteint et ses cernes profonds, l'ancienne petite amie du leader de la révolte étudiante est affublée de lunettes noires et d'une perruque couleur platine achetée la veille dans un magasin de farces et attrapes.

Et si ses anciens camarades de Qinghua savaient ce qu'elle a en tête, cela leur glacerait le sang.

Le cœur de Fleur bat à cent à l'heure au moment où elle démarre. C'est la quatrième fois – et elle compte bien qu'il n'y en aura pas d'autres ! – qu'elle va suivre la Serena jusqu'à ce temple de la consommation, qu'elle s'est mise à haïr, tout comme ces gens qui y sacrifient au culte du dieu Argent, comme ce salopard de Taureau et toutes ces personnes véreuses qui dirigent le pays !

Notre ingénieure chimiste a bien préparé son coup. Les voies d'entrée et de sortie du parking ne sont séparées que par une ligne blanche. Pendant que Bouillie et Jolie feront leurs courses, elle ira poster sa voiture au début de la voie d'entrée et attendra que la Serena sorte. Alors, elle accélérera à fond, avant de se déporter au dernier moment sur la gauche, de sorte que les deux véhicules entrent en collision.

Fleur a les mains crispées sur son volant. Surtout ne pas flancher au dernier moment. Ne pas se laisser envahir par le doute et le remords.

Aller jusqu'au bout. Venger l'affront. Au nom de Temple, résister à la tentation de faire marche arrière.

Après avoir inspiré profondément, elle écrase le champignon de toute la force de son pied.

Giverny et WeWork

En Normandie, à Giverny, le village où le peintre Monet peignit ses fameux *Nymphéas*, Patrick et Isabelle Balkany sont assis devant la cheminée du salon du somptueux moulin qu'ils ont acheté moyennant une bouchée de pain, cela fait une trentaine d'années, car il tombait en ruines, et dans lequel ils ont effectué des travaux pharaoniques.

Isabelle n'est pas tranquille depuis que son notaire lui a confirmé qu'il lui serait difficile de rapatrier en France, sans éveiller l'attention du fisc, le magot de ses parents, dont elle a hérité et qui se trouve toujours en Suisse. Cela fait une dizaine de minutes qu'elle parle de ses inquiétudes à son mari, qu'elle admire, même si elle l'a toujours considéré comme un peu trop flambeur, ce qui l'avait amenée à rompre avec lui. Le couple s'est rabiboché, tels deux boxeurs lassés de se donner des uppercuts, pour reformer cette alliance dont la politique constitue le ciment, notamment à Levallois, dont Patrick arracha la mairie à un communiste en 1983. Elle finit par lâcher à Patrick :

— J'ai peur que la corde finisse par se rompre à force de tirer dessus.

Le député-maire de Levallois a retiré de sa bouche son cigare gros comme un barreau de chaise.

— Tu rigoles, Isabelle ! Tant que je suis parlementaire, on ne risque strictement rien !

Patrick n'a pas complètement tort. De tout temps, les services fiscaux se sont interdit de procéder au moindre contrôle des parlementaires, dont une partie des revenus sont constitués par les frais de mandat, pour lesquels ni l'Assemblée nationale ni le Sénat ne demandent le moindre justificatif. Une véritable exemption fiscale qui se perpétua sous Giscard d'Estaing, pourtant ancien ministre des Finances, puis sous Mitterrand, au grand dam de Michel Charasse, alors ministre du Budget, qui voulait utiliser le « bâton fiscal » pour remettre dans le droit chemin certains députés socialistes un peu trop indépendants à son goût.

Tandis que les propos de son époux n'ont qu'à demi rassuré Isabelle, à Paris, au numéro 34 de la rue des Écouffes, dans le Marais, Geneviève L. passe en revue les petites annonces immobilières du *Figaro*. Cette ancienne professeure de harpe au Conservatoire national de musique dort mal depuis que ses voisins louent leur appartement à des touristes via la plate-forme Airbnb. Au début, c'était quelques jours par mois. Désormais, c'est tout le temps, car les propriétaires sont partis vivre en Normandie. Bien que très attachée à son quartier, Geneviève L. n'en peut plus de ce va-et-vient perpétuel dans l'escalier étroit de cet immeuble ancien dépourvu d'ascenseur. Elle aimerait bien déménager, mais les prix de l'immobilier dans Paris l'en empêchent, constate-t-elle en refermant son journal d'un air accablé.

En revanche, à New York, dans un salon de l'hôtel *Plaza*, s'il y en a un à n'être pas accablé, c'est Adam Neumann, le flamboyant fondateur de WeWork, une boîte qui compte mettre des bureaux qui se veulent glamour à la disposition des entreprises, moyennant de coquettes sommes.

Tout feu tout flamme, catogan et boucle à l'oreille gauche, Neumann déambule en faisant de grands gestes devant les quelque cinquante banquiers et « *business angels* » – parmi lesquels un représentant de SoftBank, le mégafonds nippon fondé par Masayoshi Son avec de l'argent saoudien – auxquels il compte soutirer plusieurs centaines de millions de dollars en leur faisant valoir que WeWork appartient bien au secteur de la tech et non à celui du vulgaire immobilier de bureau.

— Dois-je vous prévenir que nous ne gagnerons pas d'argent avant longtemps, tout comme Amazon ? Mais comptez sur nous pour capter le marché ! ajoute ce gars au culot d'acier et aux allures de gourou face à une assemblée buvant ses propos et de plus en plus en extase.

Surtout, ne pas promettre aux investisseurs des bénéfices avant longtemps, mais leur faire miroiter la conquête de parts de marché par écrasement de la concurrence.

6.9

LE VENDREDI 18 FÉVRIER 2011

Neil Heywood déchante

À Chongqing, où il est neuf heures moins cinq du matin, le cabinet d'avocats Kailai Law est signalé par une simple plaque de cuivre noyée au milieu des autres, accrochée au mur derrière le comptoir d'accueil du hall en marbre et faux palissandre de ce luxueux immeuble de bureaux. Pourtant, aucun de ses occupants – parmi lesquels BlackRock, le plus grand fonds d'investissement au monde, quatre des « *big five* », comme sont surnommés les géants américains de l'audit et du conseil, ainsi que la dizaine de cabinets internationaux d'avocats qui y ont installé leurs bureaux – n'ignore que, quand on est une entreprise étrangère et qu'on prétend travailler dans la mégalopole on a intérêt à faire appel aux services de Gu Kailai, la femme de Gueule d'Ange, dont les bureaux se trouvent au vingtième étage.

C'est là que se rend Neil Heywood, qui, après avoir montré patte blanche à l'hôtesse, s'est vu ouvrir le portillon de verre qui permet d'accéder aux ascenseurs. Neil n'aime pas trop venir dans les bureaux de Gu, étant donné le nombre de caméras de surveillance dont on doit traverser le champ avant d'y arriver. D'habitude, l'épouse de Bo Xilai et lui-même se voient au restaurant, toujours le soir. Raison pour laquelle cela l'a chiffonné qu'elle l'ait appelé vers 7 heures du matin, soit aux aurores pour lui, pour le supplier de passer la voir de toute urgence.

Tout aussi chiffonnée, Gu n'est pas maquillée, son visage est ravagé par l'angoisse, et elle, qui d'ordinaire est toujours toute pimpante, est attifée comme l'as de pique.

À peine Neil est-il entré dans son bureau qu'elle lui lance d'une voix étranglée :

— Bo est très inquiet. Il pense que c'est cuit pour le Comité permanent, et il craint les manœuvres de Xi.

Et après s'être approchée de la baie vitrée avec vue imprenable sur la ville, elle ajoute, en tournant le dos à Neil, comme si elle craignait de l'affronter :

— Nous devons cesser toute collaboration, Neil. Il en va de notre avenir, à Bo et à moi.

L'Anglais n'en croit pas ses oreilles.

— Y compris les fiducies *offshore* ? Et celle de la villa de Cannes ?

— Tout, il faut absolument tout dénouer !

— Et moi, là-dedans, qu'est-ce que je deviens ?

Neil fait allusion aux montants qu'il devait toucher lors de la vente des actifs de ces sociétés fiduciaires auxquelles il sert de prête-nom.

Gu joint les mains.

— Crois-moi, Neil, on te revaudra ça. Tu m'as vue ne pas tenir mes engagements ?

L'Anglais fulmine. Il se retient de répondre « oui » et de dire enfin ses quatre vérités à Gu, qu'il a vue maintes fois rouler dans la farine quantité d'hommes d'affaires d'ici et d'ailleurs. Il préfère articuler d'une voix blanche :

— Bo est dans le collimateur ?

L'avocate acquiesce avec un regard sombre, tandis que Neil ajoute, en se dirigeant vers la porte :

— Je dois réfléchir, Gu, tout cela est trop important, et tu m'as pris de court !

— Neil, sois raisonnable ! Nous sommes tous dans le même bateau !

Tandis que l'Anglais se dirige d'un pas mécanique vers l'ascenseur, à Pékin, où il neige abondamment, Jade, habillée comme une cosmonaute, rit aux éclats en tapant avec une pelle en plastique sur l'énorme bonhomme de neige qu'Yvon, qui ne la quitte pas du regard, l'a aidée à construire au pied de l'immeuble.

Rien à déclarer

À Paris, dans une salle de l'UGC Cité Ciné Les Halles, Emma n'a pas cessé de rire devant *Rien à déclarer*, dont le générique défile sur l'écran. Elle qui ne va jamais au cinéma avait sacrément besoin de se changer les idées, après ces heures passées à décortiquer les dossiers des victimes du Mediator et de l'Isoméride qui ont fait appel à elle.

Hybride de musée et de conservatoire botanique

À Brumadinho, où la chaleur et l'humidité sont accablantes, un ouvrier a planté le deux millième palmier d'Inhotim devant les autorités locales et la centaine d'employés du jardin-musée de Bernardo Paz. Ce dernier revient de Davos, où il a discouru, face à une assistance des plus clairsemées, sur les rapports entre art et philanthropie. Juché sur une petite estrade, il déclare :

— Nous continuerons à construire cet hybride de musée et de conservatoire botanique. Plus que jamais, nous croyons que l'art et les plantes sauveront le monde.

6.10

LE SAMEDI 19 MARS 2011

Survivante

Même si l'espèce humaine est une survivante, tout le monde n'est pas un survivant. Il faut pour cela avoir traversé, comme on dit, le rideau de flammes. C'est le cas des enfants qui ont frôlé la mort et perdu leurs parents dans le même accident.

Comme Jade, la seule à ne pas avoir péri dans la collision entre la voiture de Bouillie et le « taxi fou », comme l'ont qualifié les journaux. À présent, elle dort tel un ange sous le regard attendri et émerveillé de Battante et d'Yvon, qui l'ont recueillie.

— La petite n'a rien, c'est un miracle !

L'un et l'autre se souviendront longtemps de ces mots du médecin urgentiste, à l'hôpital où Jade avait été transportée pour des examens complémentaires, après que les pompiers, arrivés très vite sur les lieux de l'accident, l'eurent extraite, à l'aide d'une pince hydraulique, de l'amas inextricable de tôles qui enserrait les corps sans vie de Jolie et de Bouillie, et cela au prix d'infinies précautions, car elle était couverte de sang, dans son siège bébé.

De l'accident, Battante a gardé la pochette tachée de sang de sa petite-nièce, retrouvée par les pompiers dans la carcasse de la voiture. À l'intérieur, outre les papiers d'identité et deux cartes de crédit, il y avait un Vajra Phurba, qu'elle avait examiné avec curiosité, avant de le ranger dans un tiroir.

6.11

LE MERCREDI 30 MARS 2011

Poutine et Choïgou

Dans sa *datcha* de fonction des environs de Moscou, Vladimir Poutine, pull à col roulé et jeans, prend le thé avec Sergueï Choïgou, son vieux complice originaire de Sibérie, lui-même en treillis de chasseur d'ours. Choïgou, ministre de la Défense civile, de la Gestion de situations d'urgence et de l'Atténuation des effets des catastrophes naturelles, a acquis sa notoriété grâce à ses fréquentes apparitions à la télévision, en tenue de secouriste et à la tête d'équipes de sauveteurs. Cet art de la mise en scène lui vaut d'être perçu par les Russes comme leur « saint-bernard ». À ce titre, il faisait partie des dauphins putatifs d'Eltsine, avant de se ranger derrière Poutine en fondant avec lui le parti « Russie unie ». Les deux hommes se rencontrent régulièrement en tête à tête. Poutine connaît comme sa poche son Choïgou, sa soif de considération et son goût pour les uniformes militaires ; bien que l'intéressé n'ait jamais servi dans l'armée, le président russe l'a élevé, en 2003, au grade de général cinq étoiles.

Face à Choïgou, dans le corps massif duquel coule du sang asiatique et qui, accoutré comme il l'est, pourrait passer pour un descendant de Gengis Khan, Poutine est furax : depuis une semaine, la France et la Grande-Bretagne, outrepassant le cadre de la résolution n° 1973 du Conseil de sécurité de l'ONU adoptée le 17 mars et qui prévoit « une zone d'exclusion aérienne au-dessus du territoire libyen afin de protéger les populations civiles », envoient leurs avions de chasse bombarder la Libye, où une partie de la population s'est révoltée contre le régime de Kadhafi, lequel a menacé d'anéantir Benghazi.

Serrant sa tasse jusqu'à en faire blanchir ses phalanges, celui qui a été élu pour la troisième fois à la tête de l'État russe peste contre les conséquences de « ces Printemps arabes de m... », comme il dit, ces révoltes déclenchées un peu partout au Moyen-Orient à la suite de l'immolation par le feu d'un petit marchand ambulant tunisien. Il ajoute :

— On s'est fait complètement baiser par Obama, Cameron et Sarkozy ! Si j'avais su, j'aurais bloqué cette résolution qu'ils prennent pour un blanc-seing, alors que ce texte ne parle pas de bombardements.

Le ministre des Catastrophes naturelles fronce les sourcils. Quand Poutine se met en colère, on ne sait jamais jusqu'où ça peut aller. Il dit :

— Mais Sarkozy et Cameron prétendent que si leurs aviations n'étaient pas intervenues, les habitants de Benghazi auraient été bombardés par celle de Kadhafi.

Le Numéro Un russe a appris l'art de changer subitement de registre pour mieux impressionner un interlocuteur. D'où son air amusé lorsqu'il rétorque :

— Qui est composée d'avions français. Des Mirage ! Quels c..., ces Français ! Ils détruisent leur propre matériel !

Le Sibérien se lève.

— Des réunions m'attendent au ministère. Mais tu ne me feras quand même pas dire que Kadhafi n'est pas un dictateur inflexible.

Poutine éclate de rire.

— Un dictateur inflexible de mes deux. Je dirais plutôt un gars drogué H 24 au Captagon.

Adoption impossible en Chine

À Pékin, où de plus en plus de couples américains se pressent pour ramener aux États-Unis des enfants qu'ils ont adoptés – de préférence des bébés de moins de six mois –, Battante et Yvon discutent de l'avenir de Jade, tout en la regardant jouer avec un baigneur en celluloïd sur le tapis de la salle de séjour.

Après trois semaines passées à potasser le sujet, ils ont découvert qu'il n'existe pas de loi chinoise relative à l'adoption, et que le cas des enfants adoptables n'est mentionné qu'une seule fois dans celle concernant le mariage, un pavé dont l'objectif, comme il est écrit dans son préambule, est de « libérer la masse des Chinois et des Chinoises – des Chinoises surtout – du système matrimonial arriéré, au profit du nouveau système, afin d'accélérer l'édification politique, économique et culturelle du peuple chinois ». D'une lecture en creux, on pourrait déduire qu'un orphelin de père et de mère, à défaut d'être pris en charge par le Parti, pourrait être adopté par des ressortissants étrangers dès lors que ceux-ci peuvent apporter la preuve qu'ils disposent des moyens d'assurer son éducation ; la nationalité chinoise pourrait lui être accordée à sa première demande, dès l'atteinte de sa majorité.

Mais dans ce genre de texte, tout est affaire d'interprétation. Depuis qu'il en a tiré cette conclusion, notre ancien jésuite songe à une adoption en France. Marchant sur des œufs, il dit :

— Jade serait plus heureuse au pays de Victor Hugo qu'à Austin ou San Francisco.

Battante ne répond pas. À ses yeux, Jade étant née en Chine, et étant donné la conception qu'ont les Han de leur nation en tant que centre du monde, sa petite-nièce ne pourra être élevée qu'en Chine. Et elle console la petite, qui s'est mise à pleurer, car elle n'arrive pas à passer un pull à son poupon.

Iconiques iPhone et iPad

À Washington, dans le Bureau ovale, entre Barack Obama et Emanuel Rahm, ce n'est pas de l'inflexibilité de Kadhafi qu'il est question, mais plutôt de l'insuffisante flexibilité du marché du travail américain, comme Steve Jobs l'a expliqué, dans cette même pièce, deux jours plus tôt, au Président, qui avait demandé au patron d'Apple la raison pour laquelle les objets iconiques que sont ses iPhone et ses tablettes iPad n'étaient pas fabriqués sur le sol américain. « Putain, Steve, faites pour une fois quelque chose de bien ! »

Mary, la secrétaire particulière, passe une tête.

— Monsieur le président, le Premier ministre britannique souhaite vous parler. Il propose de vous appeler à 13 heures.

— OK, Mary !

En réalité, le président des États-Unis ne sait pas trop ce qu'il va raconter à David Cameron. Il n'a aucune envie de fourrer son pays dans le guêpier libyen, lui qui pensait que la Russie mettrait son veto à la résolution 1973, et pour qui l'avenir se trouve davantage en Asie qu'en Europe. Par ailleurs, les subtilités de l'Orient compliqué, auquel il ne comprend pas grand-chose, l'ont toujours laissé de marbre.

Un peu plus de quatre heures plus tard, il raccroche, après avoir renvoyé le Premier ministre britannique vers Hillary Clinton : « Hillary te dira tout. Tu sais, elle a sur cette affaire un point de vue beaucoup plus arrêté que le mien. »

6.12

LE LUNDI 2 MAI 2011

Dépakine et autisme

À Paris, où il est 14 heures, Emma s'apprête à recevoir Mme G., dont le garçon, âgé de six ans, a été diagnostiqué autiste. Mme G. fait partie des patientes auxquelles de la Dépakine fut prescrite au cours de leur grossesse ; elle a l'intention de porter plainte contre Sanofi, dont la presse a annoncé, au mois de février, l'acquisition de la biotech américaine Genzyme pour la modique somme de 20 milliards de dollars.

Oussama kaput

— Monsieur le président, puis-je dire OK de votre part au capitaine O'Neill ?

À Washington, où il est 4 heures du matin, dans la Situation Room du sous-sol de la Maison-Blanche, d'où le Président a la possibilité de détruire la planète, Barack Obama tourne le pouce vers le bas à l'intention de l'auteur du propos, Leon Panetta, le patron de la CIA, qui vient d'apprendre sa prochaine nomination comme secrétaire à la Défense.

Huit minutes plus tard, Obama félicite directement par téléphone Robert O'Neill, du groupement des Navy Seals Team Six, qui a tué Oussama Ben Laden après avoir tiré deux balles dans la tête du fondateur d'Al-Qaïda, la première au-dessus de l'arcade sourcilière gauche de l'individu le plus recherché de la planète.

Dix minutes plus tard, le président des États-Unis apparaît à la télévision, et, après avoir expliqué qu'il avait, au départ, donné l'ordre de capturer Ben Laden afin de le traduire en justice, mais que le chef d'Al-Qaïda avait péri au cours de l'assaut, il conclut :

— Justice a été rendue.

6.13

LE JEUDI 13 OCTOBRE 2011

Le « réseau SNCF »

La Cour des comptes prévient toujours avant de lâcher ses limiers, et ses magistrats enquêteurs ne débarquent jamais sans prévenir leur cible. Ce sont des gens polis. Le contraire des cow-boys des impôts ou de la douane judiciaire, habitués à tirer sans sommation.

C'est ainsi que tout l'état-major de la SNCF sait que les limiers de la rue Cambon vont se pointer et qu'ils ont dans leur collimateur les quelque 200 millions d'euros annuels que l'entreprise ferroviaire consacre, depuis 2007, à ses dépenses de communication.

À la direction du contrôle de gestion, c'est le branle-bas de combat. Guillaume Pépy a fait descendre la consigne : mettre avant tout en exergue que 200 millions d'euros, c'est moins de 1 % du chiffre d'affaires de la boîte. Il n'empêche que beaucoup parmi les petites mains – payées à peine un peu plus que le SMIC – chargées d'éplucher les factures des fournisseurs trouvent que la direction va un peu vite en besogne en croyant s'en tirer avec ce simple argument. Contrairement aux cadres de la direction du contrôle de gestion, la plupart fraîchement émoulus d'une école de commerce, aux yeux desquels la parole de Pépy est forcément d'Évangile… À l'exception d'Antony, un auditeur interne de base, qui détonne avec son piercing à l'arcade sourcilière gauche. S'il trouve normal qu'une entreprise de transport telle que la SNCF ait besoin d'informer ses clients, il s'étonne des sommes faramineuses que Pépy dépense annuellement en contrats avec des agences de lobbying et de communication *corporate*, des 2 millions d'euros qu'a coûté le séminaire organisé à Tanger le mois précédent et auquel participaient six cents cadres – chacun s'est vu offrir une tablette informatique – ou encore des 7 millions d'euros dépensés à l'occasion de l'« Art entre en gare », une improbable manifestation organisée en 2007 à l'occasion des soixante-dix ans de l'entreprise… Pépy a la chance qu'Antony soit un adepte du surf, une passion l'amenant très souvent à Biscarosse et sans laquelle l'intéressé aurait volontiers joué les lanceurs d'alerte en dénonçant cette façon qu'a le patron des chemins de fer d'accroître son réseau et de se créer des obligés, façon rendue possible dès lors qu'on dirige une entreprise ayant l'État – autrement dit : personne n'y ayant mis ses sous ! – comme actionnaire. Cela n'a pas empêché ledit surfeur de s'interroger sur un éventuel lien de cause à effet entre la nomination, par Sarko, à la présidence de la SNCF de Pépy, pourtant venu de la gauche, en lieu et place d'Anne-Marie Idrac, dont il était le numéro deux, et l'octroi par la SNCF d'un juteux contrat de conseil à une entreprise fondée par celui-là même qui était, encore il y a peu, le conseiller social du président de la République.

Au même moment, à Tulle, chef-lieu du département de la Corrèze, François Hollande déjeune au restaurant *Le Central* en compagnie de René Teulade, son mentor et père spirituel. Ce sénateur-maire d'Argentat avait ouvert les portes de la Corrèze à ce jeune technocrate sans l'ombre d'une attache dans le coin qu'était Hollande, quand il s'était présenté contre Jacques Chirac aux élections législatives de 1981. Membre du Grand Orient de France, Teulade demeurait l'incontournable figure tutélaire de la toute-puissante Fédération de la mutualité française lorsqu'il avait été nommé ministre des Affaires sociales dans le gouvernement de Pierre Bérégovoy, avant de se voir condamné en première instance par la justice pour abus de bien social au détriment de la mutuelle-retraite de la fonction publique, au motif qu'il occupait, rue de Solférino, à deux pas du siège du PS et face au musée de la Légion d'honneur, un appartement appartenant à celle-ci moyennant un loyer particulièrement avantageux.

Cet homme au regard vif lève son verre en direction de son poulain.

— Mon p'tit François, à quoi on peut dire merci !

Et alors que l'ancien compagnon de Ségolène Royal affiche un air étonné, Teulade se met aux rire aux éclats.

— D'abord à la braguette de Dominique, et ensuite, au sens de la famille de Ségolène !

6.14

LE MARDI 15 NOVEMBRE 2011

Un gars pété de tunes, et Neil Heywood dans la mouise

À Pékin, où il sera bientôt 19 heures, Yvon, qui a couché Jade, déclare à Battante, qui vient de rentrer exténuée du travail :

— J'aimerais faire découvrir la France à la petite.

— Bonne idée !

Si la vice-ministre des Sports avait su ce qu'Yvon avait derrière la tête, sa réponse n'aurait pas fusé de la sorte.

De fait, notre ancien jésuite ne l'avouerait jamais à sa femme, mais sa décision de passage à l'acte s'est produite la veille, dans ce restaurant où Battante l'avait traîné pour dîner. À une table voisine, il y avait ce sous-ministre chargé des Infrastructures sportives ; le gars pété de tunes, à en juger par sa montre et sa Porsche Cayenne. Pas étonnant, dès lors que vous êtes malhonnête et que vos fonctions vous permettent de mettre votre nez dans les marchés de construction de stades, de piscines et autres salles de sport.

« Les orphelins de la nation bénéficient de sacrés avantages : dès cinq ans, ils deviennent internes, jusqu'à leur entrée à l'université, dans des établissements d'élite, où ça bosse dur, mais pour la bonne cause. » Et l'intéressé, les yeux toujours fixés sur Battante, de conclure, l'air entendu : « En plus, t'auras droit à une visite par mois, et la petite n'aura aucune difficulté à entrer dans les Jeunesses communistes. La voie royale pour faire du business. »

Depuis, ce qui chiffonne le plus Yvon, c'est que Battante n'a toujours fait aucune allusion aux propos de ce communiste par opportunisme.

Deux heures plus tard, à Chongqing, depuis sa chambre de l'hôtel *Hyatt*, Neil Heywood actionne la procédure, via un coup de fil en langage codé à la secrétaire particulière de l'ambassadeur du Royaume-Uni en Chine. Grâce à elle, il a fait savoir à son interlocuteur du MI6, le service de renseignement britannique, qu'il a des informations intéressantes à lui communiquer. En dix mois, l'Anglais s'est déjà rendu à deux reprises à Hong Kong pour remettre à un agent du MI6, dont il ignore l'identité réelle, l'enveloppe dans laquelle se trouvent des informations relatives aux agissements de Bo Xilai et de son épouse. Ce n'est pas de gaieté de cœur que Neil Heywood est devenu informateur. Il y a un an, les gens des services spéciaux de Sa Majesté la reine Elisabeth l'ont contraint à choisir : ou il collaborait, ou on le déférait devant le Serious Fraud Office, l'agence britannique chargée de poursuivre la fraude fiscale et la corruption dès lors que leur montant dépasse le million de livres sterling. Or, Neil en doit beaucoup plus au Trésor britannique, selon le document qui lui avait été glissé sous le nez avant qu'on lui mette ce marché en main.

L'Anglais ne sait toujours pas ce qu'il va raconter à son officier traitant, compte tenu de sa dernière conversation avec Gu, quand il entend frapper à la porte de la chambre. C'est un serveur avec un side-car, le cocktail qu'il prend d'ordinaire pour se déstresser et qu'il a commandé au bar de l'hôtel. Une minute plus tard, à peine bue la moitié du verre, Neil a la tête qui lui tourne et il a très envie de vomir. Puis il s'effondre.

Le groupe de la Rotonde

À Paris, rue Raynouard, dans le 16e arrondissement, Jean-Pierre Jouyet a réuni chez lui le « groupe de la Rotonde », du nom donné à ces brillants esprits issus de l'ENA – parmi lesquels Emmanuel Macron – qui phosphorent sur le volet économique du programme de François Hollande, que les hormones et l'absence de surmoi de Dominique Strauss-Kahn auront permis de devenir le candidat du Parti socialiste à l'élection présidentielle.

Au même moment, au Quai d'Orsay, dans le bureau tristounet du directeur de cabinet du ministre Alain Juppé, Hervé Ladsous, ancien chef de poste à Pékin, soupire après avoir pris connaissance du dernier télégramme d'Éric Chevallier, ambassadeur à Damas, que vient de lui apporter le directeur Moyen-Orient. Il dit :

— Encore des wagons de louanges pour Bachar ! Incroyable, cette propension qu'ont nos gars à prendre systématiquement fait et cause pour les régimes des pays où ils représentent la France ! Un ambassadeur, ça n'est pas fait pour être l'avocat des causes perdues !

6.15

LE LUNDI 6 FÉVRIER 2012

Le sparadrap

À Chengdu, au consulat général des États-Unis, le consul adjoint, un certain R. S., n'en croit pas ses oreilles. Cet individu qui vient de lui tendre sa carte professionnelle, après avoir demandé à s'entretenir avec le consul général et que R. a été prié de recevoir *illico*, n'est autre que Wang Lijun, le bras droit de Bo Xilai, surnommé « le nettoyeur » du fait de son rôle, en tant que maire adjoint de Chongqing, dans la lutte contre le crime organisé. Au dire de l'intéressé, c'est Gu Kailai, l'épouse de Bo, qui a fait empoisonner le ressortissant britannique Neil Heywood. Et Wang de poursuivre sa diatribe en accusant Bo d'être « le plus grand gangster de Chine », avant de raconter comment lui-même fut placardisé quand Bo s'était aperçu que son bras droit en savait un peu trop.

R. tombe des nues… jusqu'à ce qu'il se rue chez le consul général, son visiteur lui ayant annoncé qu'il demandait l'asile politique.

Cinq minutes plus tard, cinq véhicules, trois de la police et deux des pompiers, surgissent en trombe, gyrophares allumés et sirènes hurlantes, au pied de l'immeuble. Arrivée à laquelle Peter Mark Haymond, le consul général, et son acolyte ont pu assister, depuis la fenêtre du bureau de Peter.

Les sirènes se sont tues et un attroupement a commencé à se former. Le consul appelle sa secrétaire au téléphone.

— Kate, contactez immédiatement Gary ! Dites à son assistante que c'est très urgent.

En moins de trois minutes, la liaison est établie entre Peter Haymond et Gary Locke, l'ambassadeur des États-Unis en Chine, alors en pleine partie de golf. Cet ancien secrétaire au Commerce d'Obama a été envoyé à Pékin pour faire en sorte que la Chine mette le moins possible de bâtons dans les roues aux produits et services américains – surtout les grandes banques de Wall Street et les géants du Net. Imaginez un gars en train de siroter un martini dry au bord de sa piscine quand soudain roule à ses pieds une grenade dégoupillée. Il va devoir s'en emparer avant qu'elle n'explose, puis la balancer le plus loin possible de l'endroit où il se trouve… Telle est la situation dans laquelle se trouve Gary Locke, pendant que le consul lui expose la situation.

Haymond s'étant arrêté de parler, Locke remet son club à son caddie. Il aurait marché sur une crotte de chien par inadvertance que sa moue n'aurait pas été différente.

— Pete, accorder l'asile politique à ce type, ça risque de nous mettre dans un sacré merdier…

— C'est exactement ce que je pense, Gary !

Envoyer le plus loin possible la grenade dégoupillée… ce qui, en l'occurrence, veut dire : demander des instructions à Washington, plus précisément au secrétaire adjoint chargé des Relations avec l'Asie, l'interlocuteur des ambassadeurs de la zone. Après tout, chacun son job…

— Pete, avant toute chose, je dois prévenir Washington. Une telle décision, y a que le Président qui peut la prendre, après consultation de la CIA. Il ne s'agirait pas que ce Wang soit en service commandé et que les autorités chinoises nous aient tendu un piège. Je vous rappelle dès que j'ai un retour du Département d'État.

Très exactement douze minutes plus tard, l'adjoint de Haymond se dirige vers la salle où l'attend Wang. Dans la main, il tient le bout de papier sur lequel il a griffonné ce qu'il doit dire, au mot près, au chef de la police de la mégalopole et bras droit de Bo :

— Monsieur Wang, il ne nous est pas possible de vous accorder l'asile politique maintenant. En revanche, si vous avez la possibilité de vous rendre aux États-Unis, les autorités de mon pays examineront volontiers votre demande.

Les « beaux meetings » de Sarko

Trois heures plus tard, alors qu'à Chongqing Wang Lijun s'est rendu à la police, à Paris Nicolas Sarkozy a réuni sa garde rapprochée dans son QG de campagne de la rue de la Convention.

En mauvaise posture dans les sondages, le président français pose alternativement les yeux sur Guillaume Lambert, son chef de cabinet à l'Élysée, bombardé directeur de la campagne, au grand dam de la dizaine de courtisans qui auraient été ravis d'avoir ce job – pourtant l'un des pires, compte tenu de la taille du chapeau que peut être amené à porter le titulaire d'une telle fonction en cas de défaite du candidat – et sur Jérôme Lavrilleux, l'adjoint de ce dernier.

Sarko s'impatiente.

— Je veux un beau meeting par jour ! Et du grand spectacle ! Dans ce genre d'élection, ça compte, les beaux meetings.

Le président-candidat semble l'avoir oublié : les meetings ne rassemblent que des gens convaincus et ne font l'objet que de quelques secondes aux journaux télévisés du soir. Mais que lui reste-t-il d'autre pour faire mentir des pronostics défavorables ?

Autour du lui, personne n'a moufté. Une fois que le grand chef sera réélu, personne n'osera lui chercher des poux dans la tête.

Avec la Ve République, le Président est devenu au fil du temps le gourou d'une secte de dévots d'autant plus soumis qu'ils se trouvent dans son entourage immédiat. Si bien qu'après quatre ans et demi d'exercice du pouvoir Sarko n'est entouré que de béni-oui-oui et d'individus se faisant fort de ne lui dire que ce qu'il souhaite entendre.

Tandis que le candidat réendosse son habit de président en prenant connaissance du CV du nouvel ambassadeur d'Indonésie en France – qui doit lui remettre ses lettres de créance dans moins de dix minutes –, au 6, rue Christophe-Colomb, dans le 8e arrondissement de Paris, Sébastien Bazin, le patron du siège européen de Colony Capital, reçoit les félicitations de son *big boss*, Thomas Barrack, fondateur de ce fonds d'investissement et grand bailleur de fonds du Parti républicain. Le Qatar a racheté le PSG, le club de foot Paris-Saint-Germain, dont Colony détenait 95 % du capital depuis le mois de septembre 2009, les autres actionnaires lui ayant vendu leurs actions, conformément au pacte d'actionnaires, dès lors que le club n'aurait pas rempli ses objectifs financiers. Ce qui était le cas, puisque son déficit cumulé dépassait les 100 millions d'euros.

Avec cette acquisition, le petit émirat gazier aura ôté une sacrée épine du pied à Bazin, qui, sans cela, aurait probablement été viré.

6.16

LE DIMANCHE 18 MARS 2012

Le fils de l'eunuque

Contrairement aux Gaulois, qui étaient persuadés que le ciel était soutenu par des colonnes, les Chinois n'ont jamais eu peur qu'il leur tombe sur la tête.

Pourtant, à Pékin, où il est un peu plus de 3 heures du matin, c'est tout comme pour Ling Jihua, à qui la mort de son fils dans un très grave accident de la circulation vient d'être annoncée par un appel téléphonique plutôt laconique de son homologue auprès du ministre de la Sécurité publique.

— La Ferrari de ton fils s'est encastrée dans le muret central de séparation du sixième périphérique. Il y avait deux filles à bord, elles sont à l'hôpital, grièvement blessées, s'est en effet contenté d'expliquer au chef de cabinet de Hu Jintao cet interlocuteur, avant de raccrocher sans plus de précisions, car, lorsqu'on est sur écoutes, moins on en dit, mieux on se porte.

Ling Gu avait vingt ans, des cheveux décolorés en blond, des bagues aux pouces et des boucles d'oreilles en diamant. Enfant unique, gâté pourri par sa mère, une femme éteinte et dépressive vivant dans l'ombre d'un époux lui-même très peu présent, il préférait au sport les filles, les chaînes en or, les montres de collection et les lunettes de marque. Pour ses vingt ans, il s'était offert cette Ferrari 612 Scaglietti de couleur noire, un bolide d'une valeur de 500 000 dollars hors taxes d'importation et dont il n'existe que huit exemplaires en Chine.

Le propre d'une certaine jeunesse dorée est de se lancer des défis stupides. À quoi il faut ajouter, dans le cas de Ling Gu, le syndrome du fils à papa se croyant tout permis, car fils de l'« eunuque » du Numéro Un.

En versant de la poudre de thé vert dans l'eau chaude d'un mug, les mains tremblantes, son père imagine son gamin roulant à tombeau ouvert pour impressionner les deux filles. Le couple faisant chambre à part, il n'a pas encore réveillé sa femme, qui dort, assommée par les somnifères. Quelle sera la réaction de Hu Jintao ? Une Ferrari à plus de 500 000 dollars… de quoi donner du grain à moudre à Xi dans sa lutte contre la corruption. Sans parler du sort des deux passagères, dont il faudra bien acheter le silence.

En l'espèce, l'« eunuque » a déjà sa petite idée. Nombre de dirigeants d'entreprises qu'il connaît seraient ravis qu'il leur demande un tel service, à charge pour lui de leur renvoyer plus tard l'ascenseur.

« Pétrole contre nourriture », et Daniel Cordier à la Chope des Puces

À Paris, où il va bientôt être 11 heures du soir, Emma a fini d'éplucher le rapport rédigé par Paul Volcker, chargé par l'ONU d'examiner les circonstances ayant permis, à partir de 1996, à Saddam Hussein et au gouvernement irakien de contourner l'embargo international qui frappait leur pétrole. C'est sur la base de ce rapport relatif à l'affaire dite « Pétrole contre nourriture », que les juges d'instruction Serge Tournaire et Philippe Courroye ont renvoyé devant le tribunal correctionnel le sénateur Charles Pasqua, Thierry Desmarest, le patron de Total, Patrick Maugein, un polytechnicien intime de Chirac – Corrèze oblige – et opérant depuis Londres sur le marché international des hydrocarbures, ainsi que Jean-Bernard Mérimée, représentant permanent de la France à l'ONU de 1991 à 1995, et Serge Boidevaix, ambassadeur en Allemagne de 1986 à 1992 puis, jusqu'en 1993, secrétaire général du Quai d'Orsay, soit le numéro deux du ministère.

Emma n'est pas dupe : elle s'estime en droit de questionner l'impartialité des écrits de l'ancien chef de la Réserve fédérale américaine, tout autant que les motivations de Kofi Annan, le secrétaire général de l'ONU, à l'origine du choix de Volcker, et dont le fils a été épinglé par la presse pour ses liens supposés avec une entreprise ayant elle-même participé à ces détournements. Elle n'en est pas moins scandalisée par leur ampleur, puisque leur montant avoisinerait 1,7 milliard de dollars, tout cela sous couvert de mise en place d'une aide humanitaire. Elle est également étonnée par la présence dans le dossier de ces deux diplomates français de gros calibre, dont il apparaît qu'ils auraient bénéficié de sommes particulièrement modestes, comparées à celles perçues par les autres protagonistes de « Pétrole contre nourriture », dont le procès doit s'ouvrir devant le tribunal correctionnel à partir du 21 mars.

À Saint-Ouen, à *La Chope des Puces*, qui va baisser son rideau dans moins de dix minutes, Daniel Cordier, veste vert jade et pantalon en velours fraise écrasée, venu prendre sa dose hebdomadaire de jazz manouche, trouve qu'on voit de plus en plus d'Américains dans les allées des marchés Serpette et Biron. Ça le fait sourire, tandis qu'il bat la mesure avec son pied.

6.17

LE MARDI 3 AVRIL 2012

Les mineurs du Hani, et WeChat

Depuis le matin, à la morgue de l'hôpital de Pu'er, dans la préfecture autonome hani, province du Yunnan, c'est le troisième cadavre que doit examiner le docteur Gu, spécialiste de médecine interne et médecin légiste à ses heures. Ils étaient six mineurs, tous de moins de cinquante ans, *a priori* en bonne santé, qui, en attendant d'être licenciés, avaient été envoyés par leur employeur nettoyer les déjections des chauves-souris dans la mine de cuivre de Mojiang, où ils travaillaient avant l'effondrement des cours de ce minerai. Les trois autres mineurs sont en détresse respiratoire, deux étages au-dessus, et, chez l'un d'eux, le pronostic vital est d'ores et déjà engagé.

À moins de mille kilomètres de là, à Canton, une Han sexagénaire diffuse auprès de sa « communauté » des images de la soupe qu'elle avale dans une gargote située au pied de son immeuble. Cette cadre retraitée de la recherche pharmaceutique passe près de six heures par jour sur WeChat – la superapplication, développée par le mastodonte multimédia Tencent, qui vous permet de discuter avec les quelque sept cents millions de Chinois inscrits sur cette plate-forme, de commander un repas ou un taxi, de payer une place de cinéma et même de divorcer en ligne ! – et, à l'instar de ses compatriotes, personne ne lui a expliqué que certaines chauves-souris sont porteuses de virus capables d'infecter les cellules des humains.

Aya Nakamura

Dans un café d'Aulnay-sous-Bois, une ville de la banlieue nord de Paris, Aya Danioko, une jeune femme originaire du Mali et arrivée en France depuis une dizaine d'années, boit un Coca avec Dembo Camara, un pote de lycée, le genre à adorer fricoter dans la musique, et qui, en attendant, se contente d'un boulot alimentaire en tant que commercial dans la téléphonie mobile.

Aya, port de princesse, a les ongles recouverts de vernis noir pailleté d'or. Dembo est beau comme un dieu, avec sa profusion de bijoux et son impeccable survêt Fila.

Aya a reposé son verre, après avoir dit à son copain qu'elle comptait arrêter ses études en modélisme.

— Pour de vrai, la chanson, ça me va grave. Même si ma daronne, elle prétend que des simples chansons, ça gagne pas bézef.

— Quand ta mère elle dit « simples », elle a pas tort ! Tes chansons, Aya, il faut pas qu'elles soient simples ! Elles doivent arracher quand on les écoute. Complexité, complexité ! Sophistication, y a que ça qui compte !

La jeune Malienne repousse vers le haut les cils artificiels de sa paupière gauche.

— J'ai même trouvé mon nom de scène : Nakamura. Tu sais, le mec dans *Heroes* qui manipule l'espace-temps et qui se téléporte !

Dembo bat des mains.

— Ah ouais, le gars qu'on perd et qui est récupéré graduellement à la saison 4 ? Génial. Je veux t'aider, Aya. Sûr et certain que ça va le faire !

« Richie »

À New York, où il sera bientôt 13 h 30, Gladys F., femme de ménage de l'hôtel *Michelangelo*, situé à deux pas du MoMA, le Museum of Modern Art, ignore que le corps inerte de l'homme en slip, couché en chien de fusil sur le lit en bataille et aux draps maculés de la chambre 514 – où cette femme originaire d'Atlanta a fini par entrer, faute de réponse de son occupant, qui aurait dû faire son *check out* – n'est autre que celui de Richard Descoings, le médiatique patron de Sciences Po Paris.

Six heures plus tard, les résultats de l'autopsie tombent : Richie est décédé d'une overdose de 3-MMC, un produit dérivé de la cathinone, l'un des principes actifs du khat, censé décupler les performances sexuelles et dont l'usage est de plus en plus courant dans les milieux gays américains.

6.18

LE LUNDI 7 MAI 2012

Mini Miss Marilyn Universe

À Pékin, l'ancienne aérogare de l'aéroport – un petit bâtiment en briques construit par les Russes et sur le tarmac duquel les rares visiteurs étrangers étaient accueillis par un guide-interprète officiel qui ne les lâchait pas d'une semelle tout au long de leur séjour – paraît encore plus minuscule, comparée au troisième terminal du nouvel aéroport, conçu par l'architecte star britannique Norman Foster et mis en service à l'occasion des Jeux olympiques. C'est de là que Jade, sac à dos en forme de panda, et Yvon s'apprêtent à décoller pour Manille, à bord d'un Airbus A330 de la compagnie China Eastern.

Notre orpheline a beau n'avoir que trois ans, elle sait déjà compter jusqu'à dix, dessiner des soleils, des arbres, des maisons et la mer ; elle sait également sauter à cloche-pied dans les bonnes cases de la marelle ; elle s'exprime aussi bien en mandarin qu'en français, grâce à Yvon.

Jade a-t-elle conscience d'avoir perdu ses parents ? Cette question, Battante et notre ancien jésuite se la sont posée pendant des mois. La petite ne semble guère préoccupée par le sujet. Il est vrai qu'un enfant n'a pas son pareil, dès lors qu'il s'agit de cacher son jeu à un adulte ; c'est même la caractéristique de l'enfance que d'enfouir le plus profondément possible ce qui fait mal. Cela n'empêche pas Battante et Yvon d'appréhender ce moment où il leur faudra répondre à Jade quand elle leur demandera où sont ses parents.

En attendant, la petite fille a des raisons d'être excitée comme une puce : ainsi que Tonton Yvon le lui a expliqué par le menu, d'abord ils vont voler dans un avion au-dessus de la mer, puis elle rencontrera plein de fillettes du même âge qu'elle, venues de tas de pays différents, et qui, comme elle, seront habillées comme des princesses. Seule ombre au tableau : Tatie Battante n'a pas pu être du voyage : trop de réunions et d'obligations professionnelles. La veille, elle l'a longuement expliqué à Jade, avant de faire promettre à Tonton Yvon de prendre plein de photos. En réalité un vice-ministre n'a plus le droit de partir à l'étranger comme bon lui semble ; il en va de même pour les membres du Comité central et les dirigeants des entreprises publiques, lutte contre la corruption oblige.

Yvon ne pouvait pas espérer mieux. Manille n'est que la première étape ; un autre vol est déjà réservé, direction Paris. Ce qu'il a préféré ne pas révéler à Battante, après avoir longuement tergiversé. Il culpabilise, mais il y va de l'avenir de Jade.

Et bien que n'ayant jamais eu la moindre appétence pour cette mode en provenance des États-Unis consistant à organiser des concours de beauté entre des fillettes en robe de mariée, maquillées comme des Aston Martin ou des Lamborghini volées – cheveux bouclés au fer, faux cils longs comme le bras, les chaussettes à volants sortant de leurs escarpins vernis ajoutant une touche de perversité à leur ultrasexualisation –, il bénirait volontiers l'organisateur philippin du concours Mini Miss Marilyn Universe, auquel il a inscrit Jade moyennant 2 000 dollars et sans lequel la fillette n'aurait pu obtenir un passeport valable trois mois, Battante, grâce à ses accointances, ayant convaincu les autorités compétentes que sa petite-nièce avait de grandes chances d'accéder à la finale.

Ce matin, quand ils sont partis de la maison, Battante avait les larmes aux yeux. Tout en serrant très fort Jade dans ses bras, elle lui a dit :

— À dans une semaine, ma chérie ! Ça va passer vite !

« On est là pour dix ans », et Nicolas Sarkozy au Cap-Nègre

À Paris, où il est 15 heures, dans le Salon doré de l'Élysée dont il a pris possession avec un certain plaisir, François Hollande a été rejoint par Aquilino Morelle, un médecin sorti de l'ENA à l'inspection générale des Affaires sociales, sa « plume » pendant la campagne présidentielle, à qui il a proposé de devenir son « conseiller spécial », ainsi que par Pierre-René Lemas, un préfet, copain de promo de l'ENA, qu'il s'apprête à nommer secrétaire général de la présidence.

Hollande aura atteint son but à l'âge de cinquante-sept ans. Au PS, il y a encore un an, pas grand monde n'aurait misé sur lui, contrairement à l'intéressé, qui a toujours cru en sa bonne étoile. Hilare, il confie aux deux autres :

— Si on ne fait pas de conneries, on est là pour dix ans !

Au même moment, Nicolas Sarkozy est allongé sur un transat de la terrasse de la villa de la famille de Carla au Cap-Nègre et il ne comprend toujours pas pourquoi les Français lui ont préféré un type aussi terne, aussi sectaire, sans aucune classe, qui n'a même pas daigné les raccompagner, son épouse et lui, jusqu'à leur voiture à l'issue d'un tête-à-tête faussement cordial et qui aura duré moins d'une demi-heure.

L'ex-président se revoit au meeting du Trocadéro, sous le ciel de Paris, avec la tour Eiffel en arrière-plan, parlant à cette foule immense en train d'agiter des drapeaux tricolores… Une manifestation d'un coût exorbitant, à l'issue de laquelle Sarko était revenu dans sa loge épuisé mais ravi, comme si c'était le peuple français dans son entier qui l'avait applaudi à tout rompre, alors que pour l'essentiel les présents – dont le nombre atteignait à tout casser les soixante mille, très loin des deux cent mille vendus par son entourage à la presse – venaient des beaux quartiers alentour et de l'Ouest parisien.

La femme de Wen Jiabao

À New York, où il est dix heures moins une minute, au siège du *New York Times*, comme chaque matin, les chefs de rubrique, au nombre d'une vingtaine, sont réunis autour de Jill Abramson, directrice de la rédaction depuis un peu plus de six mois, une professionnelle respectée, surtout depuis 2007, quand elle n'avait pas hésité à revenir travailler en fauteuil roulant alors qu'elle avait été renversée par un camion devant le siège du journal. La conférence de rédaction vient à peine de débuter quand Marc Santora, grand reporter, lève la main.

— David Barboza vous fait dire qu'il est en mesure d'obtenir des informations assez précises sur la fortune amassée par la femme du Premier ministre chinois Wen Jiabao.

Tous les présents ouvrent des yeux ronds, à l'exception de Jill, qui fronce les sourcils.

— Tout sera sourcé, j'espère !

— Bien sûr, Jill ! Tu connais David, c'est un gars tout ce qu'il y a de sérieux !

Tout le monde acquiesce bruyamment. Arrivé en Chine en 2004 pour le compte du *New York Times*, Barboza est, depuis 2008, le chef du bureau de Shanghai.

— Et ça va encore nous coûter un bras ! poursuit la directrice, dans un de ces petits numéros de provocation qu'elle affectionne, façon pour elle d'asseoir son autorité – une tâche quasiment impossible quand on dirige l'une des plus brillantes rédactions au monde.

Santora ricane.

— Tu sais, Jill, en Chine, rien n'est gratuit. Comme partout !

6.19

LE JEUDI 10 MAI 2012

Dauphine

À Manille, où il est presque 23 heures, dans la salle de bal de l'hôtel *Heritage*, Jade, arrivée deuxième au concours des Mini Miss Marilyn Universe, sourit aux photographes qui la mitraillent et aux caméras de télévision qui la filment. Elle porte une robe de soie rose serrée à la taille par un large ruban de satin grenat noué dans le dos, des socquettes blanches à volants et des ballerines vernies noires. Yvon a réussi à tempérer les ardeurs de la maquilleuse ; elle a juste un peu de poudre sur les joues et un soupçon de mascara noir, ce qui ravive l'éclat de ses yeux noisette… Ce n'est pas le cas de la gagnante, une Philippine du même âge que Jade, une habituée des podiums et des spots publicitaires, cabotine comme pas deux et dont les poses aguicheuses, les cheveux auburn frisés au fer et les lèvres fraise écrasée – sans parler du tropisme national du jury, constitué aux trois quarts de Philippins – emportèrent la décision.

Dix minutes plus tard, alors que l'un des photographes demande à la dauphine de l'épreuve de prendre les mêmes positions que la nouvelle Mini Miss Marilyn, Yvon met un terme à la séance de photos. Jade ne proteste pas quand son tonton lui fait signe de venir. Elle est fatiguée et elle a hâte d'aller se coucher. Elle tient fermement la main d'Yvon, qui se demande quelle sera la réaction de Battante, qu'il compte affranchir une fois à Paris.

Malgré tout, il dit, sur le ton le plus enjoué possible :

— Demain, ma Jade, on s'envole pour Paris, la plus belle ville du monde ! La Ville lumière. On va en France, tu verras, ça sera superchouette.

6.20

LE SAMEDI 29 DÉCEMBRE 2012

Xi songe à sa pensée

À Pékin, où il est 7 heures du matin, Xi Jinping et Peng Liyuan prennent leur petit déjeuner dans leur villa de fonction du Zhongnanhai. À peine le nouveau Numéro Un chinois a-t-il fini son assiette de légumes frits accompagnés de riz gluant qu'il se lève et regarde sa femme.

— J'aurai vraiment gagné quand ma pensée sera lue dans les écoles.

Peng éclate de rire.

— Comme Mao ?

Xi, n'osant demander à Peng si elle se moque de lui, se contente d'acquiescer vaguement tout en scrutant son visage, car c'est la première fois qu'il évoque ce sujet devant elle.

— Tu ne crains pas que tes prédécesseurs te mettent des bâtons dans les roues ?

Rassuré par la question, Xi sourit.

— Jiang, il est bien trop vieux, et il applique le proverbe africain.

Devant l'air intrigué de Peng, celui qui est le secrétaire général du Parti communiste chinois depuis le 15 novembre plisse un peu plus les yeux.

— Tu sais, chérie, le truc du genre : « Il ne faut pas monter au cocotier si on n'a pas les fesses propres. »

— Et Hu ?

— Il a un lacet autour du cou…

Peng boit une gorgée de thé. Cela fait trois mois que le nom et surtout la filiation du conducteur de la Ferrari noire qui s'est encastrée contre la glissière du périphérique sont apparus comme par hasard dans le *China Morning Post*.

Deux mois plus tôt, Xi s'est empressé de se faire traduire les révélations fracassantes du *New York Times* daté du 26 octobre, relatives à la fortune colossale amassée par la famille de l'ancien Premier ministre Wen Jiabao. Elle s'élèverait à près de 2,7 milliards de dollars, selon le grand quotidien new-yorkais, qui a publié des schémas mettant en évidence les montages sophistiqués qui avaient permis à cet argent d'atterrir sur des comptes *off-shore*.

Il ajoute :

— Tout comme Wen !

Puis il part vaquer à ses nombreuses occupations de dirigeant du pays le plus peuplé du monde, tandis que Peng affiche un petit sourire en coin.

« Cuba sans le soleil » et les vitrines de Noël

À Paris, où il est 8 h 19 du matin, Hollande demande à sa secrétaire qu'on lui passe de toute urgence Jean-Marc Ayrault. Le nouveau président l'a saumâtre contre le Conseil constitutionnel et singulièrement son président, Jean-Louis Debré. Celui-ci vient de lui annoncer au téléphone l'annulation de la fameuse taxation à 75 % des rémunérations supérieures à 1 million d'euros annoncée par le candidat comme l'une de ses mesures phares lors de la campagne présidentielle.

Dans la foulée, celui qui proclamait avoir pour seul ennemi la finance a pu prendre connaissance du motif de cette censure par le juge constitutionnel : l'article fétiche aurait méconnu le principe d'égalité devant les charges publiques, plus précisément en taxant un couple où le mari aurait perçu plus de 1 million d'euros, alors que son épouse serait femme au foyer, contrairement à un couple où mari et femme auraient touché chacun 900 000 euros… Et cette grande gueule de Jean-Louis Debré d'assener à Hollande – qu'il tutoie – que lui-même n'y est pour rien si le texte du gouvernement était mal ficelé ! « T'as qu'à avoir de meilleurs juristes ! »

Ayrault est un ancien prof d'allemand demeuré très « Éducation nationale », malgré une ascension politique qui l'a propulsé d'abord député-maire de Nantes, puis à Matignon. Comme tout bon élève ayant obtenu un zéro pointé, il est furax quand sa secrétaire lui passe le Président. Il dit :

— J'ai un communiqué tout prêt. Où je dénonce le gouvernement des juges.

Hollande gigote dans son fauteuil.

— Argument dont la droite abuse ! En plus, si on fait ça, je vais être accusé par l'opposition de ne pas respecter la Constitution.

— À laquelle Mitterrand trouvait bien des défauts… avant de la trouver excellente !

— Comme moi, Jean-Marc !

Un quart d'heure plus tard, tandis que le président français peste intérieurement contre le secrétariat général du gouvernement, mais également contre ses collaborateurs – coupables à ses yeux de ne pas avoir détecté les failles de cette disposition de la loi de finances –, au dernier étage de l'aile ouest du palais élyséen, Emmanuel Macron jubile face aux deux journalistes de la presse magazine, un homme et une femme, qu'il a invités à partager un petit déjeuner dans son bureau de secrétaire général adjoint de la présidence. C'est le genre de moment que les journalistes politiques adorent, car ils ont l'impression de pénétrer dans les coulisses du spectacle qu'ils sont censés commenter et décrypter.

Entre les jus d'orange pressée et les viennoiseries dégoulinantes de beurre, les deux plumitifs trouvent à Macron un charme fou et une liberté de ton inusitée pour un technocrate. Ayant perçu l'attrait pour la lumière de l'ancien rapporteur de la commission Attali, ils savent déjà qu'ils pourront lui soutirer des informations précieuses en échange de commentaires élogieux sur sa personne.

Devant celui qui vient de demander au fringant inspecteur des finances ayant quitté la banque d'affaires Rothschild pour l'Élysée ce qu'il pense de la décision du Conseil constitutionnel – ce « véritable coup de poignard assené par la droite contre les socialistes », selon les termes de Hollande, proférés vingt minutes plus tôt lors de la réunion de cabinet –, Macron s'esclaffe.

— Je l'ai dit et répété à François, pendant la campagne ! « Ton truc des 75 % de taxes sur les hauts salaires, c'est Cuba sans le soleil ! »

Tous les enfants du monde seraient émerveillés devant la féerie de Noël dès lors qu'ils y auraient accès. C'est le cas de Jade, à quelques encablures de l'Élysée, alors que la nuit tombe et qu'elle contemple les vitrines du Printemps et des Galeries Lafayette que Tonton Yvon lui fait découvrir. Cela fait deux heures qu'ils déambulent dans Paris après avoir quitté leur hôtel, un *Formule 1* situé à Saint-Ouen, en bordure du périphérique parisien. Quand on a été un « expat » en Chine et qu'on revient en France sans travail ni point de chute, ceux qui ne vous ont pas oublié vous tournent le dos. Yvon en fait la cruelle expérience. Parmi ses anciennes connaissances, le seul à ne pas s'être désintéressé de son sort reste Georges, à qui il a tout raconté et qui les a invités à venir passer le réveillon chez lui, dans le Jura.

En attendant, Yvon se rassure comme il peut en regardant Jade battre des mains et rire aux éclats, les yeux rivés sur un clown en train de jongler à côté d'Alice au pays des merveilles faisant de l'escarpolette.

Demain, il l'emmènera au musée d'Orsay. À défaut de croire tout le temps au paradis, notre ex-jésuite croit dans l'art en tant qu'explication du monde, remède à la folie des hommes et ouverture vers l'invisible.

6.21

LE MARDI 1er JANVIER 2013

L'odeur de la forêt jurassienne

À Morteau, il est un peu plus de 8 heures du matin. Il a neigé pendant la nuit, la lumière est magnifique, tout comme le paysage, sous les rayons d'un soleil qu'on voit apparaître entre les troncs des sapins enneigés. Devant la ferme de Georges, Jade, les joues rosies par le froid, ne sait plus où donner de la tête, devant ces arbres qui la font penser à des sentinelles éblouissantes. Elle court comme une folle, saute à cloche-pied, tombe sur les fesses puis se relève en hurlant de rire. Maintenant, elle porte à sa bouche sa petite main aux doigts engourdis. La neige du Jura n'a pas la même odeur que celle de Pékin : elle sent la mousse, le lichen, la résine, les feuilles et les aiguilles séchées, un chasseur y ajouterait la morille, le musc des cervidés et du lynx, une senteur aussi entêtante que ce félin est discret ; Jade découvre l'odeur de la forêt jurassienne.

La veille, après le foie gras, le poulet au vin jaune et l'omelette norvégienne, la fille de Jolie et Temple a goûté pour la première fois à un ciel étoilé, puis elle s'est couchée dans un grand lit bateau dont les draps avaient été réchauffés par la bassinoire en cuivre remplie des braises que Georges avait puisées dans la cheminée, à l'aide d'une petite pelle ouvragée.

Un pur délice.

6.22

LE LUNDI 25 FÉVRIER 2013

« Tata Zhang »

À Pékin, où il est 10 heures du matin et où il fait moins dix par grand soleil, le notaire Zeng n'en revient pas. Ce fonctionnaire à la tête du plus grand office notarial de la capitale vient d'entendre la femme de Wen Jiabao, l'ancien Numéro Deux, lui annoncer qu'elle souhaite faire don de l'ensemble de ses avoirs à l'Association des pupilles de la nation.

Zhang Peili, « Tata Zhang » pour les intimes, ne dort plus depuis que son époux, lui-même issu d'un milieu humble, longtemps considéré comme l'archétype de la méritocratie communiste et actuellement sous Prozac, ne cesse de lui répéter qu'il aurait dû mettre sa menace à exécution et demander le divorce. Il est vrai que la fortune accumulée par cette femme continuant à porter beau, malgré le fait qu'elle ne se soit pas maquillée ce matin-là, n'est pas seulement due au poste qu'elle occupa à la tête de la China Mineral Gem Corporation, l'instance chargée de délivrer les autorisations dont doivent disposer des firmes comme De Beers ou Cartier pour vendre leurs diamants sur le territoire chinois, puis comme dirigeante de la Beijing Diamond Jewelry, un gros détaillant en pierres précieuses dont l'activité, contrairement à ce que laisse penser son nom, est majoritairement tournée vers Hong Kong.

La plus grande part de la fortune de « Tata Zhang », dont les deux tiers ont été transférés aux deux enfants du couple, un garçon et une fille, provient de la cotation à la Bourse de Hong Kong du mastodonte des assurances Sécurité[1], dont elle n'aurait jamais pu

1. « Sécurité » se prononce « Ping An » en mandarin pinyin.

acquérir 7 % du capital pour une bouchée de pain si elle n'avait pas été l'épouse de son mari.

Les jambes du notaire s'agitent nerveusement sous son bureau.

— À quel montant les estimez-vous, madame Zhang ?

— À beaucoup d'argent ! Peu vous importe la somme. Il me faudrait disposer de documents de donation le plus rapidement possible. Je préciserai les sommes dans un second temps, quand j'aurai mis de l'ordre dans mes affaires.

Capitalisme et droits de l'homme

Emma survole l'Atlantique à bord d'un Boeing 747-8 qui l'emporte à New York, où elle a été invitée à prononcer devant les étudiants de la New York University School of Law, dans le cadre de son programme « Hauser Global », une conférence sur « Capitalisme et droits de l'homme », dont elle relit le texte, sur lequel elle a sué sang et eau pendant plusieurs soirées… et dont elle est plutôt contente.

Bien qu'ayant éprouvé une certaine fierté le jour où elle reçut l'invitation, maintenant qu'elle se trouve dans cette cabine à l'éclairage tamisé où elle est l'un des rares passagers à ne pas dormir, elle se demande si elle n'aurait pas mieux fait de consacrer le temps qu'il lui aura fallu pour pondre son texte aux victimes du Mediator, de la Dépakine et à présent de l'isotrétinoïne, la molécule entrant dans la composition du Roaccutane, le traitement de l'acné issu de la recherche de Roche mais susceptible de provoquer de graves dépressions, allant jusqu'au suicide, d'importants troubles digestifs ainsi que des malformations fœtales.

Pour convaincre son futur auditoire estudiantin, Emma s'est donné un mal fou.

Est-ce parce que absence de liberté et absence d'économie de marché ont longtemps rimé ensemble ? Quoi qu'il en soit, on a copieusement prétendu que capitalisme et démocratie étaient indissociables, oubliant au passage les avertissements prémonitoires de Karl Polanyi, qui avec son concept de « désencastrement » de l'économie opéré par le libéralisme, qu'il développe dans *La Grande Transformation*, publiée en 1944, remet en cause la théorie du marché comme instrument idéal de régulation des rapports humains. Mais, si le libéralisme d'Adam Smith fut mis à mal par la grande crise économique de 1929, il renaquit de ses cendres, sous une forme encore plus débridée, avec la mondialisation et l'émergence d'un capitalisme financier. Depuis, alors que ce qui se passe en Chine témoigne d'une possible conjugaison entre capitalisme sauvage et régime dictatorial, on découvre que de nombreuses multinationales occidentales, issues de pays démocratiques, n'hésitent pas à fouler aux pieds les droits de l'homme en faisant appel à de la sous-traitance exploitant des enfants, tout en participant de façon active au recul de la biodiversité et à la destruction de la nature… Cela donnant des armes aux pourfendeurs du capitalisme. Comme si tout argument avancé par un camp pouvait être retourné comme une chaussette par l'autre.

Telles sont les grandes lignes de la réflexion désabusée d'Emma, qui, une demi-heure après, a pu relire, à voix basse cette fois, son topo en anglais, au moment où l'une des hôtesses de cabine lui tend sur un petit plateau le verre d'eau qu'elle lui a demandé pour son Stilnox.

Un quart d'heure plus tard, le somnifère n'a toujours pas produit d'effet. Emma repense à sa visite chez ce spécialiste de la fertilité, un gars au parler direct, un peu trop peut-être, qu'elle alla consulter dans les semaines qui suivirent sa rupture avec Georges. « Utérus cloisonné. Grossesse impossible. Un désir d'enfant, ça se comble par l'adoption, et il y a tellement d'enfants malheureux sur Terre », avant le coup de grâce : « Et puis, il y a un âge pour tout, réfléchissez-y. » Tout cela débité en quelques minutes. Pendant six mois, Emma a pleuré tous les jours. Puis, telle une bouteille à la mer, elle s'est jetée encore plus dans le travail.

La benzodiazépine commençant à agir, notre lanceuse d'alerte s'est tant bien que mal pelotonnée en chien de fusil sur son siège.

Promis juré. Dès son retour à Paris, elle se penchera sur le sujet de l'adoption.

6.23

LE MERCREDI 20 MARS 2013

Ce qui vous empoisonne l'existence

Comme tous les matins, Radio Trafic a annoncé que l'autoroute A1 est encombrée. Daniel V. vient de demander au chauffeur de son taxi G7 à quelle heure il pense arriver à l'aéroport de Roissy, où il doit s'envoler pour l'Asie du Sud-Est en compagnie de Chris Viehbacher, le patron exécutif de Sanofi – dont le lobbyiste est devenu le « conseiller spécial ». Lorsque la Mercedes arrive au bout de l'avenue de Saxe, il entend vibrer son téléphone.

— Allô, Daniel, c'est Jérôme. T'es où ?

— Dans le taxi pour l'aéroport. Je m'envole avec Chris. On peut pas trop se parler.

— Si t'es encore dans le 7e, ça me ferait un bien fou si tu pouvais passer chez moi. Ce truc qui m'empoisonne la vie va exploser dans la journée.

Jérôme Cahuzac a la voix entrecoupée de sanglots. Tard dans la nuit, on l'a prévenu qu'une information judiciaire allait être ouverte à son encontre pour détention à l'étranger d'avoirs non déclarés. Dans moins de trois heures, ça va chauffer grave au Conseil des ministres ! L'impétueux ministre du Budget, qui prétendait faire de la lutte contre la fraude fiscale le principal marqueur de son action, a bien l'intention de tout dire. Il a toujours détesté mentir.

6.24

LE MERCREDI 24 AVRIL 2013

Un jour ordinaire dans le monde (1)

Hier, cela a fait un mois jour pour jour que Boris Berezovsky a été retrouvé mort dans la salle de bains de la luxueuse villa avec vue sur le champ de courses d'Ascot, dans la banlieue de Londres, où il habitait, depuis l'attentat dont il avait été victime, le 7 juin 1994, à Moscou, où une charge explosive avait été déposée sous sa voiture. Huit mois plus tôt, en août 2012, l'oligarque a été traité de « témoin intrinsèquement douteux » par la présidente du tribunal de la City, devant lequel il réclamait la somme de 3 milliards de dollars à Roman Abramovitch, son ancien protégé, qu'il accusait de l'avoir floué. Berezovsky, bien qu'ayant favorisé l'élection de Poutine, était tombé en disgrâce. Les médias télévisuels russes l'ont présenté comme « l'un des principaux pilleurs du pays ».

L'oligarque déchu menait l'existence tranquille d'un exilé de luxe entouré de gardes du corps, jusqu'à ce qu'il se rende au chevet de l'ex-agent secret Alexandre Litvinenko, empoisonné au polonium par les services russes… Le monde des affaires est presque aussi impitoyable que celui de la politique : on n'y a pas d'amis, seulement des intérêts. En Russie, où ces deux mondes sont intimement mêlés, c'est bien pire.

Aujourd'hui, en Chine, dans une prison de la grande banlieue de Pékin, Liu Zhijun, l'ancien ministre des Chemins de fer, crâne dégarni et regard éteint derrière des lunettes aux verres épais, reçoit la visite de l'avocat qui lui a été commis d'office et auquel il vient de déclarer en sanglotant :

— Je n'ai pas détourné autant d'argent que le dit la presse !

Cet ancien ingénieur ferroviaire régnait sur près de deux millions d'ingénieurs et de cheminots. Il a perdu dix kilos depuis son arrestation, laquelle était intervenue six heures après son limogeage, alors qu'il était accusé par les journaux d'avoir détourné à son profit l'équivalent de 4 % des marchés du ferroviaire et de disposer d'une dizaine de maîtresses, parmi lesquelles deux actrices de cinéma assez connues, brusquement disparues de la circulation depuis lors. La « preuve éclatante », toujours selon les médias, qu'en matière de corruption le camarade Xi n'hésite pas à s'attaquer aux tigres, contrairement à ceux qui, jadis, ne s'en prenaient qu'aux mouches.

L'avocat essuie ses lunettes.

— Peut-être ! Mais ça risque d'être difficile à prouver… Je suggère que toi et moi nous nous concentrions sur ta déclaration d'autocritique. C'est la seule chose qui comptera pour que le juge assortisse d'un sursis ta condamnation à mort !

Une heure plus tard, dans un quartier pauvre de Dacca, capitale du Bangladesh, Mitta, une ouvrière textile au visage de Madone de l'« école de Ferrare » – dont le chef de file était le peintre du XVe siècle Cosmè Tura –, mais en plus émacié, ignore qu'elle ne bénéficiera d'aucun sursis dans sa condamnation à mort.

Cette maman élève seule ses trois enfants depuis la mort de son mari, un chauffeur routier dont le camion fut heurté par un train de marchandises. Tous les matins à 7 h 30, sauf le vendredi, cette jeune femme âgée de vingt-huit ans, mais en paraissant dix de plus, se rend au Rana Plaza, un immeuble de huit étages vers lequel convergent les trois mille cent vingt-trois ouvriers qui travaillent pour les plus grandes marques de textile occidentales, en particulier Mango, Primark et Benetton.

Personne n'a dit aux quatre cents collègues de Mitta qui travaillent sur le même plateau qu'elle que, deux jours auparavant, trois importantes fissures ont été détectées sur certains piliers en béton, entre le premier et le second niveau du bâtiment, dont les quatre derniers étages furent construits sans permis par des marchands d'espaces de travail sans scrupules. C'est à l'un d'eux que le patron de Mitta loue le plateau où travaillent ses ouvrières, dont les salaires atteignent à peine les 40 dollars par mois.

À 7 h 25, la mère de famille pointe, puis, après être montée au quatrième étage du bâtiment, elle est encore tout essoufflée quand elle s'installe derrière sa machine à coudre et que le sol de l'atelier s'incline brusquement vers la droite. Dix secondes plus tard, le plafond s'effondre dans un fracas d'enfer et des hurlements.

Douze heures plus tard, alors que les secours s'affairent toujours devant des tonnes de gravats d'où ils ont déjà retiré une centaine de corps, à Paris, où il est 18 heures, Gérard Lhéritier inaugure son nouveau musée des Lettres et des Manuscrits, installé dans un hôtel particulier situé à quelques mètres de Gallimard, en présence de Rachida Dati, maire de l'arrondissement, de Christian Estrosi, maire de Nice, d'où Lhéritier est originaire, et de Patrick Poivre d'Arvor, à qui il a prêté de l'argent et avec lequel il est en affaires.

Tandis qu'à New York c'est la première fois que l'action de Tesla avoisine à ce point, sur le NASDAQ, les 100 dollars, pour le plus grand bonheur de ses actionnaires, à commencer par Elon Musk.

6.25

LE VENDREDI 30 AOÛT 2013

Hollande lâché en rase campagne par Obama

Dans le Bureau ovale, Barack Obama vient d'achever sa conversation avec François Hollande. L'entretien a duré cinq bonnes minutes, ce qui est une très longue conversation quand on est le président des États-Unis, surtout lorsqu'on va être amené à dire à son interlocuteur ce qu'il n'a pas envie d'entendre, en l'espèce que les États-Unis ne bombarderont pas la Syrie, et ce malgré l'utilisation d'armes chimiques par Bachar el-Assad pour neutraliser ses opposants. « Tu comprends, François, ici, un président n'a pas les mêmes pouvoirs que chez toi… on est sous la surveillance du Congrès… et puis, en est-on sûr ? », et patati et patata…

Joe Biden, le vice-président, a assisté à la conversation, la mine renfrognée. Il dit :

— À ta place, Barack, j'aurais pas hésité à bombarder ! Bachar est un boucher !

Le président demeure impavide. Biden, dont le rêve est de succéder à Obama, est horripilé par cette distance, cette affectation. Obama, un beau canard dont les plumes sont imperméables à la pluie.

C'est alors que le Président s'esclaffe. Obama n'est jamais aussi beau et élégant que quand il rit.

— Sacré Joe, et moi qui pensais qu'on ne trouvait des faucons que chez les Républicains !

À cet instant précis, à Paris, Hollande est aussi dépité que furieux d'avoir été lâché en rase campagne par le président des États-Unis, en dépit des assurances américaines…

… tandis que Charles Pasqua, Serge Boidevaix et Jean-Bernard Mérimée peuvent respirer depuis leur relaxe par le tribunal correctionnel de Paris, un mois plus tôt, en l'absence de preuves et compte tenu des délais de prescription en matière d'infractions fiscales, des charges qui pesaient contre eux dans l'affaire dite « Pétrole contre nourriture ».

Une relaxe dont n'aura pas bénéficié un certain Habib Boukharouba, un ancien pilote de l'armée de l'air, né à Oran, de nationalité française, et à la tête de Griffon Aerospace, une société spécialisée dans l'achat-vente d'avions et d'hélicoptères, contre lequel ont été requis, par le parquet du même tribunal, dix-huit mois de prison avec sursis et 350 000 euros d'amende pour « commerce d'armes de guerre sans autorisation ». En l'espèce pour la fourniture d'avions, d'hélicoptères et de blindés au Tchad, à la demande expresse de son président, Idriss Déby, qui craignait de ne pas parvenir à stopper l'avance d'une guérilla djihadiste vers N'Djamena. Et cela en toute transparence vis-à-vis des autorités françaises, qu'Habib avait dûment prévenues, sachant qu'un accord de coopération militaire continue de lier la France au Tchad. Mais le gouvernement français, sous l'impulsion du Quai d'Orsay, au lieu de fermer les yeux, se sera montré intransigeant – Sarkozy avait, entre-temps, succédé à Chirac, et Bernard Kouchner à Philippe Douste-Blazy. Politique étrangère ne rime pas toujours avec « pragmatisme » : une spécialité de la diplomatie française.

6.26

LE DIMANCHE 22 SEPTEMBRE 2013

Bo Xilai condamné

Il est midi et huit minutes à Jinan, la capitale de la province du Shandong, une ville réputée pour ses nombreuses sources. Bo Xilai est impassible dans le box des accusés de la salle 3 du tribunal populaire intermédiaire. Le visage de celui qui prétendait jouer les premiers rôles au sommet de l'État reste beau et ses cheveux aux racines blanches lui vont mieux depuis qu'il ne les teint plus, à l'instar des autres cadres du Parti quand ils sont déférés devant la justice après être tombés pour corruption.

À l'issue de cinq jours de procès, l'ancien homme fort de la ville-province de Chongqing, qui plaidait non coupable, n'a pas été vraiment surpris d'entendre la sentence :

— Camarade Bo Xilai, le tribunal du peuple vous condamne à la prison à vie pour corruption, détournement de fonds et corruption d'agents publics.

Membre du Comité central, le juge Cong a la confiance du Bureau politique, raison pour laquelle sont déférés devant lui les cadors du régime accusés de « graves manquements à la discipline » par la redoutée Commission centrale de contrôle.

Le procès aura permis d'étaler au grand jour les montages sophistiqués qui avaient permis à Gu Kailai, l'épouse de Bo Xilai, d'acquérir des biens immobiliers à Londres et à Cannes, au numéro 7 du boulevard des Pins, l'adresse des Résidences Fontaine Saint-Georges. Cette dernière précision avait été apportée aux enquêteurs par l'architecte français Patrick Devillers, extradé du Cambodge où il s'était réfugié. Bo peut s'estimer heureux : la sentence est moins lourde que celle infligée à sa femme, condamnée à la peine capitale.

Si l'ancien homme fort de Chongqing a tout perdu, il a espéré jusqu'au bout échapper à sa disgrâce. Il tablait en particulier sur des révélations qui auraient nui au Numéro Un, dont la sœur aînée, mariée à un riche homme d'affaires propriétaire d'usines à Wuhan et au Hebei, posséderait des comptes bancaires aux îles Vierges britanniques et au Panamá. Mais Xi organisa une opportune éclipse de ses apparitions un mois avant le XVIIIe Congrès. Selon ses proches, un mal de dos. D'après certains médias, un accident de piscine. Plus vraisemblablement, la tactique du tigre feignant de dormir pour mieux berner ses proies, en l'occurrence ses potentiels rivaux, tous, au demeurant, déjà très affaiblis.

Quand on parle de prison, on ne parle pas forcément d'emprisonnement sous régime carcéral dans un bâtiment clos.

À Pékin, c'est ce que Battante a à l'esprit. La veille, elle a appris que, toute vice-ministre des Sports qu'elle est, son passeport expiré depuis six mois ne pouvait pas être renouvelé dans l'immédiat. La grand-tante de Jade comptait séjourner quelques jours en France, afin d'y retrouver Jade et Yvon, à qui elle a pardonné, même si elle a du mal à comprendre. Celui-ci l'avait jointe par téléphone dès le lendemain de son arrivée à Paris, et ils s'étaient longuement expliqués, avec des sanglots dans la voix.

6.27

LE JEUDI 24 OCTOBRE 2013

Les offres de service de Ségolène, et Jade à Montmartre

À Paris, c'est le matin. À l'hôtel de Matignon, Christophe Chantepy, ancien élève de l'École centrale puis de l'ENA, d'où il est sorti au Conseil d'État, dit à Jean-Marc Ayrault, dont il dirige le cabinet :

— Vous avez vu la dernière sortie de Ségolène ?

Le Premier ministre acquiesce. Comme Chantepy, il a entendu l'ancienne compagne de François Hollande déclarer sur France Inter qu'elle trouverait normal d'avoir un maroquin, étant donné sa grande expérience ministérielle et politique.

Lors de la composition du gouvernement, Ségolène Royal lorgnait le portefeuille de l'Écologie, pour lequel elle avait fait des pieds et des mains avant de se faire souffler le poste par Nicole Bricq, une personne inconnue du public mais « parfaitement gérable », selon Ayrault… qui exhale un soupir. Il dit :

— Y a pas grand-chose de nouveau sous le soleil… Elle n'en a jamais fait qu'à sa tête, la Ségo !

— Elle a probablement l'aval de l'Élysée.

Chantepy a déclaré cela sans grande conviction. Il connaît comme sa poche l'ancienne compagne de Hollande, pour avoir dirigé son cabinet entre 1997 et 2000, quand elle était ministre de l'Enseignement scolaire.

Le Premier ministre ne répond pas. Depuis le temps qu'il a cerné le fonctionnement du couple Royal-Hollande, il ne lui est pas difficile de deviner que l'indomptable Ségolène a agi « à l'insu du plein gré » du géniteur de ses quatre enfants.

Chantepy croit bon d'enfoncer le clou en ajoutant :

— Si elle ne s'était pas désistée en faveur de François [1], c'est Martine qui serait à sa place.

Ayrault lève les yeux au ciel.

— Elle pouvait pas faire autrement vis-à-vis de leurs quatre gosses, malgré tout le reste !

Toujours à Paris, vers 16 h 30 et sous une pluie fine, des enfants, il y en a plein qui sortent – certains en piaillant, d'autres, les joues rouges et en nage, en se bousculant, plus rares étant ceux qui s'avancent calmement – du groupe scolaire Saint-Jean-de-Montmartre, devant lequel cela fait dix bonnes minutes qu'Yvon poireaute, en attendant le moment où Jade courra vers lui et l'entraînera par la main vers le haut de la rue Caulaincourt, comme si elle voulait s'éloigner le plus vite possible de cet établissement où elle ne se plaît pas.

Notre ancien jésuite en profite pour observer le spectacle des « nounous », toutes des femmes d'origine étrangère et d'âges divers, la plupart non déclarées, poussant le landau du petit frère – ou de la petite sœur – pas encore scolarisé(e). Certaines – appartenant à la même communauté – se plaignent à très haute voix de leurs patronnes respectives ou du gamin qu'elles gardent. Il a remarqué le comportement de certains enfants quand ils sortent de l'école : alors que la plupart se ruent en riant aux éclats vers celle qui les attend, eux la boudent ostensiblement, allant jusqu'à refuser le goûter qu'elle aura sorti du sac accroché à l'arrière de la poussette du petit frère ou de la petite sœur. La plupart de ces nounous, qui travaillent dans un quartier où le prix d'un trois-pièces équivaut, au bas mot, à deux cents SMIC, habitent des banlieues éloignées et elles sont payées au lance-pierres. Yvon en est sûr : il ne confiera jamais Jade, qu'il couve comme si c'était sa fille, à une nounou en galère.

Comme chaque jour après l'école, il la tient par la main jusqu'au 34 de la rue Lamarck, où il a déniché un minuscule

1. Lors de la primaire socialiste.

deux-pièces au cinquième étage sans ascenseur. L'immeuble est situé à deux pas de la FEMIS, la célèbre école de formation aux métiers du cinéma et de l'audiovisuel, au sein de laquelle il a dégoté un emploi d'agent d'entretien à mi-temps. Arrivé chez eux, il lui préparera une tartine avec du beurre et du miel, puis il lui lira une histoire. Aujourd'hui, ce sera l'un des *Contes du chat perché*, de Marcel Aymé… qui habitait non loin de là, sur la Butte.

6.28

LE DIMANCHE 24 NOVEMBRE 2013

Le « projet Sud »

Dans une immense salle de sports avec vue imprenable sur la mer Noire, bourrée de machines dernier cri pour la plupart importées des États-Unis, Vladimir Poutine fléchit les genoux, puis il les déplie. Sur ses épaules, les quatre-vingts kilos d'haltères que son coach y a déposés. Un exercice dont serait bien incapable Alexandre Ponomarenko, que le maître de la Russie a invité à passer le week-end.

Pourtant, cet oligarque dont la fortune est liée au port de Novorossiïsk est un peu chez lui depuis qu'il a pris le relais de Nicolaï Chamalov, cet autre proche de Poutine à l'origine du « projet Sud ». Cette immense enclave englobant le cap Idokopas est située à deux heures de route de la ville de Krasnodar. Elle comprend, outre huit hectares de vignes et un coruscant « palais » – une sorte de Versailles mais en plus mastoc et moins élégant, comme l'Europe s'en est couverte aux XVIIIe et XIXe siècles, dessiné par l'architecte italien Lanfranco Cirillo. On y trouve également deux héliports, une piscine olympique et un stade de hockey sur glace, les deux invisibles parce que enterrés, une centrale électrique sous couvert d'un curieux édifice de style pseudo-médiéval, ainsi qu'une église, pour le coup parfaitement identifiable grâce à ses bulbes dorés à la feuille. Le « projet Sud » ne serait pas complet sans ses deux tunnels d'évacuation, le plus spectaculaire débouchant sur la plage située en contrebas du domaine, au cas où le maître du Kremlin, qui a toujours assuré ne pas être le propriétaire des lieux, serait contraint de prendre le large par la mer, comme dans un film de James Bond.

Vladimir Poutine s'essuie le visage avec une serviette au moment où un garde du corps en survêtement lui tend un téléphone portable.

— Vous avez Choïgou.

Poutine se dirige vers l'immense baie vitrée, derrière laquelle les bulbes de l'église semblent être entrés en fusion du fait de leur brillance.

— Oui, il fait très beau, Sergueï. Mais là n'est pas la question. Parle-moi de tes gens qui sont en Crimée.

Il écoute et poursuit :

— Il suffit de dire à tes gars qu'ils vont passer leurs vacances là-bas. On va y entrer comme dans du beurre.

Et après un autre propos de Choïgou, il conclut :

— Ces pauvres Ukrainiens, ce n'est pas ce crétin de Ianoukovytch qui les sortira de la mouise !

Tous les dictateurs ont ceci en commun que ça ne les étouffe pas le moins du monde de se montrer ingrats envers leurs séides. La veille, le dénommé Viktor Ianoukovytch, président de l'Ukraine depuis le 7 février 2010 à l'issue d'un scrutin aussi contesté que contestable, a officiellement rompu les discussions de son pays avec l'Union européenne, alors même qu'il avait prôné un rapprochement, tant avec Moscou qu'avec Bruxelles, lors de sa campagne électorale de l'hiver 2009-2010, au moment où l'Ukraine était au bord de la faillite, après des années de gabegie et de corruption.

Poutine rend le téléphone à son garde du corps avec une petite moue de mépris, puis il monte sur son rutilant vélo fixe de marque hollandaise.

De son côté, Ponomarenko s'essuie le front. Depuis que Poutine a commencé ses exercices, il n'aura pas dit un mot.

6.29

LE MERCREDI 25 DÉCEMBRE 2013

Mon nom est « Liberté », et le principe d'extraterritorialité du dollar

En province, la vie est autrement plus facile qu'à Paris. C'est le cas à Lons-le-Saunier, où Yvon s'est installé avec Jade depuis la rentrée. Il enseigne l'histoire-géo, le français et l'éducation civique au collège privé Sainte-Marie. Jade se plaît dans le Jura, au grand bonheur de celui qui s'occupe d'elle… à qui elle vient de présenter l'ardoise sur laquelle elle a écrit « JADE » à la craie, ardoise qui faisait partie des cadeaux qu'elle a trouvés une heure plus tôt au pied du sapin installé dans un angle du séjour de leur deux-pièces avec vue sur l'usine de la fromagerie Bel, au deuxième étage de leur immeuble.

Yvon regarde la fillette effacer son nom avec la frénésie du bon élève prêt à recommencer. Il dit :

— Tu peux écrire un autre mot, ma chérie. Celui que tu veux.

Alors que Jade, de sa main fine à la peau diaphane, écrit, en tirant la langue et sous le regard stupéfait d'Yvon, *L i b e r t é*… aux États-Unis, dans une cellule de la prison de haute sécurité Donald W. Wyatt, à Central Falls, une ville de l'État du Rhode Island, Frédéric Pierucci, le président monde de la branche chaudières d'Alstom, découvre le pouvoir exorbitant que s'octroient les États-Unis en appliquant le principe d'extraterritorialité du dollar américain, un privilège qui leur confère un avantage décisif dont ils n'hésitent pas à faire usage pour permettre à une entreprise américaine de prendre le contrôle d'une entreprise étrangère ou pour affaiblir un établissement bancaire étranger. Pierucci se prépare à manger la viande de dinde archisèche accompagnée du riz totalement insipide qu'on lui sert six fois par semaine depuis le 14 avril, jour où il fut arrêté à sa descente d'avion à l'aéroport Kennedy de New York, avant qu'un juge ne lui signifie qu'il était accusé d'avoir corrompu des agents publics indonésiens avec des dollars. À l'époque, Alstom participait à un appel d'offres relatif à la fourniture à l'Indonésie d'une centrale thermique à charbon. Avant, il est vrai, d'être choisi, au grand dam des autres concurrents.

6.30

LE SAMEDI 22 FÉVRIER 2014

Les révélations de l'ICIJ

En Chine, les informations collectées par le collectif de journalistes d'investigation (ICIJ), à la suite de la fuite opportune d'un disque dur contenant les données de deux fournisseurs de services offshore situés à Hong Kong et aux îles Vierges britanniques, ont été révélées au grand jour début janvier, puis reprises par de grands médias tels que Bloomberg et *Le Monde*. Elles ont déclenché une nouvelle vague d'arrestations pour corruption. Il y est fait état des avoirs détenus à l'étranger par près de vingt mille citoyens originaires de Hong Kong et de Chine, parmi lesquels la sœur aînée de Xi Jinping et son mari, un riche homme d'affaires, spécialisé dans l'immobilier et investisseur dans les métaux rares. L'enquête met aussi en cause Wen Yusong, fils de l'ancien Premier ministre Wen Jiabao, et le rôle de la filiale hongkongaise de la banque Crédit suisse. La sœur de Wen Yusong y est également épinglée pour des prestations de conseil, d'un montant substantiel payé par la banque américaine JP Morgan à la société de son époux, sur un compte ouvert aux îles Vierges. Des descendants du Petit Timonier et de ses proches apparaissent également dans ces *China Leaks*.

Face à ces révélations gênantes, le Numéro Un a décidé de faire comme au judo : utiliser la force de l'adversaire de façon à le faire chuter.

Maidan

À Kiev, où il sera bientôt 15 heures, sur la place Maidan, une foule impressionnante est venue écouter, sous un pâle soleil mais dans une ambiance festive, les discours enflammés des leaders du mouvement « Dignité » et les hommages qu'ils rendent aux quatre-vingt-sept personnes mortes sous les balles de la police antiémeute du président prorusse Viktor Ianoukovytch lors des manifestations monstres du 18 février.

Au pied de l'estrade, Bernard-Henri Lévy discute avec Raphaël Glucksmann.

Entré dans sa soixante-cinquième année, BHL – pour qui « Vraiment, Bernard-Henri, tu ne changes pas ! » demeure le plus beau des compliments – a gardé son allure de héros romantique, avec sa crinière au vent et ses chemises Dior déboutonnées juste ce qu'il faut. L'abeille Lévy va toujours sur la fleur où elle pense devoir se poser. Avant l'Ukraine, ce fut la Bosnie, puis la Libye, dans ce dernier cas non sans avoir tarabusté Sarkozy pour que l'aviation française bombarde Tripoli.

L'aversion de BHL pour les régimes autoritaires l'a rapproché de Raphaël Glucksmann. Le papa de ce dernier, André, ancien maoïste, a soutenu Sarkozy lors de la présidentielle de 2007, tout comme son fils. Auparavant, André a fait partie, avec BHL, de ceux qui étaient qualifiés de « nouveaux philosophes » et qui pourfendaient l'URSS à longueur d'émission, à la radio et sur les plateaux de télévision. Depuis l'effondrement de l'Empire soviétique, la nouvelle cible de BHL et des Glucksmann a pour nom Vladimir Poutine.

Raphaël est venu en voisin, car il a épousé Eka Zgouladze, devenue vice-ministre de l'Intérieur d'Ukraine après avoir occupé, de 2005 à 2012, le même poste en Géorgie, où lui-même était conseiller du président Saakachvili, grâce aux accointances de BHL.

Sur l'estrade, Petro Porochenko a succédé à Ioulia Tymochenko, l'ancienne Première ministre, reconnaissable à ses tresses enroulées autour de sa tête, et condamnée à sept ans de prison pour corruption. « Poro » a fait fortune dans le chocolat puis dans l'import-export. Soutenu par les manifestants, bien qu'ayant fait partie des anciennes équipes au pouvoir, il se verrait bien concourir à la prochaine élection présidentielle.

Alors que les discours s'éternisent, BHL a faim. Cela fait trois heures qu'il est planté dans le froid et le vacarme. Il dit :

— Raphaël, toi qui connais Kiev comme ta poche, t'aurais pas l'adresse d'un bon restau ? Je me taperais bien de l'osciètre et des blinis.

Ainsi va le chaos ukrainien.

Le Signal

Un peu plus tard, à Talence, dans la banlieue de Bordeaux, Jean-José Guichet, un ancien cadre d'Exxon, déclare à sa petite-fille, venue chez ses grands-parents pour les vacances de février :

— Quand on habitait Lille et qu'on a acheté l'appartement de Soulac parce que ta mamie voulait se rapprocher de la mer, il y avait plus de deux cents mètres entre notre appartement et le bord de la dune. L'avance de la mer a fait de ton papi le premier réfugié climatique de France.

Jean-José Guichet est le président du conseil syndical des copropriétaires de l'immeuble Le Signal, à Soulac-sur-Mer, dont les autorités ont ordonné l'évacuation pour des raisons de sécurité : la dune sur laquelle il fut construit recule désormais d'une dizaine de mètres par an.

6.31

LE MERCREDI 19 MARS 2014

L'éveil de la forêt, Valls et la « tsarine »

Jade, bottes de caoutchouc, pantalon de velours, anorak de ski et bonnet cache-oreilles fourré, est émerveillée devant la forêt ensoleillée et les cimes de ses feuillus, des chênes et des sorbiers, recouvertes du vert pâle de leurs pousses, surmontées par celles des mélèzes qui s'ourlent sous une petite brise. Depuis le belvédère de Montaigu, un promontoire rocheux où Yvon l'a emmenée et qu'on atteint depuis Conliège, un village situé à moins de cinq kilomètres de Lons-le-Saunier, elle découvre pour la première fois un espace boisé aussi étendu. Auparavant, pendant leur ascension, et alors qu'ils étaient accompagnés par le chant des oiseaux, Yvon lui avait récité le poème « Aux arbres », tiré des *Contemplations* de Victor Hugo, où l'auteur des *Misérables* fait part des émotions qu'a fait naître en lui la sylve, avec son « lierre au seuil des antres sourds », ses « ravins où l'on entend filtrer les sources vives » et tous ses arbres dans la solitude desquels « je rentre en moi-même ».

Notre ancien jésuite étale sur une tranche de pain du pâté de lapin à la pistache, concocté par Georges, chez qui ils sont allés déjeuner le dimanche précédent. Puis il tend la tartine à la petite Chinoise en disant :

— Tu vois, Jade, pendant qu'on montait jusqu'ici, tu as assisté à l'éveil de la forêt…

Au même moment, à l'Élysée, où s'est tenu le Conseil des ministres, François Hollande fait asseoir, dans les ors de son bureau, son vieux pote et ministre de la Défense Jean-Yves

Le Drian, à l'issue de leur rapide entretien, pendant lequel ce dernier est resté debout et où il fut question de l'annexion de la Crimée par la Russie, survenue la veille, suite à un référendum bidon organisé par Poutine trois jours plus tôt.

Hollande fait le tour du coruscant bureau estampillé Charles Cressent derrière lequel travaillèrent pour la France de Gaulle, Pompidou, Mitterrand, Chirac et Sarkozy.

— Comment tu perçois Manuel Valls ?

Le Drian et Hollande ont longtemps été complices. D'abord au sein du mouvement des « transcourants », puis au club Témoin, composé de fidèles de Jacques Delors, à défaut de l'être à Michel Rocard, car ils auraient alors encouru les foudres mitterrandiennes. Cette proximité entre eux n'empêche pas des rapports dissymétriques. Le Breton au regard de chien triste a toujours éprouvé un sentiment d'infériorité vis-à-vis de Hollande, qui, après avoir fait l'ENA, en est sorti dans un grand corps, lui-même n'alignant qu'une modeste maîtrise d'histoire de l'université de Rennes.

Le Drian ne s'attendait pas à une telle question. Il dit :

— Tu penses à Matignon pour Manuel ?

— Tu ne l'en crois pas capable ?

Le Drian a encore plus un regard de chien triste, à présent qu'il sourit à son tour.

— *Caramba !* T'as pas peur de mettre le feu à la savane ?

Pour éviter de montrer son agacement, le président s'est levé et est allé observer, depuis la fenêtre centrale du Salon doré, les jardiniers en train de tondre la pelouse. Ses prédécesseurs faisaient la même chose. Machinalement de la part de Chirac, qui aimait voir la pluie tomber, intentionnellement dans le cas de Mitterrand, que cela réjouissait de voir gambader sur l'herbe son labrador Baltique. Il dit :

— Eh bien, dis-moi, je vous imaginais davantage bienveillants, entre frères !

Deux minutes plus tard, alors que Hollande envoie un « coucou » par SMS à l'actrice Julie Gayet, quai de Conti, dans le somptueux appartement dévolu au secrétaire perpétuel de l'Académie française, Hélène Carrère d'Encausse, mise en plis impeccable, tailleur à la Chanel, rang de perles fines autour du cou et perlouse artificielle à chaque oreille, prend le thé en compagnie de Louis, son époux, un homme à l'allure élégante, la discrétion même, à qui elle doit son nom à particule. Louis a toujours préféré l'ombre à la lumière, contrairement à son épouse, particulièrement sensible aux décorations et aux honneurs. L'intéressé a l'air amusé, contrairement à « la tsarine », ainsi que la surnomment ses collègues immortels. Il dit :

— Tu trouves pas que ton ami Vladimir exagère un tout p'tit peu ?

Raide comme un piquet sur sa bergère, Hélène touille nerveusement son sucre avec une petite cuiller en argent.

— Les habitants de la Crimée ont voté… Et puis la Crimée n'a jamais été ukrainienne. C'est Khrouchtchev qui l'a rattachée à l'Ukraine pour faire plaisir à je ne sais qui !

Ce n'est pas la première fois que le couple se chamaille au sujet de la Russie. La « perpétuelle » a noué d'excellents rapports personnels avec Poutine, ce « dirigeant moins corrompu qu'Eltsine et qui correspond parfaitement au peuple russe », un peuple « habitué aux oukases du chef », comme elle se plaît à le répéter à ses interlocuteurs.

Elle tapote les côtés du casque formé par sa chevelure emprisonnée dans la laque, comme si elle craignait qu'une mèche ne s'en échappe. Elle dit :

— Et puis, en Russie, on respecte le masculin et le féminin. Il ne viendrait à l'idée d'aucun journaliste russe de m'appeler « Madame la Secrétaire perpétuelle… ».

6.32

LE LUNDI 28 AVRIL 2014

Les nuits blanches

À Saint-Pétersbourg, où il sera bientôt minuit mais où il continue à faire jour – la lumière laiteuse de la « nuit blanche » –, Vladimir Poutine félicite chaleureusement Gerhard Schröder à l'issue d'un somptueux dîner organisé au siège du gouvernorat pour fêter les soixante-dix printemps de l'ancien chancelier d'Allemagne.

Le maître de la Russie lève sa coupe en direction de Schröder, puis de son épouse, âgée de trente ans de moins que lui.

— Longue vie au très cher ami de la Russie !

Servier échappe à son procès

À Neuilly, les salariés du laboratoire Servier achèvent de prendre connaissance de l'e-mail posthume que leur a adressé leur patron, décédé douze jours plus tôt – ce qui le fait échapper à sa condamnation personnelle, le décès du prévenu éteignant l'action publique. Le défunt a conclu son message par ces mots : « Tous ensemble, nous avons construit une maison exceptionnelle qui, plus que tout, mérite de vivre. » Avant cela, le message détaillait la structure du capital de l'entreprise, détenu par une fondation néerlandaise, elle-même contrôlée par des associations émanant des différentes entités de Servier qui en délèguent la gestion à Servier SAS, dont les statuts – longs de quarante-deux pages et qui ont été modifiés deux mois plus tôt – stipulent que Jacques Servier, son « premier président à vie », désigne ses « présidents successifs »… À croire que l'intéressé s'imaginait immortel, comme le pensent, contrairement à l'encadrement de l'entreprise, mais sans le dire, la plupart des petites mains, ouvriers, laborantins et autres employés, dont une écrasante majorité n'est pas payée plus d'une fois et demie le SMIC.

6.33

LE DIMANCHE 25 MAI 2014

Le village au bord de la mer et « Hollande : vraiment pas au niveau ! »

En ce jour d'élections européennes, à Lons-le-Saunier, où il est un peu plus de 10 heures du matin et où tombe une pluie fine, Jade, à qui ses lunettes confèrent un petit air sérieux, dessine un village au bord de la mer : des carrés blancs blottis les uns contre les autres sur une falaise rose plongeant dans le bleu sombre étalé sur tout le bas de la feuille. Il n'y a pas qu'en dessin et en peinture que la petite fille est douée. Elle se débrouille plutôt bien, question écriture et déchiffrage des mots, pour une enfant d'à peine cinq ans.

Tandis qu'Yvon s'extasie devant cette aquarelle, que Jade a couru lui présenter à son retour des courses, Emmanuel et Brigitte Macron, les deux en survêtement, lui bleu roi et de marque Adidas et elle en Tacchini blanc à capuche, marchent d'un bon pas, sous un ciel bleu pâle et au milieu des cris horripilants des mouettes, sur le sentier douanier qui serpente dans les dunes, un peu au nord du Touquet, la célèbre station balnéaire de la Côte d'Opale.

Entre le vacarme des oiseaux marins et le fracas plus assourdi des vagues ourlées de blanc, qu'on aperçoit au loin, Emmanuel s'est vu obligé d'élever la voix pour se lancer dans sa diatribe à l'encontre de François Hollande, qu'il trouve « vraiment pas au niveau ! ». Tout y passe : pas à la hauteur de la fonction, trop mou, trop roué, trop politicien, à moins que ce ne soit du cynisme, et avec ça, le côté terriblement « vieux monde », et puis comment a-t-il pu supporter Valérie Trierweiler et sa jalousie maladive ? Sans parler de ce mélange des genres dans lequel se complaît le Président, sa complicité malsaine avec ses copains journalistes du *Monde* ou de Mediapart… Le gibier copinant avec les chasseurs, ça finit toujours dans le décor !

Brigitte s'arrête et elle prend la main d'Emmanuel. Elle dit :

— Mais, mon chéri, dans ce cas, pourquoi restes-tu à l'Élysée ?

Sa voix est douce et chantante, protectrice, alliée de tous les instants, celle de la prof de théâtre dont le jeune Emmanuel s'était follement épris, et qui brûla ses vaisseaux dans un bovarysme à rebours assumé, cela créant un grand scandale au sein de la bourgeoisie amiénoise… Une telle différence d'âge, songez, madame Michu ! La fulgurante réussite parisienne du jeune Emmanuel a fait taire les grincheux, et celui-ci continue de bluffer la provinciale qu'est demeurée Brigitte. Le couple Macron mène une vie aventureuse, un peu à la Bonnie and Clyde, celle de deux risque-tout à la vie et à la mort, et prêts à l'impossible pour s'épater l'un l'autre.

Emmanuel fronce les sourcils, comme il le fait lorsqu'il sent que Brigitte trouve qu'il va trop loin, dans la vie comme sur scène ou devant un micro.

— Je ne compte pas y faire de vieux os. D'ailleurs, je l'ai laissé entendre à Hollande !

— Qu'est-ce qu'il a dit ?

— Rien. Il a feint de ne pas avoir compris. Comme d'hab' !

— Mais, mon chéri, le président, c'est lui ! Il a été élu par les Français. Tout le reste, autour, ça ne compte pas !

— Ça, je l'ai perçu depuis longtemps. Dans la Ve République, seul compte celui qui est élu par tous les Français. Tout le reste n'est que roupie de sansonnet !

Gabriel Attal et Benjamin Griveaux

Huit heures plus tard, à Paris, Gabriel Attal, tout juste vingt-cinq ans mais en faisant vingt à tout casser, discute avec Benjamin Griveaux, dix ans de plus, diplômé d'HEC et ayant raté l'ENA, qui l'a invité chez lui à suivre la soirée des élections européennes à la télévision. Des deux compères, c'est surtout Griveaux qu'on peut considérer comme l'une des victimes de la braguette de Dominique Strauss-Kahn, à l'instar de ces nombreux jeunes sociaux-démocrates qui papillonnaient autour de DSK et se voyaient arriver aux manettes pour appliquer le socialisme moderne à l'économie, autrement dit une politique de l'offre tempérée par une lichette de politique de la demande, un peu comme l'alouette qui donne son nom à un pâté composé à 95 % de viande de cheval… Attal faisait partie de la même écurie, mais il ressemblait beaucoup trop à un bébé pour être réellement pris au sérieux.

Faute de grives… Griveaux intégra le cabinet de Marisol Touraine, la ministre des Affaires sociales et de la Santé, où il fit entrer le jeune Attal. Qui s'y morfond, regrettant les quelques mois pendant lesquels il fut chargé de mission auprès du secrétaire général de la Villa Médicis, un job obtenu grâce à son directeur, l'homme de télévision, cinéaste et écrivain, à la voix inimitable, Frédéric Mitterrand. Les deux compères ne trouvent à leur actuelle patronne pas plus de sens politique que de qualités managériales, Marisol ne s'intéressant qu'aux surdiplômés de son espèce, elle-même étant issue de l'École normale supérieure. Griveaux, par prudence, n'a jamais osé s'épancher en public à ce sujet, contrairement à son jeune camarade. En attendant des jours meilleurs en politique, il s'apprête à quitter le giron de l'État pour pantoufler chez Unibail-Rodamco, le géant immobilier des centres commerciaux.

Trois heures plus tard, le Front national, désormais dirigé par la fille de Jean-Marie Le Pen, lui-même en étant le président d'honneur, est apparu comme le grand vainqueur de la soirée : le nombre de ses députés européens passera de trois à vingt-quatre. Le jeune Gabriel est abattu comme jamais. Il dit :

— Comme quoi, on peut cracher dans la soupe et en obtenir le plus grand bol. Sans ces élections européennes qui vont permettre aux Le Pen de faire vivre leur parti et de bien gagner leur vie, personne ne parlerait d'eux et le FN n'aurait pas survécu !

Il soupire, l'air triste d'un adolescent quand ça ne va pas. Il ajoute :

— Et dire qu'en plus, ça prétend quitter cette Europe qui les fait croûter !

6.34

LE VENDREDI 13 JUIN 2014

Une Battante moins combative

À Pékin, à 7 h 30 du matin et sous des nuages de pollution, Battante, qui ne s'est toujours pas levée, est furax, au point de songer sérieusement à quitter ses fonctions de vice-ministre des Sports. La veille, notre ancienne pongiste de haut niveau s'est vu signifier que sa demande d'obtention d'un nouveau passeport était intervenue trop tardivement. Or Battante s'y était prise très à l'avance, et elle se faisait une grande joie de serrer de nouveau Jade dans ses bras, car elle comptait profiter de sa participation à une réunion du Comité international olympique à Lausanne pour passer quelques jours avec elle et Yvon dans le Jura. Deux ans se sont écoulés depuis le départ pour la France de son époux et de son arrière-petite-nièce, et tous deux lui manquent.

Aussi, elle, qui mettait jusque-là son point d'honneur à ne jamais arriver au ministère après 8 h 45, a décidé de rester aujourd'hui sous sa couette.

Marine et Jean-Marie

Six heures plus tard, dans une villa plutôt cossue de La Celle-Saint-Cloud, Marine Le Pen et son compagnon, Louis Aliot, lui-même vice-président du Front national, partagent deux expressos accompagnés de tartines beurrées. Leurs occasions de se voir sont peu nombreuses. Et encore, ils siègent tous les deux au Parlement européen. Mais la politique, surtout lorsqu'elle est exercée à un haut niveau, laisse peu de temps pour la vie privée.

Le soleil irradie la cuisine et Marine caresse le dos de son sacré de Birmanie venu se frotter contre elle, la queue en forme de point d'interrogation.

— La personne qui bloque tout, c'est Jean-Marie !

Aliot sursaute. Il ne sait pas si Marine plaisante. C'est la première fois qu'il entend la fille appeler son père, dont lui-même est très proche, par son prénom.

La présidente du Front national a terminé de boire son petit noir. Elle dit :

— Jean-Marie n'a jamais voulu exercer le pouvoir ! Se complaire indéfiniment dans l'opposition, c'est pas trop mon truc, vu les sacrifices imposés par la vie politique. Autant être utile à son pays.

Le compagnon des bons et des mauvais jours, après avoir allumé une clope, tend son briquet à Marine.

— Faut pas trop écouter ton Philippot !

Libéré moyennant une caution de 90 000 dollars

À Wyatt, dans l'État de Rhode Island, la prison de haute sécurité où il est détenu depuis quatorze mois, Frédéric Pierucci peut enfin souffler, après avoir plaidé coupable devant un juge du Connecticut pour échapper à vingt ans d'enfermement. Celui qu'Alstom a licencié sept mois plus tôt – malgré plus de vingt ans de bons et loyaux services – pour – un comble ! – « absence au travail » et « atteinte à l'image de l'entreprise » vient d'apprendre de la bouche de son avocat qu'il était libéré, moyennant le versement d'une caution de 90 000 dollars, qu'il devra par voie de conséquence payer de sa poche.

6.35

LE DIMANCHE 15 JUIN 2014

L'ogre General Electric

Au siège d'Alstom, à Saint-Ouen, où s'est tenu un conseil d'administration, Patrick Kron, le patron de l'entreprise, n'est pas tranquille. Il espère que le prochain conseil, qui devrait se tenir dans deux jour, donnera un avis favorable à l'offre de General Electric (GE), d'un montant de 17 milliards de dollars, pour sa division mondiale d'énergie, fabriquant des turbines à vapeur et au gaz dont Alstom est le seul à posséder le savoir-faire au niveau mondial, également convoitée par un conglomérat formé par Siemens et Mitsubishi. Si GE n'arrivait pas à ses fins, il y a fort à craindre qu'Alstom et ses principaux dirigeants encourraient les foudres du Département américain de la Justice. Les États-Unis ont beau être les champions de l'économie de marché, son État fédéral marche main dans la main avec les grandes entreprises américaines.

C'est le cas de GE, fondé en 1892 par Thomas Edison, et troisième pilier de la puissance économique d'outre-Atlantique ; les deux autres étant son gigantesque complexe militaro-industriel et sa Big Pharma. Depuis quelque temps, les États-Unis disposent d'un quatrième pilier avec les grands acteurs d'Internet.

Conglomérat tentaculaire d'abord présent dans tous les secteurs industriels, y compris dans la télévision et la radio, la finance et la santé – au mépris des lois antitrust –, GE s'est peu à peu recentré, sous l'impulsion de Jeff Immelt, son tout-puissant et charismatique dirigeant, sur ses activités d'origine : les technologies faisant appel au courant électrique destinées à fournir de l'énergie, notamment les turbo-alternateurs, mais en prenant soin de toujours conforter l'hégémonie des États-Unis dans des domaines stratégiques concourant à leur domination mondiale. D'où la volonté d'Immelt de s'emparer de cette division d'Alstom. Le calendrier est idéal : le fleuron français fait l'objet de poursuites aux États-Unis en vertu du fameux Foreign Corrupt Practices Act (FCPA), d'où les ennuis de Pierucci, qui ont valeur d'avertissement pour Patrick Kron et les membres de son conseil.

Deux heures plus tard, à l'hôtel *Monte Carlo Bay* de Monaco, Gérard Lhéritier, le patron d'Aristophil, entend rassurer ses courtiers avec ce somptueux dîner, facturé par l'hôtel à près de

1 million d'euros, dont il a confié l'animation à Nikos Aliagas, le présentateur de l'émission de TF1 *The Voice*, à qui il a promis un chèque de 65 000 euros pour dire le plus grand bien de son activité.

Les nuages s'accumulent sur les affaires de Lhéritier, qui a échoué une fois de plus à refourguer le fameux manuscrit d'Einstein, acheté par lui-même 600 000 dollars, puis revendu au prix fort à ses investisseurs.

6.36

LE DIMANCHE 24 AOÛT 2014

Jean-Pierre Jouyet

Dans le salon doré, Jean-Pierre Jouyet prend place dans l'un des deux fauteuils devant le bureau de François Hollande, lui-même en grande conversation avec Manuel Valls, haut-parleur du téléphone enclenché.

Et si la « gauche caviar » avait engendré une « technocratie caviar », des technocrates à qui leur positionnement politique, leur carnet d'adresses et leur fréquentation du Siècle permettent de rester au pouvoir quand la majorité change ? Si l'on devait choisir l'archétype de ces « grands serviteurs de l'État » qui ont beau jeu de retomber toujours sur leurs pattes, sautant avec brio dans toutes les cases du jeu de marelle, à l'inverse du brutal « *spoil system* » américain, ce serait Jean-Pierre Jouyet.

Réputé pour sa tactilité – il touche volontiers ses interlocuteurs quand il leur parle –, Jean-Pierre a fait l'ENA, où il a côtoyé François Hollande, et en est sorti à l'inspection des finances. Il fut tour à tour chef adjoint du cabinet de Jacques Delors lorsque ce dernier présidait la Commission européenne, directeur adjoint du cabinet de Lionel Jospin, alors Premier ministre, avant d'être nommé, en 2000, directeur du Trésor – le poste le plus prestigieux de Bercy –, d'où Nicolas Sarkozy, devenu ministre des Finances, l'évincera en 2004, avant de le nommer ambassadeur aux questions économiques, un placard doré dont l'intéressé va rapidement s'évader pour devenir le président de Barclays Bank France. Puis retour à Bercy, cette fois pour diriger l'inspection des finances, fonction hautement stratégique car conférant à son titulaire le rôle de DRH des membres de ce grand corps de l'État, dont plus de 80 % effectuent leur carrière hors de l'administration… Bien que signataire de l'appel des Gracques – un club de hauts fonctionnaires de gauche, partisans d'une alliance PS-UDF lors de la campagne présidentielle de 2007 –, celui qui a, entre-temps, épousé une très riche héritière, entre dans le gouvernement Fillon comme secrétaire d'État aux Affaires européennes, ce qui n'a pas l'heur de plaire à François Hollande, d'où une brouille entre les deux hommes. Jouyet doit ce maroquin à Bernard Kouchner, qui avait conditionné son arrivée comme ministre des Affaires étrangères à l'entrée au gouvernement de Jean-Pierre Jouyet et de Martin Hirsch. En juillet 2008, Jean-Pierre quitte le gouvernement, direction l'Autorité des marchés financiers, où il se morfond, jusqu'à l'élection de François Hollande, avec lequel il a entretemps renoué, et qui le propulse la tête de la Caisse des dépôts et consignations, un poste central sur le plan de l'économie, mais médiocrement rémunéré, comparé à celui d'un banquier du privé… La marelle n'est pas terminée. Au mois d'avril 2014, le président de la République en fait son secrétaire général de l'Élysée.

Le chef de l'État discute de la composition du gouvernement avec son nouveau Premier ministre. Il dit :

— Je n'ai jamais été trop partisan de faire monter des collaborateurs au gouvernement, même si Emmanuel est un garçon ultra-brillant. Et puis, il m'a planté sans trop me demander ce que j'en pensais !

À l'autre bout du fil, Valls, qui souhaite se débarrasser d'Arnaud Montebourg, est persuadé de faire d'une pierre deux coups en remplaçant le « bel Arnaud », comme le surnomment ses détracteurs, par le jeune Emmanuel : non seulement il se fera de ce dernier un allié pour l'avenir, car on ne sait jamais ce qu'il vous réserve dès lors que vous êtes le deuxième personnage de l'État dans l'ordre protocolaire – même si Georges Pompidou et Jacques Chirac sont les seuls présidents à être passés par la case Matignon –, mais, en plus, cela ferait la nique à ses très nombreux ennemis au PS, dont certains, qui siègent à l'Assemblée, sont les fameux « frondeurs ».

— Je t'assure qu'Emmanuel est l'homme de la situation, François !

— Mouais…

— Demande donc à Jean-Pierre ce qu'il en pense !

Sur son siège, Jouyet s'agite. Propulser à Bercy un de ses poulains : le rêve ! Il s'écrie :

— François, Manuel a raison ! Bercy irait comme un gant à Emmanuel. Et puis, toute la presse l'adore… Ça te servira pour plus tard, Emmanuel te le revaudra.

6.37

LE MERCREDI 15 OCTOBRE 2014

Un nouveau passeport et SenseTime

Au Hebei, dans les monts Wudang, Présage se laisse inonder par les premiers rayons du soleil, au lever duquel il assiste chaque matin pour en capter l'énergie, assis en lotus sur son rocher habituel.

À Pékin, Battante espère cette fois-ci recevoir rapidement son nouveau passeport : elle a été invitée à se rendre à Berlin, au centième anniversaire de la Fédération allemande de tennis de table. Tout ce qu'il y a de plus anodin. En attendant, elle a enfilé un survêtement et s'apprête à se rendre à la salle de sport, comme elle le fait désormais chaque matin depuis sa mise à la retraite – à sa demande.

Et, au même moment, à Hong Kong, Tang Xiao et Xu Li, tous deux chercheurs dans le domaine de la reconnaissance des formes grâce aux algorithmes, ont rendez-vous au tribunal de commerce afin d'y enregistrer SenseTime, leur start-up, où ils comptent loger les brevets en matière de reconnaissance faciale qu'ils ont d'ores et déjà déposés dans onze langues.

AgroGeneration et BNP Paribas sont dans la mouise

À Paris, où il est 3 heures de l'après-midi sous un ciel nuageux, les investisseurs d'AgroGeneration, dont les pertes s'élèvent à plus de 20 millions d'euros, n'ont toujours pas quitté le navire, non par peur de déplaire à Charles Beigbeder – leurs mises étant, au demeurant, plutôt modestes rapportées à leur surface financière – mais par crainte qu'on puisse dire qu'ils se sont trompés en se lançant avec ce businessman aux allures de jeune premier romantique dans la production de céréales et d'oléagineux en Ukraine, sans avoir imaginé que les oligarques ukrainiens feraient tout pour mettre des bâtons dans les roues à ces étrangers qui prétendent exploiter les millions d'hectares de terres arables de leur pays, l'un des principaux greniers à céréales et à oléagineux du continent européen. Comme quoi, y compris dans les affaires, il n'y a pas qu'en Chine que la crainte de perdre la face est supérieure à celle de perdre de l'argent.

Un peu plus de trois heures plus tard, le couple Macron s'apprête – ainsi que l'un comme l'autre le disent en riant – à faire son « d'une pierre deux coups » en recevant, dans le salon, plutôt bas de plafond et avec vue sur la Seine, de son appartement de fonction de Bercy, d'abord une quinzaine d'invités à un « apéritif dînatoire, de 19 heures à 21 heures » – précision inscrite en gras sur le carton d'invitation –, parmi lesquels trois patrons de grandes banques et deux dirigeants de compagnies d'assurances, tous avec leurs épouses, ainsi qu'un académicien français, jadis socialiste, touche-à-tout de préférence dans les sujets à la mode, et qui a fait des offres de service à Emmanuel. Dans la foulée, à partir de 21 h 30, ils recevront, cette fois à dîner, huit autres convives – pour moitié « personnel politique » et pour moitié « société civile, médias et show bizz ». C'est Brigitte qui a soufflé à Emmanuel l'idée de ces pince-fesses successifs, dont le nom qu'elle leur donne déclenche immanquablement l'hilarité du couple. Seule contrainte de ces « d'une pierre deux coups » : faire en sorte que les entrants et les sortants ne se croisent pas dans les couloirs ou dans les ascenseurs du ministère, ce à quoi s'emploient les huissiers de permanence et les deux majordomes – des agents des douanes – à la disposition du ministre.

Si le patron de BNP Paribas avait été convié à ces agapes, il lui aurait été impossible de s'y rendre : le gouvernement américain a infligé à sa banque une amende de 8 milliards de dollars pour avoir commercé avec l'Iran, Cuba et le Soudan, alors que ces pays se trouvent sous embargo américain… Toujours l'extraterritorialité du dollar, l'arme fatale des États-Unis. Quelles pourraient être les conséquences d'une telle pénalité sur le bilan du plus grand établissement bancaire européen ? Tel est l'objet – ultra-sensible – de la réunion qui se tient depuis 15 heures et à laquelle participe tout l'état-major de la banque, ainsi qu'une dizaine d'avocats spécialisés. Elle a lieu dans la salle du conseil d'administration, attenante à la mythique « Orangerie », autrefois la cour intérieure de l'hôtel de Mondragon, sis au numéro 3 rue d'Antin, là où, le 9 mars 1796, se marièrent Napoléon Bonaparte et Joséphine de Beauharnais.

6.38

LE MERCREDI 7 JANVIER 2015

Un jour ordinaire dans le monde (2)

En Chine, Présage, toujours dans ses monts Wudang, essaie d'imaginer Jade heureuse en France. Il n'y a pas de jour où il ne pense au triste sort de ses parents, dont il a appris la mort par Battante, qu'il s'était décidé à contacter téléphoniquement pour avoir des nouvelles de Jolie. L'ex-championne pongiste aura fait preuve d'une élégance rare. Pas un mot de reproche, comme si, entre eux deux, il n'avait existé aucun passif. La conversation terminée, notre accordéoniste, désormais adepte de la Voie, a éclaté en sanglots.

Pourtant, aux yeux d'un taoïste, la mort est un simple changement d'état, au sein d'un cosmos en perpétuelle évolution.

Les atomes de Jolie sont ailleurs, comme le seront les siens, un jour ou l'autre. Mais cela n'efface pas le souvenir de celle dont il s'est occupé et qu'il avait pratiquement élevée.

Il y a deux mois, Paris était secouée par le scandale de *Tree*, cette œuvre censée être un arbre de Noël mais ressemblant à s'y méprendre à un *plug* anal, de l'artiste américain Paul McCarthy, installée devant la colonne de la place Vendôme. Pourtant, rien de nouveau sous le soleil : en septembre 1870, le peintre Gustave Courbet, qui faisait partie des Communards, avait proposé son déboulonnage[1], ce qui lui vaudra six mois de prison ferme et 500 francs d'amende.

Alors qu'il est 11 h 14, Saïd Kouachi, surnommé « le Savant » – un mètre soixante-sept et de l'asthme –, et son frère Chérif, surnommé « le Guerrier » – un mètre soixante-dix-huit et un séjour de trois ans à Fleury-Mérogis –, arrivent devant le numéro 10 de la rue Nicolas-Appert, dans le 11e arrondissement.

Orphelins de père et de mère, les deux hommes se sont radicalisés au contact de Farid Benyettou, un imam exerçant dans le quartier des Buttes-Chaumont et qui exhorte ses jeunes fidèles à faire le djihad. Deux heures plus tôt, ils ont expliqué à leurs épouses respectives qu'ils allaient « sur Paris » pour faire les soldes.

Entièrement habillé de noir, Chérif ajuste sa cagoule. Il dit :

— *Inch Allah*, on va tous les flinguer, ces porcs de kouffars de ce journal de merde qui insultent le Prophète à longueur de numéros !

1. Elle sera finalement démolie l'année suivante.

Au même instant, dans la salle où sont réunis les dessinateurs Charb, Tignous, Honoré, Wolinski et Cabu, l'économiste Bernard Maris et la psychanalyste Elsa Cayat, invitée – pauvre d'elle ! – à assister à cette conférence de rédaction, on papote, on rigole, on refait ce bas monde, entrecoupé de blagues lourdingues de potaches, parfois carrément mauvaises. Les dessinateurs de ce canard en perdition, faute de lecteurs, se creusent le ciboulot pour trouver le thème de leurs prochaines caricatures. Chez *Charlie*, on n'aime rien tant que se moquer des religions. Les curés, les imams, le pape, même Jésus-Christ et Mahomet : tout y passe. « Au fait, la dernière homélie de Bergoglio, le gars qui a succédé à cette tafiole de Benoît XVI, c'était sur quoi ? »

Un peu plus tard, à Lons-le-Saunier, Jade, élève au CP, rit aux éclats. Elle a écrit « Je viens de Chine », en haut d'une page de son cahier d'écriture. De toute la classe, c'est elle qui écrit le mieux.

6.39

LE DIMANCHE 15 FÉVRIER 2015

Le vertige d'Aléxis Tsípras

À Athènes, où il est midi sous un ciel d'azur, Aléxis Tsípras, le nouveau Premier ministre, devrait être un homme heureux.

Pourtant, c'est à un immense vertige qu'est en proie cet ingénieur en infrastructures, communiste depuis le lycée et leader de SYRIZA – le parti de gauche sorti vainqueur des élections législatives du 25 janvier.

Le pays où naquit la civilisation occidentale est l'un de ceux où l'impôt rentre le plus mal : services fiscaux inexistants ; fraude massive des contribuables ; omniprésence de l'Église orthodoxe, institution richissime mais exemptée de toute taxe par l'État grec ; impécuniosité des gouvernements successifs, tous népotiques et qui auront passé leur temps à masquer l'ampleur des déficits publics et de la dette… Jusqu'à ce que, au tournant des années 2000, le scandale finisse par éclater, les autorités grecques ayant été contraintes de révéler le colossal déficit public. Dans ces conditions, impossible pour le pays d'emprunter normalement sur les marchés financiers, comme ses dirigeants avaient pris l'habitude de le faire. D'où les appels à l'aide à l'Europe et au FMI, dont les interventions auront achevé de mettre à genoux l'économie grecque.

Premier chef de gouvernement à n'avoir pas juré sur la Bible devant un pope lors de sa prise de fonctions, Tsípras doit son poste à ses prises de position antiaustérité et, partant de là, plutôt antieuropéennes, de nombreux Grecs n'ayant pas supporté les admonestations de la chancelière allemande, Angela Merkel, sur le thème : Ne vous en prenez qu'à vous-mêmes – le genre : Si vous n'avez plus d'argent, mettez donc en vente l'une de vos îles.

Alors que, passé les quelques jours qui suivirent la victoire, notre homme était de moins en moins euphorique, il a carrément le moral dans les chaussettes depuis sa dernière conversation avec Yánis Varoufákis, son ministre des Finances, un garçon au physique d'acteur de western spaghetti, professeur d'économétrie rendu célèbre par ses diatribes contre les plans d'austérité successifs, et qui vient de sortir de son bureau, après avoir déroulé un plan d'action élaboré dans ses moindres détails – on n'est pas économètre pour rien ! –, mais qui supposerait de tordre le bras à la Commission européenne, ainsi qu'à l'Allemagne... dont le ministre des Finances n'est autre que l'ombrageux et rigoriste Wolfgang Schauble.

Alors que Tsípras s'interrogeait devant Varoufákis au sujet des réactions de Juncker, le président de la Commission européenne, Hollande, et surtout Merkel, il s'était entendu rétorquer :

— Ça, Aléxis, c'est ton problème !

Love d'un voyou, et du foie gras mi-cuit

Au même moment, en France, à Noisy-le-Sec, dans la banlieue parisienne, Aya Nakamura, pensive et faux cils de trois centimètres, son agent et producteur artistique Dembo Camara et le rappeur Fababy, lunettes de soleil réfléchissantes sur le nez, se promènent le long du canal Saint-Martin au niveau du parc de la Bergère. La veille, Fababy a transmis à notre chanteuse des paroles en vue d'un morceau qu'il se verrait bien rapper avec elle.

Aya n'a toujours pas donné sa réponse. Soudain, elle s'arrête de marcher.

— *Love d'un voyou*, qu'est-ce que t'en penses, Fabab ?

Dembo n'a jamais douté du succès auprès des jeunes d'Aya et de Fababy. Il intervient :

— Comme titre ? Wesh ! J'trouve ça superchouette !

Tandis que, dans la plus pure tradition chevaleresque, le rappeur s'agenouille devant Aya et lui fait un baisemain... à Morteau, Jade, qu'Yvon a emmenée passer le dimanche chez Georges, observe avec curiosité, mais non sans une pointe de dégoût, ce dernier en train de répandre du sel sur une dizaine de lobes de couleur crème, semblables à de la porcelaine, que notre néofermier enveloppera sous vide, avant de les mettre à pocher pendant trois minutes et demie dans une eau frémissante... En matière de cuisson, le foie gras mi-cuit nécessite des trésors de précision.

Les « communs »

À Bruxelles, Emma se sent patraque dans la chambre d'hôtel réservée par l'ONG Oxfam, qui organise un symposium sur « Médicaments et communs », auquel elle doit participer.

En 2009, l'économiste américaine Elinor Ostrom, décédée en 2012 des suites d'un cancer du pancréas, fut lauréate du prix Nobel d'économie pour ses recherches sur la gestion des « communs », ces entités – telles que la forêt, l'eau ou encore la ressource halieutique – dont l'utilité sociale justifie, toujours selon cette moraliste qui s'aventura avec succès dans le champ économique, qu'ils échappent aux mécanismes traditionnels de l'offre et de la demande et qu'ils fassent l'objet d'une exploitation collective, d'essence démocratique et avec pour seul guide la notion de « bien commun ».

Cela fait plusieurs jours que notre avocate lanceuse d'alerte a le teint jaune et les yeux cernés. Alors qu'elle se rend à la salle de bains, elle ressent une vive douleur au ventre, du côté gauche. Puis elle tombe à genoux en gémissant.

6.40

LE JEUDI 11 JUIN 2015

Le bouillon de famine

En Chine, médecine et alimentation sont imbriquées ; manger, c'est nourrir non seulement son corps, mais également son QI, le souffle vital, et derrière chaque aliment se cache un médicament. D'où les milliers de patients qui viennent des quatre coins du pays déguster les plats de Débonnaire Citrouille[1], le cuisinier en chef du monastère du Sanctuaire d'Or, un homme au visage émacié semblable aux statues en bois de ses prédécesseurs qui ornent la cuisine du monastère, une vaste pièce aux murs noircis par la fumée d'imposants braseros en fonte.

C'est devant l'un d'eux, sous lequel rougeoient des braises, semblables à des rubis dans leur écrin sombre, que Citrouille apprend à Présage à préparer un « bouillon de famine », cette soupe à base de plantes sauvages dont les gens devaient se contenter en période de disette, et sans laquelle le « Grand Bond en avant » aurait occasionné encore plus de victimes.

Alors que les radicelles de poireaux que Citrouille a jetées dans de l'eau bouillante viennent d'y disparaître en faisant des bulles jaunâtres, dans la plus grande salle d'audience du tribunal populaire de Tianjin, Taureau, cheveux blancs, sans plus aucune trace de superbe, baisse la tête, après la lecture par le juge Yao de sa condamnation à la prison à vie pour « actes de corruption et de divulgation de secrets d'État ». La veille, il a été qualifié par la presse d'« araignée au centre d'une toile comportant plus

1. « Xin Nangua » en mandarin pinyin.

de trois cents individus ayant détourné plus de 10 milliards de dollars ».

« Du côté du cœur »

À Paris – où Gérard Lhéritier, dont l'entreprise risque la liquidation judiciaire, attend toujours son procès au pénal –, Emma sort de l'hôpital Lariboisière avec l'impression d'avoir été prise pour une sorte de saint Georges terrassant le dragon par le chef adjoint du service de néphrologie, quand ce dernier, après lui avoir annoncé que son rein gauche était rongé par un cancer, ajouta, sourire aux lèvres, le ton bravache, et alors qu'elle se retenait d'éclater en sanglots :

— Courage, madame ! C'est le rein du côté du cœur, et votre cancer a été diagnostiqué à temps. Une femme aussi énergique que vous l'êtes a toutes les chances de vaincre le crabe. À condition qu'elle le veuille.

6.41

LE SAMEDI 31 OCTOBRE 2015

Convalescents

« La nature comme un théâtre » : le concept s'applique à merveille à l'art des jardins en Chine, où depuis des temps immémoriaux on traite les arbres comme des personnes, où les pierres sont sculptées pour qu'elles aient encore plus l'air de rochers et où l'on s'arrange pour que le moindre bassin, souvent rempli de carpes, ressemble à une mer entouré d'îles montagneuses… Cette illusion qu'on est en pleine nature alors qu'on est chez soi culmine avec les « jardins en miniature » : vous êtes devant un pot en terre cuite vernissée dont le diamètre n'excède pas quarante-cinq centimètres ; pourtant, quand vous regardez les mini-arbres aux troncs tordus, les cailloux travaillés *ad hoc* et cernés par la mousse qui y pousse, vous avez l'impression de vous trouver au cœur d'un paysage de montagnes d'une hauteur vertigineuse.

À Suzhou, où il sera bientôt midi, sous un grand soleil, le jardin du Maître des Filets a servi de modèle à quantité de « jardins en miniature ». Il s'étend sur trois mille mètres carrés, et c'est l'un des exemples les plus aboutis de ces lieux d'agrément où les lettrés venaient se détendre, peindre ou écrire des poèmes. Il comprend trois pavillons des loisirs, autant de petits bassins avec des nénuphars, ainsi qu'un étang en miniature où nagent des carpes. Baudelaire aurait mis un pied dans l'endroit qu'il lui aurait sans nul doute accolé son « luxe, calme et volupté ».

C'est là que Lumineuse[1], assise au soleil sur une margelle, contemple le lent ballet des poissons sous les nénuphars, le tout faisant penser aux peintures de Matisse, en plus abstrait, et sûrement à celles de Miró. Venue se ressourcer dans ce havre de paix, cette ingénieure en génie nucléaire âgée de trente-sept ans se remet doucement d'une césarienne difficile, à l'issue de laquelle on lui annonça qu'elle avait perdu son bébé. Pas évident, dans la Chine d'aujourd'hui, d'être une fille-mère. Pourtant, à compter du 1er janvier, les couples seront autorisés et même encouragés à avoir deux enfants, et plus, s'ils le désirent. Le temps de l'enfant unique est révolu.

Les yeux de Lumineuse se sont fermés. Elle repense à son chemin de croix : deux voyages à Bangkok, procréation assistée

1. « Lumineuse » se prononce « Mailin » en mandarin pinyin.

oblige ; les regards condescendants de ses collègues de la division énergie du géant China Guodian, quand elle arrivait au travail avec son gros ventre. Et tout ça pour rien. Lumineuse hésite devant un nouveau parcours du combattant.

Six heures plus tard, alors que Lumineuse se sent seule au monde, en France, à Morteau, ce n'est pas le cas d'Emma, assise contre Georges sur le vieux canapé simili-cuir de l'oncle, depuis lequel il regarde le journal télévisé de la deuxième chaîne, tandis qu'elle somnole. Elle est venue passer sa convalescence dans le Jura, ainsi que Georges le lui avait proposé quand elle l'avait appelé, la veille de son opération.

Tant pour l'un que pour l'autre, ces retrouvailles sont apaisantes. Entre eux, nul reproche. Du passé, ils ont l'intelligence de faire table rase, comme dit la célèbre chanson. Mieux : ils se redécouvrent des qualités qui leur avaient échappé lorsqu'ils vivaient ensemble. Dès lors qu'on y met du sien, le temps qui passe permet de cautériser les plaies.

À présent, ils éclatent de rire devant Jean-Louis Borloo, toujours aussi décoiffé et attifé, qui vient d'annoncer le plus sérieusement du monde qu'il se faisait fort d'électrifier l'Afrique à lui tout seul. Sacré Borloo ! Le genre sauveur de la planète, avec des solutions auxquelles personne d'autre que lui n'a pensé… Par exemple : les services à la personne comme remède miracle au chômage de masse, quant à la délinquance des jeunes de banlieue, il suffit, pour la faire reculer, de déverser les milliards de la « politique de la Ville ». Et tant pis si les aides de vie ont des salaires de misère et si le fait de repeindre les façades des immeubles et de réaménager les ronds-points des quartiers défavorisés n'empêchera pas les dealers de continuer d'y tenir le haut du pavé.

Le magicien Borloo disparu de l'écran, Georges se lève. Le lendemain, il a invité Yvon et Jade à déjeuner.

— C'est pas tout… il faut que je prépare ma tourte aux morilles !

Emma lève le doigt.

— Tu veux de l'aide ?

Dix minutes plus tard, tandis qu'elle étend la pâte, au Brésil, c'est à un autre convalescent – en l'espèce, un paresseux blessé par un jaguar et apporté au dispensaire animalier de Brumadinho par des villageois qui l'ont retrouvé au pied d'un arbre – qu'Elena Morais, une jeune assistante vétérinaire, apporte une écuelle remplie de morceaux de banane et de mangue.

6.42

LE SAMEDI 5 DÉCEMBRE 2015

Un descendant de Confucius, et une crise cardiaque opportune

En Chine, les descendants d'un personnage illustre gardent le patronyme de celui-ci, y compris lorsqu'ils sont issus des lignées maternelles.

Ainsi, ceux dont le nom de famille est Kong descendent tous de Confucius. Ils sont plusieurs dizaines de milliers. Certains d'entre eux se réunissent chaque année au mois d'avril à Qufu, la ville du Shandong où naquit Maître Kong. C'est là, dans un immense cimetière, que sont enterrés plus de cent mille descendants du personnage qui continue de façonner les comportements sociaux des Han, tout comme ceux des Coréens et des Japonais, cela faisant de ce lieu la plus grande nécropole familiale du monde.

Cercle Kong[1], agent pénitentiaire de la prison de haute sécurité numéro 2 de Wuhan, a prévu d'y faire disperser ses cendres. En attendant, tout comme le directeur adjoint de la prison, il est penché sur le corps, recroquevillé sur le sol, de Xu Ming, ce milliardaire classé en 2005 par *Forbes* au huitième rang des fortunes chinoises et qui, après avoir été le banquier et le prête-nom en affaires de Bo Xilai et de son épouse, avait accepté de témoigner contre eux. Cela lui avait valu d'écoper d'une peine d'à peine quelque mois, qu'il purgeait au quartier des « prisonniers spéciaux », autrement dit les VIP. Normalement, il devait sortir de prison en septembre.

Le descendant de Confucius saisit le poignet de l'homme à terre. Il dit :

— J'arrive pas à trouver son pouls.

À côté de lui, son chef ricane.

— Inutile, tu vois pas que ce type est mort ? Sans doute une crise cardiaque… Les riches comme les pauvres, on est tous faits du même bois !

Les « cérébraux »

À Paris, Laurent Fabius y croit dur comme fer. Le ministre des Affaires étrangères est un « cérébral », un adepte des raisonnements logiques. Donc, le réchauffement climatique étant le plus grand défi auquel est confrontée l'espèce humaine, la COP 21 qui s'achèvera dans une semaine, au parc des expositions du Bourget, à proximité des pistes du plus ancien aéroport de la capitale, sera forcément concluante. D'ailleurs, parmi les cent quatre-vingt-quinze pays présents, la Norvège, dont la prospérité dépend des énergies fossiles, a déjà fait savoir qu'elle adoptera la résolution finale, qui prévoit, d'ici à 2030, une réduction de

1. « Cercle Kong » se prononce « Kong Quan » en mandarin pinyin.

40 % des émissions de gaz à effet de serre et une limitation à 1,5 degré de hausse de la température moyenne.

Les États-Unis, c'est une autre paire de manches. Aux yeux de l'administration américaine, l'accord de Paris n'étant pas un traité, ses conclusions ne valent pas obligation pour les pays signataires. John Kerry, le secrétaire d'État d'Obama, l'a encore précisé au *New York Times*.

Fabius, tout comme Giscard ou Juppé, des esprits supérieurs quoiqu'un peu naïfs, raisonne comme si ses congénères étaient comme lui, très intelligents et uniquement mus par la logique. Être une personne très brillante n'empêche pas de prendre ses désirs pour la réalité.

6.43

LE MERCREDI 20 JANVIER 2016

« Serviteur du peuple »

À Moscou, où il est 19 heures et où il fait moins quinze, Poutine, auprès de qui se tient son maître d'hôtel-garde du corps-goûteur d'aliments, lève les yeux au ciel. Il dit :

— Pauvre clown !

Le maître du Kremlin vient de visionner la série intitulée *Serviteur du peuple*, dont le héros, un obscur prof d'histoire, finit propulsé à la présidence de l'Ukraine. L'acteur principal est un certain Volodymyr Zelensky, un comique bien connu des

Russes parce qu'il a animé plusieurs émissions diffusées dans les grandes villes du pays.

Il ne viendrait pas à l'idée du maître d'hôtel-garde du corps-goûteur d'aliments de ne pas aller dans le sens de son patron. Il dit :

— Et en plus, ça m'a tout l'air d'un Juif !

Un Président trop bavard

À Paris, à proximité de la gare de l'Est, dans le 10e arrondissement, François Hollande, qui aurait pu être journaliste, avale une bouchée de gigot de sept heures d'agneau du Larzac. Il dîne chez Fabrice Lhomme, qui s'est mis aux fourneaux pour la circonstance. C'est le quarante-quatrième entretien que le président de la République accorde à Lhomme et à Gérard Davet, tous deux journalistes au *Monde*. À peine entré à l'Élysée, il a proposé aux « Dupond et Dupont » de l'investigation de leur révéler l'« envers du décor de sa présidence ». Il est persuadé que les deux compères, qu'il tutoie et fréquente depuis vingt ans, lui en sauront gré et qu'ils auront à cœur de le présenter sous un jour favorable dans le best-seller qu'ils ne manqueront pas de tirer des révélations que le Président prend un malin plaisir à leur distiller, croit-il au compte-gouttes.

Jusqu'ici, la conversation a roulé sur l'élimination ordonnée par Hollande – qui a alors précisé en rigolant : « Les militaires appellent ça une "opération homo" » – de deux djihadistes dans le nord de la Syrie et d'un troisième – qualifié par le président de « gugusse » – dans la banlieue de Mogadiscio, puis sur l'achat par le fonds souverain du Qatar de 10 % des actions du groupe hôtelier Accor, le richissime émirat gazier devenant au passage l'un des grands sponsors du PSG… suivez mon regard.

Hollande se laisse servir par Davet une grosse cuillerée du gratin dauphinois crémeux à souhait qu'il lorgnait. Il dit :

— Tu devrais pas ! Faut que je fasse gaffe à ma ligne.

Au même moment, dans le 6e arrondissement, c'est au restaurant italien *Marco Polo* – la cantine de la fille de Jacques Delors quand elle vient à Paris, où résident toujours ses parents – que Guillaume Pépy a invité à dîner Martine Aubry, pour la remercier d'avoir obtenu de François Hollande son renouvellement pour cinq ans à la tête de la SNCF, ce qui était loin d'être acquis. Pépy avait à se faire pardonner d'avoir été nommé par Sarko.

Défaire ce que le prédécesseur a fait : un sport largement pratiqué par un président de la République.

6.44

LE LUNDI 2 MAI 2016

Un jour ordinaire dans le monde (3)

— Tu as bien dormi, *darling* ?

À Londres, où il est un peu plus de 7 heures du matin, Carrie Symonds, nuisette transparente et frimousse ensommeillée, apparaît dans l'encadrement de la porte de la cuisine où un Boris Johnson un peu moins hirsute qu'à l'ordinaire, car tout juste sorti de la douche, achève de prendre son porridge matinal. Carrie était l'attachée de presse de Boris, lors de sa campagne victorieuse pour la mairie de Londres. Bien qu'ayant vingt-quatre ans de moins que son homme, elle a besoin de plus de sommeil que lui.

Elle dit :

— Tu es rentré tard !

— Tu dormais… Tu sais, les meetings, on sait quand ça commence mais jamais quand ça finit.

Carrie se sert un café allongé.

— Y a un truc qui me chiffonne, Boris : comment peux-tu être sûr qu'en sortant de l'Europe le pays économiserait 350 millions de livres par semaine qui pourraient être injectés dans le NHS [1] ?

Boris sourit à Carrie. Bien sûr que c'est du flan. Bizarre, comme question, de la part d'une fille intelligente comme elle ! Au demeurant, existe-t-il une élection qui aurait été gagnée sans slogans racoleurs et promesses inconsidérées ? Le brexiteur en chef a beau scruter le regard de sa jeune femme, il n'arrive pas à savoir ce qu'elle pense réellement de pareille foutaise. Il hasarde :

— Comme Nigel l'a écrit sur son bus ?

— Et comme tu l'as dit toi-même hier soir à ton meeting. Avant que je m'endorme devant la télé.

Puis Carrie tourne les talons.

Quatre heures plus tard, à Morteau, Jade, dont les longs cheveux sont dénoués, épluche des pommes de terre sous les yeux attendris d'Yvon et de Georges, à qui elle a réclamé des frites pour le déjeuner. Elle dit :

— Quand est-ce qu'Emma revient de Londres ? Elle est trop gentille ! J'adore son sourire et ses cheveux !

Au même moment, à Saint-Tropez, Brigitte Bardot, qui a nourri, sous ses micocouliers, ses deux vieux ânes, parle au téléphone avec Hélène Thouy, avocate à Langon, dans le département de la Gironde, pour la féliciter de la parution au *Journal officiel des associations* de la déclaration de création du Parti animaliste, porté sur les fonts baptismaux par six autres militants de la défense des animaux, sur le modèle du Parti néerlandais pour les animaux (PNA), un mouvement politique fondé en 2002 et qui rassemble près de quinze mille adhérents, ce qui

1. Le National Health Service est le système de santé publique du Royaume-Uni.

en fait le plus important des onze partis animalistes présents en Europe.

Huit heures plus tard, à New York, au dernier étage de la tour qui porte son nom, Donald Trump fulmine après avoir vu à la télé Barack Obama, à l'occasion du dîner des correspondants de la Maison-Blanche, le dénigrer en direct en se demandant pourquoi, alors qu'il était invité, il s'était fait porter pâle.

— Pourtant Donald adore le luxe et les paillettes, et aussi le steak Trump, a ajouté Obama avant de s'esclaffer.

Piqué au vif et sa canette de Coca-Cola sans sucre à la main, le candidat des Républicains à l'élection présidentielle se tourne vers son épouse, Melania – très Edward Burne-Jones, avec sa longue chevelure, son profil de médaille, son port altier, dans un pyjama en satin rose –, assise à côté de lui sur un gigantesque canapé Versace.

— Il aurait en plus fallu que je vienne me faire insulter par ce gars ! J'ai déjà donné, tu te souviens, chérie ?

La seconde épouse du magnat de l'immobilier new-yorkais lâche un soupir contenu. Elle n'était pas présente à la Maison-Blanche, mais devant sa télé, cet horrible 30 avril 2011, lorsque Obama s'était payé la tête de son époux devant l'ensemble des correspondants de la presse présidentielle. Alors que cela faisait des mois que Trump exigeait la publication de l'acte de naissance du locataire de la Maison-Blanche, qu'il accusait de n'être qu'à moitié américain, ce qui avait amené Obama à transmettre le document à la presse, ce dernier lui avait lancé, devant des journalistes hilares :

— Maintenant, Donald va pouvoir se concentrer sur des vraies questions. Par exemple : sommes-nous réellement allés sur la Lune et que s'est-il exactement passé à Roswell…

6.45

LE MARDI 30 AOÛT 2016

À Disneyland Shanghai

À Shanghai, où il sera bientôt 20 heures, Courge, sa femme et son fils ont attendu le dernier moment pour se diriger vers la sortie du parc d'attractions Disneyland Shanghai, qui ne désemplit pas depuis le 16 juin, date de son ouverture au public.

Au Louvre

À Paris, où il sera bientôt midi, dans la salle du *Scribe accroupi*, l'un des fleurons du département des antiquités égyptiennes du Louvre, Jade et Emma, qui ne se quittent plus, sont pratiquement seules, mais également les plus heureuses du monde. La fille de Jolie parce qu'elle découvre en quoi l'écriture est l'accomplissement de l'humanité face à cette statue qui semble avoir pris cette position il y a à peine quelques instants ; Emma, qui tient la main de Jade, sept ans, parce qu'elle a l'impression d'initier aux splendeurs du monde la fille qu'elle aurait rêvé avoir.

Elle dit :

— Ma chérie, sais-tu que les civilisations égyptienne et chinoise sont les plus anciennes ?

Puis, comme si elle se parlait à elle-même, elle ajoute :

— Quoi que nous voulions, nous sommes pour l'essentiel ce que furent nos ancêtres.

En Allemagne

Cinq minutes plus tard, alors que Jade trouve qu'il n'y a aucune différence entre un hiéroglyphe et un idéogramme, à Berlin, au dernier étage du bâtiment de la chancellerie, Angela Merkel est désappointée. Elle qui s'efforce toujours de prévoir « le coup d'après » n'avait pas imaginé que le rachat de Kuka, le fleuron allemand de la robotique, par Midea, le leader chinois de l'électroménager, provoquerait un tel raffut. Pourtant, Midea va allonger la coquette somme de 4,5 milliards d'euros pour détenir 95 % du capital de Kuka. Au grand dam de Sigmar Gabriel, le ministre de l'Économie, lequel aurait bien vu cette part rester inférieure à 50 %… avant de prendre acte du fait que, dans l'état actuel de la législation, le gouvernement fédéral n'a pas les moyens de s'opposer à la volonté des actionnaires de Kuka.

La Chine avance ses pions.

En France

Une heure plus tard, une dépêche « Urgent » apparaît sur le fil – désormais électronique – de l'Agence France-Presse (AFP), annonçant les démissions respectives, dans le gouvernement Valls, de George-Pau Langevin, la ministre des Outre-mer – cette dénomination étant à elle seule tout un programme –, ainsi que celle d'Emmanuel Macron.

Au même moment, à la prison de Fleury-Mérogis, dans la banlieue parisienne, Salah Abdeslam refuse toujours de répondre aux enquêteurs de la police française antiterroriste, après avoir été arrêté à Molenbeek le 18 mars. Il est suspecté d'avoir indirectement participé aux attentats du Bataclan et du Stade de France, puis à ceux survenus à Bruxelles dix jours après son interpellation… Une illustration supplémentaire de l'implantation de l'islamisme radical en Belgique depuis l'obtention par l'Arabie saoudite du monopole de la représentation de l'islam et de la désignation des imams outre-Quiévrain. Cette décision faisait suite à la visite officielle, fin mai 1967, du souverain saoudien Fayçal, au cours duquel ce dernier avait obtenu de l'État belge de louer pour quatre-vingt-dix-neuf ans le pavillon oriental du parc du Cinquantenaire de Bruxelles, afin d'y installer le siège européen de la Ligue islamique mondiale, principal vecteur de diffusion au sein du monde occidental du wahhabisme, l'un des courants les plus intégristes de l'islam, pratiqué par les Saoudiens. Le 22 du même mois, un terrible incendie avait entièrement ravagé le grand magasin de l'Innovation, sis rue Neuve, dans le centre de Bruxelles. Parmi les deux cent cinquante victimes, plus de la moitié étaient musulmanes.

MAGA à Mar-a-Lago

Six heures plus tard, en Floride, dans son bureau de la partie privative de Mar-a-Lago, son luxueux « *golf resort* » de style mauresque, Donald Trump, l'air d'un *condottiere* d'opérette avec ses cheveux peroxydés ramenés de l'arrière vers l'avant, de façon à masquer son début de calvitie, en tenue de golfeur, discute avec Steve Bannon, son conseiller-gourou et sulfureux homme de médias, barbe de trois jours et dégaine du gars se foutant éperdument de son apparence.

Trump, la mine renfrognée, ouvre sa huitième canette de Diet Coke de la journée.

— Steve, ce n'est pas possible d'acheter MAGA en tant que nom de marque… du moins pour le moment. Je n'ai toujours aucune réponse de l'Office fédéral des brevets.

Bannon époussette les pellicules qui jonchent, au niveau des épaules, sa chemise Banana Republic si délavée qu'on serait bien en peine de dire si elle était rose ou vert pâle à l'origine.

— Pas grave, c'est pas ça qui va nous empêcher de nous en servir.

Inauguré par Ronald Reagan en 1980, avant que Donald Trump le reprenne à son compte à partir de 2011 dans ses livres, « *Make America Great Again* » est l'expression dont Bannon a décidé de faire le slogan emblématique de la campagne présidentielle de son poulain.

Trump ne s'est pas encore rendu compte que son conseiller-gourou le considère comme un « gros plein de soupe ». Face à Bannon, il affiche cet air renfrogné qu'il affectionne pour faire comprendre à son interlocuteur à qui il a affaire. Car, selon Donald – ce dont il se vante à longueur de ses ouvrages –, si lui-même est devenu cet « incroyable » milliardaire et ce « champion du deal », c'est que, avant toute négociation commerciale, il veille à établir « le rapport de force adéquat ».

Trump n'est évidemment pas le premier à avoir érigé son nom en marque de business. Christian Dior, Gabrielle Chanel et bien d'autres l'ont fait avant lui. La différence, c'est qu'on serait bien en peine de définir l'activité de la « Trump Organisation », cette holding regroupant aussi bien de l'immobilier qu'une compagnie aérienne et une chaîne de fast-food, sans parler des golfs et des hôtels… Tout cela confère à l'intéressé un « avantage comparatif » sans équivalent dans la course à la présidentielle américaine, monopolisée jusque-là par des « fils de » ayant pris grand soin de ne pas évoquer le fait que, sans leurs aïeux capitalistes, ils n'auraient jamais pu fréquenter des universités prestigieuses et concourir à la Maison-Blanche. Excepté Reagan, « ce cow-boy venu d'on ne sait où mais qui savait où il allait », comme dit Bannon, qui parle d'Obama comme d'un « demi-Noir s'étant fait passer pour le double de ce qu'il est ».

6.46

LE MERCREDI 9 NOVEMBRE 2016

Un portable suspect

Dans les sociétés confucéennes, l'existence d'un régime policier n'est ressentie par les citoyens que lorsqu'ils sont obligés de s'y frotter parce qu'ils ont enfreint la règle. À Pékin, où il est un peu moins de 17 heures, c'est le cas de Battante, qui n'en revient toujours pas de s'être entendu demander par ce flic du commissariat de police du quartier – d'où elle vient de sortir, après y avoir été convoquée par un coup de fil sur son portable – la raison pour laquelle elle appelait si souvent la France, et aussi pourquoi elle avait traversé par deux fois l'avenue devant chez elle alors que le feu orange pour les piétons avait commencé à clignoter.

« Un président ne devrait pas dire ça… »

À Paris, où il est 3 heures du matin, François Hollande n'a pas encore réussi à fermer l'œil. Après un Emmanuel Macron bientôt candidat à la présidentielle, voilà Valls qui se pousse à son tour du col et se répand dans tout Paris sur la faute du Président, avec ses confidences au duo Davet et Lhomme… dont le livre, sorti le 12 octobre et au titre assassin : *« Un président ne devrait pas dire ça…* », caracole en tête des ventes.

Un président imprudent, léger et bien trop bavard. Quelle humiliation !

Trump se marre

À New York, Donald Trump, en survêtement beigeasse constellé de logos Louis Vuitton, se marre. Le futur président des États-Unis – il a obtenu la veille le plus grand nombre de grands électeurs – vient de prendre connaissance d'un papier sur lequel se trouve la traduction par son staff du tweet dans lequel Gérard Araud, le représentant de la France à Washington, brillant sujet à la carrière fulgurante, un polytechnicien doublé d'un énarque – « la double peine », comme dit l'intéressé pour plaisanter –, a écrit : « Après le Brexit et cette élection, tout est désormais possible. Un monde s'effondre sous nos yeux. »

Donald tend le bout de papier à Jared Kushner, son gendre, toujours tiré à quatre épingles, lequel en fait une boule qu'il balance d'une pichenette dans une corbeille en résille plaquée or. Le futur président aux cheveux blonds peroxydés tirant sur le roux dit :

— J'aimerais savoir ce que pense Hollande de ce qu'a écrit ce fils de p… Il aurait dû dire que ce qui s'effondre sous ses yeux, c'est le monde sans les États-Unis.

Bien qu'Araud se soit empressé d'effacer son tweet, au Quai d'Orsay, où il avait consterné nombre de ses collègues et en avait amusé d'autres, la consigne a rapidement été donnée par le cabinet du ministre Jean-Marc Ayrault : « Pas de commentaires. »

6.47

LE VENDREDI 2 DÉCEMBRE 2016

François a le spleen

À l'Élysée, François fait tourner son stylo Bic entre son pouce et son index, comme c'est le cas lorsqu'il a un doute ou qu'il n'est pas dans son assiette, ce qui est plus rare encore. La veille, il a cru bon d'annoncer à la télévision qu'il ne serait pas candidat à l'élection présidentielle, et il se demande s'il n'a pas fait la bêtise de sa vie. De mauvais sondages, une cote de popularité dans les profondeurs ; pas de baisse du chômage, contrairement à ce qu'il avait imprudemment promis aux Français au 20 heures de TF1 ; à l'Assemblée, des « frondeurs » qui le sont chaque jour un peu plus ; Valls qui se met à faire du Valls en théorisant l'existence de deux gauches irréconciliables, comme si les mariages de la carpe et du lapin n'avaient jamais existé, confère les signataires du programme commun… et par-dessus le marché, le bouquin de Davet et Lhomme.

Dimanche soir, à Boulogne, chez Ségolène, François était déprimé, et il cherchait du réconfort auprès des siens… Ce qui encouragea ses enfants : « Y a pas que la politique dans la vie », « Risquer de prendre une gifle alors qu'on peut l'éviter, ça se discute même pas »… Vu les circonstances et la façon dont il s'était interrogé, il n'aurait plus manqué qu'on lui dise l'inverse.

Il n'empêche, n'est-il pas allé un peu vite en besogne ? François a le spleen, maintenant que tout retour en arrière est devenu impossible.

6.48

LE MERCREDI 25 JANVIER 2017

« Si on ne tape pas très vite, on se fera accuser... »

À Paris, ce matin, au numéro 5 de la rue des Italiens, Éliane Houlette, la cheffe du Parquet national financier, est de retour dans son bureau, une petite pièce surchauffée et sans âme, au cinquième étage d'un immeuble jadis occupé par *Le Monde*. À l'issue d'une réunion avec son équipe, il a été décidé, à la suite d'un article du *Canard enchaîné* sorti la veille au soir, de l'ouverture d'une enquête préliminaire pour détournements de fonds publics, abus de biens sociaux et recel de ces délits, visant François Fillon et son épouse Pénélope. L'enquête devrait être confiée à l'Office de lutte contre les infractions financières et fiscales.

La procureure en chef ne s'attendait pas à une telle unanimité et à si peu de tergiversations. Tout le monde s'est rangé à l'avis de ce jeune collègue :

— Si on ne tape pas très vite, on se fera accuser de complaisance, et la pression sera telle qu'on sera tôt ou tard obligés d'ouvrir une enquête préliminaire. Or plus celle-ci tardera, plus cela risquera de perturber l'élection présidentielle !

6.49

LE JEUDI 26 JANVIER 2017

Le banquier des princes rouges

À Hong Kong, où il est un peu plus de 14 heures, Ray G. en est sûr et certain : l'individu sorti encagoulé de l'ascenseur et qui vient de traverser, entre deux flics portant des masques chirurgicaux, le lobby de l'hôtel *Four Seasons*, où ce consul adjoint des États-Unis – en réalité un agent de l'antenne de la CIA – passe le plus clair de ses journées, n'est autre que Xiao Jianhua, le propriétaire de Tomorrow Group, une holding financière détenant une trentaine de participations dans des entreprises chinoises. Plusieurs d'entre elles ont un lien avec des cadors du régime, parmi lesquels la sœur de Xi Jinping, dont l'existence des comptes offshore avait été révélée par les *Hong Kong Leaks*. Aussi Xiao, dont la fortune est estimée à près de 6 milliards de dollars par les limiers du magazine américain *Forbes,* est-il souvent qualifié de « banquier des princes rouges ».

Faire bonne figure

Alors que, à Paris, François Fillon tente de faire bonne figure face à son staff de campagne, à Lons-le-Saunier, Jade joue à la marelle sur le parking de l'immeuble avec deux copines un peu plus âgées qu'elle. Pourtant, elles n'ont pas été capables, contrairement à Jade, de retomber sur un seul pied dans les cases 2 et 3.

6.50

LE VENDREDI 14 JUILLET 2017

Un jour ordinaire dans le monde (4)

Tandis qu'en Chine Xu Jiayin, le fondateur du conglomérat immobilier Evergrande, a été désigné comme l'homme le plus riche de son pays par l'édition chinoise du magazine *Forbes*, dans le golfe Persique, à une trentaine de miles au large de Doha, l'émir du Qatar, Tamim ben Hamad Al Thani, a besoin de se changer les idées, à bord de l'*Al Lusai*, un yacht de cent vingt-trois mètres reconnaissable à sa forme de vaisseau spatial.

Le 5 juin, l'Arabie saoudite a imposé un blocus au Qatar, et, selon certains journaux, Mohammed ben Salmane – le prince héritier du royaume gardien des lieux saints de l'islam – projetterait de creuser un canal entre les deux pays. Façon d'isoler un peu plus ce micro-État gazier en transformant en île la péninsule qatarie. Pourtant, les deux pays pratiquent un islam sunnite. Mais la concurrence s'est accrue entre les Saoud et les Al Thani depuis les succès du Qatar sur la scène internationale et sa capacité à jouer les intermédiaires avec les mouvements chiites les plus extrémistes, comme l'est le Hamas. Cela a fini par irriter le géant pétrolier, qui reproche également au micro-État gazier sa trop grande proximité avec l'Iran, le rival chiite exécré par les Saoud, avec lequel le Qatar partage son immense gisement de gaz… au-dessus duquel vogue à présent le luxueux yacht de l'émir.

Pendant que le souverain qatari cogite, sans un regard pour l'espadon de plus de cent kilos sorti des flots à l'issue d'un combat acharné mené par deux hommes de l'équipage, en France, à Sablé, dans le département de la Sarthe, François Fillon est groggy, tel un boxeur vaincu par K.-O. après son élimination dès le premier tour d'une élection que son camp considérait *a priori* comme imperdable. Depuis, il est reclus chez lui, où il s'abstient de lire la presse et de regarder les nouvelles.

Il n'empêche qu'une heure plus tard il ne résiste pas à l'envie d'allumer la télé pour regarder le défilé du 14 Juillet…

… dont Donald Trump, l'invité d'honneur, trouve que faire parader les troupes américaines à Washington – pourquoi pas sur le National Mall ? – aurait indubitablement de la gueule.

Depuis le début du défilé, le président des États-Unis ressemble au Pinocchio des studios Disney découvrant l'île Enchantée. Il en aurait presque oublié cette interminable poignée de main que Macron lui infligea lors de leur première rencontre, le 25 mai, à Bruxelles ; une familiarité jugée déplacée par Trump et qui l'amena à se plaindre à son staff de « ce gars moitié moins âgé que moi qui s'est permis d'écraser mes phalanges, alors qu'on se connaissait pas ».

À côté de Donald, Emmanuel s'efforce de faire bonne figure, lui qui croyait que, en faisant du président américain l'invité d'honneur du défilé, il le pousserait changer d'avis au sujet de la participation à l'accord de Paris sur le climat – dont les États-Unis se sont retirés le 1er juin. Trump, pendant sa campagne, avait promis qu'il sortirait le pays de ce « truc inutile ».

Une vraie déception pour le sémillant et jeune président français.

6.51

LE MERCREDI 27 SEPTEMBRE 2017

Un Pony convaincant

À Pékin, où il est 10 h 45, cela fait trente minutes que Pony Ma, le richissime créateur de Tencent, le géant chinois de l'Internet combinant ce qui correspond, en Chine, à Google, Facebook et Amazon, fait face, raide comme un piquet, dans une salle du Zhongnanhai, à une dizaine de membres de la redoutée Commission centrale aux affaires politiques et juridiques du PCC, l'instance qui chapeaute le système policier et judiciaire.

Depuis le début de la séance, cet homme au regard doux est titillé sur les bénéfices colossaux générés par ses sociétés. À présent, questionné par la seule femme présente – la soixantaine sévère – sur son opinion de citoyen quant aux conséquences sociales de ses activités, il déclare :

— Grâce aux technologies que nous développons, de moins en moins de citoyens seront tentés d'enfreindre la loi !

La remarque ayant déclenché des murmures d'approbation, y compris de la part de la redoutable virago, Pony se félicite d'avoir eu l'idée de reprendre les propos de Jack Ma, le patron d'Alibaba – l'équivalent d'Amazon –, lorsque, quelques mois plus tôt, il avait expliqué aux membres de la même instance – dont fait partie le président de la Cour suprême –, pendant que près de deux millions de policiers, procureurs et juges suivaient sa comparution en ligne :

— Le *big data* laisse des traces, même si les humains ne peuvent pas les voir. Grâce à nos algorithmes, les criminels de tout poil ne pourront pas faire un seul pas dans la rue sans être repérés.

Une heure plus tard, l'actionnaire principal de Tencent Holdings éprouve le soulagement du gars auquel on n'a pas arraché les ongles, alors qu'il n'en menait pas large lorsqu'il était entré dans la pièce où il savait qu'on le mettrait sur le gril.

Aya Nakamura contente, Tapie à l'hôpital

À Aulnay-sous-Bois, Aya Nakamura a embrassé devant sa maman le chèque de 10 000 euros que son manager lui a remis la veille. Il représente le cachet pour sa prestation en première partie du concert de Davido, l'Américain d'origine nigérienne, qui a eu lieu au stade Modibo-Keïta de Bamako. Radieuse, elle dit :

— Tu vois, mam', je peux gagner plein de sous avec ma musique !

Au même moment, à Paris, dans une salle du service de chimiothérapie viscérale de la Pitié-Salpêtrière, Bernard Tapie, un cathéter dans le bras gauche, somnole dans un fauteuil coque, en compagnie d'une dizaine d'autres patients. Quatre mois plus tôt, on lui a diagnostiqué un cancer de l'estomac qui a gagné le bas de l'œsophage.

6.52

LE MARDI 17 OCTOBRE 2017

« Société de moyenne aisance »

À Pékin, où il est vingt et une heures et trente minutes, Xi Jinping est assis dans son fauteuil relax type « Stressless » et il a déjà l'impression d'entendre crépiter les applaudissements qui ne manqueront pas de saluer sa prestation du lendemain, devant les participants au XIXe Congrès du Parti, qui s'ouvrira au Palais du peuple. Son point d'orgue, suggéré par Ding Xuexiang, son secrétaire particulier et homme de confiance depuis 2013, sera la formulation « société de moyenne aisance »…

La semaine précédente, le Comité permanent, désormais totalement à la botte du Numéro Un, a avalisé ce slogan censé ménager la chèvre communiste et le chou capitaliste, tout en permettant aux dirigeants de la Chine de continuer d'affirmer qu'elle fait toujours partie des pays en voie de développement… Ce qui lui permettra de continuer de subventionner des pans entiers de son économie, tout en bénéficiant de la libre circulation des marchandises produites sur son sol, consécutive à son entrée dans l'Organisation mondiale du commerce.

« Le ciel est, par-dessus le toit… »

À Lons-le-Saunier, où il pleut des cordes, Jade, qui s'est fait des nattes, vient d'écrire, le nez pratiquement collé à la feuille :

Le ciel est, par-dessus le toit,
Si bleu, si calme !

Un arbre, par-dessus le toit,
Berce sa palme

Sur l'autre page, un dessin illustre les premières strophes de ce poème, écrit par Verlaine dans la prison où il purgeait une peine de deux ans de détention pour avoir blessé Rimbaud à l'occasion d'une énième altercation entre les deux amants, et que notre petite Chinoise, actuellement en CE2, est capable de réciter par cœur.

Très bonne élève, quoique faisant preuve de modestie, elle truste les meilleures notes. Altruiste, elle se voit de temps à autre reprocher par son maître de laisser un peu trop ses camarades de classe regarder par-dessus son épaule.

CryptoPunks et opioïdes

Tandis qu'à New York cela fera bientôt quatre mois que les petits génies du Larva Labs, un atelier informatique pratiquement inconnu au bataillon, ont mis en vente en ligne, gratuitement, hors frais de transaction, dix mille CryptoPunks, des petits personnages constitués d'images de vingt-quatre pixels sur vingt-quatre générées algorithmiquement. Depuis, le marché n'a fait que monter. Les figurines virtuelles s'échangent aujourd'hui 50 dollars pièce.

C'est également le jour où le rédacteur en chef du *New Yorker* a décidé de mettre en ligne, le lundi qui vient, une enquête très fouillée sur les Sackler et dont le titre est « La famille qui a bâti un empire de la douleur ». D'après l'enquête, plus de deux millions d'Américains seraient dépendants aux opioïdes.

6.53

LE VENDREDI 17 NOVEMBRE 2017

La juge Velano

Au Brésil, à Belo Horizonte, la capitale de l'État du Minas Gerais, la juge Camila Velano, une femme élégante au regard d'acier sous une permanente impeccable, vient de condamner Bernardo Paz à neuf ans d'emprisonnement pour détournement, en 2007-2008, de 70 millions de dollars au détriment d'Itaminas, ainsi que pour fraude fiscale et sociale, en omettant de payer l'impôt sur les sociétés dû par Horizonte, la holding propriétaire des actifs sidérurgiques et miniers de la famille Paz, ainsi que les charges salariales des mille employés d'Inhotim.

La sœur de Bernardo, Virgínia, s'est vue, de son côté, condamnée à une peine de cinq ans d'emprisonnement.

Dix minutes plus tôt, sous les vrombissements des appareils de climatisation poussés au maximum, car il fait plus de trente-cinq degrés dans la salle, la femme de loi a ulcéré le créateur du musée-jardin botanique en parlant de celui-ci comme d'un « jardin des vanités ». Bernardo, en costume Armani bleu sombre, chemise blanche à col ouvert laissant entrevoir le haut des fleurs tatouées sur son torse, et sa crinière de lion pour une fois en ordre, a les yeux remplis de colère. Il dit :

— Madame Velano, ma sœur et moi-même récusons totalement l'ensemble des accusations du tribunal.

L'intraitable magistrate a rechaussé ses grandes lunettes colorées, qu'elle était en train d'essuyer.

— Est-ce à dire que vous comptez faire appel, monsieur Paz ?

— Plus que jamais, madame la juge ! Car ma sœur et moi sommes totalement innocents !

Au même moment, Jade et Emma sont dans le train direction Florence, où elles doivent passer le week-end. Le mois précédent, elles étaient à Amsterdam, où Jade avait apprécié les canaux, les ponts et les maisons en briques. Elle avait également été fascinée par *La Ronde de nuit* de Rembrandt.

6.54

LE LUNDI 25 DÉCEMBRE 2017

« Ma pensée dans la Constitution »

À Pékin, il est un peu plus de 19 heures, il neige depuis la veille, et seules les vitrines de certains magasins, situés dans les quartiers fréquentés par les étrangers, sont agrémentées d'un père Noël. Le camarade Xi, en survêtement de velours bleu sombre, et Peng Liyuan, dans le même style de vêtement mais de couleur fuchsia, font partie des quelque cinq cents millions de leurs congénères en train de regarder la première chaîne CCTV-1 et son journal du soir.

Celui-ci ayant pris fin, le Numéro Un chinois se tourne vers son épouse.

— Demain, ma pensée sera inscrite dans la Constitution.

Un sourire amusé naît sur les lèvres de la Première dame, générale cinq étoiles depuis son passage, quelques mois auparavant, en deuxième section de l'armée.

— Ta pensée ? Les mots du camarade Xi ?

— Ben oui !

Xi a beau scruter le regard de sa femme, il ne parvient pas à savoir ce qu'elle pense de cette initiative.

Au même moment, dans les monts Wudang, Présage, visage de plus en plus émacié et regard plus doux que jamais, s'emploie à couper en tranches des oignons, des radis noirs et de la ciboule devant l'âtre de la cuisine de son monastère…

… tandis qu'au sud de l'île de Hainan, dans une luxueuse villa de huit chambres, chacune avec jacuzzi, Duan Weihong – Whitney Duan pour les intimes – en est à son quatrième aller-retour entre la terrasse et l'entrée, son verre de cognac sur glaçons à la main. Pourquoi « Tata Zhang », l'épouse de l'ancien Premier ministre Wen Jiabao, que Whitney aurait volontiers invitée à venir la rejoindre en compagnie de son mari pour fêter « Christmas », ne lui répond-elle pas au téléphone ?

Whitney soupire. S'il existait un diplôme en matière de passe-droits, cette habituée des sphères dirigeantes aurait assurément l'une des notes les plus élevées. Mais voilà : l'épouse de Wen n'est pas la seule de ses connaissances haut placées à ne plus être joignable.

Une heure plus tard, Whitney s'est, malgré tout, faite belle, dans une robe Prada rouge vif et des escarpins Christian Louboutin aux pieds, pour se rendre au casino où, promis juré, elle n'ira pas au-delà de 50 000 dollars de mise.

Gauguin l'Alchimiste

À Paris, Jade et Yvon sont au Grand Palais, où ils ont été rejoints par Emma. Ils visitent l'exposition « Gauguin l'Alchimiste ». Ils sont devant *Merahi metua no Tehamana*, qui appartient à l'Art Institute of Chicago, où la jeune Tehamana, fleurs de tiaré à l'oreille et dans les cheveux, et vêtue d'une robe à rayures blanches et bleues, pose devant une représentation de la divinité Hina. Tableau sublime et émouvant.

Jade lâche les mains des deux adultes qu'elle tenait jusque-là. Elle dit :

— Cette jeune fille est habillée comme une Occidentale. Pourtant, à Tahiti, il fait chaud.

Emma, qui a pris notre jeune Chinoise par les épaules, s'approche avec elle de la toile. Elle dit :

— C'est qu'à l'époque, ma chérie, les missionnaires protestants obligeaient les femmes autochtones à se vêtir.

Jade n'a pas quitté des yeux ces extraordinaires rayures bleues et blanches. Elle dit :

— Ça veut dire quoi, « autochtone » ?

6.55

LE SAMEDI 10 MARS 2018

Discrétion absolue

À Pékin, où il est aux alentours de 10 heures du matin, sous un ciel bleu pétrole – cela expliquant la concentration élevée dans l'air de particules fines –, Xi, alors qu'il ne saurait y avoir aucun secret entre les sept membres du Comité permanent, a demandé à Li Keqiang, Premier ministre et Numéro Deux du régime, de passer le voir dans son bureau. La peau foncée sur un corps fluet, d'une grande émotivité, Li est une sorte de contraire de Xi, tant sur le plan du caractère que physiquement parlant. À la différence du Numéro Un, le Numéro Deux connaît parfaitement les mécanismes de l'économie de marché, qu'il a étudiés à l'université de Pékin, où il dirigea la Ligue de la jeunesse communiste. Ce qui lui permit de se faire remarquer par Hu Jintao, lequel aurait bien vu son poulain devenir le Numéro Un du régime, ce qui eût été possible, si, entre-temps, le perpétuel bras de fer entre les tenants du courant « on continue dans la voie déjà empruntée » et ceux du « gare à trop d'eau capitaliste dans le vin communiste » ne s'était pas achevé par la victoire par K.-O. de ces derniers, dont Xi, grâce à sa croisade contre la corruption, est devenu la figure tutélaire. Témoin le nouvel amendement constitutionnel abolissant la règle, mise en place par le Petit Timonier, selon laquelle le chef de l'État chinois ne peut pas effectuer plus de deux mandats de cinq ans.

Xi va fermer lui-même la porte du bureau. Il dit :

— Il y a beaucoup trop de rumeurs… Au fin fond du Liaoning, y en a qui savent ce dont nous avons discuté, et, surtout, qui a dit quoi, alors que nous ne sommes que sept ! Tu le sais, quand ça bavasse trop…

En parlant, Xi ne s'est pas départi de son air perpétuellement jovial. Pourtant Li n'a pas pu s'empêcher de se tordre sur sa chaise… des fois qu'il serait visé. Avalant sa salive, il dit :

— À quoi penses-tu ?

— À une prestation de serment. Nous jurerons de garder le secret absolu de nos délibérations. Devant quoi… à voir… j'ai plusieurs idées en tête. En tout cas, tout sera retransmis à la télé.

Novitchok

À une soixantaine de kilomètres de Moscou, en pleine forêt, l'Académie des renseignements extérieurs (Akademia vnechneï razvedki ou AVR en russe) est l'un des faux nez du FSB.

C'est là que trois individus, mines patibulaires à souhait, se font sermonner au sujet de la prudence et de la discrétion qui siéent à un « agent clandestin » par l'un des directeurs adjoints des « opérations spéciales », un rouquin dont le quidam n'imaginerait jamais qu'il s'occupe d'éliminer les ressortissants russes réfugiés à l'étranger et considérés comme « particulièrement dangereux » par le régime, ou les « traîtres à la patrie », à commencer par les agents du FSB retournés par les services spéciaux adverses.

Le trio a été chargé de régler son compte au dénommé Sergueï Skripal, un ancien du GRU, le bureau du renseignement militaire, recruté par les services spéciaux britanniques et désormais réfugié au Royaume-Uni.

Le rouquin leur présente le petit flacon scellé qu'il a sorti de sa poche, semblable à ceux dans lesquels on plaçait, jusqu'au début des années 1980, les antibiotiques injectables. Le plus gros des trois clandestins prend un air gourmand.

— Novitchok ?

— Oui… Évitez d'en mettre sur vos sales peaux ! Sinon, vous serez rapatriés en cercueil.

Au FSB, on n'a toujours pas trouvé mieux que « le novi », comme est désigné ce produit aussi redoutable qu'irremplaçable, malgré le chantage par lequel, à la fin des années 1970, le KGB avait tenté de soutirer à un ponte en pharmacologie de la faculté de médecine de Dresde ses formules de produits létaux censés ne laisser aucune trace dans l'organisme – ce qui n'est pas le cas du poison favori des services russes.

6.56

LE MARDI 22 MAI 2018

La « chinetoque » et deux mâles blancs

Moins un enfant a l'habitude de pleurer et plus son visage paraît ravagé lorsqu'il pleure. À Lons-le-Saunier, Jade a les yeux rougis, et ses larmes ont laissé des traces grisâtres sur ses joues, qu'elle a essuyées à la hâte avant de se jeter dans les bras d'Yvon, venu l'attendre, comme à l'accoutumée, à la sortie de l'école.

Notre ancien jésuite, après s'être agenouillé devant la fille de Jolie, qu'il n'a jamais vue dans cet état, la prend par les épaules.

— Qu'est-ce qui t'arrive, ma puce ?

— C'est Angelina et Marion, elles sont très méchantes…

Dans une classe, il y a toujours deux ou trois chipies, des gamines qui prennent un malin plaisir à dénigrer leurs camarades sans être conscientes des dégâts que cela peut engendrer.

— Dis-moi ce qui s'est passé.

— Marion m'a traitée de « chinetoque », et Angelina a rigolé. Elles ne se doutaient pas que j'étais derrière elles…

— « Chinetoque » ? Tu connais ce mot, ma puce ?

— J'ai demandé à Mme Gervais, et elle m'a expliqué.

Sur le chemin du retour, Jade repense au sourire en coin que sa maîtresse avait eu à ce moment-là et aussi à ce vieux numéro de *Science et Vie Junior* sur les origines de l'homme qui traînait dans la salle d'attente du dentiste, chez qui elle se rend chaque mois pour se faire resserrer ses bagues dentaires. En même temps qu'elle le feuilletait, Yvon lui donnait des explications. Il y était question de la non-pertinence de l'emploi du mot « race » pour distinguer les différents types humains, car la biologie et la génétique permettent désormais d'affirmer que tous les êtres humains, quelle que soit leur morphologie, et notamment la couleur de leur peau et la forme de leurs yeux, appartiennent à la même espèce : *Homo sapiens* ; en somme, un Africain, un Asiatique ou un Occidental, c'est du pareil au même, et nous possédons tous la même « âme », sous des « écorces » diverses.

Aujourd'hui, elle subodore que, malgré cela, le racisme existe, et que, étant la seule de la classe à avoir les yeux bridés, elle a fait les frais de l'ostracisme des deux chipies. En serait-il de même en Chine pour Angelina et Marion ?

Cette question la tarabuste. Elle voudrait bien la poser à Yvon, qui introduit la clé dans la serrure de la porte de l'appartement. Elle dit :

— Est-ce qu'un jour on pourra retourner en Chine, Tonton Yvon ?

Au même moment, à l'Élysée, tout en sachant pertinemment ce qu'Alexis Kohler – « l'homme le plus puissant de France derrière le Président », selon la presse, jamais avare d'hyperboles – lui répondra, Emmanuel Macron lui demande, l'air satisfait, s'il n'y a pas été un peu fort en déclarant à l'assistance venue assister à la remise d'un énième rapport sur les banlieues, dont l'auteur était l'inévitable Jean-Louis Borloo : « Ça n'aurait aucun sens que deux mâles blancs ne vivant pas dans ces quartiers s'échangent l'un un rapport et l'autre disant "on m'a remis un plan, je l'ai découvert…", c'est pas vrai, ça ne marche plus comme ça. » Une phrase assassine dont les chaînes d'info se sont emparées sans dire un mot du reste de son discours… d'une heure trente.

Kohler sait que l'idée de confier une telle tâche à l'homme des banlieues et de l'électrification de l'Afrique est une initiative d'Édouard Philippe. Entre ce conseiller d'État pince-sans-rire et faussement dilettante et le secrétaire général de l'Élysée, simple administrateur civil et bourreau de travail, il n'y a guère d'atomes crochus. Alexis connaît trop bien Macron, son amour des bons mots, sa posture de premier de la classe persuadé d'avoir toujours raison, et encore plus quand c'est contre la Terre entière, détestant qu'on lui dise ce qu'il n'a pas envie d'entendre, pour ne pas lui répondre autre chose que :

— Tu as bien fait ! Borloo est le spécialiste de la gonflette. Beaucoup de paroles et derrière, ça suit jamais !

Pauvre Borloo ! Il était bien le seul à être persuadé que Macron le portait dans son cœur, au point de s'imaginer qu'il pouvait être appelé à Matignon. Hélas pour lui, ce fut Édouard Philippe.

Au même moment, s'il y en a qui sont satisfaits de leur investissement, ce sont les actionnaires historiques de Direct Energie, vendue le mois précédent pour 1 milliard d'euros. Un tel jackpot aura été rendu possible par la concurrence imposée par Bruxelles sur le marché de l'électricité, obligeant EDF à vendre à perte son électricité nucléaire aux « fournisseurs d'électricité alternatifs ». Et la loi de Lavoisier « Rien ne se perd, rien ne se crée » s'appliquant à la finance, cette valeur de Direct Energie correspondait à la perte de valeur subie par EDF du fait de cette obligation. Chez Attac, on parle d'enrichissement sans cause.

6.57

LE MARDI 25 SEPTEMBRE 2018

« Fils de la Terre Jaune »

À Pékin, Wang Huning, un brillant universitaire francophone originaire de Shanghai, auteur de multiples ouvrages à forte connotation marxiste et antiaméricaine, est à Xi ce qu'Alain

Juppé était à Chirac, quand ce dernier voulait auprès de lui un « normalien sachant écrire ». Cet homme à l'allure à la fois juvénile et austère n'est pas un inconnu au bataillon. Ses apparitions publiques remontent à 1993. Cette année-là, il participait à une compétition, qui se déroulait à Singapour, entre étudiants en provenance de l'Asie et qui était retransmise à la télévision chinoise. Elle avait été remportée par l'équipe de l'université Fudan, dont Wang était le coach car il y enseignait la stratégie politique.

L'une des tâches de Wang, qui travaille auprès de Xi depuis huit ans, consiste à mettre en forme ses idées, et aussi à transformer en jolis récits l'aridité de la conduite d'un pays d'un milliard quatre cents millions d'habitants. Son rêve serait de faire du Numéro Un un personnage ancré dans l'histoire, et un symbole pour tous les Han. Il a su se rendre si indispensable qu'il est entré au Comité permanent, ce qui en fait le seul des Sept à ne pas avoir fait ses classes comme gouverneur d'une grande province.

Cet idéologue de fer a vendu à Xi l'idée d'une autobiographie destinée, selon ses termes, « à l'édification des jeunes générations corrompues par les excès du capitalisme consumériste », et qu'il intitulerait volontiers : *Fils de la Terre Jaune.*

Foxconn

Dans la province du Henan, à Zhengzhou, désormais surnommée « iPhone City », Foxconn, le plus important sous-traitant d'Apple, fête l'arrivée de son deux cent soixante-quinze millième employé. Il s'agit de Mlle Poisson-Chat[1], autour du cou de laquelle le directeur de la méga-usine d'assemblage des téléphones de l'entreprise à la pomme croquée passe un cordon de soie rouge, sous les applaudissements des quelque quarante-trois mille six cent soixante-quinze travailleurs présents ce jour-là. Puis, avant

1. « Poisson-Chat » se prononce « Nianyu » en mandarin pinyin.

de remettre à l'héroïne du jour un chèque de 5 000 yuans, soit environ 700 dollars, il déclare :

— Bienvenue, mademoiselle, dans la grande famille iPhonic !

Le succès de « Djadja » et la fatigue de Pierucci

Tandis que la chanson « Djadja » d'Aya Nakamura dépasse le million de téléchargements depuis le 6 avril, jour de sa sortie, au parloir de la maison d'arrêt de Villepinte, au nord de Paris, Frédéric Pierucci, dont le transfert en France a finalement été accepté par le Département de la Justice américain, s'entend annoncer par son avocat que le juge d'application des peines lui a accordé la liberté conditionnelle. L'homme de loi s'étonne de l'absence de réaction de l'ancien cadre dirigeant d'Alstom. Il dit :

— Ça n'a pas l'air de vous rendre plus heureux que ça !

Le prisonnier a le visage hâve et le regard éteint. Il souffle :

— Si vous saviez, maître, combien je suis fatigué ! Avec ce que j'ai déjà pris dans la poire, je pourrais rédiger un guide de survie dans les prisons américaines.

Domestikator

Au même moment, à Paris, dans le jardin des Tuileries, Mohammed G., grutier chez Fayat – une entreprise de travaux publics dont le siège est à Bordeaux –, fait le tour d'une sculpture pesant trente tonnes qu'il va devoir hisser, à l'aide de la grue qu'il pilote, sur la plate-forme d'un camion porte-engin qui la transportera jusqu'à la *plazza* du Centre Pompidou, son nouveau lieu d'exposition. Devant des badauds, essentiellement des touristes, dont la plupart se tordent de rire, la grue soulève *Domestikator*, œuvre de l'artiste flamand Joep Van Lieshout, représentant deux personnages de type « Lego » en train de forniquer dans la position dite « de la levrette ».

Greta Thunberg, et hébergeur du Cloud, ça peut rapporter gros

Alors qu'à Stockholm Greta Thunberg, bientôt seize ans, diagnostiquée autiste Asperger et devenue sans qu'elle l'ait trop cherché une égérie du climat, n'est toujours pas sortie de sa chambre, à Seattle, où il est 10 heures du matin, Andy Jassy peut être satisfait : Amazon Web Services, son bébé, est devenu le premier hébergeur en *cloud* au monde, loin devant Google et Microsoft, et ses profits contribuent désormais pour l'essentiel à ceux de l'entreprise fondée par Jeff Bezos.

Un deux millième McDo en Chine, et un emmerdeur appelé Richard Tornetta

Au même moment, à Chicago, dans le hall du nouveau siège de McDonalds – un bâtiment futuriste d'un coût de près de 300 millions de dollars, dont la décoration intérieure a été conçue par Virgil Abloh et Ikea –, on fête l'ouverture du deux millième restaurant de la multinationale de la malbouffe en Chine.

On peut être un simple batteur de heavy metal et chercher des poux dans la tête à un génie des affaires. Mais il faut pour cela être très idéaliste et ne pas avoir froid aux yeux : si on gagne on devient un « lanceur d'alerte » ; si on perd, on est « l'emmerdeur de service qui l'aura bien mérité ».

À San Diego, ce n'est pas ce qu'a en tête le dénommé Richard Tornetta. Scandalisé par la décision du *board* de Tesla d'attribuer 10 % de son capital à Elon Musk sous forme de stock-options – ce qui lésera d'autant les autres actionnaires, dont Richard fait partie, avec ses neuf misérables actions –, il soupçonne Elon d'avoir manipulé le conseil d'administration de Tesla, dont font partie son frère Kimbal ainsi que d'autres affidés du fondateur de SpaceX. Fonçant tête baissée, le batteur a déposé plainte contre les administrateurs du leader mondial de la voiture électrique pour « violation d'obligation fiduciaire », « enrichissement injuste du dirigeant » et « gaspillage », cela devant un tribunal du Delaware, l'État où Tesla est immatriculée – à l'instar de nombreuses grosses boîtes américaines et internationales, car le taux de l'impôt sur les sociétés y est particulièrement faible et seule une majorité des deux tiers des actionnaires est requise pour modifier les statuts d'une société.

6.58

LE LUNDI 31 DÉCEMBRE 2018

Le crédit social

Quand on vit sous dictature numérique, nul besoin d'être paranoïaque : les moindres de vos faits et gestes sont enregistrés par les caméras à reconnaissance faciale et l'usage des QR codes. C'est ainsi qu'à Pékin Battante est montée sur un escabeau afin de vérifier qu'aucun dispositif de surveillance n'avait été installé à côté du néon du plafond de sa salle de séjour. La veille, elle a reçu un nouvel appel du commissariat de son quartier lui annonçant que, si elle traversait une nouvelle fois la chaussée en dehors des clous, elle écoperait d'une « réprimande ». Notre ancienne médaillée olympique est d'autant plus marrie que cela fait quelques mois qu'on entend parler d'un « crédit social ». Ce dispositif serait comparable à celui d'un permis de conduire à points. Le citoyen qui n'a plus assez de points se verrait interdire de monter dans un train à grande vitesse ou de prendre l'avion ; il perdrait également son passeport ; d'aucuns prétendent que le plafond de sa carte bancaire serait automatiquement minoré. De plus en plus de Han sont persuadés que ce « crédit social » est entré en vigueur. Mais l'important n'est-il pas que les gens y croient ?

À l'occasion de sa dernière levée de fonds, SenseTime a annoncé le développement d'un algorithme permettant de détecter comme « anomalie suspecte » tout individu marchant à contre-courant d'une foule.

C'est dire si une manifestation du type Tian'anmen ne pourrait plus avoir lieu en Chine.

Les « adultes dans la pièce »

À la Maison-Blanche, Jared Kushner, le gendre de Trump, qui passe ses journées à rôder dans les couloirs, entre dans le Bureau ovale, d'où vient de sortir John Kelly, le *chief of staff* – le secrétaire général – de la présidence et éphémère secrétaire à la Défense, que Trump a dans le nez et qu'il compte licencier sous peu. Au demeurant, le Président ne semble pas affecté par la longueur de la liste de ceux qui ont abandonné ou dû quitter le navire depuis le début de l'année, de Rob Porter à Nikki Haley, l'ambassadrice US à l'ONU, ou Jef Sessions, le procureur général américain, en passant par le DRH du staff présidentiel – accusé de violences conjugales – et par H. R. McMaster, le conseiller à la Sécurité nationale ; sans parler de Rex Tillerson, l'ancien patron d'ExxonMobil et alors secrétaire d'État.

Le Président aime bien déclarer :

— Bon débarras ! T'as des amis, c'est OK ! T'as des ennemis, c'est OK !

Ce que n'approuve pas Kushner, qui se garderait bien d'en faire état à son beau-père.

Pour ce dernier, l'année écoulée aura été fertile en événements improbables, entre le sommet de Singapour du mois de juin avec le dictateur nord-coréen Kim Jong-un – qui n'aura servi à rien –, puis celui de Helsinki en juillet, auquel participait Poutine. Face aux dénégations du Russe, interrogé par les journalistes au sujet des ingérences du Kremlin dans la campagne américaine, ainsi que sur son implication dans les opérations visant les opposants au Kremlin, Trump avait semblé douter des enquêtes menées par ses propres services de renseignement. Un aveuglement et un comportement erratique dénoncés par plusieurs livres à charge contre le président des États-Unis, à commencer par celui de Bob Woodward, le journaliste vedette du *Washington Post*, dans *Peur : Trump à la Maison Blanche*, où celui qui avait mis à jour le scandale du Watergate révèle que bon nombre de collaborateurs de Trump passent leur temps à essayer de contrôler ses dérapages et ses initiatives intempestives, jouant les « adultes dans la pièce ».

6.59

LE MARDI 5 FÉVRIER 2019

« Les Ukrainiens n'éliront jamais un clown »

En ce premier jour de l'année du Cochon – l'animal dont la viande est la plus consommée en Chine, ainsi qu'en témoigne le développement des « tours à cochons » où, dans des immeubles pouvant compter jusqu'à dix étages, plusieurs milliers de ces bêtes sont engraissées avant d'être expédiées à l'abattoir –, à Moscou, Vladimir Poutine n'a toujours pas digéré l'échec de l'opération visant à éliminer l'ex-agent Skripal. D'où son visage des mauvais jours, devant Nikolaï Patrouchev, ancien dirigeant du FSB et devenu l'un de ses principaux confidents, qu'il a invité à dîner.

Patrouchev a avalé d'un trait son minuscule verre de vodka. De son côté, le président russe n'a toujours pas touché au caviar.

Croyant bien faire, le ci-devant secrétaire du Conseil de sécurité tend à Poutine un blini amplement tartiné par ses soins.

— À ton avis, Vladimir Vladimirovitch, quelles sont les chances que Zelensky soit élu président de l'Ukraine ?

— Strictement aucune, Nikolaï. Les Ukrainiens n'éliront jamais un clown.

Bonnets rouges et Gilets jaunes

Dans le spectre des couleurs, le rouge et le jaune ne sont séparés que par l'orange, d'où une forme de continuité entre ces deux nuances.

À Paris, à l'hôpital des Quinze-Vingts – le centre national d'ophtalmologie –, Jérôme Rodrigues attend d'être reçu en consultation par le chirurgien qui a opéré ce plombier de père portugais et de mère française. C'est tout près de là, place de la Bastille, le 26 janvier, à 16 h 30, que cette figure des Gilets jaunes filmait avec son portable l'acte XI de ce mouvement, lorsqu'il perdit son œil droit, touché par un éclat de grenade de désencerclement.

Six heures plus tard, à Carhaix, dans le département du Finistère, Christian Troadec, le maire de cette petite ville célèbre grâce au festival des Vieilles Charrues, regarde avec un étonnement teinté de circonspection l'émission spéciale *Gilets jaunes* de BFM. En octobre 2013, les Bonnets rouges, mouvement à la création duquel il avait participé, avaient bloqué les principales artères de circulation de l'ouest de la France, en réaction à la mise en œuvre d'un péage routier, pourtant dûment créé par la loi, pour les camions n'empruntant pas les autoroutes – projet rapidement retiré par le gouvernement Ayrault. À l'issue du débat, Troadec n'a toujours pas compris en quoi consistaient exactement les revendications de tous ces gens arborant un gilet fluo.

Le mécontentement prend toujours de multiples formes, dès lors que le mal-être d'une population y participe.

6.60

LE SAMEDI 20 JUILLET 2019

Le séquoia géant

Le séquoia géant est un arbre particulier : il peut vivre très vieux et pousse lentement mais inexorablement. Certains séquoias californiens ont plus de trois mille ans, soit trois fois plus que les plus vieux ginkgos biloba, et leur hauteur peut dépasser les quatre-vingt-dix mètres.

À Lons-le-Saunier, où il est 10 heures du matin, c'est autour de l'un de ces arbres, haut de trente-cinq mètres – une taille considérable pour un simple bicentenaire –, que Jade saute à cloche-pied, comme elle en a pris l'habitude pour montrer qu'elle est contente, devant le regard attendri d'Yvon, assis sur le tronc mousseux d'un vieil arbre, tombé là depuis des lustres à la suite d'une tempête. À cette joie de la fillette, on ajoutera une grande excitation, tempérée par une légère appréhension, depuis qu'Yvon lui a annoncé qu'ils iraient passer Noël à Pékin, chez « Tatie Battante ».

La fille de Jolie, qui s'était collée, bras écartés, au tronc du séquoia, est venue s'asseoir à côté de son père adoptif.

— Mais comment je vais faire, pour le mandarin ? !

— T'inquiète, tu n'as pas forcément tout oublié, même si tu étais très petite quand tu es partie de Chine. Et en cas de besoin, je ferai l'interprète. Ensuite, quand tu seras un peu plus grande, tu prendras des leçons de chinois.

Le regard de Jade s'est embué. Elle n'ignore rien des événements ayant précédé sa venue en France. Yvon s'y est employé de façon délicate. Jade, le front plissé, poursuit :

— Tonton Yvon, on pourra aller là où j'habitais avec papa et maman avant qu'ils meurent ?

Top Chef et Ikea

Un peu plus tard, à Paris, dans les cuisines de l'ambassade de Belgique en France, Samuel Albert, vainqueur, le 8 mai, de la dixième édition du concours culinaire *Top Chef*, bat des œufs pour réaliser une sauce hollandaise destinée à napper les filets de turbot qu'il aura fait pocher au préalable. Après son exploit, Samuel est devenu accro aux autres émissions de M6 qui contribuent à façonner la société française, pour le pas trop mauvais, dans le cas de *L'amour est dans le pré* ou encore *Le Meilleur Pâtissier*, ou *Boulanger,* comme pour le pire, dans la mesure où le succès de *Recherche appartement ou maison*, présenté par Stéphane Plaza, n'aura fait qu'ajouter à l'accélération de la hausse des prix de l'immobilier ainsi qu'à l'explosion des ventes en France d'Ikea, le géant suédois de l'équipement de la maison, champion du meuble en kit mais si difficile à monter et encore plus à démonter et remonter sans dommage, et du gadget inutile.

Une heure plus tard, à Giverny, dans leur vieux moulin au charme fou, Patrick et Isabelle Balkany attendent avec impatience le délibéré du tribunal, devant lequel le Parquet national financier a requis sept ans de prison pour lui et quatre ans pour elle, ainsi qu'une amende d'un montant de 500 000 euros.

6.61

LE JEUDI 19 SEPTEMBRE 2019

« Monsieur le président, la grandeur de l'Amérique repose aussi sur mes épaules »

À Washington, où il est 17 h 30, Mark Zuckerberg, visage façon Playmobil, avec sa coiffure au bol et ses yeux ne cillant pratiquement jamais, est soulagé. Il sort de son entretien à la Maison-Blanche avec Donald Trump, devant qui il a défendu la cohérence de son empire Internet, au moment où d'aucuns, y compris au sein du Parti républicain, lui demandent de se séparer d'Instagram et de WhatsApp, au nom de la défense de la vie privée des internautes.

Le fondateur de Facebook avait été dûment briefé avant cette rencontre par une armada de conseillers en communication : « Surtout, Mark, tu ne réponds pas aux provocations », « même en cas de réflexion désobligeante envers ton épouse » – celle-ci est d'origine chinoise.

Était-ce la présence de Jared Kushner ? Quoi qu'il en soit, le président se sera montré plutôt courtois et n'aura pas interrompu le fondateur de Facebook… avant de carrément acquiescer lorsque celui-ci conclut :

— En somme, monsieur le président, la grandeur de l'Amérique repose aussi sur mes épaules.

6.62

LE MARDI 5 NOVEMBRE 2019

Le moral de Battante au beau fixe

Alors qu'à Shanghai Emmanuel Macron a inauguré le Centre Pompidou-Shanghai – appelé ici « Shanghai West Bund » –, à Pékin, où il pleut des cordes, le moral de Battante est remonté.

Dans peu de temps – elle y pense à chaque instant –, elle pourra serrer très fort Jade dans ses bras, et elle écrasera ses lèvres sur celle d'Yvon. Cerise sur le gâteau, elle vient d'être avertie par un coup de fil du service du personnel du ministère des Sports que sa retraite allait être augmentée de 10 % à compter du 1er janvier. Il était temps. La vie à Pékin devient de plus en plus chère, y compris pour une ancienne vice-ministre.

Toubon à gauche, et Martine Aubry trahie

À Paris, où il est 8 h 35, le Défenseur des droits Jacques Toubon a réitéré auprès de plusieurs médias son souhait que les forces de l'ordre ne soient plus autorisées à utiliser des *flash-ball* contre des manifestants.

Alors qu'on est censé se droitiser en vieillissant, ainsi qu'en témoigne le nombre des anciens gauchistes devenus réactionnaires, c'est le chemin inverse qu'aura parcouru l'ancien secrétaire général du RPR, critiqué pour son interventionnisme lorsqu'il était garde des Sceaux dans le gouvernement d'Alain Juppé. Un virage idéologique qualifié par le journal *Libération* de « véritable rédemption ».

Certains leaders politiques ne changent pas. Martine Aubry, par exemple, se plaît à déclarer qu'elle n'a pas changé, et qu'elle ne changera jamais !... contrairement à François Hollande, dont la politique économique aura de plus en plus penché à droite.

Ce matin, dans sa jolie maison des environs de Lille d'où elle s'apprête à partir pour sa mairie, elle vient d'apprendre que Violette Spillebout, son ancienne cheffe de cabinet et protégée, avait l'intention de lui ravir la mairie sur une liste macroniste ! Contrairement au chien, il arrive à l'être humain de mordre la main de la personne qui l'a nourri, et la traîtrise vient souvent de là où on l'attendait le moins.

Au même moment Jade, dix ans et demi, est plongée dans le second tome de Harry Potter, après avoir dévoré le premier.

António Moreira Antunes

À Vila Franca de Xira, une petite ville située au bord du Tage à une vingtaine de kilomètres en amont de Lisbonne, le dessinateur de presse António Moreira Antunes, bientôt soixante-sept ans, léger embonpoint et chevelure en broussaille, réfléchit au thème de l'aquarelle qu'il doit fournir, comme chaque semaine, à l'hebdomadaire *Expresso*, dont il est le caricaturiste vedette. Il a abandonné l'idée du Boris Johnson en bouillant Premier ministre du Royaume-Uni, suspendu par une poulie au-dessus d'une mer hérissée d'ailerons de requin et sur laquelle on verrait voguer des barques remplies de migrants squelettiques.

Trop provocateur. Trop audacieux. Trop juste ?

Comme l'était le dessin qu'António avait publié au printemps précédent dans le *New York Times* représentant le Premier ministre israélien, Benyamin Netanyahou, avec un corps de teckel, une étoile de David autour du cou, servant de chien d'aveugle à un Donald Trump, lunettes noires et canne blanche. Le tollé engendré par cette caricature, au motif qu'elle flirtait avec l'antisémitisme, avait amené le grand quotidien new-yorkais à abandonner le dessin de presse. Qui veut noyer son chien…

6.63

LE MARDI 31 DÉCEMBRE 2019

Jade se sent chinoise

Depuis qu'elle a mis le pied sur le sol chinois, la fille de Jolie se sent chez elle.

La plupart des voyageurs occidentaux, surtout les Européens, prennent conscience qu'ils se trouvent dans le pays le plus peuplé du monde – et que les Han ont le verbe haut, l'effusion facile et le rire sonore – quand, après avoir récupéré leurs valises, ils découvrent le tintamarre assourdissant qui règne dans le hall des arrivées, le plus souvent noir de monde : la plupart des gens, à part – et encore ! – ceux des campagnes reculées, prennent l'avion comme si c'était le bus ou le métro.

Ce n'a pas été le cas de Jade, que tout ce bruit et toute cette fureur n'auront ni surprise ni étourdie, alors qu'elle aidait Yvon à pousser leur chariot à bagages, avant de découvrir la joie de son arrière-grand-tante, cette dame d'un certain âge, coiffée d'une chapka en loutre, qui s'est précipitée vers eux, puis s'est s'agenouillée devant elle pour la couvrir de caresses et de baisers.

Tout urbanisme est politique, de même que l'est l'architecture. Une capitale, de la plus géante à la plus minuscule, en dit long sur la richesse ou la pauvreté d'un pays, le caractère plus ou moins égalitaire de sa société, le degré de liberté de ses habitants, mais également sur la nature du régime qui le gouverne. S'agissant de Pékin, quand le taxi qui les emmenait chez Battante a longé, à la demande de celle-ci, Tian'anmen, Jade a pu noter que les passants ne peuvent pas faire trois pas sans croiser des policiers et être filmés par une caméra de surveillance, qu'ils se voient empêchés de traverser les avenues par des barrières disposées entre le trottoir et la chaussée, et que les automobilistes sont également incités à filer doux, si l'on en juge aux gestes comminatoires de flics, cambrés comme des danseurs et le visage impassible, réglant le ballet des voitures depuis le milieu du carrefour où ils sont postés.

Jade a oublié cette impression, maintenant qu'elle réchauffe ses mains devant la cheminée de la salle commune de l'hôtellerie du monastère du Sanctuaire d'Or, où Yvon et Battante l'ont emmenée passer le réveillon et faire la connaissance de Présage, à qui elle ne peut s'empêcher de trouver des airs de Gandalf, malgré son chignon et une barbe plus courte et plus clairsemée que celle de Ian McKellen dans l'adaptation cinématographique du *Seigneur des anneaux*.

Le haut lieu du taoïsme n'est pas une pure invention de l'esprit, contrairement à l'univers de J.R.R. Tolkien, ce qui n'empêche pas le Sanctuaire d'Or d'être tout aussi fascinant que la forteresse de Minas Tirith.

En bonne spectatrice de la trilogie cinématographique, la fille de Jolie ne se sent pas en terre inconnue devant toutes ces merveilles que Présage leur a fait découvrir depuis leur arrivée. Avant qu'ils ne s'envolent pour la Chine, Yvon avait pris soin de lui expliquer comment le taoïsme, avec ses pratiques de longévité qui vont de la nourriture aux exercices respiratoires, en passant par la méditation en pleine nature, est au corps d'un Han ce qu'est à son esprit le confucianisme, cette morale dont la finalité est la préservation de l'ordre social et le respect des anciens.

Un peu plus tôt, celui qui n'a plus joué de l'accordéon depuis qu'il est au monastère a guidé le poignet de Jade, pour lui faire tracer les idéogrammes de son nom, avec de l'encre noire, sur la feuille de papier de riz qu'elle a mise à sécher à proximité des flammes. Dans Jade, il a retrouvé Jolie, dont elle est la copie conforme au même âge. Et quand il a saisi son poignet, il s'est revu accomplissant le même geste avec la fille de Forêt.

À l'issue du dîner, il a proposé à l'enfant de venir avec lui regarder le ciel.

Dehors, il fait moins dix et le firmament est criblé d'étoiles.

Présage aurait bien aimé évoquer pour Jade la joie de vivre de sa maman, ses prouesses en patinage, l'admiration qu'elle suscitait chez ses camarades, et aussi le courage de Forêt. Il aurait aimé lui raconter la beauté des déserts américains et la gentillesse de l'oncle Jimmy. Mais Jade ne parle pas l'anglais et lui a oublié le français.

Alors, en bon taoïste, Présage désigne à la fillette les milliards d'étoiles, où ses yeux finissent par se perdre, alors que Jade, qui lui a pris la main, s'est serrée contre lui.

La beuh

En Avignon, où il sera bientôt minuit, au cinquième étage d'un immeuble du quartier Monclar, sur le parking duquel quatre voitures viennent de brûler, Mohammed D., quatorze ans, aîné d'une fratrie de cinq frères et sœurs, les deux oreilles percées de strass et le visage de Jack Sparrow tatoué sur la main droite, a fait irruption, tout essoufflé, dans l'appartement où il habite avec sa maman solo et le reste de la fratrie, déjà couchée. La mère, aux traits fins, voilée, est femme de ménage à l'hôpital. Elle interroge son fils :

— Dehors, tu faisais quoi ? T'as vu l'heure ?

— Quelle question ! Comme d'hab' : Le *bizness* de la beuh ! T'en profites, comme moi.

La maman a détourné le regard. Alors, le fils dépose trois billets de 50 euros sur la table basse, à côté de l'assiette de cornes de gazelle et de cookies au chocolat.

Septième maillon
2020-2025

Maintenant, en France, au-dessus de six ans, un enfant ne dit plus bonjour à un inconnu qu'il croise dans la rue. En Chine, la même chose se produit pour un enfant de plus de neuf ans. Alors qu'aux États-Unis un gamin âgé de douze ans, issu d'un quartier pauvre et d'origine afro-américaine, sud-américaine ou caribéenne, continuera de le faire.

7.1

LE MARDI 11 FÉVRIER 2020

Pandémie

En France, Thierry Breton, l'ex-patron d'Atos, a été propulsé commissaire européen à l'Industrie grâce à Édouard Philippe, et Bernard Tapie a annoncé le dimanche précédent, à TF1, au cours de l'émission *7 à 8*, que son cancer de l'œsophage s'était étendu aux poumons.

Battante, tout juste arrivée de Pékin, s'est précipitée au service de réanimation de l'hôpital Saint-Louis, où Yvon a été admis, trois jours après son retour en France, alors qu'il avait de plus en plus de mal à respirer. Face à elle, le chef de clinique parle couramment le mandarin, sa famille étant originaire de Wenzhou. Ce médecin vient d'expliquer comment Yvon a dû être plongé dans un coma artificiel. Dans le service, quatre autres patients, tous en provenance de Wuhan, présentent une détresse respiratoire nécessitant une sédation profonde.

Notre ex-pongiste culpabilise. Si elle avait su !

Pour venir dans les monts Wudang, ils avaient pris un avion jusqu'à Wuhan. C'est là que Battante, croyant bien faire, avait réservé trois jours et deux nuits au Happy Valley, l'un de ces parcs d'attractions implantés à la périphérie des mégalopoles pour le plus grand bonheur des familles, qui s'y éclatent à coups de montagnes russes, de chaises volantes, de trains fantômes et d'autos tamponneuses. Attenant à leur hôtel se trouve un complexe aquatique, le Maya Beach, où tous les trois avaient barboté durant une matinée entière dans l'eau à trente-cinq degrés d'un immense bassin à remous. Battante revoit ce malheureux Yvon au milieu de plusieurs centaines d'individus, petits et grands, en train de crachoter dans l'eau à qui mieux mieux, sous des cascades artificielles.

C'est tout cela qu'elle vient de débiter, d'un ton saccadé, au chef de clinique. Lequel a pâli et regrette de ne pas s'être muni d'un masque avant de venir au-devant de cette dame passée par ce qui ressemble à l'épicentre de ce qui a tout l'air d'un début de pandémie, au dire des épidémiologistes – malgré les propos lénifiants d'Agnès Buzyn, ministre de la Santé, apparue il y a quelques jours à la télévision pour annoncer qu'il n'y avait pas d'inquiétude particulière à avoir car tout était « sous contrôle ».

7.2

LE MARDI 10 MARS 2020

Jade se sent française

Au cimetière de la Chartreuse, à Bordeaux, où il sera bientôt midi, Jade fait plus que ses presque onze ans avec son chemisier blanc à col rond sous un cardigan noir, sa jupe anthracite et ses collants en laine gris perle, telle une jeune fille rangée, et surtout ses yeux rougis par les pleurs et davantage enfoncés dans leurs orbites. Elle regarde les deux croque-morts des Pompes funèbres générales monter dans le Vito garé au bout de l'allée du cimetière, la laissant avec Emma devant le caveau de la famille de N., où désormais repose Yvon, décédé quatre jours plus tôt à l'hôpital Saint-Louis.

L'inhumation a eu lieu dans la plus stricte intimité, au sens le plus littéral de ce terme, puisqu'elles sont les seules à être présentes. Georges n'a pas pu se libérer : les bêtes d'un éleveur sont des fers aux pieds. Quant à Battante, elle a dû repartir pour Pékin, avant que tous les vols vers la Chine soient interrompus, comme c'est désormais à craindre.

C'est la première fois que Jade est directement confrontée à la mort. Sous les bourgeons naissants des tilleuls, sa main serre très fort celle d'Emma, dont le pouce caresse doucement la sienne. L'avocate murmure :

— Sois forte. On avancera ensemble. Je m'occuperai de toi comme si tu étais ma fille.

Jade sourit timidement. Après ces mots gentils d'Emma, elle se sent française et chinoise à la fois.

« Ce mâle blanc de plus de soixante ans »

À New York, où il est 15 h 30, au dernier étage du bâtiment du Museum of Modern Art (MoMA), dans une salle de réunion avec vue sur le jardin intérieur et les sculptures de Giacometti, de Henry Moore et d'Eduardo Chillida, Glenn Lowry, le directeur de cette prestigieuse institution depuis 1995 – physique longiligne, toujours tiré à quatre épingles et des airs de banquier de Wall Street –, discute, sous une toile de Miró, avec une des conservatrices du musée. Entre eux, il est question de la stratégie à adopter face aux propos de certains milieux féministes accusant Gauguin de pédophilie. Bizarrement, la jeune femme a beau faire partie d'un club de femmes influentes dans l'art et avoir pétitionné pour défendre #metoo, cela fait cinq bonnes minutes que, sous le regard quelque peu étonné de son patron, elle dénonce la dérive wokiste consistant à conditionner l'exposition d'une œuvre à la moralité de son auteur.

Elle dit :

— Glenn, il y a là-dessous, du moins il me semble, une néo-pudibonderie que je trouve dangereuse pour la liberté de créer. Gauguin restera un immense génie. Et si nous cédons, le prochain, ce sera Picasso !

Le directeur du MoMA contemple le ciel, ou plutôt ce qu'on peut en voir entre les buildings du quartier, notamment ces « immeubles crayons » si fins qu'on dirait des cheminées d'usine, où les appartements sont vendus à plus de 100 000 dollars le mètre carré. Il n'en demandait pas tant à sa collaboratrice ! Cela étant, l'époque est rudement compliquée pour les institutions « progressistes » telles que le MoMA, qui se targuent de défendre l'avant-garde artistique et intellectuelle. Mi-figue, mi raisin, il réplique :

— OK, ma chère ! Tu imagines bien que je partage ton avis. Mais nous devons défendre nos artistes sans passer pour des réactionnaires ! Je compte sur toi. Tu es mieux placée que moi, malheureux mâle blanc de plus de soixante ans…

Acquittés

À Brumadinho, Bernardo Paz et sa sœur Virgínia revivent depuis qu'ils ont été acquittés, à l'unanimité des juges du tribunal fédéral de la première Région, devant lequel ils avaient fait appel de leur condamnation pour blanchiment d'argent et fraude fiscale. Cette heureuse issue a clos une séquence qui leur avait été particulièrement défavorable, la fréquentation de leur musée-jardin botanique s'étant effondrée à la suite des dégâts sur l'environnement engendrés par la rupture, survenue un an plus tôt, d'un barrage situé en amont de la zone et qui contenait des déchets miniers de la société Vale. Ce qui est considéré comme l'une des plus terribles catastrophes écologiques du Brésil aura tellement secoué Bernardo que, dans un moment de grand désespoir, des idées de suicide lui étaient passées par la tête.

7.3

LE LUNDI 16 MARS 2020

COVID-19

À Pékin, où il est 20 heures, Battante, qui aurait bien aimé se rendre de nouveau en France, a passé sa journée devant les reportages sur les files de patients en détresse respiratoire en train de faire la queue devant les hôpitaux de Wuhan, où les autorités ont entrepris de construire un gigantesque hôpital de campagne. Comme la plupart de ses compatriotes, notre pongiste s'interroge. Quelles mesures le Comité permanent va-t-il bien pouvoir sortir de son chapeau face à ce coronavirus surgi de nulle part, si ce n'est, selon les journaux télévisés, de ce marché aux animaux vivants d'un quartier de Wuhan, à l'origine de cette maladie appelée par l'OMS « Coronavirus Desease 2019 », dont l'abréviation est « COVID-19 » ?

Sept heures plus tard, en France, où il est un peu plus de 20 heures, Emmanuel Macron, visage grave, apparaît sur le petit écran. Il dit, d'un ton martial, dont il a l'air de s'enorgueillir :

— La santé n'a pas de prix. Le gouvernement mettra tous les moyens financiers nécessaires pour porter assistance, pour prendre en charge les malades, pour sauver des vies. Quoi qu'il en coûte.

À Matignon, Édouard Philippe a regardé l'allocution présidentielle en compagnie de Gilles Boyer, son complice et quasi-alter ego. L'image d'un Macron pour une fois lugubre ayant disparu de l'écran, le Premier ministre, après avoir pioché dans la coupelle remplie de noix de cajou qu'un maître d'hôtel a déposée sur la table basse de son bureau, pousse un long soupir. Il dit :

— Ce confinement, ça va pas être triste !

Quatre jours plus tôt, quand le même Macron avait lancé, sur un ton martial et l'air pas du tout mécontent de lui, le fameux « Quoi qu'il en coûte » pour soigner les gens, lutter contre le virus et protéger les populations, Édouard avait confié à Gilles qu'il trouvait un tel engagement imprudent et particulièrement dangereux s'agissant des finances de l'État.

Au même moment, dans le 20e arrondissement, Emma a pris comme un coup de massue l'annonce de ce « confinement strict ». Elle ne se voit pas passer quinze jours enfermée dans un logement aussi exigu que le sien. Jade habite désormais chez elle. Elle lui a passé sa chambre, elle-même dormant dans la pièce à vivre, sur le canapé où la petite est assise à côté d'elle. Celle-ci dessine le Sanctuaire d'Or et sa montagne, tandis qu'à Morteau, où un orage de grêle a éclaté, Georges a dû délaisser sa télévision pour aller bâcher des ballots de foin qu'il n'a pas eu le temps de rentrer dans son hangar.

7.4

LE DIMANCHE 28 JUIN 2020

Un jour ordinaire dans le monde (5)

Qu'est-ce qu'une famille ? Est-ce le résultat – pour le meilleur comme pour le pire – des liens du sang, ou bien la réunion de personnes de sexe indifférent mais poursuivant le même idéal au profit de la génération qui suit, dont elles entendent s'occuper du mieux qu'elles le peuvent, lui laisser le meilleur cadre de vie possible, lui transmettre des valeurs humanistes et l'aider à comprendre le monde dans lequel elle vit ?

Emma n'a aucun doute sur la réponse, dans le wagon aux trois quarts vide du train qui la ramène vers Paris, où elle se rend pour continuer de faire tourner son cabinet. Elle a hâte de retourner à Morteau, où, après avoir réussi à quitter la capitale *in extremis* le 17 mars, elle est allée passer le confinement avec Jade, comme Georges le lui avait gentiment proposé. C'est la troisième fois que notre lanceuse d'alerte revient à la capitale, et cela l'enchante encore moins que la fois précédente. Quand elle se retrouve à Paris, Jade lui manque. Emma a scolarisé sa protégée à Morteau jusqu'à la fin de l'année. Plus pratique pour elle à bien des égards ; et puis Georges a tellement insisté ; quant à l'intéressée, elle ne s'est pas fait prier : revenir dans son Jura, et une fois l'école terminée retrouver les animaux d'une ferme dont le fermier est si gentil avec elle ? Elle n'a pas hésité une seconde.

Avec Jade, Emma s'est trouvé une cause encore plus exaltante que celles qu'elle défend : amener à l'âge adulte une jeune fille orpheline de ses parents, lui permettre de développer ses nombreux talents. Il n'aura pas fallu longtemps à notre avocate pour que cela devienne sa principale raison de vivre.

Au même moment, les patrons des laboratoires GSK, Eli Lilly, Pfizer, Roche et Sanofi, tous membres du Dolder, discutent par visioconférence de l'aubaine que la pandémie pourrait représenter pour eux en termes de ventes de vaccins. Tous craignent de se faire manger la laine sur le dos par Moderna, un laboratoire type start-up dirigé par le *Frenchie* Stéphane Bancel. Ce troublion devrait bientôt soumettre à la FDA le dossier de son vaccin à ARN messager contre le COVID. Le vaccin ARNm : le genre de mouton à cinq pattes dont rêvent les labos de Big Pharma fabriquant des vaccins classiques.

7.5

LE MERCREDI 15 JUILLET 2020

Beam Drop

À l'Élysée, Emmanuel Macron, à qui, la veille au soir à la télévision, un Gilet jaune a lancé : « Vous êtes mon employé ! », est persuadé d'avoir fait un joli coup en nommant à Matignon Jean Castex, un haut fonctionnaire à l'accent de son Sud-Ouest natal et maire de Prades, où son épouse a des attaches familiales. Auparavant, il l'avait bombardé « Monsieur Déconfinement », façon de rappeler qui est le patron à un Édouard Philippe de plus en plus rétif au piège du carnet de chèques ouvert et du « Quoi qu'il en coûte ».

Au même moment, à Morteau, dans la prairie de Georges, Jade, dont les seins commencent à pointer sous son débardeur fuchsia, est assise sur les genoux d'Emma, coiffée d'un canotier et qui feuillette un magazine de décoration. Devant les photos du musée-jardin botanique de Bernardo Paz accompagnant son interview, Jade écrase de son index droit l'œuvre du sculpteur américain Chris Burden intitulée *Beam Drop*, une sorte de bosquet de poutrelles en acier dont on serait bien en peine de dire si elles surgissent de la terre ou si elles vont se planter dans le sol…

Elle dit :

— J'aimerais bien qu'on y aille ! Ça a l'air trop beau.

Evo Morales et Elon Musk

À Buenos Aires, où il est 9 heures du matin, Evo Morales a commencé sa promenade quotidienne au parc Lezama. Le premier président indigène de la Bolivie n'en finit pas de ressasser son amertume. Contraint à la démission après avoir été lâché par l'armée – alors qu'il avait été élu dès le premier tour pour un quatrième mandat, certes controversé –, il a trouvé refuge d'abord au Mexique, puis dans la capitale argentine. Morales est persuadé qu'il doit son éviction à l'administration Trump et à Elon Musk. Le patron de Tesla voyait d'un mauvais œil le projet du président bolivien d'écarter les États-Unis de l'exploitation du lithium, ce minerai indispensable aux batteries des voitures électriques dont la Bolivie possède les plus grandes réserves de la planète.

Depuis la capitale argentine, Evo n'a de cesse de dénoncer ce « coup d'État du lithium », ainsi que la complaisance des nouvelles autorités boliviennes envers le patron de Tesla. C'est encore ce qu'il a fait tout récemment au micro de Radio Argentine, graphique à l'appui illustrant l'évolution du cours de l'action Tesla sur le NASDAQ.

7.6

LE VENDREDI 20 NOVEMBRE 2020

Mort d'un héros

À Cannes, Daniel Cordier, le grand résistant et secrétaire de Jean Moulin, a rendu l'âme au terme d'une vie multiple dédiée à l'art contemporain, puis à la mémoire du chef de la Résistance intérieure, enfin à la rédaction de ses Mémoires, dont le premier tome s'intitule *Alias Caracalla*, que Georges a dévoré en deux jours… d'où son émotion quand il apprend cette triste nouvelle.

Tandis que notre ancien journaliste se demande ce que serait la Résistance de nos jours, alors que les nouveaux moyens de surveillance de la population rendent pratiquement impossible toute action clandestine, sur une plage du Sénégal Salim T. et Sékou F. ont mis à l'eau leur pirogue. Ils comptent atteindre l'île d'El Hierro, le territoire le moins peuplé de l'archipel des Canaries. Si tout se passe bien, ils devraient faire la traversée en une dizaine de jours. Ils auraient bien voulu effectuer leur périple au mois d'octobre, quand les alizés faiblissent et que le courant pousse les embarcations vers les Canaries, mais leur bateau n'était pas prêt à prendre la mer. Cela risque de rendre leur traversée bien plus dangereuse.

Alors que la houle se forme autour de la pirogue lancée pleins gaz vers le large, Salim dit :

— *Inch Allah !* Je n'ai pas peur de mourir. Une vie meilleure n'a pas de prix ! Et si j'y arrive, je pourrai envoyer de l'argent à la famille !

7.7

LE SAMEDI 16 JANVIER 2021

Disparue des écrans radar

En Chine, cela fait plusieurs semaines que Zhao Wei, une actrice de cinéma archipopulaire depuis son rôle dans *Les Guerriers de l'Empire céleste*, a disparu des écrans radar, en l'espèce du réseau social Weibo, où elle avait quatre-vingt-six millions de followers, mais également de tous les moteurs de recherche. Pourtant, tout semblait réussir à cette proche de Jack Ma, quatrième célébrité chinoise au classement de *Forbes* et propriétaire de trois vignobles dans le bordelais.

De cela, Xi Jinping n'a cure – lui qui n'a pas beaucoup de considération pour le fondateur d'Alibaba. Il se trouve dans un village du fin fond du Hubei, où il est acclamé par une petite foule de retraités agitant des drapeaux chinois, des personnes pas assez riches pour avoir pu profiter de la hausse faramineuse de l'immobilier, et auxquels le Numéro Un a fait distribuer son « cadeau du Nouvel An », un colis contenant des pâtisseries et une petite bouteille d'alcool de sorgho.

Alors que Xi s'apprête à partir dans un autre village, il prend soin de remettre au maire de la commune – vêtu d'un costume démodé – une coupure de presse où figure un graphique selon lequel le PIB par habitant en Chine, qui était en 2001 inférieur à 1 000 dollars, contre 36 000 aux États-Unis, soit un rapport de 1 à 36, s'est élevé à un peu plus de 10 000 dollars en 2020, l'écart avec les États-Unis s'étant réduit de 1 à 6…

Il dit :

— Tu prendras le temps de bien leur expliquer ces courbes.

Ioulia et Alexeï

Quelque part dans la grande banlieue de Berlin, où il est un peu plus de 7 heures du matin, dans une maison dont l'adresse doit demeurer secrète, Ioulia Navalnaïa, en peignoir de laine, tend une tasse de thé à son époux Alexeï. Le principal opposant à Poutine est très amaigri et ses cernes sont encore plus profonds qu'à l'ordinaire. Il y a peu, il était encore à l'hôpital de la Charité, où, grâce à l'intervention d'Angela Merkel, il avait été transporté en urgence depuis la Russie, après son empoisonnement le 20 août en Sibérie par le FSB.

Elle dit :

— Tu es sûr que tu dois repartir dans la gueule du loup ?

— Ne pas y aller ? Autant tout arrêter ! Finir en exilé de luxe, comme ces Russes blancs qui pleurnichaient sur les crimes des Soviets tout en bouffant du caviar à Paris ou à Londres, très peu pour moi !

Ioulia, les yeux mouillés de larmes, malaxe fébrilement la nuque de son époux.

— Mais, Alexeï, personne n'est obligé de jouer les héros ! Et puis, les types du FSB que tu as piégés avec Bellingcat, surtout celui qui s'est vanté d'avoir contaminé ton slip au novitchok… tu crois qu'après ça Poutine va te laisser tranquille ?

Alexeï prend son épouse par la taille. Il dit :

— Là, je te suis, car le gars a dû sacrément se faire engueuler par Vlad l'Empoisonneur. Le seul héros dans lequel je me verrais, Ioulia, c'est Don Quichotte ! Pathétique et grotesque, mais quel panache ! Et puis, je n'ai pas peur, même si Gogol a raison quand il dit : « La peur est plus contagieuse que la peste, elle se communique en un clin d'œil. »

Ioulia change de visage. Elle sourit. Elle dit :

— Écoute… on entend les oiseaux chanter.

La Familia grande

Tandis qu'à Morteau il n'aura pas échappé à Georges qu'Édouard Philippe a été nommé administrateur d'Atos, dont Thierry Breton était l'ancien patron avant d'être nommé commissaire européen à l'époque où le même Édouard Philippe était à Matignon, à Paris Camille Kouchner, la fille de l'ancien fondateur de Médecins sans frontières devenu le ministre des Affaires étrangères de Sarkozy, se dit qu'elle avait tort d'avoir le trac au moment de la sortie en librairie, le 7 janvier, de *La Familia grande*. Déjà en tête des ventes, ce pavé dans la mare d'un certain *establishment* mêlant gauche caviar et entre-soi raconte comment le frère jumeau de Camille fut abusé sexuellement par leur beau-père, le célèbre politiste et éditorialiste Olivier Duhamel. Depuis ces révélations, l'intéressé, qui avait son rond de serviette dans les médias télévisuels *main stream*, a été contraint de démissionner des présidences du Siècle et de la Fondation nationale des sciences politiques, l'organe de direction de Sciences Po Paris.

Un récit glaçant, circonstancié et édifiant, qu'Emma aura dévoré d'une traite.

Le chiot Commander

À Wilmington, son fief du Delaware, Joe Biden, élu président des États-Unis, joue, en tenue de sport, avec Commander, son chiot âgé de quatre mois, sur la pelouse du jardin de la jolie maison où il habite depuis son élection comme sénateur de cet État, cela fera bientôt cinquante ans. Alors que le chiot mordille les mollets de Joe, il est rejoint par sa femme. Jill est une très belle femme blonde. Cette simple prof d'histoire dans le secondaire, qu'il épousa en secondes noces après la mort accidentelle de la mère de ses trois enfants, se fait pourtant appeler « *doctor* ».

Elle tient un verre de lait de soja pour son époux, à qui elle dit :

— T'as une idée de ce que Trump mijote ?

Le président des États-Unis a pris Commander dans ses bras. Le chiot, en se débattant, a fait tomber les lunettes de soleil aux verres réfléchissants de Joe. Après les avoir ramassées, celui-ci répond :

— T'inquiète, *darling* ! La justice va le stopper. J'ai toujours cru en la justice de mon pays. La Constitution protège le peuple américain.

7.8

LE MERCREDI 10 MARS 2021

Fast fashion

Alors qu'à Pékin le moral de Battante a pris un sacré coup, depuis qu'elle a été sommée par la police d'apporter son passeport au commissariat de son quartier, au Xinjiang, où il est 6 h 30 du matin, à une centaine de kilomètres à l'ouest de Kashgar, Yue Mou Cherkat, un jeune Ouïgour âgé de vingt-trois ans, les yeux comme des fentes, teint cuivré et fin collier de barbe, comparaît devant le directeur adjoint de l'immense camp de rétention où plusieurs milliers de ses compatriotes s'entassent dans des baraquements sommaires qui s'étendent à perte de vue. L'ensemble jouxte trois usines de confection travaillant pour le compte de géants de la *fast fashion*. Cet élève ingénieur à la faculté de technologie de Kashgar sera affecté à l'une d'elles. Il a été condamné à dix-huit mois de rééducation par le travail pour avoir téléchargé sur son smartphone un VPN, un de ces logiciels de contournement de la censure permettant de se connecter à une application étrangère, ce qui est strictement interdit dans les régions autonomes.

Everydays : The First 5 000 Days

À Singapour, dans un bureau ultramoderne avec vue imprenable sur les Gardens by the Bay et leurs dix-huit arbres d'acier et de béton, Vignesh Sundaresan, un ressortissant indien à la tête du fonds crypto Metapurse, se demande s'il n'a pas été imprudent en dépensant 69 millions de dollars (sans les frais) pour acquérir chez Christie's le certificat de propriété, dûment garanti par une blockchain, du NFT *Everydays : The First 5 000 Days*, d'un photographe spécialiste de la numérisation des images dénommé Beeple. La somme est d'autant plus faramineuse que cet assemblage de cinq mille images numériques créées par l'auteur à raison de une par jour étant reproductible à l'infini, Vignesh ne sera pas le seul à pouvoir le contempler. Il n'en sera que l'heureux propriétaire. Mais que vaut la propriété de quelque chose dont tout le monde peut profiter ? Vaste question qui ne se serait jamais posée avant l'arrivée des NFT, censées être des œuvres d'art.

À l'issue de cette enchère d'*Everydays* un jeune employé de la célèbre maison de vente est allé jusqu'à déclarer :

— Il y a un avant et un après Beeple, comme il y a un avant et un après Jésus-Christ.

Vignesh a acheté *Everydays* avec des ethers, la cryptomonnaie favorite des *geeks* férus de *blockchain* dont tout le monde pense qu'elle n'a pas encore atteint son plus haut… Il n'empêche que rien ne dit qu'il pourra revendre l'œuvre de Beeple au prix qu'il l'a payée. Contrairement à l'heureux propriétaire du premier tweet de Jack Dorsey, acheté 2,9 millions de dollars, soit un peu plus de 1 630 ethers, et estimé à près de 50 millions de dollars sur une plate-forme spécialisée dans les NFT, OpenSea. Dans l'univers des cryptomonnaies, rien n'est jamais sûr.

Pareil pour le bitcoin, la plus importante monnaie virtuelle, passé d'un peu plus de 10 000 dollars début octobre 2020 à 22 000 dollars le 22 décembre suivant.

7.9

LE DIMANCHE 9 MAI 2021

L'effet papillon démultiplié à l'infini

Dans notre monde hyperconnecté et mondialisé, les « effets en cascade » se produisent de façon quasi instantanée. L'effet papillon y est démultiplié à l'infini.

Par exemple, à Colombo, capitale du Sri Lanka, le président Gotabaya Rajapaksa ne s'attendait pas au chaos qu'allait provoquer chez les agriculteurs – qui constituent plus des trois quarts des vingt-deux millions d'habitants de son pays – son décret du 27 avril interdisant les importations d'engrais et de pesticides d'origine chimique.

Autre exemple : au siège d'Auchan, à Croix, entre Lille et Roubaix, le directeur du contrôle de gestion du mastodonte nordiste de la grande distribution constate que ses caisses automatiques n'ont permis d'abaisser les effectifs que de 3 % : contrer l'augmentation des fraudeurs nécessite davantage de personnel de surveillance.

De même qu'à la Défense, c'est branle-bas de combat dans la salle de marché de la Société générale : le cours de l'action de la banque ne cesse de chuter. On soupçonne un tradeur singapourien de jouer le titre à la baisse, ce qui risque d'attirer l'attention des « fonds vautours », à l'affût de la moindre chute importante. Or, sur tous les marchés boursiers, la fluctuation des cours n'a fait que s'amplifier depuis l'apparition du *trading* à haute fréquence.

Joseph et Ria Hackin

Parmi les héros de la Résistance à qui de Gaulle décerna la médaille de compagnon de la Libération se trouvait le couple formé par Joseph et Marie (surnommée Ria) Hackin, morts en mer, au large des îles Féroé, le 24 février 1941, dans le naufrage du steamer *Jonathan Holt* à bord duquel ils auraient dû gagner l'Asie, où le chef de la France libre les envoyait nouer des contacts avec les gouvernements hostiles au Japon. L'année précédente, ils avaient rejoint Londres depuis l'Afghanistan, où Joseph dirigeait la mission archéologique française. C'est là, à Begram, que les Hackin avaient mis au jour, au cours de l'été 1937, le fameux « trésor de Begram » : un ensemble d'éléments en ivoire sculpté qui servaient de décor à des meubles indiens, des laques chinoises d'époque han, ainsi que des objets en verre gréco-romains ornés de peintures et des objets en bronze qui se trouvaient à l'intérieur d'une salle murée du palais de Kanishka, un empereur kushan ayant vécu au début du IIe siècle de notre ère. En vertu d'un accord diplomatique intervenu la même année entre l'Afghanistan et la France, les pièces les plus précieuses, en particulier celles en ivoire, de cet ensemble exceptionnel purent être rapportées par les deux archéologues au musée Guimet, dont elles constituent l'un des fleurons.

Tandis que l'état-major de la Société générale a des sueurs froides, c'est devant ces mêmes pièces, d'un réalisme et d'une finesse à nuls autres pareils, que s'extasient Emma et Jade. Cela fait deux bonnes heures qu'elles arpentent les salles – pratiquement désertes – du musée de la place d'Iéna, lorsqu'elles sont rejointes par un couple. Lui, le verbe haut, la petite soixantaine, lavallière Hermès, veste autrichienne sur un pantalon fraise écrasée et chaussures à double boucle en cuir fauve ; elle, vingt ans de moins, chemisier Valentino, jeans Armani et perchée sur des escarpins Louboutin en vernis noir qui la font légèrement vaciller en même temps qu'elle avance.

L'air satisfait, il déclare :

— Tu vois, ma petite Sandra, si ces objets n'avaient pas été rapportés ici, ils auraient disparu, pillés par des voleurs ou détruits par des islamistes ! Surtout les corps dévêtus de femmes.

Alors que le couple a déjà gagné la salle suivante, Jade tire Emma par la manche.

— Pourquoi il a dit ça, le monsieur ?

— Quand tu seras plus grande, tu comprendras !

Jade a une moue, après cette réponse convenue, souvent faite par des parents à leurs enfants. Généralement par pure paresse intellectuelle, parfois par ignorance.

— Pourquoi pas tout de suite ?

Emma sourit.

— Tu as raison. Dès qu'on sort du musée, je t'explique.

« Drugs for all »

Le médicament est un « commun », de même qu'on n'est jamais mieux servi que par soi-même… C'est au nom de ces deux postulats qu'Emma, assise dans un TGV filant à trois cents kilomètres-heure vers Paris – où elle doit passer trois jours –, peaufine la rédaction des statuts de Drugs for All (« médicaments pour tous »), une ONG dont elle compte faire, pour les médicaments, l'équivalent de Médecins du monde s'agissant de l'assistance médicale, ou encore de World Central Kitchen, qui confectionne et distribue des repas, dans les deux cas à destination de populations en proie à la famine ou à des guerres.

En même temps que ses doigts pianotent sur les touches de son iMac Pro, elle se sent prête à mener la croisade contre Big Pharma et cette tendance exécrable, de la part des laboratoires cotés en bourse, à privilégier systématiquement l'actionnaire au détriment du patient.

7.10

LE LUNDI 4 OCTOBRE 2021

Les indispensables puces

Alors qu'à Paris, où il pleut, et où Bernard Tapie s'est éteint la veille à son domicile, Emmanuel Macron a fait publier par son service de presse un communiqué dithyrambique, d'une longueur de près de cent lignes, et dont le dernier paragraphe, qui n'a pas manqué de consterner Georges, est le suivant : « Le président de la République et son épouse sont touchés par le décès de Bernard Tapie, dont l'ambition, l'énergie et l'enthousiasme furent une source d'inspiration pour des générations de Français », à Taipei, dans l'immense pièce où travaillait Chiang Kai-shek et dont les boiseries sombres dégagent la même odeur de santal et de cire, Tsai Ing-wen, la présidente de Taïwan, et Morris Chang, fondateur de Taiwan Semiconductor Manufacturing Company (TSMC), discutent de l'avenir de l'île, dont Xi a une fois de plus déclaré qu'elle aura réintégré la « communauté nationale » d'ici à 2049, l'année du centenaire de la Chine communiste.

Élue le 16 janvier 2016 présidente de la République taïwanaise, Tsai est une éminente juriste, formée à l'université de Taipei puis à la London School of Economics. Dotée d'une force morale inébranlable, cette femme d'apparence fluette est habituée à subir sans ciller les foudres de Pékin.

Face à elle, Morris est devenu l'un des hommes d'affaires les plus puissants de la planète. Sa boîte est la seule entreprise au monde capable de produire des puces dont les circuits ne dépassent pas cinq nanomètres, soit cinq milliardièmes de mètre, c'est-à-dire vingt millions de fois plus fins qu'un cheveu. Samsung, le grand rival coréen de TSMC, se contente de graver des circuits de moins de neuf nanomètres de large. Pour autant, les prouesses de sa boîte ne sont pas montées à la tête de Morris, titulaire d'un passeport américain et passé par le MIT et Stanford.

Cela fait une demi-heure que celui qui est courtisé depuis des années par le Parti communiste chinois détaille à Tsai le pont d'or que, précisément, lui ont proposé les autorités chinoises pour qu'il transfère ses technologies les plus récentes sur le continent, où TSMC a d'ores et déjà installé deux méga-usines.

Tsai n'a pas cillé pendant que son interlocuteur s'exprimait. Morris s'étant tu, elle dit :

— Morris, si j'ai bien compris, vos puces sont incontournables. Tant que les États-Unis ne seront pas à même d'en produire de semblables sur leur sol, vous resterez indispensable, et ils feront en sorte que notre île demeure indépendante. Le jour où cela ne sera plus le cas, on ne pourra plus jurer de rien.

Alors que Morris a quitté l'ancien bureau de Chiang Kai-shek, à Morteau Jade fredonne un air de *La Belle Meunière*, de Franz Schubert, dont la mélodie l'enchante, après l'avoir entendue au conservatoire de Lons-le-Saunier, où elle suit des cours de chant.

7.11

LE MARDI 2 NOVEMBRE 2021

COP 26

À Glasgow, la COP 26 s'est ouverte voilà deux jours, au Scottish Events Campus. C'est là, dans un salon réservé aux VIP, que Joe Biden, l'air, avec ses lunettes de soleil réfléchissantes, d'un vieil aveugle auquel il manquerait sa canne blanche, a posé une main sur le bras d'Emmanuel Macron.

En raison du décalage horaire, le président américain est fatigué. Il a eu du mal à terminer son discours, dans lequel il a présenté les excuses des États-Unis pour leur retrait des accords de Paris. Il dit :

— Quand même, Emmanuel, Xi Jinping et Poutine auraient pu faire l'effort de venir. C'est en tout cas mon opinion !

— Tu as raison, c'est étonnant ! Même si les Russes ne se sont jamais trop intéressés au changement climatique. En revanche, la Chine a un rôle moteur là-dedans. L'absence du président chinois m'étonne un peu. La prochaine fois que je le verrai, je le lui dirai.

Face à un Macron tout feu tout flamme, comme à l'accoutumée – dès lors qu'il officie à l'international –, Biden a pris un air dubitatif. Lui a cessé de croire qu'il suffit d'annoncer les choses pour qu'elles adviennent. Devant repartir pour l'aéroport où l'attend Air Force One, il répond :

— Pas sûr que Xi soit vraiment intéressé par le climat. Son objectif principal, c'est conserver le pouvoir, et rien d'autre.

L'un des vingt-six agents du Secret Service chargés de protéger leur président s'étant glissé dans l'entrebâillement de la porte,

Macron adresse à Biden un clin d'œil appuyé, comme si c'était un vieux copain, tandis que ce dernier se lève avec difficulté en disant :

— *Bye bye*, Emmanuel. Quand est-ce que tu viens à Washington ?

— En tous les cas, Joe, je tiens à te féliciter pour les excuses des États-Unis ! Il n'y a pas qu'à moi qu'elles ont fait chaud au cœur…

… tandis qu'à Morteau, Jade, treize ans dans quelques mois, ce qui se voit à sa taille, à ses longues jambes et à ses grandes mains, regarde les poutres du plafond depuis le canapé à moitié défoncé de Georges sur lequel elle est allongée. Elle repense au rêve qu'elle a fait la nuit précédente : à ces eaux turquoise dans lesquelles elle nageait, à côté d'Yvon, au milieu des raies et des poissons-clowns, aux coraux et aux algues ondoyantes, puis à cette sirène avec le visage de sa mère… Un visage que Jade ne se lasse pas de scruter sur les photos de cet album photographique, qu'Yvon manipulait comme si c'était un papyrus plusieurs fois millénaire et qu'elle a sorti du tiroir supérieur de la commode de style franc-comtois et à l'odeur de cire mêlée de térébenthine. Quand Jade le feuillette, comme c'est le cas ce soir, ce sont autant de traces d'un passé davantage constitué de chaînons manquants que de souvenirs tangibles qu'elle tente tant bien que mal de reconstituer.

7.12

LE MARDI 30 NOVEMBRE 2021

Joséphine au Panthéon, la loi Macron, et Ignaki B.

Alors qu'au Sri Lanka les intrants chimiques sont de nouveau utilisés dans l'agriculture, à Paris Emma et Jade sont arrivées devant le Panthéon, où Joséphine Baker va faire son entrée, quatre-vingt-quatre ans après avoir obtenu la nationalité française. Sur la place des Grands-Hommes, il souffle un vent glacial. Dans son allocution diffusée par haut-parleurs, le président de la République rend hommage à l'« héroïne de guerre, combattante, danseuse, chanteuse ». Il déclame :

— Danser pour vivre, vivre pour danser.

Au même moment, ce sont à des considérations bien plus triviales que se livre maître N., notaire à Évreux. Il se demande s'il n'est pas temps de se reconvertir et de vendre son étude. Il craint les effets sur son activité d'un éventuel retournement du marché de l'immobilier, actuellement au plus haut du fait du COVID. En plus, la fameuse « loi Macron », votée en 2016 et assouplissant l'accès à certaines professions, s'est déjà traduite par l'arrivée de quelque deux mille trois cents nouveaux notaires sur le territoire français. De quoi faire chuter la profitabilité du métier.

Autre conséquence de la hausse de l'explosion des prix de l'immobilier : sur la côte basque, entre Anglet et Biarritz, c'est avec angoisse qu'Ignaki B. voit l'hiver arriver. Ce couvreur zingueur vit dans une vieille caravane, dans un camping fermé pendant l'hiver. Dans le coin, trouver à louer à l'année, fût-ce un studio, à un prix raisonnable est devenu impossible. Avec ses camarades du collectif anti-Airbnb Herrian Bizi (« se loger au pays »), Ignaki espère bien obtenir des municipalités du littoral qu'elles contraignent les propriétaires souhaitant proposer un bien à la location saisonnière à offrir la location à l'année d'un bien d'une surface équivalente.

« AMLO » et Larry Fink

À Mexico, où il est 9 heures du matin et où le taux de particules fines dans l'air est trois fois supérieur à la norme maximale admise par l'OMS, Larry Fink – le patron de BlackRock, la plus grosse société de gestion d'actifs au monde – s'entretient avec le président de la République mexicaine, Andrés Manuel López Obrador, surnommé « AMLO ». Le PIB du pays pèse cinq fois moins que les plus de 7 000 milliards de dollars d'actifs gérés par les équipes de son visiteur, et qui permettent en particulier à des millions d'Américains de la classe moyenne de toucher leur retraite via leurs fonds de pension.

Alors que, d'ordinaire, Fink est reçu partout comme un véritable chef d'État, le service du protocole de la présidence mexicaine lui a indiqué que l'entretien avec AMLO ne pourrait pas excéder vingt minutes.

Fink, dont l'ennemi mortel s'appelle « inflation » – ce dont la Bourse a horreur –, a pour habitude de commencer par flatter ses interlocuteurs politiques avant de leur assener des leçons d'économie. Il dit :

— Monsieur le président, votre lutte contre les cartels… très efficace !

AMLO grimace. La semaine précédente, lesdits cartels ont fait vingt-huit morts dans la seule ville de Tijuana, non loin de la frontière américaine.

— Merci de ce compliment ! Mais vous ne m'empêcherez pas de penser que vous êtes davantage soucieux de voir le coût du travail au Mexique demeurer en moyenne trois fois plus faible que celui des États-Unis.

Un quart d'heure plus tard, tandis qu'AMLO entame sa conférence de presse quotidienne diffusée en direct à la télévision, en Espagne, sur un quai d'Andratx, un petit port de l'île de Majorque, un photographe espagnol s'apprête à apporter la preuve que Xi a autorisé Jack Ma à sortir du pays : il a surpris le magnat chinois du Web en train de descendre d'un luxueux yacht battant pavillon des Bermudes.

Huit heures plus tard, de retour à Manhattan, au siège de sa boîte, au 50 Hudson Yards, Larry Fink médite sur un article du *Wall Street Journal*. Son auteur évalue respectivement à environ deux millions le nombre des emplois détruits sur le sol américain et à deux cent cinquante mille celui des emplois détruits sur le sol français depuis l'entrée de la Chine dans l'OMC. Cela étant, les exportations chinoises auraient généré un gain du pouvoir d'achat des consommateurs américains et français équivalent en moyenne à 100 euros par mois depuis l'année 2000.

Qui gagne et qui perd ? L'ouvrier chinois dont le niveau de vie, quoique très bas, s'est amélioré ? Ou le consommateur occidental, qui peut s'acheter à bon compte des téléphones portables, des robots de cuisine, des écrans, sans parler des tee-shirts à bas prix et des Nike et autres Adidas qui seraient deux ou trois fois plus chers s'ils étaient produits aux États-Unis ou en Europe ?

Et que dire des travailleurs américains ou européens à qui l'économie mondialisée aura fait perdre leur emploi ?

7.13

LE LUNDI 27 DÉCEMBRE 2021

Un jour ordinaire dans le monde (6)

À Morteau, où il est 8 heures du matin, Georges, pas peu fier de lui, regarde s'éloigner la camionnette « Le Petit Forestier » dans laquelle il a chargé, aidé de Jade, les quarante monts-d'or commandés par la maison Gratiot, l'un des plus réputés grossistes en fromages de Rungis.

Huit heures plus tard, au siège de BlackRock, plusieurs informations données par l'agence Bloomberg ont fait « tilt » chez Ruben D., l'un des analystes vedettes du mégafonds : China Mobile, banni avec son concurrent China Telecom de la Bourse américaine par un décret signé de Donald Trump, compte lever près de 5 milliards d'euros à la Bourse de Shanghai ; toujours en Chine, le nombre d'utilisateurs de WeChat, l'application star du géant mondial des jeux vidéo Tencent, dépasse 1,2 milliard d'utilisateurs ; enfin, plus près de chez Blackrock, Elon Musk, lors de sa dernière conférence avec ses investisseurs, a précisé qu'il disposait « sur l'étagère » de cent cinquante moteurs « Raptor ».

Or, selon la calculette du même Ruben, trente-cinq de ces moteurs surpuissants sont nécessaires pour propulser chaque lanceur Starship, la fusée géante capable de mettre sur orbite quatre cents satellites d'un coup (contre cinquante pour les fusées Falcon) et réutilisable, ce qui lui confère un avantage indéniable par rapport à Ariane 6. Si l'on reprend la quantité de Raptor donnée par Musk, il ne pourra être procédé qu'à quatre lancements de Starship, alors qu'il en a été annoncé vingt-cinq pour la seule année 2022, ce qui supposerait de disposer de huit cent soixante-quinze Raptor.

C'est cela qui préoccupe Ruben, bien plus que l'éventualité de l'explosion d'un Starship au décollage, laquelle provoquerait une onde de choc comparable à celle qui a ravagé le port de Beyrouth au mois d'août 2020. De fait, pour décoller, un Starship doit embarquer l'équivalent de cent cinquante et un camions-citernes de méthane liquéfié, ainsi que de deux cent dix-neuf camions-citernes remplis d'hydrogène liquide.

Et, toujours à Morteau, cela fait dix bonnes minutes que Jade, adossée, sur son lit, à un gros coussin, le fameux album sur les genoux, contemple une photo de ses parents se tenant par la main devant le Temple du Ciel.

7.14

LE LUNDI 7 FÉVRIER 2022

Une table longue comme un jour sans pain

Les services du Kremlin ont fait savoir à ceux de l'Élysée que pour des raisons sanitaires il était hors de question qu'il y ait des techniciens autres que russes dans la pièce où doivent se rencontrer les deux chefs d'État… La prophylaxie en matière de COVID aurait-elle bon dos ? Ou bien s'agit-il d'une de ces manœuvres d'intimidation dont Poutine a le secret ? Telles sont les questions venues soudainement à l'esprit du président français quand, pénétrant dans le grand salon d'apparat où l'attend le président russe, il découvre la table – longue comme un jour sans pain, en faux marbre blanc, à chaque extrémité de laquelle un fauteuil a été disposé.

Le Grand Mamamouchi. C'est bien ça. Poutine pourrait tout aussi bien porter une longue moustache, une barbichette, et être coiffé d'un turban semblable à une citrouille géante.

Emmanuel, l'air grave et le torse légèrement bombé, a en tête les éléments de langage de sa cellule diplomatique, qu'il a trouvés particulièrement nuls. Le président français va-t-il convaincre Poutine de ne pas envahir l'Ukraine ? Rien n'est moins sûr, depuis que des photos prises par satellite montrent près de cent vingt-cinq mille militaires russes et plus de deux mille blindés massés à proximité de la frontière ukrainienne. À moins que Poutine ne bluffe. Ce qui serait tout à fait possible, car envahir l'Ukraine serait pure folie.

Dans la pièce attenante, Thibault C., photographe de l'agence Associated Press depuis douze ans, regrette de ne pas pouvoir être dans la salle. Voyant les images de celle-ci, apparues sur l'un des écrans de la régie de la première chaîne russe, il se tourne, rassuré, vers son confrère Sylvain T., correspondant à Moscou de Radio France. Il dit :

— De toute façon, mon grand angle n'aurait pas suffi pour que j'aie les deux bonshommes en même temps.

7.15

LE LUNDI 21 FÉVRIER 2022

SenseTime, poule aux œufs d'or, et Zelensky, une « poule mouillée »

Alors qu'à la Bourse de Hong Kong SenseTime est devenue une véritable poule aux œufs d'or pour ses actionnaires, avec sa valorisation de près de 20 milliards de dollars, malgré des pertes colossales et un modique chiffre d'affaires d'un peu moins de 650 millions de dollars, dont 40 % sont le fait du gouvernement chinois, de loin le plus gros client du spécialiste de la reconnaissance faciale et de l'intelligence artificielle, au Kremlin, où Zelensky est traité de « poule mouillée » par le staff présidentiel, Vladimir Poutine n'est pas mécontent d'avoir fait la leçon à Sergueï Narychkine, le chef du renseignement extérieur russe, lors d'un Conseil de sécurité exceptionnel dont certaines séquences devraient être montrées à la télévision.

De sorte qu'un peu plus tard, on aura pu découvrir un Poutine, mi-amusé, mi-moqueur, sommant un Narychkine aux airs de chien battu de répondre « par oui ou par non » à la question de savoir s'il était favorable à une reconnaissance par l'État russe des républiques du Donbass, question à laquelle l'intéressé avait commencé par répondre d'une façon si emberlificotée qu'on aurait pu penser qu'il souhaitait donner une dernière chance à l'Ukraine…

7.16

LE SAMEDI 9 AVRIL 2022

Quoi qu'il en coûte… pour se faire réélire

Tandis qu'à Morteau, où il est 14 heures, Jade, qui fête ses treize ans, reçoit une dizaine de copines de sa classe pour lesquelles elle a organisé, avant le traditionnel goûter d'anniversaire, une chasse au trésor dont Emma a réglé les moindres détails, à l'Élysée, c'est avec un frisson vite réprimé qu'Alexis Kohler jette un rapide coup d'œil aux chiffres qui lui sont adressés chaque semaine, et à sa demande, par l'agence France Trésor, le service de Bercy chargé du placement de la dette du pays. Le secrétaire général de l'Élysée fait la moue : 2 887 milliards d'euros… La barre fatidique des 3 000 milliards devrait être dépassée avant la fin de l'année.

Alexis n'est pas le seul à s'inquiéter. Mais le Président a l'art de tenir à distance ceux qui s'aventureraient sur ce terrain, surtout lorsqu'ils font partie des gens qui lui « doivent tout », comme il le répète souvent. Le jour où le ministre des Finances, Bruno Le Maire, s'y était risqué, en marchant sur des œufs, mais lors d'un Conseil des ministres, le chef de l'État le foudroya du regard, comme si le malheureux avait proféré un gros mot. Pourtant, c'était au mois d'octobre 2018, avant les Gilets jaunes et le « Quoi qu'il en coûte ». Un « Quoi qu'il en coûte » auquel Georges se plaît à ajouter : « pour se faire réélire ».

Kohler est en train de prendre connaissance d'une note du Trésor au sujet de la dette d'EDF, encore plus abyssale que celle de l'État rapportée au chiffre d'affaires de l'électricien national, lorsque le Président fait irruption dans son bureau.

Quand on parle du loup…

— T'as vu les sondages ?

Les dernières enquêtes d'opinion prévoient une victoire facile pour Macron, à qui hier le COVID et maintenant la guerre de la Russie contre l'Ukraine – une épine de plus dans le pied de Marine Le Pen – auront permis d'endosser les habits de « père de la nation ».

Alexis s'est levé de son fauteuil.

— Oui ! Ça a l'air plutôt bien parti !

— Tant qu'on sera pas au soir du second tour… Comme ma grand-mère disait : « Il ne faut jamais vendre la peau de l'ours qu'on ne l'ait mis par terre. »

Alexis n'aura pas eu le temps d'acquiescer au proverbe concluant la fable de La Fontaine « L'Ours et les deux Compagnons », bien qu'étant sûr qu'Emmanuel, déjà reparti dans son bureau, n'en croit pas un mot.

7.17

LE MERCREDI 17 AOÛT 2022

Un jour ordinaire dans le monde (7)

Tandis qu'à Moscou Poutine, levé aux aurores après une mauvaise nuit, continue de vitupérer contre les services russes, Jade dort à poings fermés, après avoir passé l'après-midi à enchaîner les longueurs dans la piscine du centre nautique du Val-de-Morteau. Ce n'est pas le cas d'Emmanuel Macron, qui n'est toujours pas couché malgré ses deux heures de scooter des mers au large du fort de Brégançon. Les perspectives économiques s'assombrissent et les prix du pétrole et du gaz continuent à flamber. Et comme si la guerre en Ukraine ne suffisait pas, voilà que les Américains s'y mettent avec leur IRA, acronyme d'« Inflation Reduction Act », le nom de la loi fédérale promulguée la veille à Washington et qui prévoit, sous couvert de protection du climat, celle des intérêts américains, grâce à une batterie de subventions et d'allégements fiscaux accordés aux productions développées aux États-Unis, au mépris de toute orthodoxie budgétaire et au risque de faire exploser la dette déjà phénoménale de l'État fédéral.

Trois heures plus tard, à Camp David, Jill Biden, cheveux enroulés autour de bigoudis, a tartiné du beurre de cacahuète sur une tranche de pain de mie, qu'elle tend à Joe, affalé sur sa chaise longue, visage ensommeillé et regard d'enfant émerveillé. Elle dit :

— Avec ton IRA, mon chéri, tu fais bien mieux que MAGA !

7.18

LE VENDREDI 9 SEPTEMBRE 2022

Jours tranquilles à Morteau

Alors que Sa Majesté la reine Elisabeth II s'est éteinte hier à Balmoral, à Morteau, Emma, regard apaisé sous des cheveux grisonnants, attend Jade, entrée en quatrième, à la sortie du collège Jean-Claude-Bouquet, un établissement jouissant d'une excellente réputation, malgré son aspect extérieur de central téléphonique. La jeune fille a couru à la rencontre d'Emma, qui l'embrasse et dit :

— On t'a trouvé un professeur de mandarin. Le directeur de la coopérative fromagère a épousé une Chinoise. Elle est d'accord pour te prendre une fois par semaine. Elle l'a confirmé à Georges.

Désormais, Emma ne monte à Paris que deux jours par quinzaine. Le reste du temps, elle travaille à distance.

L'été s'est déroulé de façon délicieuse et loin des fracas du monde, entre baignades, balades en vélo et marches en forêt, ainsi qu'une incursion à Bâle pour voir l'exposition Mondrian à la Fondation Beyeler. Emma en a profité pour discuter des actions de son ONG avec certains grands donateurs.

Si elle devait écrire un texte au sujet de ces vacances, elle l'intitulerait volontiers *Jours tranquilles à Morteau*.

Elle doit emmener Jade au conservatoire de Pontarlier. Au début de l'été, la fille de Jolie avait fait part à Emma et à Georges de son désir d'apprendre le piano et le chant. Pontarlier étant à une trentaine de kilomètres et le cours de solfège commençant à 17 h 30, il n'y a pas une minute à perdre.

Tandis qu'Emma et Jolie roulent au milieu des mélèzes, à Livermore, en Californie, après dix années de recherches et moyennant un investissement de 3,5 milliards de dollars du gouvernement fédéral, les scientifiques de la National Ignition Facility ne sont plus loin d'atteindre le « seuil d'ignition », celui de la rentabilité énergétique consistant à produire, grâce au mécanisme de la fusion nucléaire, davantage d'énergie que celle consommée pour la produire.

L'atteinte de ce « seuil d'ignition » demeure le Graal des ingénieurs-chercheurs du domaine des hautes énergies. Pour arriver à produire pendant une fraction de seconde plus de douze quadrillions de watts, les instruments optiques et les miroirs de Livermore auront amplifié une impulsion initiale de photons, transformant celle-ci en l'équivalent de près de deux cent trente rayons laser ultraviolets venus percuter une cible en or pur, de la taille d'une gomme de porte-mine, contenant une capsule portée à très basse température et remplie d'un mélange de deutérium et de tritium. Ce bombardement de photons a produit plus de deux mégajoules d'énergie, cela entraînant à l'intérieur de la capsule des niveaux de température et de pression uniquement observables dans une étoile ou une bombe thermonucléaire. Pour atteindre le seuil fatidique, l'énergie produite aurait dû atteindre trois mégajoules. Les chercheurs de Livermore pensent que sous peu ils pourront le faire.

Dans cette course au seuil d'ignition, les scientifiques chinois, russes et français (au CEA, à Cadarache) ne sont pas en reste.

La fusion nucléaire : autrement plus compliquée à réaliser que la transformation du plomb en or, n'en déplaise aux alchimistes. Mais une énergie illimitée, ça se mérite.

7.19

LE VENDREDI 30 SEPTEMBRE 2022

Macron l'enjôleur et Bayrou le susceptible

Alors qu'en Chine un ancien ministre de la justice, démis de ses fonctions le 28 octobre 2021, a été condamné à mort avec sursis – avant que cette peine ne soit commuée en détention à perpétuité –, en France, dans le département des Pyrénées-Atlantiques, à Pau, Emmanuel Macron est accueilli par François Bayrou. Le Président doit inaugurer le Foirail, un centre culturel construit à la place de l'ancien marché aux bestiaux (tout un programme !) et comprenant une médiathèque, un cinéma d'art et d'essai, ainsi qu'un espace de restauration.

Le maire de Pau est un Béarnais obstiné, comme tous les Béarnais, et plutôt susceptible. Cela étant, c'est à juste titre qu'il considère qu'en se retirant, au mois de février 2017, de la course à la présidentielle au profit de Macron, il a permis à ce dernier d'être élu. Ainsi, celui qui ne sera resté qu'un mois garde des Sceaux dans le gouvernement d'Édouard Philippe, avant de démissionner – sur fond de soupçons d'emplois fictifs au profit du Modem, le parti centriste sur lequel il règne en maître –, estime-t-il être le partenaire du Président et non pas son obligé. Cela a déjà amené l'agrégé de lettres classiques qu'il est à décocher quelques traits bien ciselés à l'encontre de la « macronie », parfois même à son grand chef, de préférence dans un média important, sur une radio de grande écoute par exemple, avec cette façon hachée et parfois hésitante de parler qu'ont les anciens bègues. Sa dernière saillie date du 17 septembre, quand il a déclaré au journal *Le Parisien* qu'il était contre le « passage en force » au sujet des retraites.

C'est la cinquième fois que le Président vient passer la pommade au maire de Pau, devant une nuée de caméras et de micros, à côté d'un Bayrou ravi et flatté ; Macron n'ignore pas que les vaniteux ne sont pas les plus difficiles à séduire – d'aucuns diraient : à empapaouter.

De son discours, on retiendra : « Vous avez créé un espace imaginaire dans un lieu empli d'histoire. » Tandis que Bayrou, par ailleurs un grand sentimental, en écoutant le propos présidentiel affichait un regard quasi énamouré.

7.20

LE MERCREDI 9 NOVEMBRE 2022

Michel-Édouard Leclerc, Élisabeth Borne, « Tous des ingrats ! », et un rêve d'enfant

Alors que l'inflation accélère, c'est la trente-sixième fois, depuis le mois de mai, qu'apparaît à la télévision l'homme-sandwich qu'est Michel-Édouard Leclerc, au grand dam de ses concurrents, dont aucun n'a la chance de porter le nom de son enseigne. Il dit :

— L'inflation, la chose la pire pour les Français, est pour les centres Leclerc le meilleur des aiguillons. Nos prix sont toujours les plus bas. C'est pourquoi nous sommes les premiers dans tous les panels !

Le consommateur est prévenu, et Michel-Édouard a une fois de plus administré la preuve qu'il surpasse tout le monde quand il s'agit de vendre sa propre soupe avec comme étendard la défense du panier de la ménagère.

Peu de temps après, à Matignon, la Première ministre, Élisabeth Borne, a ouvert la fenêtre de son bureau. Elle a passé l'après-midi à vendre à l'Assemblée nationale, de sa voix douce et monocorde, le message qui lui a été transmis par l'Élysée.

Borne fait penser à Merkel : même éducation austère, le goût des sciences exactes, jamais un mot plus haut que l'autre en public, une prudence de serpent, pas de confidents réels – on garde tout pour soi, mais on n'en pense pas moins –, et avec ça, même ambition démesurée sans avoir l'air d'y toucher. D'où, chez la Première ministre, cette froideur apparente que d'aucuns prennent, à tort, pour une absence de sensibilité, ce qui est un handicap dans une société du spectacle émotionnel où la pudeur n'est pas de mise.

Aurélien Rousseau est entré dans le bureau de la Première ministre, séparé du sien par une simple cloison. Élisabeth s'est vu imposer comme directeur de cabinet cet « énarque atypique », qualificatif utilisé par les journalistes pour désigner des hauts fonctionnaires au parcours moins linéaire que celui de leurs congénères. Si cet homme rond et jovial, à l'accent du Sud, d'où il vient, et sorti de l'ENA au Conseil d'État, a droit à un tel oxymore, c'est parce qu'il milita au Parti communiste dans sa jeunesse. Atteint du syndrome de Guillain-Barré, il évoque son séjour à l'hôpital dans *Boucle d'or*, un récit autobiographique paru en 2016.

Il dit :

— J'ai encore eu Bruno au téléphone. Il se plaint que personne n'écoute ses mises en garde au sujet de la dette et des déficits.

— Qu'il aille se plaindre chez qui de droit ! À l'impossible, nul n'est tenu !

Borne tire sur sa cigarette électronique. Elle n'ignore pas qu'elle n'était pas le premier choix du Président, qui avait jeté son dévolu sur Catherine Vautrin, la présidente de l'agglo de Reims, proche de Sarkozy, avant de se rabattre sur elle.

Elle dit :

— Tu as eu Kohler ? Le Président devait m'appeler, mais il ne l'a toujours pas fait.

Rousseau éprouve de la sympathie pour sa patronne, qu'il connaissait à peine au moment de prendre ses fonctions auprès d'elle – elle n'avait pas eu le réflexe d'Édouard Philippe, qui à l'époque ne s'était pas laissé imposer son directeur de cabinet. Mais Borne ne chasse pas en meute, et elle n'avait sous la main personne à proposer.

— T'inquiète ! Tant qu'on n'a pas de veto, on avance ! Article 20 de la Constitution ! Et puis, on va le voir ce matin.

La Première ministre tord le nez, tout ce qu'il y a de plus mentalement parlant : Kohler et Rousseau assistent à la réunion d'avant le Conseil des ministres, de sorte qu'elle ne voit que rarement le Président en tête à tête.

Au même moment, ce dernier se bat comme un forcené contre un sac en cuir suspendu au plafond de la salle de sport de l'Élysée, sous le regard attentif du gendarme qui lui sert de coach. Pour une fois, il n'a pas demandé à immortaliser cet entraînement à Soazig de La Moissonnière, sa photographe personnelle, censée sauvegarder le moindre de ses faits et gestes, à l'instar de ce que faisait Élodie Grégoire pour Sarkozy. Alors qu'il dégouline de sueur, lui qui a toujours laissé libre cours à son instinct se demande ce qui lui a pris de céder aux Kohler, Ferrand et autres Bayrou, résolument hostiles à la nomination à Matignon de Catherine Vautrin, dont Sarkozy vantait peut-être un peu trop les mérites… Ces détracteurs sont les mêmes – à part Kohler – qui, à mots couverts et selon des propos rapportés par la presse ou par les intrigants, l'accusent de ne pas avoir fait suffisamment campagne à l'occasion des législatives, cela ayant abouti à priver le parti présidentiel de majorité à l'Assemblée… Tous des ingrats ! dont on dirait qu'ils se trouvent à l'intérieur de ce sac en cuir, tant le chef de l'État, furieux également contre lui-même, tape dessus comme un sourd.

Dix minutes plus tard, après une douche brûlante, il reprend ses esprits et ses habits de chef de guerre devant le gouvernement, dont les membres sont sagement assis, mi-apeurés, mi-admiratifs, autour de la table du Salon des ambassadeurs.

Au même moment, à Morteau, Jade, en pyjama en pilou bleu ciel car clouée au lit par une angine, est plongée dans *Les Misérables*, dont elle a déjà dévoré les deux cents premières pages avec passion. Plus elle avance dans l'histoire de Jean Valjean, plus elle a envie de faire le bien, d'aider les plus démunis et les moins chanceux, et elle compte bien pouvoir rendre à Emma et à Georges ce qu'elle reçoit d'eux. Elle aimerait aussi que tous les enfants du monde soient comme elle.

Un rêve d'enfant, mais que peu d'enfants ont.

« Je suis désolé de la situation »

Aux Bahamas, où il est aux environs de 11 heures, Mark Cohen, un avocat au barreau de New York spécialisé dans les domaines fiscaux et financiers, discute avec Sam Bankman-Fried, son client et ancien patron de FTX, une plate-forme dédiée aux cryptomonnaies lancée par lui trois ans plus tôt dans l'archipel caribéen. Il dit :

— Sam, si les choses devaient tourner mal, vous devrez absolument répéter : « Je suis désolé de la situation. »

Hier encore considéré comme un joyau de l'univers des cryptomonnaies, FTX est en pleine déconfiture. Le résultat est une ardoise de plus de 10 milliards de dollars, qu'une bonne centaine de milliers d'investisseurs avaient placés dans la société de « Sam le génie », comme on l'appelait dans le petit milieu des cryptos. FTX était censée supplanter Binance, le numéro un des cryptomonnaies, propriété du Chinois Changpeng Zhao, lui-même basé à Hong Kong, et Sam était reçu dans les cercles les plus huppés de la finance et du pouvoir aux États-Unis.

À lui, désormais un homme à terre mais qui alla jusqu'à peser 20 milliards de dollars, ne reste que la perspective d'être condamné à un nombre considérable d'années de prison ferme pour avoir trompé le régulateur américain et utilisé les dépôts de ses clients pour spéculer pour son propre compte.

Alors, le créateur de cette pyramide de Ponzi qu'était FTX fixe son avocat et dit :

— Oui, je ferai tout pour apitoyer le juge.

7.21

LE SAMEDI 31 DÉCEMBRE 2022

Le pape émérite

Au Vatican, où il est 7 h 30, dans le petit pavillon du monastère Mater Ecclesiae, où il s'est retiré depuis sa renonciation, le pape émérite Benoît XVI, *alias* Joseph Ratzinger, souffre le martyre depuis que l'eczéma de son visage s'est transformé en zona géant. Lui qui enviait Wojtyla et sa foi du charbonnier est soudain pris d'un doute : Dieu existe-t-il vraiment ? Mais le pape polonais n'était pas un intellectuel doublé d'un musicien, contrairement à Joseph. Faudrait pas aimer la musique, et les arguties théologiques, quand on doit mettre les mains dans le cambouis. Ah, si on avait continué le piano et l'orgue ! Si on était devenu l'organiste de la cathédrale de Ratisbonne ! Aucune vie n'est simple. Et les seules nourritures intellectuelles ne remplissent pas un estomac humain, songe ce grand timide aimant l'étude, sensible à la beauté des églises, et à celle des tenues sacerdotales de jadis, à la musique religieuse… Jean-Sébastien Bach par-dessus tout…

Joseph grimace de douleur, et comme cela fait trois mois que la religieuse à qui il confie ses cheveux n'est pas venue les lui couper, on dirait une vieille grenouille de bénitier affligée.

Si le droit canon l'y avait autorisé, il aurait refusé le résultat du vote du conclave et il se serait retiré de la course au bénéfice de Bergoglio, arrivé deuxième au vote final. À la congrégation pour la doctrine de la Foi, où il œuvra pendant plus de deux décennies, tout était plus aisé. Il n'avait pas besoin de sortir de son bureau. Il lisait et écrivait. Il n'avait pas à mettre les mains dans toute cette fange… – grand soupir de Joseph –… et Dieu sait que, sur le trône de saint Pierre, on doit en remuer, de la fange ! Une couche d'une épaisseur hallucinante. On en découvre tous les jours. Et pour tout récurer, il faudrait disposer de la force, de l'énergie et de la rouerie d'un Hercule, le héros grec qui nettoya les écuries d'Augias en l'espace d'une seule journée après avoir détourné le cours des fleuves Alphée et Pénée.

Joseph a fermé les yeux. Il est conscient qu'il va rendre l'âme d'une seconde à l'autre. À défaut de Dieu, Jésus a forcément existé, l'homme est capable du meilleur comme du pire, et, sans Jésus, il n'y aurait pas eu Pierre et les apôtres, puis les catéchumènes, puis les foules qui se pressent chaque dimanche autour de l'obélisque de la place Saint-Pierre quand sonne l'angélus. Mais son père ? Pourquoi un Dieu si bon, au point d'envoyer son Fils au sacrifice suprême pour sauver l'humanité, aurait-il également créé la haine, la souffrance, la maladie et la mort ?

Et si tout ça, au fond, n'avait pas grande importance ?

Pendant que Joseph expire en pensant à Maria Peintner, sa maman adorée, celle à qui il doit tout, à commencer par la vie, comme Jésus à Marie…

… À Morteau, Jade dort encore. Hier, elle a entamé la seconde partie des *Misérables*.

7.22

LE SAMEDI 14 JANVIER 2023

Marqueurs tumoraux et Neopalpa donaldtrumpi

À Morteau, où il est 10 heures et où il gèle encore, sous un ciel dégagé et laiteux, Jade, veste en polaire sur son pyjama, s'est blottie contre Emma sur le vieux canapé du salon. Face à elles, Georges, assis sur un fauteuil, consulte les résultats des analyses de sang que lui a prescrites son médecin, qu'il était allé voir en raison d'un fort mal au dos. Emma, qui le fixe depuis un petit moment, dit :

— Tu as l'air inquiet.

Alors que ça sent plutôt mauvais pour notre ancien journaliste, il sourit.

— Non. Y a pas d'raison. Je suis un dur à cuire. Dans une heure, il fera beau. On ira dans la forêt. D'accord ?

Au même moment, à Londres, au Natural History Museum, les membres de la Commission internationale de nomenclature zoologique viennent de décider que tout nom scientifique doté d'une « connotation insultante » serait désormais rejeté. Et le président de cette instance chargée de la taxonomie depuis 1895 – année de sa création – de conclure la réunion en proposant que cette décision fasse l'objet d'une brève dans le prochain numéro du *Zoological Journal.*

La liste des animaux dénommés de façon improbable n'a cessé de s'allonger. En 1933, un papillon découvert en Libye écopa du nom d'Hypopta mussolinii après l'invasion du pays par l'Italie fasciste ; la même année, un coléoptère était trouvé dans une caverne en Slovénie puis baptisé en 1937 Anophthalmus hitleri par un entomologiste allemand admirateur de Hitler ; ce n'est pas en raison des écailles jaune pâle dont sa tête est recouverte, mais parce qu'il est doté d'un appareil génital minuscule par rapport à sa taille qu'un autre papillon découvert en 2017 en Californie fut affublé par un petit malin du nom de Neopalpa donaldtrumpi ; c'est pour dénoncer l'aveuglement du même Donald Trump, quant aux conséquences du dérèglement climatique, que le dirigeant britannique d'une entreprise d'écoconstruction déboursa en 2018 25 000 dollars pour acquérir aux enchères le droit d'appeler du nom de Dermophis donaldtrumpi un amphibien fouisseur aveugle récemment découvert au Panamá.

7.23

LE VENDREDI 7 AVRIL 2023

Toutes les visites d'État en Chine se ressemblent

À Canton, où il est 19 heures, Emmanuel Macron, qui achève une visite d'État de trois jours, est assis face à Xi Jinping devant le plan d'eau de la résidence du gouverneur du Guangdong, qui fut celle du papa du Numéro Un chinois. En prévision de cette cérémonie du thé, et conformément au protocole, les deux dirigeants ont ôté leur cravate…

Pour le président français, malgré l'excellent accueil que lui firent, ce matin, des étudiants de l'université Sun Yat-sen – triés sur le volet –, cette dernière journée en Chine se révèle aussi épuisante que les deux premières. Soixante-douze heures, c'est très long, surtout quand on veut éviter de jouer les moustiques asticotant l'éléphant, alors qu'on représente un vieux pays européen d'à peine soixante-cinq millions d'habitants, au niveau de vie élevé et choyés par un modèle social dont la conséquence est un coût du travail deux fois plus élevé qu'en Chine, où plus de neuf cents millions de personnes acceptent de trimer soixante heures par semaine contre de maigres salaires… Surtout, aussi, lorsqu'on doit mettre en avant l'« autonomie stratégique de l'Europe », alors qu'à part la France les pays européens dépendent du parapluie nucléaire américain qu'est censé leur fournir l'OTAN. Et encore plus, quand on s'est mis en tête de persuader Xi de cesser d'aider Poutine dans sa guerre contre l'Ukraine, tout en feignant de le croire quand il assure que la Chine ne vend aucune arme létale à son voisin et ami russe. Mon œil.

Comme à l'accoutumée, Macron est accompagné par une délégation qui n'aura que très peu varié depuis son premier voyage, à part le fait que les « sinophiles » (accusés par d'aucuns d'être des sinolâtres) – parmi lesquels les inévitables Jean-Pierre Raffarin, Jean-Michel Jarre et Jean-Jacques Annaud –, et les « sino-pragmatiques » – les cinquante chefs d'entreprise, dont huit dirigeants du CAC 40 – ont vieilli de quatre ans.

Toutes les visites d'État en Chine se ressemblent.

Très cher nickel

Au même moment, non loin de là, dans une somptueuse villa sur les hauteurs, celui que le milieu du nickel surnomme « Bigshot » est rassuré : sur le London Metal Exchange (LME), la tonne de nickel vaut 23 700 dollars. Donc, tout va bien pour ce patron fondateur de Tsingshan, le géant chinois du nickel et de l'acier inox – dont le chiffre d'affaires a tutoyé 30 milliards de dollars en 2021.

Le 7 mars dernier, ce n'était pas la même histoire. Le LME annonçait des « *futures* » oscillant entre 35 000 et 50 000 euros la tonne de nickel… Or ce spéculateur dans l'âme tablait sur un cours du nickel à moins de 20 000 dollars. Autrement dit, si ce prix ne baissait pas, c'était la ruine assurée pour ce self-made-man originaire de Wenzhou devenu un adepte des achats à découvert, d'où son surnom au sein du petit nombre des acteurs du marché du « métal du diable » – ainsi qu'on appelle le nickel, en raison de la volatilité des cours de ce métal non ferreux indispensable à la fabrication des batteries électriques. Jusque-là, tout roulait pour notre homme devenu le principal « faiseur de pluie » sur ce marché grâce à sa force de frappe financière et à sa capacité à demeurer rentable, même quand la tonne de ce métal plafonnait à 10 000 dollars. Quand on contrôle les deux bouts d'un tuyau, on est le maître de ce qui se passe à l'intérieur, autrement dit on gagne à tous les coups. Sauf que Bigshot n'avait pas prévu que Poutine envahirait l'Ukraine…

Ce jour-là, après l'ouverture du LME, la tonne de nickel dépassait les 100 000 dollars. Excellent en calcul mental, le spéculateur estimait ses pertes à 8 milliards de dollars. Le magnat du nickel avait appelé son directeur financier pour lui demander de se rapprocher de toute urgence de JP Morgan, sa principale banque.

Une heure plus tard, à Londres, Matthew Chamberlain, le directeur du LME (London Metal Exchange), après avoir suspendu les cotations du nickel, avait pris la décision d'annuler toutes les transactions de la matinée, dont le montant aurait dû s'élever à près de 4 milliards de dollars.

C'est ainsi que, aux yeux de nombre d'acteurs du marché des métaux, avec cette annulation des contrats entre vendeurs et acheteurs consentants, le LME, pour épargner à Bigshot de faire faillite, s'était tout simplement sabordé.

7.24

LE JEUDI 13 JUILLET 2023

Fakir

Alors que les incendies et les sécheresses prolifèrent sur le globe, ceux-ci causant de terribles dégâts et celles-là affectant la survie de millions de Terriens, en France, Aya Nakamura compte près de dix millions d'auditeurs mensuels sur Spotify – ce qui en fait la chanteuse française la plus écoutée au monde –, et, au dire du média *Le Crayon*, le « gang des Dalton », ce groupe de jeunes gens costumés en bagnards qui se livrent à des rodéos à moto entre Lyon et Aix-en-Provence, compterait près de mille membres…

… à Morteau, où Jade est désormais capable de jouer les *Scènes d'enfants* de Robert Schumann et *Rêverie* de Claude Debussy, et où un grand soleil fait chanter les oiseaux, Georges a pris la main d'Emma.

Ils regardent Jade s'éclater à la lisière de la forêt, avec Fakir, un berger malinois âgé de quatre ans, qu'ils sont allés chercher la semaine précédente au refuge de la SPA, où l'animal avait été conduit après la mort de son maître, un vigile tombé sous les balles de braqueurs de l'agence bancaire devant laquelle il était posté.

Deux jours plus tôt, le chef de service de gastro-entérologie de l'hôpital de Lons-le-Saunier a appris à Georges qu'au vu des résultats de l'IRM et de l'écho-endoscopie il avait un cancer du pancréas. « Comme c'est pas opérable, on va aller vers une chimiothérapie douce… vous inquiétez pas », a ajouté le toubib, comme si de rien n'était, afin d'éviter de donner trop d'explications au patient, de peur qu'il ne s'effondre… Car le cancer du pancréas est souvent détecté trop tard, les premiers symptômes – douleurs intercostales, teint jaune et immense fatigue – apparaissant quand la tumeur est déjà à un stade avancé. Georges n'a pas eu besoin de demander au praticien pour combien de temps il en avait. Il lui reste tout au plus dix-huit mois à deux ans à vivre, et Jade aura à peine seize ans. Depuis qu'il s'est ouvert de tout cela à Emma, ils se sont un peu plus rapprochés l'un de l'autre, non pas à la façon de ces vieux couples où chacun a pris le parti de baisser la garde – d'ailleurs, à Morteau, ils n'ont jamais cessé de faire chambre à part –, mais plutôt comme ces êtres qui ont décidé de profiter de chaque instant comme s'ils vivaient leur dernier jour.

Fakir, un morceau de bois dans la gueule, fait des allers et retours frénétiques entre eux et Jade, qui marche dans leur direction. Riant aux éclats, resplendissante, d'ailleurs tous les garçons sont à ses pieds, elle dit :

— Fakir et moi, on vous lâchera pas !

Une fois Jade repartie en courant derrière le chien, qui a filé à fond de train sur la trace d'un écureuil ourlé d'or par le soleil, Emma essuie une larme.

Georges a perdu dix kilos, il a les yeux cernés et le teint cireux. Il observe Jade, à laquelle Fakir fait à présent une fête d'enfer. Il se tourne vers Emma.

— Faudrait peut-être qu'on la mette au courant, tu crois pas ?

7.25

LE VENDREDI 29 DÉCEMBRE 2023

Un jour ordinaire dans le monde (8)

En France, si l'économiste Michaël Zemmour avait porté un autre nom de famille, rien ne dit que la réforme des retraites de Macron aurait été adoptée grâce à l'article 49.3 – ce stratagème inventé par Michel Debré qui oblige les députés à mettre leurs actes en conformité avec leurs paroles – tant les arguments de ce brillant économiste font mouche lorsqu'il écume les plateaux de télévision pour expliquer non seulement en quoi cette réforme paramétrique est profondément injuste, mais également qu'elle ne résoudra en rien le problème du financement à long terme du système français de répartition, du fait de l'évolution de la pyramide des âges et de son incidence sur le rapport entre actifs et retraités, mais aussi de l'élévation du niveau de conscience des gens, aux yeux desquels le travail, surtout quand il est mal payé, a de moins en moins la cote. Pourtant le système de retraite pèse extrêmement lourd – pas loin de 30 % ! – dans les déficits publics et, partant de là, l'endettement de la France.

Tandis qu'à Elbeuf Jeanine V., caissière, ne décolère pas depuis qu'elle sait qu'elle devra travailler trois mois de plus, comme désormais toutes les personnes nées après le 1er septembre 1961, pour bénéficier d'une pension à taux plein – dont elle ignore au demeurant le montant exact –, à l'Élysée Emmanuel Macron, après s'être vanté auprès de Gabriel Attal d'avoir fait « avaler » aux parlementaires sa réforme des retraites, raccompagne son ministre de l'Éducation âgé de trente-quatre ans jusqu'à l'antichambre. Une attention qu'il réserve à ses « chouchous », du moins à ceux à qui il a décidé de faire croire qu'ils l'étaient, lui qui n'en a pas. Puis il s'accoude à la rambarde à palmes surplombant l'escalier d'honneur, et regarde son visiteur le descendre. Il lui lance :

— Dans la vie, on doit toujours se tenir prêt !

À Morteau, où il a neigé pendant la nuit, le ciel est bas. Georges, que ses séances de chimiothérapie exténuent, a préféré rester se reposer, tandis qu'au milieu des mélèzes recouverts de blanc Emma se promène avec Jade.

Elle dit :

— Je t'ai fait une surprise pour les vacances de février. On part toutes les deux au Brésil ! Là-bas, on sera en été, et on en profitera pour visiter Brumadinho.

Tandis qu'à la bourse de Copenhague le laboratoire Novo Nordisk voit sa valeur frôler depuis quelques jours les 400 milliards d'euros – soit davantage que le PIB du Danemark. Cela, ce géant pharmaceutique danois le doit à un gros lézard venimeux dénommé « monstre de Gila », à la peau noire mouchetée de couleurs pouvant varier du rose au jaune en passant par l'orange et qui vit dans le désert entre les États-Unis et le Mexique. La salive de ce reptile contient une protéine, du nom d'« exénatide », dont la structure moléculaire est très voisine de celle de l'hormone régulatrice de l'insuline chez l'homme. Cette propriété a été mise en évidence dès la fin des années 1990 par des chercheurs du centre médical de l'université de Baylor, au Texas. Elle aura donné lieu à l'apparition de la classe des « agonistes du récepteur du GLP-1 », l'hormone intestinale dont sont issues les sémaglutides, des antidiabétiques très efficaces pour maigrir, dans la mesure où ils miment l'action de ladite hormone quand elle envoie au cerveau un message de satiété réduisant la sensation d'appétit. Parmi ces médicaments que s'arrachent tous ceux qui veulent perdre du poids, on trouve l'Ozempic, l'antidiabétique vedette de Novo Nordisk, lancé aux États-Unis, puis en Europe. Depuis est apparu le Mounjaro, commercialisé par l'américain Lilly, dont la valeur en bourse dépasse désormais 500 milliards de dollars. Dans les pays riches, maigrir n'a décidément pas de prix.

7.26

LE JEUDI 18 JANVIER 2024

Un jour ordinaire dans le monde (9)

À Morteau, Emma, devenue l'avocate de Bloom, une association de défense de la biodiversité océanique fondée par Claire Nouvian, une journaliste militante écologiste, achève la lecture des conclusions du programme de recherches « Mona Lisa », mené au sein de l'IFREMER et visant à étudier l'évolution dans le temps de la taille de certains poissons en Méditerranée.

Pourquoi les sardines, les dorades et autres bars, dont le nombre a diminué de moitié en dix ans – à en juger par les prises de pêcheurs –, ont-ils vu leur taille et leur poids divisés par trois pendant la même période ? Serait-ce en raison d'une surpêche ? De la diminution du plancton ? La dernière hypothèse paraît la bonne, dans la mesure où l'étude montre que les quatre cent cinquante sardines et anchois élevés dans des bacs chargés de microalgues de la station expérimentale de Palavas-les-Flots ont retrouvé leur embonpoint normal au bout de trois mois.

Puis Emma se connecte avec la Société générale et jette un coup d'œil au compte en banque de Drugs for All : 112 534 euros de dons à ce jour. Pas mal pour une si jeune ONG.

À Marseille, au dernier étage de la tour CMA CGM – un bâtiment plutôt mastoc, quoique signé de l'architecte anglo-irakienne Zaha Hadid –, Rodolphe Saadé, le patron du troisième transporteur mondial de conteneurs, discute avec sa sœur aînée Tanya et son frère aîné Jacques junior. Le trio est rejoint par Véronique, l'épouse de Rodolphe, lequel n'est pas très chaud pour continuer à investir dans des « danseuses ».

Le journal marseillais *La Provence*, que les Saadé ont acheté au mois de septembre 2022 – alors que Xavier Niel le lorgnait, mais Macron a tellement insisté ! –, se révèle être un gouffre financier, et les 10 % du capital de la chaîne de télévision M6, également acquis par les Saadé, ne leur donnent aucun pouvoir d'influence sur ses journaux télévisés… qui sont au demeurant bien moins regardés que ceux de TF1 ou France 2.

À part ces déconvenues, leurs affaires sont on ne peut plus florissantes. Depuis le COVID, le prix du fret maritime a explosé. En 2022, le chiffre d'affaires de CMA CGM s'est élevé à 78 milliards d'euros et son résultat à plus de 20 milliards. Les Saadé peuvent dire merci à Jacques Chirac, sans qui leur père Jacques n'aurait pu s'emparer, en 1996, de la Compagnie générale maritime, l'ancien fleuron national du transport maritime français, moyennant 20 petits millions de francs. Et cela contre l'avis de Jean Arthuis, alors ministre des Finances. Il est vrai que, juste avant sa privatisation, la CGM avait été recapitalisée par l'État français à hauteur de 900 millions. Mais le père Saadé était lié au Premier ministre libanais Rafiq Hariri, lui-même un intime du président français, auquel la famille Hariri prêta un somptueux appartement quai Voltaire après son départ de l'Élysée.

Le taiseux Rodolphe gère le mastodonte familial avec le même souci du détail que si c'était une épicerie de quartier. À sa sœur aînée, qui a émis l'idée d'une « sortie par le haut » – cela consistant, pour résumer, à acheter des médias rentables dans les profits desquels les pertes des danseuses de papier seraient noyées –, il répond :

— Tanya, je préférerai toujours investir dans le transport et la logistique plutôt que dans les paillettes. Et un canard boiteux le restera toujours, même au milieu d'une basse-cour de poulets fermiers…

…tandis qu'à Londres et ailleurs le LME est désormais surnommé « Soviet Metal Exchange » par les acteurs du marché des minerais métalliques.

7.27

LE VENDREDI 16 FÉVRIER 2024

Les couleurs à Inhotim

Inhotim est un poème vivant qu'Arthur Rimbaud aurait pu écrire. Jade va d'étonnement en émerveillement devant les couleurs présentes dans le parc botanico-artistique de la famille Paz, qu'elle arpente avec Emma depuis le début de la matinée.

Bleus, les panneaux de la structure vitrée de Dan Graham où le ciel se reflète et le bord des ailes de cet ara rouge venu se poser sur une branche.

Jaune, le bec de ces deux toucans qu'elles voient voler d'arbre en arbre.

Du jaune au noir, en passant par le rouge et tous les bruns du monde, de la terre du Brésil aux panneaux-stèles de l'installation d'Hélio Oiticica, une sorte de Stonehenge qu'aurait revisité Piet Mondrian.

Mauve sombre teinté d'ardoise, ces nénuphars à côté desquels l'artiste japonaise Yayoi Kusuma a installé ses œufs mobiles en aluminium poli qu'on dirait pondus par une autruche géante ou une femelle dinosaure miniature.

Autour d'elles, tout ondule, des cimes des bambous à celles des jacarandas et des flamboyants, au-dessus de ces trois similigymnastes en bronze d'Edgard de Souza, tous sans tête, celui du milieu à angle droit et l'extrémité de son cou collée au sol, comme s'il y avait enfoui sa tête, un autre effectuant une roulade, et le troisième jambes tendues, penché vers l'avant, ses bras tenant ses jambes.

Selon Philippe Descola, qui enseignait jusqu'en 2019 l'« Anthropologie de la nature » au Collège de France, celle-ci est un concept inventé par les Européens pour établir une distance entre l'humain et le non-humain… À moins que ce n'ait été pour satisfaire à l'idée de l'homme en tant que « créature parfaite », au sens de la philosophie augustinienne, ou de l'homme comme le seul capable de réfléchir, au sens où l'entend Descartes avec son « Je pense, donc je suis ». Ce disciple de Lévi-Strauss ne considère pas la forêt amazonienne, où il séjourna pour étudier le mode de vie et de pensée des Jivaros Achuar, comme une forêt vierge. Il est vrai que partout nature et culture s'entremêlent pour former le vivant, tels les fils d'une même trame, même si les végétaux, étant autotrophes et immobiles, n'ont pas besoin de se nourrir de matière organique pour fabriquer l'énergie nécessaire à leur vie, contrairement aux animaux, hétérotrophes mobiles dont la survie dépend des végétaux mais également de leurs congénères. À croire qu'intelligence et instinct de survie seraient les parties d'un tout qui comprendrait le végétal et l'animal.

C'est en tout cas ce dont Jade a une sorte d'intuition, à présent qu'elles se trouvent devant l'entrée de la galerie « Praça », où se déploie *Forty Part Motet*, l'installation de la plasticienne canadienne Janet Cardiff, pour laquelle a été enregistré séparément chacun des membres du chœur de la cathédrale de Salisbury, dont les voix sont diffusées par quarante haut-parleurs disposés de telle sorte que l'on n'entende le chœur entier que lorsqu'on se place au centre de l'espace où ils ont été installés.

C'est là que Jade a tiré Emma en lui prenant le bras. Elle dit :

— Ici, on ne voit plus de différence entre la nature et l'art… Tout est entremêlé.

— Pourquoi dis-tu ça ?

Emma est d'une autre génération que Jade. Il y a trente ans, qui parlait de réchauffement du climat, d'extinction de la biodiversité et de bien-être animal, sinon certains qui passaient pour des illuminés ? En France, les listes des chasseurs faisaient des scores électoraux plus qu'honorables.

Jade tourne sur elle-même, les bras grands ouverts. Elle dit :

— Tout est beau, tout se mélange ! Selon toi, un animal, ça chante et ça pense ?

Emma rit.

— Pour le savoir, il faudrait pouvoir se mettre à la place d'un ours ou d'un lézard. Ce qui est largement au-dessus de mes compétences.

— Oui, mais Fakir, s'il n'avait pas conscience d'être content quand il me voit, pourquoi remuerait-il la queue d'une façon frénétique ?

Tuer ses enfants

Douze heures plus tôt, à Chongqing, l'accusé n'a pas cillé en entendant le juge le condamner à mort pour avoir, au mois de novembre 2020, jeté du balcon de son appartement, situé au quinzième étage, les deux enfants, une fille de deux ans et un garçon de un an, nés d'une précédente union, au prétexte que les parents de sa nouvelle compagne s'opposaient à leur mariage parce qu'il était père de famille.

Dernière station du chemin de croix de Navalny

En Russie, à une soixantaine de kilomètres au nord du cercle polaire arctique, dans le district autonome de Yamalo-Nenets, cela fait cinq minutes qu'Alexeï Navalny, qui ne pesait que cinquante-quatre kilos pour son mètre quatre-vingt-huit, a rendu l'âme dans la cour de la colonie pénitentiaire IK-3 de Kharp, l'une des prisons les plus sévères de Russie, où il avait été transféré au mois de décembre après avoir été condamné à vingt-huit ans de prison – neuf ans pour fraude et dix-neuf pour « extrémisme ». Rien ne prédisposait à aller au-devant du sacrifice suprême, au lieu de rester tranquillement en Allemagne, ce diplômé en droit de l'université Lumumba à Moscou, puis boursier pendant trois mois à Yale, avant de devenir le blogueur le plus célèbre de Russie avec le blog Rospil, créé en avril 2010, et qui, en 2013, autorisé à concourir à l'élection du maire de Moscou, avait récolté 27 % des suffrages. À l'époque Poutine le premier était convaincu que la « baudruche Navalny » se dégonflerait tôt ou tard.

Arrivé à la dernière station de son chemin de croix, Navalny avait les yeux mi-clos et il était à bout de forces. Il pensait très fort à sa femme.

Puis il rendit l'esprit. Tel le Christ sur le mont Golgotha.

7.28

LE MERCREDI 28 FÉVRIER 2024

La course au profit et sans fin de Big Pharma

À Paris, où elle ne passe plus que deux ou trois jours par mois, Emma relit les épreuves du rapport que Drugs for All, qui compte désormais plus de cinq mille donateurs privés venus de tous les continents, a décidé de publier chaque année pour dénoncer les excès de Big Pharma.

Dans cette petite centaine de pages, illustrées de graphiques, il est question des montants astronomiques des deals de l'année écoulée, notamment ceux dont l'objet concerne les anticorps conjugués, cette nouvelle classe d'anticancéreux particulièrement prometteuse en termes financiers.

Ainsi, Pfizer aura déboursé 43 milliards de dollars pour avaler l'américain Seagen, alors que Merck aura mis sur la table 28 milliards pour son partenariat avec le japonais Daiichi Sankyo. Quant à Amgen, le leader de la biotech, aux prises avec l'essoufflement d'Enbrel – son médicament phare contre la polyarthrite rhumatoïde –, il a déboursé pas loin de 30 milliards de dollars pour se payer Horizon Therapeutics. À côté, AbbVie paraît pingre avec les malheureux 10 milliards dépensés pour mettre la main sur ImmunoGen, au pipe-line prometteur en matière de potentiels blockbusters. Et, à croire que le jeunisme n'épargne plus les grands laboratoires, la capitalisation de Moderna aura, grâce au vaccin à l'ARNm contre le COVID, dépassé celle du géant suisse Novartis.

En refermant son ordinateur, car c'est l'heure où elle a l'habitude de joindre Georges sur son portable pour prendre de ses nouvelles, Emma repense à cette enquête parue dans *Le Monde* au sujet du risque d'extinction des limules. Elle imagine que, le COVID étant passé par là, la situation de ces arthropodes apparus il y a quatre cent cinquante millions d'années, soit bien avant les dinosaures, n'a pas dû s'arranger. Le sang de ces animaux qui se déplacent à toute vitesse sur les fonds marins est de couleur bleue, car l'oxygène y est transporté par l'intermédiaire de l'hémocyanine, un agent coagulant essentiel dans la mise au point de certains vaccins…

La déception de Chad Harris

Depuis que la Chine a interdit le « minage » de bitcoins sur son territoire au prétexte que cette activité est trop énergivore, le Texas (trente et un millions d'habitants sur une superficie légèrement plus grande que la France) est devenu l'eldorado des « mineurs » de la blockchain, et on ne compte plus les Texans ayant abandonné leur job de technicien sur les plates-formes de forage de gaz et de pétrole de schiste pour se faire embaucher par des boîtes comme celle qu'a fondée Chad Harris. Whinstone, c'est son nom, est l'une des principales entreprises de « mineurs » de bitcoins au Texas. Dans ses entrepôts de Rockdale – une ville de moins de six mille habitants dont le nom provient du gros caillou, possiblement une météorite, trônant devant sa mairie –, construits sur un terrain jadis occupé par le géant de l'aluminium Alcoa, des milliers d'ordinateurs assurent la validation de millions de transactions de la blockchain, permettant à celles-ci d'être « récompensées » par l'émission de bitcoins, à la façon de l'orpailleur qui finit, à force de passer des heures à faire tourner sa batée, par y voir luire une pépite. Les machines de Chad doivent travailler à une température constante. Or, à Rockdale, les hivers peuvent être assez froids, comme ce jour-là, et les étés torrides. Raison pour laquelle Chad a pris le parti de faire du « minage immergé », ce qui suppose que ses ordinateurs soient immergés dans des caissons remplis d'une huile isolante. Au préalable, notre homme a dû investir dans une centrale électrique alimentée au gaz de schiste.

Cette installation fut inaugurée en grande pompe par le gouverneur du Texas et le sénateur du coin, le dénommé Ted Cruz, célèbre pour s'être montré faisant griller sa viande sur le canon fumant de son fusil d'assaut… Seule condition exigée par John K., le maire de la ville : que la centrale de Chad soit raccordée au réseau électrique alimentant ses administrés. Or, comme il n'est pas question de les priver de chauffage, alors que la plupart habitent dans des passoires thermiques, un tiers des ordinateurs de Chad sont actuellement éteints, ce qui fait perdre beaucoup d'argent à son entreprise… Et comme si tout cela ne suffisait pas, l'équipementier chinois Bitmain, auquel la plupart des sociétés de minage du Texas font appel, vient de multiplier par deux ses tarifs, à la demande expresse de Pékin, selon certains médias bien informés.

Hier : or et pétrole ; aujourd'hui : gaz et pétrole de schiste ; maintenant bitcoin. Au Texas, on est habitué à creuser et à forer. À gagner et à perdre… Bref, on a le cœur bien accroché.

Chad soupire. Cela fait six mois qu'il perd de l'argent.

Réussir à déchiffrer un manuscrit brûlé par les cendres du Vésuve

Chacun devant son écran, Youssef Nader, doctorant à Berlin, Luke Farritor, stagiaire chez SpaceX et originaire du Nebraska, et Julian Schilliger, étudiant suisse en robotique, discutent pour savoir ce qu'ils vont faire des 700 000 dollars que leur vaut leur participation victorieuse, grâce à l'intelligence artificielle, au « Vesuvius Challenge », un concours organisé par Brent Seals, chercheur en informatique à l'université du Kentucky, et Nat Friedman, créateur de la plate-forme GitHub, désormais propriété de Microsoft. L'objet de ce concours consistait à déchiffrer au moins 85 % de quatre passages de cent quarante caractères de quatre rouleaux manuscrits scannés par leurs soins, parmi les quelque huit cents, tous vieux de près de deux mille ans, retrouvés à Herculanum mais impossibles à dérouler sans qu'ils se transforment en poussière, car gravement endommagés par l'éruption du Vésuve de l'an 79.

C'est ainsi que notre trio a réussi à prouver que le texte, une ode, écrite en grec, aux plaisirs de la vie, était sûrement de la main du philosophe épicurien Philodème de Gadara.

Le plus excité du trio est Farritor. Il dit :

— Demain, grâce à notre merveilleuse copine qu'est l'IA, on pourra tout aussi bien déchiffrer des papiers qui auront séjourné dans l'eau pendant des centaines d'années !

7.29

LE MERCREDI 15 MAI 2024

Un jour ordinaire dans le monde (10)

En France, où la campagne pour les européennes bat son plein, Georges, très amaigri et à qui Emma tient la main gauche, est allongé sur un matelas anti-escarres dans une chambre de l'unité de soins palliatifs La Mirandière, à une dizaine de kilomètres de Dijon.

À la télé fixée au mur face à lui, Marine Le Pen est apparue, sourire éclatant, comme souvent quand elle s'exprime devant une caméra de télévision ; pas la moindre aspérité dans le ton, y compris quand le propos se fait cinglant, très « maman de la nation », qui aurait enfanté le gendre idéal en la personne de Jordan Bardella – lui-même un faux air de Ken dont la Barbie aurait pu être Marion Maréchal, si elle n'avait pas rompu avec sa tante… À côté de ces deux figures de la droite extrême, Mélenchon fait office de repoussoir, avec son rictus qu'accentuent ses rides, cet air vindicatif qui se superpose à ses envolées lyriques, très « monde ancien » – ce qui ne laisse pas de subjuguer certains journalistes de l'ancien monde, qui continuent de louer sa supposée « culture immense ».

La fille du fondateur du Front national, après avoir lissé sa mèche de cheveux, déclare :

— Nous sommes prêts à gouverner, et nous le ferons mieux que le Mozart de la finance !

Georges, de plus en plus l'air d'un épouvantail à oiseaux et dans le dos duquel Emma a glissé un oreiller supplémentaire, se redresse légèrement à l'aide de la poignée suspendue au-dessus de son lit. Il dit :

— Ceux qui prétendent qu'en politique seules comptent les idées devraient y réfléchir à deux fois avant de proférer une telle ineptie ! Plus ça va, et plus seules les apparences comptent !

Au même moment, en Avignon, quartier Monclar, Mohammed D., la mine réjouie, désormais à la tête d'un réseau qui vend de la coke et des amphètes en plus du shit, a fait ses comptes : la journée a rapporté 3 560 euros. Pas extraordinaire, mais tout de même…

Six heures plus tard, aux États-Unis, Richard Tornetta trinque à la bière avec des copains dans son pub favori de Norristown, la petite ville de Pennsylvanie où est né l'ancien batteur de heavy metal. À la suite de sa plainte, la juge Kathaleen McCormick a annulé, cela fait un peu moins de trois mois, le plan de stock-options d'un montant de 56 milliards de dollars que l'assemblée générale puis le conseil d'administration de Tesla avaient attribué à Elon Musk. Le coup aura été rude pour ce dernier, qui ne détient plus que 13 % de son entreprise de véhicules électriques, dont il a dû vendre des actions pour racheter Twitter… Raison pour laquelle Musk s'est mis en tête de transférer le siège de Tesla au Texas, façon pour lui de tenter d'échapper aux foudres de la juge McCormick.

À Philadelphie, dans un bar situé de l'autre côté du trottoir de l'entrée de la prestigieuse Wharton School, Sandy G., prof d'économie publique à Wharton, une tête d'économiste et toujours tiré à quatre épingles, partage un thé vert avec Mary T., sa pétillante jeune collègue du département des études en finance. Cet as en finance quantitative demande, l'air de pas y toucher :

— À ton avis, Mary, pourquoi SpaceX n'appartient pas à la NASA, c'est-à-dire au contribuable américain, alors qu'Elon Musk perçoit chaque année de l'État fédéral plus de 2 milliards de dollars pour développer ses fusées et son réseau satellitaire ? La NASA serait-elle à ce point débile ?

— Je dirais que celui qui est débile, c'est le Congrès des États-Unis, qui a laissé faire une telle ineptie.

7.30

LE LUNDI 10 JUIN 2024

Un jour ordinaire dans le monde (11)

En Mongolie, l'hiver dernier, à cause de la sécheresse, qui continue à sévir, et de la neige, qui a pratiquement brûlé toute l'herbe de la steppe, Tangmut, un éleveur de moutons et de yacks, aura perdu deux cents bêtes sur les trois cent dix que comptait son cheptel.

En Chine, où a été inauguré le premier district « entièrement voiture électrique » – comme quoi une dictature peut avoir du bon quand il s'agit de procéder à la transition écologique –, Shein, le site de « *fast fashion* » pour adolescentes fondé en 2008, à Nanjing, par Chris Xu, a dépassé Zara en chiffre d'affaires, grâce à ses quelque mille designers qui scrutent quotidiennement les nouvelles tendances de la mode, de sorte que six mille nouveautés peuvent être mises chaque jour en ligne.

En France, à Aix-en-Provence, Jonathan F., un jeune homme âgé de vingt-trois ans, est satisfait. Lui qui a fait ses études à Valence, en Espagne, car Parcoursup ne lui avait pas laissé la possibilité de s'inscrire dans la filière des métiers de la santé, s'est évité plus d'une semaine de travail, et surtout de se faire des cheveux blancs étant donné ses faibles capacités en orthographe et en syntaxe, en demandant à ChatGPT, le robot conversationnel à base d'intelligence artificielle générative développé par la start-up américaine OpenAI, de lui fournir l'introduction du mémoire de fin d'études qu'il doit rendre dans trois jours afin d'obtenir son diplôme de kinésithérapeute.

Au même moment, Brigitte et Emmanuel Macron sont assis devant la télévision du salon de leurs appartements privés. L'atmosphère est à la morosité. Pas sûr que cette dissolution ait été une si bonne idée…

Brigitte passe sa main dans les cheveux d'Emmanuel. Elle dit :

— Si Marine arrive en tête, tu vois Bardella à Matignon ?

Pas de réponse d'Emmanuel.

Elle ajoute :

— Au moins, on pourra se poser quelques jours sur l'île des Arnault…

Toujours pas de réponse.
— Depuis le temps que Delphine m'en parle.

Tandis que, au Danemark, Hendrik Trobmans, un habitant du village d'Olst, a la larme à l'œil en contemplant sa maison, qu'il a dû évacuer en raison d'une coulée de boue polluée en provenance d'une colline formée par l'enfouissement, au mois de décembre 2020, de plus de deux millions de visons euthanasiés car porteurs d'une forme particulièrement contagieuse du COVID-19.

À Dubaï, Dan R. converse avec le chatbot développé par Synthesia, une start-up spécialisée dans la génération de vidéos plus vraies que nature dans lesquelles peuvent intervenir tous les avatars possibles. Ainsi pourrait-on voir le pape François en maillot de bain sur la plage de Copacabana ou encore Madonna tirant à la kalachnikov sur un bus scolaire dans une rue de Montréal. Ce Britannique recherché dans son pays pour escroquerie a été recruté par l'Internet Research Agency (IRA), la mégaferme russe à trolls implantée à Saint-Pétersbourg. Il lui suffirait de quelques secondes pour générer une vidéo montrant le Premier ministre conservateur britannique Rishi Sunak entrant dans un hôtel de passe avec, dans le rôle de la prostituée, une superbe créature, le genre Cicciolina, la célèbre actrice porno qui défrayait la chronique en Italie, où elle fut élue à la Chambre des députés. Et cela sans qu'il soit possible de remonter jusqu'à lui, grâce au *firewall* installé par la ferme à trolls russe.

Plus tard dans la journée, à Sunny Isles Beach, le nouveau quartier situé au nord de Miami Beach et investi par des milliardaires indifférents au danger présenté par la montée des océans, au quarante-cinquième étage de la tour Porsche, Arthur B., un riche promoteur immobilier, fête l'anniversaire de son fils, Jeffrey Isaac, quatorze ans, à qui il a offert une 911 Carrera S. La voiture trône au beau milieu de son immense salon, l'immeuble étant doté d'un monte-charge d'une capacité de 4,5 tonnes et desservant chaque appartement.

7.31

LE DIMANCHE 30 JUIN 2024

Un jour ordinaire dans le monde (12)

À Paris, où il est exactement 20 h 43, Macron sirote un whisky devant TF1 en compagnie de Jonathan Guémas, Clément Léonarduzzi et Pierre Charon, un ex-sarkozyste en mal de président à qui souffler dans l'oreille – les « pyromanes », ainsi qu'on les surnomme désormais en « macronie », où les langues se délient à l'encontre du grand chef et de sa petite cour qui ne dit au Président que ce qu'il souhaite entendre.

Alors que Gabriel Attal vient de proposer la constitution d'un front républicain destiné à contrer le Rassemblement national, le Président n'a toujours pas pipé mot. Il avait sa petite idée : la gauche prise de court, le Rassemblement national sortirait vainqueur au deuxième tour, et c'eût été pour les Français l'occasion de « l'essayer ». Car ce n'est qu'au pied du mur qu'on juge du travail du maçon ; en démocratie, c'est le peuple qui décide, et compte tenu des équations budgétaires à venir, bonjour !

Le Président n'en revient pas : il ne manquerait plus que le Premier ministre fasse tout capoter, avec ce front républicain qu'il vient de sortir de son chapeau.

Dix heures plus tard, aux États-Unis, à Wilmington, où il pleut des hallebardes, Joe Biden, que son épouse a rattrapé *in extremis*, se masse la cuisse droite en grimaçant. C'est la deuxième fois depuis le début de la semaine que le Président manque de se casser la figure en gravissant les quatre marches du perron de leur maison. Il dit :

— Je deviens vieux, Jill.

Elle dit :

— Pas du tout, Joe ! Tu fais parfaitement le job.

7.32

LE JEUDI 20 FÉVRIER 2025

Un jour ordinaire dans le monde (13)

En France, ce matin aux aurores, plusieurs articles de la presse financière ont retenu l'attention d'Emma : Novo Nordisk a porté plainte pour tromperie à l'encontre de KBP Biosciences, une start-up singapourienne dont le géant danois avait signé l'acquisition moyennant la modique somme de 1,3 milliard de dollars et qu'il accuse maintenant d'avoir truqué les essais cliniques de l'Ocedurenone, son candidat-médicament censé traiter des formes d'hypertension incontrôlées ainsi que les affections rénales avancées.

Mais ce n'est pas ce litige qui occupe l'esprit d'Emma, alors qu'il est 10 heures et qu'elle se dirige avec Jade vers sa voiture, garée sur le parking de La Mirandière, l'établissement de soins palliatifs où Georges a été hospitalisé.

Quarante minutes plus tôt, elles ont appris de la bouche de l'infirmière d'étage que Georges était décédé au petit matin. Cela faisait deux jours qu'il était dans le coma et elles étaient venues lui dire un dernier adieu. La dégradation de l'état de santé de Georges aura été particulièrement brutale, comme c'est souvent le cas dans les cancers en phase terminale. Le 20 janvier, les médecins l'avaient autorisé à revenir pour quarante-huit heures à Morteau ; la semaine précédente, il avait encore la force de parler avec Battante, que Jade, désormais capable de soutenir une conversation en mandarin, avait jointe via WhatsApp.

Quatre heures plus tard, dans le Bureau ovale, c'est un Donald Trump à l'air furax qui fait de nouveau face aux caméras des journalistes, serrés comme des sardines, ceux du premier rang accroupis ou assis à même le sol. Ses cheveux tirent davantage sur le blanc que sur le jaune, il a l'air épuisé et le visage gonflé, ses mains semblent jouer de l'accordéon. Une habitude chez lui quand il argumente. Il dit :

— Le BRICS[1], c'est mort de chez mort ! S'ils rétorquent en taxant encore plus nos produits, j'augmente de 100 % les droits de douane sur leurs marchandises, et tous ces mendiants viendront me manger dans la main ! Les tarifs, encore les tarifs. Y a que ça de vrai, et on va vite remplir les caisses. Dieu bénisse l'Amérique !

Quelques jours auparavant, dans ce même bureau, Elon Musk fanfaronnait devant les mêmes journalistes : avec son commando de jeunes *geeks*, il allait faire économiser des centaines de milliards de dollars aux contribuables américains.

1. Le BRICS est le regroupement du Brésil, de la Russie, de l'Inde, de la Chine et de l'Afrique du Sud (celle-ci depuis 2011), créé en 2009 avec le but de contrer le G7 et rejoint le 1er janvier 2024 par l'Iran, l'Égypte, l'Éthiopie et les Émirats arabes unis, puis au début de 2025 par l'Indonésie et le Nigeria.

Mais les propos enflammés de l'homme le plus riche du monde avaient largement été éclipsés par les facéties de son avant-dernier fils. Âgé de quatre ans, X avait passé son temps à grimacer et à essuyer ses crottes de nez sur le Resolute Desk, sous le regard inquiet d'un Donald Trump tassé sur sa chaise et semblant comme relégué au second plan, et même à insulter ce dernier, une scène qualifiée de « désastreuse » par la plupart des médias américains, mis à part l'inénarrable et indéfectible Fox News.

7.33

LE MERCREDI 23 AVRIL 2025

Aimer n'est pas être aimé

Être aimé ou bien aimer : l'ubac et l'adret ; d'un côté, l'ombre et le froid, de l'autre, le soleil et la chaleur. Les deux propositions sont exclusives l'une de l'autre : soit on donne, soit on reçoit. Yin ou Yang. Aimer n'est pas être aimé. C'est cette vérité cruelle que Battante découvre sous une pluie cinglante, alors qu'une brume tenace recouvre les montagnes, au milieu des pèlerins qui se pressent à la gare routière d'où partent les cars pour Shiyan, la ville sous-préfecture située à trois heures de train de Wuhan.

Groggy, elle continue à se demander pourquoi elle n'a pas osé avouer à Présage qu'elle l'aimait toujours.

Et dire que la veille, à la fin de l'après-midi, à son arrivée au monastère, Battante était encore persuadée qu'ils se jetteraient dans les bras l'un de l'autre quand elle lui proposerait qu'ils vieillissent ensemble. Mais, une fois devant un Présage aux cheveux blancs et au visage ascétique, encore plus beau qu'au premier jour, elle a compris que c'était peine perdue, et cela rien qu'à la posture, toute de retenue et quasiment de prévention – du genre « Bas les pattes » et « Ne m'oblige pas à dire non » –, de celui pour qui elle avait eu un coup de foudre alors qu'il jouait de l'accordéon au parc de l'Amitié.

Dans le bus, l'arrière-grand-tante de Jade pleure doucement, le front contre la vitre. Elle n'a plus aucune illusion : elle vieillira seule dans un pays qui vieillit.

À Morteau, où il a fait grand soleil, la fille de Jolie et de Bouillie a du mal à s'endormir, sous sa couette. Elle ressent l'odeur de Georges, ce mélange de *Pour un homme* de Caron, dont il s'aspergeait après s'être rasé, d'herbe coupée, quand ils en apportaient aux lapins, et de forêt, quand ils y partaient aux champignons. Et si, un beau matin, tout cela n'était plus là, remplacé par l'odeur du purin, du lisier et du gazole ?

Jade se redresse d'un coup.

Promis juré : dès demain, elle tiendra un journal. Elle y parlera de ses émotions et elle décrira cette odeur si particulière que Georges exhalait.

Épilogue

LE CAHIER À SPIRALE

Miquelon, le lundi 19 octobre 2099

La petite sœur de l'île Saint-Pierre ne compte plus que cent cinquante-quatre habitants, parmi lesquels Isidore B., pêcheur de son état, qui apprend à repriser son petit chalut à Basile, son fils unique, un gaillard de quatorze ans déjà d'une taille équivalente à celle de son père. Les grosses mains tavelées de taches de rousseur du fils caressent le fatras formé par les mailles d'au minimum cinq centimètres de côté, conformément à la réglementation en vigueur. Il dit :

— Papa, c'est quoi, le bonheur ?

— Un faux-semblant !

— C'est quoi, un faux-semblant ?

Isidore sourit. Ses paupières sont tellement plissées qu'on dirait un Chinois rouquin. Ses lèvres ont la couleur de la chair d'un ormeau.

— La seule question qui vaille, mon fils, c'est : À quoi ai-je échappé ?

À moitié convaincu, Basile brandit sous le nez paternel le carnet verdâtre qui s'était échappé du bidon en plastique rejeté par la mer sur le sable, au moment où il avait donné dedans un grand coup de pied.

— Et à ton avis, tu crois qu'on pourra savoir ce qui est écrit dans ce cahier à spirale ?

Le père a constaté que la plupart des feuilles sont collées les unes aux autres. Il dit :

— Peut-être pas toutes les pages.

Puis il sourit et ajoute :

— C'est la planète qui décide et la mer qui choisit.

(Ce qui a pu être restitué, grâce à l'intelligence artificielle, du cahier à spirale trouvé par Basile.)

2 octobre 2029

Hier, quatre-vingtième anniversaire de la république populaire de Chine. J'ai parlé par FaceTime+ avec mon arrière-grand-tante Battante, très fatiguée mais très contente de discuter avec moi, depuis sa chambre de la maison de retraite. Heureusement qu'avec Emma on n'est pas venues la voir, a-t-elle dit, affligée.

La semaine dernière, une énorme explosion s'est produite au sein d'une base secrète de l'armée chinoise, quelque part dans le désert de Gobi. À Pékin, les habitants ont cru à un tir nucléaire d'intimidation en provenance des États-Unis. Les autorités ont parlé d'une expérience scientifique visant à reproduire le mécanisme de la fusion nucléaire.

Du coup, Battante a très peur que Yinchuan, la capitale du Ningxia, une ville de six millions d'habitants, devienne rapidement une ville fantôme.

Elle a dit : « On ne joue pas impunément avec le feu nucléaire. »

12 janvier 2030

Enfin, c'est fait ! Drugs for All a racheté Brumadinho. Moyennant 750 000 dollars, plus la reprise des dettes, qui s'élèvent à un peu moins de 5 millions de dollars. La juge du tribunal de commerce de Belo Horizonte a été compréhensive. Et la Trump Organization nous aura donné un sacré coup de main. Également candidate, elle avait un projet de « Mar-a-Lago brésilien encore plus luxueux que l'original ». Délirant.

(Jour impossible à déterminer) février 2030

Emma a été sollicitée par l'Institut Pasteur pour présider son comité des grands mécènes. En plaisantant, je lui ai dit qu'elle pourrait faire appel à eux pour éponger les dettes de l'alliance entre l'art et la nature. Elle a fait mine de me foudroyer du regard, puis elle a éclaté de rire. Avec Emma, on rit beaucoup. Même derrière nos masques chirurgicaux.

20 février 2030

Il y a des jours fastes. Comme quoi l'acquisition de Brumadinho n'était pas une simple lubie de ma part, ce matin, aux aurores, un mail d'un dénommé Jonathan Cohen. Son objet, « Iron Men chez les virus », a immédiatement attiré mon attention. Ce postdoc au sein du laboratoire de biologie moléculaire de la faculté de médecine de Princeton m'annonce avoir isolé un principe antiviral actif contre Neuro-29 dans les spores d'une espèce jusque-là inconnue de fougère arborescente hybride, qu'il a découverte par hasard lors de sa visite à l'Institut Inhotim ! Du coup, il félicite DFA d'en avoir fait l'acquisition.

Je dois absolument lui répondre quelque chose. Mais quoi ?

12 avril 2030

Les yeux de Jonathan, débarqué de Princeton pour quelques jours à Paris, sont doux comme sa peau. J'aime aussi cette façon qu'il a eue de m'expliquer comment les virus ont besoin de passer d'un organisme à un autre pour survivre. Il dit aussi que quand l'un d'eux parvient à franchir la barrière des espèces, c'est comme s'il avait tiré le gros lot au Loto. C'est le cas de Neuro-29, passé de l'oiseau à l'homme avec un génome à 98 % identique à celui de la grippe et capable de détruire un cerveau humain en moins d'une semaine.

31 octobre 2031

Pas de chance. Emma a perdu le texte de sa prochaine intervention devant l'OMS, suite au « Big Fail ». Comme si la mégapandémie ne suffisait pas ! Personne ne s'attendait au « grand effondrement de l'Internet ». La panne géante, sans aucun signe avant-coureur. Six milliards et demi d'êtres humains désemparés. Vingt-quatre heures – une éternité ! – sans téléphone, sans réseaux sociaux, plus de *likes*, plus de photos instantanées, plus possible d'effectuer la moindre transaction, malheur aux voyageurs, aux habitants des gratte-ciel intelligents, aux usagers des ascenseurs et des parkings souterrains… On attend toujours de connaître les raisons de cette mégapanne.

Seul l'Internet chinois a continué de fonctionner grâce au « *firewall* », cette « Grande Muraille informatique » mise en place par le Parti communiste. Emma m'a dit qu'elle entendait déjà ceux qui diront qu'une dictature n'a pas que des mauvais aspects.

Cela m'incite un peu plus à continuer à écrire mon journal intime sur du papier. J'en suis à mon troisième cahier à spirale.

Peu m'importe ce qu'ils deviendront. J'écris pour moi.

16 février 2032

Emma exulte : DFA a reçu un don de 100 millions de dollars de la part de la Fondation Bill Gates.

(Un jour indéterminé de l'année 2032)

Jonathan est reparti pour les États-Unis. Cela faisait six mois que nous ne nous étions pas vus. Huit petits jours. Trop court quand on est fusionnels. Hier, nous avons fait du bateau sur la Seine à Argenteuil. Il faisait beau. On se serait crus dans le tableau de Monet.

(Un jour indéterminé d'avril 2034)

Les messages de condoléances continuent à affluer des quatre coins du monde. Cet après-midi, j'ai répondu au quatre cent quatrième.

Il y a pile une semaine qu'Emma a été fauchée par une trottinette, rue de Vaugirard ; elle se rendait à l'Institut Pasteur pour y présider une réunion du comité des grands mécènes. Jusqu'à présent, je n'ai pas eu la force d'écrire la moindre ligne dans mon journal.

Je dois tout à Emma ! Si elle ne m'avait pas adoptée, je ne serais pas devenue française.

Garder d'Emma : sa gravité joyeuse ; son sourire lumineux ; nos rigolades sous les palmiers de Brumadinho ; nos transports devant *La Dentellière*, de Vermeer, et un coucher de soleil dans le Jura ou sur le Danube. J'essaierai d'oublier sa tête enturbannée par les bandages et l'odeur de formol de la morgue de l'hôpital Saint-Joseph.

Surtout, poursuivre son œuvre. Même si elle ne me l'a jamais dit de manière explicite, elle aura su faire en sorte que ce soit pour moi une ardente obligation.

En écrivant ces lignes, je fais également le serment d'organiser ce mégaconcert, dont les recettes seront intégralement reversées à DFA. J'en ferai un événement mondial à la mémoire d'Emma. Nos oreilles sont faites pour la musique, nos corps pour la danse et nos yeux pour le beau.

18 avril 2034

On ne m'a pas donné le choix : malgré mon jeune âge, j'ai été élue présidente de DFA à l'unanimité de son conseil d'administration. « Vous êtes la mieux à même de poursuivre l'action de notre fondatrice », a déclaré notre vice-président, membre de l'Académie des sciences et professeur honoraire au Collège de France.

(Un jour indéterminé de mai 2034)

Se changer les idées en pensant à autre chose. Par exemple, à ce reportage du *Monde*, dans sa rubrique « L'air du temps », consacré au Louvre Abu Dhabi : ses réserves climatisées, son directeur – diplômé en histoire de l'art de l'université de Cambridge, mais surtout appartenant au clan Zayed qui dirige cet émirat d'une main de fer –, en keffieh et tenue immaculée, pieds nus dans des mules aux semelles très légèrement compensées ; face à lui, ce cadre de l'entreprise Chenue et Fils, spécialisée depuis toujours dans le transport et l'emballage des œuvres d'art, tenant une planchette sur laquelle sont fixés des feuillets comportant la liste des œuvres qui viennent d'être mises en caisse ; des caisses par centaines, toutes tamponnées « Très fragile » et s'étalant sur une bonne centaine de mètres, jusqu'au rideau de fer derrière lequel se trouve le quai de déchargement. Le Louvre, le vrai, rapatrie ses collections. La faute à cette malencontreuse panne de climatisation subie par le bâtiment et qui engendra une minuscule fissure dans le panneau d'olivier sur lequel Léonard de Vinci peignit *La Dame à l'Hermine*, que le musée de l'Ermitage de Saint-Pétersbourg avait accepté de louer pendant six mois au « Louvre des sables », moyennant 10 millions de dollars mensuels.

Autre motif d'étonnement amusé de ma part : en Chine, McDonald's cartonne comme jamais, grâce à son burger « tofu/Oreo/spam », fait de deux de ces biscuits iconiques – allégés en sucre et d'une surface équivalente au double de l'original – enserrant une tranche de tofu grillé et une autre de spam (de la viande de porc précuite conservée en boîte). Les adolescents en raffolent depuis la série *Ados en vacances* diffusée par TikTok, où le héros principal fait goûter un tofu/Oreo/spam à ses petites amies successives.

Ou encore, cette photo parue dans *Match* de deux anciens présidents français, ennemis jurés hier mais s'entendant désormais comme larrons en foire, leurs bedons à l'air sur leurs transats respectifs, au bord de la piscine d'un hôtel de luxe de l'île Maurice.

2 mai 2035

La journée a été longue. Comme lors de mon dernier voyage, mon premier geste fut d'aller me recueillir devant l'urne des cendres de (nom effacé).

Sous mes yeux, ma photo légendée, en première page du *China Daily* : je suis « notre compatriote de France née en Chine ». À l'intérieur, un article dithyrambique / N'en jetez plus : « En dépit des pressions de la Maison-Blanche, DFA et sa présidente ont œuvré pour le bien-être de l'humanité. » Rien que ça. J'ai l'impression qu'il s'agit de quelqu'un d'autre que moi.

3 mai 2035

À Tianjin, *Les Jardins d'Or* est la maison de retraite des plus hauts dirigeants du pays. C'est là, dans un cadre idyllique digne des meilleurs palaces de notre Côte d'Azur, que j'ai été reçue par l'ancien Numéro Un, en chaise roulante, mais toute sa tête. Il a été remplacé par une troïka après avoir été « poussé de côté », selon l'expression alors utilisée par les médias pour relater sa mise à l'écart lorsqu'un cinquième mandat lui fut refusé, officiellement pour raison de santé.

Est-ce à cause des ravages causés par Neuro-29, du vieillissement de la population, ou du fait que les Han ne sont plus l'ethnie la plus nombreuse sur Terre, mais ça guinche beaucoup moins dans les parcs… sauf, précisément, dans celui attenant aux *Jardins d'Or*, où, le soir venu, j'ai pu admirer en train d'évoluer des couples dans la fleur de l'âge – les messieurs en souliers vernis, pantalon à pinces retenu par des bretelles, les dames en jupe plissée ou robe à manches ballons, tout un petit monde parfumé aux aisselles avec des nectars capiteux et bon marché, dans l'espoir d'estomper l'odeur de la transpiration. Étaient-ils là sur commande, pour complaire aux pensionnaires des *Jardins d'Or*, des fois qu'ils seraient nostalgiques ?

4 mai 2035

Shenzhen. Je suis dans la ville du futur. 80 % des paiements se font en « panda », la cryptomonnaie nationale. Un peu partout des Petits Ânes [1], ces robots-livreurs d'Alibaba, dont l'algorithme de guidage et d'interaction avec les humains a fait l'objet de plus de dix mille tests – comprenant des vents de cent trente kilomètres-heure, des pluies diluviennes et une panne de l'éclairage et des feux de signalisation d'un secteur donné. Ils livrent leur dose quotidienne d'insuline aux patients, et lorsque ceux-ci les remercient, ils répondent : « Pas de quoi, madame X ou monsieur Y. »

Un contraste saisissant avec la tristesse de ces célibataires sans emploi qui pullulent, la plupart d'anciens « enfants à temps plein », terme par lequel on désignait, après l'épisode « zéro COVID » de 2021-2022, ces jeunes gens qui revenaient chez leurs parents, faute de travail, et que ces derniers rémunéraient dans la mesure de leurs moyens, moyennant l'accomplissement de menues tâches ménagères. Les ravages de la politique de l'enfant unique.

1. « Petit Âne » se prononce « Xiaomanlu » en mandarin pinyin.

7 mai 2035

Je regarde mon « trophée » en plexi et carbone émaillé. « Atlas soutenant la planète bleue ». Plutôt moche, comme tous les objets du même type. Nous sommes trois à avoir été désignés lors de ce « Premier Symposium des Atlas de l'Humanité » qui se tient à Taïwan et s'achève demain.

J'ai été impressionnée par ce qu'a révélé le général Min. Comment, le 18 juillet 2032, ce pilote de l'armée de l'air taïwanaise, qui participait à une mission de surveillance à bord de son F35, renonça à ouvrir le feu sur le Chengdu-J 20 de l'APL, dont le signal était apparu sur son écran radar et qu'il avait désormais dans son champ de vision. Pourtant, les consignes étaient claires depuis que les avions de chasse chinois frôlaient l'espace aérien taïwanais et que l'administration américaine continuait à affirmer qu'elle n'excluait pas d'intervenir militairement en cas d'invasion de Taïwan par la Chine : toute pénétration d'un aéronef chinois dans l'espace aérien engendrerait une riposte immédiate de la part des F35 américano-taïwanais… Mais voilà qu'au lieu d'appuyer avec son pouce sur le bouton rouge ce jeune grand-père d'une petite fille songe à celle-ci et entre en contact radio avec le pilote du Chengdu-J 20, qu'il supplie de changer de cap, ce que l'intéressé, lui-même père de deux enfants en bas âge, accepte au bout de dix secondes, l'unité de temps d'un pilote de chasse… avant de réussir à poser *in extremis* sa machine à court de carburant sur la base aérienne de Misawa.

C'est le troisième lauréat…

(À partir d'ici, il n'a pas été possible de restituer le reste de la page.)

9 mai 2035

Je suis à Tam Cocun. Un minuscule village de la province cambodgienne de Kratié, où DFA finance un dispensaire. Déjeuner avec des chercheurs de l'institut en agronomie voisin. Le taux en protéines, en fer, en zinc ainsi qu'en vitamine B contenu dans un grain de riz a baissé de 40 % en dix ans, du fait de l'accroissement de la quantité de CO_2 dans l'atmosphère. Faute d'un accroissement drastique de la surface des rizières, de plus en plus de gens risquent la dénutrition.

(Un samedi indéterminé de juin 2035)

Suis allée aux puces de Saint-Ouen avec Jonathan. *La Chope* a fermé définitivement. Plus personne n'y venait, même pas les musiciens manouches. Là où il est, (nom illisible) ne doit pas être content.

(Date indéterminée 2035)

« Un lion est fait des moutons apeurés qu'il a digérés. » Horrible propos proféré par un télévangéliste d'origine cubaine, dans son immense église de la Résurrection, à Tampa, un somptueux bâtiment qu'il a fait construire grâce aux dons de ses trente-sept millions de followers sur Instagram. L'intéressé prétend être candidat à l'élection présidentielle américaine avec pour mot d'ordre : « Faire reculer les œuvres du Malin dans notre société. »

(Date indéterminée de 2036)

Jonathan est tout content : le palmier à l'origine de sa molécule est désormais baptisé *Cyathea jonathanis cohensis*.

D'après la presse people, Jordan Bardella a signé avec Netflix pour un *biopic* sur sa vie. Au dire de certains éditorialistes, c'est le signe qu'il abandonne définitivement la politique. Pour d'autres, l'éphémère président du Rassemblement national se mettrait dans les pas d'un Zelensky, passé de la fiction à la réalité, de surcroît avec le même rôle !

5 mai 2036

Contre toute attente, dans l'archipel des (mot nom déchiffré), sur l'île de La Palma entièrement recouverte par la lave et les cendres du volcan Cumbre Vieja, une colonie de lézards s'est mise à prospérer, à la grande satisfaction des cormorans, dont c'est le mets favori. Comme dit Jonathan, les réactions physico-chimiques dont a résulté la planète bleue peuvent être résumées par le mot « adaptation ».

De plus en plus de jeunes Chinois s'exilent en Russie et au Japon, où ils sont recrutés par les maisons de retraite moyennant de confortables salaires, surtout au Japon. Dans vingt ans, quels seront les migrants qui viendront s'occuper des personnes âgées en Chine ?

Mes pensées vont vers les cinquante-six ouvriers ayant péri dans l'effondrement du tunnel creusé sous Santa Barbara Wind et à l'intérieur duquel est censé passer Hyperloop, le train à capsules à suspension électromagnétique imaginé par Elon (mot impossible à reconstituer) et qui doit relier Los Angeles à San Francisco en moins de trente minutes. D'après Jonathan, c'est la conséquence du tremblement de terre d'une magnitude de 7,2 sur l'échelle de Richter, dit « Medium Big One », dont l'épicentre était situé à soixante kilomètres à l'ouest de la ville.

(Un jour indéterminé d'août 2037)

Un immense merci à Zaho de Sagazan, Orelsan, Aya Nakamura et Taco, sans lesquels le mégaconcert

(À partir d'ici, la suite du texte de la page n'a pas pu être reconstituée.)

5 décembre 2037

DFA a un nouveau siège : un petit hôtel particulier situé dans le 17e arrondissement et ayant appartenu à Sarah Bernhardt. Avec nos 3 milliards d'euros et des brouettes de fonds propres, nous aurions pu nous payer une tour de la Défense. Nos mécènes sont de plus en plus généreux, à l'instar de James Draeger, Valorie Gunther et Dan Anderson, victimes du Roundup auxquelles le géant chimique allemand Bayer dut verser 1,5 milliard de dollars au titre des dommages et intérêts. Un grand merci au petit juge du tribunal de Jefferson City, dans le Missouri, qui, en son temps, avait conclu qu'il existait bien un lien de causalité entre ce désherbant et le lymphome non hodgkinien développé par ces trois personnes.

10 décembre 2037

Ce soir, Jonathan et moi avons dîné en tête à tête et aux chandelles dans le meilleur restaurant de Stockholm. Autrement plus *glamour* que le banquet Nobel d'hier soir, guindé et soporifique, avec queues-de-pie et autres falbalas.

J'avais déjà assisté à une remise de prix dans l'Aula Medica de l'institut Karolinska. C'était avec Emma, et cet amphi n'était pas décoré d'immenses gerbes de roses blanches comme hier après-midi. Je n'ai pas de goût particulier pour les discours officiels. J'ai toutefois ressenti de la fierté lorsque le président de l'Académie suédoise des sciences a remercié Jonathan d'avoir épargné à près du quart de l'humanité d'être décimée. Et mon cœur battait si fort que je crus que ma poitrine allait éclater quand Jonathan, dans ses remerciements, après avoir rendu hommage à Emma, expliqua comment, sans le concours financier de DFA, son antiviral n'aurait jamais été homologué aussi rapidement par les autorités sanitaires.

(Un jour indéterminé de janvier 2038)

Mes pensées vont aux marins de l'un des deux sous-marins nucléaires construits par le Brésil sous licence française, dont le réacteur est entré en fusion, à soixante-dix milles nautiques au large de Fortaleza. Il n'y a aucun rescapé. La mer a toujours le dernier mot.

Le Guttmacher Institute, qui fait autorité en matière de population, annonce que nous sommes un peu moins de huit milliards. Dire qu'il y a dix ans un algorithme avait choisi le neuf milliardième être humain : le dénommé Mohammed Marou, né au Cameroun le 4 janvier de cette année-là et dont la photo a fait le tour du monde.

Jonathan, de passage à Paris entre deux conférences. Il est ma bouffée d'air frais et mon carburant.

Il a lâché les virus (« trop plombants pour le moral ») pour les radicaux libres, ces facteurs du vieillissement des cellules favorisant l'apparition des cancers. Depuis deux mois, il est à la tête d'une équipe du laboratoire en endocrinologie de l'université Johns-Hopkins, là où travaillait Adrian Porter, que ses pairs surnommaient « Super Chasseur de radicaux libres », qui obtint le prix Nobel de médecine pour avoir réussi à synthétiser la coenzyme B. Toujours selon les explications de J., l'indice ORAC (Oxygen Radical Absorbance Capacity) – soit le pouvoir antioxydant – de cette molécule est cent fois plus élevé que celui de la glutathion peroxydase ou de la superoxyde dismutase, les deux enzymes censées faire le mieux la chasse à ces molécules issues de la respiration cellulaire, ayant gagné ou perdu un électron, et dont l'excès dans l'organisme peut engendrer des dommages irréparables à l'ADN de nos cellules.

Hier matin, avec lui, spectacle magnifique de l'étang du bois de Boulogne recouvert de givre sous le soleil. Puis, le soir, dîner en amoureux dans un restaurant italien du Marais.

12 mai 2038

Naufrage, au large de Hawaï, du *Phénix-des-Océans*, le navire de croisière le plus grand du monde ; neuf mille passagers et cinq mille membres d'équipage. Plus grand encore que l'*Icône-des-Mers*, lui-même d'une taille cinq fois supérieure à celle du *Titanic*. Le paquebot a coulé à pic. On en ignore la raison. D'après ce journaliste de sensibilité écolo dont le nom me reste sur les lèvres au moment où j'écris, le paquebot naviguait au milieu du « continent de plastique », ces millions de bouteilles et de barquettes en plastique flottant sur une surface équivalente à celle du département des Landes, le tout sur une épaisseur d'environ trois mètres. « La malédiction du plastique », a cru bon de conclure ce journaliste. De l'humour très mal (ici un mot n'a pu être reconstitué).

Toujours hier, à Bormes-les-Mimosas, la température a atteint quarante-trois degrés.

(Un jour indéterminé d'octobre 2038)

Hier, les présidents chinois et taïwanais ont signé le « traité de l'Unité » scellant le retour de Taïwan dans le giron pékinois. Pas étonnant que Washington ait permis au vieux tigre d'avaler le vieux lapin : les États-Unis ont récupéré leur souveraineté en matière de semi-conducteurs dernière génération.

Une paix des braves ? Plutôt entre pragmatiques. Taïwan et la Chine ont en partage le confucianisme, son goût de l'ordre, son respect des anciens, et la primauté qu'il accorde au collectif sur l'individuel, trois impératifs qui s'imposent d'autant mieux que les Han vieillissent au même rythme de part et d'autre du détroit de Taïwan. « Pour faire la guerre, il faut être jeune et insouciant », Jonathan *dixit*.

Nonobstant cette bonne nouvelle, bien triste sort que celui des quelque trente mille habitants de l'État indien du Tamil Nadu morts de déshydratation la semaine dernière, leurs organismes n'ayant pu se rafraîchir par la transpiration en raison de la persistance d'une vague de chaleur humide de plus de trente-sept degrés qui continue à sévir autour de Madras. Son maire, contrairement à celui de Hyderabad, n'avait pas jugé bon de faire badigeonner de peinture blanche les toits en terrasse des maisons des pauvres ainsi que d'interdire toute circulation des véhicules à moteur sur les principales artères de la ville, dès lors que la température aurait atteint les quarante degrés.

(Un jour indéterminé de février 2039)

Du bon, du moins bon et du « *and so what ?* ».

D'après un sondage Gallup en Europe, les dix-quinze ans sont désormais moins pessimistes : les enquêtes d'opinion montrent que seuls 54 % d'entre eux estiment que « demain sera moins bien qu'aujourd'hui », alors que cette proportion était montée jusqu'à 66 %. La même tendance est perceptible aux États-Unis. Il n'y a pas de chiffres disponibles pour la Chine.

Moins engageant, mais symptomatique de notre époque : avec ses cinq cent quarante-deux mille sept cent quarante-huit salariés, En Toute Confiance, le mastodonte de la sécurité et du gardiennage physique, est devenu le premier employeur de France.

25 juin 2039

À ma grande stupéfaction, j'ai été choisie comme « personnalité de l'année » par *Time Magazine*... en tant que « symbole de l'alliance entre la science et les arts, et aussi les valeurs humanistes », et comme « exemple pour la génération B ».

À l'issue d'enchères homériques auxquelles participaient Microsoft, Meta et OpenAI, Amazon a obtenu la concession par le gouvernement du Groenland de cinq mille hectares afin d'y installer quarante-huit *data centers* géants. Il y a de moins en moins de zones de la planète où la température ne dépasse pas les quinze degrés à midi en plein été.

J'ai adopté un chien à la SPA. Un yorkshire terrier qui appartenait à un vieux monsieur décédé. Son nom est Lucky. Ne pas oublier d'envoyer sa photo à Jonathan.

2 juillet 2039

J'ai un peu le vertige. Hier, j'ai atteint les trois millions de followers sur Instagram, et mon nom circule de plus en plus pour la prochaine présidentielle.

C'est le deuxième sondage qui me donne en tête au premier tour… alors que je n'ai rien demandé à personne !

Mais c'est précisément ce qui semble séduire une partie de l'électorat ; si l'on résume, les gens souhaiteraient : quelqu'un de « neuf » – ce qui, par définition, écarte « “celles et ceux” qui en furent » –, « mais qui, bien que jeune, a tout de même fait ses preuves ». Autrement dit, le mouton à cinq pattes.

14 juillet 2039

Ce matin :

— Pourquoi tu ferais pas présidente ?

Fatum, l'auteur de la question, a sept ans et des cheveux crépus virant à l'orange. C'est le fils d'Amara, une immigrée somalienne au physique de mannequin que DFA emploie comme femme de ménage. Il accompagne sa maman les jours où il n'a pas école ou lorsqu'il est en vacances. Demain

(À partir d'ici, le reste du texte de la page n'a pas pu être restitué.)

18 juin 2040

C'est la première fois, depuis mon entrée à l'Élysée, que je peux m'atteler à mon journal. Le calme de cette suite de l'hôtel *Dorchester* s'y prête. À moins que ce ne soit l'explosion toute chlorophyllienne dont témoignent les arbres de Hyde Park, dont j'aperçois les cimes depuis mon lit ?

À l'issue de la cérémonie, entretien émouvant avec George VII, l'air d'un enfant sage, avec ses quatre ans de moins que moi et malgré son costume de « colonel en chef » des régiments de la Royal Household. Le jeune souverain reste marqué par l'accident d'hélicoptère dans lequel ses parents ont péri. Il m'a souhaité, « entre jeunes personnes de la même génération », « tout le meilleur » dans mes nouvelles fonctions. Son Premier ministre, le chef du Parti libéral, d'origine pakistanaise mais converti à l'anglicanisme, s'est montré on ne peut plus charmant, contrairement à ce qu'annonçait entre les lignes la note de la cellule diplomatique (qui m'a fait l'effet des préconisations qu'aurait délivrées un moniteur chevronné à une apprentie alpiniste devant s'attaquer à la face nord de l'aiguille Verte et qui aurait par ailleurs été sa patronne…). Pendant leurs discours, je me suis imaginée allant caresser l'un de ces bonnets de Horse Guards en fourrure d'ours noir, que le ministère britannique de la Défense refuse toujours de remplacer par de la fourrure synthétique. J'ai ri sous cape.

Cent ans que le général de Gaulle lançait son appel.

Et moi, quarante-trois jours que je suis présidente, après avoir obtenu plus de 58 % des voix au second tour de la présidentielle.

« Présidente, tu finiras bien par t'y faire ! D'ailleurs, t'as pas trop le choix » : paroles de Jonathan. S'il ne m'y avait pas encouragée, je ne serais jamais descendue dans l'arène. « Tu feras au niveau de ton pays ce que tu réalises avec DFA, et le monde entier s'en portera mieux. » Imparable pour J. Pas évident pour moi.

En réalité, je me suis bornée à laisser faire les choses. En me disant que, si ça devait arriver, c'est que c'était écrit. On ne force pas le destin. On est juste porté par des événements qui nous dépassent.

Parmi eux, ce mégaconcert de la Défense Arena du 13 novembre, avec « Jade présidente » scandé pendant vingt minutes par des spectateurs en délire, encouragés du geste par Taco ainsi qu'Aya Nakamura ; avant le spectacle, elle m'avait fait part de sa décision de concourir à l'élection présidentielle au Mali, où les derniers sondages la donnent élue avec un score à la soviétique.

(À partir d'ici, une page dont il a été impossible de restituer le texte, puis :)

… l'envie est venue quelques jours avant le scrutin, dans la mesure où je n'aurais pas aimé perdre. « Tu es une battante » : de nouveau, les mots de Jo.

Maintenant que Big Ben vient de sonner minuit, les images, les couleurs, les sons et les odeurs, tout ce que j'ai éprouvé, et que je vais pouvoir coucher sur le papier (prête à veiller jusqu'à l'aube pour cela !) de peur de me raconter, plus tard, une autre histoire :

Le jour de l'intronisation : les pluies acides qui s'abattaient sur Paris ; la joie dans les yeux de Jonathan et l'éclatant sourire de la présidente du Conseil constitutionnel, de retour d'un exil de trois ans au Canada ; le costume vert pomme du dirigeant de LPA, l'entité issue de la fusion de L214 et du Parti animaliste, qui se désista en ma faveur, après avoir obtenu plus de 5 % des voix au premier tour ; les plumes d'autruche de la tenue époustouflante d'Aya Nakamura, très diva avec ses gants de soie rose remontant jusqu'à mi-bras et son chapeau incliné à la Greta Garbo ; celui d'Orelsan, très Charlie Chaplin ; l'air extatique et le baisemain du nouveau directeur du jardin botanico-artistique de Brumadinho, un certain José Frèches, venu exprès du Brésil.

La veille : ma découverte du palais de l'Élysée, déserté par ses occupants d'hier. Le pouvoir précédent, me dit-on, a peur de moi. Il a tort, je n'ai ni le temps ni l'envie de régler des comptes. Les Français m'essaient, m'attendent au tournant, et je dois m'efforcer de ne pas les décevoir ; je me suis bien gardée de leur promettre la lune pendant la campagne, contrairement à mes sept compétiteurs.

Le lendemain : le regard affligé de l'archiviste présidentielle, une jeune chartiste à laquelle mes deux prédécesseurs faisaient appel pour écrire leur saga au jour le jour, à croire qu'ils sont sûrs d'entrer dans l'histoire, quand je lui ai dit que j'écrivais un journal ; Lucky courant comme un fou sur la pelouse, pour aller chercher l'os en caoutchouc que lui a lancé un garde républicain.

Mon seul regret : l'absence de Taco quand j'ai prêté serment sur la Constitution, devant le coussin sur lequel reposait le collier de grand maître de la Légion d'honneur. Le rappeur préféré de la génération B, dont le dernier concert à Copacabana a réuni près de trois millions de spectateurs, a préféré se faire porter pâle. Un simple petit SMS. Taco s'en fout, maintenant que j'ai gagné. Son soutien aura été décisif, vis-à-vis des jeunes.

Taco ne fait que ce qui lui plaît. Il a bien raison.

Quant à moi, du moins pendant cinq ans, je ne pourrai pas faire ce qui me plaît. Cela me rend un peu nostalgique…

Ai-je bien fait ?

(Aucune des pages suivantes du cahier à spirale n'a pu être restituée.)

Remerciements

Mes remerciements vont : d'abord à tous ceux, morts ou vifs, que m'a permis de côtoyer et de croiser une vie plus aventureuse – y compris philosophiquement parlant – qu'il n'y paraît.

Ensuite à l'équipe XO : Édith Leblond, bien sûr, Renaud Leblond, Catherine de Larouzière, Bruno Barbette, Stéphanie Le Foll, Grégoire Arseguel, Roxana Zaharia, Marine Papillon et Marie Salle ; ma reconnaissance va également à Nathalie Théry (je suis un auteur ayant du mal à s'empêcher de réécrire ses textes, cauchemar pour qui m'édite, quelle que soit son abnégation).

Enfin, aux êtres qui, tout au long de la longue phase d'accouchement de ce roman, m'ont supporté, tant au sens propre que sportif de ce verbe… ainsi qu'à Lucky et Ioio, mes chiens favoris, qui m'encadraient, la plupart du temps, sur le canapé où j'écris.

Table

Table

Composition et mise en pages
Nord Compo à Villeneuve-d'Ascq

Soucieuses de la préservation de l'environnement, les Éditions XO utilisent du papier issu de forêts gérées de manière responsable.

Achevé d'imprimer par
Normandie Roto Impression s.a.s.
61250 Lonrai
N° d'édition : 5494/01. – N° d'impression : 2504171
Dépôt légal : novembre 2025

Imprimé en France